AS
Austen Society

D1706163

Trama

"Mi chiamo Fanny e ho diciassette anni. Purtroppo ho perso entrambi i genitori e sono i miei zii a occuparsi di me. Be', *occuparsi* è una parola grossa: diciamo che mi sopportano.

La zia Mary non sarebbe male se non avesse sposato da poco un uomo detestabile, Lord Bertram, vedovo e con due figli già grandi. Julia ha la mia età e mi guarda dall'alto in basso, mentre Edmund ha vent'anni, è ironico, sfrontato, brillante e... pericolosamente sexy.

Non si prospetta un grande anno, per me. Sarà lungo e faticoso. Insieme ai miei *cugini* dovrò frequentare il Mansfield College, un istituto pieno di regole assurde che pare tirato fuori da un romanzo dell'800. Dovrò indossare un'uniforme e fingermi quieta e paziente anche se sono testarda e ribelle. Dovrò aspettare di compiere diciotto anni per poter fare quello che voglio della mia vita. Ma, soprattutto, dovrò evitare a ogni costo di innamorarmi di Edmund."

Young adult
First love
Slow burn
Friends to lovers
Social gap
Contemporary romance

College romance
Retelling romance

Questo romanzo è liberamente ispirato a Mansfield Park di Jane Austen.

AMABILE GIUSTI

Questo libro è un'opera di fantasia.

Eventuali somiglianze con eventi, luoghi e persone reali, viventi o defunte, sono puramente casuali.

Sono altresì presenti citazioni di luoghi ed eventi reali, reinterpretati in chiave romanzesca, al solo scopo di arricchire l'azione e favorire l'intreccio narrativo.

Ah Piccola Rosa – come è facile
per chi è come te, morire.
(Emily Dickinson)

Alle volte uno si crede incompleto
ed è soltanto giovane.
(Italo Calvino)

Lo so, sembra una cosa assurda. Un po' ottocentesca. Di sicuro insensata, nel ventunesimo secolo. Eppure è tutto vero.

Lasciate che vi spieghi.

Mia madre aveva appena compiuto diciotto anni, quando perse la testa per mio padre. Aveva molto talento per la musica, e i suoi genitori immaginavano per lei un futuro da pianista classica, ma sarebbe andato loro più che bene se avesse sposato un uomo facoltoso e avesse fatto soltanto la moglie e la madre.

Lui aveva ventun anni, si era trasferito in Inghilterra da Nuova Delhi in cerca di fortuna, ed era un bellissimo ragazzo. Il suo nome era Ravi Patel, ma nessuno lo chiamò mai così, a parte la mamma. Per i miei nonni rimase fino alla fine "l'aiuto giardiniere", o meglio "l'aiuto giardiniere indiano" ma soprattutto "quel farabutto dell'aiuto giardiniere indiano che ha rovinato per sempre la povera Frances".

I Fortescue, ovvero la famiglia d'origine di mia madre, appartenevano, e appartengono tuttora, a quella che viene definita "la buona società". Ricchi, bianchi, rigorosamente inglesi da generazioni, in teoria si proclamavano di larghe vedute e facevano beneficenza alle sfortunate minoranze, ma in pratica non furono in grado di sopportare che un rappresentante di quelle sfortunate minoranze gli entrasse in casa dalla porta principale.

In poche parole, vietarono alla mamma di vedere papà, dopo averlo licenziato in tronco.

Poiché sono io a raccontare la storia che segue, è evidente che tale divieto non funzionò molto bene. In pratica i due andarono via di casa e si sposarono. Erano entrambi maggiorenni, e io ero già *in viaggio*. Se mio padre fosse stato, che so, il figlio di un ricco possidente del Punjab, avrebbero provato a farsi piacere l'idea di un nipote il cui colore della pelle avrebbe inevitabilmente virato al caramello, ma poiché si trattava di un plebeo senza arte né parte non furono disposti a tollerarlo.

Sembra una roba da *feuilleton* ottocentesco, lo ripeto, eppure è successo solo diciassette anni fa, a Londra, a casa di quello stronzo di mio nonno. Se vedeste il suo ritratto, al quale un pittore alla moda ha tentato vanamente di infondere una specie di anima, vi fareste un'idea di *quanto* è stronzo.

A onor del vero, quando papà morì a causa di un incidente, a mia madre e a me fu concessa la possibilità di tornare *a casa*. Pare che la nonna l'avesse invitata a implorare il perdono paterno, ma lei rifiutò.

Si guadagnava da vivere dando lezioni di musica, e io ero una bambina di poche pretese. Anche se, col senno di poi, non nego che un po' di aiuto economico ci avrebbe fatto comodo, fui fiera del suo rifiuto. Avevo sette anni, allora, e la sua scelta mi piacque d'istinto. Non potevo capire tutto, ma capii che era la cosa giusta da fare.

Così andò per altri otto anni - *loro* che vivevano a Highgate e *noi* a Southall, e ci ignoravamo come si ignorano il sole e la luna - finché, un fatale giorno, la mamma mi disse che presto avrei conosciuto la sua famiglia. La guardai con gli occhi spalancati, senza capire il motivo di tale decisione. Mi rispose che era venuto il momento, che non poteva fare finta di essere orfana. Ebbi la sensazione che dietro quella risoluzione improvvisa si nascondesse un segreto, e non le domandai più nulla, perché avevo paura che me lo rivelasse.

Una mattina di due anni fa, dunque, io e la mamma osammo attraversare il fiume di distacco e indifferenza che ci aveva separate dai suoi genitori per così tanto tempo. Avevo quindici anni, ed ero in parte curiosa e in parte atterrita al pensiero di incontrare quegli strani parenti. Non che lei me li avesse descritti come terribili mostri di cui avere paura, né che lo avesse fatto papà, quando ero piccola e lui era ancora vivo e ancora in grado di plasmare i pilastri della mia coscienza, ma non riuscivo a considerarli con favore. Non ero stupida, e mi erano bastati i pochi racconti che la mamma si era lasciata sfuggire nei suoi rari momenti di sconforto, per sapere che non mi sarebbero piaciuti, così come a loro non era piaciuto papà.

L'unica cosa che mi attraeva di quell'evento era il pensiero di conoscere la zia Mary. Avevo visto una sua foto di quando era piccola assieme alla mamma. Erano entrambe molto carine, anche se la zia lo era di più. Erano alte e bionde come le pannocchie di mais ma, mentre la mamma aveva lineamenti decisi e spigolosi, che poi scoprii essere identici a quelli del nonno, la zia sembrava una Barbie, solo in versione umana. Aveva tre anni meno della mamma, e a quanto pareva si era appena fidanzata con un pezzo grosso. Molto più grande di lei, stando al poco che mi era stato riferito. Un vedovo di mezza età con due figli già grandi: circostanza, questa, che avrebbe fatto storcere le labbra ai nonni, se si fosse trattato di un giardiniere. Invece era un conte, e insieme al titolo poteva vantare un notevole patrimonio e ambiziose aspirazioni politiche.

Potrei descrivere nel dettaglio la mia ansia palpitante durante quel viaggio verso Highgate e, una volta giunte a destinazione, potrei soffermarmi sulle eccezionali dimensioni della villa nella quale vivevano i nonni, ma mi parrebbe di rubare tempo alla vera storia che voglio raccontare. Vi basti sapere che ero molto agitata, che non feci che rosicchiarmi le unghie, e che in certi momenti mi pareva di respirare poco e malissimo. Anche la mamma era nervosa, ma non smise di rassicurarmi, di dirmi che tutto sarebbe andato bene, e che dovevo essere sempre me stessa. Qualcosa, dentro di me, mi urlava che *niente* sarebbe andato bene, ma mi sforzai di ignorare quella voce. Mi convinsi che ero triste perché non avevo voglia di fare la conoscenza dei miei spocchiosi parenti, e non perché sentivo che la mia giovinezza stava per finire, insieme all'infanzia che era già finita da un pezzo.

Il nonno era alto e grigio, magro e autorevole. Bello d'una bellezza con qualcosa di antico, serio come i precettori di un tempo. Naso affilato, occhi chiari, sobriamente elegante, mi scrutò dalla testa ai piedi senza tenerezza. Con ogni probabilità dovette concludere che, pur non avendo alcuna delle classiche e rassicuranti caratteristiche inglesi, ero fortunatamente meno scura di quanto avesse temuto.

La nonna fu più affettuosa, sebbene non in modo plateale: era una donnina piccola e magra, bionda come entrambe le figlie, ma l'oro dei suoi capelli era aiutato da una tinta professionale. Mi fece tante domande, e anche lei parve sollevata dal fatto che tutto sommato fossi una ragazzina *normale*.

Fui tentata di rivolgere degli sberleffi a entrambi e di informare il nonno che, appena avessi compiuto diciotto anni, mi sarei fatta tatuare lungo la colonna vertebrale uno stelo di kurinji, un fiore indiano d'un magnifico blu violetto che sboccia ogni dodici anni, e che avevo già, su una spalla, la sagoma stilizzata di un cavallo al galoppo. Non gli dissi che quel giorno mi ero vestita bene - un leggero abito bianco e ballerine verde pavone - solo per fare contenta la mamma, e che di solito indossavo colori scuri, jeans sdruciti, scarponi e giubbotti. Non gli dissi che desideravo andare negli Stati Uniti, ma non per fare acquisti sulla Quinta Avenue e vedere le bellezze alla moda di New York. Volevo visitare Assateague, tra la Virginia e il Maryland, un'isola di sabbia bianca popolata da centinaia di cavalli selvatici, e nel frattempo facevo la volontaria in un santuario per animali. Ogni fine settimana mi sporcavo di letame, e i miei migliori amici non erano conti e marchesi, ma il figlio di un agricoltore e un pony Shetland.

Alla nonna, però, dissi che ero brava a scuola, perché era vero. Le dissi che mi piaceva leggere, e anche questo era vero.

Mi parve, nel complesso, che l'aria fosse come di vetro, che qualsiasi parola fuori posto potesse colpirla e infrangerla, che nessuno affrontasse questioni fondamentali come l'aver dato per morta una figlia per anni sol perché si era sposata con un ragazzo povero e straniero, e che tutti stessero interpretando una parte, inclusa la mamma.

Poi, in mezzo a quell'insopportabile recita, arrivò la zia Mary. Era davvero bellissima, elegante e sofisticata come la modella di una rivista di moda. Dopo averci scambiato alcune parole, però, non potei fare a meno di considerarla un po' sciocca. Inoltre, non sembrava aver vissuto il distacco dalla sorella nel modo travolgente che pensavo. Immaginavo che si sarebbe commossa, e invece, mentre gli occhi della mamma erano lucidi, lei non fece che ridere. Quando le due si appartarono, per ricordare insieme cose che, forse, avrebbero finalmente infiammato la tenerezza della zia al posto di quei sogghigni isterici, dissi alla nonna che dovevo andare in bagno. Non volevo restare con lei, e col nonno che continuava a fissarmi come se dovesse identificare il colpevole in un confronto all'americana, e non volevo il tè che mi avevano offerto in una tazza preziosa. Ho sempre odiato il tè. Pessima idea per un'inglese.

Una domestica mi accompagnò nella sala da bagno destinata agli ospiti al piano terra, altrimenti mi sarei persa. Tutto era grandioso e intimidatorio.

Quando uscii, mi misi a gironzolare per casa, attraversando sale che non avrebbero sfigurato in un film ispirato a un romanzo di Jane Austen. A un tratto notai una portafinestra che affacciava sul giardino, e decisi di uscire. Era un pomeriggio di inizio autunno, le giornate si erano accorciate e il buio faceva la corte alla luce. Un grande parco si estendeva davanti ai miei occhi, attraversato da un viale inframmezzato da una fontana. Ai lati c'era un lungo perimetro di alberi oltre il quale si stagliava un muro. Mi incamminai, e più mi allontanavo dalla casa più mi pareva di tornare me stessa.

A un certo punto scorsi qualcuno che se ne stava seduto sull'erba. Attorno a quella sagoma indefinita, appoggiata con la schiena contro il tronco di un platano, si addensava una nebbiolina grigiastra. Il venticello mi portò alle narici l'aroma dolce e terroso della marijuana: non l'avevo mai fumata, ma qualcuno che conoscevo lo faceva, e ne rammentavo la particolare fragranza. Chiunque fosse, si stava facendo una canna. Benché il buio stesse ormai prevalendo, capii che si trattava di un ragazzo. Lo osservai per qualche momento, e fui sinceramente tentata di chiedergli se mi faceva fare un tiro. Era stata una giornata stressante, sentivo ancora addosso le occhiate indagatrici dei nonni e mi echeggiava in testa la risatina chioccia della zia. Ma, soprattutto, percepivo l'atroce tristezza della mamma. Qualcosa la turbava da giorni, e non si trattava soltanto del disagio cagionato da quell'incontro.

Avrei tanto voluto immergermi in quel fumo ipnotico, con la speranza che mi annebbiasse un pochino i pensieri.

Ovviamente non gli chiesi nulla e feci per andare via. Purtroppo, nel muovermi, pestai qualcosa che scricchiolò come nei film, quando la tipa di turno cerca di non farsi notare da un assassino cannibale, e becca l'unico dannato rametto del bosco che si spezza con l'eco.

Lo sconosciuto si voltò di scatto, spegnendo la canna nell'erba, e balzò in piedi. Sperai che non fosse un assassino cannibale.

Era un ragazzo poco più grande di me. Dimostrava sedici o diciassette anni. Alto, con lunghi capelli che parevano d'oro. Lo so, sono espressioni abusate - capelli d'oro, occhi di cielo, lineamenti d'alabastro e altre parole da pessimo romanziere che non riesce a trovare similitudini più originali - ma lui era *esattamente* così. Lo fissai come un'ebete. Non avevo mai visto un inglese che somigliasse a una giovane divinità scandinava.

Indossava un completo elegante, troppo elegante per la sua età, ma in lui c'era qualcosa di selvaggio. Forse era a causa dei capelli spettinati, della camicia fuori dai pantaloni e della cravatta allentata, o forse dipendeva semplicemente dalla sua espressione. Mi stava fissando come se fossi il frutto di uno spreco di tempo da parte di Dio.

Subito dopo, però, in modo inaspettato, scoppiò a ridere.

«Tu sei la ragazza?» mi domandò.

Rimasi per un momento interdetta.

«Che domanda del cavolo è? Certo che sono una ragazza.»

«Ho detto "la ragazza", non "una ragazza". È così che ti hanno definita in questi giorni. *Chissà com'è la ragazza,* dicevano. *Speriamo non sia impresentabile!* Temevano anche che fossi bruttissima, una specie di ragnetto rachitico. A quanto vedo, invece, sei superiore a ogni aspettativa.» Nel parlare si chinò in cerca della canna di cui si era frettolosamente disfatto. La accese di nuovo e di nuovo si mise a fumarla. «Vuoi? Hai l'aria di averne bisogno. Come darti torto? Sopportare i nostri parenti richiede una pazienza biblica, e l'erba aiuta a migliorare l'umore e attenua la voglia di dare fuoco a tutto.»

«I nostri parenti?» gli feci eco, perplessa, dopo aver rifiutato la sua *gentile* offerta.

«Mio padre sta per sposare tua zia, quindi in un certo senso diventeremo cugini. Benvenuta nel club, ragazzina. Preparati a non essere mai all'altezza delle loro aspettative, qualsiasi cosa tu faccia. Li ho uditi parlottare e dire sul tuo conto cose del tipo "sarà di sicuro affetta da grossolana ignoranza, meschinità di opinioni e una rozzezza di comportamento sconfortante". Hanno usato anche il termine "la piccola meticcia". Non guardarmi storto, mi limito a riferire quello che ho sentito. Come si dice: ambasciator non porta pena.»

«Se l'ambasciatore si diverte a portarla, la pena, fa schifo proprio come chi gli ha affidato l'ambasciata», mormorai, e mi parve di udire il rumore dei miei denti che stridevano, per quanto li strinsi forte dopo quel commento.

Lui si limitò a scrollare le spalle, con irritante nonchalance.

«Nessuno mi ha affidato niente, sarebbe troppo politicamente scorretto. Si può dire peste e corna di tutti, ma nel segreto delle proprie sordide stanzette. Comunque, tecnicamente, è la parola giusta. Il meticcio è un ibrido risultante dall'incontro tra individui appartenenti a gruppi o razze di provenienza o natura diversa. Tua madre è inglese e tuo padre indiano, no? Dunque sei una meticcia, e sei anche molto carina. Ma un nome vero lo hai? Cioè, è ovvio che tu lo abbia, ma non lo conosco. Qual è? Come posso chiamarti?»

«In nessun modo. Né tu, né i tuoi parenti. Dimenticatevi che esisto, e io farò lo stesso. Addio.»

Su quelle parole, sommersa da un disgusto profondo, gli diedi le spalle e tornai verso la villa. Era buio, ormai, ma non rientrai subito in casa. Ero furiosa e ferita, e mi veniva da piangere. Mi sentivo contaminata da quelle persone e dalla loro gentilezza artefatta. Non volevo restare lì, nessuno mi piaceva e niente era bello: anche i luoghi, obiettivamente incantevoli, mi parevano orride trappole.

Mi aggirai in giardino ancora per un po', cercando di rimuovere il ricordo di quella giornata che avrebbe dovuto essere epica e si era rivelata terrificante.

Allora, presi il cellulare dalla borsetta che portavo a tracolla e guardai i messaggi su WhatsApp. William mi aveva scritto.

Com'è andato l'incontro di famiglia?

Una meraviglia. Tutti simpatici come piante di cactus infilate nel sedere. Non vedo l'ora di tornare a casa. Appena arrivo ti chiamo.

Non hai incontrato nessun affascinante principe azzurro?

I principi azzurri non esistono, Will.

Tranne me. Io sono azzurro che più azzurro non si può.

Il cuore mi palpitò dentro con forza. William mi piaceva tantissimo. Aveva diciassette anni e lavorava anche lui al rifugio gestito da sua madre. Non che fosse il mio ragazzo: eravamo amici, ecco. A volte mi pareva di interessargli un po' di più di quanto avvenisse tra amici, ma lui non si faceva mai avanti in modo esplicito. Avrei potuto farlo io, però non ne avevo il coraggio. Non ero timida, o almeno ero convinta di non esserlo, ma forse, in fin dei conti, ero meno audace di quanto credessi. Temevo mi avrebbe detto che ero troppo giovane, temevo il classico discorsetto sull'amicizia che avrebbe rischiato di rovinarsi se avessimo fatto un passo in un'altra direzione, e preferivo tacere piuttosto che rischiare uno smacco.

Che mi avesse scritto, in quel momento di quel giorno strano, mi confortò e mi commosse. Aveva pensato a me, si era preoccupato per me. Non che questo mi fornisse una prova riguardo alla qualità dei suoi sentimenti, visto che Will era buono e gentile con tutti, ma smorzò la mia solitudine.

Tornai in casa con un umore un po' meno uggioso, anche perché speravo si fosse avvicinato il momento di salutare tutti e andare via.

Sulla soglia della portafinestra incontrai la mamma. Era ancora più pallida. Mi disse che ero stata incauta a uscire senza un soprabito, ma ebbi l'impressione che, più che altro, volesse rimproverarmi per averla lasciata sola con la sua famiglia.

«È arrivato Lord Bertram», aggiunse quindi, e dal suo

sguardo capii che non le aveva fatto una buona impressione.

Quando vidi il famigerato conte, compresi perché. Aveva un'aria da imperatore più che da conte. Era un uomo di circa cinquant'anni, coi capelli chiari e i lineamenti alteri, e pareva tirato fuori dai canoni di un romance storico: come i protagonisti di quei libri era attraente e altezzoso, in attesa dell'intrepida eroina che avrebbe ammorbidito il suo cuore glaciale. Dubitavo che l'eroina in questione potesse essere la zia Mary, con la sua risatina nervosa e la sua voce un po' stridula, ma dubitavo ancora di più che il suo cuore glaciale potesse ammorbidirsi.

Tuttavia non era per i modi superbi di Lord Bertram che la mamma appariva disturbata. La causa del suo sguardo trafitto andava cercata nell'accoglienza che gli avevano riservato i suoi genitori. Erano così insopportabilmente servili da farmi venire voglia di urlare. Sarebbe stato liberatorio poterlo fare, aprire la bocca e strillare con tutto il fiato che avevo in gola, e poi dire loro che erano degli stronzi patentati, per il modo in cui, invece, avevano trattato mio padre. Sono sicura che la mamma stesse pensando proprio a questo – all'umiliazione, al disprezzo, all'esilio – e all'ospitalità intrisa di lusinghe riservata a Sua Signoria.

Non strillai, naturalmente, e non soltanto perché questo avrebbe comportato inevitabili ramanzine, accuse alla mamma per la sua incapacità di educarmi, e petulanti discorsi su quanto dovessimo sentirci onorate del fatto che un conte – bontà divina, un conte, mica un ciabattino – ci stesse degnando del suo saluto, ma perché la zia Mary bloccò sul nascere qualsiasi tentazione, mi afferrò per un braccio e ci tenne a presentarmi coloro che, presto, sarebbero diventati i suoi figliastri.

Deglutii un boccone invisibile nello scorgere il ragazzo che avevo incontrato mezz'ora prima. Solo che sembrava diverso, tanto diverso che per un momento pensai fosse un fratello. Poi mi resi conto che si trattava proprio dello strano tipo che si era fatto una canna sotto i miei occhi. Aveva legato i capelli dietro la nuca, la camicia non stava più fuori dai calzoni, e la cravatta era perfettamente annodata. Doveva essersi spruzzato qualcosa addosso, poiché da lui esalava una prepotente fragranza agrumata. Nel complesso esibiva modi incredibilmente composti, come se fosse sul punto di cimentarsi in un inchino da romanzo Regency. E lo fece addirittura, l'inchino. Si fletté leggermente col busto e accennò a un movimento rotatorio del polso.

«Ciao, io sono Edmund, è un grande piacere fare la tua conoscenza, e spero che questo nuovo legame di parentela possa arricchire entrambi di emozioni, esperienze e valori», disse, e anche la sua voce suonò diversa da quella di prima. *Questa* era soave, controllata, impostata, *quella* era stata spavalda. Sembravano due ragazzi differenti, di cui uno si era comportato come un teppista e l'altro si atteggiava a gentiluomo.

Per un momento, con quelle movenze educate, il tono da oratore, e la cravatta tanto perfetta da sembrare di plastica, immaginai anche lui come il personaggio di un romanzo di primo Ottocento. Lo avrei visto bene nel ruolo di figlio cadetto che ambiva a diventare parroco e nel frattempo non faceva che pronunciare discorsi pieni di parole come decoro, onore, convenienza e decenza. Un noiosissimo esempio di perfezione, amato in silenzio da un'eroina timida e immobile.

Feci una smorfia al pensiero di quel che *sembrava*, e la smorfia divenne ancora più marcata al pensiero di ciò che *era*. Un bugiardo e un ipocrita. A meno che non soffrisse di una patologia mentale e non fosse bipolare, uno dei tipi con cui avevo avuto a che fare doveva essere falso. Quale dei due?

Quando si sollevò da quell'inchino anacronistico ebbi la mia risposta. Nel suo sguardo vidi scintillare una rapida luce assolutamente *non* da parroco. Un sorrisetto veloce gli stese un angolo delle labbra. Poi tutto sparì, come se avessi immaginato ogni cosa.

Sapevo benissimo di non aver immaginato niente. Il vero Edmund era quello lì. Quello che rideva sarcastico, fumava erba e parlava in modo spiazzante dei suoi parenti. Solo che, per qualche ragione, in famiglia si atteggiava a rispettoso principino.

Subito dopo, recuperando la sua aria irreprensibile, fu lui stesso a presentarmi la sorella. Julia mi suscitò un'antipatia immediata, ma almeno non fingeva: dal modo in cui mi guardò fu subito evidente che mi disprezzava, con un sottofondo di compatimento. Dimostrava la mia stessa età ed era bellissima. Alta e bionda, indossava un abito in stile anni '50, di sicuro firmato, e aveva due occhi così azzurri da sembrare finti. Forse lo erano, finti, tanto che pensai avesse su delle lenti a contatto colorate. Non fece inchini, lei, né veri né recitati. Mi strinse mollemente la mano, e mi diede a intendere che quel nuovo legame di parentela le piaceva quanto le sarebbe piaciuto un topo morto. Per tutto il resto del tempo giocherellò con il telefonino, ignorando chiunque altro le fosse intorno, gli occhi inchiodati al display, sulle labbra il sorriso che non avevo meritato, destinato piuttosto al suo cellulare. Per tutto il tempo, invece, Edmund tenne gli occhi inchiodati su di me. Pareva uno sguardo da gentiluomo, o da gentil-ragazzo, se si considerava che era poco più grande di me. Mentre la zia elencava tutte le sue virtù, lui mantenne un sorriso cortese e quasi imbarazzato. Ma io lo sapevo, lo sentivo, che dentro se la rideva di brutto. Così venni a sapere che era una specie di genio, aveva il massimo dei voti in ogni materia, faceva parte di non so quanti club scolastici, praticava nuoto e canottaggio, e dopo il college si sarebbe iscritto alla facoltà di legge per diventare un grande avvocato d'affari. La zia enumerò tutti quei pregi con un orgoglio che sarebbe stato superiore solo se si fosse trattato di suo figlio.

A quanto pareva, Julia non spiccava allo stesso modo, tant'è che la zia sbrigò in quattro e quattr'otto l'elencazione dei suoi meriti scolastici e si soffermò sulla sua straordinaria eleganza come se fosse un valore accademico. La ragazza la osservò con un disprezzo perfino superiore a quello che aveva destinato a me, e poi tornò al suo cellulare. Mio malgrado, non potei che parteggiare per lei, immaginando quanto fosse insopportabile essere paragonata di continuo al fratello.

A questo punto anche la mamma avrebbe dovuto passare all'elenco delle mie qualità, come se fosse una specie di stupida gara, ma le fui grata perché non lo fece. La guardai, e alla gratitudine si aggiunse la preoccupazione, perché mi parve stanchissima, con gli occhi cerchiati e l'aria di chi avesse sopportato abbastanza a lungo il peso di una rimpatriata tra parenti serpenti.

Perciò decidemmo di andarcene, rifiutando l'invito a fermarci per cena. Non avrei ingoiato un solo boccone, ne ero sicura, in mezzo a tutti quei draghi.

Fu allora che Edmund dichiarò, con un tono così affettuoso che avrebbe fatto intenerire un serial killer: «Ti accompagno all'auto, cara cugina, così possiamo conversare ancora un po'», e mi porse il braccio. Lo osservai sbalordita, ma lui non si scompose: il sorriso sulle sue labbra rimase sobrio e compito e, se non fosse stato per lo scintillio scaltro degli occhi, avrei giurato che volesse essere soltanto gentile.

Mi accompagnò davvero all'esterno e, quando fummo abbastanza lontani dagli altri, mormorò vicino al mio orecchio: «Tanto, mica ti crederebbero». Da quella distanza, il suo alito, anche se addolcito da chissà quante caramelle alla menta, sapeva ancora vagamente di erba. «Se dicessi loro che mi hai visto fumare, intendo», specificò. «Io sono perfetto. Praticamente un santo. Non fumo, non mi drogo, e ho un QI di 159. Qualsiasi cosa spiacevole dicessi sul mio conto, penserebbero che sei invidiosa.»

Se non avessimo avuto mia madre a pochi passi dietro di noi, e se le luci del viale non ci avessero illuminati fin troppo bene, gli avrei sferrato un calcio. Sentivo dentro qualcosa di simile a un crescendo di musica cupa e stonata, e non volevo far altro che andarmene via. Con la mamma, lontane da quel teatro fasullo, di nuovo al sicuro, di nuovo protette dalla nostra normalità, senza nonni che non avrebbero sfigurato come capi supremi dell'Inquisizione spagnola, senza zie stridule e sciocche, lord che si sentivano dei, e pazzoidi che in privato fumavano canne e in pubblico parlavano come arcivescovi.

D'altro canto, restare completamente zitta non faceva parte della mia natura.

«Con quei *simpatici* parenti, mi sembra strano che tu non ti faccia di cocaina», dissi. «Ma puoi andare al diavolo con la mia benedizione, a coltivare marijuana, se ti piace. Tanto, dubito molto che ci rivedremo mai più.»

Una risatina sarcastica mi attraversò un orecchio.

«Ho la sensazione che ti sbagli di grosso», replicò. «Ci rivedremo, invece. E aggiungo che lo spero. Sei un'interessante mocciosetta mordace.»

Quindi, in prossimità del cancello, rivolse alla mamma un altro inchino, e poi tornò indietro.

Salimmo sulla nostra vecchia Ford che era rimasta parcheggiata sulla strada, a suo modo un pugno negli occhi di quel quartiere abituato a ben altri mezzi di trasporto.

«Che bel ragazzo», commentò la mamma, appena fummo partite. Ebbi la sensazione che avesse buttato lì quella frase giusto per portare il discorso su un terreno meno pericoloso dell'altro, ossia commentare gli eventi del pomeriggio. Esprimere un parere su una cosa non opinabile, come l'aspetto di Edmund Bertram, era più facile che discutere dell'impressione che mi avevano fatto i nonni, ad esempio. Che lui fosse bello era un dato di fatto, e parlare dell'unica conclusione ovvia ci avrebbe permesso di prendere tempo prima di passare a discorsi meno scontati.

«Sì, è carino», ammisi, pensando che pure Lucifero era bellissimo.

«Mi è parso anche molto gentile», continuò lei.

Questa era una conclusione meno ovvia della precedente, e preferii tacere. «Mamma, per favore, mi spieghi il perché di questo improvviso bisogno di rivedere la tua famiglia? Mi va bene, intendiamoci, sono i tuoi genitori, solo che... fino a un paio di mesi fa, quando ti chiedevo di parlarmi di loro, mi rispondevi che non volevi affrontare il discorso, che dopo i diciotto anni avrei deciso da sola se volevo vederli, ma che per il momento a te non interessava, e poi, all'improvviso... Cosa è successo? Cosa ti ha fatto cambiare idea? Non dirmi che è dipeso dal prossimo matrimonio della zia Mary, perché non ci credo. Non mi siete sembrate molto legate.»

Lei non rispose, non subito. Nell'abitacolo scese un silenzio improvviso. Senza che avesse detto ancora nulla mi sentii soffocata e terrorizzata. In cuor mio lo sapevo da giorni, ormai, che qualcosa non andava, che la mamma era strana, che la tempesta era alle porte.

Poi lei mi guardò, un attimo, e una delle sue mani si adagiò su una delle mie mani. Sotto i suoi occhi, al di qua delle palpebre, c'erano due piccole lacrime. Parevano disegnate con una matita.

«Devo dirti una cosa, tesoro mio», aggiunse. E la tempesta arrivò.

Uno

Il viale alberato che stiamo percorrendo in automobile mi fa lo stesso effetto della lunga lingua d'un mostro che sta per ingoiarmi in un solo boccone. Come possa, qualcosa, essere bellissimo e orribile insieme non so spiegarmelo, eppure è ciò che ho provato, un attimo fa, dinanzi al cancello della tenuta: un'enormità di ferro battuto con una rosa intagliata al suo apice, una rosa magnifica e triste come un fiore appena adagiato sulla tomba di una bambina. Un cancello bellissimo, appunto, eppure terribilmente inquietante. Per qualche motivo, appena mi si è chiuso alle spalle ho pensato al calare violento di una ghigliottina francese.

Anche gli alberi, intorno, mi suscitano ammirazione e paura. Sembrano titani sul piede di guerra. Se non fossi sicura che non hanno né visi né voci penserei che li abbiano, invece, che mi guardino male, e che il soffio del vento fra i rami somigli troppo a un lamento che non promette niente di buono.

Ovviamente lo so, o meglio lo sa la me stessa che riesce ancora a far funzionare il cervello, che in questa suggestione non c'è niente di vero. Che è tutta colpa del mio cuore spezzato, della mia anima morta, della mia giovinezza sepolta insieme alla mamma. La testa lo sa che questo luogo è più bello che brutto, e a tratti cerca di suggerirmelo. Ma il cuore è ormai in bianco e nero.

Ho diciassette anni, e nessun altro al mondo, a parte me stessa. La zia Mary è la mia tutrice, ma non è come avere qualcuno a cui importa *davvero* di me. È una parente, ma è anche un'estranea. Un'estranea che può decidere le cose al mio posto e impormi la sua volontà. E ha preteso che, dopo tante lacrime, io ricominci a vivere.

A dirla tutta avrei preferito pensare a me stessa da sola, ma pare che a diciassette anni non sia possibile. Pare che l'idea di vivere per i fatti miei, di lavorare, e di mantenermi agli studi senza chiedere niente a nessuno sia un'eresia. Pare che anche piangere non sia del tutto adatto a una signorina di buona famiglia. Le signorine di buona famiglia soffrono in segreto e in silenzio, e non si mostrano in pubblico con gli occhi gonfi e i capelli spettinati. Quando muore la mamma di una signorina di buona famiglia - anche se si è trattato di una morte atroce dopo una lunga agonia - è indispensabile far concorrenza alle statue. Disperarsi è poco elegante. Tenersi tutto dentro è molto fine e aristocratico, invece.

Evidentemente in me il sangue plebeo di mio padre ha avuto la meglio, perché non ho fatto che piangere. Non mentre la mamma era ancora viva, però: mentre c'era lei il fondo dei miei occhi era asciutto come una cava di sale. C'erano troppe cose da fare, non potevo permettermi cedimenti. Quando lei era malata ma viva, io avevo molti più anni dei miei. Quando mi ha lasciata sono tornata una ragazzina. No, peggio, sono diventata una bambina. Sono crollata, come un castello di carte da gioco che sta su per miracolo.

Adesso ho smesso, perché la rabbia è più forte. Rabbia e paura. Rabbia perché devo subire le scelte degli altri, e paura perché mi sento sola come mai prima d'ora.

Non mi trovo bene con la famiglia della mamma. Certo, rispetto ai nonni la zia è il male minore e, se non si fosse sposata con quella specie di tiranno, potrebbe anche piacermi. Ma purtroppo avere come tutrice una *zia Mary* non è la stessa cosa di avere come tutrice una *Lady Bertram*: una zia Mary, forse, saprebbe ascoltare, forse con una zia Mary avrei potuto raggiungere un compromesso, forse sarei riuscita a restare a Londra e a iscrivermi a un college meno blasonato. Una Lady Bertram, invece, non ascolta, non sa cosa sia l'arte del venirsi incontro, il solo pensiero che io frequenti una scuola pubblica la fa inorridire, e non intende sentire ragioni. La nipote, per quanto *meticcia*, di una contessa deve per forza finire in un collegio destinato all'élite.

Perciò sono qui. Perciò sto percorrendo questo viale orlato da alberi alteri, seduta sul sedile posteriore di una berlina Bentley condotta da un autista che sembra tirato fuori da un museo delle cere, tanto è pallido. La zia Mary è seduta accanto a me, e non fa che parlare. Abbiamo preso un aereo da Heathrow a Newcastle, e poi l'automobile fino a destinazione, e non ha taciuto un istante. Nonostante il mio evidente disinteresse, lei continua a farmi pedanti elenchi di cose, di vantaggi, di obblighi, di opportunità.

Dovrei essere grata per l'occasione che mi è stata concessa, la migliore gioventù ambisce a frequentare questo istituto, ogni anno sono ammessi pochissimi studenti a fronte di migliaia di richieste da tutto il mondo, e non so quanti pezzi grossi sono stati forgiati in questa meravigliosa fucina. Parole sue, ovviamente.

So benissimo che senza l'intercessione - che io chiamo più propriamente raccomandazione - di Lord Bertram, che è amico di un sacco di quei pezzi grossi, col cavolo che mi avrebbero ammessa. Suppongo che dovrei essergli riconoscente, e sono sicura che la zia avrebbe apprezzato qualche lode in favore del marito. Ma non so fingere, io. Io volevo restare a Londra. Lì sarei stata, se non completamente felice, almeno non completamente infelice. Non come sono adesso. Non arrabbiata, spaventata, soffocata. E mai, neanche per un secondo, sfiorata dall'idea che sia una cattiveria da parte mia non sentirmi riconoscente.

«Julia è al primo anno di college, come te. Edmund invece è iscritto al secondo anno di diritto», mi precisa la zia. «Te l'ho detto, vero, che questo istituto include sia il college che l'università?»

«Mm… sì», biascico. Sono abbastanza certa che mi abbia snocciolato la storia dell'istituto dai tempi di Enrico II d'Inghilterra fino a oggi e che abbia pronunciato i nomi dei miei "cari cugini" in mezzo alle mille cose che ha detto.

«Saranno felicissimi di rivederti. A causa dei gravi problemi di salute della povera Frances non siete venute al mio matrimonio, e non avete più avuto occasione di incontrarvi. Né loro hanno potuto partecipare al funerale. L'anno accademico era appena iniziato, e al Mansfield sono molto rigorosi a proposito delle circostanze che giustificano un'assenza dai corsi.»

La morte di una zia non contessa, sposata a un indiano che faceva il giardiniere, il guardiano notturno e il muratore, evidentemente non rientra tra quelle circostanze, penso. Non lo dico, però. Non desidero litigare. Sono troppo stanca per litigare. Sono troppo infelice per litigare. E non mi importa di quei due, non ho notato la loro assenza tanto quanto non avrei notato la loro presenza. Il pensiero di rivederli non mi fa né caldo e né freddo.

Quando l'auto si ferma davanti a un palazzo non troppo dissimile da Buckingham Palace quanto a estensione, non posso fare a meno di sgranare gli occhi e manifestare il mio stupore.

Avevo giurato a me stessa di non mostrare nessun sentimento che sapesse anche solo vagamente di ammirazione, ma fisso tutto con un'espressione da scema. L'edificio è maestoso, a suo modo arrogante, quasi volesse sfidarmi a non trovarlo incantevole. Per un momento penso a un romanzo dell'800, a un duca ricchissimo e a un castello secolare, e immagino di trovarmi su una carrozza trainata da quattro cavalli. Quasi mi aspetto che l'edificio sia illuminato unicamente da fiaccole, che l'intera brigata di domestici – qualcosa come duecento persone in livrea – mi attenda schierata davanti a uno degli ingressi, e che da sotto il mio lungo cappotto sbuchino l'orlo di un abito di mussola rosa e due stivaletti foderati di raso.

Questa stupida confusione dura un attimo, appunto. Ben presto la solita Fanny si risveglia, con la sua rabbia niente affatto fiabesca, la sua nostalgia lacerante, i suoi jeans e gli anfibi neri, che la zia odia a morte e che ha tentato invano di farmi buttare.

Non nego che il palazzo sia architettonicamente uno schianto, ma è solo una cosa, è un posto nel quale non volevo venire, e presto diventerà una prigione.

Prigione.

Lo dico, senza rendermene conto. Pronuncio la parola a voce alta. La zia emette un gridolino.

«Non dire stupidaggini», mi rimprovera. «È un palazzo sontuoso, elegante e pieno di comodità. Il lusso la fa da padrone. Le aule sono principesche, con affreschi commissionati nei secoli ai migliori artisti europei, vetrate istoriate e pavimenti di marmo italiano, e gli alloggi studenteschi non sono minuscole stanze con pochi mobili standard acquistati da Ikea, ma ampie sale arredate con gusto che fanno concorrenza alle suite di un hotel di lusso. Ci sono anche un teatro, una piscina olimpionica, un lago navigabile e molto altro. Non è una prigione, ma un regno da fiaba.»

«Un regno circondato da mura», osservo, distaccata. E poi penso: un regno che fissa regole ferree su cosa fare e non fare e non considera i funerali dei parenti poveri come motivi validi per interrompere i corsi. Un regno senza abbracci e senza tenerezza. Un regno senza mia madre.

Non parlo, però, tanto la zia non capirebbe. Per lei conta quello che *sembra*, non quello che *è*. Inoltre, non ho più voglia di discutere. Perché, alla fine, ne esco sempre sconfitta.

A diciassette anni, senza un solo diritto legale capace di rendermi libera, è impossibile vincere contro chi non mi ama.

***

Nello studio del rettore, un tipo alto e smilzo che indossa un completo di tweed e somiglia sputato a Re Charles, sono presenti anche i miei *cari cugini*, seduti su due poltrone di fronte alla scrivania. Indossano entrambi le divise. Quella di Julia è bordeaux, quella di Edmund blu cupo. Si alzano e mi stringono la mano come se fossero felici di rivedermi. In realtà lei è imbronciata e mi fissa per tutto il tempo con uno sguardo schifato. Lui, al contrario, mi sorride in modo amichevole. Sembra un cherubino, coi capelli biondi, gli occhi chiari, il volto dalle linee armoniose, e l'aria di chi potrebbe perfino cimentarsi in un baciamano. Eppure questa espressione da angelo del paradiso mi sembra un bluff.

Anche se mi è terribilmente antipatica, fra i due continuo a trovare Julia più sincera: almeno non fa finta che io le piaccia. Mi detesta, ma la sua è un'avversione leale. Edmund, invece, insiste nel recitare la parte del giovane gentiluomo, ma in fondo alle sue iridi blu continuo a scorgere un luccichio malizioso.

Pare che questa sia la giornata delle chiacchiere perché, dopo aver subito i sermoni della zia per tutto il viaggio, adesso devo sorbirmi anche il monologo del rettore. Il sosia del Re mi fa sapere che devo sentirmi onorata di appartenere a questa istituzione antica e importante, e si premura di informarmi che i buoni voti che ho ottenuto alla scuola pubblica non significano nulla e non mi aiuteranno in alcun modo. Non usa queste parole, il suo discorso è molto più forbito, ma il senso è: "quei voti lì, in quella scuola lì, sono robetta da perdenti pezzenti". Dovrò impegnarmi moltissimo per ottenere risultati eccellenti, risultati che, a quanto pare, non dovranno mancare, se non voglio deludere tutti. Il Mansfield College non tollera la mediocrità tanto quanto non tollera gli insuccessi.

Le occhiate che mi scocca Sua Maestà mentre declama sembrano sottintendere che già lo sto deludendo col mio aspetto, il mio abbigliamento e la mia carenza di salamelecchi. Forse dovrei dire qualcosa del tipo: "Vostra Altezza ha ragione, mi prostro e mi inchino, c'è anche bisogno di dare una lucidata al marmo con la lingua?" Purtroppo non faccio niente del genere e, anzi, manca poco che gli sbadigli in faccia.

Non dormo bene da mesi, il viaggio mi ha stremata, le vuote parole di tutti mi hanno dato il colpo di grazia. Vorrei stendermi sul divano Chippendale accanto alla scrivania, ma mi andrebbe bene anche il tappeto persiano, e andare in letargo finché non sarà passato tutto quanto. Finché il dolore non si sarà un po' consumato a furia di provarlo, finché la mamma apparirà, sì, nei miei sogni, ma com'era prima, senza gli occhi tristi e infossati e quell'atroce preghiera nello sguardo, e finché avrò l'età per potermene andare il più lontano possibile.

«Adesso Lady Julia deve tornare a lezione», decreta a un certo punto il rettore. «Lord Edmund, invece, non ha corsi al momento, e si è offerto di mostrare alla cugina alcune parti del castello. Propenderei per la biblioteca e il refettorio. Tuttavia la prego, visconte, non tardi troppo, le ricordo che fra un'ora ha la lezione di scherma. Sarà la professoressa Norris a condurre la nuova allieva nei suoi alloggi. Vi attenderà davanti allo studentato femminile tra un'ora esatta.»

Edmund - al quale non riesco proprio ad abbinare il titolo di Lord, anche se so che lo possiede in modo del tutto legittimo - non ha smesso di sorridermi come un perfetto cugino dagli alti principi morali.

«Sono a tua disposizione, Fanny. È per me un grande onore mostrarti i luoghi.»

La zia mi si avvicina e mi stringe una mano.

«Vai, cara. Ci rivedremo per la cena di inizio inverno. È un'occasione mondana molto importante, vi partecipa la migliore società.»

Julia, sul punto di andarsene, mi indirizza un'occhiata mordace, come se non ritenesse né possibile né probabile la mia partecipazione a un evento del genere. Sono priva di qualsiasi raffinatezza, e sto a una cena elegante come un cardo sta a un cespuglio di rose antiche. Ho la sensazione che anche lo sguardo del rettore sia sdegnoso, quasi fosse giunto alle medesime conclusioni di mia *cugina*.

Sono sul punto di affermare qualcosa di molto plebeo indirizzato a entrambi, quando Edmund si avvicina e mi porge il braccio. Dire che mi trascina via sarebbe un'iperbole, ma di sicuro mi conduce fuori dalla stanza in un modo un po' troppo zelante che mi rende inerme per lo stupore.

Appena siamo oltre la porta, mi sussurra ironico: «Risparmiati i morsi per un momento migliore».

Lo stupore non mi ha del tutto abbandonata, ma scosto il suo braccio con rabbia. Posso camminare benissimo da sola, non ho bisogno della gentilezza di un finto damerino.

Attraversiamo l'androne. Non c'è nessuno in giro e mi guardo intorno con più attenzione di prima. Mi sembra di essere finita in un film di Harry Potter fuso con una puntata a caso di Downton Abbey. Legno scuro, marmo intarsiato, stucchi artistici, enormi lampadari dai bracci ondulati come i tentacoli di polpi preistorici. Quadri ovunque, che rappresentano in prevalenza seriosi barbogi. Una scala monumentale, elegantissima e di sicuro terribilmente scivolosa. Nessuna passatoia è stata stesa lungo i gradini bianchi: ho l'impressione che sia un sadico espediente per impedire agli studenti di percorrerli di corsa, non sia mai qualcuno possa esprimere un minimo di vitalità senza essere subito punito da un ruzzolone.

Per fortuna al momento non saliamo ma procediamo lungo una serie di corridoi e gallerie che continuano a sembrarmi tirati fuori da un film un po' fantasy e un po' storico, con la differenza che i personaggi immortalati nei dipinti non si animano e non chiedono parole d'ordine e, qui e lì, in mezzo ai ritratti di tipi orripilanti che erano già incartapecoriti nel Seicento, si nota il volto di qualche orripilante soggetto più contemporaneo. Non so chi siano, e non desidero scoprirlo, ma mi guardano male, come gli alberi sul viale d'ingresso.

Il refettorio è un salone enorme, tutto boiserie di legno, con lunghi tavoli rettangolari, alte finestre a volta, e ancora quadri appesi alle pareti. Anche qui, nemmeno un'anima vivente in circolazione.

«È uno dei pochi locali dell'istituto in cui ai mocciosi è permesso mescolarsi ai grandi», commenta Edmund sarcastico.

«I mocciosi, sarebbero?» chiedo, anche se conosco già la risposta.

«Lo sai, *mocciosa*», replica Edmund con un sorrisetto mordace. «I bimbetti come te.»

«E tu, invece, sei grande? Sei poco più di un moccioso anche tu.»

Invece di offendersi lui ride, e mi esorta a seguirlo. Lo faccio mio malgrado, con la sensazione che gli sguardi ostili e austeri dei parrucconi nei ritratti continuino a sorvegliarmi.

In biblioteca finalmente vedo un po' di umanità. Quindi ci sono anche persone vive in mezzo a queste pareti secolari. La sala è a dir poco stratosferica, tappezzata di volumi disposti su due piani. Il legno impera, dominante come l'aria. Poiché, però, siamo nel ventunesimo secolo, insieme ai tomi cartacei allineati tutt'intorno, sui tavoli da lettura non mancano computer e tablet.

Gli studenti presenti sono in massima parte universitari, lo capisco dalle divise blu, intenti a leggere e studiare in un silenzio che sa di ipnosi collettiva. Al nostro passaggio, però, qualcuno solleva la testa dal pc, dal tablet o dal libro e mi osserva incuriosito, qualcun altro rivolge un cenno di saluto a Edmund, e non sono poche le ragazze che lo fissano con ammirazione e poi notano me e mi fissano con sospetto.

«Per di qua», sussurra Edmund. Raggiungiamo un lungo corridoio colmo di scaffali ai lati e sulla sommità, sistemati in strane e decorative librerie che formano degli archi a tutto sesto e mi danno l'impressione di stare attraversando un tunnel. Ci sono poche finestre e sempre meno luce a mano a mano che ci inoltriamo in quello che sembra un percorso cieco, destinato a scontrarsi contro un muro, e l'effetto cunicolo è sempre più marcato e più spiacevole. «Questa parte della biblioteca è piuttosto tranquilla», commenta ancora Edmund e mi indica una targhetta di ottone su cui campeggia la scritta Teologia, sotto la quale spicca la specificazione "Antichi sermoni". «Da una certa ora in poi, in verità, può capitare che sia usata da parte di studenti coraggiosi per scopi, come dire, *ricreativi*, che nulla hanno a che fare con gli ammonimenti di Sant'Agostino o del reverendo William Gouge.»

«Scopri ricreativi?» domando. «Chi mai potrebbe divertirsi in un angolo tanto lugubre?»

Edmund mi strizza un occhio.

«Dipende dal tipo di *divertimento*. In qualche caso, il buio favorisce l'atmosfera. Ma forse non ci arrivi, visto che sei una mocciosa.»

«Non capisco di cosa...» dico, un po' stizzita. La consapevolezza mi illumina all'improvviso, come un flash. Arrossisco con stupida velocità. «Intendi dire che gli studenti pomiciano sotto i sermoni di sant'Agostino? E noi cosa... *cosa ci facciamo qui, allora?*»

La replica immediata di Edmund consiste in una risata fastidiosamente divertita. Subito dopo aggiunge: «Non guardarmi con quell'espressione scandalizzata. È solo che da questa parte c'è un passaggio segreto che ci permetterà di svignarcela senza tornare all'ingresso principale. Per un probabile vezzo di John Thorpe, l'architetto che ha progettato quest'ala del palazzo aggiunta nel '500 all'edificio originario, non è riportato in nessuno dei disegni del castello. Me ne parlò due anni fa un tizio più grande di me, conosciuto a una festa. Era stato iscritto al Mansfield pure lui. Non so come l'avesse scoperto, ma non l'aveva detto ad anima viva, e suppongo contasse di continuare a non farlo. Quella sera, però, era un po' brillo, e quando seppe che frequentavo il suo stesso college mi diede questa dritta. Mi raccomando, acqua in bocca.» Prima che io possa replicare, si guarda intorno per un attimo e poi, esattamente come in un film dal sapore gotico pieno di castelli e nascondigli, facendo leva su un'applique posta da un lato provoca il leggero spostamento di una libreria, dietro la quale appare una porticina.

La porta, benché il suo aspetto faccia immaginare un cigolio tale da evocare tutti gli spettri scozzesi, scorre sui cardini in un morbido silenzio. Oltre essa intravedo un cunicolo che mi blocca e mi spaventa. Non amo i luoghi angusti e chiusi, e un lieve spasmo mi scuote la bocca dello stomaco. Vorrei non doverlo ammettere, mi piacerebbe poter dire che sono un'eroina temeraria e priva di malanni ma, nonostante la mia giovane età, soffro di gastrite nervosa. È iniziata poco tempo dopo la morte di mio padre, ed è peggiorata da quando la mamma mi ha rivelato di essere ammalata e di non avere la speranza di una cura.

Mi porto una mano sull'addome, d'istinto, e faccio qualche passo indietro.

Edmund, davanti a me, si volta e sorride in un modo

sorprendentemente non sarcastico.

«È meno brutto di quel che sembra», dice a voce bassa. «È un tragitto molto breve. Non avere paura. Dopo avrai un premio.» Socchiudo le labbra, sbigottita dinanzi a tanta imprevista gentilezza. Se non temessi di apparire sciocca mi pizzicherei un braccio per essere certa di non stare dormendo. Visto che il bruciore di stomaco fa male più del pizzicotto, devo essere svegliissima.

Allora, vediamo: mi trovo nella zona della biblioteca in cui di solito si pomicia di nascosto, in compagnia di Lord Edmund Bertram che si dimostra gentile, davanti a un vero e proprio passaggio segreto. La gastrite provoca anche allucinazioni? Forse sì, visto che Edmund invece di ridere del mio evidente disagio mi prende per mano e mi conduce verso il cunicolo.

«Non ho cinque anni», dico subito, ritirando bruscamente la mano.

«Ah, no?» esclama lui con uno scintillio sempre più divertito negli occhi, mentre richiude il passaggio grazie a un altro marchingegno posto all'interno.

Lo so, dovrei chiedergli dove stiamo andando e perché non usiamo l'uscita principale, ma al momento mi limito a seguirlo.

Per fortuna il tragitto è davvero breve e ben presto sbuchiamo all'esterno del palazzo.

Intorno a esso si estende a perdita d'occhio un parco la cui erba sembrerebbe finta, se non fossi assolutamente certa che è vera. Non è un panorama monotono, tuttavia, il terreno non è pianeggiante, ma movimentato da una superficie irregolare, a tratti dolcemente ondulata.

«Da qui non ci vedranno allontanarci, altrimenti ci farebbero il terzo grado», mi esorta Edmund. «Adesso accelera, se vuoi il premio. E fidati, lo vuoi, prima di finire all'ergastolo.»

«L'ergastolo?»

«Così chiamiamo il Mansfield. Ma si può anche dire "arresti domiciliari". Non ti divertirai molto da queste parti. Sono sicuro che, ben presto, avrai voglia eccome di fartela, una bella canna, per sopportare tanta *magnificenza*. In quel caso, chiedi a me. Ho l'erba migliore.»

«Sei il re degli spacciatori?» domando ironica. «E io che credevo fossi un genio.»

«Una cosa non esclude l'altra. Adesso sbrigati, che fra un'ora devo andare a scherma.» Mi precede, a passo svelto, oltrepassando un sipario di siepi al di là del quale scorgo a distanza il campus universitario, anche se non faccio in tempo a soffermarmi, visto che sembriamo due matti in corsa. In men che non si dica ci allontaniamo dal palazzo continuando a dirigerci verso non so dove. Gli alberi si fanno sempre meno radi, la vegetazione meno addomesticata e più brada.

«Si può sapere dove stiamo andando?» domando a un tratto, finalmente. Mi rendo conto di non aver paura, però. Insomma, un ragazzo che è praticamente uno sconosciuto mi sta portando chissà dove e io, invece di pensare cose catastrofiche, protesto più per dispetto che per volontà. A dirla tutta non mi importa di dove stiamo andando. Non mi importa di allontanarmi dalla prigione d'oro che mi attende, dalla zia, dal rettore, e in generale dalle cose che conosco. Perché le cose che conosco fanno male. Per cui ben venga tutto il resto, anche se include un cugino non cugino che a volte sembra dottor Jekyll e a volte mister Hyde.

Fa più freddo a distanza dal palazzo, la natura parla con la tipica voce della natura quando non ci sono rumori innaturali a soffocarla, sento il vento, le fronde che si muovono, corsi d'acqua nascosti che scorrono, piccoli uccelli che si parlano da un ramo all'altro.

Camminiamo per un po', nella più totale noncuranza, da parte mia, di quale sia la meta di questa strana passeggiata. Edmund procede a sua volta in silenzio, un po' più avanti rispetto a me. A tratti lo osservo, avvantaggiata dal mio starmene indietro. La divisa dell'università è molto elegante, coi pantaloni perfettamente stirati, il gilet, la cravatta e lo stemma dorato del college su un taschino della giacca. Pare che perfino a Eton abbiano eliminato le uniformi scolastiche, in favore di uno stile più moderno e personale, ma qui il tempo sembra essersi fermato. Perciò mi stupiscono i suoi capelli lunghi, molto più lunghi di quando l'ho incontrato la prima volta, ma soprattutto molto più lunghi di quanto dovrebbe essere considerato "normale" in questo antiquato tempio delle regole e del bon ton. Mi domando come mai tollerino una sregolatezza così sfacciata. Non che gli stiano male, anzi, gli donano un sacco - sono lucenti e ondulati e hanno lo stesso colore del miele di girasole - anche se ho la sensazione che starebbe bene perfino con uno scolapasta per cappello, visto il suo aspetto insopportabilmente attraente. Intendiamoci, non mi attrae, io ho altro per la testa, ma sarei una bugiarda se negassi che guardarlo è piacere per gli occhi. O meglio, per gli occhi di chi ha tempo da impiegare in simili stupidaggini. E siccome io non ne ho, ok, non lo guardo più. Guardo l'erba, piuttosto, e poi il cielo, e poi guardo e riguardo i rottami del mio cuore.

So che non è possibile, ma a volte ho l'impressione di perderne dei pezzi mentre cammino. Lo giuro: in certi momenti mi pare che, a ogni passo, parti di me precipitino a terra come cose che cadono dalle tasche. Quando la mamma stava male perdevo pezzi di cuore nel suo letto. Poi, la mia anima è crollata con un tonfo nella sua tomba. Adesso dissemino briciole di quel che rimane sul prato. Non succede sempre, mi capita più spesso quando penso, perché raramente penso ad altro, e quando succede, quando la mia memoria diventa un mostro sadico, mi sento più piccola, più bassa e più indifesa.

Tutto sommato era meglio guardare Edmund e i suoi capelli.

A un tratto scorgo una grande costruzione a pianta rettangolare. Si tratta senza alcun dubbio di scuderie. Scuderie di lusso, aggiungo. Non un capannone di legno, ma un vero e proprio palazzo che non si discosta molto, per aspetto ed estensione, dai Royal Mews di Buckingham Palace. All'improvviso smetto di perdere pezzi di me. Accelero il passo, raggiungo Edmund che si volta e mi sorride.

«Vieni dentro, mocciosa, ti presento Marlowe», mi dice, e indica uno degli ingressi di questa enorme struttura che sembra una residenza ducale. Lo seguo senza remore, veloce, più viva di quanto mi sia sentita da molto tempo.

L'interno è un luogo da fiaba. Nei box dei cavalli ci potrei vivere comodamente anche io, tanto sono spaziosi e puliti. Grandi archi di granito separano le varie postazioni, il pavimento è in pietra con una robusta copertura antiscivolo, e il soffitto è un'apoteosi di travi combinate fra loro in un modo che lo fa sembrare più una scultura astratta destinata a essere immortalata in una rivista di architettura che il semplice tetto di una stalla. L'aroma della paglia e del fieno mi attira come il flauto di un incantatore. Un po' mi immalinconisce, anche, perché ripenso al rifugio di Lilian, la madre di William, che non rivedrò per chissà quanto tempo.

I cavalli sono tantissimi, accuditi da una dozzina di stallieri vestiti come maggiordomi. Un portentoso animale transita lungo il corridoio, condotto verso il paddock sul retro. Edmund conversa per qualche minuto con uno degli inservienti. Mi aspetto che, in obbedienza alle regole tossiche della scuola, ci mandino via, perché non è certo questo l'orario per cavalcare, ma l'uomo ci fa entrare senza problemi e, anzi, ci tratta con una specie di deferenza.

Edmund percorre il corridoio con la sicurezza di chi sa dove andare. Poi si ferma davanti a un box.

«Questo è Marlowe», mi dice, mentre accarezza il muso setoso di un bellissimo purosangue inglese dal mantello baio, con una nitida stella bianca sulla fronte.

Lo guardo come se fosse un gioiello. Non Edmund, intendo, ma il cavallo. Per quanto, ho rivolto anche a Edmund, per un momento, un'occhiata ammirata.

«Sei bellissimo», dico, nuovamente al cavallo, e non certo a Edmund. Per quanto, anche lui meriterebbe un complimento del genere, se fossi così pazza da decidere di pronunciarlo.

«Sai montare?» mi domanda Edmund subito dopo.

«Certo che so montare. Anche meglio di te, ne sono sicura.»

Lui ride, come se questa eventualità fosse inverosimile.

«Visto che sei un'amazzone così abile, puoi farci un giro, qualche volta», mi concede.

I miei occhi si illuminano, e stavolta è soltanto Edmund il destinatario della mia ammirazione.

«Davvero?» domando incredula.

«Quando non serve a me.»

«Ti ringrazio. Lo farò, allora. Ma solo dopo che io e questo splendore ci saremo conosciuti un po'.»

«Marlowe è molto tranquillo», mi fa notare Edmund.

«Non dipende dal fatto che ho paura di lui, non è per proteggere il mio fondoschiena. Non ho paura di nessun animale, io, e dei cavalli mi fido ciecamente. Però sono contraria al costringere una creatura tanto magnifica a portarmi sulla sua groppa, se non gli piaccio. Prima devo capire se la cosa gli sta bene. Hai mai sentito parlare di equitazione etica? Niente imboccatura, che fa malissimo, niente obblighi e nessuno stress. E si sale in groppa al cavallo solo dopo aver stabilito con lui una relazione. Queste scuderie, poi, sono bellissime dal punto di vista architettonico, ma inadatte ai cavalli. Tenerli nei box non gli permette di comunicare e danneggia il loro sviluppo mentale facendoli sentire frustrati. Dovrebbero stare in branco il più possibile, liberi di muoversi come vogliono e di andare dove gli pare.»

Ho parlato a raffica e in modo prepotentemente assertivo. Di solito, quando faccio i miei monologhi da appassionata di etologia incontro derisione e sospetto, e questo mi ha abituata a dire ciò che penso col tono di chi sa che sarà attaccato con scherno, e perciò deve attaccare per primo.

Edmund mi fissa, ma non vedo scherno nel suo sguardo.

«Temo che la libertà sia merce rara, al Mansfield», commenta. «Tengono nei box anche gli studenti. In fondo siamo tutti cavalli col morso in bocca.»

Allungo una mano verso Marlowe, per permettergli di annusarmi, e distolgo lo sguardo da Edmund. Non so bene perché, ma la sua assenza di sarcasmo – la sua affabilità, direi – mi provoca un intenso imbarazzo. Non sono pronta a un Edmund comprensivo se non addirittura malinconico. Mi destabilizza, e mi fa sentire irragionevolmente in pericolo. Pretendo che torni sardonico e sferzante, o che mi spieghi dov'è finito mister Hyde.

E poiché tutto mi si può dire tranne che io sia una codarda, decido di affrontare subito il mistero *Edmund che non mi viene voglia di prendere a cazzotti e, anzi, un po', ma solo un po', mi piace.*

«Perché sei così gentile?» gli domando di getto. «Mi hai portata qui per… perché?»

«Credevo di avertelo detto. Per mostrarti Marlowe, e farti sapere che se vuoi, quando vuoi, puoi cavalcarlo. A modo tuo, s'intende. Parlaci quanto ti pare, anche se ho la netta impressione che tu già gli piaccia. Guarda come si strofina contro la tua mano, anche se non gli hai dato neanche una carota. Devi avere un buon odore.»

Arrossisco come una bambinetta, mentre Marlowe si appoggia su di me, donandomi la sua confidenza e la sua fiducia.

«Sì, ma… è strano», farfuglio, accarezzandogli il muso. «Mi riferisco alla tua gentilezza… ecco, non me l'aspettavo. Sono un po' confusa.»

Gli occhi blu marino di Edmund, con delle screziature rossastre che, sotto una certa luce, appaiono viola, mi osservano con attenzione. Non che io contraccambi: non mi volto e continuo ad accarezzare il buon Marlowe. Tuttavia percepisco il suo sguardo come se avesse un peso reale, e mi toccasse.

La voce di Edmund mi giunge alle orecchie dopo un intero minuto di silenzio. È bassa e seria, ma non antipatica, solo inquieta.

«Perché so cosa significa perdere la propria madre. La mia è morta quando avevo dodici anni. So come ci si sente.» Vorrei domandargli com'è morta, ma non riesco a parlare e taccio come una bambola. Appoggio la fronte sul muso di Marlowe, ma mi pare di tremare. Mentre continuo a riflettere su cosa potrei dire, Edmund aggiunge: «Non abituarti, mocciosa. Ti darò giusto il tempo di adattarti alla galera e prendere le misure di tutto, e poi ricomincerò a punzecchiarti. Credo proprio che finirai con l'odiarmi.»

«Grazie», gli rispondo, e gli sorrido, e mi sento consolata da questa promessa.

Per gran parte del tragitto di ritorno non parliamo. Vorrei fargli delle domande, ma ricomincio a comportarmi da bambola muta. Decido di non voler sapere altre cose sul suo conto, perché, se non fossero brutte e cattive, se mi rivelassero altri lati buoni del suo carattere, rischierei di cominciare ad affezionarmi, e io non voglio affezionarmi a nessuno.

Devo imparare a dipendere, in ogni senso, soltanto da me stessa, e venire a patti con questa verità: tutti mi abbandonano e, se non mi abbandonano volontariamente, sono comunque costretta a separarmene. Papà, mamma, William... Io perdo tutti, prima o poi.

William è ancora vivo, non vorrei che qualcuno pensasse il contrario, ma non poterlo rivedere per un anno intero sarà comunque una piccola morte. Quando ci siamo salutati ho sorriso per tutto il tempo, gli ho promesso che gli avrei scritto e telefonato, lui mi ha promesso la stessa cosa ma, ne sono sicura, entrambi abbiamo pensato che quei giuramenti fossero avvelenati da un dubbio. Rimarremo amici pur conducendo vite così diverse e lontane? Basterà sentirsi al telefono e messaggiarsi per mantenere vivo il nostro rapporto? Dopotutto, se in questi tre anni non sono riuscita a fargli capire che provo per lui qualcosa di più della semplice amicizia, e se lui mi ha trattata sempre e soltanto come una sorellina minore, come posso sperare di non farmi dimenticare? Non mi pare d'essere tanto straordinaria, altrimenti si sarebbe innamorato di me, no? E se non è riuscito a innamorarsi di me, come posso escludere che mi mandi via anche dalla *friendzone*?

Ripeto, io non sono brava a tenermi vicine le persone care. Vanno via tutti, come la primavera e l'estate, fatalmente, e mi ritrovo ad affrontare l'inverno da sola. E fa più male, il gelo, se prima eri al caldo. Se hai assaporato il piacere di un legame, il tuo corpo si fa più pesante quando rimane da solo, le tue povere ossa diventano macigni, e i tuoi muscoli stracci. Perciò, tanto vale bastarsi da sole fin dal principio, senza creare legami, perché i legami sembrano luce mentre li vivi, ma dopo si trasformano in sangue.

Ed è altrettanto inutile che io pensi a Edmund come a un amico, sol perché è stato gentile per una volta. Non so nulla di lui, se non che ha avuto questa parentesi di compassione, ma non dubito che la sua vita e la mia saranno in conflitto per sempre. Lui è Lord Edmund Bertram, sicuro di sé, spavaldo e bugiardo, damerino e teppista. Io sono Fanny Patel, senza titolo, senza menzogne, senza decori.

Poco prima di giungere a destinazione, rompo il silenzio e gli domando: «Segui un corso di scherma?»

«La scherma è obbligatoria per i ragazzi», mi risponde, scrollando le spalle.

«E per le ragazze cosa? Economia domestica?»

«Per le ragazze lo sport non è obbligatorio.»

«Perché hanno paura che ci roviniamo la manicure?»

«La maggior parte delle ragazze *ha* paura di rovinarsi la manicure», mi provoca con un sorriso insolente.

«Che tipo di ragazze frequenti? Damine dell'800 e stronze

figlie di papà il cui unico sport è fare shopping?»

«Soprattutto stronze figlie di papà», è la sua tranquillissima risposta.

«E ne vai fiero?»

«Non devo mica sposarle. Per quel che mi occorre vanno benissimo.»

«Oh, immagino *cos'è* che ti occorre», dico, dopo una pausa.

«Immagini bene», continua, del tutto privo di imbarazzo. «Comunque, se ti va di fare scherma puoi iscriverti al corso. Non è obbligatorio, ma è comunque consentito alle ragazze.»

«Ci sono sport non consentiti?»

«Diciamo non consigliati.»

«Ad esempio quali?»

«Gli sport che rischiano di mascolinizzare troppo il fisico aggraziato delle donne.» Ne parla come se ripetesse il testo di un insulso dépliant. Subito dopo aver pronunciato l'ultima parola, però, scoppia a ridere. «Non guardarmi come se avessi una coda d'asino sulla fronte e stessi bestemmiando in greco antico. Non l'ho stabilito io, sono le regole. Anzi, i suggerimenti di… questa gabbia di matti.»

«Matti è troppo poco. Psicopatici, direi. Lo sanno, vero, che non possono proibire niente, o rischiano una denuncia, sì?»

«Lo sanno, infatti si limitano a consigliare. Ciò non toglie che gli sport di combattimento non siano molto frequentati dalle ragazze, da quando una coraggiosa pioniera, alcuni anni fa, si ruppe il naso trasformandosi nella copia sputata del ritratto di Dora Maar di Picasso.»

«Lo farò io, allora. Iscrivermi a qualcuno di quei corsi, intendo. Ad esempio, vediamo un po'… farò… farò pugilato.»

Lui scoppia di nuovo a ridere.

«Tu vuoi fare pugilato?» esclama, pronunciando in modo enfatico il "tu".

«Sì!» replico con apparente sicurezza, anche se l'idea non mi ha mai sfiorato prima d'ora ed escludo che lo farò veramente.

Edmund si ferma e mi percorre con lo sguardo dalla testa ai piedi.

«Non hai quello che si chiama *le physique du rôle.* A occhio e croce non rientreresti neppure nei pesi mosca.»

«Non devo partecipare a un campionato, ma solo... solo allenarmi un po'.»

«E cos'altro? Sollevamento pesi? Krav maga?»

«Farò tutto quello che mi va di fare. Anche sumo, se ne ho voglia.»

L'ilarità di Edmund si fa sempre più sfacciata.

«Ti resterà ben poco tempo per studiare. A fine anno avrai i muscoli di un culturista e un cervello di gallina», commenta, senza smettere di ridere tra una frase e l'altra.

Se non fossi così furibonda, trattenermi dal ridere anch'io, immaginandomi in perizoma da lottatore giapponese, sarebbe impossibile. Ma sono furibonda al pensiero d'essere finita nel diciottesimo secolo, se non addirittura nel medioevo, in una scuola che con ogni probabilità ha aperto i battenti alle donne, dagli anni Sessanta in poi, all'unico scopo di formare spose decorative per aristocratici e primi ministri. Qualche giorno fa ho dato un'occhiata al sito del college, ho trovato numerosi personaggi famosi nel *palmarès* dei laureati – scienziati, filosofi, professori, politici – ma nessuna donna che si sia distinta in modo particolare se non per essere la figlia di qualcuno e per essere diventata la moglie di qualcun altro. Senza contare che tra le foto di repertorio le ragazze erano, sì, molte, giusto per fugare il dubbio che si trattasse di un covo di misogini, ma ce ne fosse stata una che non sembrava una modella. Strafighe alte e bionde, qualche studentessa di colore per non suonare razzisti, ma tutte belle d'una bellezza impossibile.

«Tanto, sono sicura che i cervelli di gallina vadano per la maggiore, in questa scuola», commento, profondamente irritata.

«Oh, no, su questo ti sbagli. Per quanto riguarda la parte accademica il Mansfield College è all'avanguardia. Sono solo un po' fissati con *certe regole*. Alcune possono essere aggirate, altre invece sono perentorie. Ma queste ultime riguardano tutti. Per esempio… hai un cellulare?»

«Certo che ce l'ho.»

«Non ti servirà a niente, qui dentro. Non c'è segnale, né nel palazzo né in tutta l'area circostante. Per chiamare occorre usare i telefoni fissi, e naturalmente avere il permesso per poterlo fare.»

«Ma è davvero una galera!»

«Non ci si può neanche connettere a internet col pc, se non in biblioteca e con i computer in dotazione. Ma stai attenta, perché monitorano tutti e se, per esempio, ti viene il ghiribizzo di guardare qualche sito hot, ti sgamano.»

«Io non guardo siti hot!» protesto, e poi penso che c'è sempre una prima volta, dopotutto. Quanto sarebbe grave una trasgressione del genere? «Chi viola le regole viene espulso?»

«Cosa stai progettando, mocciosa? Di fare lotta greco romana e iscriverti a www.sessosfrenato.com? Sarebbe inutile. L'espulsione è un atto estremo che richiede un'infrazione gravissima. D'altro canto i pezzi grossi pagano profumatamente per mandare qui i figli e, anche se sono ben contenti che i propri rampolli vengano bacchettati ogni tanto da qualcuno che lo fa al posto loro, non accetterebbero che siano cacciati. Per essere espulsa dovresti come minimo tentare di assassinare il rettore.»

Non posso fare a meno di deglutire un boccone amarissimo.

«Tuo… tuo padre… ha pa-pagato tanto anche per… per me?» domando, balbettando senza riuscire a frenarmi.

«Mi pare ovvio. Esistono solo poche borse di studio destinate a studenti veramente geniali, non sono concepite usanze plebee come i pagamenti rateali, e qui entra solo chi può saldare tutto sull'unghia. E siccome la retta annuale è di non meno di cinquantamila sterline, ti toccherà farle fruttare.»

Rimango impietrita. Spero che Edmund stia mentendo, che l'abbia sparata grossa solo per farmi sentire a disagio. Non sopporto il pensiero di avere un debito così ponderoso con una persona che non mi piace per niente.

«Cinquantamila sterline all'anno?» domando ancora, dopo qualche secondo di sbigottimento assoluto.

«Forse perfino di più, nel tuo caso, visto che sei arrivata in ritardo e con modalità un po' insolite, e il paparino ha dovuto ungere numerosi ingranaggi.»

Per qualche altro secondo resto con la bocca spalancata.

«Ma io… io non ho chiesto nulla! Io non… non ci volevo venire! Non desidero che tuo padre spenda questo denaro per me!»

«Neanche lui desiderava spenderlo, non immaginarlo spinto da chissà quale altruismo. Il tuo ingresso nella famiglia è stato considerato con molto sospetto. Sono stati tentati di lasciarti al tuo mediocre destino di serie B, ma Mary si è opposta.»

«La zia?»

«Proprio lei. Non è un tipo indipendente e di solito fa tutto quello che le dice mio padre, ma stavolta si è intestardita. Suppongo abbia promesso a tua madre che avresti avuto l'educazione migliore e saresti stata trattata come una figlia. E siccome in questa famiglia i figli vengono mandati agli arresti domiciliari al Mansfield College, anche a te è stato concesso lo stesso *mirabolante* destino.» Il magone che ben conosco mi attanaglia la gola. Guardo l'erba, mentre rifletto. La guardo come se fosse attraente quanto un dipinto di Géricault. La guardo anche per non guardare Edmund che, lo so, continua a fissarmi.

Perché mi hai affidata a loro, mamma? Perché non ai parenti ancora vivi di papà, che hanno espresso più volte il desiderio di conoscermi? D'accordo, vivono in India e non sono ricchi, ma cosa me ne faccio di questa ricchezza? Sono sicura che hai creduto di aver fatto la scelta migliore, garantendomi la sicurezza economica e la possibilità di studiare, ma come hai potuto credere che sarei stata bene insieme a queste persone?

A un tratto la voce di Edmund mi riporta al presente, strappandomi dalle braccia dei miei pensieri. «Vuoi sapere il motivo principale per cui mio padre era contrario a occuparsi di te?»

Anche se non ho pianto mi passo una mano sugli occhi, ad asciugare lacrime che non ci sono ma avrebbero tanto voluto esserci.

«Suppongo che me lo dirai in ogni caso, giusto?» mormoro.

«Temeva che potessimo intendercela.»

«Co…cosa? Intendercela? *Chi*?» esclamo, a voce alta. Un attimo fa sembravo uno zombie, adesso sono di nuovo sul piede di guerra.

«Io e te, mocciosetta», dichiara lui, serafico.

«Ma che… che stupidaggine!»

«Le infatuazioni fra cugini non incontrano il suo favore, o perlomeno questa è la motivazione ufficiale che ha dato», continua Edmund, per nulla turbato dalle sue stesse parole, anzi, assolutamente divertito.

«Non siamo cugini!»

Lui scoppia a ridere.

«È l'unica cosa che sai dire? Che non siamo cugini? Quindi consideri vera l'altra parte del discorso?»

«No, certo che no! È impossibile e ridicolo solo pensarlo. Tuo padre è un lettore di romanzetti rosa? Credevo fosse un uomo altero e crudele interessato soltanto al suo titolo e al suo denaro.»

«Proprio perché *è* un uomo altero e crudele interessato soltanto al suo titolo e al suo denaro non lo fa impazzire di gioia l'idea del suo giovane erede insieme a una ragazza che, per varie ragioni, non gli piace. Ma Mary lo ha ricondotto a più miti consigli. Gli ha fatto capire che l'unico modo per scongiurare *il tremendo rischio* che si instauri fra noi una relazione di quel tipo è permetterci di conoscerci adesso che sei ancora acerba. A suo parere, diventerai una considerevole bellezza in un futuro non troppo lontano e se, tanto per fare un esempio, ci vedessimo per la prima volta, che ne so, tra cinque anni, allora sì che sarebbe un problema. Invece, incontrandoci adesso che sei un fiore ancora non sbocciato, e crescendo insieme, mi abituerei alla tua presenza e, anche se tra cinque anni avrai la bellezza di un angelo, non sarai per me niente di più di una sorella.»

«Avrebbero bisogno di farsi curare da uno bravo», dichiaro, esterrefatta dinanzi a un tale profluvio di sciocchezze. «Tutti e due. Credevo fossero molto diversi, ma a quanto pare li accomuna una vena di pazzia furiosa. Immaginare che accada qualcosa tra di noi è un'idiozia, temerlo è comunque una cattiveria, e supporre che diventerò qualcosa di più che carina meriterebbe una visita da un oculista.»

«Mm... mi sa che quella che deve andare dall'oculista sei tu. O forse si tratta di scarsa autostima? In ogni caso, carina lo sei adesso, mocciosa. Tra cinque anni sarai *davvero* uno schianto.»

Perché diamine arrossisco? Mantengo l'espressione corrucciata, ma le mie guance non vogliono saperne di non farsi cremisi e calde.

«Smettila di... dire stupidaggini anche tu, o andate a farvi curare insieme, magari vi fanno uno sconto comitiva. Allora, punto primo, ti confermo che non siamo cugini. Punto secondo, la possibilità che tu mi piaccia è alquanto remota. Non sono interessata ai ragazzi lunatici, che un po' sono sgradevoli e poi diventano gentili e poi di nuovo antipatici, e non sai mai quale lato della medaglia ti capita. Quanto alla possibilità che io piaccia a te, lo escludo categoricamente, se preferisci le figlie di papà che hanno paura di rovinarsi la manicure.»

«Lo dici come se ti dispiacesse. Ti dispiace, mocciosetta?»

«Neanche un po'! Senza contare che... che ho già un ragazzo», mento. Non sopporto il suo sguardo sarcastico e la sua superba certezza di non essere *soltanto* carino.

«Che uomo *sfortunato*», replica lui.

«Sfortunato? Sono sfortunate le tipe che vengono dietro a te!» sbotto. «Vi ho cercati tutti su internet, ho beccato tuo padre sempre insieme a qualche capo di Stato, a imprenditori famosi e addirittura con un emiro; tua sorella definita dai tabloid la principessina triste, anche se forse sarebbe preferibile chiamarla la principessina schifata; e tu uno dei giovanotti più ambìti da chi ama il gossip reale.» Mi tappo il naso e mi metto a parlare con un tono caricaturale, come se fossi la speaker con le adenoidi di un programma di gossip di infimo livello. «"Lord Edmund, ancora molto giovane eppure molto promettente, quando erediterà il titolo diventerà uno degli uomini più ricchi del Regno Unito. Nel frattempo non è che se la passi male, considerato che è stato visto in giro per Londra alla guida di una Ferrari, che ha un panfilo ormeggiato a St. Katharine Docks e che, nonostante sia ancora un ragazzo, possiede già una proprietà tutta sua nel Northamptonshire. Stando a quel che si racconta è un vero gentiluomo. Non ha profili social, e incarna senza alcun dubbio l'essenza tradizionale del vero aristocratico inglese. Va da sé che numerose fanciulle lo corteggino, non sia mai riescano a diventare contesse, anche se per adesso Sua Signoria preferisce dedicarsi allo studio."» Mi interrompo, ma la mia agitazione non vuole saperne di andarsene. «Ora, sentiamo, chi è più sfortunato: il mio ragazzo che mi conosce davvero, o le tue spasimanti, nessuna delle quali sa chi tu sia? Passi per gentleman tutto d'un pezzo ma... quanto c'è di reale in questa recita?»

Mi incammino, quasi volessi allontanarmi al più presto dalla sua arroganza... e dalla mia abissale stupidità. Ho parlato di getto, con pochi intervalli e un impeto da pazza furiosa. Forse farei meglio a cercarmi anch'io uno bravo, che mi insegni a non partire in quarta ogni volta che ho il sospetto d'essere stata offesa.

All'improvviso, Edmund, che ha accelerato a sua volta il passo, mi chiama.

«Mocciosetta?»

Rallento, mi fermo, mi volto. Mi aspetto uno sguardo

oltraggiato, e invece i suoi occhi hanno qualcosa di ironico, sì, ma non di mordace. Sembrano quasi accoglienti.

«Sono riuscito nel mio intento, a quanto pare», afferma.

«Qual era il tuo intento, farmi arrabbiare?»

«Precisamente.»

«Perché? Ti diverti a vedermi uscire dai gangheri?»

«Stavi per accartocciarti come una foglia secca, prima, quando ti sei messa a pensare. Pensare non fa sempre bene, a volte ogni immagine è un chiodo che ti si conficca nel cranio. Perciò, visto che non avresti accettato una canna, che aiuta un bel po' in questi casi, ho capito che ti avrebbe fatto molto bene infuriarti. La rabbia è meglio della malinconia. La rabbia, e anche la passione. Dedicati a qualcosa che ami, o incavolati fino a sentir fumare le orecchie, e vedrai che per un po' la tristezza resterà indietro, in fondo al branco, come l'ultimo lupo gregario.»

Per l'ennesima volta sono costretta a osservarlo con stupore. Chi diamine è questo ragazzo che mi chiama mocciosa, mi prende in giro, e allo stesso tempo, a suo modo, mi aiuta?

«Quindi… mi hai detto tutte quelle cose… quel discorso su tuo padre che teme una nostra possibile relazione, e su William che è sfortunato a…»

«Si chiama William?» mi interrompe.

«Cosa…»

«Il tuo ragazzo, si chiama William?»

«Lui… ehm… sì», ammetto, confusamente. «Quindi… mentivi?»

«Neanche un po'. Mio padre la pensa davvero in quel modo e io penso davvero che tu adesso sia molto carina, che tra cinque anni sarai uno schianto e che William sia sfortunato.»

«Oh.»

«Non per il motivo che credi. Perché sarete lontani.»

«Ah.»

«Hai terminato con le vocali?»

«Uhm... sì.»

«Bene, perché la professoressa Norris ti sta aspettando davanti allo studentato. Abbiamo due minuti di ritardo, e due minuti di ritardo sono un peccato mortale, da queste parti.»

Mi rendo conto solo adesso che siamo ormai vicinissimi al palazzo. Mi pare che incomba più di prima, come se fosse cresciuto durante la nostra assenza. Sotto un arco di pietra, una donna di mezza età attende con l'aria di chi ha appena ricevuto un'offesa insanabile. Continuo a pensare che questo luogo abbia tutto l'aspetto di un'enorme città senza vita, ma quell'unica donna riempie lo spazio come se fosse un esercito. È piuttosto alta, ha una crocchia di capelli grigi che fanno pendant con la carnagione bianco fantasma e indossa un lungo abito blu con un ampio colletto rotondo fatto di pizzo. Insomma, sembra sbucata da un romanzo di Dickens. È ancora a sufficiente distanza da non udirmi, ma il suo biasimo mi arriva come un proiettile.

«Ha un'aria simpatica», ironizzo. «Il prossimo passo quale sarà, tirare fuori il gatto a nove code e frustarmi a sangue, o costringermi a indossare il cilicio?»

«Il gatto a nove code no, è uno strumento troppo sfacciatamente bondage, ma non escludo il cilicio. Non oggi, però.»

«Perché oggi no? È previsto un condono d'ingresso? Niente cilicio il primo giorno, nonostante un ritardo di *ben* due minuti?»

«No, il motivo è un altro. Stai a vedere.»

«Cosa...»

All'improvviso, Edmund cambia. No, non soltanto cambia, si trasforma proprio. La metamorfosi di un bruco in farfalla, in confronto, è un'evoluzione meno radicale. Dal suo sorriso sparisce qualsiasi traccia di impertinenza, la fronte aggrottata si appiana, lo sguardo cessa di essere pungente e sagace, ed è come se indossasse una maschera che aderisce perfettamente ai suoi lineamenti. Una maschera nobile e mite, quasi un visconte di antico stampo avesse preso il posto del ragazzaccio sarcastico che si fa le canne in pieno ventunesimo secolo. Lo giuro, sembra un'altra persona. Sembra il tipo che ho visto nelle foto su internet, insieme a eleganti ragazze di buona famiglia: un aristocratico raffinato, il cui tono di voce non si eleva più di quanto sia da considerarsi consono a un gentiluomo. Con questo dolce sorriso e questo tono flautato si avvicina alla professoressa Norris e le rivolge un inchino.

«Temo che questo *gravissimo* ritardo sia da imputare a me, signora. Mia cugina me lo ha fatto presente più volte, ma non ho resistito alla tentazione di mostrarle anche le magnifiche rovine romane. So che lei potrà comprendermi, professoressa, poiché condivide con me l'interesse per tali pregiate vestigia, e le sue lezioni di storia, al riguardo, sono le più interessanti che io ricordi. Crede di potermi perdonare?»

La professoressa accenna un sorriso. Sulla sua faccia arcigna, che un attimo fa pareva capace di pronunciare soltanto anatemi, appare una luce che posso definire in un modo soltanto: civettuola. Allora comprendo: la severa insegnante ha un debole per Edmund. E lui, il farabutto, lo sa e ne approfitta. La guarda come se fosse attraente e importante. Non ho dubbi che lo perdonerà eccome. E mi auguro che, di conseguenza, perdoni anche me.

Per un po' conversano tra loro, Edmund le parla di queste famigerate rovine, di quanto io sia assetata di conoscenza, e lei mi scocca un'occhiata. Non mi osserva certo come osserva lui, ma la mia esecuzione è comunque rimandata.

«Che non succeda più», dichiara. «Miss Patel, mi segua. E lei, Lord Edmund, vada alla sua lezione di scherma. Se dovessero obiettare qualcosa a causa del ritardo, dica pure che l'ho trattenuta io.»

Mi avvio con l'insegnante verso lo studentato. Un attimo prima di varcare la soglia, mi giro. Edmund è ancora fermo, le braccia conserte sul petto. Mi sorride in modo impertinente, si porta due dita sulla fronte nell'imitazione di un saluto militare, poi mi strizza un occhio e va via.

***

«Quell'abbigliamento indecoroso deve sparire, e i capelli sono troppo disordinati. Non è ammesso un trucco pesante, non è ammesso un profumo invadente, la divisa è obbligatoria anche di domenica. Per effettuare delle telefonate adoperando i telefoni fissi dell'istituto è indispensabile prenotarsi per tempo, non sono ammesse più di tre chiamate alla settimana. Nel caso di esigenze particolari è possibile arrivare a una chiamata al giorno.»

Siamo appena entrate nel mio alloggio, dopo aver attraversato un lungo intreccio di corridoi deserti che mi ha indotto, ancora una volta, a chiedermi dove diamine siano finiti gli altri studenti. Cioè, suppongo che siano a lezione, ma tutto questo deserto comincia a farmi ammattire. Intendiamoci, non che ami il caos, almeno non quello degli esseri umani, ma da una scuola così importante, ambita dal mondo intero, o meglio dalla parte del mondo che conta, mi aspettavo qualcosa di più di qualche universitario semi catatonico in biblioteca.

La professoressa continua a parlare e parlare, facendomi insopportabili elenchi di divieti e doveri. Fino a ora non mi pare di aver udito la menzione di un solo diritto. Sono talmente stordita dalla sua monotona nenia, sono talmente stanca, e detesto talmente essere qui, che a un tratto non riesco a fare a meno di domandarle: «Occorre anche andare in bagno a orari prefissati?»

L'occhiata che mi rivolge è ben lontana da quella che ha destinato a Edmund, prima. Lui se lo stava mangiando con gli occhi in un modo adorante; me intende mangiarmi, sì, ma come un cannibale della Papua Nuova Guinea mangerebbe un incauto viaggiatore.

«Tenga per sé le sue sciocche considerazioni», mi avvisa. «Certa ironia non è consentita.»

«E cosa è consentito, in definitiva?»

La professoressa Norris mi scocca l'ennesimo sguardo in cagnesco.

«Il Mansfield College offre un'istruzione di alto livello, averne frequentato i corsi arricchisce qualsiasi curriculum, e i rapporti che si creano all'interno di una struttura che ammette solo la crema della società aprono la strada a carriere importanti e matrimoni invidiabili.»

«Quindi il college è anche un'agenzia matrimoniale?» la provoco ancora. «C'è dunque la speranza che io trovi un ricco marito?»

L'occhiata da indigeno mangiatore di carne umana si

accentua. Se potesse mi espellerebbe subito, armi e bagagli non ancora svuotati, a sonore pedate nel fondoschiena. Non può, tuttavia, perché volente o nolente sono imparentata con Sua Signoria che ha pagato non meno di cinquantamila sterline per cacciarmi a forza tra queste mura, e quindi le tocca fare buon viso a cattivo gioco.

«La sua ironia è fuori luogo», si limita a ripetermi. «D'altro canto, non mi attendo da lei risultati di elevato livello, visto che proviene da una scuola infima, che al massimo avrà dato al mondo commessi, carpentieri e centralinisti di call center.»

«Anche i commessi, i carpentieri e i centralinisti hanno il loro ruolo e la loro utilità», le rispondo, sempre più irritata. Lo so, dovrei tacere, e limitarmi a lasciar andare il tempo, augurandomi di vederlo scorrere veloce in modo da giungere al più presto al mio diciottesimo compleanno e, da lì, alla mia indipendenza legale. Dovrei vivere quest'anno come fanno i carcerati che non desiderano procurarsi altri guai e sperano che la buona condotta conceda loro la libertà sulla parola. Anch'io dovrei fare buon viso a cattivo gioco, non impuntarmi, starmene buona, attirare poco l'attenzione e rimanere in attesa. Ma non ce la faccio. Non oggi, almeno. Magari domani cambierò idea e diventerò saggia.

Oggi, invece, odio tutto. Odio pure questa stanza bellissima, con il letto a baldacchino decorato da lucide rose di legno, tappeti persiani folti come l'erba del sottobosco, e mobili che non sfigurerebbero nella camera da letto di una regina. Il mio scarno bagaglio si trova appoggiato su un divano. Nell'armadio c'è almeno una dozzina di uniformi della mia misura. Il bagno, grande e lussuoso, provvisto di tutto, è in comune con un'altra stanza. Ha due porte, infatti, su due lati opposti.

Purtroppo dovrò condividerlo con mia *cugina*, Lady Julia Bertram, la principessina triste, o schifata, che dir si voglia. Sospetto che non impazziremo l'una per l'altra e che questa situazione piacerà poco anche a lei.

Lascio che la professoressa continui coi suoi elenchi degni di Alcatraz, Sing Sing e San Quintino messi insieme, e vengo a sapere che, se mai non avessi compreso qualcosa, troverò ogni regola scritta nel vademecum in dotazione. Me lo indica, il vademecum, posizionato sul comodino come le Bibbie nei cassetti degli hotel: è quasi un tomo.

«Nessun ragazzo dovrà mai accedere alle stanze femminili», aggiunge la professoressa Norris a un tratto, pronunciando la parola *mai* con un tono impetuoso, quasi volesse esaltarne l'inviolabilità. «E nessuna ragazza dovrà mai recarsi nelle stanze maschili. È consentito socializzare solo nei locali comuni e nelle occasioni mondane programmate. Al di là di tali luoghi e occasioni, ogni infrazione sarà adeguatamente punita.»

«In che modo?»

Vengo trafitta dall'ennesima occhiataccia.

«Con ulteriori privazioni della libertà. Considerati gli importanti eventi ai quali è possibile partecipare, i balli, i viaggi culturali e molto altro, le consiglio di non trasgredire al regolamento.»

«Viaggi? Per dove?» domando, improvvisamente incuriosita.

«Numerose sono le località di interesse artistico e storico che un numero selezionato di bravi studenti è ammesso a visitare. Abbiamo organizzato spedizioni fino al Vallo di Adriano e a Stonehenge, anche se molto più comuni sono le visite ai musei, ai castelli e ai giardini botanici ubicati in questa stessa contea.

Dunque, non sfidi l'autorità, rispetti le regole, si metta a studiare, e non è escluso che venga ammessa a partecipare a qualcuna di queste spedizioni.»

Dopo qualche altro commento di contorno, la professoressa va via. Rimasta da sola, mi lascio cadere sul letto. È molto comodo, eppure mi sento come se fossi seduta su un tappeto da fachiro cosparso di chiodi.

L'idea di viaggiare non mi dispiacerebbe, ma temo che il prezzo da pagare in obbedienza e decoro sia troppo alto per me. Amo studiare, non ho problemi con la conoscenza: ho problemi, piuttosto, con la necessità di tenere la bocca chiusa. Quando la mamma era viva mi sforzavo di essere migliore per lei che, nonostante la sua ribellione giovanile, è sempre stata una donna raffinata e gentile, misurata e dolcissima. Ma adesso... è come se niente avesse più molto senso. Per chi dovrei essere migliore? Per la zia Mary e la sua vocetta stridula, apparentemente comprensiva ma ferocemente dittatoriale, o per il conte antipatico, che mi fissa come se fossi una disgrazia di cui occuparsi e che preferirebbe buttar giù dal monte Taigeto? Per William, che quasi certamente non rivedrò più e, se mai lo rivedrò, avrà di sicuro una ragazza che non sono io? Non voglio diventare la signorina ammodo che pretendono tutti. Non so bene cosa voglio diventare. Non so bene neppure chi sono.

La morte della mamma mi ha scaraventata in una specie di pozzo oscuro. Mi pare di muovermi con gli occhi bendati. Tutto, anche gli spazi enormi, mi vanno strettissimi. Probabilmente mi vado stretta io, come se il corpo fosse la camicia di forza indossata dall'anima.

Invece di disfare i bagagli mi stendo a pancia in giù sul

materasso, con tutte le scarpe. Tanto, a che serve togliere dalla valigia quelle quattro cose che possiedo, se è indispensabile indossare l'uniforme anche di domenica? Tirerò fuori lo stretto necessario prima della notte, ma ora... ora voglio restare così, come un vegetale appassito. Le lacrime colano giù imbevendo il cuscino, anche se non emetto nemmeno un sospiro. Cadono e basta.

Per qualche strano motivo, gli unici momenti degli ultimi mesi ai quali riesco a pensare senza stare male sono quelli passati con Edmund. Non so perché ma, durante l'ora che ho trascorso con lui, i legacci della camicia di forza che mi inscatola si sono allentati.

A un tratto avverto dei rumori oltre la porta. Oh, ecco che il deserto dei Tartari si anima. Un chiacchiericcio diffuso si spande, e un po' mi scalda, anche se, di nuovo, non so perché. Non distinguo le loro parole, ma mi fa l'effetto di un rumore bianco. Mi addormento, perfino.

Mi sveglio di soprassalto non so bene quando. È buio oltre la finestra. Qualcuno sta bussando alla porta.

Mi alzo stropicciandomi gli occhi. Ho dormito per delle ore senza volerlo, senza rendermene neppure conto.

Quando apro la porta e scorgo Julia oltre essa, con un'espressione non proprio felice di rivedermi, la contraccambio con la medesima scarsa felicità.

Mi osserva nel solito modo, come se fossi fatta di una materia allo stesso tempo invisibile e raccapricciante. Indossa la divisa scolastica, ma non mi pare la stessa di stamattina. I colori sono leggermente più scuri, i tessuti un pochino più inamidati e formali. Lei, però, non ha perso neanche un'oncia di aristocratico distacco. Se non sapessi che è una lady lo saprei comunque, mi basterebbe guardarla.

«Sono stata incaricata di dirti che devi scendere a cenare», dichiara. «Ma ovviamente devi cambiarti, non puoi venire conciata così.» Fissa i miei vestiti con disprezzo, fino alle scarpe.

Subito dopo indirizza un'occhiata alla stanza, e quindi mi sorpassa ed entra senza che l'abbia invitata a farlo.

«Vuoi accomodarti?» le domando, anche se si è già accomodata.

«Devi cambiarti», ripete lei, con fredda autorità.

«Io... non ho molta fame, magari salto la cena», mormoro, e non mento. Ho lo stomaco chiuso con un lucchetto che non si aprirà molto facilmente in questo luogo estraneo.

«Non conta quanta fame tu abbia, devi scendere lo stesso indossando la divisa prevista. Se te la fai sotto perché hai paura che ti fisseranno tutti, hai ragione. Lo faranno, ti giudicheranno senza pietà.»

Questo commento scatena il mio orgoglio.

«Non ho paura di niente, io», dichiaro, in un sibilo.

«*Adesso* non hai paura. Quando saremo nella sala, e cento paia d'occhi ti osserveranno criticando tutto di te, il coraggio andrà a farsi benedire.»

«Lo sai per esperienza? Anche tu te la sei fatta sotto?»

«Certo che no», reagisce Julia, piccata, scuotendosi per un momento dalla sua freddezza. «Non c'è niente in me che meriti biasimo. Io suscito solo ammirazione.»

«Io, invece, faccio schifo, giusto?» replico, ma il mio tono è ironico. Non so perché, ma non mi sento offesa. Se per suscitare ammirazione occorre essere delle statue di ghiaccio, allora mi vanto di tutto il biasimo che meriterò.

«Vestita così, sicuramente. Non so come ti starà la divisa.

Dubito che ti cada bene, non hai neanche un po' di seno, e quei capelli lisci, senza nessuna forma, sanno di poveraccia che non può permettersi un parrucchiere decente.»

«Sarei curiosa di sapere cosa ti ho fatto. Oppure sei odiosa a prescindere?»

«La verità ti offende? Non ho detto nulla di falso. Hai il fisico di una dodicenne, e i tuoi capelli sono insignificanti.»

«Se pure fosse vero, chi ti dà il diritto di esprimere la tua opinione? Ti ho forse chiesto cosa ne pensi del mio aspetto e del mio look? O ti hanno assunta come stylist del collegio? Se ti illudi che io sia la classica sfigata, che tu e qualche altra stronzetta prenderete di mira, e che subirò tutto senza fiatare come in certi film, vai in un altro cinema. Chissà, magari se ti prendo a calci e ti strappo i capelli mi espelleranno. Potrei provare questa strategia fin da subito.»

Julia sgrana gli occhi con sincero stupore e, per un momento, pare quasi umana.

«Vorresti essere espulsa?» mi domanda. «Nessuno vuole essere espulso, stare in questo istituto simboleggia il massimo del successo sociale.»

«Me ne frego del successo sociale. Preferisco una libertà disastrosa a questa trionfale galera.»

Lei emette una risatina tagliente.

«Quante stupidaggini. Preferiresti fare la commessa in una friggitoria per mantenerti agli studi in qualche università di seconda scelta? O pulire i gabinetti in un diner per camionisti, per poi tornare nel tuo lercio monolocale e poter dire a te stessa "oh, che bello, puzzo di candeggina, ma almeno sono libera!" Sarebbe una libertà alquanto ridicola, non credi? I titoli di studio ottenuti al Mansfield College sono considerati addirittura superiori a quelli di Eton, Oxford, Cambridge e Harvard, e aprono le porte in tutto il mondo, qualsiasi professione tu voglia intraprendere. Inoltre, i migliori partiti sono qui, ogni famiglia che conta veramente ha un proprio rampollo in questo istituto.»

«E tu hai adocchiato il migliore di tutti, dico bene?»

«Ci puoi giurare. Adesso cambiati, non intendo arrivare in ritardo per colpa tua.»

«Puoi andartene, non ho bisogno della balia.» Le indico la porta con un gesto, ma lei non si smuove e, anzi, la sua espressione autoritaria si accentua.

«Sì che ne hai bisogno. Non sapresti neppure quale divisa indossare, senza di me.»

«Credevo fossero tutte uguali», borbotto.

Julia si dirige verso l'armadio e ne apre un'anta. Le uniformi fanno bella mostra di sé, appese, l'una rispetto all'altra, a una distanza che sembra misurata in modo esatto con un nastro da sarta, come se permettere loro di sfiorarsi fosse uno scandalo. Julia appare soddisfatta di spiegarmi quanto *non* siano uguali, distinguendo con tono saccente tra divise invernali e primaverili, divise più eleganti per varie occasioni speciali, divise destinate alle lezioni e alla sala mensa, e infine la divisa della domenica, il tutto con relativi cambi. Mi spiega che è possibile recarsi a pranzo con la stessa divisa adoperata durante i corsi, ma che per cena è obbligatorio cambiarsi. Le uniche occasioni in cui è possibile indossare una *toilette* diversa - usa proprio questa parola, toilette - sono la cena d'inverno e il prom di primavera.

Tira fuori l'uniforme adatta e me la porge. Insieme a essa devo indossare dei collant spessi e stivaletti, tipo francesine, di vernice, col tacco non troppo alto e dalla forma comoda, che però a me sembra altissimo e scomodissimo.

«E vai a lavarti il viso, che si vede che hai dormito», mi fa notare Julia, imperterrita nella sua intenzione di dirmi tutto in faccia.

Se dicessi che questa sua franchezza mi è simpatica sarebbe una menzogna, ma non posso fare a meno di trovarla, a suo modo, rinfrancante. Preferisco le persone sincere, che dicono quello che pensano, anche se quello che pensano è che io sia una nullità sciatta e volgare. Non temo i nemici schierati: temo quelli che si fingono amici e poi ti pugnalano alle spalle.

Mentre sto per ribadire l'intenzione di non cenare, il mio stomaco mi tradisce, e piagnucola come un bambino che divorerebbe un dinosauro. In effetti un po' di fame ce l'ho. Ho fatto una leggerissima colazione stamattina e poi più niente. Non ho portato con me nulla di commestibile. Se non mando giù qualcosa, la gastrite mi punirà e mi farà passare l'ennesima notte insonne.

Perciò, accantono la resistenza passiva e per il momento depongo le armi. Mi rinfresco, mi lego i capelli in una coda alta e mi cambio nel bagno comune, mentre Julia attende in camera, seduta su una poltrona.

Quando esco, il suo sguardo sprezzante mi conferma ciò che ho già detto a me stessa osservandomi alla meglio nello specchio del bagno. Sono impacciata e ridicola. Non perché l'uniforme mi stia davvero male. Il fatto è che non sono io, quella tipa tutta bon ton. A me piace vestirmi di scuro, non sopporto le gonne plissé, anzi, non sopporto proprio le gonne, e non ho mai indossato neppure un centimetro di tacco. Barcollo come una bambola alla quale una bambina cattiva abbia tagliato le gambe ad altezze diverse.

«Sei terribilmente goffa», mi fa subito notare Julia. «Sei stata fortunata col colore, il bordeaux ti dona abbastanza, ma cammini tutta storta. E guarda come incurvi la schiena, sembri la sorella tre volte più gobba di Quasimodo. Stai diritta, e metti un piede avanti all'altro!»

Per mostrarmi come si fa, comincia a camminare per la stanza. Si muove con la grazia aggressiva di una modella esperta. Sono sicura che saprebbe portare con uguale padronanza anche tacchi molto più alti di questi. Confrontata con lei, sembro davvero imparentata col gobbo di Notre Dame.

«Meglio così», commento, senza darle la soddisfazione di vedermi a disagio. «Altrimenti come farebbero a criticarmi? Preferisco togliermi il pensiero tutto in una volta e permettere a chi ne ha voglia di sezionarmi e distruggermi. Se fossi meno imperfetta dovrebbero studiarmi più a lungo per trovare un difetto, mentre così, già da domani, sarò un pettegolezzo stantio. Allora, andiamo?»

***

Il refettorio, che solo poche ore fa era popoloso quanto una cripta, adesso è proprio come ci si aspetta che sia la sala mensa di un collegio. Pieno e rumoroso. Evidentemente le regole folli dell'istituto non si spingono fino a ordinare a tutti di tacere durante la cena.

Lo confesso, anche se mi atteggio a ragazzina cazzuta, mi sento in forte imbarazzo. Poco prima di addentrarmi nell'immenso salone, abbandonata da Julia che, dopo avermi condotta fin qui, ha messo in chiaro di non voler più avere a che fare con me, osservo l'insieme e per un momento mi pare di trovarmi in uno dei film di Harry Potter. Non male come colpo d'occhio.

Peccato che io non sia Hermione Granger e che non possa trarmi d'impaccio adoperando qualche incantesimo. Dunque mi toccherà affrontare la pubblica gogna. La cosa migliore è trovare un posto a sedere da qualche parte, in un angolo. Dopo cercherò di capire come fare a ordinare la cena, se c'è un buffet, se si viene serviti al tavolo, o se i piatti compaiono magicamente al centro delle lunghe tavolate di mogano levigato a specchio.

Opto per uno dei corridoi laterali, ed entro.

Se dicessi che la velocità con la quale mi notano e mi squadrano potrebbe entrare nel guinness dei primati sarebbe senz'altro un'esagerazione. Ma di sicuro lo fanno abbastanza in fretta. Il brusio non cessa e forse aumenta, mentre la maggior parte dei presenti nota il mio arrivo e lo commenta con gli altri.

Il sito internet era decisamente ingannevole: non vedo modelli e modelle tra gli studenti. Vedo un'umanità variegata e tutt'altro che simile a un mondo fasullo fatto di bambole e manichini. Insomma, se l'appartenenza a un certo ceto sociale e il possesso di un certo livello economico costituiscono requisiti fondamentali per accedere a questo sacro tempio, non lo è il sembrare Angelina Jolie e Jude Law a vent'anni. Sono tutti ragazzi normali, diversi da quelli delle foto che ho visto.

Tranne uno. Edmund spicca fra tutti. Nonostante la sala piena, lo noto a un paio di tavoli di distanza, seduto insieme ad altri ragazzi. Nessuno potrebbe negare che sia perfino più bello di quelle immagini di repertorio. Conversa con gli amici, sereno e garbato, come ci si aspetta da un principe. Appena si volta e mi guarda – guarda proprio me, o la boiserie alle mie spalle? – avvampo come una scolaretta cretina. Mi batte il cuore fortissimo e cammino con la circospezione di chi, dopo anni di blue-jeans e scarponcini, è costretta a muoversi sui tacchi e con una gonna che la fa sentire nuda. Meglio guardare avanti, e cercare un angolo meno affollato.

A un tratto, purtroppo, metto un piede in fallo, e non cadere diventa impossibile. Sarei molto più ridicola se tentassi di mantenermi in equilibrio. Mi produrrei certamente in una danza più goffa. Quindi, ok, cado. Farò la mia *bella* figura, tutti rideranno, e poi si metteranno l'anima in pace.

Eppure non succede.

Sulle prime non capisco come mai. Giuro che stavo per schiantarmi al suolo nel modo inesorabile di un birillo che rotola e precipita dall'alto. Ma una mano mi afferra al volo. Anzi, un braccio. Un braccio attorno alla mia vita. Il braccio di Edmund. Mi trattiene con più vigore di quello che ci si attenderebbe da un damerino dalla voce flautata, mi parla piano, ma la sua voce non è flautata per niente. È canzonatoria, sia pur nel segreto mantenuto tra le sue labbra e il mio orecchio.

«Ehi, mocciosetta, spalmarti sul pavimento come una stella marina non mi pare il modo migliore per presentarti a un pubblico così esigente». Lo osservo con gli occhi sbarrati: dopo essersi accertato che sono capace di stare in piedi, una delle sue mani mi spinge delicatamente sulla schiena.

Mi muovo come un automa di vetro, rigida e con la sensazione che potrei rompermi anche senza cadere. La presenza di Edmund aumenta il mio disagio. Dovrei essergli riconoscente, ma l'unica emozione che provo è un travolgente turbamento. Insomma, anche se lo so che è assurdo, sono più sconvolta ora di prima.

«Sono arrivato appena in tempo», continua Edmund. «Ho notato, fin da quando sei entrata, che camminavi come se stessi per ruzzolare sul ghiaccio. Così mi sono detto che non sarei stato un gentiluomo se non ti avessi impedito di debuttare con una figuraccia in questo dramma barra commedia barra scena del crimine.»

«Scena del crimine?» replico, cercando di imprimere alla mia voce e al mio passo una parvenza di disinvoltura. «Qualcuno verrà assassinato?»

«Sì, tu, se continui ad avere quell'espressione terrorizzata.»

«Non sono terrorizzata», protesto, a denti stretti.

«Di' pure che vorresti *non* esserlo, ma lo sei. Da questo momento in poi, però, andrà meglio.»

«Che ne sai tu di come andrà?»

La sua mano sulla mia schiena si fa più ferma, mentre continua a condurmi non so dove, e io mi lascio condurre non so perché.

«Perché stai parlando con me e io conto qualcosa. Sorridi, come se stessimo conversando di un argomento lieto. A un tratto assumerò un'espressione affascinata, come se tu avessi detto qualcosa di molto molto interessante. Hai fame?»

Annuisco, mentre Edmund mi sorride, e poi pare stregato, come se avessi appena espresso concetti di grandiosa importanza, destinati a rivoluzionare al contempo la scienza e la fede. Quindi lasciamo il refettorio ed entriamo in una sala vicina, completamente diversa dalla precedente. Qui ogni dettaglio trasuda modernità. Il bancone delle pietanze è un tripudio di acciaio e vetro, lindo fino a brillare, e gli inservienti oltre il bancone indossano candide livree, crestine abbinate e guanti bianchi. E tutti pendono dalle labbra di Edmund.

Com'è possibile che piaccia a chiunque, questo ragazzo? Dipende dal fatto che è bello come un arcangelo, o dal fatto che è il figlio di un conte?

Il motivo lo ignoro, ma so che, quando si avvicina, diventa oggetto di una cordialità che sfocia nell'adulazione. E per riflesso la ottengo anch'io.

Ben presto, su un vassoio di lucido acciaio argentato, mi viene servita una cena degna di un ristorante con tre stelle Michelin.

«Lo tengo io, il vassoio», mi dice Edmund. «Non riesci a fare un passo senza dondolare. Se cadi insieme al cibo sarai la barzelletta del college per mesi. Se è ciò che desideri, tieni pure.»

Scuoto la testa, ma lo guardo come se volessi rimproverarlo. Torniamo nel refettorio, calamitando di nuovo la curiosità dei presenti.

Lord Edmund regge il vassoio della nuova arrivata, sua cugina a quanto si dice, che avanza dietro di lui con un'espressione non proprio brillante.

So di avere gli occhi gonfi, a causa del lunghissimo pianto che mi sono concessa prima di dormire e mentre dormivo, e di non essere esattamente uno splendore. Se di norma posso definirmi carina, in questo momento temo di non arrivare nemmeno alla sufficienza.

Me ne infischio, forse.

Forse, invece, un po' mi importa.

In fondo ho diciassette anni e, anche se l'opinione degli altri non mi toglie il sonno, mi capita di pensarci, ecco. In certe occasioni ci penso. Adesso, ad esempio, in questo luogo e in mezzo a queste persone. Non mi riferisco al mio aspetto fisico, di quello me ne infischio davvero, ma non sopporto l'idea che filtri la mia insicurezza. Che si capisca che ho pianto e se ne deduca che sono una ragazzina indifesa. Non sono indifesa, ed Edmund dovrebbe smetterla di trattarmi come se gli facessi pena. Fargli pena mi dà immenso fastidio.

Si ferma accanto a un tavolo e vi appoggia il vassoio. Due ragazze, sedute in fondo, ci osservano con curiosità. Be', per essere più precisi, *tutti* ci osservano con curiosità.

In fin dei conti parleranno lo stesso di me, sebbene per ragioni diverse. Per una che detesta stare al centro dell'attenzione è comunque una seccatura. Alla scuola superiore da cui provengo, almeno mi confondevo nel mucchio. Non che avessi dei veri amici, i più mi consideravano strana, riservata com'ero e del tutto disinteressata alla moda, alle feste, ai ragazzi. Ma si erano ormai abituati a quella stranezza. Neanche i bulli ci hanno provato più di tanto, perché, nonostante la mia indole solitaria, ero dura e non sottomessa e, dopo qualche tentativo di divertirsi a mie spese, si sono arresi. Anche chi avrebbe potuto essermi amico si è arreso, ma ero contenta lo stesso. Avevo i cavalli, e William, e la mamma.

«Stai di nuovo precipitando nel baratro dei pensieri?» Edmund mi richiama alla realtà. «Vieni a mangiare e lasciali perdere. Io, però, non posso trattenermi ancora o, invece di limitarsi a dire che mi comporto in modo educato, si convinceranno tutti che sono innamorato di te.»

Su queste parole mi rivolge un saluto cortese e poi si allontana. Non lo guardo andar via, resto immobile a fissare il vassoio. A questo punto mangiare diventa obbligatorio, non soltanto per placare il mio stomaco, ma anche per darmi un contegno, a dispetto delle guance talmente ardenti che mi pare d'essere stata baciata dal fuoco di un drago.

Mando giù il cibo come se ne andasse della mia vita. Non vedo l'ora di finire e tornare in camera. Sono quasi giunta al dolce quando accade qualcosa di strano. Avverto uno spostarsi di sedie accanto a me, e poi delle voci.

«Sei davvero la cugina di Edmund e Julia?»

Le due ragazze di poco fa, con l'uniforme del college, mi si siedono accanto. Non so se siano interessate davvero a me o al fatto che Edmund si sia dimostrato interessato a me, ma propendo per la seconda ipotesi. In ogni caso mi parlano con gentilezza. Ancora prima di comunicarmi i loro nomi, mi chiedono a quale attività extrascolastica intendo iscrivermi.

«Ci sono moltissimi club, d'arte, di musica, di teatro, laboratori di fotografia, e diverse associazioni sportive. Tu a cosa sei interessata?» mi domanda una brunetta con l'aria da prima della classe. Ha uno di quegli chignon che sembrano frettolosi e casuali e invece hanno richiesto tempo e cura per essere realizzati.

«Non lo so, ci devo pensare», rispondo.

Una seconda ragazza con lunghi capelli rossi e un paio di occhiali da vista neri e oro, col marchio Chopard impresso a chiare lettere sulle stanghette, emette una risatina civettuola. «Noi seguiamo scherma, nuoto, teatro, e canottaggio», continua. «Per quanto mi riguarda non me ne frega un fico secco di nessuna di queste attività, e sono una schiappa in tutto, ma Edmund aiuta l'istruttore al corso di scherma per principianti, dirige il club di teatro, e pratica nuoto e canottaggio, anche se non a livello agonistico. Ma non importa, lo guardiamo con vero piacere lo stesso!»

La brunetta le assesta una sonora gomitata su un braccio.

«Smettila, Taylor», la corregge. «Amiamo la scherma perché

è un nobile sport, antico e rispettabile, che migliora i riflessi e la postura e tonifica i muscoli senza mascolinizzare. Per la stessa ragione ci piace il nuoto, e il teatro arricchisce il vocabolario e la memoria. E il canottaggio appartiene alla tradizione inglese. Tutti lo seguono.»

La sua amica è tutt'altro che incline a lasciarsi persuadere, oppure non è tipo da riuscire a mentire con la stessa faccia da poker.

«Quante stupidaggini dici, Amber. Lo sai benissimo che andiamo a nuoto e canottaggio solo per vedere Edmund mezzo nudo.»

Amber arrossisce mentre Taylor, pur abbassando la voce, comincia a elencare le *qualità* di Edmund.

«Lo hai mai visto in costume da bagno? Noi sì, ed è letale! Letale, intendo, per chi desidera continuare a respirare a pieni polmoni. Peccato che quando comincia a far freddo il canottaggio si faccia meno interessante, perché deve indossare un abbigliamento pesante, e sotto esami va a pagaiare solo all'alba, e chi si sveglia a quell'ora? Ma in primavera si denuderà di nuovo, vedrai! E quando parla, santo Iddio, quando parla, anche se è completamente vestito, ha una voce così sexy che…»

Sollevando gli occhi al cielo, Amber la zittisce ancora.

«Ciò che dici è estremamente sconveniente, dovresti imparare a tacere.»

«Ma se sei tu la prima a dire che è il figo perfetto derivante da un incrocio fra il principe Filippo della Bella addormentata e Lucky Blue Smith, con in più una voce simile a quella di Travis Fimmel!»

Mentre la mensa comincia a svuotarsi e il destinatario di elucubrazioni tanto ardite va via insieme a un gruppo di amici, le due ragazze imbastiscono una sommessa discussione. Non so più cosa dicano, poiché vanno avanti, dirigendosi verso quella che, lo scopro poco dopo, è un'altra sala comune, nella quale è non solo lecito ma proprio consigliato socializzare. Dopotutto, come sarebbe possibile garantire ottimi futuri matrimoni se gli studenti non potessero legare tra loro quantomeno dopo cena?

L'elegante salone è disseminato di divani e poltrone. Nessun cedimento alla tecnologia, né ad altre attività che si possano svolgere da soli. L'unica alternativa alla vecchia arte del conversare sono dei raffinati tavolini scacchiera sui quali è possibile giocare con pezzi preziosi, d'argento, di malachite, di madreperla. Rimango in un angolo per un po', a mordermi le labbra. Non so dove siano finite Taylor e Amber. Non riesco a scorgere Edmund. Mi siedo su un divano un po' appartato, decido di contare fino a cinquanta, e poi andarmene.

Se mi chiedessero perché non lo faccio immediatamente, non saprei cosa rispondere. Forse desidero mettermi alla prova. Sono ancora numerosi e invadenti gli sguardi di chi mi tiene d'occhio, e far capire che sono riusciti a farmi sentire in soggezione sarebbe una pessima mossa. Perciò rimango, con l'espressione di chi sta da sola perché è ciò che desidera, e non perché gli altri l'hanno isolata.

Sto da sola perché mi piace, e non perché non vi piaccio.

Cerco di ricordare qual è la posa che esprime al meglio relax e spigliatezza. Mi siedo senza stare rigida o curva in avanti, ma appoggiata allo schienale, le braccia morbide, le gambe a cavalcioni, come se il mio corpo stesse dicendo "mi trovo a mio agio in questo ambiente, non ho mica paura di voi". Niente occhi bassi, niente dita che tormentano i braccioli della poltrona, niente tic nervosi, solo una ragazza tranquilla che si guarda intorno.

Julia è seduta accanto a un ragazzo biondiccio, alto e bruttino. Non sono solita giudicare l'aspetto delle persone, ma da lei mi aspettavo gusti diversi, e quel giovanotto un po' pingue, con un'aria che non posso fare a meno di definire stolida, pare l'ultimo individuo al mondo destinato ad attrarla. Eppure, anche il linguaggio del suo corpo parla con chiarezza. Lo ascolta con una sorta di devota attenzione. Insomma, pende proprio dalle sue labbra. Il ragazzo, che indossa la divisa dell'università, disserta di chissà cosa per un pezzo: deve trattarsi di argomenti molto interessanti per rapirla così, considerato che è *proprio* bruttino.

Ma quanto sono crudele e superficiale? La principessina ha dimostrato di avere più cervello di me, e più cuore, visto che è attratta da un tipo che somiglia a un ranocchio.

Mentre mi vergogno di me stessa per i miei pensieri meschini, avverto un piccolo tonfo: Taylor, la ragazza coi capelli rossi e gli occhiali che poco fa faceva una radiografia alle sette bellezze di Edmund, mi si siede accanto sul medesimo divanetto. Si rende subito conto di cosa sto guardando e, con la stessa assenza di riserbo dimostrata fino a ora nonostante io sia per lei un'estranea, si avvicina e mi sussurra: «Quel rospetto è l'attuale duca di Rushworth. Ha già ereditato il titolo nonostante sia così giovane. È imparentato con la famiglia reale, e tua cugina si è messa in testa di diventare duchessa. Mica scema! Ma neanche io sono scema, con l'unica differenza che il mio ragazzo oltre che titolato sarà anche un gran figo. Edmund è la quintessenza della raffinatezza e della sensualità insieme! Non si tratta solo del suo aspetto favoloso e della sua voce profonda: anche il modo in cui cammina, o si passa le mani tra i capelli, o perfino il modo in cui ride, sono da svenimento!»

Un altro tonfo mi fa trasalire. Amber, la brunetta con lo chignon, si è seduta dall'altro lato, sullo stesso divano.

«Dovresti imparare la moderazione», consiglia all'amica. «Lord Edmund non sa neppure che esisti. Per lui, al massimo, sei la ricca figlia plebea del petroliere texano, ma non ti ha mai parlato neppure per sbaglio.»

«Come se tu discendessi da chissà quale imperatore europeo. Vieni dal Maryland e tuo padre possiede dei ristoranti. Quindi sei una ricca plebea come me. Comunque Edmund non fa caso a queste cose, mi ha parlato più volte, ed è sempre stato gentilissimo. È un vero signore, non come quella strega spocchiosa di sua sorella. Una volta, alle scuderie, mi ha aiutata a montare a cavallo, e in biblioteca ha preso un libro che mi era caduto e me lo ha restituito con un sorriso. Solo che adesso ho bisogno, ho *proprio* bisogno, di passare alla fase successiva.»

«Qual è la fase successiva? Saltargli addosso?» la provoca Amber.

«Eh, magari! Per il momento mi basta farci amicizia. E accadrà grazie a te», continua Taylor, fortunatamente a bassa voce, stringendosi al mio braccio. Subito dopo un lampo di sospetto le attraversa lo sguardo. «Non c'è niente tra voi, giusto? Intendo, tu ed Edmund siete solo cugini, o c'è dell'altro?»

«Non c'è proprio niente», replico, stizzita, quasi mi offendesse il solo pensiero di un legame diverso.

«Molto bene. Allora prima diventiamo amiche noi, e poi grazie a te potremo frequentare anche Edmund. Dopo un po' lui si innamorerà di me, e fra qualche anno ci sposeremo. Ci ho provato a diventare amica di Julia, ma non c'è stato niente da fare. È più fredda di un iceberg, tranne quando si tratta di fare la svenevole con Lord Rushworth.» Si interrompe e scocca un'altra occhiata a Julia, ancora intenta a pendere dalle labbra del suo duca. Quindi scrolla le spalle. «Vedi, nonostante i suoi modi adorabili, non è facile fare amicizia con Edmund. A volte ho la sensazione che sia amico di tutti, a volte che non sia amico di nessuno. È un ragazzo più riservato e misterioso di quanto appaia. Chi può dire di conoscerlo sul serio, qui dentro? Neanche sua sorella, a mio parere. Con te, però, mi è parso sinceramente espansivo.»

«Vi ringrazio per la vostra assenza di secondi fini», dico, ironica, «e per la sincera amicizia che mi avete proposto, ma ne faccio volentieri a meno.»

«Oh, ma è sottinteso che poi diventeremo amiche sul serio, no?»

«Non diventeremo amiche né sul serio né per finta», ribadisco, e mi alzo in piedi. «Se volete arrivare a Edmund, pensateci da sole.»

Mi sento stizzita mentre esco, e ringrazio mentalmente il cielo di avere scelto un divanetto accanto alla porta, così da non dover fare inopportune sfilate in mezzo alla sala adesso che è piena. Mi fa male di nuovo lo stomaco, come a una vecchietta piena di acciacchi. Ogni contrarietà mi entra dentro come un coltello in una piaga.

Se Edmund pensa di avermi fatto un favore mostrandosi gentile e cavaliere davanti a tutti, si sbaglia di grosso, visto che il risultato è peggiore del problema al quale intendeva mettere una pezza. Preferisco non avere amici che essere usata per arrivare a lui. Alla solitudine sono abituata, alla falsità no. E poi, avvicinarsi a me con questo scopo non servirà a niente.

Per fortuna ritrovo la strada per lo studentato con facilità, e questo mi salva dalla necessità di dover chiedere aiuto agli insegnanti che incontro, riconoscibili grazie all'aria da secondini specializzati in sevizie. Mi chiedo se qualcuno di loro sorrida mai, e cosa mi aspetterà, da domani, durante le lezioni. È previsto un pungolo elettrico per chi non risponde se interrogato?

Intanto ritorno in camera e comincio a svuotare i miei bagagli. A quanto pare il pagamento della retta non include l'aiuto di qualcuno per questi compiti spiccioli. Non che mi dispiaccia, ma sarei curiosa di sapere se anche i nobili si appendono i vestiti da soli, come noi comuni mortali. Ho la sensazione che per gli studenti di sangue blu il trattamento sia diverso.

Faccio una doccia veloce, approfittando del fatto che *la principessina* è ancora nella sala di ritrovo, a coltivare la speranza di diventare duchessa. Per fortuna non è previsto un abbigliamento obbligatorio anche per dormire e posso indossare il mio pigiama coi cavalli stampati.

Quando appoggio la testa sul cuscino, però, ho un sussulto. Cos'è questo strano crepitio? C'è qualcosa che...

Rimango interdetta per qualche secondo, nel trovare dei fogli e delle buste infilati nella federa di seta, accuratamente disposti in una raffinata cartelletta di carta filigranata con uno stemma stampigliato in un angolo, su cui spiccano due nitide iniziali in corsivo blu. E. B.

Edmund Bertram?

Quasi tutti i fogli, almeno una trentina, sono intonsi. Alcuni, invece, hanno delle scritte.

Cara mocciosetta,

dovresti imparare a chiudere la finestra della stanza, altrimenti qualcuno potrebbe infilarsi di soppiatto mentre non ci sei. Io, per esempio. Volevo darti delle cose ma, se lo avessi fatto in sala mensa o nella sala di ritrovo, i più avrebbero pensato che ti passavo chissà quale scandaloso messaggio, e in questo microcosmo di maldicenti sarebbe stata la fine. Perciò approfitto dell'albero che c'è proprio sotto la tua stanza.

Innanzitutto ti lascio alcuni appunti sulle rovine romane che non abbiamo visto. La Norris è scaltra, sarebbe capacissima di interrogarti al riguardo.

Gli altri fogli fanno parte della mia carta da lettera personale. Una cosa un po' antica, ma in assenza di cellulari l'unica alternativa è tornare a un diverso modello di comunicazione. Puoi usarli per scrivere al tuo ragazzo, William, se ne hai voglia, non ti bastano le chiamate settimanali imposte dalla scuola e non vuoi correre il rischio che qualcuno sbirci le tue e-mail, visto che il pc si può usare solo in biblioteca e da queste parti la privacy è un lusso.

Lo so, ti ho promesso che mi sarei fatto detestare, ma credo sia il caso di cominciare dalla prossima volta. O magari da questa, se arriverai alla conclusione che mi sto facendo un po' troppo gli affari tuoi. Se hai della carta da lettera tua, ti consiglio di adoperare comunque la mia. Vedendo il sigillo sulle buste, i messaggi saranno spediti con maggiore sollecitudine. Ovviamente avverti il tuo boyfriend, non vorrei pensasse che ho delle mire nei tuoi confronti, e ne fosse geloso. Fagli sapere che ti considero una cuginetta tenera e solitaria e che ti aiuto come aiuterei mia sorella, ed evita di confidargli quel che ti ho detto a proposito del fatto che ti trovo molto carina e che tra qualche anno diventerai uno schianto. Anche se è tutto vero.

Non distolgo lo sguardo dai fogli per diversi minuti. Leggo più volte perfino gli appunti sulle rovine romane. Mi sento attonita e un po' in apnea. I pensieri si rimescolano nella mia testa come navi finite in un gorgo.

Edmund è entrato nella stanza arrampicandosi sull'albero?

Edmund mi ha regalato alcuni fogli della sua carta da lettera?

Edmund si preoccupa per me?

La mia prudenza, che teme sempre i tentativi di bullismo, si domanda d'impulso: "Cosa c'è sotto? Tutta questa gentilezza è sincera o ha un secondo fine? La sua è davvero complicità, o a un certo punto tirerà fuori dal cappello qualche scherzo crudele?"

Non so darmi una risposta. Questo ragazzo è troppo strano. Per lui sono una sconosciuta, e allora perché si dà tanto da fare? Deve esserci qualcosa dietro il suo comportamento.

Mentre rifletto, e passo in rassegna le ragioni per le quali, nei film, i tipi come lui (le star della scuola, praticamente) si mostrano interessati alle tipe come me (le sfigate della scuola, praticamente), mi infilo sotto le coperte. Penso, penso, penso, per non so quanto tempo. Immagino cose apocalittiche in mezzo alle quali, ogni tanto, spuntano cose romantiche, veloci e pericolose come funghi tossici. Non sono io, però: è la stanchezza, è il sonno, è il sogno, che si spingono in direzioni irrazionali, dove non andrebbero se fossi lucida.

Purtroppo non sono lucida, e mi addormento con la sua lettera vicina, e la sensazione, per la prima notte da tantissime notti, di non essere sola.

Tre

Caro William

ti avevo promesso che ti avrei chiamato quando mi fossi sistemata, per raccontarti com'è la vita al Mansfield, ma pare che io sia stata catapultata non soltanto indietro nel tempo: addirittura in un'altra dimensione. Niente linea per il cellulare, qui, solo telefoni fissi presidiati come in un carcere di massima sicurezza, e la possibilità di connettersi a internet unicamente dalla biblioteca. Potrei mandarti una e-mail, ma mi sentirei controllata. Quindi preferisco scriverti nella riservatezza della mia camera, di sera, e per farlo non mi resta che ricorrere alla cara vecchia carta.

Se dovessi riassumere il mio stato d'animo attuale in una parola, sceglierei "confusa". Mi sento come ubriaca, e lo sai che sono del tutto astemia e anche con mezza birra andrei in tilt. Mi mancate tutti: tu, tua madre, i nostri amici a quattro zampe. Senza di voi sarei sicuramente morta. Grazie, William, grazie per quello che hai fatto per me, sopportandomi e consolandomi. Non te lo avevo ancora detto, perciò lo faccio ora. Un milione di grazie. So di essere stata molto sulle mie, perfino un po' antipatica, negli ultimi mesi, ma so anche che mi capirai. Insomma, non è stato facile gestire tutto. Non è stato facile, William.

Com'è quella frase di Murakami? "Quando la tempesta sarà finita, probabilmente non saprai neanche tu come hai fatto ad attraversarla e a uscirne vivo. Anzi, non sarai neanche sicuro se sia finita per davvero. Ma su un punto non c'è dubbio... Ed è che tu, uscito da quel vento, non sarai lo stesso che vi è entrato."

È proprio vero. Non sono più la stessa. Prima ero chiusa, adesso sono sigillata. Prima ero solitaria, adesso sono un'eremita. Mi è difficile fare amicizia con le persone, e non che prima fosse facile. Se anche qualcuno mi si avvicina, lo respingo. Non voglio falsi amici. Che me ne faccio di persone che mi cercano per i motivi sbagliati? Mi basterebbe una persona soltanto, che capisse, che sapesse, che avesse attraversato una tempesta simile alla mia. Qualcuno che avesse sofferto davvero, che non si limitasse a snocciolare le frasi di circostanza che si pronunciano in questi casi, quei cortei di midispiace, tisonovicino, chiamamisehaibisogno, pronunciati da persone che non sentono e non sanno, e che, se mai le chiamerai, non si faranno trovare.

Qualcuno come Edmund.

So che ti avevo detto che era uno stronzo. Così mi era parso, quando l'ho incontrato la prima volta, due anni fa. Però, da qualche giorno, ho la sensazione che mi possa capire, che anche lui sia passato attraverso una tempesta e ne sia uscito fuori diverso. Ha perso la madre quando aveva dodici anni, e se lo vedi sembra il ragazzo più spensierato del mondo, ma... a me pare di leggere cose, in lui, che gli altri non vedono. Non so se le leggo perché il dolore vissuto ha amplificato la mia capacità di decifrare le emozioni nascoste, come se la sofferenza insegnasse una lingua nuova, ignota a chi non ha pianto talmente tanto da spegnere tutte le luci e sprangare tutte le finestre e ammutolire tutte le voci. Non so se è lui, invece, a mostrare a me qualcosa che cela agli altri, rendendomi facile arrivare alla conclusione inattesa che non sia lo stronzo che credevo all'inizio. Non so chi egli sia, in effetti. Se dovessi descriverlo brancolerei nel buio. Un damerino amabile? Un ironico mascalzone che, dietro le spalle di tutti, fa sberleffi a chi lo crede un damerino amabile? O qualcosa di ancora diverso?

Lo so, sono pensieri stupidi e inconcludenti, ma mi aiutano ad allentare il peso di tutto il resto. Qui è un delirio, William. Le lezioni sono pressanti, i professori opprimenti, e posso assicurarti che il fatto di pagare per il diritto di frequentare non implica anche il diritto di stare in panciolle. Inoltre non fa che piovere. Piove da giorni, ormai, e la vita si è ridotta alle lezioni, lo studio, il pranzo, la cena, e una malinconia che mi usa come snack da sbocconcellare quando lo decide lei. Appena ha fame, eccola, un morso al mio cuore e un piccolo pezzo di me che precipita a terra.

L'unica cosa piacevole è la presenza di Edmund. In sala mensa mi cerca con lo sguardo, mi sorride, e spesso e volentieri mi raggiunge e mi chiede se ho tutto quello che mi serve. Una volta si è seduto accanto a me e abbiamo condiviso un pudding al cioccolato. In biblioteca mi aiuta a cercare i libri che non riesco a trovare. Un'altra volta mi ha accompagnata – anzi, mi ha letteralmente sorretta – su una scivolosissima scalinata, anche se non doveva salire lassù. Ovviamente tutte le volte gli faccio notare che non ho bisogno della sua assistenza, che posso cavarmela da sola, però, in fondo, mi fa piacere. Tutti lo adorano: gli insegnanti, gli studenti, gli inservienti. È intelligente, studioso, garbato, sportivo, bellissimo. Ma solo io ho la sensazione che reciti una parte per tutto il tempo? Non per nascondere una natura crudele, non dico questo, ma di sicuro diversa. Sì, credo che il vero Edmund non sia la caricatura di gentiluomo che mostra al mondo, che sia più simile al ragazzo che ho scovato, due anni fa, nel giardino dei nonni, intento a fumarsi una canna. Vorrei avere più tempo per conoscerlo, e…

Appallottolo tra le dita l'ennesimo foglio di carta. Son già tre volte che provo a scrivere a William per raccontargli della mia vita, e finisco col parlare sempre di Edmund. Non posso scrivergli queste cose, penserebbe che ho una cotta. Non ho assolutamente una cotta.

Non ce l'ho, giusto?

A me piace William, cosa c'entra Edmund, adesso?

Temo dipenda da questa snervante prigionia dovuta al maltempo. La pioggia si sta trasformando in nevischio e presto sicuramente nevicherà.

A dire il vero ci sono tantissime attività che potrei svolgere al chiuso: la piscina olimpionica è coperta e riscaldata, le lezioni di scherma e altre arti marziali si tengono in una sala d'arme che pare quella del trono tanto è enorme, e non mancano una palestra con attrezzi e addirittura una specie di cinema.

Ma non ne ho voglia. Vivo in modo automatico e senza entusiasmo.

Lezioni, studio, pranzo, cena. Poco sonno. Brutti sogni. Albe freddissime trascorse a guardare una coltre di pioggia nevosa oltre la finestra. Gli unici momenti in cui mi sento un po' viva hanno a che fare con Edmund. Forse è per questo che lo cerco con gli occhi, anche mentre sembro immersa nella lettura di un libro di biologia.

Non dovrei, proprio non dovrei. Non sono serena, e quando la mente non ragiona in modo perfetto è facile prendere abbagli. È soltanto un bel ragazzo che mi sorride al di là della sala. Non è che mi abbia salvata da un drago. E poi, chissà cosa nasconde. Non devo minimamente ammirarlo. Non devo mai, mai, mai considerarlo un possibile amico. E devo, sempre, sempre, sempre impedire al mio cuore di accelerare un pochino quando lo incontro.

Rabbrividisco mentre guardo fuori, verso il parco. L'alba è sorta da poco, dopo una notte senza un vero riposo. Perlomeno ha smesso di piovere.

L'idea mi balena in testa, e diventa necessità, nell'arco di pochi secondi. Devo uscire o divento matta. Temo, però, che se adopero l'ingresso normale troverò qualcuno pronto a impedirmelo. Insegnanti e inservienti sembrano avere il dono dell'ubiquità, appaiono ovunque, e se non si ha il permesso per fare qualcosa di diverso da ciò che è previsto si faccia quel giorno e a quell'ora, scatta il veto. In special modo coi minorenni.

Guardo l'albero, lo stesso usato da Edmund per entrare nella mia stanza. Non credo abbiano insediato dei secondini sotto ogni finestra. Se sospettassero che qualcuno possa uscire dallo studentato per questa via taglierebbero tutti gli alberi.

Mi preparo in fretta. Indosso un paio di pantaloni, i miei fidati scarponi, giubbotto e cappello. Al diavolo l'uniforme e le scarpette che mi fanno rischiare un capitombolo lungo la scalinata ogni maledetto giorno.

Non mi posso definire una scimmia, ma so arrampicarmi. Di sicuro so lasciarmi andare giù dal primo piano. Appena tocco terra resto nascosta dietro il tronco per qualche momento. Mi comporto proprio come una fuggiasca che fa attenzione al passaggio delle guardie.

Una volta appurato che non c'è nessuno – e chi potrebbe esserci in una fredda mattina di fine novembre? – mi incammino verso il parco. Il profumo dell'aria aperta mi trasmette una scarica di emozioni intrecciate. Non so se essere felice perché mi sento libera, o infelice perché si tratta di una libertà momentanea.

L'erba è rorida di brina che scricchiola sotto le scarpe. Le foglie gelate degli alberi sempreverdi hanno l'aspetto di sculture di porcellana. Gli alberi caduchi fanno quasi tenerezza, così nudi ed esposti.

Cammino, cercando di rammentare il percorso verso le scuderie. Insieme al vademecum contenente tutti i doveri degli studenti c'è anche una mappa, messa lì per dimostrare l'estensione della proprietà, quasi trentamila acri, e non certo per fornire indicazioni a chi scappa dalle finestre.

L'idea era di raggiungere le scuderie, ma mi smarrisco nonostante la mappa. Non incontrare nessuno è una coccola per il mio spirito un po' misantropo. A un tratto avvisto il lago.

Sembra sbucato fuori da una fiaba, o da un miracolo. È una conca magnifica, intorno alla quale, per i tre quarti del suo perimetro, si staglia una foresta di pioppi e di salici. Lungo la sponda più bassa c'è un edificio che funge da rimessaggio per le imbarcazioni, e accanto a esso spicca una specie di cottage.

Mi affaccio da una balaustra di legno, oltre una specie di larga pedana che pare destinata ad accogliere il pubblico durante le gare. Contro il muro ci sono delle sedie di resina impilate l'una sull'altra.

Osservo intensamente questo splendore blu ghiaccio. E poi lo vedo.

C'è qualcuno su una canoa che scorre sull'acqua. Una figura umana con una muta nera e rossa e un cappuccio. Ci metto un attimo a riconoscere Edmund, e le mie guance marmoree per il freddo avvampano, e diventano tiepide. Lo fisso senza distogliere gli occhi: si muove con agilità ed energia, come se fosse un coltello caldo che solca il burro.

Quando mi rendo conto che si avvicina alla riva, corro verso la costruzione di legno per nascondermi. Sembro un po' scema, ma non voglio assolutamente che mi veda. Purtroppo Edmund viene da questa parte, non come se mi avesse notata, ma come se si trattasse di un percorso obbligato. Lo ripeto, sembro una stupida con la patente di stupida mentre scappo, quasi mi stesse inseguendo, anche se non mi ha neppure vista. Nella foga mi infilo in una delle porte del cottage, fortunatamente aperta, sperando che lui lo oltrepassi per recarsi altrove.

Mi ritrovo in un'anticamera piena di pesanti soprabiti e cerate giallo cromo appesi a un attaccapanni di legno. Oltre il vestibolo c'è una specie di salottino, e un bagno. Un caminetto acceso riscalda l'ambiente in modo piacevole. Su una poltrona noto una divisa blu del Mansfield, stesa disordinatamente come una persona svenuta male.

Prima che possa decidere cosa fare, sento dei passi. Se è Edmund, e se sta entrando qui e mi trova, farò la peggior figuraccia del mondo! Purtroppo non vedo altre porte, e l'unica finestra è sigillata.

Un paravento di legno dipinto d'azzurro è l'unico riparo al quale riesco a pensare.

Edmund entra proprio mentre ci giro attorno. Lo scorgo per un istante, prima di nascondermi. Indossa ancora l'abbigliamento impermeabile previsto per chi pratica canottaggio in inverno, ma si è tolto il cappuccio, e i suoi capelli biondissimi, un po' umidi, catturano la luce del fuoco che crea su di essi un abbagliante effetto ramato.

Dire che mi sento una perfetta imbecille non esprime con sufficiente intensità *quanto* mi senta imbecille. L'imbecillità, infatti, non basta. Anche la demenza grave sfiora appena la sensazione, e perfino la follia è poca cosa. E tutto divampa, e diventa insopportabile, quando, mentre me ne sto accartocciata in una posa da animaletto che si finge morto per essere lasciato in pace da un predatore, avverto una voce sopra di me.

«Mocciosetta, che ci fai lì?» Sollevo il viso, non più soltanto tiepido: ora è proprio rovente. Dalla sommità del separé si affaccia la testa di Edmund. Al suo sguardo manca un dettaglio insignificante, un'ombra appena, per passare dall'ironia alla malizia. «Che combini? Mi segui?» insiste.

«Neanche per idea!» esclamo, indispettita, e il dispetto disperde un pochino di imbarazzo.

«Quindi non ti sei nascosta qui dietro per spiarmi mentre mi cambiavo?» Il suo tono è sempre meno ironico e sempre più malizioso.

«Certo che no!» grido. «Non sono mica una pervertita! Passavo di qui per caso e...»

«E hai deciso di giocare a nascondino», commenta, continuando a parlarmi al di là del paravento. Ha fatto qualche passo indietro e non lo vedo più, ma la sua voce mi giunge da molto vicino.

«Ero certa che se mi avessi vista avresti pensato alla cosa sbagliata», borbotto. «Adesso me ne vado.»

«Non ti muovere», dichiara lui perentorio.

«Come se tu potessi dirmi cosa...» Mi blocco un attimo dopo essere uscita da dietro il paravento. A pochi metri da me, accanto al divano, Edmund è a torso nudo e sembra in procinto di sfilarsi i calzoni.

Mi sorride, stavolta con totale malizia.

«Ti avevo detto di non muoverti», dice, con un tono talmente divertito che vorrei prenderlo a schiaffi. Per farlo, però, dovrei avvicinarmi, e non è proprio il caso. E non è neppure il caso di fissarlo come se fossi stregata. Taylor aveva detto che guardarlo era letale: io non mi spingo a tanto, non sono così frivola né così tragica, ma di sicuro è impossibile restare indifferenti.

Non ho una grande esperienza di ragazzi mezzi nudi, ma solo se fossi cieca potrei non notare che Edmund è bellissimo. Anche senza vestiti. Ha le spalle larghe, il torace liscio e scolpito, le braccia muscolose di chi fa canottaggio, la corporatura longilinea da nuotatore. Sul suo petto, dal lato del cuore, spicca un tatuaggio a forma di Nautilus: una conchiglia a spirale, di solito simbolo di rinnovamento. Si volta un attimo e su una spalla intravedo un altro tatuaggio, che inizia dalla scapola e si allarga fino all'avambraccio: sembra un'ala, con tanto di piume, ma scure, con ombre grigie, come se fosse l'appendice strappata di un angelo scacciato dal cielo.

Ok, se non la smetti di fissarlo ti prenderà per una maniaca.

Anche se è dannatamente sexy, tu non sei una di quelle scemotte sbavanti da romanzo rosa.

Perciò guarda da un'altra parte.

Punto lo sguardo sul paravento azzurro, e sulla finestra oltre la quale la pioggia ha ricominciato a scendere, lenta e dolce come la primissima neve.

«Sbrigati», lo esorto, le braccia incrociate, la schiena diritta, a suo modo altera.

Per qualche minuto avverto solo il fruscio dei suoi abiti tolti, e poi di quelli indossati. Quindi lo sento incamminarsi, e capisco che si è avvicinato al fuoco.

«Ti puoi girare, irrecuperabile mocciosa», mi invita. Ha una mano protesa verso le fiamme, e l'altra fra i capelli umidi. Mi sorride, un sorriso incantatore. Se fossi incline agli incantesimi, intendo.

Ma non lo sono, giusto?

«Sono capitata qui per caso», gli ripeto, per puntualizzare il concetto. «Stavo cercando le scuderie e mi sono persa. Poi ho intravisto il lago. Ma… come mai ti alleni da solo? Non fai parte di una squadra?»

«No, io non gareggio. Mi piace pagaiare per il gusto di farlo, non per vincere qualcosa. La squadra insiste per avermi nel team, ma il mio rifiuto è categorico. Lo stesso vale per il nuoto. Non mi interessa fare gare e campionati. Voglio solo nuotare.»

«Ti facevo più competitivo», mormoro.

«È un errore di molti. Chi riesce bene nello sport deve per forza disputare sfide contro altri. A me, però, piace sfidare soltanto me stesso.»

«Nella scherma non si combatte contro qualcun altro?»

«Sì, infatti non gareggio neanche in quel caso. Mi alleno e basta.»

«E insegni ai principianti.»

«Ti sei informata sul mio conto?»

«Non che ci voglia molto, le ragazze parlano solo di te! Non sono molto stimolanti.»

«È per questo che non fai amicizia con nessuno? In tante hanno provato ad avvicinarsi, ma hai creato un fossato pieno di coccodrilli attorno a te.»

«Ognuno ha i suoi coccodrilli, non ti pare? E poi… anche tu mi spii?»

La sua risposta mi spiazza.

«In un certo senso, sì.»

«Co-cosa…»

«Non ti spio, ma ti osservo. Sei un soggetto interessante.» Vorrei avere una reazione più spavalda, pronunciare qualche frase brillante, ma riesco solo ad aprire e chiudere le labbra, tre volte, come un pesce. Edmund sorride di nuovo, mentre con pochi gesti pratici si lega i lunghi capelli in una coda bassa.

«Trovo molto interessanti le persone che si bastano da sole», continua. «Quelle che non seguono il gregge, che non si accontentano di rapporti finti e non hanno paura di essere se stesse. Tu sei così. Preferisci un'onesta solitudine a una falsa compagnia. Sembri timida, ma sei solo riservata e prudente, sembri un'angelica bambina e invece sei una giovane donna ironica e sagace.»

«Perché mi fai sempre complimenti?» gli domando con la fronte aggrottata. Le sue parole, in verità, mi hanno scombussolato lo stomaco, ma non come quando mi fa male per la gastrite. Come quando un'emozione fortissima mi palpita dentro. Come quando milioni di farfalle, di carne, di seta, di carta, di sogni, ondeggiano nella voliera del tuo corpo che le imprigiona. «Cosa ti aspetti che faccia? Che arrossisca e ti dica qualcosa tipo "Sei troppo buono, caro cugino, come potrò mai ringraziarti a dovere per il bene che pensi di me?" Non intendo dire niente del genere!»

«Tanto per cominciare, come tu stessa hai saggiamente affermato una volta, non siamo cugini. In secondo luogo, io sono tutt'altro che buono. Inoltre, sei arrossita: nonostante la tua sprezzante dichiarazione, sei arrossita eccome. Ma, soprattutto, non desidero essere ringraziato. Non dico né faccio nulla con questo scopo, detesto gli adulatori, e apprezzo chi mi dice in faccia quello che pensa.»

«Allora io dovrei piacerti moltissimo!» esclamo, con eccessiva spontaneità.

Edmund sorride come sorriderebbe il sole, se sapesse sorridere.

«Infatti mi piaci un sacco, e sei divertente», sostiene, senza smettere di fissarmi. «Raramente mi diverto in compagnia di una ragazza. Di solito, come tu stessa hai affermato, non sono molto stimolanti. Parlano sempre di me.»

«Frequenti le ragazze sbagliate», ribatto, secca, ignorando il suo primo commento e il tono vellutato col quale lo ha espresso.

Lui scuote la testa.

«No, sono le ragazze giuste, invece. Giuste per portare avanti la pantomima. Tu, al contrario, mi costringi a essere sincero. Nel bene e nel male, intendo.»

«Io non ti costringo a fare proprio niente!» protesto, quasi avesse detto qualcosa di estremamente offensivo.

«E invece lo fai, pur senza rendertene conto. Nei tuoi occhi c'è tanta di quella franchezza che me ne sento contagiato.»

«Ma perché... perché dovresti portare avanti una pantomima? Non... non capisco.»

«Perché la verità è una cosa troppo intima. Le recite sono meravigliosamente estranee.»

«Da me avrai solo franchezza, comunque», dico, scrollando le spalle con l'aria più da "me ne frego di quello che hai appena detto" che mi sia possibile ostentare. Anche se mi sento scossa dalle sue parole.

«Hai scritto al tuo ragazzo?» La domanda mi arriva inattesa e mi sorprende.

«Il mio ragazzo? Ah, sì, William...» Mi addento le labbra ricordando come mai non l'ho ancora fatto e mi rendo conto che la franchezza in questo caso dovrà fare posto a una sana omissione. «Non sono affari tuoi, non credi?»

Lui fortunatamente non insiste. Guarda il proprio orologio da polso e poi scuote la testa. «Si è fatto tardi. Se desideri andare alle scuderie prima che il grande leviatano si svegli, tocca mettersi in moto. Se notassero la nostra assenza simultanea farebbero assurde congetture, il pettegolezzo si diffonderebbe come un'eco storpiata, e mio padre sarebbe capacissimo di obbligarti a cambiare scuola. Le sue paure a proposito di una nostra ipotetica relazione non si sono placate. Si è fissato su questa insolita cosa, forse teme che tu mi faccia qualche stregoneria indiana.»

«Hai detto che la franchezza ti piace, quindi lasciami ribadire che tuo padre dovrebbe farsi curare *veramente*. Non capisco il perché di questa ossessione. In ogni caso non conosco stregonerie, né indiane e né inglesi, e se pure ne conoscessi, e fossi il capo supremo di una setta voodoo, non le praticherei a te. Ma siccome non considero un obbligo andare via dal Mansfield, e se basta questo a liberarmi, dirò ovunque che intendo sposarti.»

Lui si mette inaspettatamente a ridere.

«Sei sicura? Non saresti libera, finiresti soltanto in un altro collegio. Se sei certa di potercela fare senza di me, procedi pure.»

«Io ce... ce la faccio benissimo senza di te! Chi ti credi di essere?» esclamo, in un'impennata di dignità offesa e orgoglio ferito.

«L'unico *quasi amico* che hai? Stare da sola non ti spaventa, ok, e questo è senz'altro un pregio e un vantaggio, ma anche tu avrai bisogno di qualcuno su cui poter contare. Se per fare amicizia ti ci vogliono tre anni di sguardi in cagnesco, altri tre di buongiorno e buonasera, e forse, dopo altri tre anni ancora, riesci a sbloccarti un po', a lungo andare la solitudine rischia di diventare un cappio. Anche per legare con William ci hai impiegato un sacco di tempo?»

«Lui è speciale! Abbiamo gli stessi interessi, è stato facilissimo!»

«Però ancora non gli hai scritto.»

Mi addento il labbro inferiore e metto su un breve ma significativo cipiglio.

«Potrei averlo fatto! Non devo per forza consegnare la mia posta a te!»

«Mm, certo, però *non* gli hai scritto.»

«Che ne sai?» *E perché continui a insistere con questo discorso?*

«Io so tutto, vedo tutto, deduco tutto. Te l'ho detto che ho un QI di 159?»

«L'avrai ottenuto barando.»

«Ti sbagli. Non sai cosa darei, a volte, per essere stupido.»

«Non avere un QI di 159 non significa essere stupidi. Inoltre, di solito, le persone che risultano più intelligenti in questi test sono quelle meno dotate di intelligenza emotiva, e senza sensibilità non si può dedurre un fico secco.»

Per qualche momento mi osserva con una strana espressione un po' inquisitoria e un po' amara. Pare sul punto di dire qualcosa, ma poi scuote la testa.

«Adesso andiamo, tra un po' arriva la squadra dei canottieri per allenarsi. Dovrei tornare al palazzo per fare una sauna e una doccia, ma prima ti accompagno alle scuderie», dichiara infine, mentre indossa un lungo cappotto blu scuro, e si avvolge attorno al collo una sciarpa morbida dello stesso colore.

«Posso arrivarci da sola, non ho bisogno della tua scorta.»

«Sì che ne hai bisogno, ti sei già persa una volta. Allora, andiamo?»

***

Il nevischio diventa neve e il freddo gelo, mentre entriamo nelle scuderie, dopo aver percorso quello che mi è parso un oceano bianco per quella che mi è parsa un'eternità. Non perché tema il freddo o le distanze, ma perché io ed Edmund siamo rimasti in silenzio e, per qualche ragione, ho provato un profondo imbarazzo. Mi è pesata l'imprevista necessità di dire qualcosa di intelligente e la totale incapacità di riuscirci. La stupidità più assoluta, simile a un virus, sta via via prendendo possesso di me. Edmund mi fa sentire agitata, come se fossi perennemente preda di un malanno che include un batticuore selvaggio, un magone ingombrante e un ancor più ingombrante bisogno di osservarlo, di sapere cosa pensa, cosa fa, chi è veramente. Mi detesto per questa cosa, per questa situazione, per questo stato.

È indispensabile che io combatta contro una simile assurdità. In fondo è solo un ragazzo. E io sono innamorata di William.

«Qualcosa non va?» mi domanda Edmund.

«No», rispondo lapidaria, scrollando le spalle, quasi fossi infastidita dal suo interessamento.

Ci rechiamo verso il box di Marlowe, e il mio sguardo, e prima ancora il mio udito, sono catturati da evidenti segnali di sofferenza fisica provenienti da uno dei recinti. Oltre esso, una giumenta appare irrequieta. Capisco subito che è prossima al parto.

La osservo. È una bellissima cavalla baia, e sta sistemando la lettiera di paglia come se volesse preparare il nido. Mi fa immensa tenerezza il dolore delle madri, a qualsiasi specie appartengano.

La vista di questa madre mi fa pensare alla mia: i nonni

avrebbero voluto che abortisse, ma lei ha portato avanti la gravidanza, nonostante la situazione difficile che si è trovata ad affrontare. Io sono nata di notte, papà lavorava, e lei non aveva nessuno accanto. Partorire senza neanche un familiare che ti tenga la mano, a diciotto anni, non deve essere stato facile. E crescermi da sola, dopo la morte di papà, deve essere stato ancora peggio.

«Fanny...» La voce di Edmund mi riporta alla realtà. Subito mi rendo conto che mi ha chiamata per nome, e lo osservo stupita. «Stai piangendo», mi fa notare.

Ancor più stupita mi porto una mano sugli occhi. Sto piangendo davvero.

Sollevo lo sguardo verso di lui, doppiamente sbigottita.

«Non mi hai chiamata mocciosa», mormoro, cercando di tornare in possesso della mia dignità.

«Non sarebbe stato corretto farlo mentre piangevi per un motivo ragionevole.»

«Che ne sai del motivo per cui...»

La voce di Edmund si fa più bassa e grave, pare quasi un sussurro.

«Capitava spesso anche a me. Se incontravo altre madri, io che non ne avevo più una, diventavo triste. Non mi succedeva soltanto con le madri dei miei amici, ma una volta perfino con una cagnetta che apparteneva a mia nonna, una piccola Corgi che partorì sette cuccioli. Il fatto che tutti avessero una madre, perfino gli animali, e io non più, lacerava la mia anima di bambino. A volte, poiché non ho mai posseduto un cuore dolce come il tuo, il dolore sfociava nell'invidia e nella collera. In special modo quando mi rendevo conto che mio padre non era in grado di farmene sentire meno la mancanza e, anzi...»

Si interrompe, come se si fosse reso conto di non volere e di non potere dire di più. Lo guardo dispiaciuta e affascinata. Com'era la mamma di Edmund? Avendo conosciuto Lord Bertram la immaginavo come la sua versione femminile. Ma non può essere stato così.

«Che tipo era, lei?» gli domando, con timidezza, come se temessi di svelare un segreto.

Dalla sua gola affiora una specie di secca risatina simile un singhiozzo soffocato.

«Vuoi sapere se era come mio padre?» mi domanda, dimostrandomi per l'ennesima volta il suo intuito. «Non avevano in comune proprio niente. Lei era dolce, affettuosa, e fragile. Ma nella sua famiglia erano fermi all'800. Concepivano solo i matrimoni di interesse, soprattutto se la futura sposa non era come tua madre, cioè forte e caparbia, capace di mandare al diavolo tutti in nome di un principio e di un sentimento.»

Un brivido mi percorre la schiena al suono di queste parole, pronunciate sottovoce ma con intensità. Mentre la cavalla si agita nel recinto, soffrendo nel modo silenzioso degli animali, una mano di Edmund si posa sulla mia, per un secondo. Per quel secondo il magone si spande nel mio petto. Il cuore accelera il passo, lo stomaco si contrae, e mi pare che il mondo stia girando e girando. Subito dopo Edmund si discosta, con un gesto fulmineo e infastidito, come se avesse sfiorato del metallo incandescente e non la mia mano fredda.

«Adesso devo andare», mi dice brusco. «Tu fai ciò che vuoi con Marlowe, portalo in giro, cavalcalo, parlagli, rimpinzalo di carote, va bene tutto. Chiederò a uno degli stallieri di riaccompagnarti a scuola quando avrai finito.»

Quindi lascia le scuderie, e mi sento come se fosse colpa mia, se fugge, come se lo avessi allontanato con un comportamento scorretto, e ingiusto, e pericoloso, anche se non ho fatto niente.

***

La giumenta si chiama Theodora e, secondo lo stalliere che mi riaccompagna, partorirà stanotte. Mi piacerebbe tanto assistere, senza invaderne la riservatezza, poiché le cavalle non tollerano la presenza di estranei quando danno alla luce il loro puledro. Resterei fuori, ovviamente, ma sarei a portata di orecchio per ogni necessità.

Lo so che è una sciocchezza, che Theodora avrà a disposizione il personale delle scuderie, e anche il miglior veterinario se ce ne fosse bisogno, e non saprebbe cosa farsene di me. Ma mi piacerebbe esserci lo stesso. Ho già assistito al parto di una cavalla, insieme a William, nel rifugio gestito da sua madre. Era una notte di primavera e alla fine piangevo come una fontana.

Pure oggi sono pronta alle lacrime. Quando torno al college, il magone non vuole saperne di abbandonarmi. Non so perché mi sento così, anzi, non so *bene* perché mi sento così. Qualcosa so, in effetti. So che Edmund mi piace. Mi piace ogni giorno di più. So che vorrei conoscerlo meglio. So che quando mi ha toccato la mano, prima, mi sono sentita viva.

Nessuno si è accorto della mia assenza. Seguo le lezioni, ma sono poco partecipe. Durante il pranzo non vedo Edmund. A dire il vero non c'è neppure Julia. E, a ben guardare, neanche Lord Rushworth.

Taylor e Amber mi si siedono vicine, portando i loro vassoi argentati. Nonostante la mia scarsa simpatia, insistono a cercarmi e a volermi frequentare. Non credo, a questo punto, che dipenda dalla speranza di avvicinare Edmund diventando mie amiche. Insomma, dovrebbe essere chiaro che non accadrà mai. Senza contare che si sono convinte che lui abbia un debole per me, e questa cosa, invece di renderle gelose, le esalta. Evidentemente il loro trasporto per Edmund è sempre stato, e continua a esserlo, un divertito e malizioso apprezzamento esteriore, senza risvolti più profondi. E non serve a niente provare a contraddire le loro fantasiose conclusioni riguardo alla presunta ammirazione di Edmund per me, perché Taylor non fa che ripetermelo, e perfino Amber ha ammesso di non averlo mai visto così disponibile con una ragazza.

Nonostante la loro scriteriata immaginazione, non le trovo antipatiche. In fondo abbiamo qualcosa di simile. Anche se provengono da famiglie piene di soldi, non sono legate a nobili personaggi.

È come se ci fosse una gerarchia decrescente, al Mansfield: i ricchi e titolati, i ricchi plebei, e quelli che hanno ottenuto una borsa di studio e non hanno altri privilegi a parte una mente brillante e voti eccellenti.

Io non so a quale categoria appartengo. Sono entrata al college grazie a un conte, ma la mia storia personale è assolutamente proletaria. Mio padre e mia madre erano due lavoratori umili e onesti, senza alcuna ricchezza, i miei nonni materni sono dei perfetti estranei, e non c'è dubbio che Lord Bertram non mi inserirà nel suo testamento. L'intercessione della zia Mary non durerà in eterno: non dubito che suo marito non veda l'ora di liberarsi di me. Io non vedo l'ora che venga quell'ora. Nel frattempo mi trovo qui, e sono senza alcun dubbio un'outsider. Non rientro in nessuna categoria.

«Edmund e Julia sono a pranzo col padre, e pare che pernotteranno fuori», mi fa sapere Taylor con tono da cospiratrice. «Lord Bertram è arrivato all'improvviso, e ha invitato anche il duca. Mi sembra strano che non abbia invitato pure te.»

«Perché avrebbe dovuto invitarmi?» domando.

«Non fai parte della famiglia più tu di lui? E, se anche non foste imparentati, avresti dovuto esserci, come ragazza di Edmund. È un legame più vero, il vostro, di quello tra Julia e James. Che a lei non freghi nulla di lui è evidente! Mentre Edmund ti adora!»

Amber interviene prima che lo faccia io. Non perché lei sia più veloce, ma perché mi va di traverso una briciola mentre mangio, e per qualche secondo non posso parlare. Tossisco e basta.

«Abbassa la voce», intima Amber a Taylor, e mi dà leggeri colpetti sulla schiena. «Però, Fanny, non ha tutti i torti. O come parente, o come fidanzata, avresti dovuto esserci pure tu. Lord Bertram non è stato molto cortese con te.»

Appena smetto di tossire, paonazza più per le illazioni incredibili di queste due pazze che per il rischio di soffocare appena corso, dico, con voce smorzata: «Io ed Edmund non siamo fidanzati. Non stiamo neppure insieme. Siamo… siamo solo amici».

Taylor mi guarda con due occhi ridenti.

«Ho visto troppi film romantici perché tu possa ingannarmi. Si dice sempre così, *siamo solo amici*, ma non è mai vero.»

«Stavolta è verissimo. Anzi, non so neppure se siamo amici. Vi prego di smetterla con queste sciocchezze. E sono ben contenta di non essere stata invitata, sarà di sicuro una noia mortale.»

Non dubito che lo sarà, e non mi importa minimamente di non essere stata inclusa nel quadretto familiare, eppure, se potessi, prenderei a calci Lord Bertram per avermi trattata ancora una volta come una nullità senza significato. Avrei rifiutato l'invito, ma il mio orgoglio è offeso dal fatto che non mi sia stato rivolto. Lo so, ho il caos dentro. Non so nemmeno io cosa voglio.

«Sarà vero», continua Taylor, per la quale il silenzio è un peccato mortale, «ma non è che io ci creda del tutto. Sono piuttosto scettica quando qualcuno adopera queste fantomatiche parole. Nella maggior parte dei casi, "siamo solo amici" significa l'esatto contrario. Comunque devo dirti una cosa, anche se ti renderà gelosa. Ho esitato temendo un effetto del genere, ma devi assolutamente sapere. Pare che avremo presto due nuovi colleghi: fratello e sorella. Mentre facevo una telefonata ho udito le segretarie parlarne fra loro. Si chiamano Crawford. Henry e Marylin Crawford. Ne chiacchieravano perché la sorella è arrivata tra le finaliste al concorso per Miss Inghilterra, la scorsa estate, e non ha vinto alle finali di ottobre solo per un soffio.»

Non posso fare a meno di osservarla stupita.

«E perché questa cosa dovrebbe rendermi gelosa?» borbotto. Le due ragazze si scambiano un'occhiata complice, poi Taylor continua.

«Ero curiosa di scoprire chi fosse questa quasi Miss Inghilterra che arriverà al Mansfield, e l'ho cercata su internet in biblioteca. Ha diciannove anni, ed effettivamente si è classificata fra le prime tre. Dire che è bella è poco. È una stangona coi capelli ramati, gli occhi verdi, e in più è tutt'altro che stupida. Ha viaggiato tanto, conosce cinque lingue, e vuole diventare medico. Lei e il fratello appartengono a una famiglia londinese molto in vista. Il padre è un avvocato della City, uno di quelli che si fanno pagare duemila sterline all'ora. La madre è la figlia di un ufficiale dell'esercito britannico.»

«Ricca, bella e di buona famiglia. Il soggetto ideale per il Mansfield», dichiaro, con totale noncuranza. «Sto ancora aspettando di scoprire le ragioni della tua cautela nel riferirmi queste cose.»

«Perché lei ed Edmund stavano insieme. Ho smanettato per un'ora intera, mi sono beccata pure un rimprovero da parte della professoressa di storiografia perché cazzeggiavo invece di fare una ricerca su Erodoto di Alicarnasso, e sono riuscita a trovare delle foto sul profilo Instagram di lei. Da quel che ho capito è stata la sua prima ragazza, e viceversa. Ha postato di recente alcune foto di loro due insieme che risalgono a qualche anno fa, accompagnandole con versi di Keats, Shelley ed Elizabeth Barret Browning, e questo significa che non ha dimenticato.»

Non so perché, giuro che non lo so ma, mentre la mia mente immagazzina questa informazione, il mio corpo accusa una sensazione di nausea. Pare quasi una connessione causa-effetto.

Causa: scoperta che ben presto al Mansfield arriverà un'ex ragazza di Edmund bella come il sole, intelligente, colta, ricca, e chi più ne ha più ne metta. Effetto: crampo palpitante con annesso bisogno di vomitare quel poco che ho mangiato.

Ma non è così, non può esserci alcun collegamento. La nausea è senza alcun dubbio un caso, con ogni probabilità avrei avuto la stessa reazione anche se Taylor mi avesse raccontato la trama di un film. Deve essere stato il cibo, o la tosse fortissima di prima.

Sorridere mi richiede uno sforzo che non dovrebbe accompagnare alcun sorriso, mai. Mi sento come se avessi del fil di ferro agli angoli della bocca, e lo tirassi per costringere le labbra a stendersi. Le labbra, per fortuna, obbediscono.

«Magari assisteremo in diretta a una telenovela, sempre che le regole del Mansfield la permettano. Chissà, magari la prossima volta che verrà, Lord Bertram inviterà anche Miss Crawford a pranzo fuori, oltre a James Rushworth.» Mi alzo, cercando di apparire tranquilla. «Perdonatemi, devo andare a fare una telefonata. L'ho prenotata da giorni, e non vorrei perdere il turno. Ci si vede dopo, ok?»

***

Non è vero, non ho alcuna telefonata da fare, ma preferisco lasciare la sala da pranzo. Mi reco subito in biblioteca e mi dedico alla stesura di una tesina di biologia. Edmund non appare né ora né dopo. Lo so che è insensato, ma sento la sua mancanza. Nel rendermene conto mi dico che non va bene, non va bene per niente: mi ero ripromessa di non affezionarmi a nessuno, di mettere in pratica la regola assoluta del bastarmi da sola e invece, dopo neanche venti giorni dal mio ingresso al Mansfield, mi ritrovo a desiderare che Edmund mi sorrida dal suo tavolo.

Vado a dormire presto, ma sono inquieta. Se la mamma fosse viva le parlerei. Lei mi aiuterebbe a capire cosa mi sta succedendo. Ci dicevamo tutto, noi. Si è preoccupata per me fino al suo ultimo respiro. Fino al suo ultimo respiro mi ha chiesto se avessi mangiato, se avessi dormito abbastanza, se mi fossi coperta bene visto che pioveva a dirotto. Non pioveva, in realtà, è morta all'inizio di un settembre caldissimo, ma chissà quali rumori c'erano nella sua mente stordita dalla morfina. Se solo potessi chiamarla, se solo potessi vederla ancora ridere, e sentirle dire che insieme siamo una forza... Non mi sento più tanto forte, adesso, senza di lei. Pensavo che il dolore mi avesse reso più dura e insensibile, ma era solo uno scudo, sotto il quale sono completamente tenera.

A un tratto, dopo essere andata avanti e indietro nella stanza per un po', prendo una decisione. Mi cambio, indosso un giubbotto pesante e un cappello, e decido di adoperare la stessa via di fuga di stamattina. Porto una torcia con me. La guardo e sorrido. Me l'ha regalata William, è tascabile, in vari toni di rosa, con un unicorno disegnato. Gli unicorni sono comunque cavalli.

Calarsi dall'albero di notte è meno facile, soprattutto sotto la neve, ma non mi arrendo. Stavolta non mi smarrisco lungo il percorso e arrivo alle scuderie senza sbagliare. Quando mi ritrovo a pochi passi dall'edificio mi domando cosa diamine ci faccio qui, e cosa dirò agli inservienti, e se mi rimanderanno indietro e magari avvertiranno gli insegnanti di questa mia scappatella. Eppure non mi fermo, non mi ritiro prima d'essere vista. Desidero sapere come sta la cavalla, desidero vedere il suo puledrino, desidero avere a che fare con qualcosa che sappia di vita, di rinnovamento e di inizio.

Le scuderie sono molto più silenziose della mattina, i cavalli riposano nei loro giacigli, il box di Theodora è lievemente illuminato ma non c'è nessuno all'interno di esso, a parte lei che si appresta a partorire.

Me ne sto accanto alla porta, ma abbastanza defilata,

affinché Theodora non mi noti e non mi consideri un'importuna in un momento tanto privato, quando una voce mi scuote.

«Non può stare qui», mi dice uno stalliere.

Non faccio in tempo a rispondergli che un'altra voce anticipa la mia.

«Vogliamo solo sapere come sta Theodora.»

Trasalisco e mi volto. Dietro di me c'è Edmund. Non indossa un abbigliamento molto adatto a una stalla, anche se si tratta di una stalla tenuta benissimo. Sotto un lungo cappotto scuro scorgo un completo dal taglio sartoriale che, a differenza della divisa del college, lo fa apparire più uomo. In questo momento, vestito così, coi capelli ben pettinati e legati, un paio di guanti di pelle, delle lucide scarpe stringate e un'aria imperiosa, somiglia fin troppo al conte che diventerà nel futuro.

Edmund si avvicina allo stalliere e gli dice qualcosa, ma non mi arriva neanche una delle sue parole.

«Ok, possiamo rimanere», mi comunica subito dopo. «Purché non disturbiamo Theodora durante il travaglio.»

«Non... non lo farei mai», mormoro. «Ma cosa... cosa ci fai qui? Non eri con tuo padre, Julia e Lord Rushworth?»

Lui scrolla le spalle e sorride e, all'improvviso, è di nuovo un ragazzo scanzonato, e non più un adulto che incute soggezione.

«Loro sono andati a Nunthorpe, e trascorreranno il weekend in una delle tenute dei Bertram. Una delle più belle, non posso negarlo, ma la compagnia era talmente noiosa che niente sarebbe mai riuscita a compensarla. Senza contare che mio padre, se lo si contraddice, è cordiale quanto Torquemada. Dopo aver tollerato un pranzo insieme e un pomeriggio in una casa d'aste a Darlington, dove si è aggiudicato uno schizzo giovanile di William Turner, mi sono sentito stremato. Andarmene è diventata una questione di vita o di morte.»

L'impulso di sorridere è irresistibile, ma resisto, e mantengo un'espressione cautamente cortese. Il mio cuore, però, continua a sembrare un treno in corsa, e nelle orecchie mi rimbomba l'eco dei battiti e qualcosa di simile alla risacca di un'onda.

«Perché sei qui?» gli domando.

«Stavo rientrando al palazzo, quando ti ho intravista nel buio. O meglio, ho intravisto una sagoma misteriosa che se la dava a gambe dirigendosi verso le scuderie. Chi poteva essere, se non tu? Ho capito subito che intenzioni avevi. Sei terribile, lo sai?»

«Ho pensato tanto a Theodora, volevo sapere se era tutto a posto. Come mai non c'è il proprietario? Non gli importa che stia per partorire?»

«Non è di nessuno degli ospiti. Appartiene al Mansfield, ed è stata comprata per gli studenti che non possiedono un proprio cavallo. Di solito si tratta di quegli sfigati dei borsisti.» Parla col tono artefatto del rettore, come se ne facesse una svilente caricatura. Non pensa affatto che siano degli sfigati, lo so. Sta seduto soprattutto con loro in sala mensa. «Pare che questa gravidanza non fosse voluta», continua. «Theodora non rientra tra gli standard di alcuna razza, e non è stata usata molto per lo scopo a cui era destinata, perché ha rivelato un caratterino niente male. Insomma, è tutto tranne che docile, e nessuno ha mai desiderato che desse al mondo dei discendenti. Lo scorso anno, però, la scandalosa ribelle è fuggita, è sparita per qualche giorno, ed è tornata gravida.»

Sto per chiedergli che fine farà il puledro, quando mi rendo conto che sta per nascere. Dopo tanta agitazione da parte di

Theodora, dopo essersi alzata e coricata e alzata di nuovo in preda ai dolori che prova ogni femmina in procinto di diventare madre, la rottura delle acque è il segno definitivo che la vita sta per vincere sulla sofferenza. Si è stesa di nuovo, ma stavolta è meno irrequieta, sa che sta per succedere *tutto*.

Il parto vero e proprio avviene in pochissimo tempo. Le zampette anteriori. Il naso. La testa. Le zampette posteriori.

Piango mentre Theodora lecca suo figlio con istintiva premura, emettendo leggerissimi versi che sembrano parole d'amore. Piango mentre il piccolo tenta di alzarsi e ricade sulla paglia e poi tenta ancora. Piango quando, infine, riesce a restare in piedi e si attacca alla madre per nutrirsi.

Mi scosto dalla soglia del box e mi allontano un poco, mentre l'inserviente entra nella stalla per verificare che il cordone ombelicale sia stato reciso e la placenta espulsa. Sto piangendo talmente da sembrare più disperata che felice. Trovo un angolo delle scuderie e mi lascio scivolare sul pavimento. Dopo qualche istante avverto uno spostamento d'aria accanto a me, e anche Edmund si siede per terra.

«È andato tutto bene, mocciosa, non piangere», mi dice.

«Lo so, ma non riesco a smettere», mormoro. «Ho l'impressione che ci somigliamo un po', io e quel puledrino. Siamo *meticci* entrambi, figli di una madre giudicata scandalosa.»

«Ti chiedo scusa per aver usato quel termine, due anni fa», si giustifica Edmund. «Anche se mi riferivo a ciò che avevano detto in famiglia, e non era un pensiero mio, avrei fatto meglio a tacere. Ma ero un po' fatto, detestavo dover essere lì, e volevo infastidirti. Sai, all'inizio credevo di imbattermi in una piccola arrampicatrice sociale. Non sapevo ancora dei problemi di salute di tua madre, che fino ad allora avevo stimato pur non conoscendola, perché si era tenuta lontana da quel mondo. Temevo che, pur di essere riammessa in famiglia avrebbe battuto ogni record in tema di finto pentimento. Non guardarmi male, ho capito ben presto di essermi sbagliato. Eravate così diverse da tutto e da tutti. Lei aveva lo sguardo triste di chi fosse costretta a fare qualcosa che non voleva, e tu eri... eri un'interessante mocciosetta mordace. Mi sei piaciuta praticamente da subito, Fanny, e non ho avuto dubbi che ci saremmo rivisti. E che saremmo diventati amici. Credi sia ancora possibile?»

Nel parlare si sfila il guanto di pelle e allunga la mano destra verso di me. Se gliela stringo, suggelleremo qualcosa di simile a un patto di sangue?

Dovrei esserne felice. Avere un amico è una cosa importante, soprattutto se si è soli al mondo. E allora perché mi sento infelice? Perché le lacrime che mi si asciugano sulle guance non sono più solo di commozione, ma di avvilimento? Cosa mi aspettavo? Forse speravo che anche lui, quando mi ha preso la mano, qualche ora fa, avesse percepito le medesime sensazioni che hanno scombussolato me?

Mamma, mi aiuti a capire cosa mi sta succedendo?

Vieni, stanotte, a darmi un consiglio nei sogni?

Nel frattempo annuisco.

«Certo», sussurro, e gli stringo la mano.

La scossa mi attraversa di nuovo, dalle dita alle viscere, piacevole, e dolorosa, e stranissima.

«Sei calda», mi fa notare Edmund. Poi mi sfiora la fronte con le dita private del guanto. «Mi sai che hai la febbre. Torniamo al college, devi riposare. Da quanto non dormi, Fanny? Dormire bene, intendo.»

«Non lo so. Due anni?» dico di rimando, con amara ironia.

«E mangi pure pochissimo. Dai, andiamo.»

Si alza e mi porge il braccio. Mi aggrappo a esso e mi sollevo anch'io. Do una scrollata ai pantaloni, qualche filo di paglia precipita al suolo.

In effetti la mia fronte scotta. I miei pensieri sono ovattati. È come se fossi un bicchiere di vetro il cui liquido sta per tracimare oltre il bordo. Ci ho versato ogni giorno gocce e gocce e gocce di pensieri e paure, dormendo male, sognando troppo, mangiando niente, fino a colmarlo.

Mi stringo a Edmund mentre usciamo dalle scuderie. La mia piccola torcia illumina debolmente lo spazio, ma è sufficiente a ritrovare la strada.

Siamo amici?

E basta?

Non vedo perché dovrei desiderare qualcosa di più. Non lo conosco neppure. Di sicuro covo la febbre da ore, e i pensieri che mi hanno invaso la testa ne sono il frutto maldestro. Non devo dar loro alcun peso, presto passerà ogni cosa.

Arriviamo alla base dell'albero. Ho chiuso a chiave entrambe le porte, anche se Julia non c'è, e lasciato la finestra accostata. Guardo in alto, e l'arrampicata, non così ardua, giusto tre salti da un ramo all'altro, mi pare erta come il Monte Asgard in Canada.

«Sali prima tu, io ti seguo», mi esorta Edmund. «Così se cadi ti prendo.»

È questa l'amicizia?

Precipitare e trovare qualcuno che frena il tuo crollo?

E l'amore cos'è?

In cosa sono uguali e in cosa sono diversi?

Nonostante un lieve capogiro arrivo a destinazione senza

problemi.

«Adesso ti cambi e ti metti a letto», ordina Edmund.

È entrato nella stanza anche lui. Lo fisso come se fosse un miraggio. Mio Dio, quanto è bello. E profuma di buono.

Posso annusarti?

«È quello che sto per fare. Puoi andare, grazie», sussurro.

«Se non ti infili sotto le coperte non me ne vado. Sei capace di tutto, mocciosa.»

Sgrano gli occhi ancora di più.

«Che intendi?»

«Aspetto qui. Cambiati in bagno, vai a nanna, e dopo mi toglierò di torno.»

Per un momento rimango immobile, abbastanza confusa da sembrare intontita.

È amicizia se il pensiero che lui sia nella stanza, mentre vado a cambiarmi, mi fa sentire spaventata, eccitata, e ancora più calda di quanto ha deciso la febbre?

Non ne sono sicura.

Senza protestare, mi chiudo in bagno. Per fortuna ho una vestaglia carina, morirei di vergogna se Edmund vedesse il mio pigiama coi cavalli stampati o la camicia da notte con Lisa Simpson incavolata e la scritta "Ragazza tosta". Be', a essere sincera muoio di vergogna lo stesso.

È amicizia se muoio di vergogna lo stesso?

Mi trattengo più di quanto sia necessario a cambiarmi e lavarmi i denti. Non devo neppure struccarmi. Poche mosse e sono pronta, ma tergiverso, arrivo alla porta del bagno, mi fermo, lascio cadere la mano e non apro. Questa coreografia timorosa si ripete più volte, portando a un livello premium la mia stupidità ormai conclamata.

Ok, adesso deciditi, è passata più di mezz'ora e sei ancora qui dentro a interpretare il ruolo della perfetta idiota.

Dubitavo di trovarlo all'uscita dal bagno, e mi scontro con una smentita coi fiocchi. È ancora qui. Lo osservo, più intontita di prima. Per qualche secondo somiglio alla moglie di Lot, quella che nella Bibbia si è trasformata in una statua di sale.

Edmund si è addormentato sul mio divano. Non sembra che stia fingendo, è assopito davvero. Probabilmente si è seduto ad aspettare, e poi la lunga attesa e la stanchezza della giornata, che ha vissuto come un impegno e non come uno svago, lo hanno vinto.

È amicizia?

È fiducia?

Questo abbandono significa che con me si sente a suo agio?

Per quanto mi riguarda è l'equivalente di un tornado emotivo. Io non mi sento a mio agio *affatto*.

Una coreografia simile a quella danzata nel bagno si ripete davanti al suo corpo disteso. Lo sveglio? Non lo sveglio? Allungo una mano per scuoterlo, e poi la ritiro, e poi la rimando all'attacco, e poi ancora la rinfodero come se fosse un'arma della quale non intendo servirmi.

Alla fine decido di non svegliarlo. Mi siedo sul letto e lo guardo. Guarderei nello stesso modo un'opera d'arte. Le linee, i colori, i dettagli creati da un artista divino. I capelli, le labbra, le ciglia.

Quindi, con estrema cautela, a passi lenti e attutiti dal tappeto, prendo una coperta e gliela adagio addosso. Infine mi infilo nel letto.

Siamo sicuri che Edmund è davvero qui, che non si tratta di delirio febbrile?

Mi addormento con la convinzione che sia proprio così, perché non è possibile che sia reale. Devo essere più ammalata di quanto credessi.

In ogni caso, che sia realtà o fantasia, a un tratto mi addormento profondamente e dormo bene per la prima volta da due anni.

Quattro

L'indomani la febbre è più alta. Edmund non è nella stanza, *ergo* me lo sono sognato. Ieri notte deve essere andato via mentre mi cambiavo, esasperato dai miei tempi biblici.

Non ho modo di pensarci più di tanto, però: mi gira la testa e brucio come una stufa. A un tratto qualcuno deve aver notato la mia assenza dalle lezioni, perché, tra i numerosi risvegli bollenti infarciti di strani deliri, rammento il viso bruno e serio di una dottoressa.

Non ho un perfetto ricordo delle ore che passano e delle cose che avvengono. Suppongo di essermi alzata per andare in bagno, ma se dovessi giurare che sia accaduto non potrei farlo.

Sto malissimo per alcuni giorni, come se il mio corpo si fosse arreso, dopo mesi e mesi di disperazione mascherata da coraggio. Ce l'ho messa tutta per essere efficiente e poter assistere la mamma, e per due anni non ho mai preso neanche un raffreddore. In seguito ho dovuto affrontare le questioni legali e la nuova vita, e non potevo permettermi cedimenti. Quando si è da soli non si può crollare, perché, se si cade, chi ci prende? Chi non ha nessuno al mondo deve rimanere in piedi.

E poi, all'improvviso, ho rinunciato a quella specie di invincibilità. È come se, tutto in una volta, potessi permettermi di precipitare.

Cado, quindi, e la febbre mi trasporta in luoghi sconosciuti.

Pare quasi una purificazione. Faccio strani sogni, e in tutti c'è mia madre che si prende cura di me e poi, a un tratto, chiede a Edmund di farlo al suo posto. Piango, sono sicura di piangere mentre sogno e poi sfebbro.

Un pomeriggio di quello che sembra un secolo dopo, Amber e Taylor vengono a trovarmi.

«Accidenti come sei conciata!» mi dice subito Taylor senza mezze misure. «Sei pallida e dimagrita, e dimostri sì e no dodici anni! Certo che hai trovato il momento meno opportuno per ammalarti!»

«Non che esista un momento opportuno per ammalarsi», aggiunge Amber. «È sempre un bel fastidio, ma in effetti ti sei persa le ultime novità.»

«Quali novità?» domando, senza grande interesse. Sono ancora troppo debole, e anche parlare mi pesa, come se ogni fibra del mio corpo fosse consumata.

«Sono arrivati!» esclama Taylor. «I due fratelli Crawford!»

«Ah», mi limito a mormorare. Una strana ansia si impadronisce di me, simile al batticuore che accompagna l'attesa di una brutta notizia, anche se non lo do a vedere.

«Pensa tu, sono gemelli, però non gemelli identici, anzi, sono molto diversi. Lei, Marilyn, è bellissima, ma questo lo sapevamo già. Purtroppo, però, di persona è ancora meglio che in foto. Speravo che fosse tutto merito di Photoshop, e che dal vivo somigliasse a uno scorfano, e invece è una dea. Si è iscritta ai corsi di scherma e di nuoto. Vedessi che sfilate fa, in piscina, sotto gli occhi di tutti. Anche col costume da bagno previsto dal Mansfield, un olimpionico che potrebbe indossare perfino una suora, lei non lo sembra *per niente,* una suora. Il fratello, Henry, non si può definire bello, e la prima volta che l'ho visto ho pensato che fosse un tipo ordinario. Classico aspetto inglese, senza infamia e senza lode. Ma ti dirò: a furia di osservarlo, mi sono resa conto che ha un suo fascino. Non è bello come Edmund, il paragone non è proprio possibile, ma ha un suo perché ed è dotato di un modo di fare molto piacevole. Inoltre ha un sorriso meraviglioso, e dei denti perfetti.»

«Perdonala, a lei piacciono questi preamboli», si intromette Amber. «Fa parte del divertimento. Se però ti interessa sapere come ha reagito Edmund vedendo Marylin, sappi che non è apparso né sorpreso né turbato. Si è comportato con la gentilezza che riserva a chiunque, tutto qui.»

«Ovviamente, appena tornerai alle lezioni, verrai anche tu a nuoto e ai corsi di scherma.»

«Per sfilare in costume olimpionico e far sembrare sexy anche le suore al confronto?» dico, sarcastica. «No, grazie, non ci tengo.»

«Non puoi lasciar vincere quella lì! E in ogni caso devi scegliere qualche attività extrascolastica, quindi perché non nuoto e scherma?»

«Perché non so nuotare, e la scherma non mi interessa.»

«Non sai nuotare? Ma è l'occasione perfetta! Potrai fingere di annegare, Edmund ti salverà, ti farà la respirazione bocca a bocca e...»

«Stai immaginando un romanzo che non esiste, credimi. E non desidero entrare in competizione con Marylin Crawford. Neppure la conosco.»

Anche perché, se mi mettessi in testa l'infelice idea di un confronto fallirei miseramente. Io non piaccio ai ragazzi, non molto, almeno. Perché sono strana e solitaria e un po' maschiaccio e non mi vesto alla moda e non strillo e non svengo se vedo un topolino. Ai ragazzi piacciono le gatte morte, e io sono una tigre molto viva.

Be', in questo momento sembro un micetto anch'io. Ma non il genere di gattina che attrae i ragazzi. Il mio atteggiamento non è quello giusto: ovvero femminile e seduttivo. La cosa più femminile che ho mai fatto è spalare sterco di cavallo con un paio di stivaletti di gomma rosa fucsia. Se solo ci provassi, a mostrarmi seducente, farei ridere polli, galline e ogni altro tipo di volatile avicolo. Io sono *l'Amica*, ecco. Come amica vado benissimo, ma quanto a suscitare emozioni romantiche posso stare fresca.

La mamma mi diceva sempre: "sei perfetta così". Mi ripeteva che al momento giusto avrei trovato un ragazzo capace di apprezzarmi. Ho sempre saputo che si trattava di tipiche frasi consolatorie da mamma, e non l'ho mai contraddetta, perché dirle le faceva bene. Diciamo pure che lei ci credeva più di quanto ci credessi io. Era ovvio che le piacessi e che mi considerasse perfetta: era mia madre. Se non ti considera perfetta tua madre, chi può farlo?

Ma se sono arrivata a diciassette anni senza che un ragazzo abbia tentato di darmi un bacio, dovrà pur significare qualcosa, no? William non si è mai neppure avvicinato a farlo, e dire che stavamo spesso insieme, e tra noi c'era un bel feeling.

E figurarsi se posso piacere a Edmund, soprattutto adesso che c'è la stangona in giro. Nemmeno come amica mi considererà più. E non sfilerò in costume da bagno accanto a una che sembra Venere in persona. Non lo farei comunque: ho un rapporto di amore/odio - poco amore e molto odio - col mio corpo, ma provarci adesso sarebbe un suicidio sociale e sentimentale.

Quando Taylor e Amber vanno via, poiché le visite sono

controllate e calcolate proprio come il tempo a disposizione dei detenuti nel parlatorio di un carcere, mi rimetto a letto sospirando.

Domani ricomincerò ad andare a lezione, sono stata visitata e giudicata sana. Prima ero contenta di essere guarita, ma adesso, dopo la conversazione con Taylor e Amber, non ne sono più tanto convinta.

A un tratto sento bussare alla porta. Orario di cena, un'inserviente della cucina mi porta da mangiare. Apro la porta, e una signora di mezza età mi porge il solito vassoio. Devo sforzarmi di mandare giù qualcosa, se dimagrisco ancora diventerò invisibile.

Poso il portavivande su un tavolino. Mi siedo e fisso distrattamente le grandi cloches di acciaio. Prima ancora che possa stabilire con l'olfatto se mi piace ciò che mi è stato servito, afferro il tovagliolo e noto qualcosa sotto di esso.

Un biglietto. Un biglietto nascosto.

Il mio cuore imita immediatamente il ritmo di un milione di tamburi primitivi.

Lo leggo agitatissima.

Purtroppo non sono riuscito a venire a trovarti per l'altra via, la finestra era chiusa, ma spero di riuscire a infilare questo messaggio nella tua cena mentre corteggio un poco la cuoca. Sarò in grado di distrarla col mio fascino? Se dovessero beccarmi e la cosa ti compromettesse, vorrà dire che ti chiederò di sposarmi. Io sto bene, se ti interessa saperlo, e anche la puledrina (abbiamo appurato che è una femmina), e di lei sono sicuro che ti interessa. Ma tu come stai? L'altra notte mi sono addormentato sul tuo divano come un idiota. Di solito sono più resistente, ti assicuro. Forse, chissà, avevo un po' di sonno arretrato anche io. Comunque ci vediamo presto, e spero di ritrovarti sana e forte.

Il tuo amico Edmund.

Lo rileggo più e più volte. Allora era vero. Si è addormentato sul divano, non era un'allucinazione. Abbiamo dormito insieme, in un certo senso. Ed è stato gentile, si è preoccupato per me, mi ha detto anche del puledro. Eppure i miei occhi si posano più spesso sull'ultima frase, come la lingua che batte dove il dente duole, e ne traggono conclusioni amare.

Il tuo *amico.*

E ti pareva.

***

Accade mentre faccio la fila in sala mensa per prendere da mangiare. Me ne sto per i fatti miei, quando avverto un movimento accanto al mio braccio, e subito dopo un penetrante effluvio d'ambra e rose. Non era vietato portare profumi troppo forti?

Mi volto, e per guardare la ragazza accanto a me devo quasi piegarmi all'indietro, tanto è alta. Non dubito che si tratti di Marylin Crawford. L'uniforme le sta benissimo, ma credo che anche un sacco di iuta, su di lei, sembrerebbe un capo di Dior.

«Tu sei Fanny, vero?» mi domanda. «Non vedevo l'ora di conoscerti.»

So che dovrei dire qualcosa di diverso, di più educato, ma non posso proprio fare a meno di chiederle di getto: «Perché?» Così, senza preamboli, col tono di un bambino dubbioso che pretende un chiarimento a proposito del modo in cui Babbo

Natale entra dal camino.

«Edmund mi ha parlato di te. So del matrimonio di tua zia con Lord Bertram e del fatto che ha una nuova cuginetta», continua lei. «Io negli ultimi due anni sono stata assente dall'Inghilterra, ho vissuto prima in Giappone e poi negli Stati Uniti. A Tokyo ho lavorato come modella per Sweet e Seventeen Magazine.»

Vorrei farle presente che non sono la cugina di Edmund, e che comunque il termine "cuginetta" si riferisce al massimo a una bambina di otto anni, ma non mi soffermo sulla cosa. Tuttavia le dico: «Sono molto contenta per te, però... chi sei esattamente?»

Sul suo volto levigato appare per un istante un'espressione infastidita. Perché ha dato per scontato che sapessi chi è? Be', in effetti lo so chi è, il Mansfield College non è mica New York, e un nuovo arrivo non può non essere noto a tutti, soprattutto se assume le sembianze di una bellezza ultraterrena. Ma mi sento dispettosa.

«Marylin Crawford, una *cara amica* di Edmund.» Pronuncia le parole "cara amica" con un tono che cela un evidente sottinteso. Non capisco. Cioè capisco cosa intende, ma perché ci tiene così tanto a specificarlo *a me*? Lo ha fatto con tutte? Le ha avvicinate una per una, stordendole con un profumo fuorilegge, per mettere in chiaro che Edmund è *off limits*? Che bisogno ha di marcare il territorio in questo modo? Il suo superbo aspetto non dovrebbe essere sufficiente, senza discorsi allusivi?

«Piacere di conoscerti», dichiaro, cercando di non farle capire che la detesto. Insomma, di non farglielo capire *troppo*. «Io sono Fanny, la *cuginetta*.»

«So che ami andare a cavallo», continua lei.

«Amo i cavalli.»

«E non è la stessa cosa?

«No, non lo è. La maggior parte di coloro che amano andare a cavallo non li amano affatto, i cavalli. Li usano e basta.»

«Io amo molto il mio cavallo, è un bellissimo andaluso grigio.»

«Non fai che confermare quello che ho detto prima. Amarlo perché è bello e di razza non è un grande esempio di amore. Ma se pure fosse il tesoro del tuo cuore, saresti comunque un'eccezione. I cavalli andalusi sono spesso usati nelle corride, o addestrati secondo le dure regole della scuola di equitazione spagnola. Amare e maltrattare non vanno molto d'accordo, non credi?»

«La corrida è un'antica tradizione con una sua importanza storica che è impossibile negare, e l'addestramento non può considerarsi maltrattamento», obietta lei, sempre più infastidita.

«La corrida è una disgustosa barbarie, e l'addestramento è una violenza innaturale. Se ti massacrassero, o se provassero a costringerti a fare movimenti idioti solo per dimostrare quanto sono bravi a sottometterti, sono sicura che cambieresti idea.»

La sua fronte liscia si aggrotta.

«Hai idee alquanto drastiche», mi fa notare.

«Tutti abbiamo idee drastiche, se teniamo a qualcosa.»

«E a cos'altro tieni?»

«Ci conosciamo da troppo poco tempo per rivelarti i miei segreti», dico, e le rivolgo un sorrisone. «Adesso, se permetti, vado a pranzare.»

Mi allontano, e mi sento seguita dal suo sguardo come minimo basito. Molto più probabilmente irritato.

Raggiungo il tavolo dove Taylor e Amber mi stanno aspettando.

«Cosa ne pensi di lei?», mi domanda Taylor sottovoce mentre mi siedo.

«È carina», riconosco. *No, non è carina, è davvero una dea fatta e finita.*

«È confermato dalle informazioni che ho raccolto in giro: lei ed Edmund stavano insieme. Poi è partita e lo ha lasciato, spezzandogli il cuore. Speriamo che non le dia un'altra chance, sarebbe una minestra riscaldata. Comunque, quello è il fratello», continua Taylor, e indica un ragazzo seduto dall'altro lato della sala.

È un giovanotto dai capelli chiari, non troppo alto, con il naso leggermente aquilino e una risata rumorosa. È circondato da ragazze e si mostra gentile, ma ha qualcosa che non mi piace.

Non mi piace nessuno della famiglia Crawford, a quanto pare.

Mentre rifletto su quanto il mio istinto sia perspicace e quanto fuorviato dal pregiudizio e, nel caso della bella Marylin, dalla gelosia, Edmund entra in sala mensa. Insieme a lui c'è la professoressa Norris.

Lungo una parete della stanza, tra i dipinti di due antichi rettori che sembrano originari della Transilvania per quanto somigliano a Vlad il Sanguinario, c'è una teca di vetro chiusa a chiave. La professoressa la apre, ed Edmund vi attacca qualcosa con dei chiodini argentati. Poi conversa con l'insegnante per qualche momento, infine lei va via e lui si siede al solito tavolo a cui pranza.

Gli avvisi messi dal personale raramente ottengono immediata attenzione. In genere si tratta di informazioni categoriche su nuovi obblighi e rinnovati divieti. Il fatto, però, che sia stato Edmund ad apporre il comunicato incuriosisce tutti. Ben presto c'è una folla davanti alla bacheca, inclusa Taylor che balza su come una molla e si fionda in pole position. Nel frattempo, Marylin raggiunge Edmund al suo tavolo, con la decisione di chi sa che sarà bene accolta. Le invidio tanta sicurezza: se potessi averne un pizzico magari sembrerei una farfalla un po' meno cieca. E magari Edmund mi prenderebbe in considerazione non soltanto come amica o mocciosetta.

Non che io desideri cambiare, però non mi dispiacerebbe essere più spigliata e leggera. Ci ho provato, ma senza alcun successo, e ogni volta sono tornata indietro, alla mia bolla un po' misantropa. Per adesso, quindi, fino a che non diventerò l'anima della festa, invidio Marylin per il modo in cui Edmund la guarda.

Intanto, Taylor torna al tavolo tutta eccitata.

«Il club di teatro ha deciso quale sarà la rappresentazione di quest'anno!» comunica a me e Amber. «Jane Eyre!»

«Oh», mormoro. «È uno dei miei romanzi preferiti...»

«Allora dovrai fare il provino! In biblioteca c'è un registro nel quale ciascuno potrà inserire il proprio nome per partecipare alle selezioni. Edmund ha tratto la sceneggiatura dal romanzo. È bravo anche a scrivere. Mi domando in cosa non sia bravo. Praticamente perfetto!»

«Mi auguro che Marilyn non abbia l'arroganza di concorrere per la parte di Jane», osserva Amber. «Sarebbe perfetta come Blanche Ingram, invece.»

«Certo!» dichiara entusiasticamente Taylor. «Blanche, la bellissima e arrogante Blanche, della quale a Edward Rochester non importa niente, perché è innamorato cotto della piccola Jane.»

Vorrei dire loro che Edward preferisce Jane a Blanche solo perché si tratta di un romanzo. Intenso, malinconico, romantico e struggente, ma pur sempre una storia inventata, e da una donna per giunta. Nella realtà vincono sempre le Blanche, invece, e le Jane sono relegate nella *friendzone*.

Sollevo lo sguardo dal piatto, dopo aver rimestato il cibo mangiandone poco e nulla. Lo sguardo di Edmund, due tavoli più in là, è fisso su di me.

È fisso su di me?

Marilyn gli sta dicendo qualcosa, e lui mi osserva, diritto come una freccia al centro del bersaglio. Gli sta raccontando quanto sono stata maleducata, prima? Non è escluso, considerato che i suoi occhi sono tutt'altro che allegri. Appaiono, piuttosto, intrisi di rimprovero.

Resisto alla tentazione di fargli una boccaccia. Se la sua opinione su di me dovesse cambiare per qualcosa che gli ha detto Marilyn, vorrà dire che non siamo mai stati amici, che non siamo mai stati niente, e che potrò mandarlo al diavolo e continuare a vivere ignorandolo completamente.

***

Non è facile concentrarsi, oggi. Gli studenti sono entusiasti, e il viavai davanti al registro dei provini sembra quasi un passeggio estivo sul lungomare di una cittadina di villeggiatura. Gli insegnanti sono inclini a perdonare tanta confusione, viste le circostanze. Pare che il teatro sia un insolito interesse del rettore, che da ragazzo ha calcato il palcoscenico e ha serbato un ricordo altrettanto insolitamente romantico di quell'esperienza. È per questo motivo che viene data tanta importanza a un evento che non sa di frusta e di dominio, ma di svago e di passione.

Per un po' faccio finta che non mi importi, ma poi, quando la fila per firmare sul registro si allenta, vado a curiosare anch'io.

Ciascuno studente ha dovuto indicare anche il ruolo per il quale intende candidarsi.

Ci sono tantissime firme per Jane, incluse quelle di Julia e di Marylin. Mi domando se siano attrici così brave da trasformarsi a tal punto, o se pecchino soltanto di presunzione. Anche per Edward Rochester ci sono numerosi iscritti, fra cui Henry Crawford e, addirittura, Lord Rushworth. Ho la sensazione che, se la scelta non sarà oculata, assisteremo a uno spettacolino di quart'ordine.

«Che fai, non firmi?» La voce improvvisa e vicinissima di Edmund mi fa sussultare. Arrossisco, senza un motivo al mondo, mentre i miei organi interni paiono propensi a scambiarsi di posto come nel gioco dei quattro cantoni.

«Ehm, no...» rispondo. «Non credo che il teatro faccia per me.»

«Potresti metterti alla prova», mi suggerisce, sempre talmente vicino che, se la biblioteca non fosse meno silenziosa del solito, potrebbe sentire distintamente il battito del mio cuore.

«E io invece credo che saresti perfetta per il ruolo.»

«Quale ruolo?»

«Jane, ovviamente. E non dovresti neppure recitare.»

«Sarà un adattamento con una Jane Eyre muta?»

Lui sorride e scuote la testa.

«Nel senso che non dovresti fingere, perché tu *sei* Jane.»

«Cosa... cosa intendi?»

«Sei caparbia e sincera, introversa ma indisciplinata, taciturna e allo stesso tempo priva di peli sulla lingua se la situazione lo richiede, delusa da chi avrebbe dovuto volerti bene e invece ha preferito liberarsi di te, curiosa di ciò che ti accade intorno, e pronta a innamorarti disperatamente.»

È arduo reagire con indifferenza, e non far capire a chiunque, e a lui in testa, che con ogni probabilità sono già innamorata. E non di William.

«Non sai niente di me», protesto.

«Invece so parecchie cose. Hai moltissimi pregi, Fanny, tranne uno. Uno è decisamente un difetto che non posso non rimproverarti.»

Suppongo si riferisca al modo in cui prima ho parlato alla sua bella. Non sono stata abbastanza complimentosa? Lei glielo ha riferito, quindi?

Se fino a ora ho cercato di evitare il suo sguardo, adesso lo fisso con litigiosa attenzione.

«Potrei averne anche mille, di difetti, ma tu non avresti alcun diritto di rimproverarmeli. L'unica persona che poteva farlo è morta, e in ogni caso non lo faceva mai.»

Per qualche secondo Edmund mi scruta senza fiatare. Poi scuote di nuovo la testa e, di nuovo, mi sorride, a dispetto della mia occhiata da pianta carnivora.

«Mangi pochissimo», mi spiega. «È questo il tuo difetto. Non resisterai a lungo al Mansfield se non ti nutri.»

«Magari lo faccio apposta, per crollare e andare via.»

«No, tu sei una combattente. Col cavolo che ti pieghi alla volontà di chi vorrebbe vederti perdere. Tu sei come Jane a Lowood, anche se ti prometto che non permetterò mai a nessuno di tenerti in piedi su una sedia tutto il giorno per punizione. Però, a maggior ragione perché sei appena guarita, devi mangiare. Oggi ti ho vista rimestare il cibo nel piatto e non ingoiarne neanche un boccone.»

«Cosa sei, uno stalker?»

«No, un amico.» *E ci risiamo.* «Non vorrai scomparire, vero, Fanny?»

«Scomparire?»

«Sei magra quanto un uccellino.»

«Ci sono anche uccelli grassi.»

«Tu sei uno scricciolo. E io aiuterò la professoressa Norris con la regia dell'adattamento teatrale. È un vero e proprio evento, qui al Mansfield, una ventata di disordine artistico in mezzo a un mare di regole.»

«Questo che attinenza ha col fatto che mangio poco?»

«Devi fare il provino, ma se rischi di morire di consunzione dovrò reinserire il personaggio di Helen Burns per darti la parte. Metti la tua firma nel registro, mocciosa.»

«Non intendo farlo, mi spiace. Però puoi sempre scegliere tua sorella o, ancora meglio, la tua *amica* Marylin. Ho visto i loro nomi e quelli di due dozzine di altre ragazze. Ne hai, di possibili candidate tra cui scegliere.»

«Io non voglio loro, voglio te.»

Lo so che si riferisce alla rappresentazione teatrale, ma per un attimo, un attimo soltanto, la mia ragione finisce sottoterra sostituita da un'irrazionale estasi. Per fortuna è un attimo, appunto. L'estasi fa subito harakiri e la ragione le toglie la spada col piglio di un bambino che vuole rientrare in possesso di un giocattolo.

«Mi dispiace, non desidero recitare. Stare al centro

dell'attenzione di centinaia di persone che non vedono l'ora di massacrarmi non è nemmeno l'ultimo dei miei desideri. Sono sicura che troverai la tua Jane.»

Edmund si china leggermente, come se dovesse prendere un libro alle mie spalle. Lo prende, infatti, ma al contempo mi sussurra in un orecchio: «L'ho già trovata», e poi va via.

***

In cuor mio l'ho chiamata Frances. La puledrina, intendo. Anche se so che non è mia e che le daranno un altro nome, per me è Frances. Come mia madre.

Ogni mattina, molto presto, quando ancora non c'è nessuno, vengo a trovarla alle scuderie. Sia Theodora che la piccola non sembrano infastidite dalla mia presenza. Eppure, a detta degli inservienti, la giumenta non fa avvicinare nessun altro così tanto. Neanche gli stallieri che la nutrono e provvedono a ogni sua necessità.

Credo sia una legge di compensazione. Non piaccio molto alle persone, ma con gli animali vado forte. William mi chiama "San Francesco", un santo cattolico che ha ammansito un lupo e predicava agli uccelli.

Theodora e Frances mi permettono di restare nel box mentre si dedicano al loro rapporto madre figlia, fatto di nutrimento e protezione. Perciò mi siedo a terra, in un angolo, e le guardo. Penso che, se fossi ricca, le comprerei entrambe. Se fossi ricca avrei un posto dove tenerle e trascorrerei ogni momento possibile con loro. Tutti questi idioti, invece, hanno magnifici cavalli, ma li lasciano alle cure esclusive degli stallieri, con l'eccezione di qualche passeggiata ogni tanto.

Perché nessuno mi mandi via non l'ho capito, e tutto sommato non mi pongo domande. Mi piace stare qui, e me lo faccio bastare.

A un tratto, mentre me ne sto seduta, ospite dei miei due nuovi amici quadrupedi, avverto delle voci fuori dal box. Riconosco subito Julia, ma non so chi sia il ragazzo con cui sta parlando. Non mi pare Lord Rushworth. Il duca ha una voce nasale; questa, invece, è morbida e sensuale.

«Perché fai finta di sfuggirmi?» le domanda il ragazzo, sensibilmente provocatorio. «È chiaro che ti piaccio, bellissima Julia. E allora perché non ti lasci andare? Io posso amarti come non sei mai stata amata.»

«Non sono la stupida oca che credi, Henry», dichiara lei, e capisco subito che si tratta del fratello di Marilyn Crawford. Continua a non piacermi, quel ragazzo. Ha qualcosa di infido nei modi: sembra un manipolatore che osserva la gente e ragiona sul modo più divertente per sfruttarne le debolezze. Non che ci abbia mai parlato, ma ho notato come guarda le persone; attento, indagatore, con un sorrisetto stranissimo che gli divide il viso in due parti. Nella parte inferiore la bocca pare divertita, nella parte superiore gli occhi sono di ghiaccio. Lo so, sono prove indiziarie, anzi, non sono *proprio* prove, e non è da me condannare qualcuno basandomi su elementi così labili. Ma che posso farci se, ogni volta che lo incrocio, mi viene l'orticaria?

«Non ho mai pensato che fossi un'oca», continua lui, dopo una risatina. «Le oche sono delle sciocchine che non considerano il loro interesse e agiscono in modo imprudente. Tu, invece, sei molto attenta al tuo, Julia cara. Altrimenti non fingeresti di pendere dalle labbra di Rushworth, che è un babbeo come pochi.»

«Non parlare male di James», gli intima lei, anche se non mi sembra molto convinta. «Lui ha qualcosa che tu non hai e non avrai mai.»

«Lo so. Un padre morto, grazie al quale ha ottenuto titolo e patrimonio. Io invece dipendo da quello spilorcio di Mr. Crawford, il quale non soltanto è ancora ostinatamente vivo, ma ha stabilito che, finché non metterò la testa a posto, dovrò dipendere dalla sua patetica *paghetta*. Insomma, nuota nei soldi, e io non posso neppure avere una Maserati.»

«E tu metti la testa a posto», gli suggerisce lei.

Per qualche secondo rimangono zitti, e avverto un fruscio di lentissimi passi. Dopo, la voce di Henry si abbassa di tono, come se le stesse parlando in modo più ravvicinato e confidenziale.

«Magari, se incontrassi una ragazza speciale, per la quale valesse la pena cambiare, chissà...» le sussurra.

«Vattene», mormora lei ma, di nuovo, non mi pare per niente convinta. «Sono sicura che dici la stessa cosa a tutte.»

«Oh, no, bambolina, ti assicuro che ho un vocabolario abbastanza esteso, e sono perfettamente in grado di adoperare sinonimi e contrari.»

Per un po' tacciono ancora, ma non come se fossero separati da un silenzio imbarazzante, bensì come se stessero facendo *qualcos'altro*. Il pensiero che si stiano concedendo effusioni mi fa arrossire, e un po' mi dispiace per Lord Rushworth. Anche se non posso negare che lo sembri davvero, un babbeo, ho la sensazione che Julia gli piaccia sul serio.

Dopo un attimo i miei sospetti trovano conferma. Si sono talmente avvicinati al box che non posso non vederli, nonostante la mia postazione riservata. Henry Crawford è di schiena, e giocherella coi capelli di Julia che gli sta di fronte. Non si stanno baciando, ma sono vicini in un modo pericolosamente intimo. Riesco a vedere bene il viso di Julia, e quasi stento a riconoscerla. L'algida ragazza che condivide il mio stesso bagno, quella che dispone una sfilza di costosi cosmetici su una mensola seguendo un ordine maniacale, che mi ha lasciato un biglietto col quale mi ingiunge di non toccare le sue cose neanche per sbaglio, che non mi saluta mai, e ride solo per compiacere Lord Rushworth, ha un'espressione smarrita. Quasi umana, direi.

«Nel periodo in cui Marylin stava con Edmund, tu eri ancora una ragazzetta», sussurra Henry con voce sempre più suadente, «e, nelle poche occasioni in cui ci siamo incontrati, non ti ho rivolto più di un'occhiata. Tuttavia sono piuttosto sicuro che non fossi così carina. Adesso, invece sei splendida, e molto molto desiderabile…»

Julia è paonazza e leggermente ansante, e io abbasso lo sguardo, perché mi sento a disagio nell'osservare il suo abbandono e la sua inattesa fragilità. Sta per dire o per fare qualcosa quando, infastidita dalla loro vicinanza, Theodora scalpita ed emette un nitrito che è un segnale di avvertimento.

Julia guarda istintivamente nel box, e mi vede. Sgrana gli occhi, ma non dice nulla per segnalare la mia presenza, come se non volesse farlo scoprire anche a Henry, e per un attimo mi pare che trattenga il fiato, forse temendo che sarò io a sbucare fuori come un pupazzo da una scatola a molla.

Non lo faccio, non ne ho alcuna voglia.

Lei, allora, arretra, frappone un braccio tra loro e recupera la sua consueta alterigia.

«Le tue parole non mi incantano, Henry», dichiara. «Vattene. Sto aspettando James per fare una passeggiata a cavallo.»

«Ho la sensazione che le *passeggiate a cavallo* con James siano una noia mortale», tenta ancora lui, maliziosamente.

«Sono le uniche passeggiate che mi interessano», dice ancora Julia, sempre più simile alla vecchia se stessa e sempre più lontana dalla creatura languida che ho intravisto poc'anzi.

«Ne sei proprio sicura?»

«Sicurissima. Vattene, ripeto, o farò in modo che tuo padre sappia che non hai alcuna intenzione di mettere la testa a posto, così la tua *paghetta* diventerà ancora più patetica.»

«Sei una piccola megera, Julia, ma hai vinto solo una battaglia. La guerra la vincerò io, puoi giurarci.»

Quindi lui se ne va. Ride, mentre lo fa, ride come se fosse sicuro di quel risultato, e fosse solo una questione di tempo.

Dopo qualche momento lo sguardo di Julia su fissa su di me. Mi sono alzata, so che dovrò affrontare la sua collera, e farlo da seduta, anzi da rannicchiata, mi farebbe sembrare sottomessa o colpevole.

«Mi stavi spiando?» esclama, ma la sua sembra più un'affermazione che una domanda.

«Sì, è mia abitudine rintanarmi nei box delle scuderie e aspettare che tu prima o poi venga per poterti spiare», dico, ironica.

«Dovevi segnalare la tua presenza!»

«Lo avrei fatto se avessi saputo dove sareste andati a parare. Sulle prime non mi sembrava necessario.»

«Non saremmo andati a parare da nessuna parte! Cosa stai insinuando?»

«Abbassa la voce, stai spaventando i cavalli», la invito,

notando l'irrequietezza di Teodora.

«Ma chi ti credi di essere? La regina dei cavalli? O il giudice supremo della moralità altrui?»

«Sono solo una persona che se ne stava per i fatti suoi finché non siete arrivati tu e Henry Crawford.»

Julia mi fissa come se volesse bruciarmi con gli occhi.

«Fai finta di essere una povera ragazzina spaesata, ma la verità è che ti credi migliore degli altri. E sai perché? Perché ti sei convinta di piacere a mio fratello. Lasciatelo dire, sei una povera illusa! Sei il suo giocattolino del momento, e basta! E sai perché si diverte a giocare con te? Perché ti trova bella e interessante? Ma quando mai! È solo per fare un dispetto a papà. Non sopravvalutarlo, mio fratello: in pubblico si comporta come un principe azzurro, ma posso assicurarti che, se ci si mette, sa essere un vero stronzo. Tra lui e mio padre c'è un rapporto conflittuale, e più papà gli proibisce qualcosa, più Edmund fa l'opposto. Non avrebbe mai dovuto ordinargli di non interessarsi a te e di trattarti, al massimo, con la condiscendenza destinata a una parente povera. Avrebbe fatto meglio ad adottare la tecnica della psicologia inversa, ma non ne è capace, ha una personalità fortissima, e da allora... *dlin*! In Edmund è scattato il campanello del bastian contrario e, ovviamente, sta facendo di testa sua. Se pensi che sia pazzo di te, quindi, ti farai molto male. Scendi dal mondo dei sogni e rassegnati: presto si stuferà e passerà a un'altra sfida. Per quanto, adesso che Marilyn è tornata, potrebbe farla finita con queste assurde sciocchezze. Lei saprà riportarlo sulla giusta strada. L'ha amata moltissimo, due anni fa, e ci è rimasto male quando è partita. Non gli è mai importato di nessuna se non di lei.»

Ride, con una crudeltà appassionata. Spera di avermi

sconvolta.

E lo sono, sconvolta.

Per qualche momento mi sento dentro a un ciclone, come se le correnti fredde del cuore di Julia si fossero scontrate col vento bollente della sua rabbia generando una vera e propria tempesta, e io mi trovassi lì in mezzo.

Poi recupero una parvenza di calma.

Respira, respira, respira.

Non dirle che deve avere avuto un'infanzia terribile per parlare così.

Non domandarle se ha mai pensato di rivolgersi a uno psicologo.

Perché, in fondo, lo sai che potrebbe avere ragione.

Non penserai certo che Edmund sia innamorato di te!

E io, sono innamorata di lui?

Non faccio in tempo a rispondere a questa domanda - forse *non voglio* rispondere a questa domanda - perché nelle scuderie arriva qualcuno. Non è uno stalliere, ma Lord Rushworth. Giunge quasi di corsa, cosa molto strana per la sua solita andatura flemmatica. Guarda Julia con aria ansiosa, poi nota me, mi sorride, e la sua agitazione si placa.

«Oh... pensavo... temevo...» biascica, con un po' di affanno. «Ero in ritardo al nostro appuntamento, e mentre venivo ho incontrato Lucy Gregory che stava facendo una passeggiata. Le hanno dato il permesso per via della sua asma, e in inverno più sta all'aperto meglio è... Comunque, cosa dicevo?»

«Che hai incontrato Lucy Gregory», gli fa eco Julia, con una calma posticcia.

«Sì, l'ho vista e mi ha detto che era arrivata fino alle scuderie, ma non per andare a cavallo, perché ha una gamba più corta dell'altra e i medici le hanno sconsigliato di... Cosa stavo dicendo?»

Julia fa appello a tutta la sua pazienza, e ripete: «Che hai incontrato Lucy Gregory, con la sua asma e la sua gamba corta».

«Sì, giusto, e allora... insomma... ha detto di averti vista, anche se si è fermata sulla soglia, e che c'era pure Henry Crawford, e poi ha aggiunto: "Vai, vai, vedrai che avrai una lieta sorpresa". Me lo ha detto con un tono che... non so... faceva pensare a...»

Non posso non ammirare la faccia tosta di Julia. È chiaro che Lucy l'ha vista insieme a Henry in atteggiamento intimo, ma lei, ben lontana dal mostrare il turbamento di chi sia stata scoperta, assume un'espressione da povera Madonna ferita.

«Bontà divina, James, non avrai certo pensato che io e quello lì stessimo facendo qualcosa di sconveniente, mi auguro!», domanda, offesa e scandalizzata.

Lord Rushworth annaspa tra le parole, rosso in volto.

«Non so... Lucy Gregory... aveva un tono...» ripete, tanto a disagio da fare quasi pena. Mi dispiace per lui. È un bravo ragazzo: sciocco, ma buono. Nonostante il suo titolo e la sua fortuna - che, secondo la mentalità gretta e classista del Mansfield, lo autorizzerebbero a non degnare di alcuna considerazione chi non proviene da una famiglia aristocratica - saluta tutti con pari cortesia, e soprattutto saluta me. Vorrei tanto aiutarlo, adesso, ma non so come.

«Lucy Gregory mi detesta», mormora Julia. «Lo sai che fa di tutto per conquistarti, mio caro James, anche ricorrere a delle bugie sleali e pettegole per separarci. È una creatura abominevole.» Pronuncia queste ultime parole con l'aria di chi potrebbe anche avere un mancamento, tanto è prostrata. Mi è terribilmente antipatica, e mi ha appena trattata come uno straccio, però, cavolo, come attrice è superba.

«È solo che... quel Crawford piace a tutte... Non so come sia possibile, è pure basso, un ragazzo così basso come fa a piacere? E ti guarda in un modo, e ho temuto...»

«Come mi guarda è un problema suo, non mio. E poi, piace a tutte?» Julia si mostra sorpresa. «Chi sarebbero queste *tutte*? A me non piace di sicuro. E a te, Fanny?»

Improvvisamente si volta verso di me, e mi sfida con gli occhi. Sostengo il suo sguardo, e sono del tutto sincera quando rispondo: «Neanche un po'».

«Vedi?» continua Julia. «Forse piace a chi ha un pessimo gusto. Il mio è ottimo, invece. La verità è che ha provato a fare il galante, ma gli ho detto che mi infastidiva e l'ho respinto. Vero, Fanny? *Mia cugina* era qui e può confermarlo.»

Di nuovo mi chiama in causa. Si rende conto che potrei rivelare tutto a Lord Rushworth? Insomma, se non fosse stato per Theodora, lo avrebbe baciato, Henry, e le piacevano eccome i suoi modi "galanti". Non mi è sembrata infastidita neanche per un secondo, anzi, pareva fortemente desiderosa di abbandonarsi alla tentazione. Potrei tradirla e vendicarmi del trattamento che mi ha riservato poco fa. Potrei farlo, e addio duca.

«Sì», rispondo, invece, omettendo alcune parti intermedie. «Gli ha intimato di andarsene immediatamente.» Non è una bugia, giusto?

Lord Rushworth recupera un poco il sorriso.

«Oh, bene, però... dovrò dirgli di... insomma chiedergli ragione del suo comportamento e...» Mi fa tenerezza. Vorrei consigliargli di fuggire a gambe levate da Julia e trovarsi una ragazza che non debba meritare il premio Sarah Bernhardt per quanto è brava a fingere di trovarlo attraente.

Julia arrossisce. Buon Dio, sa farlo a comando o si vergogna almeno un pochino?

«Non mi sembra il caso, non credi? Tutti si metterebbero a spettegolare e poi... a che titolo dovresti chiedergli ragione? Non siamo neppure fidanzati, no? Non ufficialmente, almeno.»

«Ma... ma... abbiamo stabilito di aspettare fino a che non sarai maggiorenne», dice lui, confuso.

«Ed è giusto così», sentenzia Julia. «Però adesso evitiamo di trasformare una sciocchezza in uno scandalo, e andiamo a fare la cavalcata in programma. Manca un'ora all'inizio delle lezioni e il tempo è migliorato. Che ne pensi?»

Si avviano verso i box dei loro cavalli, chiacchierando come se mai nessun dubbio avesse rischiato di dividerli. Prima di andarsene, James Rushworth mi rivolge un saluto cortese, come fa sempre. Julia, invece, come fa sempre, mi ignora.

***

Mentre ritorno al college, combatto col ricordo umiliante delle cose che mi ha detto Julia. Rabbia, incertezza e speranza si alternano nella mia mente. In questo stato emotivo non posso certo avere a che fare con Edmund, o rischio di rivelargli troppo di me stessa. Perciò, quando lo intravedo davanti al palazzo, prolungo la passeggiata pur di non incontrarlo. Dopo una mezz'ora ritorno e lo scorgo intento a parlare con Marylin Crawford, e scelgo una strada diversa per tornare allo studentato. Cerco già di evitarli in generale, quei due, e a maggior ragione oggi. Se incontrassi Edmund gli chiederei se ciò che mi ha detto sua sorella è vero. Capirebbe che ho confidato nella nostra amicizia - e magari in qualcosa di più - e che il pensiero d'essere stata usata per indispettire Lord Bertram mi ferisce. Capirebbe che darei non so cosa affinché Julia avesse mentito.

Nella mia testa, quindi, continuano a imperversare rabbia, incertezza e speranza. Le parentesi graffe di "vai al diavolo, Edmund" sono seguite da parentesi quadre di "forse, chissà, magari, probabilmente", che culminano in parentesi tonde all'insegna del "ma sì, Julia è una strega, non devo darle alcun credito".

Poi, le parentesi tonde si infrangono, le quadre mollano la presa, e restano soltanto quelle contorte, aguzze e odiose graffe. La rabbia torna e non c'è verso di far riaffiorare i *forse* e i *ma sì*.

Accade quando, qualche ora dopo, mi accorgo che Edmund e Marilyn sono stati assenti per tutto il giorno. Anche se la mia idea era ed è rimasta quella di evitarli, mi sono accorta che non erano in sala mensa né a pranzo e né a cena, e neppure in biblioteca. Poiché non credo molto alle coincidenze, soprattutto all'interno di un ambiente chiuso come questo, penso subito che siano da qualche parte *insieme*.

Taylor me ne dà la conferma. Mentre, poco prima di andare a dormire, sto seduta su una poltrona nella sala comune a far finta di essere socievole, la mia buffa amica arriva con le ultime novità. Non so come faccia sempre a sapere tutto, ma suppongo dipenda dal fatto che lei, al contrario di me, è socievole sul serio, parla con chiunque, ascolta, crea rapporti, genera confidenze e ogni tanto origlia. Mi si siede accanto, sprofondando a sua volta in una poltrona, e assume un'espressione curiosa.

«Sono stati in città», esordisce, senza fare premesse né fornire specificazioni.

«A chi ti riferisci?» le domando, come se fossi lontana anni luce dall'aver capito, anche se ho capito benissimo.

«Edmund e *quella*. Pare che l'abbia accompagnata a Darlington a comprare un'arpa.»

Il mio stupore stavolta è sincero.

«Un'arpa?»

Taylor fa una smorfia, quasi la disgustasse il solo pensiero dell'esistenza delle arpe.

«Sì, la vipera suona l'arpa. Poiché il suo strumento è rimasto a Londra, e un trasporto così lungo avrebbe rischiato di danneggiarlo, ha pensato bene di procurarsene un altro.»

«E li hanno lasciati uscire?»

«Sono maggiorenni, e se il motivo per assentarsi è valido e la destinazione vicina può capitare che chi frequenta l'università lasci per qualche ora questa valle di lacrime», mi spiega Taylor. «Hanno adoperato una delle auto del college con tanto di autista. Suppongo che l'arpa gliela consegneranno dopo, non credo che entri in una Bentley coupé.»

«Ci hanno messo un bel po' a sceglierla», mormoro, con un sorriso talmente forzato che neppure lui crede a se stesso, e cede ben presto al broncio.

«Darlington dista quaranta miglia: non molto, in effetti. Di sicuro non abbastanza da mancare tutte queste ore. Che abbiano pranzato fuori?» Per un momento Taylor pare sul punto di aggiungere qualcosa che, secondo lei, non mi piacerà, perché dopo aver socchiuso le labbra le chiude di colpo, e se le morde addirittura, quasi volesse ingiungersi di non fiatare.

«So cosa stavi per dire, ma non devi essere delicata. Te l'ho già detto che non ho alcun interesse romantico per Edmund. Se pure avessero fatto *qualcos'altro,* sarebbero solo affari loro.»

«Oh, ma non credo... cioè... non mi pare proprio che lui la guardi come se avesse un trasporto di *quel tipo*. Ora, pur riconoscendo che Edmund è un gentiluomo, non certo un villano come Henry Crawford che bacia e palpeggia una ragazza sempre diversa in biblioteca, nella sezione Teologia, manifesterebbe comunque qualcosa, non credi? Quando un ragazzo ha *un'intenzione* si capisce, lo sai, no?»

«Ehm, no, non lo so.»

Taylor mi osserva come se fossi un animale estinto secoli fa che, inaspettatamente, le cammina davanti.

«Avrai pur avuto un ragazzo! Hai diciassette anni, mica dodici!»

«C'è una legge statale che lo impone?»

«No, però... Vuoi dirmi che non sei mai stata con un ragazzo?»

«Non fino al punto di sapere come ti guarda uno che ha l'intenzione di cui hai parlato prima.»

«Quindi... sei vergine?» Di nuovo assume l'espressione sbigottita di chi assiste a un evento stranissimo.

«Abbassa la voce. Sono fatti miei e non dell'intero college. In ogni caso sì, lo sono. E non considero questa cosa né una colpa né un merito. È solo un fatto.»

«Quindi Edmund sarà non soltanto il grande amore della tua vita, ma anche il primo con cui...»

Sto per zittirla di nuovo, quando Marilyn entra nella sala

comune.

Non la sopporto, è la prima cosa che penso.

La ragione mi dice che non la sopporto perché è piena di sé ma ostenta una finta benevolenza verso noi esseri inferiori, brutti, incolti e selvaggi se paragonati al suo splendore, alla sua cultura e alla sua eleganza.

La pancia è più impulsiva e non cerca di trovare una giustificazione vera o credibile. La pancia sa che non la sopporto perché Edmund è stato innamorato di lei, e forse lo è ancora o lo sarà presto di nuovo, e perché lei ci prova spudoratamente e ha l'aria di chi sa che otterrà quello che vuole, la stessa aria sfrontata di suo fratello.

Cerco di non guardarla, o almeno di guardarla senza che si noti, o anche le antiche pareti di questa sala intuiranno ciò che penso. Si avvicina alle ragazze che ha eletto a sue amiche, dopo averle scelte tra quelle meno carine, così da risultare ancora più bella quando è in loro compagnia. Parlano di qualcosa, o meglio, Marylin parla e le altre pendono dalle sue labbra, mentre Taylor, sottovoce, mi fa una sorta di telecronaca ironica dei suoi movimenti.

«Non ha l'aria di una che ha fatto *qualcos'altro*», sussurra. «Direi che è nervosetta. Finge di aver trascorso una bella giornata, ma secondo me ha il dente avvelenato. Qualcosa è andato storto. Devo indagare. Posso provare a chiedere a Janet, di solito si sbottona abbastanza, oppure... Oh, oh, sta venendo qui. Ho la netta impressione che...»

«Ti dispiace farmi sedere, carissima Taylor?» domanda Marylin all'improvviso. Poiché lo spazio sulla poltrona non permetterebbe a entrambe di stare sedute, in pratica le sta dicendo di alzarsi.

Taylor non se lo fa ripetere due volte. Non perché sia succube o servile, ma perché pregusta il seguito di questo incontro. Dunque si alza e va via, con un sorrisone complice, e mi strizza un occhio da dietro la schiena di Marylin.

«Che giornata, oggi», dichiara quest'ultima. Ha in mano una tazza di tè, e ne sorbisce elegantemente un sorso prima di parlare ancora. «Darlington non è Londra, ma è comunque una cittadina gradevole e piena di bei negozi. Sono andata a scegliere un'arpa, ed Edmund mi ha accompagnata. Io suono l'arpa, sai. Tu suoni qualche strumento?» La mia risposta consiste in un accennato diniego. «Oh, che peccato, ritengo che una corretta formazione musicale debba essere alla base dell'educazione di ogni ragazza.»

«Sì, nell'800. Insieme al canto, all'acquerello e a una notevole abilità nell'usare il ventaglio. Scommetto che sai anche cantare e dipingere, ma i ventagli? Che mi dici dei ventagli?»

Marylin beve un altro sorso di tè, poi mi indirizza un'occhiata cupa, in totale contrasto col sorriso modello miss Inghilterra che vuole la pace nel mondo.

«Se volessi, sono sicura che diventerei anche un'esperta di ventagli. Ma non mi interessano.»

«Però potresti almeno farne un hobby. Dopo tante fatiche, tra lo studio, la musica, e i concorsi di bellezza, sarebbe rilassante.»

«Ho già degli hobby. Per esempio mi piace recitare. Qualche anno fa, quando ero adolescente, ho fatto parte di un gruppo di teatro shakespeariano. Sono stata Goneril in Re Lear, Titania in Sogno di una notte di mezza estate, e Lady Macbeth. E adesso interpreterò Jane nel nuovo adattamento.»

«Credevo che i provini non fossero ancora avvenuti. Sei

preveggente o solo molto sicura di te?»

Il suo sguardo *estremamente* sicuro di sé mi perfora.

«È ovvio che sarò io a ottenere la parte. Ho studiato dizione e portamento, e ho più esperienza di chiunque altro, qui dentro. Senza contare che sarebbe ora di superare l'idea di Jane Eyre come donna bruttina e introversa, e darne una chiave di lettura diversa.»

«Quale? Quella di seduttrice dai modi spavaldi? Più che una nuova interpretazione, mi sembra proprio una rivoluzione. Hai mai letto il libro?»

«Certo che l'ho letto», risponde lei piccata. «Ma ritengo che sia possibile cambiare punto di vista e fornire una nuova visione di Jane. Non ho mai capito perché la bellezza, in certi romanzi, debba abbinarsi a pochezza morale e superficialità, e perché le eroine che conquistano l'eroe, e rivelano superiorità intellettuale e sensibilità, debbano sempre essere bruttine e disgraziate.»

«Forse perché la bruttezza e la disgrazia aguzzano l'ingegno e inducono a cercare un riscatto più di quanto facciano la bellezza e la fortuna? Inoltre, agli occhi dei lettori, chi nasce senza la camicia sembra meritarselo di più, quel riscatto.»

«Stai dicendo che sono stupida perché sono bella e fortunata e che mi merito una vita priva di emozioni?»

«Non mi sembrava stessimo parlando di te, ma delle protagoniste dei romanzi. Comunque no, non sto dicendo questo. Dico soltanto che scegliere una Jane Eyre che è arrivata finalista a miss Inghilterra è come mettere un attore di duecentoventi libbre a interpretare un ebreo appena sopravvissuto a un campo di concentramento. Cioè, non ho nessun pregiudizio nei confronti degli attori sovrappeso, ma sarebbe assurdo tanto quanto una ragazza che ha posato per Sweet e Seventeen Magazine come Jane Eyre.»

«Lo dici perché speri di essere tu a ottenere la parte?» La sua domanda suona intrisa di scherno. «Scommetto che non hai mai recitato e poi… sei… insomma… sei scura di pelle!»

«Fammi capire, quindi Jane Eyre può essere una strafiga, purché abbia l'incarnato color porcellana? E la *nuova visione* di cui parlavi prima? La diversa chiave di lettura dov'è finita?»

Il suo sguardo si assottiglia e si adombra.

«Non avrai la parte, questo è quanto.»

«Ma non certo perché lo hai stabilito tu. Non ho mai detto di volerla.»

Marylin si rimette in piedi e, alta com'è mentre io rimango seduta, mi sembra quasi ciclopica. Ho già detto che la detesto?

«Saggia ragazza», dichiara, sorridendo di nuovo. E poi se ne va, flessuosa come Jessica Rabbit, lasciandomi addosso una sensazione che non comprendo.

Insomma, io non la sopporto, e lo so perché non la sopporto. Ma lei perché non sopporta me?

***

Entro in camera mia e mi siedo sul letto senza accendere la luce. Sono nervosa, d'un nervosismo ostinato, quasi alimentato dal mio stesso capriccio, e mi odio per questa superficialità alla quale non sono abituata. Di solito non cedo a dolori frivoli, poiché ne ho conosciuti di troppo importanti per trattare le sciocchezze come problemi.

Non dovrebbe importarmi di Edmund o di Marylin o del tempo che trascorrono insieme. Non dovrei ribollire di furia infantile. Io non sono così.

Be', io non *ero* così.

Da qualche tempo, ormai, mi sento perennemente tesa.

Se solo potessi andare via di qui, se potessi smetterla di aggiungere Edmund ai miei tormenti... Non stavo già abbastanza male, prima? Perché adesso ci si è messo pure lui a fare... *quello che fa*? Non so esattamente cosa faccia, in verità, ma mi destabilizza. E non nego di voler strangolare Marylin.

Quanto manca ai miei diciotto anni?

Li compio a maggio prossimo.

Quanti mesi, settimane, giorni e ore mi separano da quel traguardo?

«Finalmente sei salita, mocciosetta. Per fortuna hai lasciato aperto, anche se forse sarebbe meglio se fossi un po' più prudente.»

Per poco non grido. Accendo la luce sul comodino, dopo aver mancato l'interruttore ripetute volte, e *lui* è in piedi davanti alla finestra, con le braccia incrociate sul petto. Indossa un cappotto sbottonato, e una sciarpa con lo stemma del Mansfield allungata attorno al bavero.

Non pronuncio neanche una parola per alcuni secondi, mi limito a deglutire per mandar giù una specie di stranissimo nodo alla gola. Poi mi rendo conto che Edmund potrebbe interpretare il mio silenzio nel modo sbagliato, o peggio nel modo giusto, e cioè come la semiparalisi di una cretina col cuore nel palato, e decido di offrirgli un'altra versione di me. Preferisco che mi consideri infastidita piuttosto che invaghita.

«Dobbiamo smettere di vederci così», dico. «Se usassi metodi alternativi all'arrampicata notturna su una quercia?»

«Non sarebbe una cattiva idea. Ci ho provato, oggi, a cercare di parlarti senza arrampicarmi, ma ho avuto la sensazione che mi sfuggissi.»

«Sfuggirti? Ma se non ti ho neppure visto», mento, mettendomi seduta più comoda. Più spigliata di così! Nessun turbamento deve sfiorarmi, nessun magone soffocarmi, nessun batticuore assordarmi, e nessun tremore interiore farmi sentire piccola e incapace. Ho il soqquadro dentro, ma mi ripeto mentalmente questo fiero mantra che contrasta col turbamento, il magone, il batticuore, e un brivido fragile.

Lui emette una risatina sommessa, ma comunque densa di ironia.

«Chi non sa dire bugie non dovrebbe farlo. Mi hai notato da lontano per ben due volte e hai cambiato strada. Ci ho riflettuto, e sono giunto alla conclusione che le possibili motivazioni fossero due. O temevi che potessi insistere con la storia dei provini, o non ti era simpatica la persona con la quale stavo parlando.»

Le mie labbra si arricciano senza che io riesca a controllarle, facendomi assumere un'espressione contrariata.

«Magari non mi sei simpatico tu», mento ancora.

«Naaah», risponde lui, fin troppo sicuro di sé, «io ti sono molto simpatico, invece. Ma non Marylin. La poverina è traumatizzata dal tuo comportamento. Mi ha detto che ogni volta che cerca di essere gentile le rispondi male.»

«La poverina? Lei sarebbe *la poverina*?» sbotto. «Finge solo di essere gentile! Mi guarda dall'alto in basso, e quando mi sorride sembra una iena! Non so cosa farmene della sua falsa gentilezza, mi chiama "la cuginetta" con l'unico scopo di sminuirmi e farmi sentire infantile e insignificante, e poi le piace la corrida e...» Mi fermo, rendendomi conto di aver parlato a raffica, con un'agitazione quasi delirante. Edmund mi sta fissando, le braccia ancora incrociate e uno strano sorrisetto sulle labbra. «Scu… scusa», biascico. «Non so che mi è preso. Cioè, lo so. Marylin mi ricorda tutte le stronze del liceo con le quali ho avuto a che fare, le belle della scuola, le fighe popolari, che ci provavano a umiliarmi solo perché ero diversa da loro, mi vestivo sempre di scuro e senza un solo capo firmato, e me ne stavo per i fatti miei. Non mi sopportavano, non soltanto per questa mia "diversità", ma perché me ne fregavo di loro e reagivo sempre con sarcasmo. Non sono nata vittima, io, e non sarò mai preda. E i bulletti ormai li fiuto a naso. Quindi, anche se è la tua ragazza, mi dispiace, ma non posso fingere che mi sia simpatica.»

Il sorrisetto di Edmund crolla all'improvviso e la sua fronte si aggrotta.

«La mia ragazza?»

«La tua ragazza, o quello che è. Insomma, so che due anni fa ti ha spezzato il cuore partendo, so che per te è importante, e adesso che è tornata sei finalmente felice di…»

«Non credi di stare saltando alle conclusioni?» continua lui, senza smettere di fissarmi. «Come diamine ti è venuto in mente che io possa aver avuto il cuore spezzato? Due anni fa sono stato io a lasciarla, molto prima che partisse. Credevo fosse chiaro che le mie frequentazioni sono senza impegno e senza promesse. Sono troppo giovane per pensare a un legame importante e non sono abbastanza sentimentale da permettere a qualcuno di spezzarmi il cuore.»

«Da-davvero?» Mi accorgo troppo tardi di aver balbettato, e cerco di recuperare la mia perduta dignità. «Cioè, buon per te. Però tutti dicevano che voi…»

«Le persone si basano su quello che vedono, peccato che spesso quello che vedono non corrisponda alla realtà, perché interpretano ogni cosa a modo loro. Dicono pure che tra me e te c'è qualcosa, sol perché sono gentile.»

«E tu, naturalmente, arrampicandoti di notte fino alla mia stanza, fai di tutto per smentire queste voci», dichiaro, a denti stretti. «Se qualcuno ti vedesse...»

«Te l'ho già detto, in quel caso ti chiederei di sposarmi.» Ride, come se la cosa fosse molto divertente e molto improbabile.

«Suppongo che tuo padre farebbe i salti di gioia», continuo, sempre freddamente.

«Ah, no, direi proprio di no.»

«E tu ti divertiresti molto a contrariarlo.»

«Moltissimo.»

Mi addento le labbra e stringo i pugni. Vorrei chiedergli se sono soltanto un giocattolo da usare per indispettire Lord Bertram. Ma gli farei capire che mi importa. Che mi amareggia. Che mi offende.

«Cosa vuoi esattamente, Edmund? A parte esporti al rischio di dovermi chiedere di sposarti se qualcuno ti vedesse?»

«Darti questo.»

Con un movimento fluido tira fuori qualcosa da dietro la schiena. Capisco subito che si tratta del copione stampato.

«Non intendo fare quel provino, Edmund. Non sono portata per il teatro.»

«Leggilo e basta. Poi dimmi cosa ne pensi.»

A dire il vero sono molto curiosa, perciò prendo il documento e ne sfoglio le prime pagine.

«Non credevo che Jane Eyre fosse nelle tue corde, è la storia di una ragazza raccontata con una sensibilità molto femminile», gli faccio notare.

«Dove sta scritto che un uomo non possa interessarsi alle storie delle ragazze raccontate con sensibilità femminile? Jane è una creatura indipendente e volitiva che affronta la vita con coraggio, cerca il proprio posto nel mondo e si abbandona a una passione purissima. Mi è parso tutto molto universale, più che prettamente femminile.»

«Non avevi detto di essere poco sentimentale?»

«Sì, quando si tratta del mio cuore *non* spezzato.»

«Quindi... è quello che vuoi fare? Scrivere?»

«È solo un adattamento, Fanny.»

«Ma hai scritto anche qualcosa di tuo?»

«Chissà.»

«Credevo volessi fare l'avvocato e...»

«Se ti dicessi che ancora non so cosa voglio fare mi crederesti? Per il momento scrivo per hobby e per tenere impegnata la mente. Il rettore aveva proposto opere più impegnative e didascaliche, ma sono riuscito a convincerlo a tentare con un testo che attirasse maggiormente gli studenti. Ha ceduto perché lo scorso anno i genitori dei ragazzi, che sono dovuti venire loro malgrado ad assistere alla rappresentazione del Faust di Goethe, alla fine sbadigliavano quasi tutti. Avevo già pronto questo adattamento e gliel'ho proposto. Ha accettato, anche perché l'azione si concentra sulla vita di Jane adulta. Non sia mai qualcuno possa essere sfiorato dal sospetto che i riferimenti a un collegio gestito da un dirigente crudele non siano del tutto casuali.»

«Avevi un testo già pronto?» gli domando stupita.

«Sì, l'ho scritto alcuni anni fa.»

«Scommetto che avevi sei anni e già risolvevi equazioni di terzo grado.»

Di nuovo, il bel sorriso di Edmund mi illumina fino al buio profondo di ogni mio più piccolo organo interno.

«Ti sbagli. L'ho scritto due anni fa. Pensando a una ragazza che mi ricordava troppo Jane.»

«Marilyn? Per questo intende avere il ruolo di Jane Eyre? Perché sa che lo hai scritto ispirandoti a lei? Dici che non sei sentimentale, ma solo un romanticismo patologico può averti indotto a trovare una somiglianza tra...»

«Era a te che pensavo. Ti avevo appena conosciuta eppure non riuscivo a schiodarmi dalla mente l'idea che fossi una sorta di Jane reincarnata. Altrimenti perché insisterei affinché tu faccia il provino?»

Se mi facessero una foto adesso non mi renderebbero alcuna giustizia. Non che io mi senta bella, o carina, ma con l'espressione che ho in questo momento non avrei la speranza di risultare neppure passabile. Me ne sto con le labbra socchiuse, gli occhi sgranati, non so se sbigottiti o atterriti, a fissare Edmund che, invece, è l'incarnazione d'una bellezza serafica.

«A... a... a me?» farfuglio, e neanche il tono impastato mi rende giustizia.

«Sì. Mi hai fatto pensare subito a Jane. E a seguire ho pensato a tutto il resto.»

«Non... non è possibile. Cioè...»

«Come fa a essere impossibile una cosa avvenuta?» mi domanda, con quel sorriso che sa di bocca morbida e sapore soave.

Sapore?

Perché penso al suo sapore?

Devo smetterla assolutamente!

Edmund, ignorando questi miei pensieri peccaminosi, si abbottona con lentezza il cappotto, si avvolge la sciarpa intorno al collo, e indossa i guanti prima infilati dentro una tasca.

«Stamattina ti cercavo anche per un'altra ragione», aggiunge. «Sono stato di nuovo alla casa d'aste, ad acquistare un paio di pezzi per Mary. Mi ha trasmesso il catalogo via mail e mi ha chiesto di aggiudicarmeli per lei. Volevo chiederti di venire con me. Però sei sparita, e siccome non potevo perdere le aste sono dovuto andare via.»

«Quindi... non sei andato apposta ad accompagnare Marylin a comprare un'arpa?»

«La sua presenza è stata del tutto incidentale. I miei programmi erano diversi. Se ti fossi fatta trovare senza svignartela, non l'avrei incontrata e non avrei neppure saputo che voleva acquistare l'arpa in città.»

«Oh...» mormoro, e non riesco ad aggiungere altro, travolta da una delusione cocente per questo viaggio mancato.

«La prossima volta concedimi il beneficio del dubbio, ok? Trarre conclusioni affrettate è sempre un errore.»

Sta per calarsi dalla finestra quando lo richiamo impulsivamente.

«Che Marilyn faccia di tutto per riaverti è una conclusione affrettata?» gli domando, con voce un po' fievole.

«No», mi risponde senza alcuna riluttanza. «Questa conclusione è corretta.»

Quindi, senza aggiungere altro, si concede un balzo oltre il davanzale, i lembi del suo cappotto si sollevano come grandi ali brune, e lui sparisce dalla mia vista, nel buio.

Leggo il copione per tutta la notte. È magnifico il modo in cui Edmund è riuscito a trasformare il romanzo in un'opera teatrale, destinata a un ambiente chiuso. Mi piace come ha saputo supplire all'assenza di tutta la parte iniziale, che è ricordata attraverso rievocazioni verbali della stessa Jane: è lei a riportare alla propria memoria, e a far conoscere allo spettatore, i momenti salienti della sua sfortunata infanzia. Lo spettacolo inizia dal momento in cui Jane, una volta ottenuto il diploma e raggiunta la maggiore età, decide di accettare un posto di istitutrice e si reca a Thornfield Hall. Da lì l'incontro con tutte le persone che provocheranno un cambiamento radicale nella sua vita. Edward Rochester, soprattutto.

Ho sempre amato questa storia, e la amo ancora di più adesso.

L'idea che Edmund abbia pensato a me mentre scriveva mi fa fremere per tutto il tempo.

Giuro, ho le farfalle nello stomaco. So che è un modo banale per descrivere la sensazione che provo, ma non me ne viene in mente uno diverso.

Farfalle-nello-stomaco.

All'alba mi appisolo un po', ma è troppo poco per potermi considerare riposata, e quando mi alzo sembro un mostro della laguna nera. Sono talmente stordita che entro in bagno prima che vi esca Julia. Di solito abbiamo un accordo riguardante gli orari: lei ha diritto a un po' di tempo in più perché si dedica alla cura della sua bellezza, e io no. Stavolta è prima del previsto, e non soltanto perché trovo la porta aperta, sono ancora mezzo addormentata e non capisco niente, ma anche perché, se non voglio atterrire l'intero college, mi toccherà fare qualcosa per tentare di rendermi presentabile.

«Ehi! Non è ancora il tuo turno!» mi rimprovera Julia, che sta passando sulle lunghissime ciglia del mascara marrone. Pare sia l'unico ammesso: il make-up, per essere tollerato, deve essere naturale e non far pensare a una sgualdrinella che si prepari per andare in discoteca. Non sono parole mie, s'intende. Lo ha detto la professoressa di inglese, qualche giorno fa, poco prima di rispedire una studentessa in camera sua per struccarsi.

Sono talmente stordita che non reagisco e mi lascio cadere su uno sgabello. Mi sento vispa quanto un palloncino bucato.

«Che faccia hai», mi fa notare impietosamente Julia, osservandomi con quello che sembra un vero e proprio disgusto. «La falsa santarellina», continua, e il suo sguardo si fa malizioso. «Ma ero sicura che dietro quell'aria da vergine e martire si celasse *ben altro*.»

Questo commento è come una secchiata di acqua gelida sul collo. Mi risveglia tutto insieme.

«Di... di cosa stai...»

Lei fa una risatina sarcastica, mentre si sistema un ricciolo.

«Sono sicura che ci fosse un ragazzo in camera con te. Non preoccuparti, non ho capito chi è, le pareti del palazzo sono troppo spesse, ma giurerei, mentre ero in bagno, di aver sentito una voce maschile. Con chi te la intendi? Con uno degli stallieri? Sei sempre in mezzo ai cavalli, non mi stupirei. Come lo fai entrare? Dalla finestra? Solo uno stalliere può concepire una cosa tanto volgare.»

Il rossore che mi divampa sulle guance la convincerà che io riceva davvero degli stallieri, di notte. Ovviamente non posso fare rettifiche riguardo all'identità della persona che stava parlando con me ieri, perciò mi limito a negare.

«Hai le allucinazioni, non c'era proprio nessuno», dico, ma temo di non risultare abbastanza convincente, perché il suo sguardo non perde né ironia né disprezzo.

«Buon sangue non mente», mi dice subito dopo. «Tua madre se la faceva coi giardinieri e tu con gli stallieri. Attenta a non fare la sua stessa fine, o ti ritroverai a mal partito.»

Mi alzo talmente in fretta che non mi rendo bene conto del passaggio da una posa semi accartocciata sullo sgabello a quella di un'erinni, in piedi davanti a Julia, il braccio sollevato e la ferma intenzione di rifilarle uno schiaffone.

Non la colpisco, ho ancora il controllo delle mie emozioni. Non la colpisco, ma vorrei tanto farlo. La sua perfidia mi ha schiaffeggiata molto più forte.

Se prima era lei a osservarmi con disprezzo, adesso sono io.

«Ti faccio la stessa raccomandazione: stai attenta», le dico, con un tono talmente ostile che quasi non mi riconosco. «Potresti essere tu a finire a mal partito, se continui a fare finta di essere innamorata di Lord Rushworth quando, invece, è evidentissimo che ti piace Henry Crawford. Ho visto come lo guardi, credendo che gli altri non se ne accorgano. Potresti perdere capra e cavoli. Perché il duca non è il perfetto idiota che credi, qualcosa ha cominciato a sospettare, e non avrà difficoltà a trovare un'altra ragazza. Lucy è pronta a consolarlo. E se pensi che tu ti consolerai con Henry, sei proprio una stupida. Se ne frega di te, vuole soltanto aggiungerti alla lista delle sue conquiste.»

Quindi, senza dire altro, e senza darle la possibilità di dire altro, le sbatto la porta in faccia e torno nella mia stanza.

***

Il college non è mai stato così diverso da come mi appariva all'inizio, quando era un mondo popolato da zombie. Allora tutti parlavano piano, e si muovevano piano. Adesso sembra una piccola città piena di passione.

L'attesa dei provini per la rappresentazione teatrale ha scatenato una fervente vitalità. Si svolgeranno in due *tranche*: una tra pochi giorni, e un'altra dopo le festività natalizie. I risultati si sapranno solo alla fine.

Credo di essere l'unica a non stare preparando un brano da presentare. Ovunque, e intendo proprio ovunque, ci sono studenti che, nelle ore libere dalle lezioni, imparano brani del romanzo. Dire che impera il caos non esprimerebbe l'essenza del caos che ho intorno. Alcuni recitano a voce alta e si esibiscono davanti agli amici che fanno lo stesso, producendo un irripetibile effetto "gabbia di matti". Anche Taylor e Amber interpretano con enfasi, sperando di diventare Jane. Tutte vogliono essere Jane e tutti vogliono essere Rochester, ma è ovvio che molti di loro saranno dirottati verso altri ruoli.

No, in effetti non sono l'unica studentessa a non essere preda di questa febbre. Neanche Edmund lo è. Sta studiando per un esame imminente e si vede ben poco in giro. Avrei tanto voluto parlargli del copione, che è ancora nelle mie mani e leggo e rileggo di continuo prima di addormentarmi, ma non mi è stato possibile.

In cerca di tregua dalla confusione febbrile che trasforma la sala mensa in un manicomio, e visto che non ho alcuna speranza di incontrare Edmund, decido di allontanarmi dal palazzo mentre gli altri declamano. Qualcuno dovrebbe dire loro che non è una tragedia greca e che farebbero meglio a moderare i toni, ma temo sarebbe inutile. Quasi quasi li preferivo da zombie.

Faccio una passeggiata più lunga, oltrepassando anche le scuderie. Non sono mai arrivata fino al bosco, magari è ora di visitare le famose rovine che dovrei aver già visitato.

Quando avvisto i ruderi, mi ricordo degli appunti di Edmund. Pare siano i resti di un'antica villa. Doveva essere molto bella e grande in passato, ma adesso ne rimangono solo alcune porzioni di pareti e poco altro. Tuttavia è possibile risalire alla distribuzione delle stanze, e sui muri sono ancora individuabili i frammenti sbiaditi di antichi mosaici. Il sito è stato ritrovato e portato alla luce in uno dei terreni di pertinenza del college, anche se adesso viene gestito dall'English Heritage.

Talvolta, nei fine settimana, giungono pochi e qualificati visitatori, ma in questo momento non c'è nessuno.

Trovo molto suggestivi gli avanzi di questo mondo remoto coperti da un leggero strato di neve. Mi aggiro lentamente tra essi, come seguendo le diramazioni di un labirinto dai contorni ora alti ora bassi.

Poi sento una voce umana.

«Voi non siete nata austera, così come io non sono nato crudele!»

Sollevo gli occhi al cielo. Un altro attore. Sono arrivati fin qui. Si espandono come gramigna.

Mi stupisco non poco nel riconoscere Lord Rushworth. Se ne sta seduto dietro un muretto, sul margine del sito, il volto chino su un libro, e anche lui recita, o almeno ci prova. Da solo.

Preferirei togliermi di torno prima che si accorga di me, ma non ho questa fortuna. Il duca si volta e mi nota.

«Miss Patel... Fanny», mi chiama, alzandosi in piedi. «Mi fa piacere che tu sia qui. Puoi aiutarmi?»

«Qualche problema?» gli domando con gentilezza. Se era destino che mi imbattessi in qualcuno perfino qui, e se quel qualcuno non doveva e non poteva essere Edmund, non mi dispiace che si tratti di James Rushworth. Ho la sensazione che mi trovi simpatica. Conoscendolo meglio mi sono resa conto che non è uno stupido: è un bravo ragazzo un po' timido, al quale pesa molto aver perso il padre ed essere già duca a vent'anni, e il cui unico errore, al momento, è stato innamorarsi di Julia.

«Sto cercando di memorizzare la parte per i provini, ma dentro c'è una tale confusione che non sento neanche il suono della mia voce, perciò sono uscito. Queste rovine, da molti studenti ritenute solo dei rottami, per me sono meravigliose.»

«È un posto bellissimo e molto suggestivo», dichiaro con convinzione. «Non lo avevo ancora visitato, ma ne ho sentito parlare spesso.»

«A Sotherton Court, nel Northumberland, non troppo lontano da qui, ci sono i resti di una villa perfettamente conservata. Amo quella proprietà: non è la principale del mio casato, non è come Rushworth Castle, è molto più piccola ma la preferisco all'altra. Per le rovine, e perché ci sono anche delle sorgenti meravigliose, e una cascata che mi incanto a guardare ogni volta come se fosse la prima, e perché lì... lì riesco a essere me stesso. Mi rifugio tra quelle mura, e non devo essere il duca, posso essere soltanto James.»

Lo osservo con comprensione, e la mia simpatia nei suoi confronti si accresce.

«Anche io ho perso entrambi i genitori», mormoro. E poi aggiungo: «Dovresti essere sempre te stesso, vivere secondo i tuoi desideri, non siamo più nel 1800».

«Lo so, ma mio zio ha delle idee precise a proposito di ciò che debba fare e soprattutto *essere* un duca. Secondo lui, appena terminerò gli studi dovrò vivere a Londra, e presenziare a un sacco di eventi. Peccato non aver avuto un fratello maggiore... Comunque, puoi aiutarmi con la parte? Non riesco proprio a memorizzarla. Lo so che non mi sceglieranno mai, ma ci voglio provare lo stesso. Di sicuro prenderanno quello lì.» L'ultimo commento è espresso con un tono un po' sconfortato.

«Quello lì?»

Lui abbassa lo sguardo sull'insieme d'erba, neve e fanghiglia di cui è fatto il suolo calpestato.

«Henry Crawford. Non so come faccia a piacere alle ragazze. Comprendo benissimo se perdono la testa per un tipo come Edmund, lui ha oggettivamente un aspetto da principe, ma Henry... è basso e magro quanto un fuscello. Non può piacere un ragazzo che a stento supera il metro e settanta! Julia è quasi più alta di lui! Cioè... non che c'entri Julia, l'ho menzionata soltanto per fare un esempio... Intendevo in generale, ecco. Cosa diamine piace di quel tipo?»

«A me niente», dichiaro con convinzione assoluta. Potrei vendicarmi di Julia e della sua recente cattiveria. Potrei rivelargli che quel giorno, alle scuderie, lei e Henry stavano quasi per baciarsi, e se non è successo non è dipeso da un leale ripensamento, ma dal fatto di essere stati scoperti.

Però, di nuovo, taccio.

James fa spallucce, immerso in pensieri oscuri che hanno ad oggetto, ne sono certa, non tanto le arcane ragioni per le quali Henry Crawford piace alle ragazze in generale, ma l'unico e appassionato tarlo che lo divora: piace anche a Julia? E quanto le piace? Lo ha intuito pure lui, dunque. E allora perché invece di crucciarsene non la affronta? È infatuato a tal punto?

«Cioè, ha delle mani così piccole», continua. «Alle ragazze come possono piacere degli uomini così poco virili? Un uomo, se non è alto e non ha mani grandi e spalle larghe, come può risultare attraente?»

«Sai come si dice nel gergo comune: non è bello ciò che è bello, ma è bello ciò che piace. Insomma, ogni persona ha le proprie preferenze. Quello che piace a me può non piacere a te, e viceversa. Ma, al di là di questo concetto elementare, chi cresce con scarse attrattive fisiche è costretto a sviluppare altri talenti. Quindi si finisce col puntare sui modi, sul tono della voce e, in questo caso, credo, su un carattere volutamente sfuggente. Molte ragazze sono intrigate dai tipi che sembrano incapaci di impegnarsi.»

«Davvero?» mi domanda esterrefatto. «Avrei detto il contrario. Cioè, capisco il puntare su altre qualità se non si è belli. Io... lo so di non essere granché, e proprio per questo ho sempre creduto che la gentilezza potesse intervenire dove... dove mancava l'aspetto. Secondo mio zio, invece, basta il titolo. Ma io non sopporto il pensiero di essere un titolo, o anche una persona con un titolo, e non una persona e basta. In ogni caso...

sfuggente, hai detto? Che sarebbe un modo per dire... stronzo?»

Rido mentre annuisco.

«Era esattamente quello che intendevo.»

«Non credo che riuscirei a comportarmi da stronzo. Però mi piacerebbe.»

«Sono sicura che a Henry Crawford viene naturale.»

«A te non piace proprio!» esclama, e mi osserva con gratitudine. «Quanto vorrei che anche Julia la pensasse così. Ma lui... ecco... non posso negare che... le stia parecchio addosso, mica sono cieco. Non dico che lei si comporti male, ma... quella specie di nanetto è molto insistente.»

Vorrei dirgli di lasciar perdere Julia, non soltanto perché è chiaramente infatuata di un altro, ma perché non è la ragazza adatta a lui. Però non sono affari miei. E poi James è più adulto di me, dovrebbe avere più esperienza, non sono tenuta a dargli consigli o suggerimenti, sbaglierei se lo facessi. Perciò mi mantengo generica.

«Ciascuno di noi ha un suo fascino, qualcosa in grado di renderci unici e irresistibili. Resta da capire qual è il nostro», dico.

Lui mi fissa con la fronte aggrottata.

«Il nostro?»

«Il mio, il tuo, insomma di noi persone non bellissime, non in modo canonico, almeno», spiego, sperando di non averlo offeso.

«Tu pensi di essere brutta?» mi domanda ancora, e sgrana gli occhi.

«Non brutta, ma...»

«Somigli a Deepika Padukone, l'attrice indiana! Quando era

più giovane sarà stata identica a te! Avete gli stessi occhi e lo stesso sorriso! All'inizio ti giuro che pensavo foste imparentate!»

Stavolta è il mio turno per mostrarmi esterrefatta. E imbarazzata, anche.

«Non… non credo di somigliarle, ma… sei gentile…»

«È la verità. Cioè è la verità che le somigli un sacco. Ed è la verità che io sono *troppo* gentile. Forse dovrei diventare più sfuggente?» Accenna a un sorrisetto, un pochino imbarazzato pure lui. «Nel frattempo, ho spesso avuto la tentazione di parlarne a Edmund. Di Julia, e di come devo comportarmi quando Henry si fa più invadente. Lui è suo fratello, e magari saprà dirmi cosa fare. Secondo te posso parlargliene? Voi siete molto legati, e di sicuro saprai dirmi se...»

Arrossisco senza riuscire a controllarmi.

«Non siamo così legati, in verità, ti sbagli…»

«Non mi sbaglio», replica lui, imprevedibilmente sicuro di sé. «Soprattutto dopo quello che è successo a Darlington.»

«Cosa… cosa è successo a Darlington?» domando, senza capire.

«Non te lo ha detto? Edmund e Lord Bertram hanno avuto una brutta discussione. Non davanti a me, s'intende, davanti a me sono stati la signorilità in persona, in special modo il conte. Però mi ero già accorto che Edmund era di malumore, lui di solito è molto cortese, e invece quel giorno sembrava una specie di tigre. Perciò a un certo punto Lord Bertram si è scusato, lo ha chiamato da parte e… Non avrò un cervello sopraffino, ma il mio udito è eccellente e ho capito senza alcuna difficoltà che parlavano di te.»

«Di me?» Lo fisso sconvolta, come se stesse delirando.

«Sì. Edmund era arrabbiato perché non eri stata invitata e perché eri stata trattata da estranea, nonostante tu faccia parte della famiglia. Ha detto che con ogni probabilità avresti rifiutato l'invito, visto che la famiglia in questione era "simpatica quanto un bubbone dove non batte il sole", ma che era esplicito dovere di Lord Bertram comportarsi come il gran signore che pretende d'essere, e includerti. Parole sue, eh, non mi sto inventando niente. La povera Julia, che udiva tutto pure lei, era molto imbarazzata e si è sentita in dovere di precisare che Edmund faceva così per contrariare il padre, anche schierarsi a favore di persone delle quali non gli importava nulla, solo per il gusto di contraddirlo. L'ho vista troppo turbata da quella discussione, e per questo motivo ho annuito e non le ho detto ciò che pensavo *veramente*. E cioè che a me quella di Edmund non sembrava una battaglia superficiale, solo per indispettire il padre. A me è parso molto sincero e molto coinvolto, invece. E infuriato, diamine quanto era infuriato! Tant'è che dovevamo andare insieme a Nunthorpe, ma lui si è rifiutato ed è tornato qui. Per questo... *anche* per questo ho pensato che siate molto legati. Conosco Edmund da un paio d'anni. Non siamo grandi amici, ma posso affermare senza timore di essere smentito che la sua condotta non è mai stata così sopra le righe. Anzi, ero convinto che fosse un giovanotto quieto e compito. Non l'ho mai visto schierarsi tanto esplicitamente e, aggiungo, violentemente, a favore di qualcuno. Credevo foste fidanzati pure voi, anche se non in modo ufficiale, e che potessi darmi un consiglio su...»

Deglutisco più volte senza riuscire a dire nulla. Giuro, ho la gola riarsa e la lingua che pare diventata di fustagno, tanto è secca. Non metto in dubbio la sincerità di Lord Rushworth nel riferirmi queste cose, ma non riesco a spiegarmele. Edmund ha litigato col padre a causa mia? Lo ha fatto per me o contro di lui? Per proteggermi o per il puro gusto di infastidirlo?

«Non siamo affatto fidanzati. Amici, ma niente più di questo», mormoro, a fatica, con la sensazione di aver ripetuto questa frase già un milione di volte a persone diverse che si ostinano a non credermi. «E non saprei proprio cosa consigliarti.»

Lui emette un sospiro rassegnato.

«Credo che gli parlerò comunque. Spero solo che... insomma, che non reagisca come con suo padre, quel pomeriggio, perché faceva paura. In questi giorni sta studiando per gli esami ed è praticamente irrintracciabile, ma so che di sera tardi, quando non c'è nessuno, va in piscina a fare qualche vasca per rilassarsi. Ci penserò. Adesso, però, se non ti ho annoiato troppo e non hai altri impegni, mi aiuti con il brano che ho scelto per il provino? Sono solo quarantadue battute, ma non riesco proprio a impararle a memoria!»

***

Seduta nell'area informatica della biblioteca, guardo lo schermo del pc e mi sento in colpa perché ancora non ho scritto a William.

Non so perché non ho neppure provato a chiamarlo.

Forse, mi sono detta, perché temevo che capisse che sono diversa.

Forse, mi sono detta, perché temevo di sentire lui diverso.

Forse, mi sono detta ancora, perché lui mi ricorda troppo il passato. Quando sono stata felice. Quando sono stata infelice. Quando c'era la mamma e poi non c'era più.

Forse, ho continuato a dirmi, per sopravvivere qui dentro devo pensare meno al passato.

Che straordinaria facoltà, la memoria. A volte consola, a volte strangola. Dipende da quale strada decide di percorrere, e io non so mai dove mi porterà. Per questo, forse, ho cercato di condurla dove il dolore è più lontano.

Tuttavia mi sento in colpa. Se William ha provato a chiamarmi ha trovato il cellulare irraggiungibile.

E adesso mi ritrovo davanti a una mail iniziata e terminata al "Caro Will." Devo assolutamente portarla a termine, devo raccontargli tutto di me e promettergli che mi farò viva più di frequente. Se mi vuole ancora bene e non è troppo arrabbiato, ovviamente.

«Chi è Will?»

Spesso, nei romanzi che ho letto, mi è capitato di trovare il termine "sobbalzò" riferito alla reazione fisica di qualcuno che si spaventa o resta sorpreso. Mi sono sempre chiesta come fosse possibile sobbalzare. Insomma, è un movimento troppo marcato, eccessivo per un po' di timore o stupore. Nessuno sobbalza davvero nella vita reale.

Invece sì.

Perché io, adesso, lo giuro, sobbalzo. Faccio letteralmente un salto sulla sedia. Un altro po' mi mordo pure la lingua.

Henry Crawford si è appena seduto accanto a me, dopo avermi parlato a un centimetro dai capelli, quasi soffiandomi sul collo. E lo ha fatto con una confidenza che non soltanto non gli ho mai concesso, ma che non intendo concedergli finché mi funzionerà anche un solo neurone.

«Spostati», gli dico, senza provare a essere non dico gentile, ma neanche educata.

«Me lo avevano detto che mordi, Fanny Patel. Sì, conosco il tuo nome, come vedi», continua lui, con quella voce maliziosa che di solito cattura le altre ragazze.

Non me. Io provo un fastidio epidermico. Se non si allontana gli do un pugno in faccia.

«Ti ho chiesto di spostarti, seduttore dei miei stivali», gli dico di nuovo.

Un punto per me. Per quanto si sforzi di mantenersi impassibile, il suo sguardo tradisce una chiara sorpresa.

«Sei più selvatica del previsto», mi fa notare.

«Tu sei fastidioso proprio come previsto.»

Lui emette una risatina leggera e sposta un po' la sedia, ma non va via. Continua a parlarmi, piuttosto.

«Io sono Henry Crawford. Ancora nessuno ha provveduto a presentarci. Conosco tutte le ragazze del college tranne te. Oggi ti ho intravista e mi sono detto: "Chi è quella brunetta così attraente? Come ha fatto a essermi sfuggita?"»

«E secondo te dovrei battere le ciglia tutta leziosa e ringraziarti per avermi considerata attraente? Quanto sei antico e scontato. Ma io no, io sono moderna e imprevedibile, e ti invito a non rivolgermi più la parola.»

«Sei arrabbiata perché ti ho notata per ultima? Non è per forza un male. L'ultima può diventare la prima.»

«Forse nel regno dei cieli, dopo la morte, ma non qui.»

«Oh, no, non credo nel regno dei cieli. Credo nella terra, e nella vita. E nelle ragazze carine. Tu lo sei, molto. Te lo hanno mai detto?»

«Sì, tutti, continuamente, quindi non ci faccio più caso. Adesso devo studiare.»

«Non stai studiando, stai scrivendo a Will. Chi è Will?» mi

domanda di nuovo. «Dimmi che non è il tuo ragazzo, ti prego.»

«Come se la cosa ti fermasse», brontolo sottovoce, quasi tra me e me.

Lui, che evidentemente mi ha sentito, si mette a ridere.

«Se una ragazza conquista il mio cuore, combatto per lei», dice, anzi, quasi declama, con un tono istrionico e irritante. «Anche contro fidanzati, mariti e padri ostili.»

Mi volto e lo guardo malissimo.

«E ancora nessuno ti ha fatto un occhio nero?» commento. «No, certo che no, perché sai sceglierle con cura le fidanzate, le mogli e le figlie. Ebbene, sappi che non sono fidanzata, non sono sposata e non ho più i genitori ma, se non ti levi di torno, l'occhio nero te lo faccio personalmente.»

Ce l'ho proprio davanti, non l'ho mai osservato da così vicino e, mio malgrado, sono costretta ad ammettere che, anche se è decisamente basso e non ha i lineamenti perfetti della sorella, questo insopportabile individuo possiede un'insolita bellezza. Ha gli occhi verdi, un sorriso affascinante, un naso importante che sta benissimo sulla sua faccia, e le mani non sono poi così piccole. Se a ciò si unisce il suo essere sfuggente o, come ha giustamente detto James, stronzo, si comprende perché alcune ragazze siano tentate dai suoi modi e lusingate dalle sue attenzioni.

Potrei esserlo anch'io, perché negarlo? Non sono né santa né insensibile, ho diciassette anni e un grande bisogno, sì, di romanticismo, ma anche di avventura e di sfida. Se i miei pensieri non fossero già occupati forse mi sentirei un po' scombussolata a causa del modo in cui Henry Crawford mi guarda. Ma non sono scombussolata affatto. Non sono lusingata affatto. Non sono tentata affatto. Non ho alcuno spazio per giochini superficiali e amoretti inutili, e me ne rendo conto adesso in modo chiaro e definitivo.

Per tutto il pomeriggio ho desiderato che Edmund giungesse in biblioteca. Ho voltato continuamente il capo verso ogni uscita e ho sperato che a un tratto Taylor o Amber mi dessero una pacca o una gomitata per segnalarmi il suo arrivo. E invece no, di Edmund neppure l'ombra. Pare che pranzi in camera per non deconcentrarsi, dicono che faccia sempre così quando è sotto esami: massimo impegno e nessuna distrazione.

Mi sento strana, dopo giorni e giorni senza vederlo neanche di passaggio. Il Mansfield College senza di lui è un incubo di pietra. È come il castello della Bestia prima che Belle sciogliesse la maledizione.

Urge fare qualcosa che appaghi la mia sete di romanticismo, e avventura, e sfida.

Nel frattempo, do le spalle a Henry Crawford, con l'intenzione di non rispondere alle sue provocazioni, qualsiasi cosa si proponga di dire ancora.

Per fortuna lo capisce, o almeno così mi sembra in principio. Si alza in piedi, come se fosse sul punto di allontanarsi, ma prima di farlo si china di nuovo, e di nuovo mi sussurra quasi accanto alla nuca.

«Non mi arrenderò facilmente, Fanny Patel. Sei carina, interessante, e hai pure un buon profumo.»

Quindi, dopo avermi annusato i capelli, e prima che io possa davvero schiaffeggiarlo, se ne va ridacchiando come la canaglia che sa di essere.

***

Cosa diamine sto facendo? Mi rendo conto che potrei cacciarmi in un guaio colossale?

In effetti me ne rendo conto, ma desidero farlo lo stesso.

Perciò, di sera tardi, dopo le ventidue, quando sono sicura che in giro non ci sia più nessuno perché al Mansfield si va a nanna con le galline, esco dal palazzo.

Lo ammetto, trovo strano che Julia non abbia cercato di vendicarsi. Se prima mi detestava, non escludo che adesso voglia passare alla fase successiva, facendomela pagare. Le manovre di Henry Crawford in biblioteca, notate da tutti, l'hanno irritata moltissimo, ma non è che il ritorno mio e di Lord Rushworth dalle rovine, insieme, lo scorso pomeriggio, l'abbia lasciata indifferente. Avrà tratto un'unica conclusione: sto cercando di soffiarle tutti i pretendenti.

Perciò immaginavo che sarebbe passata al contrattacco raccontando del presunto stalliere che si arrampica nottetempo fino alla mia finestra.

Invece tace, mi odia, ma non agisce.

Mi domando se abbia capito che non era uno stalliere. Per quanto non sia clemente con Edmund per la simpatia che mi dimostra, non le farebbe certo piacere mettere nei guai suo fratello.

Oppure, chissà, forse si è resa conto che non sono la sciocca che credeva, che anche io sono capace di collere e rancori, e teme che spifferi al duca del suo incontro con Henry nelle scuderie. Lo sa benissimo che James crederebbe a me, e non perché la mia parola sia verbo, ma perché è la sua parola, quella di Julia, a non esserlo più. Ho la netta sensazione che non si fidi di lei come prima.

Intanto, ho preso la mia decisione. Intendo comportarmi da pazza: anche perché ci sto già diventando, pazza, a furia di non vedere Edmund.

La notte è oscura e freddissima, ma mi calo senza problemi dal mio amico albero.

Non sono mai stata a lezione di nuoto, ma so dov'è la piscina. Secondo quel che mi ha detto James ieri, anche se non immaginava che avrei usato l'informazione in questo modo, Edmund trascorre lì le sue serate per rilassarsi dopo lo studio. Spero che sia vero.

Per fortuna non incontro nessuno, a parte la neve che produce un dolce crocchiare sotto le scarpe, come di crosta di pane spezzata. La torcia rosa con gli unicorni illumina debolmente il tragitto e mi aiuta a orientarmi.

La piscina si trova in un'ala nuova, che non fa parte del palazzo originario, annessa a esso attraverso una galleria. L'esterno imita per stile e materiali l'antichità del palazzo, ma l'interno è un'apoteosi di modernità. Sbircio da una specie di oblò e scorgo gli spalti tutt'intorno alla vasca e un debole chiarore che si spande dall'acqua, ma nessun movimento né lì né altrove. Non è escluso che Edmund, ammesso che fosse qui prima, sia andato via.

A un tratto avverto dei passi e poi un categorico: «Chi va là?» Spengo rapidamente la torcia mentre un potente fascio di luce mi sfiora, ma faccio in tempo a nascondermi dietro un albero. Non durerà molto, temo. Chiunque sia - e deve trattarsi senza dubbio di un custode inflessibile, stando al tono da sentinella - mi stanerà e mi farà fare una brutta fine. Non so quale, ma di sicuro questa mia bravata non resterà impunita.

Mi rendo conto, all'improvviso, di non voler essere espulsa.

Perché non voglio essere espulsa?

Non ho il tempo di darmi una risposta. I passi si avvicinano. Ok, sono fregata. Potrei fingere di essere sonnambula?

Poi avverto una voce familiare: «Sono io, Mr. Falk, stavo facendo un giro».

«Oh, Lord Edmund. So benissimo che lei ha il permesso del rettore. Le consiglio di tornare nel suo appartamento, però. Sta per arrivare un'altra nevicata letteralmente coi fiocchi.»

«Lo dico sempre che lei è molto arguto, Mr. Falk. Sì, torno subito allo studentato.»

Farfalle del cavolo.

Dannatissime cosine alate.

Mi invadono l'addome tutte insieme.

Per alcuni giorni sono stata mediamente intelligente, e adesso precipito di nuovo nell'abisso delle sceme innamorate.

Innamorata?

Non sono innamorata!

Forse ho una cotta, ecco.

Una cotta.

Ho diciassette anni, no?

Una cotta è una cosa normalissima!

Credo che il custode sentinella vada via, perché avverto dei passi pesanti che si allontanano. Sto per sbucare dal mio nascondiglio, quando Edmund dice perentorio: «Ancora no, potrebbe voltarsi. Quando sarà abbastanza distante ti avverto io».

Passa qualche altro minuto, prima che mi dia il permesso. Mi affaccio da dietro il tronco come una bimbetta stanata da chi faceva la conta durante un nascondino.

Nel vederlo, mi accorgo di quanto mi sia mancato *veramente*.

Più del tanto che già credevo troppo, più del troppo che mi pareva tutto.

Impugna una torcia accesa che proietta una sfera bianca sull'erba innevata. Indossa un pesante giubbotto col cappuccio, l'onnipresente stemma del Mansfield su una tasca. Tuttavia il cappuccio non è sollevato sulla testa, e i suoi lunghi capelli biondi sembrano fatti della luce delle stelle che mancano in questa notte fredda e oscura.

Non parla subito, per qualche istante mi osserva in silenzio. Ho caldo, all'improvviso, eppure salto da un piede all'altro come se avessi freddo. In verità sono nervosa come una tarantola.

Senza dire nulla, Edmund tira fuori qualcosa da una tasca interna del giubbotto e, con tutta la nonchalance di questo mondo, si accende quella che sulle prime mi sembra una canna.

«È solo tabacco, mi preparo le sigarette da me», mi spiega, senza che gli abbia chiesto niente. «E comunque anche con l'erba non ci sono mai andato giù pesante. Me la concedo solo quando non posso proprio farne a meno. A volte non basta tutto il raziocinio del mondo per pensare positivo, ed è sempre meglio l'erba del Prozac. Stasera, in verità, ne avrei bisogno, ma preferisco restare lucido.» Vorrei tanto sapere perché è così triste. Non solo banalmente stanco, ma molto di più: è immerso in un pantano di malinconia che pare avvolgerlo più del fumo che gli filtra dalle labbra e dalle narici. Perché a volte sente il bisogno di aiutarsi con l'erba? Quali pensieri negativi gli fanno del male? Lui, nel frattempo, non smette di fissarmi. Per fortuna non può avvertire il battito violento del mio cuore né leggere tutti i miei teneri pensieri. Dopo un po' lo sento mormorare: «Ecco la mia cara vecchia Fanny», e quel "mia" mi fa rabbrividire, anche se sono sicura che non sia per il freddo. «Non ti chiedo cosa ci fai qui, perché è evidente.»

«È evidente?» gli domando stranita.

«Direi proprio di sì. Hai saputo che di sera faccio alcune vasche in piscina e sei venuta a cercarmi perché ti mancavo e volevi sapere come stavo.»

«Mm... non essere presuntuoso», mento. «Stavo solo facendo un giretto casuale.»

«Tu fai sempre dei giretti *casuali*, che, però, per qualche motivo, ti portano da me. È il destino, o è il tuo cervello che ordina alle tue gambe che ordinano ai tuoi piedi di cercarmi?»

«Non credo molto al destino», aggiungo, e nel farlo mi rendo conto di aver dato per buona la seconda ipotesi.

«Neanche io, prima di stasera», dichiara lui, e fa un altro tiro profondo. «Ma adesso sono costretto a rivalutare le mie convinzioni», conclude poi, pensoso.

«Perché?»

Prima che mi risponda trascorre qualche altro minuto. Il fumo. Il silenzio. Lui che pensa a non so cosa. Io che penso a lui. Infine dice: «Perché, dopo aver chiuso i libri, ho rinunciato alla piscina e stavo per andare da una parte, e tu sei arrivata proprio adesso. Non ieri, come Rushworth, o l'altra notte ancora, come Marylin. Oggi. Ora. Senza saperlo. Se non è destino, questo, cosa lo è?»

Una gelosia improvvisa mi infila una mano nell'addome e lo torce.

«Aspetta... Marylin è venuta a cercarti?»

«Di tutto il discorso che ti ho fatto hai memorizzato solo questo passaggio?»

«Ehm, no, certo che no, ma...»

«Sei disposta a rischiare?» La sua domanda improvvisa, quasi perentoria, mi spiazza.

«Rischiare?»

«Non credo che dormirò. Non dormo mai molto la notte prima di un test. E stanotte a maggior ragione. Quindi... vuoi *non* dormire con me, mocciosa?»

«In che... in che senso?»

«Niente di perverso, sei troppo piccola per quello a cui stai pensando.»

«Non sono troppo piccola!» protesto, del tutto ingenuamente.

«La tua abilità nel dire cose imbarazzanti sta diventando proverbiale», conferma Edmund, divertito. «Quindi, se non ti ritieni troppo piccola, pensi di accettare?»

«Di... dipende da co... cosa», balbetto, e in testa mi lampeggia per un attimo un'immagine molto sconveniente. Noi due che *non* dormiamo, e non certo per giocare a scacchi.

«Una bravata», continua lui, con tono circospetto. «Se ti fidi, devi accettare a scatola chiusa.»

So cosa dovrei fare. Declinare l'invito o la proposta o qualsiasi cosa sia questa cosa. Tornare al mio albero, alla mia stanza, al mio letto caldo. Lasciar perdere Edmund e le sue stranezze. E finirla, finirla assolutamente di pensare a lui.

Bene, per fortuna ho messo le cose in chiaro con me stessa. Non sono una fatua donnicciola. Non mi innamoro di una bella faccia e basta. No, io non mi innamoro *proprio*. In fondo credevo di essere innamorata di William e invece non riesco neppure a scrivergli una benedetta lettera. A diciassette anni funziona così, no? Quello che sembra sacrosanto oggi, diventa un malinteso domani. Quindi non sono innamorata di Edmund. E comunque stasera è proprio strano, e dice cose incomprensibili. Perciò adesso vado via.

Lo penso, lo giuro, lo penso.

Eppure gli domando: «Dove si va?» e, anche se lui non può vederlo, gli sto offrendo il mio cuore su una mano.

***

Ci incamminiamo per non so dove. Non ho mai percorso questo tragitto, ma seguo Edmund come se stessimo passeggiando a Mayfair in primavera e non in mezzo alla campagna, in piena notte e sotto un cielo color piombo.

A un tratto, dopo quelle che mi sembrano miglia di aperta campagna, arriviamo a un muretto alto almeno due metri. Si tratta senza alcun dubbio del confine della proprietà appartenente al college.

Edmund mi fa cenno di seguirlo, e individua ben presto una porzione di muro con delle sporgenze di pietra nascoste dalla vegetazione, che fungono da comodi appigli per arrampicarsi. Lo facciamo senza problemi, sorreggendoci ai robusti rami di una pianta selvatica, e siamo ben presto al di là, davanti a una strada. Non un viottolo interpoderale, ma una vera e propria carreggiata destinata al transito pubblico delle vetture.

Forse Edmund si rende conto che sono un po' preoccupata, perché mi si avvicina, e mi sussurra: «È tutto ok».

Indica qualcosa: un'automobile parcheggiata nel buio. Scura, tutt'altro che lussuosa, molto vissuta. Mi pare di scorgere il luccichio delle catene da neve sulle ruote.

«Stiamo evadendo?» domando.

«Stiamo evadendo», mi fa eco Edmund.

«Di chi è quest'auto?»

«Di uno degli inservienti non residenti.»

«Un tuo complice?»

«Preferisco chiamarlo amico.»

«Ho capito, gli hai chiesto di lasciartela qui, in un luogo appartato, in modo da poter andare e tornare senza farti notare.»

«Sei sveglia, mocciosetta.»

«Sì, ma andare e tornare da dove?»

«È così importante?»

Ci penso su solo per un attimo.

«Per adesso no. L'importante è fuggire.»

«Dovrebbe avere lasciato le chiavi nel cruscotto, tanto da qui non passa quasi mai nessuno.»

Le chiavi ci sono. Apriamo gli sportelli ed entriamo. I sedili sono talmente gelati da sembrare troni di ghiaccio.

«Vuoi guidare tu?» mi propone Edmund.

«Ti ringrazio per la fiducia, ma no. Non ho la patente. Cioè, so guidare un po', ma non ho avuto tempo, testa e voglia di fare l'esame.»

Edmund prova a mettere in moto ma, vuoi perché l'auto è una specie di ferrovecchio, vuoi perché è stata esposta al freddo probabilmente per ore, non parte subito.

Mi ricordo delle sue foto su internet, le foto del giovane visconte che guidava vetture di lusso accompagnato da bellissime ragazze, e non riesco a trattenermi dal dirgli, con una punta d'ironia: «Che differenza rispetto alla Ferrari e alle belle ragazze sul sedile del passeggero, vero?»

Lui ride, e la sua voce riempie l'abitacolo e mi riscalda, come se fosse fatta d'estate e di abbracci.

«L'auto è diversa, in effetti», conclude poi, «ma una bella ragazza sul sedile del passeggero c'è ancora.»

Non so perché, ma invece di sentirmi lusingata avverto una sensazione di fastidio. Come se, facendomi un complimento del genere, mi avesse trattata come una qualsiasi di quelle ragazze tanto affascinanti per i suoi occhi quanto prive d'importanza per il suo cuore.

«Questi commenti cretini lasciali a Henry Crawford, ti prego. Già mi dà fastidio sentirli da lui», mormoro, un po' bruscamente.

Edmund interrompe l'ennesimo vano tentativo di accendere l'auto e mi guarda.

«Henry Crawford ti ha fatto dei complimenti?» mi domanda.

«Sì, ed erano simili ai tuoi. Falsi e standard. Insomma complimenti destinati a "qualsiasi ragazza ci sia sul sedile del passeggero".»

Il tono con cui parla dopo è un po' meno divertito di prima.

«Se sono simili ai miei non sono né falsi e né standard. Io trovo davvero che tu sia bella. Quanto al fare complimenti sempre uguali, ti sfido a trovare una sola ragazza che possa confermarti questa mia abitudine. Non faccio complimenti di alcun genere.»

«Oh... be'...» riesco a dire soltanto, di fronte alla fermezza con la quale ha parlato. Per fortuna è buio, perché temo che le mie guance siano diventate scarlatte.

«Non ricominciare con le sillabe e le vocali, Fanny. Rispondi alla mia domanda. Henry Crawford ci ha provato anche con te?»

«Visto che sono così bella era inevitabile, non credi?»

rispondo, sarcastica.

«Era inevitabile, sì», dice lui, ma pare quasi che parli tra sé. «Non ci cascare, ok? La sua è tutta scena. Non ha mai provato un sentimento onorevole in tutta la vita.»

Vorrei rispondergli che sarà molto più facile che io mi imbatta in un cavallo alato che chiamerò Pegaso col quale veleggerò nei cieli dell'Olimpo, piuttosto che caschi nelle trappole di Henry Crawford, ma preferisco tacere.

«*Sentimento onorevole* è un modo di dire molto ottocentesco», considero, invece. «E sai qual è un'altra parola un po' vintage? Infreddatura. Se non partiamo me ne beccherò una coi fiocchi.»

Sul finire delle mie parole, l'auto finalmente si avvia. Edmund ingrana le marce e percorriamo la strada illuminata dalla luce stentata dei fari. Non so dove siamo, ma di sicuro ben oltre i possedimenti del college: ai lati della strada i campi coltivati, adesso brulli, sembrano grandi scacchi bianchi.

«Ti sembro poco avventurosa e troppo convenzionale se ti domando di nuovo dove stiamo andando?» chiedo dopo un po'.

«A una specie di celebrazione», risponde lui, ma la sua voce è piatta come quella di un lettore computerizzato.

«Celebrazione? Di che genere?»

«Un anniversario», continua Edmund, ancora con una strana voce atona.

«È il tuo compleanno?»

«Non si tratta di un compleanno. Direi proprio l'opposto.»

Esito per qualche momento prima di parlare ancora. Un oscuro presentimento mi serpeggia dentro, simile a un suono dapprima leggero e attutito che cresce, cresce e cresce, fino a diventare assordante.

«Un... un funerale?» oso, allarmata.

«Siamo ancora in tempo per tornare indietro, Fanny. Ti riaccompagno al college», dice lui, perentorio, senza rispondermi. «Non è giusto che tu venga con me. La mia follia non ti riguarda.»

Avverto un fremito sotto lo sterno. All'improvviso, so di cosa sta parlando Edmund.

«Io resto con te», dichiaro. «Sono molto interessata alla tua follia.»

Intanto, dopo aver lasciato la strada di campagna, ci siamo avvicinati a un centro abitato. Dopo quasi due mesi chiusa nel college, la visione di qualcosa di diverso mi sembra un miraggio. Non può definirsi una metropoli, e probabilmente non è neppure una città, una cittadina, e neanche un paese: è a stento un villaggio, eppure mi sembra il mondo.

Parcheggiamo l'auto sotto una tettoia. Non c'è molta gente in giro, ma in fondo alla strada, oltre la porta di un pub, si avverte una certa vitalità. Filtra una luce ed echeggiano voci e musica.

Edmund ha appoggiato le braccia sul volante, con tutti i gomiti, e fissa qualcosa davanti a sé con l'aria distratta di chi, in verità, non sta guardando assolutamente niente. Sono io a parlare per prima.

«Ha a che fare con la morte di tua madre, vero?» gli domando con dolcezza. «È l'anniversario della sua scomparsa?»

Lui annuisce lentamente.

«Ogni anno, in questo giorno, sento il bisogno di... distrarmi un po'. Puoi comprendermi, vero?»

«Certo che posso comprenderti. Com'è successo? Era malata anche lei? Avrei voluto chiedertelo settimane fa, ma temevo di essere invadente.»

Edmund rimane in silenzio, e il silenzio si protrae per alcuni minuti, tanto da convincermi di esserlo stata, invadente. Poi, però, lo sento sussurrare: «Si è trattato di un incidente. Di notte. È uscita in giardino e… è caduta in piscina. Una piscina normalissima, che avrebbe dovuto essere coperta per la stagione invernale, ma ancora non lo era. Purtroppo, tra il freddo, il non saper nuotare e il pesante antidepressivo che prendeva in quel periodo, e che sicuramente ha contribuito a stordirla, non è riuscita a tirarsi su. Avevamo un cane. A un certo punto ha cominciato a guaire e poi ad abbaiare. Sono sceso in giardino di corsa. Sono stato io a trovarla per primo. Non potrò mai dimenticarlo.»

Mi porto una mano alle labbra e soffoco un grido.

«Mio Dio…» riesco a sussurrare soltanto. Subito dopo mi accorgo di stare piangendo. Le lacrime vanno giù senza che riesca a ricacciarle dentro, grandi come gocce di olio.

Edmund si volta, mi guarda. Allunga un braccio verso di me, e le sue dita mi sfiorano il viso rubandomi una lacrima un attimo prima che cada sul bavero del giaccone. Infine sorride.

«Non piangere, è successo tanti anni fa e venire qui mi serve proprio per non pensarci. Non troppo, almeno. Adesso entriamo nel pub, o un altro po' diventi un ghiacciolo. Conosco il titolare, diremo che hai diciotto anni e, anche se non ci crederà, non insisterà per vedere un documento. Ovviamente non dovrai bere. Però, se ti comporti bene, ti offrirò una cioccolata calda.»

«Una cioccolata calda in un pub?», replico, ma la mia voce è lenta e la mia protesta fiacca. Sto ancora pensando a Edmund bambino che scende in giardino e trova sua madre annegata.

Lui mi regala un altro dei suoi sorrisi spettacolari, come se volesse invogliarmi a sorridere a mia volta.

«È il massimo che avrai, prendere o lasciare.»

«Mm… credo che prenderò. E tu che farai?»

«Io ci darò dentro di brutto con l'alcol!»

***

Sono davvero felice di trovarmi qui. Il rischio di incontrare qualche professore del Mansfield College pare scongiurato. Se avessero voglia di gozzoviglie andrebbero nella città vicina, in un locale sobrio e raffinato, e non nel pub di un villaggio poco più grande di un fazzoletto e pieno di gente del popolo che fa un chiasso plebeo.

A me, invece, piace tantissimo. Gli avventori si divertono, fa un bel calduccio, la cioccolata calda è buonissima, e io amo Edmund.

Mio Dio, lo amo.

Ormai è una certezza. Basta congetture, basta giri di parole, basta teste infilate sotto la sabbia. Lo amo. Mi emoziona come nessun altro ragazzo. Non sto tutto il tempo a fissarlo solo per non sembrare una mentecatta, ma la verità è che vorrei toccarlo e consolarlo e baciarlo e chiedergli di sposarmi e di essere il padre dei miei figli.

Parliamo di cose futili, ridiamo, e facciamo di tutto per non pensare alle cose tragiche. Lui beve un po', poi ordina per me una fetta di torta di mele, e quando gli chiedo di farmi assaggiare la birra si guarda intorno e subito dopo mi porge il boccale.

«Solo un sorso, mocciosa.»

«Ho già bevuto della birra, mia madre non era contraria», gli dico. «E ho pure due tatuaggi, non sono l'innocentina che credi.»

«Questa birra è molto più alcolica di quella che hai già bevuto, comprata di sicuro al supermercato. Ho detto solo un assaggio.» Ne mando giù un sorso appena, e il pensiero di appoggiare le labbra dove le ha appoggiate lui mi fa sentire perversa. In effetti ha un sapore più pieno, è più densa, e non somiglia minimamente alla birra che ho bevuto a casa con la mamma. Quando gli restituisco il bicchiere mi accorgo che Edmund mi sta fissando. Allunga un braccio e come prima, sull'auto, ha raccolto una delle mie lacrime, adesso si porta via un po' di schiuma accarezzandomi le labbra con un dito. Non è facile non tremare e non sospirare e non chiedergli se vuole diventare il padre di tutti i miei figli. «Due tatuaggi, hai detto?» mi domanda, e il suo sguardo ha una luce insolente che scatena le farfalle annidate ormai in pianta stabile nel mio povero stomaco.

Gli racconto del cavallo sulla spalla e dello stelo di kurinji che ho fatto realizzare pochi mesi prima che la mamma morisse. Sui petali di un fiore ho fatto incidere la parola *mamma.*

«Mi ha accompagnato lei, anche se non stava bene. Voleva... ha detto che voleva vederlo. Sapeva che non sarebbe vissuta a lungo e io ormai cominciavo a temerlo, nonostante tutte le mie cocciute speranze. Desideravo quel tatuaggio da anni, ma avevamo deciso che lo avrei fatto quando fossi stata maggiorenne, in modo da essere certa di volerlo davvero. Poi si è ammalata e... l'ho fatto. E non me ne sono mai pentita. Lei... me lo diceva sempre. "Prima di compiere scelte importanti devi essere sicura. Una volontà momentanea può non essere niente. Devi aspettare e riflettere, bambina mia".»

Arrossisco, perché lei non si riferiva solo ai tatuaggi. Parlava anche del sesso in questi termini. Mi diceva: "Non andare a letto con un ragazzo, non farci sesso. Fai l'amore. Ama profondamente e donati solo a chi ti contraccambierà nello stesso modo. Allora sì che sarà bellissimo e sacro."

Penso alle sue parole e finisco di mangiare la fetta di torta di mele, mentre intorno la gente beve, ride, conversa, gioca a freccette e biliardo, e mi trasmette un'intensa sensazione di vita.

Quando sollevo lo sguardo mi accorgo che Edmund mi sta fissando di nuovo.

«Prima hai detto che Henry Crawford fa lo scemo con te», dice. «Non ti fidare di lui. È solo uno scaltro affabulatore. Ma tu sei protetta, vero? Perché sei già innamorata, e non c'è scudo migliore per il cuore.» Spalanco gli occhi, e mi domando: come ha fatto a capire, quando mi sono tradita, cosa ho detto, e come posso negare, negare, negare? «Tu hai William», continua.

«Ah, sì, William», biascico.

«Si chiama così il tuo ragazzo, se non ricordo male. Poi gli hai scritto?»

«Ehm... gli ho... gli ho telefonato», mento.

«Ho immaginato che avessi fatto in qualche altro modo. Scusami per averti chiesto di dare a me le sue lettere. Non volevo essere indiscreto, ma solo aiutarti.» Scrollo le spalle, e mi sento improvvisamente malinconica. Se pensa che io abbia un ragazzo e non gliene importa, significa che... «Puoi chiamarlo anche adesso, ho il mio cellulare. Qui il segnale prende benissimo.»

«Io... ti ringrazio, ma no. È tardi, e poi... e poi non mi ricordo il suo numero a memoria. Senza contare che, se sapesse che lo chiamo da un pub e che sono uscita dal college di notte in compagnia di un ragazzo...»

«Sarebbe geloso?» mi domanda, senza smettere di osservarmi come se mi stesse studiando.

«Forse... forse sì», continuo a mentire.

«Lo inviterai per la cena d'inverno?»

«Si può invitare qualcuno?» domando stupita.

«Ciascuno studente può invitare una persona, a parte i propri genitori. C'è un'ala del palazzo destinata a far pernottare gli ospiti.»

«Tu inviterai qualcuno?»

«Non mi viene in mente nessuno di cui mi importi abbastanza. Allora, William verrà?»

«Non credo», farfuglio, imbarazzata. «Cioè... il viaggio sarebbe molto costoso e...»

«Posso prenotargli io il biglietto.»

Aggrotto la fronte, e comincio a sentirmi irritata.

«Ci tieni così tanto a conoscere William?»

«Che c'è di strano? È il tuo ragazzo, tu mi sei molto simpatica, e voglio essere sicuro che sia un tipo a posto.»

«William è a posto, e tu smettila di comportarti da fratello maggiore. La mia vita sentimentale non ti riguarda. Pensa a Julia, piuttosto. Io... lo so che non sono affari miei ma...»

«Henry Crawford la tampina. James Rushworth mi ha riferito tutto. Ieri sera è venuto in piscina e mi ha chiesto... Aspetta, non ricordo le parole, erano decisamente singolari, pareva quasi che si fosse preparato un discorso. Ah, ecco, mi ha chiesto di "esercitare i miei privilegi di fratello maggiore e di ricondurre Julia su binari meno compromettenti". Ha detto proprio così.»

«E tu... tu cosa...»

«Se non si fosse trattato di James lo avrei mandato a quel paese. Ma è arrivato con quell'eterna aria da cane bastonato, e non si può dire che abbia tutti i torti, perciò gli ho dato una risposta diplomatica. Gli ho detto che se mi fossi reso conto di qualche comportamento palesemente inappropriato di Julia le avrei parlato. Non potevo certo rivelargli che quella sciocca romantica di mia sorella è invaghita di Henry da quando lo ha visto per la prima volta, qualche anno fa. Che lui allora non la filava neanche di striscio perché la considerava una ragazzina. Che Julia ha accettato la proposta di James solo perché nostro padre le ha fatto il lavaggio del cervello. Lord Bertram è disgustosamente antiquato per certe cose. Non vuole convincersi che viviamo nel ventunesimo secolo: secondo le sue idee reazionarie, una ragazza ha il dovere di sposarsi, e più è giovane più potrà sfornare un adeguato numero di eredi, anche in considerazione del fatto che una carriera lavorativa, per le donne, è ammissibile solo in caso di particolare ingegno. Poiché Julia è, ai suoi occhi, una sciocchina che non eccelle in nulla ed è priva di qualsiasi talento, e ha di buono soltanto un bell'aspetto, trovare un marito nobile e ricco è l'unica possibilità che le rimane. Un matrimonio inappropriato, al contrario, sarebbe una vergognosa *mésalliance*. Se Henry fosse un tipo diverso, più serio e ambizioso, nostro padre sarebbe anche disposto a tollerare la perdita del ducato, perché la famiglia Crawford è ricca e potente. Purtroppo, però, è una frivola canaglia, e Mr. Crawford sarebbe capacissimo di farlo morire povero e pazzo piuttosto che permettergli di dilapidare il patrimonio. Senza titolo passi, ma senza denaro no.»

«Sembra la trama di un film, o di una telenovela», dico.

«Certo, sentir definire Julia una sciocca romantica... perdonami, ma...»

«Lo è, Fanny. Non fidarti del suo apparente cinismo. Fa la stronza per scena, perché è più facile e più sicuro che mostrare al mondo le sue debolezze. Se ci si mette, sa dire cose d'una perfidia diabolica, ma lei non è davvero così. È il frutto della persuasione di mio padre, dei suoi insegnamenti sprezzanti e dei suoi discorsi malefici sull'orgoglio di casta e le origini, e altre stronzate del genere. La mia sorellina sembra una roccia, ma è di cristallo. Non entro nel merito, perché sono cose che riguardano la sua privacy, però... è stata parecchio male in passato. Dopo la morte di nostra madre siamo stati entrambi parecchio male. Eravamo due ragazzini. Non è stato facile. Anche per questo non la coinvolgo nei miei tormenti da anniversario. È meglio se non ci pensa, perché i ricordi possono uccidere.»

«Lo so», sussurro. «E mi dispiace di aver parlato così di lei. È solo che a volte è... ecco, è davvero indisponente.»

«Lo è, non lo nego. Ma fidati di me quando ti dico che non è sempre una leonessa. A volte è un gatto che si atteggia.»

«Dopotutto, anche tu all'inizio sembravi un po' stronzo.»

«Io sono stronzo con chi se lo merita, e tu sei un angelo.»

«Oh, no, ti assicuro che...»

«Già, dimenticavo, niente angelo, sei una donna perduta. Bevi birra e hai ben due tatuaggi.» Mi sorride, ma lo fa in modo così dolce che sento le gambe farsi molli sotto il tavolo. «Perché mi cercavi stasera, Fanny? Sei venuta fino alla piscina per vedere me, giusto? Era solo per sapere come stavo?»

«No, volevo dirti che ho letto il copione.»

Per un po' parliamo solo di questo. È una conversazione

animata e sincera. Scopro che in passato ha anche provato a recitare, ma non è portato per la ribalta. Gli piace scrivere e, tutt'al più, dirigere. Molte persone, in verità, basandosi sul suo aspetto, danno per scontato che il centro della scena debba essere la sua dimensione ideale, perché "non può andare sprecata tanta bellezza". Ride, perché non sono parole sue, ma di altri, anche se è consapevole di non essere niente male. Lui, però, preferisce restare dietro le quinte.

«Quindi ancora non hai deciso cosa farai "da grande?"»

«No, per il momento mi limito a vivere. Sono sicuro che l'illuminazione giusta arriverà. E tu? Sei ancora dell'idea di non fare il provino?»

«La ribalta non si addice neppure a me, Edmund.»

«È un vero peccato. Spero che tu non ti senta troppo in colpa», lo afferma con un tono condiscendente, come se fosse dispiaciuto per me.

«Perché dovrei sentirmi in colpa?» domando, perplessa.

Il suo sguardo si fa impertinente.

«Perché a causa tua la rappresentazione sarà un disastro.»

«Non vedo come...»

«I provini non sono ancora terminati, ma posso già dirti che non c'è una, e dico una studentessa, tra quelle che si sono candidate per il ruolo di Jane, che vada davvero bene per la parte. Le conosco quasi tutte, e nessuna ha l'anima che mi serve. Perciò, dovendo comunque portare in scena qualcosa, sarò costretto a scegliere il male minore, e il risultato sarà tragicamente mediocre. E se mai, in futuro, decidessi di fare il regista di professione, l'onta di questo spettacolo orribile resterà per sempre come una macchia nel mio curriculum», dichiara, con un tono solenne, anche se lo capisco subito che mi sta punzecchiando.

«Tutto ciò ha il sapore di un vile ricatto, lo sai, vero?» dico, a mia volta scherzosa.

«Certo che lo so», mi risponde, e poi mi sorride con aria furba.

«Non cederò, è inutile che fai questi giochini mentali.»

«Possiamo raggiungere un compromesso? Prepara un brano per i prossimi provini. Breve, niente di impegnativo. Vediamo come va, come sei, chi sei sulla scena. Se sei una vera frana, mi metterò l'anima in pace, e farò lo stesso se mi confermerai di non avere voglia di recitare. Ma prima... mettiti alla prova, e metti alla prova il mio istinto.»

«Non lo so, ci devo pensare, ma il no è più agguerrito del sì.»

Edmund mi sorride e non mi incalza ancora.

Sono io, invece, a incalzarlo, anche se l'oggetto della mia domanda è un *tantino* diverso.

«E Marilyn?» gli chiedo di getto, senza pensarci troppo, altrimenti non ne avrei più il coraggio.

«Marilyn cosa? Vuoi sapere se partecipa ai provini? Lo sai che partecipa, e se tu mi abbandoni sarò costretto a dare la parte a lei, perché nessun'altra sa recitare.»

«Per quanto ne sai, anche io potrei non saperlo fare. Comunque, vuoi smetterla di parlate dei provini? Io volevo sapere, cioè... ero solo curiosa di... Sempre se ti va di dirmelo, è ovvio. Prima... hai detto che... che anche lei è venuta a trovarti in piscina.»

«Ah, sì, qualche sera fa.»

E cosa voleva, cosa voleva, cosa voleva?

Nella mia testa la domanda suona molto più impetuosa di

quella che gli faccio davvero.

«E cosa voleva?» dico, con simulata tranquillità, come se fosse un quesito *en passant*.

Edmund mi sorride di nuovo e si alza.

«Devo andare un attimo in bagno. Rimani qui e fai la brava. Torno subito.» Fa qualche passo per allontanarsi dal tavolo, e poi si volta. «Cosa voleva Marylin? Facile. Provocarmi, sedurmi, e venire a letto con me.»

Quindi, ancora con quel maledetto sorriso sulle labbra, va via.

***

Il discorso "Marylin che vuole andare a letto con Edmund», non viene più affrontato. Se lei sia riuscita a sedurlo, quindi, lo ignoro, e tutto sommato non desidero saperlo. Restiamo al pub ancora un po'. A un tratto giochiamo anche noi a freccette, e poi Edmund mi insegna qualche regola del biliardo. Sono un disastro, ma mi piace. Soprattutto quando, per spiegarmi come tenere bene la stecca, il suo corpo sfiora il mio, petto contro schiena, e le sue braccia mi avvolgono. Lo so, sono ridicola: ho diciassette anni, un'età in cui la maggior parte delle ragazze ha già fatto *tutto,* e questo è il contatto più ravvicinato e sensuale che io abbia mai avuto con un ragazzo. Mi piace talmente, e mi scombussola talmente, che rischio di svenirgli tra le braccia. Perciò sono costretta a mentire, a dirgli che trovo noioso il biliardo e preferisco tornare alle freccette.

Per fortuna Edmund non ci fa caso, figurarsi quanto gliene importa di toccarmi, sia pur con garbo e dopo avermi chiesto il permesso. L'importante, per me, è che si distragga dai suoi tormenti e dal ricordo del triste anniversario. Beve più di quanto sia giusto per uno che dovrebbe guidare, ma va bene così. Per dimenticare bisogna colpire forte, e comunque il tragitto è brevissimo e poco trafficato.

Poi viene il momento di andare via.

Quando usciamo dal pub e ci avviamo verso l'auto, non posso negare di essere preoccupata per Edmund. Nonostante tutte le sue arie da gran bevitore, infatti, barcolla un po'.

«Mocciosetta», mi dice a un tratto. «Non credo di sentirmi molto bene. Mi sa che… che devi guidare tu.»

«Ma io non ho la patente!» protesto.

«Però hai detto che sai guidare. Dai, non ci fermerà nessuno. Così, quando racconterai a qualcuno che sei una donna perduta, oltre ad aver bevuto della birra da minorenne e avere dei tatuaggi, potrai aggiungere la guida senza patente. Un bel bottino, no? E poi non dire che non ti aiuto a sviluppare la tua personalità.»

Ci dirigiamo in fondo alla strada. I nostri respiri sembrano i balloon dei fumetti, tanto sono ghiacciati. All'improvviso sento il bisogno di domandargli: «Perché sei così, Edmund? Così diverso, intendo. Perché in pubblico ti atteggi a damerino perfetto, mentre invece con me…»

«Mi comporto da giovinastro imperfetto?» mi suggerisce, divertito.

«Non ti comporti affatto da giovinastro. Sei un bravo ragazzo. Fumare una canna ogni tanto e bere un po' in un giorno terribile, all'unico scopo di ammorbidire i ricordi e i pensieri, non fanno di te un giovinastro. Fanno di te un essere umano. Imperfetto, probabilmente, ma vero.»

«Uh, che peccato, speravo di essere il bad boy della storia, il maschio alfa, il leader crudele.»

«Un leader lo sei di sicuro, hai molto carisma, e questo fa di te il maschio alfa, ma non sei crudele. Non sei uno di quei mascalzoni da romanzo di cui l'eroina si innamora anche se lui la tratta da schifo. Però, non sei neanche il principino che vede la gente, ecco. Sei una persona, non un personaggio.»

«Quindi l'eroina non si innamora di me?» Sembra deluso, ma non mi lascio ingannare. Malgrado l'ebbrezza, nei suoi occhi scintilla una chiara ironia.

«Tutte si innamorano di te, Edmund, lo sai benissimo.»

«Ti sbagli. Lo hai detto anche tu. Non sono davvero me stesso con loro, quindi si innamorano del personaggio, non della persona.»

Siamo arrivati all'auto, e ci fermiamo ciascuno da un lato. Edmund fa per entrare ma poi scuote la testa e mi guarda al di là del tettuccio gelato della vettura.

«Non sono in grado di guidare nemmeno per poche miglia. Devi farlo tu, Fanny, vieni da questa parte.»

Facciamo il giro, passando davanti all'auto. Quando le stiamo proprio di fronte per poco non ci scontriamo. Non lo faccio apposta, giuro, non lo faccio apposta. La mia non è una scaltra manovra. Sguscio sul serio sul suolo ghiacciato. Edmund mi afferra, come ha già fatto una volta in sala mensa, solo che adesso gli finisco addosso, contro il petto. Mi abbraccia. Per qualche secondo mi abbraccia, e ho la sensazione che lo faccia con più forza di quella richiesta da un salvataggio. E con più indugio.

«La mia cara Fanny», sussurra.

«Edmund», mormoro anch'io, in preda a un tumulto che mi stravolge.

«Dimmi, mocciosetta», sussurra ancora lui, senza lasciarmi andare.

«La tua gentilezza verso... verso di me... Non lo fai solo per indispettire tuo padre, vero?»

«Cosa?» Indietreggia di un passo, il suo calore mi abbandona, e lui mi osserva diritto negli occhi. «Dovrei essere io quello un po' brillo, non tu.»

Non gli rivelo che è stata sua sorella a mettermi uno sciame di pulci nelle orecchie, anche se non so perché tengo per me questo dettaglio.

«A volte penso che... dai tuoi discorsi... che tu...»

«Che finga di esserti amico per farlo incavolare?»

«Mm, sì, qualcosa del genere.»

«Con te non ho mai finto, mi credi? Fin dal nostro primo incontro, chissà perché, mi hai costretto a togliermi la maschera. E non mi curo di quel che pensa mio padre. I nostri conflitti non hanno a che vedere con l'intenzione di indispettirlo, ma con la volontà di essere me stesso e di difendere ciò che reputo giusto. Sono tuo amico perché mi fai sentire vero. E migliore.»

Annuisco, felice come una bambina. Vorrei dire delle cose, vorrei prendergli una mano, ma temo che potrei farmi sfuggire qualche imbarazzante emozione di troppo.

Perciò, in silenzio, mi reco dal lato del guidatore. Mi mostro tranquilla, ma il mio cuore è una meteora. Batte batte batte, disegna traiettorie, fa bene, fa male, fa bene e male insieme. Vorrei solo riavvolgere il tempo e tornare tra le sue braccia.

«La chiave», dice Edmund, e me la passa da sopra l'auto. «Mi sa che non ci sto proprio con la testa. Te la senti, mocciosa?»

«Mm, non so. Ci provo.»

Apro lo sportello ed entro nell'auto. Il sedile è più freddo di prima.

Edmund ha un'aria strana, e mi sembra pure un po' verde in faccia, come uno che sia in procinto di vomitare. La cosa assurda è che, nonostante tutto, è sempre bellissimo. Non so come ciò sia possibile, ma giuro che lo è.

«Mi sa che non sono affatto il figo della storia», mormora lui, ignorando i miei pensieri. «Quei tipi lì sono forti e invincibili, si scolano pure lava e petrolio, e non hanno la nausea solo per delle birre. Non sono mai stato un buon bevitore. Meglio una canna in più di una birra in più. L'alcol mi mette ko.»

«Era quello che volevi, no?»

«Sì, ma spero di non esibirmi in uno spettacolo poco edificante. Partiamo, tesoro?»

Mi ha chiamata tesoro?

Mi trema la mano mentre tento di infilare la chiave nel cruscotto. Per tre volte non centro quel dannatissimo pertugio.

Mi ha chiamata tesoro?

Quando l'auto parte e non fa strani salti, anzi, scorre in modo ordinato sulla strada, mi accorgo di aver trattenuto il fiato durante queste piccole operazioni. Sembro una che è stata sott'acqua.

«Stai calma, Fanny, stai andando benissimo», mi rassicura Edmund mentre finalmente respiro. «La strada è ghiacciata ma abbiamo le catene da neve, e in ogni caso sono sì e no sei miglia. Arriveremo sani e salvi.»

In effetti tutto si rivela più facile del previsto. Sono tesa come un elastico, non riesco neppure a parlare, ma sono assurdamente felice. Di tutto. Di questa nottata. Della cioccolata calda. Della torta di mele. Di aver bevuto dallo stesso boccale di Edmund. Del suo corpo vicino al mio corpo mentre mi spiegava come usare la stecca. E di stare guidando, adesso, anche se ho paura.

Mi volto verso di lui. Ha gli occhi chiusi.

«Edmund, tutto ok?»

Non mi risponde. Sta dormendo?

«Edmund, tutto ok?»

Lo scuoto da un braccio, spaventata.

Apre gli occhi, mi sorride.

«Tranquilla, non sono morto», dice.

«Come farai con l'esame, domani? Cioè fra... fra quattro ore? Ce la farai? Sembri stremato.»

«*Sono* stremato. Non ho dormito molto, in questi giorni, ma ce la faccio sicuramente. Io ce la faccio sempre.»

Fino all'arrivo restiamo in silenzio. Intanto penso, penso, penso.

So perché sia lui che Julia indossano delle maschere, lo so, anche se non glielo dico. Dopo aver tanto sofferto per la scomparsa della madre, in quel modo spaventoso per giunta, hanno deciso di proteggersi. Le maschere sono scudi. Riparano, custodiscono, mantengono i segreti. Perciò lei fa la stronza e lui il principino. Per non soffrire di nuovo.

Perché chi ci fa più del male sono quelli che ci conoscono meglio: sanno dove colpire, quali sono i nostri punti deboli e i nostri limiti. Quindi, se nessuno sa chi siamo davvero, nessuno può farci male davvero.

***

Edmund aspetta alla base dell'albero. Tutt'intorno è silenzio e neve che fiocca. Un attimo prima di arrampicarmi, gli sussurro: «Grazie per la bella serata».

«Grazie a te, mocciosetta.»

Comincio a salire. All'improvviso mi sento triste, anche se non so bene perché. Ho paura che la magia di questa notte stranissima possa non ripetersi. Ho paura che tutto diventerà solo un ricordo. Ho paura di perdere ancora, e ancora, persone, visi, il calore delle mani, la luce degli occhi.

Mi volto verso Edmund. Lui è sempre lì. La neve gli si posa addosso, ma lui è sempre lì. E lo so, lo so una volta per tutte, di amarlo. Non soltanto oggi, adesso, o domani.

Anche se ha solo diciassette anni, e a diciassette anni non si può essere sicure di niente, Fanny Patel è sicura che amerà Edmund Bertram per tutta la vita.

Durante le lezioni, l'indomani, aspetto ansiosamente di sapere com'è andato l'esame di Edmund. Magari era talmente stordito che è crollato addormentato e non si è svegliato in tempo. Magari è stato male, ha vomitato, gli è venuta la febbre o chissà cosa. Magari non è riuscito a completare il test, e le domande e le risposte gli si sono rimescolate in testa.

Tutte queste ipotesi tragiche vengono smentite all'ora di pranzo, quando Edmund entra in sala mensa, bello come il sole, fresco come un fiore, e con la sua solita aria vincente. Lo guardo mentre cammina in mezzo ai tavoli, e saluta gli amici, e stringe mani nel modo scanzonato e cameratesco dei ragazzi.

Poi, all'improvviso, un attimo prima di raggiungere la sala accanto, si gira verso di me. Non è per caso. Mi cerca e mi sorride. Mi strizza un occhio e solleva due dita a simboleggiare la V di vittoria. Allora capisco che l'esame è andato bene, che lui sta bene, e che posso tranquillizzarmi.

Mangio con appetito, adesso. Sono più aperta e disponibile anche con Taylor e Amber che ultimamente parlano solo della recita, dei brani che hanno scelto per i provini, di quante poche speranze abbiano di essere scelte, e oggi si soffermano con tono malizioso su cosa succederebbe se Julia fosse presa come Jane e Henry come Rochester.

«Julia è cotta», afferma Taylor. «E non sopporta che lui

faccia il cretino un po' con tutte, e con te sopra ogni altra, Fanny.»

«Vorrei poterle dire che, per quanto mi riguarda, è in una botte di ferro», mormoro. «Di Henry mi importa meno di zero.»

«Certo, tu pensi solo a Edmund, lo sappiamo benissimo. Lei, invece, non ci pensa proprio a James Rushworth. E secondo me lui comincia a rendersene conto.»

Ripenso alle parole di Edmund a proposito di sua sorella. Saranno sicuramente vere, chi meglio di lui può conoscerla, ma non è che siano formule magiche capaci di farmela diventare subito simpatica.

Mi guardo intorno e la vedo che si incammina da sola verso l'uscita del refettorio. Esibisce la sua abituale aria seria, quasi ostile verso l'intero universo. James non c'è, ma Henry sì.

Allora, noto una strana manovra. Mi accorgo di uno scambio di occhiate veloci ma significative fra loro due. Sono state reali o frutto della mia immaginazione alimentata dalle continue chiacchiere di Taylor, che vede ovunque amori, tresche e seduzioni?

No, non è la mia immaginazione, perché dopo un minuto esatto da che Julia ha lasciato la sala, Henry, che stava conversando con un amico, si alza dal suo posto. Ha un'espressione vittoriosa, ben diversa, però, da quella di Edmund. Il suo non è l'atteggiamento trionfante di chi ha ottenuto un risultato meritato, dovuto a impegno e lavoro. No. Il suo sguardo è scaltro come quello di un ladro. Sono sicura che la sta seguendo, tuttavia mi dico che le loro macchinazioni non mi riguardano.

Dopo una decina di minuti, però, arriva Lord Rushworth. Quando Lucy Gregory gli parla sottovoce, con un'espressione da iena che ha ingoiato una vipera, e la faccia pienotta di James sbianca, indovino cosa gli ha detto. Deve aver notato anche lei gli spostamenti di Julia ed Henry, e gongola al pensiero di scatenare un putiferio.

Non so perché faccio quel che faccio. So solo che lo faccio. Esco dal refettorio senza dare neanche mezza spiegazione a Taylor e Amber. L'istinto mi guida verso la biblioteca ancora vuota. Se quei due sono insieme, se non hanno lasciato il palazzo - e ne dubito, visto che nevica come a Natale - con ogni probabilità si troveranno nella zona destinata agli imboscati. O, per dirla come Edmund mesi fa, agli studenti coraggiosi che si dedicano a scopi ricreativi.

Magari mi sbaglio, ma ci provo.

Oltrepasso l'intrecciato labirinto che si dipana attorno ai tavoli da studio. Se accadrà quel che temo, a breve il Mansfield College diverrà teatro di una piccola guerra. Potrei fregarmene, ma Julia è la sorella di Edmund, lui ha giurato che non è la stronza che sembra, e io voglio credergli. E poi c'è James. Ne sarebbe umiliato più di quanto ne sarebbe oltraggiato, lo so.

Perciò accelero il passo, convinta che James arriverà a breve, e tutti soffriranno troppo, tranne quello stronzo di Henry che si divertirà un mondo.

Mentre raggiungo la sezione "Teologia" mi auguro di aver preso un granchio. Forse sono andata troppo oltre con la fantasia, e di sicuro adesso mi imbatterò nel solito spazio vuoto e polveroso, e tutta questa frenesia sarà soltanto l'effetto di un'intuizione senza senso.

E invece no.

La mia immaginazione era un presentimento, e il

presentimento è confermato dallo spettacolo che mi ritrovo davanti.

Nell'angolo più appartato che sono riusciti a scovare, Julia e Henry non stanno *affatto* conversando. Usano le bocche, sì, ma per fare *ben altro*. Solo nei film, e non in quelli classificati come "per tutti", ho visto baci così appassionati. Sembra quasi che si stiano divorando. E non che se ne stiano con le mani in mano: in teoria dovrebbero avere due paia di braccia l'uno ma, a occhio e croce, vista la foga con la quale si esplorano, di braccia mi pare di vederne tante quante quelle della dea Kālī.

Non ho tempo, tuttavia, per restare sconvolta. Arrivo come un vento che travolge e dichiaro sbrigativa: «Ok, voi due, rimandate a dopo la gravidanza indesiderata. Sta arrivando James, e suppongo che, per curiosità, mezza scuola lo avrà seguito. Questione di minuti e saranno qui. Lo sanno tutti che le coppiette si appartano nella sezione Teologia»

Julia si rimette frettolosamente in sesto. Per la prima volta da che la conosco la vedo fragile, talmente spaventata da non riuscire a pronunciare parole, né sprezzanti né timorose. Si sistema – la gonna, la camicetta, i capelli – e ansima leggermente, in preda a quello che sembra un vero e proprio attacco di panico. Henry, invece, non rinuncia alla sua aria da stronzo che tanto non ha niente da perdere, e ben venga un pubblico che assista alle sue prodezze amatorie.

Lo guardo come se fosse fatto di concime organico.

«Ehi, Rodolfo Valentino dei poveri», gli dico perentoria, «smamma. Se non vuoi farlo per Julia, fallo almeno per te stesso. Ho la sensazione, stando alle cose che ho udito, che tuo padre sia un uomo tutto d'un pezzo, e dubito che gli farebbe piacere un intrigo del genere. Il suo unico figlio, già ben noto scansafatiche, che crea uno scandalo al Mansfield College, comportandosi male con la figlia di un conte e offendendo anche un duca... Temo che ricalcolerà la già misera paghetta che ti dà, e altro che Maserati. Non potrai andare in giro neppure in monopattino. Dovrai accontentarti delle scarpe, e non è detto che saranno firmate.»

L'occhiata che Henry mi scocca, non più spavalda, ma intrisa della tipica aggressività di chi è stato improvvisamente messo all'angolo, mi fa capire che ho colpito nel segno.

«Se pure volessi andarmene, come potrei fare, secondo te?» mi provoca. «Se il settimo cavalleggeri sta arrivando, di sicuro mi vedrà. Esiste solo un percorso per andare e tornare.»

«Questo lo dici tu», replico asciutta.

Quindi mi muovo rapida, come un pilota esperto che si ritrova davanti alla plancia di un aereo e sa a cosa servono precisamente tutti quei comandi.

Afferro Henry per la cravatta, lo trascino con un malgarbo che non destinerei mai nemmeno al più umile dei muli, abbasso l'applique che apre il passaggio segreto, lo spingo dentro e gli dico: «Muovi allo stesso modo quella leva. Più avanti troverai l'uscita. E adesso, sparisci».

La libreria torna al suo posto nel momento esatto in cui udiamo dei passi svelti che giungono dal corridoio. L'eco è tale che sembra come minimo un'armata di barbari.

Invece sono soltanto i *raffinati* studenti del Mansfield College, con James Rushworth in testa. Dubito che lui volesse trascinarseli dietro, ma di fatto non è solo: chiunque si è precipitato pregustando una scena audace tipo "cielo, mio marito!"

E invece si ritrova davanti me e Julia che prendiamo dei libri dagli scaffali e sussultiamo nel vedere la folla che riempie il corridoio.

«Che succede?» domando io, con finto stupore. «Sta andando a fuoco la scuola?»

Julia non parla. È ancora sconvolta, e l'unico sforzo che riesce a fare consiste nel tentare di assumere un'espressione severa, come se fosse disturbata da tanto volgarissimo chiasso. Mi fa quasi pena. Se è vero che è innamorata di Henry, lei ha ceduto a un sentimento, mentre lui si è approfittato della sua cotta di ragazzina e della sua passione irragionevole. Mi accorgo che le tremano le mani con le quali tiene un libro qualunque, che le ho allungato al volo. Le porgo un altro libro e le fermo il polso, per farle capire di calmarsi. Lei mi guarda, spaesata. Non sembra neanche Julia Bertram, adesso. Pare una bambina che attende di sapere cosa fare.

«Io... io...» balbetta James. «Credevo che... Ci siete solo voi, qui?»

«Qui sì, ma lì, dietro di te, c'è praticamente l'intero college. Si può sapere che succede?» gli chiedo ancora, insistendo a mostrarmi stupefatta.

È Lucy Gregory a parlare al posto suo.

«Cosa fate?» domanda con tono indagatore.

Non sono una contessa, io, ma se mi ci metto sono molto brava a imitare lo sguardo oltraggiato di una nobildonna infastidita dalla confidenza di una sguattera.

«Perché mai dovrei risponderti? Non ci conosciamo neppure. Julia, è amica tua?»

«Non direi proprio», replica Julia, cercando di imprimere alla propria voce il tono dell'altra se stessa, quella senza l'anima in subbuglio.

«Comunque, se proprio ci tieni», continuo, guardando Lucy

come se fosse un'intrusa, «stavamo cercando i testi di un teologo evoluzionista, per completare una tesina di scienze. Ma ancora non sappiamo cosa ci fate *voi* qui. Avete bisogno di libri di teologia? Se è così, venite, fate pure.»

«No, noi... cioè io... credevo che...», farfuglia ancora James, palesemente imbarazzato. «A questo punto mi sa che ho avuto un'informazione sbagliata.»

Julia si fa forza, scava a piene mani nel proprio orgoglio, e poi domanda: «Quale informazione?»

Lucy, che manca di furbizia e sopravvaluta il suo ascendente su James, dichiara velenosa: «Tu e Henry Crawford siete venuti qui per...»

«Qualcuno ha fatto il mio nome?»

La folla di pettegoli emette un simultaneo brusio. Si voltano tutti insieme verso il fondo del corridoio, dal quale proviene Henry in persona. Non è da solo, c'è Edmund con lui, e ho l'impressione che un attimo prima gli stesse stringendo un braccio come se volesse spingerlo, e senza troppa gentilezza. Lo sguardo di Edmund me lo conferma: dietro l'espressione soave, che destina a chi non lo conosce veramente, scorgo una sfumata oscurità, come quella d'una tempesta che si addensa in cielo, ma poco alla volta, e inganna chi non sa riconoscere il tempo.

«Torno dal bagno e trovo la sala mensa praticamente deserta, poi qualcuno mi dice che sono accorsi tutti in biblioteca. Che succede? Si festeggia?» domanda ancora Crawford.

«Non molto, temo», si intromette Edmund che si sta sforzando di mantenere un tono tranquillo. «Pare che stia per arrivare il rettore. Anche lui, suppongo, vorrà capire le ragioni di questo assembramento.»

Tale annuncio provoca un fuggi fuggi generale. In breve, questo angolo della biblioteca si svuota. Anche Henry se ne va, e pare non veda l'ora di farlo. Rimaniamo solo io e Julia, Edmund e James.

Quest'ultimo appare fortemente a disagio.

«Puoi spiegarmi il senso di questa sceneggiata?» gli domanda Edmund. «Perché ti sei portato dietro tutta quella gente?» Lo sa benissimo che James avrebbe fatto volentieri a meno del *pubblico*, ma sa anche che i suoi sospetti erano fondati. Ignoro come abbia capito quello che è avvenuto, ma lo ha capito, e sta proteggendo la sorella contro ogni evidenza.

«Non mi sono portato dietro nessuno, sono venuti loro!» protesta James, sia pur debolmente. «Io cercavo solo Julia per... per... Ecco, sì, volevo... ebbene, volevo... invitarvi tutti a Rushworth Castle, nello Staffordshire, per Natale.» Ci guarda uno per uno e infine si sofferma su di me. «Sto includendo anche te, Fanny, naturalmente.» Non dubito che avesse già pensato a questo invito, ma sono altrettanto certa che non fosse sua intenzione parlarne adesso, e che abbia tirato fuori l'argomento all'improvviso, in sostituzione dell'altro.

Gli sorrido amichevolmente, mentre Julia continua a sembrare un pupazzo privo di espressione.

«Sei molto gentile, James», gli risponde Edmund al posto della sorella. «Ci fa molto piacere e vorremmo risponderti subito di sì, ma trattandosi di un periodo particolare dobbiamo parlarne prima in famiglia.»

Non è per questo che non accetta subito, ne sono certa. Vuole capire se Julia ha intenzione di portare avanti il fidanzamento. Con ogni probabilità vuole consigliarle di pensare bene alle sue scelte. Le suggerirei la stessa cosa, se fosse mia sorella.

Siccome non è mia sorella e comincio a sentirmi fuori posto, non appena James si allontana faccio per seguirlo, ma Edmund mi trattiene.

«Rimani, Fanny», mi dice, con un tono allo stesso tempo deciso e dolce.

Julia mi fulmina con gli occhi. È la prima reazione che ha da quando è scoppiato il caos. Fino a un attimo fa sembrava una sonnambula.

«Lei che c'entra?» dice stizzita.

«Lei ti ha appena salvato da una figuraccia epocale», le fa notare Edmund.

«Ma che ne sai tu?» insiste orgogliosamente Julia.

«Quando sono tornato in sala mensa, i pochi rimasti stavano già spettegolando. Fanny, lo hai fatto andare via dal passaggio segreto?»

Annuisco, mentre Julia mi indirizza un'altra occhiataccia, ma continua a parlare col fratello.

«E lei come lo conosceva questo passaggio segreto? Nessuno ne sa nulla. Io non ne ho mai sentito parlare.» Mi fissa come se volesse stritolarmi per averla aiutata, quasi il peso della gratitudine sia maggiore del peso di una pubblica umiliazione, e poi decide di rivolgersi a me direttamente. «Lo hai usato per svignartela anche tu, qualche volta? Quindi non sei la santarellina che ti sforzi di far credere?»

«Gliel'ho mostrato io», le spiega Edmund.

Julia strabuzza gli occhi.

«Voi due… voi due…»

«Riprendi fiato, Ju», la esorta il fratello. «Noi due *niente*, e comunque, se pure fosse, non sarebbero affari tuoi. Neanche quello che combini tu sarebbero affari miei, a rigor di logica, se non fosse che sei minorenne, in teoria hai un ragazzo, e Henry Crawford è un farabutto della peggior specie. Con questo non dico che tu debba rimanere con James. Anzi, ti suggerisco di riconsiderare seriamente il vostro rapporto. Hai solo diciassette anni, impegnarsi a questa età è una follia. D'altro canto sarei un pessimo fratello se non ti mettessi in guardia dai tipi come Henry. Se pensi che sia innamorato di te sei fuori strada. Fai le tue esperienze, se ti va, purché con la consapevolezza che non è un principe azzurro. Non lo è neanche James, ma almeno è un buon diavolo e, anche per questo, dovresti smettere di usarlo.»

«Mi dai... mi dai lezione di morale!» esclama Julia, sempre più indispettita. «Mi dici come comportarmi, tu! Non sei così perfetto da potermi dare lezioni! Credi di agire meglio di Henry con le ragazze?»

«Sì, credo di sì», replica Edmund asciutto. «Perché non illudo le ragazzine.»

«Io non sono una ragazzina!»

«Lo sei, invece. E adesso smettila.»

Mentre loro discutono, io mi sento terribilmente a disagio. Sarebbe meglio andarmene, ma Edmund mi trattiene ancora per un braccio.

Julia ci guarda male entrambi, come se ci biasimasse dall'alto della sua onestà e lealtà, e poi va via col passo di una che, se qualcuno provasse a fermarla, fosse pure il rettore, gli darebbe un ringhio e un morso.

«Puoi scusarla?» mi domanda Edmund. Mentre parla la sua mano scorre lungo il mio braccio arrivando al polso.

«Sì, certo», gli rispondo. «Mi dispiace di aver mostrato il passaggio segreto, ma era l'unico modo per...»

«Non preoccuparti. Ho *consigliato* a Henry di non dirlo a nessuno, e credo di essere stato abbastanza persuasivo.»

«Ma come hai fatto a capire che...»

«Mentre cercavo di comprendere cosa fosse successo, l'idiota è rientrato in sala mensa e ha cominciato a sproloquiare a proposito di questo passaggio. Per fortuna l'ho udito solo io. Allora l'ho ricondotto qui affinché interpretasse la parte di quello incolpevole e stupefatto. Grazie, Fanny, sei stata tempestiva. Non ti chiedo cosa stessero facendo quei due, non voglio saperlo. Spero solo che mia sorella, almeno, la faccia finita con Rushworth. E per quanto riguarda Henry, se le proibissi di vederlo si incaponirebbe di più, per cui non insisterò su questo punto. Ciò non toglie che gli spaccherò la faccia se non la lascia in pace.»

«Ma perché è così stronzo?»

«Temo sia una pessima caratteristica di quelli come noi.»

«Quelli come voi?» domando, perplessa.

«Quelli con un padre autoritario e ingombrante, che ci vorrebbe diversi da come siamo. Quelli che cercano di emanciparsi in ogni modo possibile, anche facendo cazzate. Pure io ne ho fatte. Ma non ho mai fatto niente per ingannare le ragazze. Non le ho mai insidiate o raggirate. Ho il mio bagaglio di errori, Fanny, ma non sono Henry Crawford. Non mi spertico in false parole d'amore all'unico scopo di battere un record di seduzione e conquista. Non approfitto mai dell'ingenuità, dell'innocenza e dell'inconsapevolezza. Se scelgo una ragazza, o una ragazza mi sceglie, è perché siamo entrambi coscienti che non sarà per sempre e che l'amore non c'entra niente. Certo, a volte può capitare di sbagliarsi, ma non con l'intenzione di fare del male.»

«Non ho mai pensato che fossi come quello lì.»

«Ma non sono neanche un santo, non sopravvalutarmi, ok? E adesso torniamo indietro, prima che qualcuno pensi che siamo noi a usare la sezione Teologia per appartarci.»

Solo ora pare rendersi conto che le nostre mani sono rimaste unite per tutto il tempo. Non è stato facile fingermi indifferente a questo contatto delizioso, e non è facile continuare a mostrarmi imperturbabile quando me ne domanda scusa.

«Se mi prendo delle libertà fammelo notare, ok?» mi esorta. «A volte non mi rendo conto che non sei mia sorella e tendo a trattarti con la confidenza che destinerei a lei.»

Ci incamminiamo verso aree più irreprensibili della biblioteca, mentre il mio cuore perde un pezzo e si schianta a terra come un sasso scagliato da una fionda. Mi considera davvero come una sorella? Come Julia?

L'abbraccio che mi ha dato ieri notte non mi è parso così fraterno, però ieri notte non era del tutto in sé, aveva bevuto, e nessuno corrisponde al vero se stesso con sei birre in corpo.

Oppure è vero il contrario, forse solo chi ha bevuto è davvero se stesso?

Non faccio in tempo a tentare un ragionamento riguardo a cosa sia più vero perché, appena raggiungiamo la sala grande della biblioteca, mi si avvicina una delle collaboratrici amministrative del rettore.

«Miss Patel, è desiderata al telefono. Per stavolta passi, ma la prego di concordare gli orari per ricevere delle chiamate, affinché non coincidano con quelli destinati allo studio.»

Edmund le rivolge uno dei suoi sorrisi ammazza demoni. Un sorriso così potrebbe convincere anche il re dei diavoli a mostrarsi più gentile.

«Mia cugina è molto rispettosa delle regole. Sarà di sicuro un'emergenza.»

«Sì, pare sia così, il suo fidanzato mi è parso un po' agitato», continua la segretaria.

«Il mio fidanzato?» non posso fare a meno di esclamare.

La donna nota la mia reazione stupita e si allarma.

«Si possono ricevere solo le chiamate dei familiari stretti e, al massimo, dei fidanzati ufficiali», mi fa notare piccata. «Mr. William Price non è il suo fidanzato?»

Sono talmente basita che Edmund deve rispondere al mio posto.

«Sì che lo è. Vai pure, Fanny, ci vediamo dopo.»

Mi sento *sciolta* come un robot arrugginito mentre mi dirigo verso la segreteria.

Per Edmund sono come una sorella.

Prima mi considerava un'amica, e adesso…

È una promozione o un declassamento?

Se considero che un'amica può diventare *qualcosa di più* e una sorella no, ho la mia triste e umiliante risposta.

***

«William?» La mia voce suona un po' titubante mentre mi accosto al telefono, impugnando una cornetta dotata di filo, appartenente a un apparecchio dal sapore retrò, all'interno di una cabina così poco contemporanea che mi pare di essere stata catapultata in un tempo in cui non ero ancora nata. Quasi temo che non sarà lui a rispondermi, che si tratti di uno scherzo o di un equivoco.

Invece è proprio la sua voce che echeggia dall'altro lato del filo. E del mondo anche, per quanto mi sento distante e separata dalla realtà.

«Fanny, finalmente!» esclama lui.

Il mio caro, caro William. La sua cara, cara voce. Mi metto a piangere, così, di colpo. Piango per nostalgia e senso di colpa, piango perché per due mesi ho scritto almeno mezza dozzina di lettere da indirizzargli e le ho cestinate tutte, e ho premuto il tasto CANC quando si è trattato di un'e-mail. Piango perché accantonando William ho, in un certo senso, cercato di dimenticare anche la morte di mia madre. Non lei, non lei in quanto parte di me, del mio sangue, e della mia anima che non sarà mai più intera, ma quei tragici momenti conclusivi, quel dolore insopportabile, e William che mi cingeva le spalle con un braccio. Piango perché torna tutto insieme, ora, in questo spazio angusto, come un violento acquazzone, e mi sommerge. Non sembro neanche la stessa ragazza che, solo mezz'ora fa, ha parlato a Henry Crawford con tanta sicurezza da sfociare nell'arroganza.

«Fanny, che succede?» dice ancora lui. «Stai piangendo? Allora avevo ragione a essere preoccupato!»

«No, no», rispondo tra i singhiozzi. «È che mi commuove sentirti.»

«Pensavo che ti sarebbe dispiaciuto, invece, visto che sei sparita. Ho provato a chiamarti non so quante volte, ma il tuo cellulare è sempre spento. Poi mi sono documentato meglio su quella cavolo di scuola in cui sei finita, e ho scoperto che non è possibile usare i telefonini. Il numero fisso, però, non è scritto da nessuna parte, e per averlo mi sono messo in contatto con tua zia.»

«Hai chiesto alla zia Mary?» domando, stupefatta e ancora

in lacrime. Mio Dio, sembro una bambinetta frignona, piango come se non avessi mai pianto in vita mia e avessi una scorta quasi ventennale di lacrime da far sfogare.

«Sì, le ho dovuto dire che sono il tuo ragazzo, mi perdoni?»

«Certo che ti perdono!»

«Perché non hai cercato di metterti in contatto con me?» mi domanda lui, deciso.

Sono sincera. O meglio, sono sincera *in parte*. Gli dico tutto delle mie paure, ma evito di inserire Edmund nel discorso. Chiedo scusa a William per averlo trascurato, e lo faccio non una, non due, ma cinque, dieci, cento volte, forse. In pratica questa telefonata si trasforma in un querulo ripetersi di richieste di perdono.

«Ti prego, Will, raccontami di te. Io non ho da dirti molto, sai. Qui non si fa che studiare. Ho conosciuto un paio di ragazze che posso considerare amiche, ma non ho altre novità.»

A parte il fatto di essermi innamorata di un ragazzo per il quale sono come un'amica o una sorella.

Per qualche minuto Will mi parla di sé. Anche lui è iscritto al college, solo che frequenta il secondo anno. Anche lui vorrebbe diventare veterinario. Poi mi racconta del rifugio per cavalli, di tutti i nostri amici quattrozampe, e mi rivela che la madre ha un nuovo compagno.

«È originario del North Yorkshire», mi spiega, «e per Natale andremo in un villaggio vicino Harrogate. E siccome la Contea di Durham è a un tiro di schioppo, se vuoi… se ti fa piacere… potremo rivederci.»

«Dici davvero?» esclamo, felicissima.

«Puoi venire da noi. Non dico proprio il giorno di Natale se non è possibile, ma…»

Attraverso il telefono gli giunge un mio sospiro deluso.

«Oh... figurati se mi permettono di incontrare un amico. E se pure dicessi che sei il mio fidanzato... al Mansfield College siamo nel 1800, Will, io sono minorenne, e col cavolo che mi fanno uscire con questa scusa. Però... aspetta... potresti venire tu qui!» Mi ricordo improvvisamente di ciò che ha detto Edmund a proposito della possibilità di invitare qualcuno per la cena d'inverno. Gli spiego rapidamente di cosa si tratta. «Lo so che non è divertente, e per la cena saremo obbligati a stare insieme agli altri, ma di notte possiamo incontrarci. So come uscire dalla mia stanza senza farmi scoprire e...»

Lui ride di gusto.

«Hai già trovato il modo per farla in barba ai bacchettoni? Non ti chiedo cosa combini di notte perché ho paura della risposta!»

«Se vieni ti racconto tutto e la facciamo in barba ai bacchettoni insieme!»

«Ne parlo con mia madre e Frank e poi ti dico. Per questa cena bisogna essere eleganti?»

«Credo di sì. Ma ti faccio sapere, ok? Mi informo e ti richiamo.»

«In un modo o nell'altro dobbiamo rivederci, Fanny, anche perché devo... No, *voglio* dirti una cosa importante. Avrei dovuto dirtela prima, e sono stato più volte sul punto di sbilanciarmi, ma ho sempre evitato per paura di rovinare la nostra amicizia. La tua assenza, adesso, mi ha fatto capire quanto tu sia importante per me. Perciò, stavolta sarò coraggioso e ti confesserò ogni cosa, ogni mio più segreto sentimento, e poi vada come vada.»

«Cosa... cosa intendi?»

«Te ne parlerò di persona, Fanny, non mi va di affrontare certi discorsi al telefono.»

Resto immobile per qualche istante. Divento un ceppo di legno al di qua del filo telefonico e del mondo. Non so come non mi cada la cornetta dalle mani.

Fino a pochi mesi fa avrei accolto un discorso di questo tipo con vivissima emozione e romantica speranza. Adesso, invece, il dubbio che William voglia finalmente dirmi che prova qualcosa per me mi fa precipitare di nuovo nel senso di colpa per il quale mi sono scusata cento volte all'inizio della telefonata. Perché io non lo amo più, e forse non l'ho mai amato.

Se è amore quello che provo per Edmund, non poteva esserlo quello che provavo per William. Non mi sono mai sentita così, non come adesso. Era una piccola pioggia, quella, era un tintinnio di campane, era un bisogno che, tutto sommato, si accontentava di restare tale, senza la reale necessità di trasformarsi.

Quello che provo per Edmund è un temporale, è un rimbombo che assorda, è un sogno che non mi basta.

Poso la cornetta, dopo aver salutato William a monosillabi. Sono confusa e agitata, e penso a come è strana la vita, a come cambia. *A come si cambia.* Sono felice di rivedere il mio amico più caro, ma non voglio che mi esprima i suoi sentimenti. Non voglio, perché sarei costretta a respingerli. E a farlo soffrire, probabilmente.

Decido di non tornare subito in biblioteca, ed esco fuori. Fa freddo e indosso solo l'uniforme, ma ho bisogno di respirare. Ho la sensazione di aver vissuto troppe emozioni in pochissime ore. Dopotutto, da quando sono al Mansfield, vivere un *tour de force* di sensazioni pare diventato il mio unico hobby.

Credevo che avrei condotto una vita statica, tra queste mura, e lo è, statica, in senso stretto, ma la mia anima sta facendo un lunghissimo viaggio attraverso sentimenti importanti come nazioni.

Non mi sento diciassette anni, come a sette non ne sentivo sette, e a dodici dodici. Mi è sempre parso di essere un pochino più vecchia di quel che ero e che meritavo. La mia fanciullezza non è stata una vera fanciullezza, e la giovinezza è una creatura inerme tallonata fin troppo da presso dalla maturità. Avevo diritto alla leggerezza e alla superficialità di entrambe le età, ma niente è mai stato leggero e superficiale nella mia vita.

Cosa vorrei, adesso? Dare uno scopo alla mia esistenza. Fare ciò che mi piace. Riuscire a ricordare la mamma senza morire ogni volta. Andare avanti senza sentirmi in colpa se vado avanti perché io sono viva e lei no. Vorrei sognare papà, e vorrei che nel sogno mi dicesse che non ha mai smesso di starmi vicino, e che è fiero di me, e che ce la farò anche se mi sento inutile e inetta e in colpa perché io sono viva e lui no. E vorrei che Edmund mi amasse e che William non lo facesse o, almeno, che non avesse deciso di dirmelo.

Rabbrividisco, mentre faccio qualche passo nel gelo. Accelero un po' per riscaldarmi, decisa ad arrivare fino all'arbusto di rose inglesi, fiorito fino a poche settimane fa e adesso spoglio. Il Natale è alle porte, ma il solo pensiero mi fa venire la nausea. Non può piacere una festa che celebra la famiglia e l'unione a chi non ha nessuno.

A un tratto avverto uno scricchiolio dietro la mia schiena, e una risatina secca. Mi volto di scatto.

«Sei una domatrice molto carina, solo che vai un po' troppo veloce», mi dice Henry Crawford. Deve essere appena uscito anche lui dal palazzo, ma mi rifiuto di credere che mi abbia seguita o cercata.

«So che vorresti che ti ringraziassi per avermi detto che sono carina, e che poi ti chiedessi cosa intendi per domatrice, ma farò un favore a me stessa ignorando entrambe le affermazioni», gli dico con tono noncurante.

Henry avanza di qualche passo senza smettere di fissarmi.

«Ho la netta sensazione che tu possa piacermi un bel po'», aggiunge. «Ma un bel po' proprio. Se c'è una ragazza che può domarmi, quella sei tu.»

«Oh, ma che onore», commento, fredda come la neve che ho sotto le scarpe. E dentro le scarpe, a occhio e croce. Buon Dio, mi sto congelando.

«Se fossimo da un'altra parte ti chiederei di uscire con me, ma visto che siamo qui dovrò inventarmi qualcos'altro.»

«Neppure se fossi Leonardo da Vinci riusciresti a inventarti qualcosa di abbastanza interessante da convincermi a uscire con te. Senza contare che, siccome *non sei* Leonardo da Vinci, le *geniali* proposte che rivolgi alle ragazze di solito si limitano a contemplare una *gita* nella sezione Teologia della biblioteca, giusto?»

Lui ride sfacciatamente, e continua a fissarmi in un modo fastidiosissimo.

«Non ti farei mai una proposta del genere, anche perché sono sicuro che non sei soltanto vergine, ma vergine vergine.»

Dovrei mostrarmi indifferente e per nulla sfiorata dalla sua volgarità, ma questo emerito idiota mi costringe di nuovo a sobbalzare.

«Come ti permetti?» esclamo, sconvolta.

«Che ti dicevo? Vergine vergine. Ci sono ragazze

tecnicamente vergini che però hanno già fatto *tutto il resto*. Tu, e ci metterei la mano sul fuoco, non hai mai dato neanche un bacio. Vergine fino alle ossa. Che assurda e affascinante creatura sei, Fanny Patel! Sembri sputata in questo secolo da un romanzo dell'Ottocento. Ma non è questa la cosa che mi attira di più di te, anche se ammetto che mi attira abbastanza. È il tuo tono da domatrice di leoni che mi eccita un sacco. Se vuoi addomesticarmi, ti autorizzo a provarci.»

Stringo i pugni e i denti, e lo guardo come se volessi ridurlo in cenere e polvere.

«Sono contraria a qualsiasi forma di addestramento, soprattutto quando si tratta di animaletti selvatici che non sarebbero di alcuna utilità», dichiaro.

«Mi hai dato dell'animaletto selvatico? Mm... potrebbe anche piacermi.»

«Sì, ma temo di averti sopravvalutato. In fondo sei solo uno sbruffoncello che pensa di poter trattare chiunque come gli pare.»

Faccio per allontanarmi, ma Henry si muove rapido verso di me, e mi blocca da un braccio. Mi ritrovo il suo corpo praticamente addosso. Non mi sembra tanto basso in questo momento, forse perché io sono comunque più bassa di lui, e perché la malizia che lo pervade lo fa apparire invadente come un colosso.

«Lo ripeto, mi piaci un sacco. Che adorabile gattina randagia, sei. Forse, chissà, sarò io a domarti.»

«Lasciami andare», gli intimo, mentre lui continua a stringermi il braccio.

Sto meditando di passare alla fase successiva, quella in cui gli sferro una ginocchiata dove sono sicura di fargli parecchio male - anche se è una tecnica di autodifesa che, grazie a Dio, non ho mai dovuto usare fino adesso - quando i miei pensieri si confondono, e mi sento come se una luce abbagliante mi avesse colpita all'improvviso in piena faccia.

La luce abbagliante è Edmund.

«Lasciala andare», dice, fermo e glaciale. È arrivato senza che lo sentissi avvicinarsi, assordata come sono dalla collera che mi fa fischiare il sangue nelle orecchie, e ha staccato la mano di Henry dal mio braccio. Lo guarda così male, così male, da sembrare sul punto di sfidarlo a duello. O, molto più probabilmente, di prenderlo a pugni. «Stai passando il segno, Henry», continua. «Hai offeso mia sorella solo un'ora fa, e adesso ti permetti di mettere le mani addosso a Fanny? Fallo ancora, prova soltanto a farlo ancora, e non avrai più mani da usare.»

Edmund è almeno una spanna più alto di Henry, ma in questo momento sembra ancora più alto. Henry, tuttavia, decide di non permettere all'istinto di sopravvivenza di avere la meglio e si lascia guidare dall'arroganza.

«In che modo avrei offeso Julia?» gli domanda. Ha infilato entrambe le mani in tasca, e parla con la testa leggermente china da un lato e un sorrisetto storto, come un monello impunito. «È venuta spontaneamente con me e, anzi, è stata lei stessa a propormi quell'incontro ravvicinato. Se non ci credi, chiediglielo. Quanto a Fanny, in che ruolo mi dai questo ultimatum? Se è in quello di parente prossimo, sappi che le mie intenzioni nei suoi confronti sono rispettabili. Insomma, la bambolina mi piace un sacco e se per averla devo comportarmi da gentiluomo e corteggiarla come un antico coglione, vorrà dire che agirò da antico coglione. Questo ti rassicura? Oppure il punto è un altro? Forse la verità è che non vuoi concorrenza perché desideri essere tu il primo a sfilarle la biancheria?»

La spinta che Edmund dà a Henry è talmente forte da farlo cadere con un tonfo che fa un rumore inquietante. Se non ci fossero state l'erba perenne e la neve alta ad attutire il colpo, gli avrebbe rotto qualche osso.

Poi gli si avvicina, lento e furente.

«Ripetilo ancora e sei morto», gli dice. Ho la sensazione che intenda chinarsi su di lui e afferrarlo dal bavero, ma lo trattengo per un braccio.

«Andiamo, Edmund, non ne vale la pena», lo esorto, anche se forse sarebbe più giusto dire che lo supplico. «Inoltre, se si sapesse che avete fatto a pugni, tutti penserebbero che i sospetti di James fossero fondati.»

Edmund mi scocca un'occhiata enigmatica, e poi si ferma.

Henry, nel frattempo, si alza e si scrolla la neve di dosso. Quindi dichiara: «Ti ho già promesso che lascio perdere Julia e che non racconterò niente di imbarazzante sul suo conto. L'ho giurato su quello che ho di più sacro».

«Tu non hai niente di sacro», sentenzia Edmund.

«Manterrò la promessa», insiste Henry. «Ma non hai il diritto di pretendere altro da me.»

Quindi, su queste parole, fa una specie di ironico inchino e va via.

Edmund rimane, fissando Henry che si allontana, con un'espressione irosa che ancora non si è placata. Poi, come se si ricordasse di qualcosa all'improvviso, si rende conto che sono sulla neve con una giacchetta leggera e che anche lui non indossa un cappotto e non può offrirmelo come un gentiluomo da romanzo.

«Andiamo dentro, Fanny, o ti ammalerai», dice. E subito dopo, mentre ci incamminiamo, mi domanda: «Ti ha fatto male? Quando ti ha stretto il braccio ti ha fatto male? O ti ha anche solo infastidita? Quel farabutto... Devi stare attenta, Fanny, è un individuo riprovevole. Mia sorella non riesce a vedere i suoi difetti, mi auguro che tu non sia altrettanto cieca.»

Scuoto la testa, e all'improvviso mi rendo conto che non è soltanto la brusca presa di Henry Crawford ad avermi provocato dolore e fastidio.

«Edmund», mormoro. «Ti ringrazio perché ti preoccupi per me tanto quanto ti preoccupi per Julia. Però... vorrei non ti dimenticassi che, anche se apprezzo la tua gentilezza, non ho bisogno della tua protezione e della tua guida. Innanzitutto non sono scioccamente invaghita di Henry Crawford. In secondo luogo so badare a me stessa, combatto contro bulletti di ogni tipo fin da quando ero piccola. Ma, soprattutto, non sono tua sorella.» Accelero un po', lo supero, e poi mi volto. Un attimo prima di allungare definitivamente il passo ed entrare nel palazzo ribadisco con decisione: «Non sono tua sorella, non dimenticartelo mai».

***

Me ne sto seduta su una poltrona, nella mia stanza, con un broncio che fa concorrenza al muso di un formichiere. Tra un po' dovrò scendere per partecipare a quella dannatissima cena, e non ne ho alcuna voglia. So che ci sarà William, e questo è l'unico elemento positivo, ma tutto il resto è a dir poco sconfortante. A parte lui, non ho voglia di vedere nessuno.

Dal giorno del nostro ultimo incontro, quando ha quasi

preso a pugni Henry, Edmund mi ignora. Temo che quel che gli ho detto lo abbia offeso. Dopotutto ho rifiutato la sua gentilezza e la sua protezione chiarendogli di non voler essere trattata come una sorella. Senza conoscere il significato nascosto delle mie parole, ne avrà dedotto che lo considero importuno. Credo proprio che abbia pensato a questo, altrimenti non si spiega il suo improvviso distacco. Anche lui, a quanto pare, è giunto a conclusioni affrettate.

Mi manca, ma non mi pento di avergli parlato in quel modo. A differenza di ciò che ha detto Henry Crawford, io non sono sbucata da un romanzo dell'800. Non sono un'eroina timida e buona che si accontenta di guardare da lontano il ragazzo del quale è innamorata e si rassegna a vivere nell'ombra mentre lui perde la testa per un'altra. Non voglio essere considerata come una sorellina minore bisognosa di insegnamenti e consigli, e preferisco non essere considerata affatto.

Be', non che sia proprio vero. Non essere considerata affatto non è il top quanto a colpo di scena. E vedere Marylin che ronza intorno a Edmund più di prima, e lui che sembra tutt'altro che infastidito dalle sue attenzioni, mi fa bruciare dentro. Non in senso figurato, ma proprio letterale. La gastrite mi sta facendo penare.

Intanto devo assolutamente prepararmi per la cena.

Qualche giorno fa mi è arrivato un pacco da parte della zia Mary. Un involto di carta velina conteneva un vestito verde smeraldo che adesso è steso sul letto. Il corpetto è semplice, con le maniche lunghe, di un materiale consistente e strutturato, forse broccato, con una scollatura castissima e senza decori. La gonna arriva alle ginocchia, ed è fatta di numerose balze di leggerissimo tulle che creano un delicato effetto a palloncino. Non posso negare che sia carino e sono sicura che la zia ha tenuto conto del fatto che sono filiforme e che un abito del genere potrà farmi apparire più piena. Meno scheletrica, insomma. Quando guardo le scarpe, però, mi scoraggio. Sono verdi, rivestite dello stesso tessuto del corpino, e alte quanto grattacieli. Cioè, sono sicura che non siano *così* alte, ma a me lo sembrano. Mi sono abituata alle scarpe dell'uniforme, anche perché hanno dei tacchi comodi, ma c'è voluto un po' di tempo. Questi sono sottili e insicuri e non imparerò certo a camminarci in poche ore. Avrei potuto esercitarmi nei giorni scorsi, ma non ne ho avuto voglia. Per essere motivata a rischiare di fratturarmi una caviglia avrei dovuto avere più entusiasmo di quello che *non* ho riguardo alla famigerata cena. Avrei dovuto immaginare Edmund che mi attendeva alla base della scala, ammirando il mio vestito, la mia acconciatura vaporosa, la mia andatura da modella barra principessa. E invece non immagino niente di niente, e non solo perché detesto queste scene idiote anche nei film, ma perché non ci sarebbe niente da ammirare. Da compatire, forse, mentre rotolo lungo la scalinata dopo aver preso una storta.

E poi, non per ripetermi, ma per Edmund non esisto proprio. Sembra che Mister Hyde si sia impossessato di lui e gli abbia ordinato di eliminarmi dalla sua esistenza. A essere sincera mi pare una reazione un po' troppo drastica alle mie parole. Cioè, tra il prendersi cura di me come un fratello e il fare finta che io non esista non c'è una via di mezzo?

Perciò adesso me ne sto in vestaglia, sprofondata in una poltrona, intensamente di malumore. Se non ci fosse William inventerei una scusa e resterei in camera. Ma William è venuto apposta per me, quindi devo darmi una mossa.

Benché di malavoglia, indosso l'abito. Mi guardo allo specchio. Non mi sta neppure male. Se fossi meno dura con me stessa, ammetterei che mi dona. Ma siccome ho sempre oscillato fra il "me ne frego del mio aspetto" e il "sono appena passabile", mi concedo al massimo la seconda considerazione.

Mentre mi osservo con spirito eccessivamente critico qualcuno bussa alla porta. Un istante dopo Taylor e Amber irrompono nella mia stanza. Sono elegantissime ed eccitate. Mi scrutano dalla testa ai piedi e poi Taylor dichiara con tono soddisfatto: «Sei proprio carina, ma devi irrobustirti lì», e indica il mio corpetto non molto imbottito.

Scrollo le spalle, e poi dico, ironica: «Se conosci un incantesimo per *irrobustirmi*, fai pure».

«Lo conosco sì!» replica lei. «Si chiama reggiseno push-up. Quel po' che hai, te lo tira su che è una bellezza! Passerai dalla tua seconda a una terza abbondante in un baleno! Ne ho uno nuovo nella mia stanza. Torno subito!»

Inutile tentare di fermarla, Taylor si precipita fuori come un razzo. Amber mi sorride divertita.

«Non vincerai con lei, e non varranno a dissuaderla tutte le argomentazioni di questo mondo, alcune delle quali sarebbero efficaci anche alle Nazioni Unite, ma non con lei. A me ha voluto fare a tutti i costi questa acconciatura. All'inizio ero contraria, ma adesso devo dire che mi piace.»

Si volta e mi mostra uno straordinario gioco di trecce unite a mo' di chignon in un modo così abile che sembra realizzato da un parrucchiere di fama mondiale per un'attrice destinata a sfilare sul red carpet.

«Wow», dico con sincera ammirazione, «stai benissimo, e l'acconciatura è fantastica!»

«Ne farà una anche a te, puoi giurarci, e sarà solo per renderti più carina. Taylor è una delle ragazze più generose che io conosca. Credimi, aveva una cotta stratosferica per Edmund, ma adesso non è per niente gelosa di te, non fa che dire che sei perfetta per lui e che quando vi sposerete vuole essere la tua prima damigella.»

«Mm... se vuole fare la damigella d'onore deve cercare il matrimonio di qualcun altro», mormoro.

Taylor torna proprio in questo momento e per fortuna il nostro discorso su matrimoni e damigelle termina qui.

Comunque Amber ci aveva visto giusto. Non a proposito del matrimonio, ma dell'insistenza di Taylor. Devo, assolutamente devo, indossare il reggiseno che ha portato; devo, assolutamente devo, permetterle di pettinarmi; devo, assolutamente devo, truccarmi almeno un poco.

«Non molto, hai una pelle deliziosamente ambrata, quindi lascerei stare il viso, ma punterei sulle palpebre e sulle labbra. Molte ragazze ucciderebbero per due occhi altrettanto grandi e una bocca così carnosa! E se li mettiamo ancora più in evidenza con un leggero effetto *smokey eyes* e un gloss perlato color lampone farai schiattare Marylin di rabbia e di invidia! Già ti odia per il modo in cui Edmund ti guarda e...»

«Ehm... credo che abbiamo visto due film un tantino diversi...», la interrompo e la riporto alla realtà. «Nel mio, di film, per Edmund non esisto proprio.»

Taylor si mette inaspettatamente a ridere.

«Fa solo finta!», esclama subito dopo. «Non so cosa sia successo e perché non vi parliate, non hai voluto dirmelo e non ho insistito, però ti assicuro che ti guarda eccome! Solo che lo fa con discrezione, e in modo da non farlo capire agli altri. Ma io ho gli occhi pure sulla nuca, e mi accorgo di tutto. E sono pronta a giurare che ti guarda con più interesse adesso che sembra che non ti guardi, di come ti guardava quando ti guardava senza fingere di non guardarti!»

«Ok, ho perso il filo», sussurro, confusa.

«Non importa, non devi ragionarci su, devi continuare a fare quel che fai, cioè essere te stessa, e vedrai che andrà alla grande. Edmund capirà che sei perfetta per lui e che Henry Crawford gli farà le scarpe se...»

La interrompo di nuovo.

«Henry Crawford non farà le scarpe proprio a nessuno. Lo trovo detestabile e ambiguo. Non mi interesserebbe neppure se.... se non fossi già impegnata.»

Taylor ride rumorosamente.

«Come se credessimo alla storia del fidanzato che viene alla cena! Se fosse stato davvero il tuo ragazzo ne avresti parlato in un altro modo! È senza dubbio un caro amico, altrimenti non lo avresti invitato, ma non me la bevo che state insieme. Tu hai occhi solo per Edmund! Però va benissimo se ti crede fidanzata, e per giunta corteggiata dal ragazzo più figo del college dopo di lui, così si rende conto che deve darsi una mossa, perché non sei mica una povera sfigata che nessuno vuole! Sei una bellissima ragazza, Henry ti si vorrebbe pappare in un solo boccone, e se William è pure bello siamo a cavallo! Lo è? Dimmi di sì!»

«Lo è, ma sei fuori strada su tutto il resto!»

«Su cosa? Che Henry non ti porterebbe a letto anche subito? Lo farebbe eccome! Che non hai occhi solo per Edmund? Ma se ti manca solo il suo nome tatuato in faccia! Sono sicura che il tuo cuore è già a forma di E! Cosa, allora? Che non sei una bellissima ragazza? Guarda, Fanny, se non ti conoscessi e non sapessi che sei modesta sul serio, penserei che sei una gatta morta che fa la finta tonta! No, non guardarmi storto, lo so che non è così. Tu pensi veramente di essere appena appena carina. Invece sei molto bella. Ti manca giusto quel po' di tette, ma per stasera risolviamo così. Quando Edmund sarà completamente cotto, vedrai che si accontenterà della seconda che hai.»

Provo a negare, protestare, ribattere. Ci provo col massimo delle energie che mi ritrovo. Forse non ci provo abbastanza, forse la volontà di Taylor, in questo momento, è più penetrante della mia, fatto sta che un'ora dopo mi ritrovo col push-up indossato sotto l'abito, un'acconciatura degna di una principessa e tanti di quei complimenti che, se non fossi modesta *davvero*, mi monterei la testa e camminerei con la prosopopea d'una regina.

Mi guardo allo specchio e sgrano gli occhi. Non sono diventata all'improvviso una maggiorata, ma, insomma, faccio la mia figura. Il corpetto aderente avvolge delle rotondità del tutto nuove per me, ma per nulla volgari. E i capelli sono fantastici: Taylor ha deciso che dovessero restare sciolti, lunghi e setosi come sono - parole sue, io ho sempre creduto di avere degli spaghetti scotti in testa - ma ne ha legate alcune ciocche in una lunga treccia sottile che sembra un cerchietto. *Dulcis in fundo* mi ha truccato gli occhi come le belle ragazze indiane - anche queste parole sue - e le mie labbra sembrano un frutto di bosco maturo.

Be', mica male. Sarei un'ipocrita se dicessi che sono brutta. Taylor batte le mani e giura di essere molto, molto, molto soddisfatta di me. Le ripetizioni sono parole sue.

«Adesso mettiti le scarpe», mi esorta. «Gli ospiti saranno

arrivati. Ho visto Julia scendere quando sono andata a prendere il push-up. Aveva un abito di raso rosa con diverse sottogonne in stile anni '50 e una pettinatura alla Grace Kelly. Carina ma già vista, lei si veste sempre così quando non indossa l'uniforme. Adesso andiamo? E mi raccomando la scena madre: appena vedi William corri tra le sue braccia e stringilo a te!»

«Cosa farò appena vedrò William me lo dirà il cuore, non mi lascerò guidare da una sceneggiatura.»

E non mi lascio guidare dai loro suggerimenti neanche per quanto riguarda le scarpe. Dopo tre soli giri sul tappeto rischio di cadere almeno una dozzina di volte. Se le scarpe dell'uniforme non fossero di un colore che fa a pugni metterei quelle. Ma siccome non vanno bene, e nonostante le proteste inorridite delle mie amiche, mi infilo i miei fidati anfibi scuri, che hanno un riflesso metallizzato verdognolo e fanno pure pendant, e al diavolo tutto.

Sette

Per fortuna non ci sono giovanotti estatici alla base della scala, con mazzi di orchidee da polso e ridicoli smoking azzurrini, per cui mi muovo abbastanza inosservata. D'altro canto c'è talmente tanta gente, da qui fino alla sala da ricevimento, che per essere notata dovrei indossare qualcosa di più eccentrico dei miei stivaletti dalla finitura super lucida.

Taylor e Amber raggiungono i loro parenti, e io cerco William. Sono molto emozionata al pensiero di rivederlo. Non lo amo, ma gli voglio immensamente bene, e l'affetto può essere più importante dell'amore. L'amore può passare, il desiderio spegnersi, la tenerezza affievolirsi, ma l'affetto e l'amicizia sono miracoli più solidi.

Il salone è talmente immenso che neanche la parola immenso lo descrive bene. Tavoli rotondi lussuosamente apparecchiati, sontuose composizioni floreali natalizie, candele, e argento, e cristallo, e seta la fanno da padroni, insieme a un'eleganza ostentata come un'arma carica. Insomma, tutti si mostrano e dimostrano qualcosa: la ricercatezza degli abiti, soprattutto femminili, non è soltanto un dettaglio estetico, ma una prova di potere e di importanza. Non mi stupirei se qualcuno, come alla notte degli Oscar, domandasse a tutti, a mano a mano che entrano, da quale stilista sono stati vestiti, e facesse una classifica.

A me nessuno domanda niente, anche perché mi sono intrufolata nel salone dietro una matrona tanto robusta quanto alta, con un'acconciatura in stile Maria Antonietta e uno scialle pieno di vere piume di qualche povera bestia assassinata.

Cammino rasente al muro, così da evitare di finire travolta, ma a un tratto mi scontro comunque con qualcuno. È colpa mia perché quasi non guardo dove metto i piedi, mentre sbircio intorno in cerca del mio caro amico. Quando mi accorgo di chi è la persona alla quale sono andata addosso mi vorrei prendere a schiaffoni per non aver fatto più attenzione.

Henry Crawford.

Mi afferra per le braccia e mi osserva con quel suo sguardo divertito e provocatorio. Mentre mi divincolo per liberarmi dalla stretta, lui mi scruta dalla testa ai piedi. È l'incarnazione della maleducazione: nessuno dovrebbe mai fissare gli altri in questo modo!

«Sei molto carina, Fanny Patel», mi dice, con un tono che provocherebbe deliqui in un'altra ragazza, ma che a me fa solo venire voglia di dargli quella benedetta ginocchiata al cavallo dei pantaloni.

«Tu no», replico, «e adesso addio.»

«Aspetta, non abbandonarmi al mio destino di desolazione.»

«Un po' di desolazione ti farebbe bene, Henry Crawford. Così magari impareresti a stare al mondo.»

«So stare al mondo, ci so stare più che bene, e quanto alla desolazione… non dare per scontato che, siccome sono un tipo divertente, io non sappia che cos'è. Magari lo so e fingo soltanto di non saperlo.»

«È divertente una persona che ride *con* gli altri, non *degli* altri. Inoltre, vorrei capire cosa intendi per desolazione: non poterti comprare la Maserati, perché tuo padre ha smesso di finanziare le tue spese pazze? Questa non è desolazione: è il capriccio di un bambino che è stato viziato, e se non ottiene più quello che vuole batte i piedi per terra.»

«Credi di sapere molte cose di me», risponde lui, e il suo tono è meno ironico, più ostile. A suo modo più sincero e, paradossalmente, meno fastidioso di quando *fa* il simpatico. «Non sono mai stato un bambino viziato.»

«Se anche fosse vero, non mi interesserebbe saperlo. Non ho niente contro di te in quanto te, Henry, purché mi lasci in pace. Dopo aver liberato Julia dal peso del tuo tentativo di seduzione senza amore, libera anche me. Ignorami.»

«Chi ti dice che sarebbe una seduzione senza amore?»

«Se sei innamorato di lei, fai pure, sono certa che gradirà», dico distrattamente, guardando dietro le sue spalle ancora in cerca di Wiliam in mezzo alla folla.

«Non parlavo di Julia. Mi riferivo a te, Fanny Patel. Magari mi innamoro.»

Sbuffo di nuovo, esasperata.

«Te ne freghi di me, Henry Crawford. A te dà solo fastidio che io non sia caduta ai tuoi piedi.»

«Potrebbe anche darsi, ma il fatto che tu non sia ancora caduta non significa che non cadrai.»

Non posso fare a meno di guardarlo e di mettermi a ridere.

«Oh, no, fidati, il rischio non sussiste.»

«Perché sei già impegnata col tuo famigerato fidanzato?»

«Non ho più voglia di parlare con te. Non che prima ne avessi, ma continuo ad avere il vizio di concedere al mio prossimo il beneficio del dubbio. Che abitudine infelice, la mia.

Adesso spostati.»

Mi trovo in una posizione spiacevole. Da un lato ho il muro, davanti a me c'è un'imponente composizione floreale a base di anturium bianchi e rose rosse, e dall'altro lato Henry che non si schioda.

Allora lo mando al diavolo senza più tergiversare e faccio marcia indietro, dandomi dell'idiota perché non l'ho lasciato perdere subito.

Poi, proprio avvicinandomi di nuovo all'ingresso, lo noto.

Il mio Will.

Non può vedermi, mi dà la schiena. Sta guardando verso l'esterno della sala, come se mi cercasse a sua volta. I suoi bei capelli neri sono un po' più lunghi, non indossa lo smoking, ma è comunque molto elegante in un completo scuro.

Mi avvicino, felice come non mi accadeva da un pezzo. Gli picchietto su una spalla. Si volta e mi sorride.

Il mio Will.

La mia giovinezza, il mio primo amore, le nostre passeggiate a cavallo, la volta in cui abbiamo aiutato la giumenta a partorire, le sue parole dolci e comprensive quando stavo male per la mamma. Torna tutto insieme, e lo abbraccio con uno slancio genuino.

«Fanny, piccola Fanny, non sai quanto sono contento di rivederti!»

Mentre ci abbracciamo, scorgo Taylor a breve distanza. Mi sorride e solleva un pollice in su, come se approvasse in pieno l'aspetto di William.

In effetti è un bel ragazzo. Capelli e occhi scuri, alto e snello, con un sorriso radioso. Ha compiuto diciotto anni qualche giorno fa e gli ho promesso che, superato lo scoglio di questa cena insulsa, festeggeremo insieme, in un modo o nell'altro.

Lo prendo a braccetto mentre chiacchieriamo, e sono tranquilla, sono serena, so di avere finalmente accanto qualcuno che ci tiene sul serio a me e che non mi ha dimenticata. Poi, le parole mi muoiono un po' in gola, e la tranquillità sfuma come vapore acqueo.

Edmund avanza dall'atrio verso il salone. È elegante e non lo è allo stesso tempo. Ha una giacca da smoking, ma senza cravatta, aperta in modo oltraggiosamente casual su una camicia bianca, e ancor più oltraggiosamente indossa dei jeans scuri dal taglio slim e un paio di sneakers.

Non sono solo io a fissarlo. Molti occhi si posano insistentemente su di lui, non soltanto perché la sua bellezza è come un fuoco, ma perché Lord Edmund Bertram, di solito così perbene, così ligio alle regole, un tipo da smoking con papillon perfettamente allineato e scarpe lucide da cerimonia, è giunto a un evento del genere con un abbigliamento inappropriato. Edmund, in questo momento, sembra un giovane dio ribelle.

«Lo conosci?» mi domanda Will, accorgendosi che lo sto fissando.

«È... mio cugi... cioè Edmund», farfuglio.

«Edmund lo stronzo?»

«Mm... non è così stronzo, in realtà. Sa essere... sa essere piacevole.»

«Me ne sto accorgendo», dice lui, e poi si mette a ridere.

Rivolgo di nuovo la mia attenzione a Will. Dopotutto, non posso continuare a fissare Edmund come se fossi catatonica o, peggio, rimbecillita. Parliamo per un po', finché non arriva il rettore, e tutti siamo invitati a sistemarci per la cena.

Ci attende un enorme tavolo da dodici, apparecchiato con

estremo sfarzo, senza nemmeno una concessione alla parsimonia e alla semplicità. Qualcosa come duecento posate d'argento per tavolo, con ricche cesellature dal sapore rinascimentale, costituisce la parte più sobria della *mise en place.* Il centrotavola è un trionfo di fiori bianchi e bacche color sangue. La tovaglia di seta è chiaramente ricamata a mano. Le sedie sembrano troni principeschi.

«Fanny», mi saluta la zia venendomi incontro. Indossa un abito lungo blu scuro che le dona molto, ed è truccata alla perfezione. Tra i suoi capelli riluce qualcosa di simile a una tiara. Mi osserva con approvazione finché il suo sguardo non si posa sulle mie scarpe. «Mio Dio!» esclama, contrariata. «Tu ed Edmund vi siete messi d'accordo per indispettirci! Come hai potuto indossare quelle calzature! Vai subito a cambiarti!»

Le rivolgo un sorrisone mentre dichiaro senza scompormi: «Sto bene, grazie, cara zia. Lui è il mio amico William». Non faccio alcun cenno alle mie scarpe né all'intenzione di tornare in camera per cambiarle.

La zia saluta William, ma è palesemente contrariata. E capisco anche come mai lo è a tal punto. Dietro di lei, Lord Bertram ha un'espressione tempestosa. Uno smoking scuro, simile a una colata di ossidiana, veste un maturo uomo brizzolato e affascinante ma senza alcun dubbio incavolato nero.

Mi saluta solo perché non farlo non sarebbe consono all'etichetta, ma è evidente che gli piaccio meno del solito. Per qualche ragione mi detesta più che mai.

Ben presto scopro chi sono le persone che si siederanno al nostro stesso tavolo, e mi domando quale genio abbia deciso le sistemazioni.

Mi aspettavo che ci fosse anche James Rushworth, visto che

a quanto pare lui e Julia stanno ancora insieme. E con James mi aspettavo anche la presenza di suo zio, un uomo pingue e serioso in frac. Invece l'arrivo di Henry, Marylin e Mr. Crawford mi lascia sbigottita. La persona che si è occupata dei tavoli non deve essere a conoscenza dei retroscena sentimentali del Mansfield College, con tanto di sospetti, congetture e pettegolezzi vari, oppure manca clamorosamente di tatto.

Il povero James appare a disagio. Julia si sforza di mostrarsi indifferente, e Marylin fa di tutto per posizionare il suo prosperoso decolleté sotto il naso di Edmund. E siccome sono vicini, e il suo abito rosso ha una scollatura talmente profonda da sfiorarle l'ombelico, la cosa non le riesce affatto complicata.

Edmund è proprio di fronte a me. Io sono seduta tra William e James, in frac come suo zio. Non mi dispiace avere loro accanto, ma mi dà fastidio il pensiero che avrò Edmund e Marylin davanti agli occhi per tutto il tempo. Lui non mi ha guardata neanche di sfuggita: come avrebbe potuto, dopotutto, con quel *davanzale* a due centimetri dal naso? Devo essergli sembrata ridicola e infantile se paragonata alla sirena che ha a fianco! Vorrei vedere Taylor, adesso, e chiederle di ripetere tutte le sciocchezze che mi ha detto prima, in camera.

Non è una cena molto allegra. Mi domando se gli adulti, che si sforzano comunque di tenere desta la conversazione in nome del decoro, si rendano conto dell'atmosfera tetra che c'è intorno al tavolo. Io converso soprattutto con William, anche se non manco di dare parola a James, ponendogli domande banali all'unico scopo di distrarlo, quando lo vedo infastidito a causa di una proposta che parte dal suo inconsapevole zio.

Lord Raphael Rushworth invita anche i Crawford nello Staffordshire per Natale. In quanto amici di suo nipote ritiene di fargli cosa gradita, a quanto pare. Forse lo ha fatto perché non sarebbe stato possibile parlare dell'argomento durante la cena senza coinvolgerli, forse lo ha fatto solo pro forma e in cuor suo spera che abbiano altri impegni e rifiutino, ma di sicuro ignora il dolore vivo e scorticante che sta procurando a suo nipote. James si contrae e diventa rosso in volto e a Julia rischia di andare di traverso un boccone: per qualche momento tossisce, finché zia Mary non le versa dell'acqua in un bicchiere e non la esorta a bere. Perfino Edmund abbandona per qualche momento l'osservazione meticolosa del *panorama collinare* propostogli da Marylin e scocca a Lord Raphael un'occhiataccia. Henry, dal canto suo, se la ride sotto i baffi. Non guarda Julia, però: fissa me con una sfrontatezza che mi fa venire voglia di lanciargli addosso uno dei coltelli da portata.

Mr. Crawford ringrazia ma dichiara di non poter accettare così, su due piedi. Suppongo intenda valutare la cosa con la moglie, che oggi non è potuta venire per un piccolo problema di salute. Non mi pare abbagliato dalla nobiltà come ci si aspetterebbe da un uomo, sì, ricchissimo, ma senza neanche una goccia di sangue blu. Per un incomprensibile motivo osserva me. Giuro, mi osserva con uno stranissimo interesse.

Chi continua a osservarmi con crescente rancore, invece, è colui che ha investito cinquantamila delle sue non troppo sudate sterline nella mia istruzione. Lord Bertram mi considera una piattola, lo so. Non lo dice, e in teoria si comporta da perfetto gentiluomo, ma per lui devo essere più o meno l'equivalente di una famigliola di scarafaggi che transita sulla tovaglia ricamata a mano. E a volte guarda male anche suo figlio. Cosa gli passi per la testa lo ignoro, ma ho la sensazione sempre più precisa che mi disapprovi per qualcosa che riguarda Edmund.

Poi mi sovviene un'illuminazione.

Avrà pensato che sono stata io, con la mia pessima influenza, a indurre Edmund a vestirsi in quel modo? Io che indosso un paio di scarponi sotto l'abito da sera proprio quando lui ha deciso di violare l'etichetta apparendo a una cena di gala in jeans e Converse blu? Forse si ricorda della litigata a Darlington, quando Edmund lo ha rimproverato per non avermi invitata, e si è convinto che ci sia il mio zampino dietro la sua levata di scudi? Quanto poco conosce suo figlio, se pensa questo. È un cretino patentato se lo ritiene così facilmente manovrabile. Da me, poi.

A un tratto William si china e mi dice sottovoce: «Forse mi sbaglierò, ma ho la netta sensazione che lo spirito natalizio abbia disertato questo tavolo. Mi pare che tutti odino tutti».

«Non ti sbagli, poi ti racconterò meglio che aria tira.»

«Perché non vieni a passare le feste con me e mia madre nel North Yorkshire? Non credo che i tuoi zii si opporranno, ho la sensazione che non ti trovino molto simpatica. Al conte stai proprio sulle scatole. Mia madre sarà felicissima di rivederti, invece.»

Sorrido e gli prometto che lo chiederò a mia zia. In fondo non desidero più andare a Rushworth Castle, soprattutto se ci saranno anche i Crawford. Inoltre, non voglio assistere a un ulteriore avvicinamento fra Edmund e Marylin. Non voglio, non voglio, non voglio.

Sollevo lo sguardo, d'istinto, per osservare Edmund, convinta di vederlo *conversare* ancora una volta con la scollatura della sua bella. È seduto esattamente di fronte, oltre il centrotavola, ha un calice di vino fra le dita, e sta fissando *me*. Allora, gli faccio una smorfia e poi una specie di linguaccia. Per tutta risposta Edmund mi sorride. Un sorriso dolce e complice, non ironico, non cattivo. Gli sorrido a mia volta, senza riuscire a controllarmi.

Non dovrei avercela con lui, dopo la freddezza che mi ha dimostrato nell'ultima settimana? E allora perché gli sorrido? Ma, soprattutto, perché lui mi sorride?

Mi si rimescola tutto, dentro. Organi, anima, certezze e incertezze. Abbasso gli occhi sul piatto, o tutti capiranno, tutti vedranno, tutti sentiranno il mio cuore che batte come un pazzo prigioniero. Non vedo l'ora che la cena finisca, non vedo l'ora di poter stare un po' con William, solo noi due, senza questo contorno di ipocriti. Senza Edmund che mi sorride come un raggio di sole. E senza suo padre che mi odia e, anche se non mi spingo fino a giurare che vorrebbe accoltellarmi, sono più che sicura che, se provasse a farlo qualcun altro, si guarderebbe bene dal venire in mio soccorso.

***

Una serata interminabile. Non tanto per le portate, che sono numericamente contenute e di ridotte proporzioni - come si conviene a una cena raffinata in cui nessuno deve abbuffarsi, perché tornare sazi a casa sarebbe disdicevole - più che altro per i discorsi che si susseguono, tediosi e altisonanti. Il rettore, alcuni insegnanti, alcuni ospiti, non perdono la migliore occasione della loro vita per tacere.

A un tratto un gruppo di studenti intona l'inno del college. Scoprire che il college ha addirittura un inno mi fa sgranare gli occhi, ma li sgrano ancor di più, a seguire, quando capisco che ci si aspetta che tutti cantiamo anche quello nazionale con la mano appoggiata sul cuore. Temo di non essere una grande patriota, o forse sono solo molto timida, e mi astengo. Marylin, invece, preme una mano sulla tetta sinistra, la mette ancor più in evidenza, e canta con le palpebre abbassate. Da una quasi Miss Inghilterra non mi aspettavo niente di meno, in verità.

Comunque, grazie a Dio, intorno a mezzanotte, questo pomposo niente termina. Durante i salamelecchi finali mi accorgo che Lord Bertram sta parlando con il figlio, e non deve trattarsi di una conversazione amichevole, stando alle espressioni dei loro volti.

Non che quello che mi dice la zia sia più gentile.

Dopo aver dispensato sorrisi a destra e manca, mi chiama da parte e mi osserva in un modo che non lascia presagire nulla di buono.

«Non credere che io abbia dimenticato il grande torto che ci hai fatto, Fanny», mi dice, con un'espressione tragica che non le ho mai visto prima, neanche al funerale della mamma. Non dubito che dietro questo suo atteggiamento astioso, che non mi pareva appartenerle per natura, si celi un lungo e scrupoloso lavaggio del cervello fattole da quello stronzo di suo marito.

Un uomo di quasi cinquant'anni che ce l'ha su con una ragazzina. Lord Bertram avrebbe davvero bisogno di farsi curare da uno bravo.

«Quale torto?» domando, cercando di mantenermi calma.

«Il modo in cui ti sei presentata! Per te si tratta solo di un paio di scarpe, e che importanza vuoi che abbiano, ma per me è questione di atteggiamento, di rispetto, di obbedienza alle regole della civiltà. E durante il God save the King non hai neppure cantato.»

Non risponderle malissimo, lo confesso, mi richiede una grande fatica.

«Mia cara zia, sono stonata, non so cantare, e comunque mi vergogno a farlo in pubblico. Quanto alle scarpe... mi rifiuto di credere che possano aver offeso le regole della civiltà. Se bastassero un paio di calzature a destabilizzarla, sarebbe una civiltà alquanto precaria, non trovi?»

«Oh, Fanny, ma perché sei così simile a tua madre?» esclama la zia spazientita.

«Non lo so, tu che dici? Perché ho il suo stesso sangue, mi ha educata lei e la considero la persona migliore che io abbia mai conosciuto e mai conoscerò?»

Per un momento la zia si lascia sfuggire un sorriso. Lieve, quasi furtivo.

«Era una gran donna, questo non lo nego, ma... dovresti cercare di fare meglio di lei.»

«Forse, se provassi a spiegarmi cosa ho fatto di male capirei qualcosa di più. Perché brancolo nel buio. Non può trattarsi solo delle scarpe.»

La zia guarda verso Lord Bertram, che non sta più parlando con Edmund ma è impegnato a conversare col rettore. Poi mi afferra per un braccio e mi conduce verso un divanetto non occupato. Ve ne sono molti disseminati nella sala, e mi domando se siano stati posizionati lì, un po' appartati, per permettere ai genitori presenti di redarguire i propri figli - dopo aver finto amore e cuore per l'intera cena - rispettando la privacy di tutti.

No, a conti fatti, gli unici che si sono meritati il biasimo dei loro parenti siamo io ed Edmund. D'altronde, gli altri studenti hanno rispettato le regole del *dress code*, anche se continuo a pensare che non bastino due paia di scarpe fuori luogo a suscitare questo misterioso ginepraio.

Appena ci sediamo, la zia mi parla con un tono da

cospiratrice.

«Tuo zio non è molto soddisfatto di come stanno andando le cose», dice.

«Mio zio?» Per un momento non so di chi stia parlando. «Ah, intendi Lord Bertram. A quali *cose* si riferisce?»

Zia Mary mi fissa negli occhi.

«Cosa state combinando tu ed Edmund?» mi domanda, serissima.

Spalanco gli occhi, esterrefatta.

«Non stiamo combinando niente!»

«Non è possibile! Lui non… non si è mai comportato così. È sempre stato un ragazzo ammodo, e adesso…»

«Se è solo per come si è vestito, non vi pare di esagerare? Anche perché io non c'entro niente, è una coincidenza se entrambi…»

«Non è solo questo, ovviamente. È che lui, Edmund, è molto cambiato. Si comporta con il padre come non si era mai comportato prima, prende sempre le tue parti, e quando Thomas ha espresso l'intenzione di trasferirti in un'altra scuola, Edmund ha dichiarato che, se lo farà, andrà via pure lui. Cos'hai fatto a quel ragazzo? Perché da quando ti conosce è diventato ribelle e sconveniente?»

Rimango senza parole e osservo la zia con uno sbigottimento tanto sincero da indurla a dire: «Quindi tu non ne sapevi niente? Che Edmund ti difende sempre a spada tratta, qualsiasi cosa dica suo padre sul tuo conto, e che ha giurato che se ti manda via dal Mansfield lui molla gli studi e al diavolo la laurea?»

Scuoto la testa, lentamente, con la medesima espressione sbalordita.

Non capisco.

Davvero Edmund ha fatto questo? Non che possa dubitarne, la zia non mentirebbe mai su una cosa del genere, anzi, pare quasi avermela rivelata di nascosto dal marito.

Sono profondamente turbata, adesso. Non so come sentirmi, a parte sorpresa. Di sicuro confusa. Grata a Edmund per essere dalla mia parte, anche se non capisco perché. Cioè, perché fino a questo punto?

Non lo so, per il momento so solo che non voglio andarmene dal Mansfield, non più. Lo speravo in principio, ma ora no.

«Credo che Edmund desideri soltanto affermare la propria indipendenza. Oppure può darsi che Lord Bertram si meriti di essere contraddetto. Magari è lui a dire delle cose così *sconvenienti* che contestarlo è l'unico modo giusto per reagire. In ogni caso mi sembra una tempesta in un bicchiere. E se il tuo giro di parole è un modo per sottintendere che sto tentando di circuire Edmund o qualcosa del genere ti invito a smetterla di offendermi.» Potrei aggiungere che mi sento offesa due volte, per queste insinuazioni e per il fatto che immaginare me ed Edmund insieme li sconvolga a tal punto. Mi giudicano tanto male? Sono una persona così indegna? Quali sono le mie colpe: il colore non abbastanza pallido della mia pelle o il fatto che mio padre fosse povero?

Però non lo faccio. Questi pazzi furiosi sarebbero capacissimi di rinchiudermi in un eremo in Alaska.

«Quindi giuri che non stai facendo niente per...» La zia mi osserva perplessa e un po' sollevata.

«Non sono in tribunale, zia, non devo giurare di dire la verità, tutta la verità e nient'altro che la verità. Ti basti sapere che è così, senza giuramenti. E poi, ammesso che io fossi una tale gatta morta, e non lo sono, se pensate che Edmund sia così suggestionabile non avete capito niente di lui. Ma adesso basta, non voglio più parlare di questa questione. William è venuto apposta per me e desidero dedicargli tutto il mio tempo.»

«È davvero il tuo ragazzo? Thomas sostiene che non si comporta da fidanzato.»

«Cosa dovrebbe fare? Baciarmi con la lingua in pubblico?»

«Fanny! Non esprimerti in modo tanto inappropriato!»

Mi alzo dal divanetto e la osservo con minor pazienza di quella che ho cercato di dimostrare finora.

«A me pare che quelli inappropriati siate voi. Avete reso questa cena un vero inferno coi vostri sguardi e le vostre maldicenze. E adesso, se non ti dispiace...»

Mi allontano, un po' incerta sulle gambe. Raggiungo William che mi attende in compagnia di... Edmund. Stanno conversando. Mi si rimescola lo stomaco un'altra volta.

Mentre mi avvicino, William ed Edmund finiscono di parlare, si stringono la mano e poi quest'ultimo va via. Dopo avermi sorriso in un modo strano, leggermente canzonatorio, aggiungo.

«Cosa vi siete detti?» domando a William, di getto.

«Mi ha chiesto tante cose di me e di te, da quanto tempo ci conosciamo, e anche del rifugio. Mi è parso un ragazzo simpatico, non lo stronzo che pensavo. Solo... quando possiamo restare un po' insieme? A quanto ho capito, adesso dovremmo andare nei nostri alloggi, ma io desidero passare del tempo con te, prima di andare via domani.»

Lo prendo a braccetto e gli parlo vicino all'orecchio.

«So qual è l'ala destinata agli ospiti. Facciamo così: fingiamo di andare a dormire, ma ci vediamo tra un'ora accanto alla fontana ghiacciata che è proprio lì davanti. Non dovresti avere problemi, quella parte dell'edificio non è molto sorvegliata. Ma cambiati e indossa qualcosa di pesante, ok?»

«Va bene, e poi cosa facciamo?»

«Non lo so, improvvisiamo. L'importante è stare insieme, no?»

«Lo è, assolutamente!»

Ci diamo appuntamento a più tardi. Non sento il bisogno di salutare la zia e Lord Bertram, e me la svigno prima che qualcuno si faccia venire l'infelice idea di cantare un altro inno o di genufletterci dinanzi ai ritratti dei padri fondatori del college pronunciando versi in inglese antico.

Lascio il salone e sto per dirigermi verso lo studentato quando, da dietro una colonna, sbuca una mano che mi afferra. Per una frazione di secondo penso a un pessimo scherzo di Henry Crawford. Invece è Edmund.

Finiamo rintanati in un angolo tanto oscuro quanto appartato. Se Lord Bertram ci vedesse adesso mi manderebbe davvero in Alaska.

«Mocciosetta, vai a nanna?» mi domanda Edmund.

Siamo vicini, siamo così vicini... Non dico quanto due che potrebbero baciarsi, ma di sicuro quanto due che stanno per cimentarsi in un ballo lento molto intimo.

«Io... ehm... sì», gli rispondo, col cuore in gola. Vorrei chiedergli perché mi ha ignorata per una settimana, perché adesso torno a esistere, perché mi protegge così tanto da suo padre, e per quanto pensa di torturarmi ancora con queste altalene emotive, ma non ho tempo. Ho appuntamento con William e non intendo farlo aspettare, neanche se l'alternativa è capire qualcosa di tanto fondamentale per la mia pace interiore.

«Lo sappiamo entrambi che non è vero», mormora. È buio, in quest'angolo, ma ho la sensazione, da come parla, che stia sorridendo.

«In ogni caso non sono affari tuoi», replico, cercando di mostrarmi quasi altera.

«Dove pensate di incontrarvi, in camera tua?»

«Cosa?»

«Dai, l'ho capito benissimo che tu e William vi siete dati appuntamento da qualche parte.»

Mi fa rabbia che lo dica con tanta tranquillità, come se la cosa gli facesse piacere. Intendiamoci, mi farebbe rabbia anche se tentasse di ostacolarmi. Lo so, sono una ragazza complicata.

«In effetti è proprio così», replico, un po' stizzita.

«Verrà da te?» insiste Edmund.

«Purtroppo non sa arrampicarsi, soffre di vertigini anche se sta in piedi su una scaletta di tre gradini. Quindi ci inventeremo qualcos'altro. Magari andrò io da lui.»

Se immaginavo che dicesse "non farlo, sono geloso, tu appartieni a me", sto leggendo il romanzo sbagliato. Edmund, infatti, continua con assoluta calma: «Non ve lo consiglio, ci saranno tutti gli ospiti che entrano ed escono, saresti notata».

«Hai qualche proposta?» gli domando stizzita.

«In effetti sì. Ho immaginato che avresti avuto bisogno del mio aiuto.»

«In che senso?»

Lui, allora, si muove, come se cercasse qualcosa in una tasca. Infine sento un oggetto freddo sul mio palmo, e le sue dita che chiudono le mie dita attorno a quella che pare una chiave.

«È del cottage accanto al lago. La tengo io perché di mattina vado prestissimo ad allenarmi, perfino prima della squadra.

Dentro ci sono la legna per il caminetto, un divano comodo, e il bagno.»

«Tu... mi stai invitando a... ad andare insieme al mio... ehm... fidanzato... in un cottage isolato in piena notte?»

«Perché lo dici con questo tono sconvolto? Non ti fidi di lui? Ci ho parlato per pochi minuti, ma William mi è sembrato un bravissimo ragazzo. Uno su cui poter contare al 100%. E avete tutto il diritto di stare un poco insieme dopo tanti mesi.»

Vorrei dargli un calcio, giuro. Dovrei essergli grata e invece lo detesto. Non c'è speranza, dunque: devo mettere una croce sopra la possibilità, già remota, di piacergli in un modo diverso, non fraterno, più passionale e romantico. Altrimenti non mi darebbe le chiavi del cottage affinché mi possa appartare con un altro ragazzo! Potrebbe succedere di tutto! Cioè, lo so benissimo che non succederà niente, ma lui no! Per quanto ne sa, io e William potremmo fare sesso fino all'alba! E invece di tentare di impedirmelo si sta comportando da ruffiano!

Mi viene da piangere, e anche un po' da urlare, ma non lo farò.

«Quanto sei gentile», dico, «sei andato a prendere le chiavi apposta per noi. Te ne saremo grati per sempre. E se avremo un bambino gli daremo il tuo nome.»

Lui emette una risatina.

«Ci conto, eh?» conclude, e di nuovo non è scosso da gelosia o smarrimento. Anzi, mi sembra proprio divertito.

Subito dopo mi sfiora una ciocca con le dita, mi oltrepassa e se ne va, come un amico che ha fatto il suo dovere e non ha alcuna intenzione di pentirsene.

***

Porto William alle scuderie, a conoscere i cavalli. Poi ci rechiamo al cottage. Fa troppo freddo per starsene all'aperto senza morire assiderati, e non desidero ancora tornare in camera.

Fa freddo anche qui, ma ben presto accendiamo il fuoco nel camino. C'è tutto, come aveva detto Edmund. Legna secca, accendini e fiammiferi, un divano ampio e un bagno.

Odioso Edmund, che mi butta tra le braccia di un altro ragazzo.

Ok, io lo so che non mi butterò da nessuna parte, ma lui no.

Odioso Edmund.

Ci riscaldiamo un po' davanti alle fiamme, parliamo ancora di argomenti generici, e poi William mi chiede di sedermi più vicino.

«Ricordi cosa ti ho detto al telefono? Che avrei dovuto confidarti qualcosa?»

Lo ricordo eccome, ma vorrei tanto che non mi dicesse niente. Vorrei che nessuna dichiarazione rompesse il nostro piacevole equilibrio, la nostra amicizia, la serenità del mio cuore che, almeno insieme a William, non subisce travagli e stordimenti.

Invece lui mi prende le mani.

«Fanny, tesoro, ho compreso da poco quello che sto per dirti. Cioè, già prima ne avevo il sospetto, non sono così sciocco né così immaturo da non essermi reso conto di alcuni segnali che andavano in un'unica direzione, ma negli ultimi mesi ho avuto come un'illuminazione. Ho capito di essere innamorato pazzo e non mi era mai successo prima, e allora... come dubitare ancora? Avrei dovuto dirtelo prima, ma non ne ero sicuro, e poi temevo la tua reazione. Lo so, sono sciocco, perché avresti dovuto reagire male? Tu sei un angelo! Eppure l'ho temuto...»

Si ferma, quasi a riprendere fiato o mettere in ordine i pensieri, ma non lascia le mie mani, anzi, le stringe più forte. L'atmosfera è molto suggestiva, tutto si presta a un risvolto romantico, se si eccettua il fatto che io non mi sento minimamente romantica e vorrei che William la smettesse. Cosa farò quando mi dirà di amarmi? Dovrò spezzargli il cuore? D'altro canto non ho alternativa, non posso certo mentire, gli voglio bene ma...

«Insomma, te lo dico», aggiunge, e poi di getto: «Sono gay. E sono innamorato di un ragazzo.»

Per qualche istante resto imbambolata. I miei pensieri sono come fotogrammi di un film che, piano piano, dopo essersi rimescolati furiosamente, tornano alla giusta sequenza e compongono una storia precisa. Nella storia in questione William non è innamorato di me, la nostra amicizia durerà per sempre, e nessuno tornerà infelice nella propria camera, stanotte.

«Fanny... sei turbata?» mi domanda lui preoccupato.

Scuoto la testa, gli sorrido, e poi, lentamente, mi metto a ridere. Non riesco a smettere. L'equivoco nel quale sono caduta e tutte le paranoie degli ultimi giorni si sciolgono in un mare di risate.

Quando mi rendo conto che sta interpretando la mia reazione nel modo sbagliato, gli spiego tutto. Ma proprio tutto. Gli dico che avevo una piccola cotta per lui, che poi mi è passata, e che temevo mi avrebbe rivelato dei sentimenti che non potevo più contraccambiare. Che, dopo la sua telefonata e le sue parole ambigue, mi sono sentita in colpa al pensiero di spezzargli il cuore. Che non ci ho dormito, perfino, per l'ansia.

Anche lui, allora, si mette a ridere e, ricordando quella

telefonata, ammette di essersi espresso in un modo equivocabile.

«Intendevo dirti che, essendo tu una delle persone più importanti della mia vita, dovevo e volevo confidarti assolutamente questa cosa che avevo capito di me stesso. Era giusto che lo sapessi. Ho fatto coming out con mia madre, e poi ho sentito il bisogno di dirlo anche a te. Non perché dovessi giustificarmi, ma solo perché è una parte importante di me e desideravo ne fossi al corrente. Ma soprattutto volevo dirti che mi sono innamorato. È un collega che frequenta la mia stessa università, si chiama Sean, ed è un ragazzo fantastico.» Per un po' mi parla di lui, e lo ascolto con sincero interesse e una gioia che mi conforta e allenta ogni mia tensione. Non ho più paura di nulla, e le nostre mani, che non smettono di restare unite, sono le mani di due amici veri. A un tratto, però, William dice: «Ed è anche bellissimo. Certo, non quanto il tuo Edmund, ma per me è meraviglioso.»

«Il *mio* Edmund?» gli domando, trasalendo.

«Dai, Fanny, non mi prendi in giro. Sei pazza di lui. Ti conosco troppo bene.»

«Non mi conosci come credi, Will caro. Non ti sei neanche reso conto che avevo una cotta per te!»

«Perché si trattava di un sentimento piccolissimo, senza dubbio, e totalmente inespresso. Ma lo noterebbe anche un cieco quello che provi per Edmund. Durante l'intera cena non hai fatto che sbirciarlo, odiando l'antipatica tipa vestita di rosso che gli era seduta vicino. E poi, da quando siamo usciti, non hai fatto che parlarne. Il cavallo di Edmund, la puledrina che abbiamo visto nascere io ed Edmund, Edmund ha detto questo, Edmund ha fatto quello, una volta io ed Edmund siamo usciti di nascosto dal college e siamo andati in un pub… Certo che, se pensavi che ti avrei confidato il mio amore, hai messo decisamente le mani avanti! Erano messaggi non troppo subliminali indirizzati a me, o non ti rendi conto di parlare sempre di lui?»

Emetto un sospirone: inutile mentire a William. E poi, ho proprio bisogno di parlarne con qualcuno, di questo mio impossibile amore.

«Non faccio che fingere con tutti», mormoro. «Nessuno deve capire che mi piace.»

«Dovresti essere più ermetica, ragazza mia, se vuoi ottenere questo risultato. Ti assicuro che quando lo guardi ti si stampano due occhi a cuore come nei fumetti manga. Per poco non ti trasformi in un *super deformed*.»

«Oh, buon Dio, e come faccio? Non voglio che lui… che lui rida di me capendo che…»

«Perché mai dovrebbe ridere di te? Oltre che bellissimo mi è parso un buon ragazzo. Tutti mi hanno trattato in modo un po' altezzoso: Edmund, invece, è stato molto gentile. Se tu non gli piacessi, non avrebbe fatto per te e con te tutte le cose carine che mi hai raccontato.»

«Sono strasicura di essergli simpatica e che mi voglia bene, ma se gli piacessi *in quel senso* non mi avrebbe dato le chiavi del cottage per trascorrere del tempo insieme a te.»

«Mm… a meno che non avesse capito che non sono un possibile *rivale*?»

«Cioè, vuoi intendere che… ha capito che sei gay?»

«Non lo so, in verità ne dubito, non mi pare di averlo scritto in faccia. Detesto chi ci immagina tutti come creature effeminate che parlano col birignao.»

«Se fosse stato tanto evidente lo avrei compreso io stessa, ma non è così. No, è inutile dare alle cose un'interpretazione diversa. Edmund ci tiene a me, sì, ma come a un'amichetta tontolona da aiutare e proteggere. Il suo tipo sono le ragazze come Marylin.»

«Questo lo escludo, non se l'è filata proprio. Più lei tentava di usare l'arma *delle alabarde spaziali*, più lui la ignorava. Solo un ragazzo gay avrebbe potuto fare meglio di così.»

«Ma se ha fissato la sua scollatura per tutta la sera!»

«Forse le avrà dato una sbirciata all'inizio, come puoi biasimarlo? Poi, però, è stato annoiatissimo per l'intera cena e, l'unica volta in cui ha sorriso, ha sorriso a te.»

Arrossisco senza poter frenare questo fuoco.

«Non... non è così, cioè... è vero, mi ha sorriso, ma... non ha alcun significato, e comunque... basta parlare di Edmund. Parlami ancora di te, di Sean, e di tua madre e del suo compagno. Parlami del mondo fuori da questo mondo, ormai vivo qui da più di due mesi e mi pare che non esista altro se non il Mansfield, e che il tempo si sia congelato.»

E lo facciamo. Parlare del resto del mondo, intendo, e del resto del tempo. Di tutto ciò che non c'è qui. I nostri ricordi, ad esempio. Rammenti quello? E poi quell'altro, e quell'altro ancora, e com'eravamo, e a un tratto è come se fossimo più vecchi della nostra vera età, come se la vita passata fosse più lunga di quello che è stata veramente, perché le esperienze che abbiamo vissuto hanno amplificato il tempo. Anche William ha perso il padre e ha dovuto rimboccarsi le maniche crescendo in fretta.

Parliamo talmente da non renderci conto che è notte inoltrata e che dobbiamo tornare al palazzo. Se qualcuno ci trovasse qui, o non ci trovasse nelle nostre stanze, sarebbe un bel problema.

Ci infagottiamo di nuovo nei cappotti, sciarpe e cappelli, smorziamo il fuoco e torniamo verso il palazzo. Ci teniamo per mano per l'intero tragitto, guanto di lana contro guanto di lana. Non c'è nessuno in giro, a parte un freddo talmente tagliente da sembrare fatto di pezzi di vetro sospesi nell'aria.

Poco prima di salutarci, William mi dà un suggerimento.

«Puoi cercare di capire se Edmund è interessato a te in questo modo: digli che ti ho confessato di essere gay. Ti autorizzo a farlo, non è più un segreto. Vedi come reagisce. Sono sicuro che sarai in grado di capire se è stupito o se già ne aveva avuto il sospetto. Nel secondo caso, è ovvio che ti ha dato le chiavi del cottage in tutta scioltezza per questo motivo, e potrai ricominciare a sperare.»

«Perché insistete tutti ad alimentare le mie speranze? Anche Taylor e Amber non fanno che tentare di impedirmi di restare coi piedi per terra.»

«Forse perché noi vediamo qualcosa che tu, con la scarsa fiducia che hai in te stessa, non vedi.»

«Non è così. Non sono scema. Lo vedo che Edmund è carino con me, molto carino a volte, ma do al suo comportamento una spiegazione diversa da quella che gli date voi. A quanto pare siete molto più sognatori di quanto sia io. E per fortuna sono così razionale, o rischierei un grandissimo tonfo.»

«Io non voglio vederti tonfare, amica mia, ma solo sperare. Mettilo alla prova, quel benedetto ragazzo e, come dice mia madre, se son rose fioriranno.»

«E se son carciofi?»

«Li mangerai fritti in pastella. Sono buonissimi!»

***

Ci separiamo dopo un abbraccio, promettendoci di scriverci e chiamarci più spesso. Dopodiché torno verso il mio caro albero, che mi permetterà di risalire in camera e riposare un po'. O, almeno, cercare di riposare un po'.

Solo che, appena arrivo al davanzale, trovo la finestra chiusa. È una di quelle strutture a ghigliottina che si sollevano dal basso verso l'alto, e di solito lascio l'imposta leggermente alzata.

Adesso è del tutto abbassata e con le sicure bloccate. È impossibile che io riesca a entrarci. Mentre mi sforzo di rimandare l'attacco di panico in agguato e rimugino domandandomi come possa essere successo, mi accorgo di un movimento nella stanza. Poi, nella penombra vedo avanzare una sagoma umana. Subito dopo, al di là del vetro serrato, si materializza Julia Bertram.

Indossa una veste da camera molto elegante e il suo sguardo è pieno di maligna soddisfazione. Mi fissa, sorride come un gatto sazio, e solleva un dito medio in modo inequivocabile. Poi, indifferente al fatto che sono fuori al gelo, sospesa su un ramo d'albero, si dirige verso il bagno, chiude la porta e sparisce dalla mia vista.

Non sono mai stata un tipo scurrile ma, in questo momento, nella mia mente imperversa una tempesta di parolacce. Lo ha fatto apposta, la stronza. Devo aver lasciato la porta del bagno aperta dalla mia parte, e Julia, non trovandomi nella stanza, ha pensato bene di complicarmi la vita. Non credo intenda farmi morire assiderata ma, semplicemente, vuole costringermi a bussare all'ingresso principale per rientrare nello studentato femminile. Magari spera che io venga espulsa.

E adesso cosa faccio?

Intanto devo tornare a terra. Mi si stanno ghiacciando le mani e le gambe, tra un po' rischio seriamente di mollare la presa e precipitare nel vuoto. Così inizio una discesa al contempo mesta e infuriata. Più infuriata che mesta, a dirla tutta. Talmente infuriata che a un tratto metto un piede in fallo, la mano si sgancia dal ramo e… cado.

Dico una parolaccia a voce alta mentre precipito.

Cerco di aggrapparmi a un ramo al volo, ma non ci riesco. Tutti gli appigli sembrano farlo apposta a scansarmi.

Non credo che morirò, non è così alto, ma non escludo la possibilità di farmi male e, soprattutto, di essere scoperta. Sarò costretta a zoppicare fino alla porta. Mi chiederanno dove sono stata e…

Tocco terra, ma non è così doloroso.

Tocco terra e mi rendo di conto di aver usato Edmund come pista di atterraggio.

In pratica gli sto a cavalcioni sul busto, come se fosse stato di sotto, avesse cercato di afferrarmi al volo, ma non fosse riuscito a trattenermi senza perdere l'equilibrio.

Lo guardo sbigottita e, ne sono sicura, paonazza fino alle orecchie. Mi alzo di scatto e sto per dire qualcosa quando Edmund, che si è alzato rapidamente a sua volta, mi posa una mano sulle labbra. Non indossa i guanti, e le sue dita sono freddissime. Eppure questo tocco, breve e del tutto innocente, mi accalda come una carezza molto più audace.

«Sst», sussurra, e poi indica verso l'alto. Sa che Julia potrebbe essere in ascolto?

Allora, senza dire nulla, mi prende per mano. Corriamo

insieme, corriamo come monelli che si rifugiano in un angolo riparato, lontano dai pettegoli e dagli spioni. Quando raggiungiamo un punto sul quale non affaccia alcuna finestra, protetto dalle fronde ghiacciate di un robusto sempreverde, ci fermiamo.

«Ero venuto a vedere se eri tornata», mi spiega, sottovoce, «e mi sono accorto di mia sorella che chiudeva la finestra. Non avrà sopportato che Henry non ti abbia tolto gli occhi di dosso per tutta la sera. È il suo modo infantile per vendicarsi.»

«Che a me non importi un fico secco di Henry non è rilevante ai suoi occhi?»

«No, direi di no. A conti fatti potrebbe essere addirittura un'aggravante.»

«Oh, be', qui lo dico e qui non lo nego, tua sorella è una stronza. Adesso come diamine faccio?»

«Tornare al cottage non è consigliabile. L'alba è vicina e potrebbe farsi vivo il custode.»

«Oh, bene, l'alternativa che mi si prospetta, dunque, è entrare dall'ingresso principale con interrogatorio annesso, oppure congelarmi all'aperto.»

«No, direi di no. C'è un'altra possibilità che non hai considerato.»

«Quale? Conosci qualche grotta riscaldata nei paraggi, e qualche orso in letargo che non avrà niente da ridire?»

«Direi proprio di sì. C'è la mia stanza. Calda è calda, e io mi considero un orso molto ospitale.»

Ok, tra un po' mi casca la mascella sull'erba e con ogni probabilità anche i bulbi oculari, tanto tengo spalancati la bocca e gli occhi per lo stupore.

«Co...cosa? La tu...tua stanza?»

«Hai un'idea migliore? Gli alloggi universitari sono meno controllati di quelli del college, la mia stanza è al piano terra, sul retro, e non ho una collega dispettosa che possa aver chiuso la finestra.»

«La mia collega è stronza, non dispettosa, ci tengo a ricordartelo. Mi dispiace che si tratti di tua sorella, ma preferisco chiamare le cose col loro nome.»

«Lo saresti anche tu, parecchio stronza aggiungo, se il ragazzo che ti piace così tanto da perderci il sonno mostrasse interesse per un'altra e lo ostentasse sotto i tuoi occhi senza che tu possa farci niente se non subire e soffrire.»

«Sarei gelosa e ferita, ma non la chiuderei fuori al gelo, di notte! Comunque... non voglio discutere di questo, è tua sorella, ed è normale che tu la difenda.»

«Ne parleremo ancora, ma non qui. Credo che dovrai accettare l'invito di questo orso. In fondo non sono così brutto e mordace. Non ti prometto che mi comporterò da fratello, perché pare che la cosa non ti piaccia, ma da amico sì. Riesci a tollerarlo, un amico?»

«Ehm... sì, pe-penso di po-poterci riuscire», mormoro, e mi auguro che Edmund attribuisca la mia balbuzie al freddo e non all'emozione.

«Per di qua», dice lui, e mi prende di nuovo per mano.

Facciamo un lungo giro seguendo la facciata posteriore del palazzo. A un certo punto arriviamo all'ala che ospita gli alloggi degli studenti universitari. Edmund mi indica una finestra ad angolo, che sembra anch'essa chiusa. Quando ci avviciniamo, tuttavia, mi accorgo che tra il battente e lo stipite c'è appoggiato un libro che impedisce al saliscendi di abbassarsi di colpo.

Edmund solleva l'imposta abbastanza da permettere a una persona non troppo robusta di passare, e mi invita a entrare. Poco prima che io lo faccia mi sussurra in un orecchio: «Aspettami dentro senza accendere la luce. Io passo dal portone. Se qualcuno mi noterà vedrà che sono solo».

Annuisco, sempre più agitata. Mi infilo attraverso il pertugio e atterro in una stanza completamente buia. Abbasso il saliscendi e aspetto senza muovermi.

A mano a mano che mi abituo all'oscurità distinguo i contorni di una stanza molto grande, perfino più grande della mia, che già mi pare il salone di una reggia. Da un lato incombe il letto a baldacchino, poi scorgo la sagoma dei mobili disposti intorno, e accanto a me un tavolo e una poltrona. Sul pavimento deve esserci un tappeto folto, perché quando sono entrata non ho fatto alcun rumore nonostante il salto.

Rimango così, immobile, per un tempo che sembra infinito, anche se sono sicura che non siano passati più di cinque minuti. A un tratto Edmund entra nella stanza. Richiude la porta e gira la chiave tre volte nella toppa. Poi blocca la finestra e tira le tende. Infine, accende una lucetta su una scrivania, un abat-jour che diffonde intorno un lieve e cremoso chiarore.

Allora, quando tutto è al sicuro, mi sorride.

«Benvenuta, mocciosetta», mi dice. «Per fortuna le pareti delle stanze sono quelle di un palazzo antico, quindi sono spesse e a prova di orecchie accostate per carpire segreti. Inoltre il bagno è solo mio, non è comunicante con quello di nessun altro. Quindi fai come se fossi a casa tua.» Nonostante questo invito spontaneo, però, non riesco a schiodarmi da dove sono. Edmund se ne accorge e mi sorride in un modo che, invece di incoraggiarmi, mi sconvolge e mi paralizza ancora di più.

«Fanny, non sei nella tana del lupo. Sono io, Edmund, puoi stare più che tranquilla, ok? Togliti il cappotto, la stanza è ben riscaldata. Puoi riposare sul letto, io userò il divano.»

«Non... non è giusto, sto io sul divano», protesto.

«Sono un gentiluomo, non dimenticarlo, e quando un gentiluomo ha una ragazza in camera propria, e non è previsto che condividano il letto, si accontenta lui del divano.»

«A rigor di logica un gentiluomo non dovrebbe ricevere ragazze nella sua stanza», commento irritata, immaginando le studentesse che avrà ricevuto e con le quali ha condiviso il letto.

Lui emette una risatina.

«Secondo te un uomo deve *conoscere biblicamente* solo la donna che sposerà?»

«No, certo che no, non sono così antiquata. E in ogni caso non c'entra con questa situazione. Io però sto sul divano.»

«Come vuoi, non insisto, anche perché sono stanchissimo e ho davvero bisogno di dormire.»

«Perché?»

«Perché ho bisogno di dormire? Direi che è un'usanza indispensabile per la sopravvivenza.»

«Non questo. Perché non eri già a dormire? Che ci facevi lì fuori?»

«Per qualche ragione, gli incontri troppo prolungati col mio riverito padre mi rendono un tantino irrequieto, e non riesco mai a prendere sonno finché non smaltisco... l'intossicazione. Perciò, ho bisogno di camminare parecchio per stancarmi. E mentre camminavo mi sono ricordato di te, e mi sono chiesto se fossi tornata all'ovile o se fossi ancora nel cottage a sbaciucchiarti col tuo boy-friend.»

Una rabbia sottile mi attraversa come una piccola scossa, ma la domino e la nascondo. Detesto che non gli importi nulla del fatto che stessi sbaciucchiando un ragazzo, e forse molto di più.

Ma forse... forse lo sa che non stavo sbaciucchiando nessuno, forse William ha ragione, forse...

Mi avvicino e mi siedo sul bordo di una poltrona. Mi tremano un po' le gambe. Devo tenerle ferme, maledizione, e non far sbattere le ginocchia tra loro come due nacchere.

«Sai», gli dico, «William mi ha confessato una cosa, stasera.»

Edmund si sfila il cappotto e lo appende a un appendiabiti attaccato al muro. Un appendiabiti molto particolare, a forma di testa di drago, che non mi sembra in pendant con l'arredamento classico della stanza. Quindi ne deduco che sia un oggetto personale. Questo apre nuove e interessanti parentesi su di lui. Quanto è lontano dall'idea di damerino perfetto che ha dato di sé?

«Niente di grave, spero», mi dice, sedendosi sul letto, proprio di fronte a me. Non indossa più la giacca dello smoking ma un maglione blu violaceo come i suoi occhi.

«Dipende dai punti di vista.»

«Vuoi dirmelo? Cioè, lo so che non sono affari miei, ma ho la sensazione che tu senta il bisogno di confidarti a tua volta. Altrimenti non avresti accennato alla cosa, no?»

«Sì, in effetti ho necessità di dirlo a qualcuno perché la notizia è stata... insomma, un fulmine a ciel sereno.»

Edmund aggrotta la fronte e la sua preoccupazione mi sembra sincera.

«Di che si tratta? Sta bene, spero.»

«Sì, sì, sta benissimo. Solo... Mi ha rivelato che il suo amore per me... non potrà continuare perché... mi vuole bene ma...

non come vorrei io. Lui… negli ultimi mesi è giunto alla conclusione di… essere gay.»

Se Edmund lo aveva già capito, e il suo stupore è simulato, è decisamente un grandissimo attore.

«Non mi aspettavo una cosa del genere», mormora, senza smettere di fissarmi come se, più che alla notizia in sé, fosse interessato a come l'ho recepita io, alla possibilità che ne sia rimasta ferita e che adesso il mio cuore sia irrimediabilmente spezzato. «Come l'hai presa, Fanny?» mi domanda.

Non c'è alcuna finzione nel suo tono di voce, appare davvero dispiaciuto. Questo taglia la testa al toro, come si dice, anche se non taglierei mai la testa a un povero animale.

Ma, insomma, traendo le somme: non aveva minimamente sospettato quali fossero le preferenze amorose di William, la notizia lo ha colto di sorpresa, e adesso pare turbato al pensiero che io stia soffrendo. Quanto è premuroso… si china in avanti appoggiando i gomiti sulle cosce e intrecciando le dita sotto il mento, e mi osserva con quella che pare una genuina ansia fraterna, mentre io vorrei prenderlo genuinamente a schiaffoni per la terribile colpa di non amarmi, di non essere geloso, e di aver voluto *davvero* favorire il mio legame con William dandomi le chiavi del cottage.

Rimango in silenzio, seduta, a osservarmi la punta delle scarpe mentre lui continua a osservare me. Di sicuro penserà che la notizia datami da William mi abbia distrutta emotivamente, e non sospetterà che a distruggermi è lui, invece.

A un tratto, addirittura, si alza e inizia a muoversi per la stanza come se fosse preda di un'ingestibile agitazione interiore.

«Non avevo proprio immaginato… non credevo

assolutamente… che idiota sono stato…»

«Perché idiota? Sei stato gentile, piuttosto, hai voluto aiutarmi, no? Gli amici fanno questo, giusto?» dico, anche se il mio tono non deve suonare molto amichevole. «E poi, come potevi saperlo? Non lo sapevo neppure io e soprattutto non lo sapeva lui, fino a poco tempo fa, quando si è innamorato e gli si è accesa una luce dentro. Il vero amore ti fa capire chi sei, cosa vuoi e cosa non vuoi. E il vero amore di William non ero io.»

Edmund si ferma, e poi, imprevedibilmente, mi raggiunge e si abbassa, e se ne sta accosciato davanti a me come un adulto che tenta di consolare una bimba in lacrime per un ginocchio sbucciato.

«Povera piccola Fanny», mi sussurra, e mi prende le mani. «Mi dispiace tanto, credimi. Se avessi anche solo vagamente considerato questa possibilità non ti avrei dato le chiavi neanche morto.»

«Prima o poi avrebbe dovuto dirmelo. E che lo abbia fatto al cottage è solo un caso», sussurro, talmente emozionata a causa di questa vicinanza da sembrare veramente sull'orlo delle lacrime.

Lui rimane così per un po', a fissarmi negli occhi.

«Ok», mi dice. «Adesso ti offro una cosa buonissima che ti farà stare meglio.»

«Una canna?» ipotizzo, d'impulso.

«In verità avevo pensato a tutt'altro. Ho dell'ottimo cioccolato olandese. Preferisci una canna?»

«Io… be'…» Perché no? Se è vero che migliora l'umore, perché non concedermi una parentesi di euforia? I miei pensieri sono sempre così oscuri, così pieni di dolore e di morte, di insicurezza e fragilità, e allora perché non alleggerirli e illuminarli una volta tanto? E se pure si tratterà di una leggerezza momentanea e di una luce artificiale, che non migliorerà il pesante buio che ho dentro, perché rinunciare all'aiuto di quella luce? «Sì», dico allora, decisa. «Preferisco una canna. Lo hai detto tu stesso che ci sono momenti in cui tutto il raziocinio del mondo non basta per essere positivi.»

Lui incrocia le braccia sul petto e piega leggermente la testa da un lato, osservandomi con attenzione.

«Hai mai fumato prima?» mi domanda.

«No, ma sono sempre stata curiosa al riguardo.»

«Se ci vuoi provare, è bene che tu lo faccia avendo accanto una persona su cui poter contare. Meglio farlo con me che farsi tentare, un brutto giorno di malinconia, da una compagnia sbagliata che ti rifila erba scadente e non sa come gestire tutto quanto. È un po' come fare sesso la prima volta. Deve essere con la persona giusta. Senza buttarsi via per poi pensare "tutto qui?" oppure "sono stata malissimo"»

Il riferimento al sesso è quanto mi occorre per sentirmi ancora più imbarazzata. Buon Dio, un altro po' vado a fuoco. È così il desiderio? Che ti basta un vago cenno all'interno di un discorso qualsiasi per sentirti come cosparsa di cerini accesi? Sono sicuramente una brava attrice, perché riesco a fingere che la piega assunta dalla conversazione non mi turbi e non mi faccia sentire una povera scema che non ha mai dato neppure un bacio. Parlo col tono sicuro di chi la sua prima volta se l'è quasi dimenticata, tanto è avvenuta indietro nel tempo.

«A te è successo così?» gli domando, non dico spavaldamente ma di sicuro con un'apparenza di spigliatezza. «Lo hai detto come se... come se quello a essersi buttato via fossi tu.» Da un lato mi piacerebbe che fosse così, visto che, con ogni probabilità, la sua prima ragazza è stata quella strega di Marylin. Dall'altro, però, mi auguro di no, che serbi un ricordo prezioso di quel momento, e che non abbia minimamente sofferto la delusione o il rimpianto.

«Sei troppo curiosa, mocciosetta. Torniamo a parlare dell'erba. Sei proprio sicura?»

«Credo di sì.»

Edmund inarca le sopracciglia.

«Credi?»

«No, no, sono sicura, sicurissima, diamoci dentro», affermo con convinzione.

«Darci dentro è proprio l'ultima cosa che si deve fare. Non vorrei sembrarti malizioso, ti assicuro che si tratta solo di un esempio, ma il riferimento al sesso continua a essere quanto mai opportuno. La prima volta bisogna andarci piano, ci vuole pazienza e un lento gustarsi le cose. E ci vuole qualcuno che sappia guidarti. Solo dopo, una volta compreso come reagisce il corpo, se sta bene o sta male, si può diventare più arditi.»

«Oh, quel qualcuno devi essere tu», mormoro, e mi addento istintivamente la lingua. Perché avrei voluto, avrei tanto voluto dirgli che mi andrebbe bene la sua guida in *entrambi* i casi.

Lui annuisce e mi sorride in modo complice. Si reca in bagno e torna con una bottiglietta di Evian. La apre e me la porge.

«L'erba potrebbe seccare le mucose, per cui è importante essere idratati. All'occorrenza, se hai una sensazione come di bocca impastata, devi bere.»

Fa tante cose nei minuti che seguono, fra cui schiudere le tende e aprire un po' la finestra. Sistema dei cuscini sul tappeto, e una coperta, quasi dovessimo dormire lì, sul pavimento. Mi invita a mettermi comoda, e mentre lo faccio lo osservo: sono emozionata come se stessi sul serio per fare l'amore, e ne avessi paura, e mi sentissi goffa e impacciata, eppure lo volessi con l'intero mio cuore.

Oltre all'acqua, Edmund mi allunga anche una barretta del cioccolato olandese di cui ha parlato prima, e un sacchetto di snack.

«Mangia qualcosa, prima», mi esorta, e poi tira fuori da un armadio un barattolo sigillato ermeticamente, dal quale estrae quella che è indubbiamente una canna. Quindi si siede vicino a me, sui cuscini, la accende, e fa qualche tiro lui stesso. Lo fisso sgranocchiando un cracker, fisso i suoi capelli biondissimi che nella penombra appaiono scuri, la sua mano elegante, le sue labbra carnose, il sorriso che ne accompagna ogni gesto. «Sei pronta, mocciosa?» Annuisco, e tendo un braccio verso di lui. «Non essere impaziente, Fanny. Ricorda, è come il sesso la prima volta. Piano piano, con rispetto del corpo e della mente. Hai mai fumato una cosa qualsiasi? Una sigaretta? No? Neanche per provare? Allora aspetta che ti spiego…»

E mi spiega davvero come fare. Ascolto ogni sua parola con smania crescente. Il tipico odore pungente dell'erba è mescolato a una fragranza più dolce, quasi agrumata. Il venticello che giunge da fuori ne cattura ogni scia e la trasporta all'esterno evitando di diffonderla nella stanza al punto che, a un tratto, l'odore del freddo prevale su quello del fumo.

Infine mi allunga la canna. Faccio un tiro e tossisco, mentre Edmund mi rimane vicino e so che, qualsiasi cosa accadrà, bella o brutta che sia, potrò contare su di lui. Per un po' non succede nulla di particolare. Gli passo la canna, lui fuma un altro po' e poi me la porge di nuovo. Dopo il secondo tiro tossisco molto meno, e mi sento strana, come se fossi sospesa nel vuoto. Dopo il terzo tiro, a distanza di qualche minuto, subentra una strana eccitazione. Dopo il quarto perdo il senso della realtà.

Se dicessi di ricordare tutto quello che accade dopo, sarei una bugiarda. O meglio, ricordo delle immagini e delle scene, ma non so cosa sia vero e cosa frutto della mia fantasia.

Di sicuro mi sento leggera, di sicuro mi viene da ridere, di sicuro ho sete e fame e bevo come un cammello e divoro quadretti di cioccolata, e non so bene che ore sono, se è ancora notte, se l'alba è arrivata, e come mi chiamo con esattezza. Ma tutto il resto?

Mi auguro che non ci sia niente di vero, visto che a un tratto qualcuno, una ragazza presente nella stanza - *io?* - domanda con decisione a qualcun'altro - *Edmund?* - di fare l'amore con lei.

Tipregotipregotiprego.

La ragazza lo ripete come un mantra.

Poi gli domanda se vuole vedere i suoi tatuaggi.

Fa per sfilarsi il maglione ridendo.

Forse se lo sfila proprio, il maglione, perché all'improvviso ha più freddo.

Unbacioalmenounbaciotiprego.

Lui dice di no.

Lui non la vuole.

Lui la aiuta a rimettersi il maglione.

Le altre le spoglia; lei, invece, la riveste.

Perchénonmivuoi?

Sonocosìbrutta?

Lui le risponde che non è affatto brutta, e che lui è fatto di carne; perciò, è meglio che la finisca di provocarlo.

Lui si allontana, come se le sfuggisse.

Maunbacio?

Almenounbacio?

Guardachenonsiamofratelli.

Gli si avvicina di nuovo, gattonando lungo il tappeto.

Gli si butta letteralmente addosso.

Le labbra di lui sembrano così morbide...

La superficie del mondo scintilla, da qualche parte echeggia un coro di angeli, nella testa di lei non ci sono pensieri e nel suo petto c'è un milione di cuori.

Sta per baciarlo, quando è invasa da una sensazione terribile.

All'improvviso la luce si spegne, gli angeli tacciono, il cuore ritorna uno solo ma batte lo stesso fino allo spasimo, e i pensieri si fanno confusi e agitati e più oscuri che mai.

Hopaura

Edevoassolutamentevomitare.

Lui le consiglia di non alzarsi troppo in fretta, ma lei non può farne a meno.

Deve scappare in bagno.

Le gira la testa, deve appoggiarsi a qualcosa o cade.

Si appoggia a lui.

Si appoggia sempre a lui.

Lo spazio circostante vortica come una trottola.

Il bagno è più lontano della luna.

Lo raggiunge dopo tanti di quei passi da potersi incamminare sul serio verso chissà dove.

O forse non erano così tanti, forse erano solo dieci passi che le sono sembrati diecimila.

Tra i conati di vomito chiama sua madre.

Vienimammatiprego.

Promettochenonlofacciopiù.

Nientepiùerba.

Nonsaròpiùunaragazzaperduta.

Matuvieni.

Qualcuno le tiene i capelli mentre dà di stomaco.

Qualcuno le porge un asciugamano bagnato, dopo, e la aiuta a lavarsi il viso e a bere un po' d'acqua.

Qualcuno le ordina di mettersi a letto.

Obbedisce, si mette a letto, ma ha freddo freddo freddo.

Sua madre è lì, però, vicina, le stende addosso una coperta e le accarezza i capelli e la fronte.

E poi, quando si gira su un fianco, scosta un po' la coperta e le massaggia delicatamente la schiena.

Piccoli sfioramenti circolari, ininterrotti come solo una madre sa fare e soffici come girandole fatte di piume.

Rimanimamma.

Promettochenonlofacciopiù.

Maturimani.

Hobisognoditepernonmorire.

***

Mi risveglio all'improvviso, in preda a un batticuore violento, come se avessi corso, corso, corso. Rimango immobile sul letto, perché già la testa mi gira così, figurarsi se mi alzassi di colpo. Non riconosco nulla di ciò che vedo. Le tende, i mobili, il colore delle pareti, tutto è diverso. Questa non è la stanza che ho a casa con la mamma.

Ah, sì, non vivo a casa con la mamma.

La mamma non c'è più.

Ci sono solo io adesso.

Ma dove mi trovo?

Ripercorro con la mente il tempo che precede la mia perdita di coscienza. La cena d'inverno, poi William e il cottage, e infine Edmund.

Una vampata di calore mi si spande sul viso, e un'ansia improvvisa mi fa sussultare. Balzo a sedere di scatto e, come previsto, tutto mi turbina intorno, e mi sento come Dorothy del Mago di Oz quando arriva il ciclone, sradica la casa e la fa roteare in aria con lei dentro. Devo tenere gli occhi chiusi e respirare profondamente per un po', per recuperare uno straccio di equilibrio. Solo dopo qualche minuto riesco a capirci qualcosa.

Sono nella stanza di Edmund. Ai margini delle tende tirate si infiltra la luce del giorno.

Ieri notte abbiamo fumato. Sulle prime mi pareva di stare bene, ma poi tutto è precipitato. Non ricordo i particolari, è come se in testa avessi un puzzle privo di qualche tassello, e si tratta di pezzi centrali e fondamentali, non di quelli che compongono lo sfondo. Rammento vagamente l'euforia, e poi la nausea. E poi ancora devo aver sognato la mamma, che mi stava vicina e mi consolava, mi teneva i capelli, mi massaggiava la schiena e mi diceva "coraggio, piccola, adesso passa".

Scendo dal letto e allargo le braccia per restare in piedi. Chissà che ore sono. Non ho un orologio e non ne vedo nella stanza. Edmund non è qui. Essendo domenica non può essere andato a lezione, ma non escludo che sia al lago. Mi sarei aspettata di trovare un biglietto, ma forse credeva che avrei dormito fino al suo ritorno. Oppure non gli importava minimamente di lasciarmi due righe. Non è mica il mio custode, e mi sono rivelata un peso più che una compagna di bagordi.

Andarmene diventa necessario, ma prima ho un bisogno impellente di fare pipì. Rammento che Edmund ha detto che il suo bagno non è in comune con quello di un altro studente; perciò, non corro il rischio di trovarci qualcuno.

Un attimo dopo comprendo quanto fosse errata questa mia conclusione. Perché, invece, c'è *qualcuno*. Apro la porta e vedo Edmund.

Edmund che esce nudo dalla doccia.

Completamente nudo.

E per nudo intendo proprio nudo.

Niente bibliche foglie di fico, niente parti di mobilio che ne occultano strategicamente le vergogne, niente asciugamani posizionati in fretta, e nessuna istantanea cecità che mi impedisca di vedere quel che è impossibile non vedere.

Rimango attonita, inchiodata con lo sguardo alla sua atletica figura bagnata, i lunghi capelli che sembrano ancora più lunghi e gocciolano sul torace degno di una scultura e sul tatuaggio a forma di Nautilus e indugiano sull'ombelico e poi arrivano al ventre e…

Grido, nel rendermi conto di averlo osservato senza riuscire a togliergli gli occhi di dosso, per almeno cinque secondi. *Cinque secondi!* Lo so che possono sembrare pochi e appena sufficienti per un peccato veniale, ma quando trascorrono a fissare un ragazzo, e lui non ha niente addosso, e lo si sta guardando molto più giù della faccia, cinque secondi diventano tanti e bastano e avanzano per una manciata di peccati mortali.

Esco dal bagno, di corsa, col cuore che pulsa fino ai pensieri. Raggiungo la finestra con l'intenzione di uscire senza più rivederlo. Vorrei fosse chiaro che nessuna delle emozioni che provo ha qualcosa di negativo, niente in me respinge Edmund o ha paura di lui, nemmeno una fibra del mio essere prova disgusto o sgomento per averlo visto nudo. È l'esatto opposto: se rimango capirà quanto mi piace, quanto lo amo, quanto lo desidero. Non solo non sono riuscita a tollerare una canna per più di quattro tiri, ma adesso gli fisso pure le parti basse come se guardassi un dipinto al museo!

Il saliscendi della finestra è bloccato e le mani mi tremano talmente da vibrare intorno alla serratura come un colibrì davanti a un fiore di caprifoglio. Mi viene da piangere. Adesso Edmund riderà di me e penserà che sono una stupida e...

«Fanny, ti prego, fermati.» La sua voce mi giunge alle spalle. «Non andartene, dimmi come stai.»

Mi volto, con una mano sugli occhi.

«Puoi guardare», mi esorta lui, senza ironia né fastidio, anzi, con tranquilla dolcezza.

Lo guardo: ha indossato rapidamente i pantaloni di una tuta e una maglietta. Ha un asciugamano in mano. I suoi capelli non hanno smesso di gocciolare, ma almeno è vestito.

Purtroppo è vestito.

«Come stai?» mi domanda di nuovo.

«Non... non lo so», rispondo. «Mi sento ancora frastornata.» Mi auguro che attribuisca la mia reazione di poco fa ai postumi dello sballo.

«Mi dispiace», continua.

«Cosa... cosa è successo esattamente? Non ricordo molto bene.»

Edmund si passa l'asciugamano sui capelli, con brevi gesti energici.

«Dopo aver fumato, sulle prime sembravi euforica, molto

euforica. A tratti *troppo* euforica. E dopo hai avuto un crollo. A qualcuno capita.»

«Ti ho rovinato la serata. A conti fatti penso che non… non fumerò mai più.»

«Non hai rovinato niente. Piuttosto, mi sono sentito in colpa per non aver tentato di dissuaderti. In ogni caso, adesso sai cosa può succedere, e la prossima volta ci penserai due volte, giusto? Anche perché… non tutti sono gentiluomini come me, Fanny.»

«In… in che senso?»

«Abbiamo rischiato un *incidente di percorso.*»

Spalanco gli occhi e lo osservo, ne sono certa, con lo sguardo agghiacciato di un cerbiatto un istante prima che un'auto ne decida fatalmente il destino.

«Che incidente?»

Lui sta per dire qualcosa, ma poi pare ripensarci.

«Dimentichiamo tutto. Tu non devi fare grande fatica: a quanto pare hai già dimenticato. Io mi sforzerò.»

«Mi sono comportata molto male? Ho fatto o detto qualcosa di sgradevole?» La mia voce suona odiosamente supplichevole.

«No, non sgradevole. Direi *tutt'altro*. Qualcosa di fin troppo gradevole, che non deve ripetersi.»

«Non… non capisco.»

«È meglio così, fidati. Piuttosto, se devi andare in bagno fai pure. Io ho finito.»

«Non è meglio che… insomma, che io torni nella mia stanza? Mi inventerò una scusa, anche per il fatto che la porta sia chiusa a chiave dall'interno. Di giorno è più facile.»

«Se ti vedessero arrivare in questo stato ti farebbero un

mucchio di domande. Hai l'aria di…», si interrompe, sorride e poi continua, «…di una che si è sballata di brutto e poi ha vomitato.»

«Oh, mio Dio!» esclamo, e corro verso il bagno.

Lo specchio mi rimanda un'immagine spaventosa. Capelli arruffati e un cadaverico pallore sotto quel che rimane del trucco realizzato da Taylor. Al posto dell'effetto *smokey eyes* ho due occhi che sembrano presi entrambi a pugni da un peso massimo, e intorno al naso mi sono comparse le petecchie che si formano quando vomito violentemente. Sembrano lentiggini, ma sono piccoli capillari rotti da sforzo. Ma, soprattutto, ho il maglione indossato al contrario.

Perché ho il maglione indossato al contrario?

Ho paura di chiederglielo. Non sono molto desiderosa di scoprire quanto mi sono comportata male, quale figuraccia ho fatto, e che pessimo ricordo avrà di me Edmund da ora in poi.

E l'ho pure fissato come se non avessi mai visto un uomo nudo!

È la verità, non l'avevo mai visto prima, ma non dovevo incantarmi a quel modo. Dovevo subito chiudere la porta, e non fissarlo per quei maledettissimi e infiniti cinque secondi!

«Puoi fare una doccia, se vuoi», mi invita Edmund, giunto alle mie spalle.

«Fare… una… doccia… *qui*?»

«Ti prometto che sarò molto più discreto di te.»

Di nuovo, il ricordo del suo corpo bagnato mi lampeggia in fondo agli occhi, insieme al ricordo del mio sguardo fisso *lì*.

«Non l'ho fatto apposta!» esclamo, con una leggera nota di isteria. «Ero sicura di essere sola, e che tu fossi andato al lago e… avresti anche potuto chiudere a chiave!»

Lui appoggia l'asciugamano su una poltrona e poi scuote i capelli non più grondanti, solo umidi. Devo guardare altrove, concentrarmi su qualcos'altro: la porta a riquadri con intagli floreali, la parete tappezzata di carta giallo pallido con gigli di Firenze, il letto a baldacchino con quattro bellissimi pilastri di legno e porcellana, le magnifiche tonalità azzurro e lavanda del tappeto persiano, e infine le mie scarpe. Tutto pur di non sembrare la ragazzetta dissoluta che sono diventata, e che lo fissa adorante e spasimante.

«Pensavo avresti dormito ancora. Eri stravolta. Comunque, non agitarti, Fanny, non mi scandalizzo per così poco. Spero non sia rimasta turbata tu, piuttosto.»

Il mio orgoglio si impenna: col cavolo che gli faccio capire di essere sconvolta.

«Nemmeno io mi scandalizzo per così poco», dichiaro, con apparente naturalezza, «o pensi di essere il primo ragazzo senza vestiti che ho mai visto?»

Edmund aggrotta leggermente la fronte.

«Sì, in effetti lo avevo pensato», dichiara, con una strana solennità. Quindi si avvicina a un armadietto di legno e vetro e ne tira fuori degli oggetti che mi porge. Un detergente, uno shampoo, uno spazzolino nuovo, il tutto su un grande asciugamano ben ripiegato. Me li depone tra le braccia e mi indica il bagno. «Vai, mocciosetta. E se non ti senti tranquilla sapendo che io sono qui fuori, mi vesto e vado al refettorio a prendere qualcosa per fare colazione. Ti va?»

«Ti fanno portare via il cibo? Non credevo fosse possibile», dico sorpresa.

«Se si sa come comportarsi con gli inservienti diventano possibili tante cose.»

«Intendi se si è un visconte figo alto quasi un metro e novanta, coi capelli come quelli di Brad Pitt in Vento di passioni e gli occhi blu? Sì, immagino che sia facile ottenere le cose con queste premesse», dico, di getto. Subito dopo arrossisco, ferocemente imbarazzata. Non soltanto gli ho detto chiaramente che è figo, ma gli ho dato a intendere che ottiene ciò che vuole solo grazie al suo titolo e al suo aspetto.

Invece di offendersi o fare una battuta maliziosa, Edmund ride con semplicità.

«Il tuo discorso è un insieme di complimenti e insulti quanto mai pittoresco», dichiara. «Comunque ha una base di verità. Essere il figlio di Lord Bertram conquista chi adora le apparenze, e il fatto di non essere da buttar via non guasta. Ma mi vanto di poter affermare che la cosa più importante di tutte sia sapere come comportarmi, essere gentile con le persone, in special modo con le persone che lavorano, e non trattarle come fanno gli altri, neanche fossero servi della gleba in pieno medioevo.»

«Non volevo insultarti», mi affretto a precisare. «Lo so che il tuo vero valore sta in come sei dentro. Il come sei fuori è solo… la ciliegina sulla torta.»

Sorride di nuovo, con quella bocca carnosa che non poche donne vorrebbero, in ogni senso.

«So cosa mangi a colazione, ti ho vista diverse volte col tuo yogurt e la frutta fresca e una fetta di crostata, e talvolta un bagel ai mirtilli», continua Edmund.

«Non si sorprenderanno che tu prenda queste cose, dato che di solito mangi uova, miele, cereali, e frutta secca?» aggiungo io, dimostrando di averlo osservato a mia volta.

«Forse, ma nessuno potrebbe mai credere che hai dormito

con me e stai facendo la doccia nel mio bagno.»

«In verità non ci credo molto neanche io», ammetto, imbarazzata. «Cioè, magari sto ancora dormendo e questo è un sogno come gli altri.»

«Non un incubo, mi auguro. Ne hai fatti diversi. Hai pianto tanto, sai?» Nel parlare si avvicina e, senza mostrare alcun orrore per il mio aspetto stravolto e ben poco affascinante, mi fa una carezza su una guancia. Rabbrividisco e trattengo un sospirone.

«Davvero?» domando.

«Sì, e hai nominato tua madre più volte.»

«Oh, sì, l'ho sognata. La sogno continuamente.»

Edmund tace per un po', ma è un silenzio riflessivo che pare preludere a un discorso. Tuttavia, se quella era la sua intenzione, ci ripensa. Non dice quello che aveva in mente, ne sono certa, ma si limita a ripetermi: «Rinfrescati, mocciosetta, io indosso la divisa e vado a prendere qualcosa da mangiare. Non torno prima di un'ora, quindi fai tutto con calma. Fai come se fossi a casa tua, ok?»

***

Come se fosse facile. Non sarei me stessa se mi svestissi con tranquillità nel bagno di Edmund, senza il cuore a mille, mille domande in testa e la testa nel pallone. Non è solo l'onda lunga dell'erba fumata ieri, sarei inquieta in ogni caso. Non mi pare vero, anche se è verissimo.

Se solo ricordassi quello che è successo.

Temo di aver perso dei momenti importanti.

Faccio più in fretta che posso, come se dietro la porta ci fosse un secondino armato che cronometra il tempo e che mi sparerà se non mi sbrigo. Quando mi rivesto ho ancora i capelli umidi, ma non importa. Finalmente sono profumata e, se non carina, poiché gli occhi spiritati e il pallore non vanno via con una doccia, almeno pulita.

Edmund torna mentre mi sfrego i capelli con l'asciugamano. Entra con dei sacchetti che profumano di cibo.

«Devi asciugarti meglio, aspetta», dice, e appoggia i sacchetti sul letto. Poi va in bagno e mi porge un asciugacapelli.

Se me lo avessero detto non ci avrei creduto. Che, cioè, un giorno avrei dormito nella stanza di Edmund, avrei fatto una doccia nel suo bagno e avrei usato il suo asciugacapelli, mentre lui avrebbe disposto una gustosa colazione per me su quella che, con ogni probabilità, è la scrivania a cui studia.

Se me lo avessero detto giurandomi che sarebbe stato vero, avrei creduto che stessimo insieme, che fosse il mio ragazzo.

E invece no.

Suppongo di dovermi accontentare di metà della storia, quella che comunque mi vede qui, tralasciando il fatto di aver dato spettacolo davanti ai suoi occhi e che, se mai fosse esistita la speranza di piacergli, quella speranza è morta.

«Julia sta ammattendo perché non capisce che fine tu abbia fatto», mi dice Edmund dopo un po', divertito. «Sa che non sei nella tua stanza, non sei scesa a colazione, e non hanno trovato il tuo cadavere assiderato.»

Preferisco non fare commenti. Perciò prendo un bagel e gli do un morso. Lui deve aver mangiato in sala mensa, poiché si limita a guardarmi.

«Posso chiederti una cosa?» gli domando a un tratto. Non sono neppure molto raffinata, lo so. Sarà abituato a ragazze delicate e tutte bon ton, che non parlano mentre mangiano, mentre io, tra due bocconi, vengo assalita da un'idea e non aspetto di terminare il bagel prima di esprimerla. Inghiotto in fretta e parlo.

«Mi hai chiesto tante cose, stanotte», mi informa, e ha una certa impertinenza nello sguardo. «Non avrebbe senso impedirtelo adesso.»

«Cosa ti ho chiesto?» domando e, subito dopo, gesticolando col bagel in mano: «No, no, non dirmelo, preferisco non saperlo. Ho paura e mi vergogno. Perciò stendiamo un velo molto pietoso sulla mia condotta sciagurata. Hai ragione, dimentichiamo tutto».

«Mi sforzerò di farlo», continua lui, senza smettere di fissarmi. «Non sarà facile, alcuni *passaggi* mi sono rimasti abbastanza impressi, ma mi impegnerò a stendere quel velo. Cosa volevi chiedermi?»

Mi pulisco le mani con un tovagliolo, deglutisco, e poi dico: «Perché mi hai ignorata per una settimana? Pareva che ce l'avessi a morte con me».

Lui riflette, come se non ricordasse a cosa mi riferisco. O come se stesse cercando la risposta giusta.

«È stato un peccato d'orgoglio. Mi sono sentito offeso, perché io mi preoccupavo per te e tu hai reagito come se la cosa ti infastidisse. Mi è parso che volessi mettermi a posto, dirmi di farmi i fatti miei, di non invadere i tuoi spazi, e mi sono regolato di conseguenza. È stata una stupida e infantile ripicca, la mia. Della serie: "Non vuoi che mi occupi di te? E allora bye bye mocciosetta". Poi, però, mi sono reso conto che ero stato un cretino assoluto e che... be'... proprio non ce la facevo a non averti nella mia vita, in un modo o nell'altro. Mi perdoni?»

Deglutisco di nuovo, nervosamente, prima di parlare.

«Credo sia il minimo, e non soltanto perché stanotte ho dato il peggio di me e quindi da che pulpito verrebbe la predica, ma perché... anche io... non posso non averti nella mia vita. Per cui, infantile, orgoglioso o cretino, ti voglio comunque.»

Mio Dio, quanto ti voglio.

Le mie parole significano più di quel che dicono, ma lui non lo sa. Lui parla di me nella sua vita come di un'amica diventata necessaria; per me non è solo questo. Ma non voglio né posso dire altro, così torno a tuffarmi sul cibo, e al diavolo la raffinatezza.

«Cosa farai a Natale?» mi chiede a un tratto, mentre mando giù lo yogurt. «A me toccherà andare a Rushworth Castle. Non posso lasciare che Julia ci vada da sola, tenuto anche conto che potrebbero esserci i Crawford. Verrai con noi, o hai altri progetti?»

«William mi ha chiesto di andare nel North Yorkshire con lui, sua madre e il nuovo compagno di lei. E ho la netta impressione che se chiedessi il permesso alla zia direbbe subito di sì. Non è molto contenta di me, ultimamente. Lei crede... e lo crede anche tuo padre... loro credono che io abbia una pessima influenza su di te. Per esempio, sono convinti che ieri tu ti sia vestito in quel modo anche a causa mia. Ho provato a farle entrare in testa che si trattava solo di una coincidenza se...»

«Mary non si sbaglia, e neppure mio padre», mi interrompe lui. «Hai una grande influenza su di me, Fanny. Ma non è pessima. Da quando ti conosco mi sento più me stesso, più libero. Tu, col tuo carattere deciso e la tua totale assenza di peli sulla lingua, mi hai molto illuminato. Il modo in cui ci siamo vestiti, ieri, era una coincidenza fino a un certo punto. Non abbiamo concordato quel piccolo dispetto, è vero, ma ho la sensazione che siamo sulla stessa lunghezza d'onda. È stato divertente infastidirli un po', quei bacchettoni impomatati, tu coi tuoi scarponi sotto quel vestito elegante che ti stava benissimo, e io coi miei blu jeans e le mie Converse strausate sotto la giacca di uno smoking che non era neppure uno dei miei, fatti su misura da Gieves & Hawkes: l'ho preso a noleggio a Darlington.»

«Spero che almeno… almeno… insomma… non pensino più che noi due…»

«Lo pensano più di prima, invece. E ne sono terrorizzati», mi rivela, divertito.

«Trovo molto offensivo questo terrore», commento. «Insomma, ammesso che… cioè, lo so che non è vero, ma… cosa c'è in me di tanto ripugnante?»

«Niente di niente. Sei solo troppo indipendente, troppo diversa, troppo strana.»

«E povera, non dimenticare povera.»

«Anche quello. Il mio riverito padre sogna per me una carriera politica importante. E, se proprio non mi piace - perché fa finta di tenere in considerazione l'idea che possa non piacermi - l'alternativa sarebbe diventare socio di un grosso studio legale. In aggiunta, dovrei sposare una ragazza ricca. Se è nobile è meglio, ma se è davvero *molto* ricca posso soprassedere sull'appartenenza a una famiglia titolata.» Si ferma, sorride, e poi ride, come se trovasse tutto ciò molto spassoso. A me si aggrovigliano le viscere, e lui invece si diverte. «Prima subivo le sue scelte, concedendomi delle ribellioni abbastanza spicciole e tutto sommato inoffensive, senza andare molto oltre. Infatti mi sono iscritto in giurisprudenza e mi sto laureando in anticipo anche se è una facoltà che non fa proprio per me. Ero un ribelle idiota, insomma, che abbaiava senza mordere. Da un po' di tempo, invece, ho capito che devo smettere di abbaiare. Sto prendendo in considerazione delle possibilità molto controcorrente per quanto riguarda il mio futuro. E questo per lui sarà insopportabile.»

«La vita è la tua. Se ne farà una ragione, non credi?»

«Prima o poi. Forse.» Fa una piccola pausa. «Quindi andrai da William a Natale?»

È una mia impressione, o nel domandarmelo ne è un pochino rattristato? Sicuramente lo sto solo immaginando. Ma di una cosa sono certa, adesso: non ci voglio andare. Voglio restare con Edmund.

«Non credo, penso che dovrai sopportarmi.»

Mi sbaglio di nuovo o gli si illumina lo sguardo?

«Allora verrai con noi a Rushworth Castle? Sei consapevole del fatto che ci saranno anche mio padre e tua zia?»

Scrollo le spalle.

Ci sarai tu, Edmund, e mi interessa solo questo.

«Hai detto che verranno anche i Crawford?»

«Quasi certamente. Lord Raphael ha fatto quell'invito senza rendersi conto degli effetti collaterali, ma ormai è impossibile ritirarlo.»

E figurati se Henry e Marylin si fanno sfuggire questa occasione.

«Mm... per Julia non sarà piacevole.»

«Non lo è in nessun senso. Perché non le importa niente di James, anche se si sta incaponendo a rimanerci insieme, e perché Henry se n'è sempre fregato di lei e invece è interessato a te.»

«Fa solo il cretino perché non cado ai suoi piedi come una medusa morta! Se ne frega pure di me, solo che il suo orgoglio non tollera che una nullità come la sottoscritta lo trovi rivoltante. Vuole divertirsi, spezzare cuori, seminare sospiri, e possibilmente portarsi a letto ogni proprietaria di genitali femminili che conosca. Ma con me ha beccato un frutto molto amaro.»

«Stai attenta lo stesso, Fanny.» La sua voce è improvvisamente seria, se non addirittura cupa.

«Attenta a cosa?»

«Adesso non hai più il legame con William a proteggere il tuo cuore. Sai che con lui non hai speranza e quindi... hai sempre diciassette anni e sei una sognatrice. E quel cretino ne sa una più del diavolo. È molto scaltro, sa individuare le debolezze altrui e sa come lusingare una ragazza. Senza contare che... a volte ho la sensazione che tu gli piaccia veramente. Potrebbe espugnare le tue difese, in un modo o nell'altro.»

Non succederà mai.

È il legame che ho con te, anche se i miei sentimenti sono a senso unico, a proteggere il mio cuore.

«Non vedo dove sia il problema», dico, con apparente indifferenza. «Se espugnerà le mie difese sarà solo perché capirò che è sincero e soprattutto capirò di esserne attratta. Al momento, però, la cosa mi pare non solo improbabile, ma proprio impossibile.»

«E comunque non sono affari miei, giusto?» domanda lui, con un sorriso lieve. «Finisci di mangiare, Fanny. E vai a rassicurare Julia.»

«Rassicurarla?»

«Anche se ti parrà assurdo, è terrorizzata dalla tua assenza. Ha chiesto di te a Taylor e Amber, ma nessuno ti ha vista. Sa che gli ospiti sono tutti partiti stamattina presto, quindi o te la sei svignata con William, o sei morta congelata da qualche parte.»

«Un po' di senso di colpa non le farà male», dico, brusca. «Adesso me ne vado. Prima che qualcuno mi cerchi e poi faccia perquisire le stanze», scherzo infine.

Edmund mi sorride di nuovo con un pizzico di malizia.

«Lo sai, abbiamo la scialuppa di salvataggio: nel caso di pubblico scandalo e disonore sono sempre pronto a sposarti.»

«Non ti obbligherei a sposarmi per salvarmi dal disonore neanche se vivessimo nel 1810, figurarci nel ventunesimo secolo.»

«Nessuna donna potrebbe mai obbligarmi a compiere un passo del genere, stanne certa. Posso fare la stronzata di subire una facoltà universitaria che non mi piace, ma mai una moglie che non mi piace.»

Mi addento le labbra mentre indosso il cappotto e la sciarpa. Non faccio commenti di alcun tipo. Sono vicina alla finestra quando Edmund mi fa segno di aspettare. Socchiude le tende, guarda all'esterno. Quindi solleva il battente a ghigliottina.

«Via libera», dice.

Scavalco e mi ritrovo fuori.

«Grazie», sussurro. «Per tutto. Per tutto, Edmund. Non ricordo cosa ho fatto stanotte, mentre ero, come hai detto tu, *troppo euforica*, ma so per certo che, comunque vadano le cose, con te sono sempre al sicuro.»

Quindi vado via senza voltarmi indietro, e sento che mi manca, già mi manca, e mi chiedo come possa, la nostalgia, farmi sentire come se fossi su un'isola deserta solo un istante dopo averlo lasciato indietro.

***

«Dov'eri finita?» Il tono col quale mi parla Julia non è quello di una persona pentita di avermi lasciata al gelo in piena notte.

Sono entrata in camera grazie alla cameriera che a una certa ora, sette giorni su sette, sistema le stanze, e mi rammarico della pessima abitudine di non chiudere la porta del bagno quando non lo adopero.

La mia poco simpatica coinquilina, infatti, ne approfitta per fare la sua apparizione, e mi fissa con uno sguardo perfettamente abbinato al tono inquisitore.

«Siccome sono certa che non te ne frega niente, evito di risponderti», le dico.

«Dove hai trascorso la notte?» insiste Julia indispettita.

La osservo cercando di comprendere il perché di tanta ostinazione.

«Dovrei essere io a chiederti perché diamine hai fatto quello che hai fatto», controbatto.

Lei non me lo manda a dire.

«Tutti devono sapere che sei una sgualdrinella. Esci di notte, ti vedi chissà con chi, e intanto c'è chi ti tiene in palmo di mano e pensa che tu sia la perfezione incarnata!»

«Nessuno pensa stronzate del genere», obietto. «E chi lo pensa è un idiota.»

«Quell'idiota lo pensa!» esclama lei, quasi fuori di sé per la rabbia. E per la disperazione. Sì, mi sembra più infelice che furente in questo momento.

Non le permetterò di insultarmi, s'intende, ma non riesco proprio a odiarla. Forse perché mi fido di Edmund e delle sue parole a proposito delle fragilità segrete di sua sorella, forse perché senza l'intervento di Julia non avrei trascorso la notte con lui. Certo, sarei potuta morire di freddo o finire espulsa, o se non espulsa di sicuro punita in qualche modo esemplare, ma a conti fatti me ne frego di quello che *poteva* succedere. A me interessa solo quello che *è* successo.

Ho trascorso del tempo con Edmund.

E l'ho visto nudo.

Ok, sono stata pure male, ma di questo Julia non ha colpa.

Non vorrei tornare al vantaggio appena menzionato, o rischierei di sembrarlo, una sgualdrinella imperfetta, ma se non fosse successo quello che è successo mi sarei persa uno spettacolo *notevole*.

Mm, mi sa che Julia ha ragione. Se fossi una brava ragazza, la mia mente non sarebbe piena di ricordi che hanno a che fare con la bellezza *naturale* di Edmund. Se fossi una brava ragazza, non spingerei la mia fantasia fino a immaginare un epilogo *molto diverso* da quello che è avvenuto prima, quando Edmund è uscito dalla doccia. Nella realtà alternativa che ho in testa, Fanny non fugge via cacciando un urlo e le sue guance non diventano paonazze come il vino rosso di Borgogna. In quella dimensione lei rimane, e osa. Ovviamente è un'altra Fanny, una giovane donna seducente e seduttiva, non questa imbranata colossale.

«Mi stai ascoltando?» Julia mi riporta alla realtà. Evidentemente si è accorta che mi sono *un tantino* distratta. Per fortuna non può capire quale sia il bersaglio delle mie riflessioni.

«Sì, sì, hai menzionato qualcuno che mi sopravvaluta», dico. «Suppongo si tratti di Henry Crawford.»

«Come hai fatto a capire che parlavo di lui? Vedi che ti sei fissata anche tu?»

«Non è fissazione, è deduzione. Come possibile idiota che pensa cose idiote mi è venuto in mente soltanto lui.»

Julia mi osserva con profonda irritazione, e per un attimo mi aspetto dica che solo lei può chiamarlo così, che io non mi devo permettere, e rincari la dose degli insulti a mio carico aggiungendo alla sgualdrina anche la diffamatrice e chissà cos'altro. Invece tace: il suo sguardo dice un milione di parole, ma la sua bocca non le pronuncia.

Mi fissa, e pare una di quelle bambine viziate alle quali è stato negato per la prima volta qualcosa, le cui labbra si stringono sempre di più, i cui occhi si arrossano fino a diventare scarlatti e le cui guance si gonfiano, come se trattenessero a fatica un'esplosione.

Poi, inaspettatamente, poiché ero sicura che sul finire di questo crescendo capriccioso mi avrebbe offesa in modo ancora più pesante, Julia esplode, sì, scoppia proprio, ma a piangere.

Cade seduta su una poltrona e si copre il viso con le mani. Dietro di esse singhiozza, singhiozza, singhiozza. La guardo atterrita, come se fosse un'aliena, perché lo sembra, un'aliena. Non è la solita Julia.

«Gli piaci tu!» mormora balbettando in mezzo a un fiume di lacrime. «Ma nonostante mi abbia respinta non riesco... non riesco proprio a non pensare a lui! Cosa c'è di male?»

Tiro un sospiro e mi siedo sul bracciolo della poltrona.

«Sono sicura che appena questo momento di sconforto si attenuerà mi manderai al diavolo e architetterai qualche altro sistema per farmi espellere o morire congelata, ma ne approfitto e ti dico che non c'è niente di male. Non c'è niente di male, cioè, nell'innamorarsi della persona sbagliata. Non è una colpa, non si decide chi amare, succede e basta. C'è molto di male, però, nel prenderti gioco di James. È un bravissimo ragazzo, ti vuole bene e sta soffrendo. Il tuo dolore non è più importante del suo. Tu sei vittima della tua passione per Henry tanto quanto James è vittima della sua passione per te. Siete nella stessa barca, e dovresti rispettarlo anche per questo. Invece te ne freghi, e questa sì che è una colpa.»

Come previsto, lo sguardo successivo che mi scocca Julia è tutt'altro che benevolo. Si alza in piedi e mi fulmina.

«Cosa dovrei fare, secondo te? Lasciarlo? Una ragazza senza un fidanzato è una povera disgraziata! Il pensiero di diventare duchessa è l'unica cosa che mi consola, adesso! Se avessi diciotto anni mi sposerei subito, solo per fare un dispetto a Henry! Non gliela do la soddisfazione di restare zitella mentre corteggia te!»

«A me non frega un fico secco di Henry Crawford, vorrei fosse chiaro. E non mi tormenterei troppo, se fossi in te, per l'interesse che mi dimostra: è tutta una recita, io sono soltanto una sfida. Lui non corteggia nessuna: si diverte e basta. Se cedessi passerebbe alla prossima. È un frustrato e un insoddisfatto della sua misera vita che cerca di immiserire anche quella degli altri. E dubito che si indispettirebbe se tu sposassi James: credo che pensi solo a se stesso.»

Se possibile, l'occhiata di Julia si fa ancora più dura.

«Mr. Crawford ha chiesto informazioni su di te a mio padre. Henry gli ha parlato di te», dice, con un tono basso e minaccioso. «Non parlerebbe a suo padre di una ragazza alla quale non è interessato davvero.»

Rimango sbigottita, quasi non potessi credere alle mie orecchie.

«Ha parlato di me? Ma oltre che un idiota è anche un pazzo! In ogni caso, non mi preoccuperei a maggior ragione. Tuo padre gli avrà detto peste e corna sul mio conto e la cosa sarà morta lì. Vedrai che, nel timore che il padre gli riduca ancor di più la paghetta, Henry non mi rivolgerà più la parola e comincerà a tormentare un'altra.»

Julia assottiglia lo sguardo e poi borbotta: «Mio padre non gli ha detto peste e corna. Gli ha parlato benissimo di te».

«Cosa? Ti sbagli di sicuro!» esclamo, e stavolta sono esterrefatta. «Lui non mi sopporta!»

«È proprio per questo che gli ha parlato bene di te. Avrà pensato che, magari, se finisci con Henry, la smetti di perseguitare Edmund.»

«Io non… non…» farfuglio, sempre più sbigottita.

«Ma se si vede lontano un miglio che gli sbavi dietro! E lui, lo credevo più intelligente, e invece rischia di farsi incastrare da te!»

A questo punto è il mio sguardo a farsi ostile.

«Io non intendo incastrare nessuno. Sei tu che stai incastrando James, con la tua ipocrisia. Siete davvero ignobili, tu e tuo padre, coi vostri pensieri malati, la vostra malafede, il modo orribile in cui trattate le altre persone, il disprezzo che respirate insieme all'aria!»

Julia è più alta di me e si erge talmente da sembrarmi altissima.

«Sei una dannata gatta morta. Te ne arrivi, brutta come la fame, e pensi di conquistare tutti. Edmund lo stai facendo diventare un cretino, Henry non fa che fissarti, e anche James parla sempre bene di te! Che intenzioni hai, vuoi farteli tutti?»

Giuro che vorrei colpirla. Devo esercitare un considerevole dominio su me stessa per non passare alle maniere forti. Nessuno dei bulletti che ho affrontato e messo a posto nella scuola di prima mi ha mai fatto incavolare tanto. Credevo di non odiarla, e invece la detesto.

«Questa è la mia stanza, vattene», le ordino, prima di perdere la battaglia col mio autocontrollo e picchiarla.

«Me ne vado perché lo decido io», risponde lei astiosa. «Ma te la farò pagare. Per tutto.»

Quindi va via, sbattendo con forza la porta del bagno.

Rimasta da sola, crollo a sedere sul letto. Non sono soltanto turbata, sono proprio sconvolta. In questa situazione non posso che prendere una decisione indispensabile per la mia pace.

Non andrò a Rushworth per le feste di Natale. Intendo accettare l'invito di William e stare con persone che mi vogliono bene sul serio. E se non vedrò Edmund per dieci giorni non importa. Magari smetto di amarlo. Magari scopro di non averlo mai amato. Magari mi passa tutto e torno me stessa.

Mi auguro che accada, perché se avere a che fare con lui significa avere a che fare anche con la sua famiglia – *con questa famiglia* – escludo categoricamente di potercela fare.

«Buon Natale, mocciosetta.»

Sentire Edmund al telefono dopo non so quanti giorni mi provoca una stranissima tristezza. Dovrei essere raggiante, ma la mia voce è spenta.

Quando gli ho detto che non sarei andata a Rushworth, non è che abbia fatto molte resistenze. Diciamo pure che non ne ha fatta *nessuna*. Anzi, mi è parso sollevato, se non addirittura contento di liberarsi di me. Perciò ne ho dedotto che non mi volesse tra i piedi e che avevo equivocato tutto. Devo stare più attenta a non farmi dei film mentali e a non attribuire agli altri le mie stesse emozioni, solo perché vorrei, vorrei ardentemente, che le provassero. Io amo Edmund. Lui no. Quel "volermi nella sua vita" doveva essere un desiderio teorico e astratto, una di quelle cose che si dicono, ma poi, all'atto pratico, è meglio fare diversamente.

«Buon Natale, Edmund», gli rispondo dunque, con tranquillità. E, l'ho detto, quasi con assenza.

«Come te la passi con la famiglia di William?»

«Benissimo», rispondo, e non mento. Mi sento amata e coccolata. Posso essere me stessa senza che nessuno mi guardi con disprezzo. La madre di William mi tratta con tutto l'affetto del mondo, come se fossi sua figlia, non come la zia Mary che mi giudica e basta. «E lì come va?»

«Una favola», mi risponde Edmund con ironia. «Non me ne vado solo per non lasciare Julia. È più inquieta che mai.»

Ok, lo so che è sua sorella ed è naturale che si preoccupi per lei, mentre io sono poco più di un'estranea, ma proprio per questo non si può certo pretendere che mi importi qualcosa della sua inquietudine. Ci ho provato, a essere gentile, e sono stata insultata pesantemente. Perciò non chiedo a Edmund per quale motivo la povera Julia è inquieta, e rimango in silenzio.

Dopo l'immersione nel profondo amore della famiglia di William, pensare di ritornare al Mansfield mi pesa ancora di più. Se solo potessi andare a vivere a Londra insieme a loro e iscrivermi a un altro college!

Magari, se lo chiedessi alla zia, in questo momento, con la paura ridicola che ha che io stia facendo qualche macumba a Edmund, me lo permetterebbe.

Lo penso, assecondo la tentazione per un attimo, ma so che non lo farò. Non lo farò per colpa del tipo che c'è all'altro capo del telefono. Non riesco a farne a meno. Ormai i miei sogni non includono più solo la mamma. C'è anche Edmund, mannaggia a lui.

«Fanny, tutto ok? Sei molto silenziosa.»

«Tutto ok», rispondo, laconica.

«Sei arrabbiata con me? Perché, anche da questa distanza, mi arriva qualcosa di simile a una collera sottile.»

Sì, Edmund caro. Sono arrabbiata perché mi piaci troppo. Perché non la smetti di tormentare i miei pensieri. Perché io e William non abbiamo fatto altro che parlare di Sean e di te, da quando sono qui. Solo che parlare di Sean ha un senso, è il suo ragazzo, si amano e ci raggiungerà per fine anno, così potrò conoscerlo. Ma parlare sempre di te dove mi porta? Che senso ha? Non dovrei, forse, cercare di ridimensionare la mia ossessione? È un sentimento senza sbocco, è un labirinto senza uscita. E sono arrabbiata perché non hai cercato di fermarmi quando ti ho detto che non avremmo trascorso il Natale insieme. Te ne sei fregato. Mi hai fatto sentire piccola e insignificante.

Non gli dico nessuna di queste cose, ovviamente. Però gli rivelo una parte della verità. Una parte importante. La ragione principale per la quale, in questi giorni, lo spirito natalizio ha fatto fatica a farmi visita.

«È il primo Natale senza mia madre. È tutto strano e doloroso. Sono arrabbiata, sì, ma non con te. Col male che se l'è portata via.»

La sua voce all'altro capo del telefono si fa più bassa e dolce.

«Non sai quanto mi dispiaccia e quanto mi addolori. Pure per me il primo Natale è stato terribile. Meno male che hai deciso di non venire qui. Avere mio padre, Mary, e Julia intorno, come famiglia, non sarebbe stato il massimo per te. È anche per questo che, quando mi hai comunicato di voler andare da William, ho quasi tirato un sospiro di sollievo. Ci ho riflettuto bene, e stavo per suggerirtelo io stesso. Sapevo che lì ti avrebbero amata e consolata, mentre qui sarebbe stato un incubo.»

Per un momento mi manca il fiato. Ecco che precipito. Lo amo di nuovo follemente. Non che avessi smesso - magari fosse così facile – ma la rabbia è stata un buon cerotto per le mie ferite. E lui, adesso, se ne esce con queste parole.

Come faccio a essere arrabbiata se mi parli così?

«Tu... è per questo che non hai insistito affinché venissi con voi?»

«Soprattutto per questo.»

«E per quale altra ragione?»

Lui non risponde alla mia domanda, ma me ne pone un'altra.

«Quindi eri arrabbiata davvero con me, Fanny, per questo motivo?» Una risatina leggera segue le sue parole.

«Un po' sì. Insomma, tua sorella mi odia, tuo padre mi odia, la zia di sicuro non mi sopporta e...»

«Nessuno ti odia. Julia è solo confusa, Mary è la tipica mogliettina obbediente che fa tutto quello che le dice il marito, e mio padre avrebbe tanto bisogno che qualcuno lo gettasse giù da quel dannato piedistallo. Prima o poi cadrà: nessuno è immune, e allora capirà cosa conta veramente. Ma se anche non succedesse, se fosse come credi, se tutti ti odiassero, sarebbe comunque vera una cosa: io sono pazzo di te, mocciosetta. Non in senso romantico, ma in un senso ancora più ampio e più importante. Tu mi stimoli e allo stesso tempo mi rassereni. Perché mai non avrei dovuto volerti qui, se non per preservare la tua salute mentale? Basto io a diventar matto.»

Preferisco non soffermarmi sul senso *non romantico* del suo affetto, o rischio di assumere l'espressione di un cagnolino preso a sassate. Meglio passare oltre, come quando si finge di non aver visto qualcosa che fa male.

«Cosa combinano?» gli chiedo.

«Sembra di stare al centro di una commedia delle parti. Rushworth Castle è una proprietà magnifica, una delle più belle e antiche d'Inghilterra e, se solo si potesse mettere il naso fuori, la gabbia mi sembrerebbe dotata di sbarre più flessibili. Purtroppo non fa che nevicare, uscire è complicato e, per quanto il castello sia enorme, alla fine mi tocca avere a che fare con tutti troppo spesso. Mio padre deve aver capito che Julia sta cominciando a maturare l'idea di rompere il fidanzamento con James. Mary lo sente inquieto e diventa isterica per riflesso. Il povero James è un'anima in pena, Henry è più malefico che mai, e i signori Crawford avvertono la tensione e si muovono di continuo come se i pavimenti del castello non fossero costituiti da antichi e solidi mosaici, ma da frammenti di cristallo che è indispensabile non rompere. L'unico che non capisce niente è Lord Raphael. Per lui va tutto bene.»

«Hai saltato Marylin», gli faccio notare. «Non è lì?»

«No, no, è qui, per fortuna. E dico per fortuna perché senza di lei saremmo in guerra aperta. Invece Marylin è molto intelligente, ha capito che aria tira, e non vuole inimicarsi nessuno; perciò, fa di tutto per calmare gli animi. È lei a tenere a freno Henry, che scalpita come un bambino viziatissimo perché vuole andarsene. È lei a tenere buono James ponendogli domande di ogni tipo sul castello, in modo da distrarlo dalle tensioni che serpeggiano. Fa la stessa cosa con Lord Raphael, lo riempie di commenti sul palazzo, sui quadri, sui giardini, e non dubito che sia anche per suo merito che Mr. Crawford non ha preso ancora a sberle il suo insopportabile rampollo. Di sicuro impedisce a me di prenderlo a sberle, quell'emerito stronzo.»

«E in che modo te lo impedisce?» domando ancora, cercando di non assumere un tono sibilante da vipera assassina.

«In molti modi», mi risponde lui vago. E poi aggiunge: «Ho un dannato bisogno di distrarmi anch'io.»

«Attento che dalle distrazioni non nascano due gemelli», dico, con finto divertimento. Vorrei azzannarla alla gola, quella lì, ma mi atteggio a disinvolta amica.

«Oh, no, non preoccuparti, sono molto attento a non

cascarci.»

In che senso?

A non cascare nei tentativi di seduzione di Marylin?

O a evitare gravidanze indesiderate mentre ti distrai?

L'argomento cade, e non sono tanto scema da riportarlo in auge. Non voglio proprio sapere che tipo di distrazioni pratichino. Il solo pensiero che si dedichino a divertimenti che includono lo sgattaiolare di notte nelle rispettive stanze mi fa venire la nausea.

Lo so che è un ragazzo, lo so che ha quasi vent'anni, lo so che non è programmato per *conoscere biblicamente* solo la donna che sposerà, e lo so che, se pure lo fosse, quella donna non sarò io, ma non riesco a impedirmi di sognare. Per esempio che voglia unicamente me. Che desideri farmi sua su un letto cosparso di petali di viola. E che fino ad allora si mantenga puro come un giglio.

Lo so, ripeto, che sono stronzate, che la mia vita non è un libro di Jane Austen, e che sono già abbastanza strana io, vergine a quasi diciott'anni, ma ci penso e mi faccio del male da sola.

Parliamo ancora un po' e stiamo per salutarci quando mi ricordo di una cosa.

«Hai detto che c'era un altro motivo per cui non mi volevi lì, a parte la scarsa simpatia che i tuoi parenti hanno per me, e che, vorrei fosse chiaro, è ampiamente ricambiata.»

«Ah, sì», replica lui, con un tono meno amichevole. «È per via di quell'idiota. Henry, intendo. Ti avrebbe dato il tormento. Ti saresti sentita a disagio.»

«A lui non ho proprio pensato, invece, come persona da cui stare alla larga in questa particolare circostanza. Te lo dico francamente, Edmund, ora come ora è la tua famiglia a farmi sentire più a disagio. E Julia in particolare. Henry, invece, sa essere divertente. Dopotutto, escludo che sia uno stupratore, no? E ha un suo innegabile fascino. Magari mi avrebbe distratta come Marylin fa con te.»

Non so perché ho detto queste cose, visto che Henry mi infastidisce un sacco e non mi tenta neanche un po'. O forse lo so. Il discorso di Edmund sulle distrazioni che si concede con Marylin mi ha fatto incavolare. Mi sento gelosa, e siccome non posso impedire in alcun modo quelle distrazioni, ho detto la prima stupidaggine provocatoria che mi è venuta in mente. Non che mi aspetti di indispettirlo o ingelosirlo. Ma ho parlato così, di getto.

Edmund non commenta, anzi, per qualche secondo rimane in silenzio. Un silenzio di quelli che pesano, che equivalgono a un non detto, e che sanno anche un po' di lontananza.

«Adesso devo andare, Fanny», dice alla fine. «Vado a fare una cavalcata con Marylin.»

Sono malpensante io, o colgo un doppio senso?

«Non hai detto che c'è la neve alta?» gli domando, come se non avessi afferrato la maliziosa interpretazione alternativa della sua frase.

«Sì, l'ho detto», conclude lui. E poi mi saluta, senza altre spiegazioni.

Quando William entra nella stanza mi trova seduta su una poltrona, con un'aria che definire sconfortata è poco. Mi chiede subito il perché della mia espressione imbronciata. Gli racconto della conversazione con Edmund, e delle ultime battute che abbiamo scambiato, fino alla brusca interruzione della chiamata da parte sua.

«Che scema», mormoro. «Adesso penserà che sono un'oca giuliva, che Henry mi piace e che potrei anche finire col gradire le sue attenzioni.»

«Si è zittito all'improvviso e ti ha praticamente chiuso il telefono in faccia?» mi domanda William, del tutto disinteressato alle mie accorate parole di pentimento.

«Sì, non so perché l'ho detto, ma ero incavolata, perciò...»

«Hai fatto benissimo. Prima di tutto, devi essere sempre te stessa, mia cara Fanny: nel bene e nel male la tua forza sta anche nella spontaneità e nell'impulsività. Ma al di là di questo, non credo proprio che Edmund abbia pensato male di te.»

«Invece è così. È stato brusco e freddo e...»

William mi si avvicina e mi sorride.

«Dai, Fanny, possibile che tu non te ne accorga?»

«Di cosa?»

«È geloso!»

Lo osservo come se avesse appena detto che la terra è piatta, la Gioconda una crosta e Jane Austen una scrittrice sopravvalutata. *Eresie.*

«Geloso? Edmund?»

Il sorriso di William diventa una risata. Affettuosa e dolce, ma pur sempre una risata vera e propria.

«Sono sicuro che gli piaci un sacco, e non come un'amica o una sorella. Dai, non esiste che tu possa credere di interessargli solo in questo modo! Se la tua vita fosse un romanzo, le lettrici avrebbero già sgamato tutto, e cioè che Edmund è innamorato di te. Solo che non vuole ammetterlo, o magari non lo ha ancora capito lui stesso. Insomma, tu sei ingenua e insicura e non riesci a concepire che un simile schianto assoluto possa volerti, ma anche lui era impreparato al *ciclone* Fanny e si sta sforzando di credere alla favoletta dell'amica. La presenza di Henry e il suo corteggiamento sfacciato, però, lo stanno costringendo a pensare. Secondo me ti ha salutata in modo così brusco perché era incavolato con te allo stesso modo in cui tu eri incavolata con lui per via di Marylin.»

«Oh, non credo, sai…»

William ride ancora.

«Se questo fosse un romanzo, le lettrici te ne direbbero di tutti i colori. *Tonta* sarebbe la parola più amabile. E anche a lui direbbero di darsi una mossa, e non è escluso che nel frattempo farebbero il tifo per Henry, che non è mica male. D'altro canto, però, se tutto filasse liscio, cosa staremmo a raccontare? Una bella storia ha bisogno della giusta dose di incomprensioni, contrattempi, schermaglie, terzi incomodi, plot twist e un cliffangher verso la fine.»

«Questo non è un romanzo, Will. E in ogni caso non ce lo voglio, il cliffangher, nella mia vita. Voglio un lieto fine chiaro e limpido, senza finali sospesi.»

«Ogni vita può essere un romanzo. Basta crederci un po'. E avrai il tuo bel finale, non temere. Solo che, prima, per mantenere vivo *l'angst*, è necessario che ci sbattiate un po' la testa.»

«La tua interpretazione non mi convince, ma tu sei molto carino a immaginarmi come la protagonista di un romanzo. La mia vita è assolutamente anonima, invece.»

«Anonima? Allora, vediamo un po': sei bellissima, con quei lineamenti esotici, anche se pensi di essere una cozza, hai un fantastico amico gay, studi in un college che sembra un po' Pemberley di Orgoglio e Pregiudizio e un po' Hogwarts di Harry Potter, ti piace un tipo che potrebbe finire sulle copertine di GC e Men's Health tanto è sexy, hai un corteggiatore che è un affascinante mascalzone, e poi ci sono la vipera che vuole soffiarti il ragazzo, la bulletta che cerca di metterti i bastoni tra le ruote, due amiche un po' svampite, e una famiglia di stronzi patentati. In pratica c'è *tutto* per essere un romanzo. Incluso il fatto che tu non capisca che Edmund è innamorato di te, e che non lo capisca lui stesso! Ma si sistemerà, vedrai. Non adesso, ma si sistemerà, e sarà bellissimo!»

***

Il piccolo villaggio di cui è originario Frank, il compagno della madre di William, conta solo un migliaio di abitanti, ma i festeggiamenti per la fine dell'anno sono presi molto sul serio. Le celebrazioni saranno tante, ad esempio la cerimonia del fuoco durante la quale tutti potranno eliminare, simbolicamente, i propri dispiaceri gettando in mezzo alle fiamme un pezzetto di legno sul quale hanno scritto ciò di cui vogliono liberarsi. Pare che, per tradizione, non sia ammesso scrivere i nomi di altre persone, a pena di maleficio contro se stessi, ma solo sofferenze e malattie. Inoltre è prevista quella che si annuncia come una suggestiva fiaccolata: numerosi sciatori scenderanno giù dalla montagna innevata che confina col villaggio, reggendo una lanterna accesa. Infine, i fuochi d'artificio saranno silenziosi. Le persone di questa cittadina ci tengono ai propri animali. Essendo così pochi, tutti conoscono tutti e si preoccupano per tutti; perciò, lo spettacolo pirotecnico sarà ad alto tasso di colore e a basso impatto di rumore. E, dulcis in fundo, l'indomani un gruppo di pazzi impavidi farà un bagno in un fiume gelato come buon augurio.

Tutti sono felici, e William lo è ancora di più da quando è

arrivato Sean. E io sono più che felice per lui. È un ragazzo adorabile, e anche a guardarli dalla luna si capirebbe che sono molto innamorati.

Sono usciti a fare una passeggiata e a osservare i preparativi per il falò, e torneranno prima di cena. Mi hanno chiesto di andare con loro, ma preferisco restare nella mia stanza. Qui, in solitudine, scambio messaggi augurali con la mamma.

Suona assurdo, e probabilmente lo è, ma l'ho fatto anche a Natale. Ho adoperato il suo cellulare e ho inviato dei messaggi a me stessa, come se li avesse scritti lei. E poi le ho risposto.

Adesso faccio in modo che mamma mi auguri un buon anno.

Guardando i telefonini senza sapere, sembra un dialogo reale tra due persone di cui una è una madre partita per un viaggio e l'altra una ragazzina solo un po' malinconica, e non una creatura disperata che ha bisogno di elaborare un lutto. Senza riuscirci, aggiungo.

Buon anno, tesoro mio, ti auguro tutto il meglio che una mamma può desiderare per sua figlia. Lo sai che sono sempre con te; anche quando ti senti sola non lo sei mai davvero.

Grazie, mamma, ti auguro la stessa cosa. Spero che ci sia il mare, lì. Una bella spiaggia, lungo la quale potrai camminare con un pareo violetto insieme a papà che indossa quei pantaloni bianchi che gli piacciono tanto. Vi vedo, mentre vi godete il tramonto, col sole che trema sull'acqua. Siete bellissimi, giovani e felici. In sottofondo qualcuno suona il Liebestraum di Franz Liszt, ma va bene anche una canzone dei Beatles. Vi vorrei qui con me, però. Vorrei potervi abbracciare con tutta la forza che ho. In certi giorni penso che sarebbe meglio se fossi partita con voi, e fossi pure io su quella spiaggia.

Non dirlo, Fanny, te ne prego. Ci sono viaggi che è meglio fare il più tardi possibile. Questo è uno di quelli. Ma credimi, credimi, piccola, noi ci siamo, siamo in tutto ciò che hai dentro, nella tua carne, nel tuo sangue, nella tua anima, e nel mondo che hai intorno. Il nostro viaggio ci permette di essere ovunque tu voglia: in un fiore tenero ma tenace che vedi sbucare dalla neve, in un raggio di sole che illumina l'aria come se fosse colorata col glitter, in un alito di vento estivo che si infiltra dallo spiraglio di una finestra e fa svolazzare le tende. Noi siamo nella musica che ascolterai, nei progetti che farai, nel futuro che avrai. Nell'uomo che sposerai e nei figli che nasceranno. Siamo dappertutto. Siamo su questa spiaggia, ma siamo anche lì, accanto a te. Non dubitarne mai.

Non riesco ad andare avanti perché scoppio a piangere.

Cerco di farmi dire queste cose dalla mamma, cerco di immedesimarmi in ciò che mi scriverebbe davvero, se potesse, cerco di credere a un aldilà consolatorio, ma finisco puntualmente in lacrime, a non crederci affatto, perché avrei bisogno di lei qui, vicina sul serio, col suo calore e i suoi occhi e il suo profumo. E lei non è su una spiaggia, lei è sottoterra, e io sono sola.

Evito di singhiozzare per non farmi udire dalla mamma di William, che già si preoccupa tanto per me anche quando sorrido, figuriamoci se mi vedesse in questo stato. Infilo la testa sotto il cuscino e lascio che le lacrime scorrano.

A un tratto sento la porta aprirsi, e qualcuno si siede sul letto accanto a me. Lilian deve avermi udita comunque, nonostante tutti i miei sforzi per smorzare il pianto. Le do la schiena. Lei mi appoggia la mano su una spalla.

«Ti chiedo scusa», dico, mentre mi volto, cercando di mostrarmi più calma. «Adesso mi passa e…»

Un gridolino è l'unica cosa simile a una parola che riesco a esprimere.

Non si tratta di Lilian, e non si tratta di William, o di Sean, o di Frank.

Non si tratta di nessuna delle persone di questa casa.

È Edmund.

Mi metto seduta e lo osservo. Nei miei occhi c'è un po' di stupore, un po' di sgomento, un po' di paura, perché *deve* essere per forza una fantasia, e se è così, se riesco ad avere visioni tanto concrete, allora o sono una maga o sono una pazza.

Non fiato. Abbasso le palpebre. Riapro gli occhi. Ma la visione non si schioda da qui. A un tratto allungo un braccio e lo tocco. Non è trasparente, non ci passo attraverso, non evapora come un'immagine fatta di fumo o di sogni.

«Sono io in carne e ossa. William mi ha detto che potevo salire e farti una sorpresa. Ho bussato, ma poi ti ho sentita piangere e sono entrato.»

«Ma co… ma co…», balbetto, continuando a non pronunciare nulla che abbia un senso compiuto.

«Non ne potevo più di fare il guardiano dei matti, perciò ho pensato di venire a salutarti. Ho fatto bene?» Annuisco, lenta e ancora allucinata. Muta come un pesce degli abissi. «Che succede, Fanny? Vuoi dirmi perché piangi?»

Glielo dico. Non posso fare altro. Non voglio fare altro. La mia voce è incerta, e non sono del tutto sicura di avere messo a fuoco qualcuno di reale, ma gli racconto dei messaggi immaginari che scambio ogni tanto con la mamma. Magari è immaginario pure lui e sto ancora parlando con me stessa, ma parlo ugualmente.

«Io per un periodo ho fatto qualcosa di simile, sette anni fa», mi dice Edmund poco dopo. Si è messo più comodo sul letto, e adesso stiamo seduti insieme, appoggiati alla testiera, come se non fossi una paranoica che inventa conversazioni strappacuore con sua madre morta e quasi certamente anche col ragazzo che le piace. Che è vivo, per fortuna, ma non può essere qui *sul serio*. Eppure mi racconta cose che non potrei sapere, che non sembrano frutto di una sfrenata fantasia, che sembrano avvenute veramente. Mi racconta delle sue conversazioni immaginarie con una donna scomparsa, nelle stanze in cui lei era stata, e della sensazione che lei gli rispondesse.

«Quindi tu sei proprio qui?» gli domando a un tratto, ingenuamente.

Edmund sorride e, per dimostrarmi che è reale, mi prende una mano. Il suo calore mi si propaga nelle ossa e nei muscoli, fino a quel groviglio confuso che ho nello stomaco, fatto di farfalle forse vive e forse moribonde.

Restiamo così, mano nella mano, a parlare dei modi in cui si reagisce quando tua madre non c'è più, e tu non sei pronto, e lei non era pronta, e il futuro era ancora troppo grande, ma il destino ha fatto lo sgambetto e ha deciso tutta un'altra cosa. Lo sapeva lui, da bambino, e lo sappiamo entrambi adesso che, senza una madre, il mondo è un po' più oscuro e un po' più vuoto, e tu sei un po' più insignificante, e per nessuno sarai mai quel tutto che eri prima, quel dio, quel respiro, quel valore.

Forse non è così per gli altri, ma per noi lo era.

Forse saremo importanti di nuovo per qualcuno che ci amerà allo stesso modo, anche se per adesso è solo un sogno.

Vorrei dirglielo che non lo è, un sogno, per quanto mi riguarda. Che lui ha me, che lo amo in un modo non materno, è vero, ma lo amo comunque pazzamente. Tuttavia non è questo il momento, ammesso che ci sia un momento per fare un simile salto nel vuoto.

«Devi partire subito?» gli domando dopo un po'. Per inciso, mi sta ancora tenendo la mano, e questo semplice contatto mi fa sentire tutta un cuore. Giuro, sono fatta interamente di sensibilità, di pulsazioni, di vertigine.

«A dire il vero William mi ha chiesto se voglio fermarmi per stanotte. Pare ci sia una stanza degli ospiti vuota: potrei rimanere e ripartire domattina.»

Sensibilità, pulsazioni, vertigine.

E voglia di baciare William e, allo stesso tempo, di dargli un cazzotto, perché ha preso troppo sul serio il ruolo di Deus ex machina. Sta facendo la cosa giusta, o mi sta conducendo più rapidamente verso il baratro?

«Non sei tenuto ad accettare, se hai altri programmi», dico.

«In verità ero stato invitato a Londra da alcuni amici. Appena mi hanno chiamato ho mollato baracca e burattini al loro destino. La neve era meno alta, perciò ne ho approfittato. Poi, però, mentre guidavo verso sud, mi sono reso conto di voler deviare verso nord. Così sono tornato indietro. Ho risposto a William che avrei accettato solo se ti avesse fatto piacere. Non voglio essere un rompiscatole o sembrarti uno stalker.»

«Uno stalker? Ma come ti viene in mente?» esclamo, sconvolta da questa assurda ipotesi.

«Non so, a volte ho la sensazione di starti troppo addosso.»

Nel dirlo mi lascia andare la mano.

Se sapessi quanto ti voglio addosso non diresti così.

«È una sensazione sbagliata», mi limito ad affermare.

«Allora accetto. La famiglia di William sembra simpatica, e anche il suo ragazzo.»

«Lo sono, mi hanno fatto sentire a casa.»

«Io invece non mi sono mai sentito meno a casa come nell'ultima settimana.»

«Nonostante le distrazioni offerte da Marylin?» oso.

«*Casa* è ben altro.»

In questo momento sentiamo bussare alla porta. Dopo, William si affaccia oltre uno spiraglio, timidamente, come se temesse di disturbare chissà cosa.

«Posso entrare?»

«Certo che puoi entrare!» dico, e mi rendo conto che il mio tono è lievemente isterico, quasi volessi rimproverarlo per aver pensato a quel *chissà cosa*.

Per fortuna Edmund non pare comprendere le ragioni della discrezione di William, salta giù dal letto e gli comunica che intende accettare il gentile invito. William è l'entusiasmo fatto persona.

«Benissimo! Vieni, ti mostro la tua camera. Sean ha già portato su il tuo bagaglio. Tra un po' ceniamo, e poi si esce a far bagordi!»

Edmund lascia la stanza e William lo segue. Poco prima di allontanarsi, il mio amico torna indietro, mi strizza un occhio, e poi sillaba senza parlare, solo muovendo le labbra: «È cotto!»

***

Il freddo è intenso, ma non lo percepisco, e non soltanto perché sono imbacuccata in un cappottone enorme, ho sciarpa, guanti, cappello, e stivali da neve. È la presenza di Edmund a riscaldarmi in un modo incredibile.

Abbiamo assistito alla fiaccolata lungo il crinale della montagna, anche se sono costretta ad ammettere di aver seguito l'evento con minore partecipazione di quella che meritava. Non ho fatto altro che ripensare alla cena, al clima allegro, a Edmund perfettamente a suo agio in mezzo a noi, e a quanto sia piaciuto a tutti. Sembravamo una famiglia, anche se gli unici davvero imparentati fra loro sono William e sua madre.

Le famiglie non sono legate soltanto da vincoli di sangue, ne sono sempre più convinta. Alcune persone si scelgono. Io ed Edmund ci siamo scelti, lo capisco ogni giorno di più. Quel che continuo a non capire è qual è la natura del nostro legame.

Ma stanotte non voglio pensarci. Stanotte lo ringrazio solo di esserci, e non mi importa di come mi considera.

Ci avviamo verso la piazza principale del villaggio, e chiacchieriamo tra noi, circondati dal brusio della folla. William e Sean si tengono per mano e ogni tanto le loro labbra si sfiorano dolcemente. Io ed Edmund camminiamo vicini, e non posso fare a meno di notare quanto lui attiri l'attenzione. La poco numerosa popolazione del villaggio raddoppia per le feste, con l'arrivo di parenti e amici che vivono altrove, ma Edmund risalterebbe anche se fosse decuplicata. Non è proprio possibile non accorgersi di un ragazzo così alto, così biondo, così elegante. Un po' sono gelosa e un po' orgogliosa di stare accanto a una persona così. Non soltanto per la sua apparenza, ma per la sua gentilezza, per il modo totalmente privo di superbia col quale comunica con chiunque, ma soprattutto per il modo in cui si preoccupa per me. Mi accorgo di come mi osserva, quasi andasse in cerca di un sorriso sulle mie labbra, e quando lo trova ne è lieto e sollevato. Mi vuole bene, senza dubbio.

In piazza, il falò è acceso e scoppiettante, talmente alto da sembrare un vero e proprio incendio. In realtà è tutto sotto controllo, ma sulle prime fa quasi spavento. Le persone vi si radunano intorno, dopo aver preso dei pezzetti di corteccia sui quali scrivere ciò di cui ci si vuole liberare. I legnetti sono distribuiti gratuitamente a un piccolo chiosco, insieme a dei pennarelli appositi.

Adesso fa davvero caldo, le fiamme sono dense e ondeggianti, e occorre stare a debita distanza o si rischia di scottarsi col semplice calore o con le sole scintille che saettano come insetti incandescenti.

Scrivo sulla corteccia ciò che voglio abbandonare.

Anche Edmund lo fa. Quindi mi guarda.

«Ci liberiamo di queste zavorre?» mi domanda.

«Con piacere.»

Ci avviciniamo al fuoco e scaraventiamo i pezzetti di legno tra le fiamme. Anche gli altri lo fanno, ed è tutto un susseguirsi di applausi e grida di incoraggiamento, e qualcuno si diverte a insultare l'anno vecchio.

«Cos'hai scritto?» gli chiedo.

«Obbedienza», risponde lui. «Per me significa tante cose. Fare solo quello che vogliono gli altri, continuare a dare un'immagine di me che non è quella reale, fingere anche con me stesso riguardo a ciò che voglio, e riuscire a portare avanti un certo progetto che ho per il mio futuro. Rinnegare l'obbedienza è come… rinnegare la passività, la falsità, e l'enorme fatica di indossare continuamente una maschera. Tu cosa hai scritto?»

«Dolore e solitudine.»

Mi sorride. Le sue belle labbra carnose, sulle quali vibra il riflesso del fuoco, hanno il colore delle amarene mature. Mai come adesso le sue iridi blu hanno virato al viola. Labbra come frutti e occhi come fiori. Lo fisso, per un momento sembro ammaliata da un qualche tipo di incantesimo. Poi, però, mi rendo conto che non devo guardarlo in questo modo, e torno a rivolgere la mia attenzione al potente fuoco che ho davanti. Per fortuna il mio rossore passerà inosservato.

«La seconda parte si sta già avverando», mi dice Edmund, chinandosi leggermente verso di me. «Non sei sola, Fanny. Hai me, hai William e la sua famiglia, e credo che anche Taylor e Amber ti vogliano molto bene. Sono sicuro che le persone che finiranno col non poter fare a meno di te saranno sempre di più. E per quanto riguarda il dolore… non ti prometto che andrà mai via del tutto. Ma piano piano riuscirai a gestirne i colpi.»

«Mi auguro che sia così.»

«Sarà così», dichiara lui con fermezza.

Mentre parliamo, intorno a noi echeggia il vocio del conto alla rovescia. È quasi mezzanotte. Tutti contano a ritroso fino allo zero. Sull'ultimo numero, i fuochi cominciano a divampare in cielo. Sono poco chiassosi e coloratissimi.

Sto per girarmi a fare gli auguri ai miei amici, ma William e Sean si stanno baciando appassionatamente e non sembrano intenzionati a fermarsi.

Allora, Edmund si china e mi dice divertito: «Mi sa che è meglio non disturbarli. Buon anno, mocciosetta». Quindi, mi attira un po' a sé.

Sono di fronte a lui, adesso. Sembriamo pronti a danzare un

valzer, quasi attendessimo l'esordio della musica prima di partire con i passi. Una delle sue braccia mi cinge la vita, l'altra mano tiene la mia mano.

«Posso baciarti?» mi domanda.

Parlare mi è impossibile, la mia bocca è incapace di proferire una sillaba che sia una. Mi limito ad annuire, e mi imploro, mi imploro con tutta la forza di cui posso essere capace in questa situazione di non dargli l'impressione d'essere sul punto di svenire. Anche se sono sul punto di svenire. Anche se sono sul punto di morire.

Lui si china, mi raggiunge, e... mi bacia sulla fronte. Un bacio tiepido, morbido e innocente. Più innocente, e più inutile, di un bacio sulla guancia. Qualcosa mi si frantuma dentro, come se l'emozione fosse tanto ingombrante da essersi fatta solida, ma non infrangibile, e questo bacio molto più che fraterno, paterno direi, l'avesse rotta. Un pezzo del mio cuore cade sul selciato. E in mezzo al fuoco.

«Non è il caso di imitare i nostri amici, vero?» mi dice poi Edmund.

Non dovrei, lo so, ma sono arrabbiata con lui, adesso. Per avermi dato una speranza e per avermela tolta come si toglie una caramella a un bambino. Facilmente e crudelmente.

«Non è proprio il caso», mento. E poi, d'istinto, obbedendo a quelle spontaneità e impulsività che, secondo William, sono pregi invece che difetti: «Senza contare che non ho mai baciato nessuno, e non saprei cosa fare».

Edmund sgrana gli occhi.

«Non hai mai baciato nessuno?» mi domanda, colpito da questa rivelazione.

«No», confermo. «La cosa ti scandalizza?»

«No, per niente, è che... Poiché sei stata per un periodo con William, prima del suo coming-out, supponevo che almeno un bacio...»

Ah, già, mi ero dimenticata di quella bugia.

«Be', non stavamo *proprio* insieme, io e William. Noi non... non ci siamo mai baciati. E poi ho capito come mai. Insomma, non era perché gli facevo schifo. Semplicemente, aveva altre preferenze. Ciò non esclude che io faccia schifo sul serio, ma non a lui, ecco.»

«Non fai affatto schifo, Fanny.»

«Considerato che nessun ragazzo ha mai desiderato baciarmi, forse un po' di schifo lo faccio, invece. Ma non importa. Cioè, ammetto di essere abbastanza curiosa di provare, ma non posso certo costringere un amico gay a baciarmi per pietà. Chissà, forse, che ne dici, quando torneremo al Mansfield, potrei chiederlo a Henry Crawford? Potrebbe essere la persona giusta? Mi sembra il ragazzo adatto a un bacio, per così dire, didattico, libero da impegni e...»

Ok, adesso muoio veramente.

Senza dire altro, senza fare altro, Edmund si china di nuovo... e mi bacia. E stavolta *non* è un bacio casto.

La sua bocca è sulla mia, le sue braccia mi stringono. Mi sembra di aver già provato questa sensazione, forse nei miei molti sogni: questa morbidezza, questo calore che nulla ha a che vedere col fuoco del falò. Questo è un fuoco che mi appartiene, che parte da me e a me ritorna.

Se riuscissi a descrivere con esattezza ogni cosa, non sarebbe un complimento per le sue qualità di baciatore. Ma non ci riesco, le parole mi si confondono dentro così come i pensieri, sono fatta solo di sensazioni violentissime, di cardiopalmo minaccioso e imbarazzante desiderio. Il suo sapore non è solo sapore, è uno spicchio della sua anima che mi entra nel cuore dalla bocca. Non so bene cosa fare, ma pare che questo non lo scoraggi. Una delle sue mani è sulla mia nuca e mi trattiene e mi attrae a sé, come se fondersi di più, l'uno dentro l'altra, fosse necessario per respirare meglio.

Poi suona un cellulare. È il suo. Insistente, impertinente, più antipatico di una sveglia che squilla di mattina e ti strappa ai piaceri di un sogno bellissimo.

Edmund sussulta come se qualcuno lo avesse spinto con tanta forza da farlo cadere sull'asfalto. Non cade, ma nei suoi occhi c'è uno stupore sconfinato, e insieme una specie di sconfinato terrore.

Mi osserva per un attimo, quasi fosse sorpreso di vedermi qui, e del fatto che sia io la ragazza che ha baciato con tanta passione. Poi, con una strana frenesia, tira fuori il telefono dalla tasca, ne osserva il display e si allontana in fretta per rispondere. Se non mi sembrasse assurdo, giurerei che sta fuggendo. E se avessi gli occhi bendati potrei illudermi che non sia Marylin a telefonargli.

Ma fugge, e sul display ho intravisto il suo nome.

Si allontana così tanto, oltre la folla ancora in festa, che lo perdo di vista.

Sono stata talmente deludente? E perché, ammesso che fosse necessario rispondere a quella stronza, ha dovuto farlo in questo modo, scomparendo e lasciandomi da sola? Non vedo più nemmeno William e Sean. Dove sono finiti? Forse hanno notato che ci baciavamo e si sono allontanati per non disturbare?

La solitudine, purtroppo, non alimenta pensieri incoraggianti, e quel che immagino ha il potere di distruggermi.

Non gli è piaciuto baciarmi. O magari gli è piaciuto, ma adesso teme che io mi faccia delle illusioni. Gli dispiace ferirmi dicendomi chiaramente che era solo un bacio di Capodanno. Gli dispiace perché, essendo il mio primo bacio, teme che io lo abbia ammantato di un significato particolare, mentre per lui è stato un bacio come tanti.

Ed è vero che per me resterà per sempre negli annali di tutti i baci che darò, se mai ne darò altri. Cosa che adesso mi sembra improbabile. Così com'è certamente vero che per lui non sarà stato tutto questo granché. Un bacio dato a una ragazzina imbranata quanto potrà mai essere indimenticabile?

Oppure... Santo Cielo, non è che lui e Marylin si sono messi insieme? Per questo è fuggito per risponderle, perché si sentiva in colpa nei suoi confronti?

Mm... no, non mi pare possibile: se stessero insieme, al di là della pura e semplice *distrazione* fisica, Edmund non avrebbe lasciato Rushworth. Forse ha approfittato della chiamata per darsela a gambe con una scusa vagamente plausibile?

I pensieri continuano a vorticarmi in testa. Uguali, diversi, confusi, sconvolti. Alla fine traggo un'unica conclusione.

La sua sparizione significa soltanto disagio, imbarazzo, fastidio e, sopra ogni altra cosa, pentimento.

Lo aspetto ancora un po', ma alla fine, trascorsa più di una mezz'ora, mi arrendo. Decido di tornare a casa. Da sola, dopo un bacio per me spettacolare, che per lui è solo l'emblema di un errore. Un dannatissimo errore.

Mi sa che la tradizione del falò non funziona molto bene. A neanche un'ora da quando ho gettato la corteccia tra le fiamme, mi ritrovo abbandonata e piena di tristezza. Non un inizio d'anno col botto, direi.

***

Non è facile fingere con Lilian che sia tutto a posto, ma ci provo. Le dico che Edmund è rimasto in piazza a festeggiare e che io sono tornata prima per colpa di un leggero mal di testa. Scopro che anche William e Sean sono già rientrati, e immagino che il bacio che si stavano dando a mezzanotte abbia svegliato in loro ardori che, per essere placati, necessitavano di un'intimità impossibile in una piazza. Se è così, e me lo auguro di cuore, non hanno assistito al mio, di bacio. Almeno mi eviterò altre assurde interpretazioni a proposito di Edmund, di quanto sia cotto di me e varie stronzate di contorno.

Mi cambio e mi metto a letto. Do un'occhiata al cellulare, ma trovo solo un messaggio vocale da parte di Taylor. Che mi perdoni, al momento non ho voglia di ascoltarlo. Di Edmund, invece, nessuna traccia. Potrei chiamarlo io, ma non lo faccio. Mi sentirei come se mendicassi considerazione. Chissà, magari è ripartito, e questa certezza mi deprime tantissimo.

Quel maledetto bacio ha rovinato tutto? Non mi parlerà più, da ora in poi? Diventeremo due estranei per colpa di un passo falso? Falso per lui, naturalmente: per me è stato più vero di tutto ciò che è vero nel mondo, vero e intenso e immenso. Un primo bacio da romanzo, da film, da sogno.

Mi rannicchio abbracciando il cuscino. Un po' mi sento triste e un po' furiosa. Poi sento bussare delicatamente alla porta.

«Fanny, sei sveglia?» domanda a voce bassa quello che mi pare inequivocabilmente Edmund.

Adesso fingo di dormire. Adesso lo ignoro. Adesso lo odio.

Ok, magari dopo.

Mi alzo e apro la porta. Non mi importa di essere spettinata, con un ridicolo pigiama rosa di una taglia più grande che mi rende l'esatto opposto della tipa sexy che un ragazzo non si pentirebbe mai di aver baciato.

Me lo ritrovo davanti, con un'aria tanto colpevole che, se non fossi arrabbiata, mi farebbe tenerezza. Ma siccome sono arrabbiata, la tenerezza non mi sfiora proprio. Forse.

«Posso entrare?» mi domanda.

«Visto che sei qui», replico, con voce atona.

Entra, e deve essere stato a lungo fuori, perché porta nella stanza un riconoscibile aroma d'inverno. Indossa ancora il cappotto, ma si sfila i guanti, si allenta la sciarpa e non smette di fissarmi.

«Bel pigiama», commenta, con un tentativo di sorriso.

«Bella faccia tosta», replico.

«Ok, ok, hai ragione. Ne parliamo?»

Il pensiero che mi stia per riversare addosso un discorsetto pieno di rammarico a proposito di quello che è successo e che non doveva succedere, mi scatena un atroce mal di stomaco. Non dubito che sarà un ragionamento alla sua altezza, da vero gentiluomo qual è, ma questo non cambierà il risultato, e cioè che mi sentirò stupida, e umiliata, e goffa. Lasciata ancor prima di essere stata presa e abbandonata senza neppure essere stata sedotta. E non potremo essere più nemmeno amici, perché ci sentiremo in imbarazzo.

Ma io, a parte amarlo, gli voglio bene veramente, profondamente, totalmente, e perderlo non fa parte dei miei piani.

Perciò la rabbia si dissolve, l'orgoglio fa mille passi indietro e decido di aiutarlo.

Innanzitutto, sebbene mi richieda un vero sforzo, gli sorrido. Poi mi siedo sul letto e gambe incrociate, con l'aria più tranquilla che riesco a simulare.

«Non penserai che io abbia preso sul serio quello che è successo, vero?» gli domando, con un tono che dovrebbe somigliare, almeno spero, a quello di una ragazza senza il cuore spezzato. «Dimmi che non sei venuto qui per farmi sapere che si è trattato di un errore, che ci siamo lasciati trasportare e via dicendo. Lo so benissimo, ed è quello che ho pensato anch'io. Dai, Edmund, non fare quella faccia dispiaciuta, è stato solo un bacio! Non viviamo in un romanzo dell'800, che bastava uscire insieme in una carrozza coperta senza uno chaperon, per provocare scandalo ed essere costretti a fidanzarsi. Siamo nel ventunesimo secolo, è Capodanno, tutti si baciavano, io ero curiosa di provare e tu mi hai accontentata. Consideralo come un favore che mi hai fatto. Ma questo non cambierà niente, tranne in un senso: finalmente so come si bacia, e la prossima volta non farò la figuraccia che ho fatto oggi.»

«Non hai fatto nessuna figuraccia», mormora lui. È ovvio che mente, lo deduco dal suo sguardo serio, quasi ombroso, privo del sorriso che tentava di mantenere quando è entrato nella stanza. Chissà quante ragazze ha già baciato, e non è escluso che nella sua mente, adesso, sfilino ricordi e paragoni, dal cui conteggio esco sconfitta.

«Non tentare di consolarmi», dico, scrollando le spalle. «Non poteva essere un granché, lo so benissimo. Non l'avevo mai fatto prima e sono andata un po' a istinto. Ma non è questo il punto.»

«Non tento di consolarti, Fanny. E se è vero che era il tuo primo bacio, lasciati dire che hai un talento naturale. Non è stato affatto male. Ma, come hai detto tu, non è questo il punto.»

Per un attimo sono tentata di sgranare gli occhi e mostrarmi ingenuamente contenta delle sue parole. *Talento naturale. Niente affatto male.*

Poi mi ricordo che ho la mia dignità, che non posso far dipendere il mio umore dal suo giudizio, e che mi sta mentendo di sicuro per indorarmi la pillola. Perciò taccio, mantenendo la mia espressione seria.

«Lo so qual è il punto, Edmund. Te l'ho spiegato poco fa. Immagino valga la stessa cosa anche per te. Non crearti problemi, ok?»

«Me li creo, invece.»

«Perché mai?»

Lui rimane in piedi al centro della piccola stanza, con le braccia incrociate sul petto. C'è solo una lampada accesa sul comodino, e nessun'altra fonte di luce: in questo blando chiarore, la sua figura alta e solida ha qualcosa di soffuso. Sembra un angelo notturno e misterioso, che non riesco a smettere di amare.

La sua voce attraversa la penombra e arriva fino a me.

«Perché ti voglio bene, e sei una ragazzina, e non dovevo cedere a un momento di debolezza.» Si passa una mano tra i capelli, e poi si muove nella stanza. Un passo, due passi, tre passi, e si siede sul letto, anche se il più lontano possibile da me. Pare combattuto, come se nella sua mente lottassero due intenzioni contrapposte: dirmi qualcosa o tacere. Osare con chissà quale confidenza o mantenere un segreto che conosce solo lui. A un tratto credo vinca la prima volontà, perché si volta, e mi parla. «Ricordi quando hai fumato erba? Anche allora sono stato vittima di una feroce tentazione. Non perché sono un malato mentale, vorrei fosse chiaro, ma perché tu, totalmente priva di freni inibitori com'eri, hai detto e fatto cose che non avresti detto o fatto senza l'aiuto della canna. Be', quella notte ho resistito, non è da me approfittare di ragazzine in pieno sballo e non del tutto consapevoli di cosa vogliono. A maggior ragione quando la ragazzina sei tu, Fanny. Una ragazzina speciale. Te lo racconto solo per dimostrarti che sono capace di anteporre la ragione all'istinto, anche quando le provocazioni sono... alquanto esplicite e insistenti.»

Ostentare tranquillità diventa una battaglia persa. Il ricordo di quella notte mi sommerge con una violenza tale che, se non fossi seduta sul letto, scivolerei a terra come un pezzo di sapone.

«Qu... quali provocazioni?» domando, e la mia voce è poco più di un sibilo.

Lui mi sorride, mentre io lo guardo con gli occhi spalancati.

«Diciamo che non mi hai fatto mancare niente.»

«Quindi... cioè... quindi non era un sogno? Io... pensavo che lo fosse! Ero sicura che lo fosse!»

«Non so cosa tu abbia sognato, Fanny, ma posso assicurarti che mi hai messo a dura prova.»

«Per... per questo avevo il maglione al contrario, la mattina dopo?»

«Vorrei fosse chiaro che non te l'ho tolto io, anzi, ti ho aiutata a rimetterlo. Evidentemente non ho fatto caso al verso.»

Resto in silenzio, e smetto di guardarlo. Fisso qualcosa di indefinito nell'oscurità, e mi vergogno da morire.

«Non è successo nulla, Fanny», mi rassicura lui, «non avere quella faccia. Eri con me. Ho solo ammirato i tuoi tatuaggi, ma sono stato all'altezza del profondo rispetto che ho per te. Stanotte, invece, ho fallito miseramente. Non so cosa mi sia successo. Tu sei così bella, e mi sei così cara, che... mi sono comportato da mascalzone.»

«Oh, ti prego», lo rimprovero, come se fossi una donna di mondo, e non una diciassettenne maldestra che ripenserà a quel bacio fino alla sua morte. «Ti stai agitando inutilmente. Se mi avessi costretta avrebbero senso tutti questi scrupoli, ma non è andata così. Un bel bacio è un bel bacio, anche se non porta a una promessa di matrimonio. E non penso che tu sia un mascalzone. Sei solo un ragazzo, e nulla di ciò che è successo mi ha lasciato addosso una sensazione di fastidio. In caso contrario sarei la prima a puntare il dito. Ma tu sei Edmund, il mio più caro amico non gay, ed è successa questa cosa, e ci è piaciuta; quindi, adesso mettiamola nel cassetto e andiamo avanti. E quanto al mio ignobile comportamento di qualche giorno fa, ti chiedo ufficialmente scusa.»

«Quindi non sei arrabbiata con me?»

«Non sono mai stata arrabbiata con te per il bacio. Ma perché sei sparito.»

Stavolta è lui a scrollare le spalle.

«Quello è dipeso dalla chiamata di Marylin. Ammetto di aver approfittato della telefonata per allontanarmi un attimo, per recuperare la ragione. Mia cara mocciosetta, fidati quando ti dico che la tua abilità di baciatrice mi ha sconvolto. Poi mi sono trattenuto perché, dopo avermi fatto gli auguri, Marylin mi ha raccontato del milione di casini che sono successi ultimamente a Rushworth. Ad esempio Julia e mio padre hanno litigato in modo aspro per la prima volta da che ho memoria, ed Henry se l'è svignata rubando una delle auto di James. Infine ti ho cercata ovunque, e solo dopo ho immaginato che fossi rientrata a casa. E che mi odiassi.»

«Non dispiacerti se non ti chiedo altri dettagli: sai com'è, i problemi di Julia e di tuo padre e le bravate di Henry mi sono del tutto indifferenti. Ma toglimi una curiosità: Marylin sapeva che eri qui?»

«Gliel'ho detto, certo. Perché avrei dovuto mentirle?»

«Magari per evitarmi una fattura voodoo da parte sua e di tutta la sua settima generazione? Sai com'è, iniziare l'anno nuovo con una mezza dozzina di maledizioni addosso non è proprio il massimo.»

«Nessuno potrà mai impedirmi di andare dove mi pare e frequentare chi mi pare. Ora più che mai.»

«Cosa succede ora?»

«Sto per dare una decisa svolta alla mia vita che non piacerà a Lord Bertram.»

«Sei gay pure tu?»

«Non lo so, tu che dici?»

«Mm, lo escludo. E allora cosa? Lascerai gli studi?»

«Mi manca solo un esame, sarebbe assurdo mollare adesso.»

«L'unica altra cosa che mi viene in mente, che proprio non gli piacerebbe, sarebbe dirgli che hai intenzione di sposare me. Ma la escludo tanto quanto l'essere gay, se non di più. Di cosa si tratta, allora?»

«Lo saprai a tempo debito. Al momento è solo un'ispirazione.»

«Di qualsiasi cosa si tratta, mi prometti che ne sarà molto traumatizzato?»

«Oh, quanto a questo te lo posso giurare.» Fa una risatina, e poi si alza in piedi. Il letto cigola un poco, come se piangesse. «Me ne vado, mocciosetta, nel senso che parto. Non posso trattenermi come speravo. Mio malgrado devo tornare a

Rushworth a vedere cosa diamine hanno combinato mio padre e mia sorella. Verrà un giorno in cui lascerò che gestiscano i loro problemi da soli, ma non è ancora quel giorno, purtroppo.»

«Sei un bravo figlio e un bravo fratello. E gli stronzi se ne approfittano. Ok, perdonami, non dovrei definirli così, lo so, però è più forte di me. Ma davvero vai via? Adesso?»

«Proprio adesso. Puoi salutare i tuoi amici da parte mia e ringraziarli per l'ospitalità? Si sono ritirati tutti nelle loro camere e non voglio svegliarli.»

Gli prometto che lo farò, e mi sforzo di sorridere, ma ho dentro un buio che si taglia col coltello. Mi sento troppo sola tutt'a un tratto, come se il bacio che ci ha uniti, e del quale dovrò da ora in avanti fare a meno, avesse reso ancora più difficile il distacco.

Mi manchi da morire, Edmund, mi manca il non poterti avere, a maggior ragione adesso che so quanto sarebbe dolce averti, e mi fa male sapere quale splendido sapore avrebbe la mia intera vita se potessi assaggiare le tue labbra ogni volta che ne ho voglia. Non smetterò di pensare a noi, come se il *noi* fosse qualcosa di possibile, ma lo farò in segreto.

Edmund si sistema di nuovo i guanti e la sciarpa, e si chiude il cappotto. Si avvicina a me, mi accarezza una ciocca di capelli, e poi arretra, come se volesse evitare nuove tentazioni. Mi illudo che stia pensando di non poter resistere, mi illudo di piacergli più di quanto sia disposto a sopportare, e che per questo abbia deciso di respingermi. Perché amarmi gli sconvolgerebbe la vita e in questo momento l'unico sconvolgimento che desidera è quello che non mi ha rivelato. Chissà, forse, un domani potrei avere una possibilità, ma non adesso. Non adesso che la gioventù ci rema contro.

So che sono tutte sciocchezze, ma i pensieri sono i miei, e penso quel che voglio. E dopo piango quanto mi pare, e al diavolo l'orgoglio.

***

Non dormo molto bene. Mi giro e mi rigiro sotto le coperte, e un po' Edmund mi manca e un po' sono arrabbiata con lui. Con questo caos dentro mi addormento all'alba. Mi sveglio un paio d'ore dopo, e non spontaneamente, ma perché sento bussare alla porta della stanza. È Lilian e, nella confusione del dormiveglia, mi pare stia dicendo che è tornato Edmund.

«Il tuo amico è sotto, sta facendo colazione», mi informa.

Balzo a sedere sul letto, anche se sono stanchissima. La felicità, però, è più forte della stanchezza.

Mi domando perché sia tornato, e mi do solo risposte meravigliose.

Ha capito di essere innamorato di me.

Vuole baciarmi ancora.

Vuole che mi tolga il maglione, ma stavolta non me lo rimetterà.

Risposte meravigliose… e ridicole.

Ok, sto dormendo in piedi, ho gli occhi gonfi, penso cose sconclusionate, ma mi do una veloce sistemata e decido di scendere. Percorro le scale quasi di corsa, ed entro in cucina.

E qui le mie speranze muoiono. Seduto al tavolo e intento a mangiare, anzi a divorare, delle uova, non c'è Edmund, ma Henry Crawford.

Mi fermo oltre la porta, e quasi caracollo a causa della

brusca frenata. Lo osservo come se non fosse né un'allucinazione né un miraggio, ma proprio un brutto sogno. Lui interrompe il lauto pasto e mi guarda. Sorride.

«Ottime queste uova. Ne vuoi un po'?»

«Che ci fai qui?» gli domando brusca.

«Sei carina anche di mattina appena sveglia», mi dice lui di rimando.

«Ti ho chiesto cosa ci fai qui, Henry.»

«È la stessa cosa che ti chiedo io. Dovevi venire a Rushworth, o credi che abbia deciso di trascorrere il Natale coi miei per amore filiale? Mi aspettavo che ci fossi tu. Quando ho capito che non saresti arrivata avrei voluto darmela a gambe, ma ho avuto la sensazione che mio padre me le avrebbe spezzate, le gambe. E poi si è messo a nevicare, e tutto è diventato un vero incubo. Perciò, appena il tempo è migliorato, ho deciso di rischiare e sono andato via. Ho preso in prestito una delle auto di James, ed eccomi qui.»

«Gli hai chiesto il permesso per questo *prestito*?»

«Certo che no, figurati se mi consentiva di usarla. Ma non l'ho mica rubata.»

«Pensa tu, e io che credevo che prendere una cosa altrui senza chiedere il consenso del proprietario equivalesse proprio a rubare.»

«Sono sottigliezze. Non intendo tenermela. Poi gliela restituirò.»

«Dovresti anche chiedergli scusa. Comunque non hai ancora risposto alla mia domanda. Che ci fai qui?», gli chiedo ancora, testardamente.

«Mi pare ovvio. Sono venuto a trovarti. Era tutto così tedioso in quel dannato castello. Mia sorella non ha fatto altro che rompermi le scatole, e non fare questo, e non fare quello, per tenersi buono Edmund. Anche i miei genitori mi ripetevano in continuazione che dovevo comportarmi bene. Julia era altezzosa e sostenuta, e temevo che James potesse ordinare al suo maggiordomo di mettermi del cianuro nel cibo. Andare via è diventato indispensabile per la mia salute mentale e fisica!»

«Ma come diamine hai fatto a sapere dove mi trovavo?»

«Ah, questa è stata la parte più facile. Ho telefonato a Taylor, le ho fatto gli auguri e un mucchio di complimenti e, tra una cosa e l'altra, sono riuscito a farmi dire dove ti eri cacciata. Perché non sei venuta nello Staffordshire? Dopo averti vista alla cena d'inverno, i miei desideravano approfondire la tua conoscenza.»

«Tu sei pazzo», gli dico, ostile.

«È la verità! Mio padre deve aver ascoltato la nostra *simpatica* conversazione, quella sera, e ha molto gradito il modo in cui mi hai tenuto testa. È da una vita che mi dice che devo trovare una ragazza che sappia mettermi a posto. Ha chiesto di te, e siccome non è un razzista misogino come Lord Bertram se ne infischia del colore della tua pelle o del fatto che tuo padre non avesse un blasone. Neanche lui lo ha, è venuto dal basso e si è fatto da solo, e va molto fiero di questo. È molto fiero anche di mia sorella, mentre io lo deludo di continuo. Oso pensare che, se mi mettessi con te, e tu mi facessi rigare diritto, sgancerebbe un mucchio di quattrini. E siccome mi piace unire l'utile al dilettevole, l'idea di avere capra e cavoli mi va parecchio a genio.»

«Puoi scordarti sia la capra che i cavoli», lo disilludo. «Hai detto più sciocchezze tu in cinque minuti di quante ne abbia udite in una vita intera.»

«È a suo modo un record. Ma non vuoi favorire? Mangia con me, fai come se fossi a casa tua.»

«Questo può dirlo solo il padrone di casa, e fra noi due io sono più a casa di te.»

«Me lo ha detto l'affascinante signora che mi ha aperto. Era piuttosto contenta del fatto che la sua cara Fanny avesse così tanti amici che vengono a trovarla. Chi altro è venuto?»

Non rispondo alla sua domanda, ma lo guardo con crescente irritazione.

«Hai finito di mangiare?»

«Ancora no, quei muffin mi sembrano molto buoni, e se potessi avere anche del porridge...»

Una delle più grandi qualità di William e della sua famiglia è sempre stata l'ospitalità, ed è senz'altro una qualità eccellente, ma oggi vorrei tanto che fossero dei misantropi che circondano la propria casa col filo spinato.

Invece non soltanto non lo fanno, ma quando la famiglia scende per colazione, e anche Sean e Frank si uniscono a noi, l'atmosfera accogliente si accentua, e ben presto è tutto un passarsi i piatti, versarsi tè e caffè, e chiedermi perché rimango impalata sulla porta e non mangio qualcosa con loro.

William, addirittura, mi strizza un occhio, come se fosse felice dell'arrivo di Henry. Lo contraccambio con una smorfia, e gli faccio subito un cenno deciso, che contiene l'invito a smetterla di abbuffarsi e venire di là con me.

Qualche minuto dopo siamo in un'altra stanza.

«Lo confermo», mi dice lui a bassa voce, ma tutto eccitato. «Sei la protagonista di un romanzo. Prima Edmund, e adesso Henry. Io ti suggerirei di approfittarne. Henry capita proprio a fagiolo. Fai in modo che Edmund lo sappia e vedrai se non è geloso. Si pentirà di essersene andato in piena notte. A proposito, scusami se anche io e Sean siamo spariti dalla circolazione, ma eravamo un po' presi, e sai come si dice, "quello che fai il primo dell'anno lo fai tutto l'anno".»

Oh, bene, se questo modo di dire funziona, allora io passerò tutto l'anno a essere piantata in asso.

«Ma cos'è successo? Perché Edmund è andato via?» insiste William.

Questa volta non ce la faccio a confidarmi. Ho bisogno di tenere solo per me le emozioni della notte scorsa. Perciò gli racconto una parte della verità, gli dico della telefonata di Marylin e del violento litigio tra Julia e suo padre, ma niente a proposito del bacio che mi ha sconvolto labbra, lingua e anima.

«Adesso vado a fare una doccia e vestirmi per bene, e spero che, per quando avrò finito, Henry non sia più qui. Lo so che potete invitare chi vi pare, ma non ho proprio voglia di avere a che fare con lui. Perciò, se rimane, io me ne vado.»

«Questa è anche casa tua, figurati se gli permettiamo di rimanere sapendo che non lo gradisci», commenta William, e mi posa un braccio attorno alle spalle, stringendomi a sé. «Solo, secondo me è successo qualcosa con Edmund che non mi stai dicendo. Rispetto la tua privacy, ma non me la bevo. Non puoi essere così di malumore, e con queste occhiaie spaventose, solo perché è andato via prima del tempo per placare gli animi della sua famiglia. Deve esserci qualcosa di più. Qualcosa che ha fatto crollare il tuo sorriso e ti ha reso insofferente.»

«Non mi va di parlarne, adesso», mormoro.

«Sì, tranquilla, non insisterò. Quando vorrai, però, sappi che ci sono. E anche Sean. Gli sei piaciuta subito, non fa che dire cose belle di te.»

«La cosa è reciproca. È un ragazzo fantastico, pieno di sensibilità e, il che non guasta, anche molto bello.»

«Abbiamo buon gusto, vero?» dice lui con tono lievemente scherzoso. Poi si ricorda del mio broncio e dei miei occhi cerchiati. «Ok, accetto la tua visione pessimista del rapporto che hai con Edmund. È chiaro che vediamo le cose in modo diverso, ed è giusto che tu ora segua il tuo istinto. Per quanto riguarda Henry, ti prometto che, finita la colazione, andrà via da questa casa, però… non posso assicurarti che andrà via anche dal paese. Mi pare fortemente motivato, e tu gli piaci un sacco.»

Sbuffo e scrollo le spalle.

«In tal caso, tornerò al Mansfield. Non pensavo lo avrei mai detto ma… benedette le regole carcerarie di quel maledetto college. Almeno lì non sarò costretta a subirlo più di tanto. Mi auguro che si arrenda presto con questa buffonata del finto corteggiamento.»

«Mm… se ti dicessi che non lo considero finto ti arrabbieresti? Ok, ok, la risposta mi pare affermativa. La tua espressione parla chiaro. Adesso vai, e stai tranquilla, ci penso io a far capire a Henry che deve togliersi di torno.»

***

Il messaggio vocale di Taylor, che non ho ascoltato tempestivamente, oltre a farmi gli auguri di buon anno, mi informa del fatto che Henry le ha chiesto di me, e che *forse* lei si è fatta *sfuggire* qualche dettaglio sul luogo in cui ho trascorso le feste. Se lo avessi ascoltato prima sarei stata pronta a respingere in modo più efficace l'assalto di quel villano presuntuoso. In ogni caso, dopo un'abbondante colazione, Henry va via. Mi auguro che abbia capito l'antifona e viaggi verso altri lidi.

Anche se la mia voglia di festeggiare è minima, vado al lago insieme a William e Sean, per assistere alle prodezze dei matti che si tuffano nell'acqua gelata. La cosa che mi sconcerta è che si tratta in massima parte di uomini in età avanzata, che sfidano le intemperie e il destino, esponendosi al rischio di una polmonite se gli va bene, e di un arresto cardiaco nella peggiore delle ipotesi.

Noi spettatori, sulla riva del lago, siamo tutti avvolti in pesanti soprabiti, mentre un centinaio di persone si sfila i vestiti ed entra nell'acqua letteralmente in mutande. Mentre li osservo, e mi stringo nel cappotto, quasi provassi il loro stesso gelo per empatia, accadono due cose una dietro l'altra.

Innanzitutto, in mezzo al gruppo di ardimentosi scorgo qualcuno che mi pare di conoscere. Aggrotto la fronte, strizzo gli occhi e inquadro una figura maschile che si tuffa gridando come un guerriero in battaglia.

«Non è Henry, quello?» mi domanda William, e poi si mette a ridere.

«Buon Dio, mi pare lui», confermo.

Proprio adesso squilla il mio telefono.

Distolgo lo sguardo da quel matto che gioca come se si trovasse al mare, d'estate, a Brighton, e non in un paesino dello Yorkshire in pieno inverno, nell'acqua di un lago la cui temperatura di sicuro sfiora lo zero, e tiro fuori il cellulare.

Edmund è il nome che mi appare sul display.

«Pronto», rispondo, cercando di apparire tranquilla, anche se il mio cuore fa le bizze.

«È vero che Henry Crawford è lì?» mi domanda Edmund,

senza neanche un saluto, con un tono lievemente aggressivo che scatena il mio dispetto. Insomma, cosa diamine vuole?

«Sì», gli rispondo, «è davanti a me, mezzo nudo.»

«Cosa?» La voce di Edmund si alza di un tono. «Non è divertente come scherzo, Fanny.»

«Non sto scherzando, indossa dei boxer blu. Ma come fai a sapere che è qui?»

«Ha telefonato a Marylin, le ha detto che è venuto a trovarti, e che chiedesse scusa a James per avergli preso l'auto.»

«Ah, sì, gliel'ho consigliato io mentre facevamo colazione. Sono contenta che mi abbia dato ascolto.»

«Avete fatto colazione insieme?»

«Ancora una volta, sì.»

«Ti rendi conto, vero, che Henry vuole solo divertirsi?»

«Non sono un'idiota, Edmund, lo so benissimo. Ma chissà, magari, mi voglio divertire anch'io. Ho diciassette anni, potrei avere bisogno di un po' di leggerezza, non credi? L'importante è non fare come Julia, che si innamora e poi soffre. Ma se ci si diverte allo stesso modo, che male può venirne?»

In risposta mi giunge il silenzio. Un silenzio talmente perfetto che, per qualche secondo, mi pare sia addirittura caduta la linea. Proprio quando sto per chiudere, però, mi arriva di nuovo la sua voce.

«Cosa intendi esattamente?» domanda. Ha un tono serio, quasi paternalistico, che per un momento mi fa sentire in soggezione. Poi ricordo che mi ha piantata in asso dopo avermi baciata, e la soggezione fa la stessa fine del Titanic. Per quanto mi sia sforzata di mostrarmi comprensiva, non intendo tollerare lezioncine, soprattutto se pronunciate con un piglio autoritario da fratello maggiore.

Non sei mio fratello, non sei mio padre, non sei il mio ragazzo.

Per cui, anche se ti amo, sento il bisogno di suggerirti di attaccarti al proverbiale tram.

«Quello che ho detto, non mi pare di essere stata ermetica. Adesso ti lascio ai tuoi doveri familiari. Salutami tanto Marylin.»

Interrompo la telefonata senza dargli neppure il tempo di replicare. Mi rendo subito conto di essere agitatissima, ho la tachicardia e lo stomaco in subbuglio.

Evidentemente sono più arrabbiata con lui di quanto riesca ad ammettere. Quello che è successo mi ha ferita, nonostante tutti i miei discorsi dall'apparenza matura, moderna e comprensiva.

«Sei stata grande.» La voce di William mi distoglie dai miei pensieri.

«Cosa intendi?» gli chiedo senza capire.

«Stavi parlando con Edmund, giusto? Lui ti ha chiesto di Henry. E tu gli hai risposto per le rime.»

«Non so bene come gli ho risposto.» Scrollo le spalle. «Ho lasciato fare all'istinto.»

«Il tuo istinto è un ottimo partner.»

Mentre parliamo si avvicina Henry, ancora mezzo nudo, zuppo come un salice piangente dopo un temporale, le labbra quasi viola. Sorride, cerca di parlare, ma trema talmente che gli battono i denti.

«Che idiota, sei», gli dico. «Rischi l'ipotermia. Ti devi subito asciugare e stare al caldo. Dove sono i tuoi vestiti?» Lui indica qualcosa su una panchina a qualche metro di distanza. La sua mano vibra come quella di un vecchietto col Parkinson, e non sembra assolutamente farlo apposta. «Will, per favore, vai a prenderli prima che questo scemo muoia assiderato?» Il mio amico si allontana subito, dopo aver indirizzato a Henry un'occhiata preoccupata. Giuro, è pallido come un lenzuolo. Sollevo gli occhi al cielo, e poi mi sfilo il mio cappotto. «Indossa questo, e muoviti per riscaldarti.»

Henry mi guarda storto e, balbettando, dice: «Do-dovrei essere io a… a dar-dar-darti il mio cap-cap-po-to! So-sono cose da ma-ma-maschi!»

«Sono cose da persone che non si buttano in un lago gelato il primo di gennaio, dopo aver fatto colazione da poco, per giunta! Prendi questo e smettila di atteggiarti a maschio alfa! Non sei alfa affatto, sembri un pulcino bagnato!»

Suo malgrado, per quanto profondamente offeso dal mio commento, Henry indossa il cappotto. Visto che non è molto alto e ha una struttura fisica snella ma non muscolosa, gli va benissimo. E io, mio malgrado, gli sfrego la schiena per indurre il suo corpo a produrre calore. Dopo qualche minuto torna William, ci ha messo più del previsto perché lui e Sean hanno riscaldato gli abiti gelati di Henry accanto a un falò appena acceso sulla riva.

«Vestiti e vai vicino al fuoco», lo esorta.

Henry, che non ha smesso neanche per un istante di battere i denti, non può permettersi obiezioni e si riveste in tutta fretta.

Se mi avessero detto che mi sarei ritrovata ad aiutarlo, non ci avrei creduto. Eppure son qui che lo faccio, con la collaborazione di William e Sean, che hanno un'aria sempre più allarmata.

Questo scemo è senz'altro in ipotermia, per quanto ancora lieve: deve stare al caldo immediatamente, o rischia uno svenimento o peggio.

William mi scocca un'occhiata che dice tutto quanto.

«Lo so, lo so», replico. «Non possiamo lasciarlo al suo destino. Toccherà riportarlo a casa finché non la smette di tremare.»

William annuisce.

«Vedi il lato positivo», mi suggerisce poi, tra due risatine. «Se Edmund dovesse richiamare, potrai dirgli che hai aiutato Henry a rimettersi i pantaloni, e non sarebbe una bugia!»

***

«Bevi il tè caldo e mangia quei biscotti alle mandorle, testa dura», dico imperiosamente a Henry che, seduto davanti al caminetto acceso, non fa che ripetermi che preferirebbe dell'alcol.

«Non sarebbe meglio un buon bicchierino?» insiste lui. Ha smesso di battere i denti e di tremare e il suo volto non sembra più quello di uno zombie.

«L'alcol ti farebbe malissimo. Hai sentito cosa ha detto Frank? È un paramedico e queste cose le sa: l'alcol dà una falsa sensazione di calore, solo momentanea. Bevi quel tè e mangia quei biscotti, a meno che tu non voglia crepare. In tal caso fai pure.»

«Mm, no, non è il momento giusto per crepare, non oggi che stavo per finire congelato e mi hai dato pure il tuo cappotto. Sarebbe una morte tutt'altro che virile ed estremamente disonorevole. Se devo morire voglio farlo in un modo epico, così che quando accadrà tutti diranno "però, quell'Henry, sembrava un cretino e invece era un eroe".»

«Non posso darti torto», lo rintuzzo. «Al momento, in effetti, direbbero che sei un cretino che si è sopravvalutato.»

«Non me ne fai passare una. Di solito le ragazze sono molto più gentili con me», mi fa notare. Ma questa cosa, invece di offenderlo, gli accende lo sguardo di una luce maliziosa. «Credo che sia proprio quello che mi piace di te.»

«Allora, per farti smettere devo diventare gentile, sbattere le palpebre e far vibrare le ciglia, e dirti *cometenessunomai*?»

Henry si mette a ridere. Non posso fare a meno di notare che, quando lo fa in modo spontaneo, diventa attraente. Gli si formano delle fossette ai lati della bocca, i suoi occhi verdi si fanno luminosi, e sfoggia dei denti a dir poco perfetti.

«Mai nessuna ragazza mi ha detto questo.»

«Se fosse come dici non avresti una fama da stronzo.»

«Ho una fama da stronzo?»

«Ce l'hai, non fare finta di non saperlo, e ne vai pure fiero. Con Julia ti sei comportato malissimo.»

La sua espressione si fa un po' più seria.

«Non ho fatto niente a Julia che non volesse anche lei. Ma, naturalmente, è più comodo credere che io sia il mostruoso seduttore, e lei la giovane ingenua che...»

Lo interrompo con un gesto deciso e uno sguardo ostile.

«Risparmiami i particolari, tutto l'intrigo non mi riguarda. Finisci il tè, rimettiti in sesto, e smamma.»

«Sono costretto a deluderti, hai sentito cosa ha detto Frank? Devo stare riguardato per almeno ventiquattro ore perché potrei avere la febbre. Non ho trovato un solo hotel libero. Non vorrai che muoia di freddo lì fuori, vero?»

«L'idea non mi toglierebbe il sonno.»

«Non è vero. Prima mi hai dato il tuo cappotto ed eri anche molto preoccupata.»

«Che vuoi farci, è il mio buon cuore.»

«Sì, non ho dubbi su questo. Hai un cuore buono», dichiara, e non smette di sorridere.

«Io salvo anche le cimici, quindi non ti fare illusioni.»

«Mi hai paragonato a una cimice?»

«Assolutamente no. Le cimici mi piacciono molto di più.»

Henry si mette a ridere di nuovo e per un po' sorseggia il tè in silenzio. Poi, di punto in bianco, domanda: «Quindi non stai con William. Mi pare ovvio che gli piaccia un altro *genere* di fidanzato».

«E a me pare ovvio che non siano affari tuoi.»

«Impossibile non notarlo, stanno sempre appiccicati.»

«Così stanno di solito le persone che si amano. Ma tu cosa vuoi saperne, sei un dongiovanni da strapazzo.»

«Mi giudichi con eccessiva severità.»

«Ti giudico con assoluta lucidità, invece. Non sei un santo, Henry, ti diverti a usare le ragazze e buttarle come fazzolettini di carta, hai fatto soffrire Julia e, anche se non mi è simpatica, io faccio sempre il tifo per le altre ragazze contro lo strapotere di quelli come te. E adesso ti lascio. Non posso impedirti di rimanere fino a domani, se Frank lo ritiene necessario, ma non sono obbligata a farti da balia.»

«E domani mi farai viaggiare da solo? Non vieni con me? Possiamo usare l'auto di James, così la portiamo al Mansfield. Saresti dovuta rientrare comunque, no?»

«Sono soltanto sessanta miglia. Prenderò un treno.»

«Tre treni, come minimo, non credo ci sia un collegamento diretto.»

«Tre treni, mille treni, una carriola o uno slittino: in ogni caso andrò per i fatti miei.»

Nonostante il mio risoluto diniego, lo sguardo di Henry non

perde la sua impertinenza. Mi fissa, mi sorride, e dichiara sornione: «Fai come vuoi, ma se cambi idea sai dove trovarmi».

***

Per l'intera giornata mi tengo alla larga da Henry e dalle sue provocazioni. Resta ospite a pranzo e a cena e pare divertirsi moltissimo. William e Sean lo trovano simpatico e mi liberano dall'onere di doverci fare conversazione, così posso continuare a pensare ai fatti miei.

Lo so, sono monotona, ma *i fatti miei* continuano ad avere a che fare con Edmund. Non mi ha più richiamata. Non che me lo aspettassi, perché avrebbe dovuto farlo? L'idea di William – che sia gelosissimo di Henry – è a dir poco ridicola. È molto protettivo, non lo nego, ma credo che, in questa circostanza particolare, sapendo di avere sbagliato lui stesso con me, voglia semplicemente evitare che qualcun altro si comporti altrettanto male. Due stronzi che mi trattano da idiota in un giorno soltanto sarebbero un record.

A sera mi chiudo nella mia stanza e mi metto a smanettare col cellulare. Da domani tornerà a diventare un soprammobile, ma per oggi ho voglia di osservare il mondo attraverso la rete globale.

A un tratto, e non per caso, mi metto a curiosare sui social. So che Edmund non è iscritto a Instagram, ma Marilyn sì.

Non l'avessi mai fatto.

Sul suo profilo è un proliferare di foto di lei ed Edmund, e non soltanto quelle del passato a cui ha alluso Taylor una volta. Queste sono foto recenti, molto recenti. Non hanno a che fare con le festività natalizie, riguardo alle quali non ha caricato immagini di persone, ma solo foto di prelibate pietanze, un albero di Natale enorme e dei bellissimi paesaggi innevati.

Riguardano la giornata odierna. Questa stessa notte. La stronza sta scattando delle fotografie e le carica praticamente in tempo reale.

Si trovano all'Egg, uno dei locali più noti di Londra, credo a una festa privata. Quindi Edmund ha lasciato lo Staffordshire, ha deciso di ignorare i problemi dei suoi familiari, e ha imboccato la strada verso sud. E non da solo. Ha portato con sé la *cara* Marylin.

Perché questo broncio?

Ti aspettavi che tornasse qui?

O addirittura lo pretendevi?

Ma quanto sei scema?

Dovrei smetterla di curiosare e mettermi a dormire, ma il non sapere mi dilania tanto quanto il sapere. Da mezzanotte all'alba io e il sonno siamo ai ferri corti. Sarebbe opportuno che staccassi tutto, anche perché sono stanchissima e non ho riposato neppure la notte scorsa: malgrado ciò, non riesco a non guardare.

Edmund e Marylin non si fanno mancare niente. Nel locale c'è un sacco di gente, ma le foto postate da Marylin hanno sempre Edmund nell'inquadratura. Edmund che beve, che parla con qualcuno. Edmund allegro ed Edmund pensieroso. Sembrano foto casuali, perché non c'è mai solo lui, ma guarda caso lui non manca mai. Anche quando si tratta di selfie, con Marylin in primo piano, Edmund appare da qualche parte sullo sfondo.

Lasciato il locale se ne vanno in giro per Londra. Non so se Edmund sia ancora con lei, perché a essere immortalati sono soltanto dei tipici panorami cittadini immersi nella suggestiva illuminazione notturna, ma nessuna persona, salvo i passanti.

A un tratto, dopo un paio d'ore di silenzio, mi convinco che la stronza abbia terminato col suo book fotografico, e sto per lasciarmi vincere dalla stanchezza. L'alba è prossima, ho bisogno di dormire, far riposare la mente, quietare ciò che mi turba. Un buon sonno, magari, mi farà vedere le cose in modo meno tragico e allenterà la gelosia che mi opprime.

Ma tanto la tristezza quanto la gelosia sono destinate ad aumentare.

Infatti, inaspettatamente, appare un'altra fotografia.

Non è in un luogo esterno, e non è in un locale, e non c'è più nessuno, a dire il vero.

È l'ennesimo selfie di Marylin, che stavolta ha inquadrato se stessa in un letto. Anche se non si vede nulla che Instagram potrebbe censurare, capisco subito che in lei c'è qualcosa di discinto e scomposto. Deve essere uscita da poco dalla doccia, i suoi capelli sono umidi e non mi pare abbia molto addosso. Ma non è questo a turbarmi.

È ciò che intravedo accanto a lei, sul medesimo letto. Sono costretta a ingrandire l'immagine per esserne certa.

Quello è il braccio di Edmund. Riconosco il suo orologio, un Eberhard Tazio Nuvolari col quadrante nero e il cinturino in cuoio anticato, che gli ho visto indossare molto spesso. E che aveva anche ieri.

Quella è la sua mano. La sua bella mano grande e virile.

Quella è una ciocca dei suoi capelli color miele di girasole sparsi sul medesimo cuscino sul quale è appoggiata la testa di Marylin.

All'improvviso mi viene da vomitare. Una fitta lancinante

mi attraversa lo stomaco. Sono stati a letto insieme.

Perché sei sconvolta?

Non lo sapevi?

Lo sospettavo: saperlo con certezza, però, non è come immaginarlo. Ma a disgustarmi, sopra ogni cosa, è il fatto che sia andato a letto con lei poche ore dopo aver baciato me. Lo sapevo già che quel bacio non ha significato niente, che è stato solo un errore e bla bla bla. Ma, di nuovo, i fatti contano più delle parole, anche quando le parole fanno già parecchio male. I fatti che provano quelle parole sono come scudisciate su ferite aperte.

Me ne frego del rischio che si rompa, e scaravento il cellulare lontano. Urta contro un mobile, cade a terra con un tonfo.

Spero di non aver svegliato nessuno, ma se anche fosse non mi importa. Mi infilo sotto le coperte con tutta la testa e odio Edmund con tutto il cuore.

***

«Wow, allora hai cambiato idea? Vieni con me?» mi domanda Henry l'indomani, vedendomi pronta per partire. Ho fatto i bagagli in fretta, e ho deciso di accettare il suo passaggio.

«Sì, ma non sarò molto socievole», borbotto.

«Hai un aspetto orribile», mi concede lui, con scarsa galanteria.

«Lo so, pensi di poterlo sopportare? Altrimenti prendo il treno.»

«No, no, mi accontenterò.»

Non so bene perché ho deciso di partire con Henry. O meglio, ho un sospetto ma, poiché non mi fa molto onore, ed è pure piuttosto stupido, preferisco ignorarlo. Altrimenti sarei costretta ad ammettere che è una sorta di dispetto fatto a Edmund.

Ecco, l'ho detto, dannazione.

Lui mi dice di fare attenzione a Henry?

E io ci viaggio insieme.

Saluto tutti e li ringrazio con immenso affetto. William mi chiede di chiamarlo e di scrivergli, e mi dice che, quando vorrò parlare, potrò contare su di lui. Ha capito che qualcosa non va, e ha colto la stranezza della mia improvvisa decisione di fare questo viaggio, ma non ha insistito.

Perciò, eccomi sulla berlina Audi che Henry *ha preso in prestito* da James. La distanza col Mansfield College è abbastanza breve, in un paio di ore al massimo dovremmo essere arrivati.

Si ritorna in prigione.

Durante il viaggio mantengo la mia promessa e non pronuncio una parola. Henry, stranamente, non cerca di forzarmi nel solito modo sfacciato. Ogni tanto mi indirizza un'occhiata, ma in linea di massima si fa i fatti suoi.

Poi, a un tratto, nonostante la segnaletica indicasse una certa direzione, inforca un'altra uscita, abbandona l'autostrada e arriva alla statale.

«Dove stiamo andando?»

«È una sorpresa», mi risponde sibillino.

«Non farti venire strane idee, Henry.»

«Non è una strana idea, è solo un'idea.»

Dalla statale finiamo in una stradina secondaria.

«Dove stiamo andando?» ripeto, e stavolta il mio tono è più aspro.

Sto per dare fondo alla mia scorta verbale di parolacce

quando, alle porte di un villaggio, scorgo quello che mi sembra un luna park. Sì, lo è senza dubbio, un parco divertimenti all'aperto, anche piuttosto esteso: però, per il momento, visto l'orario, appare sonnolento come una città fantasma.

«Quando siamo arrivati al Mansfield la prima volta, l'autista si è perso e siamo finiti qui per sbaglio», mi spiega Henry. «Solo che era sera, e tutto appariva un po' meno morto. Ma conto di riuscire a risolvere la cosa.»

Lo so, potrei sollevare un mucchio di obiezioni e fare due mucchi di domande ma, in fondo al mio cuore amareggiato, avverto uno scintillio di gratitudine. Non mi dispiace questa deviazione: va bene tutto, purché dirotti i miei pensieri verso cieli diversi dal ricordo di quella maledetta foto e del suo ovvio retroscena. Ma specialmente dal ricordo della mia imbecillità per essermi illusa, nonostante tutto, che Edmund provasse qualcosa per me e che sarebbe ritornato nel North Yorkshire una volta placata la lite familiare. Insomma, per aver creduto che, in fondo, William potesse aver ragione.

Parcheggiamo sotto un albero ed entriamo nel parco, che è privo di cancelli. Non c'è nessuno in giro, ma non sembra un posto abbandonato: sembra una cittadina messicana durante la siesta.

Ci aggiriamo tra le bancarelle chiuse da tende o piccole serrande. Qualche rifiuto rotola a terra come le balle di fieno dei film western, con la differenza che nei film western il suolo è arido, mentre qui ci sono sprazzi di neve fangosa. In fondo scorgo una ruota panoramica e un ottovolante.

A un tratto una signora di mezza età viene verso di noi. Henry si avvicina e le parla. Intanto mi guardo intorno. Mi piace stare qui, e la mente mi riporta a un momento del passato, quando ero molto piccola, e andai in un parco divertimenti coi miei genitori, a Londra. Ricordo che me ne stavo seduta sulle spalle di mio padre, osservavo quel mondo colorato e chiassoso al di sopra della sua testa bruna e tenevo in mano un palloncino rosso che mi avevano comprato poco prima. La mamma camminava accanto a noi. Quando, da quella che per me era un'altezza vertiginosa, vidi un Carousel con i cavalli, mi misi a strillare di felicità purissima. Non ricordo quanti giri feci su quella giostra, cambiando cavallo ogni volta, così da montarli tutti e non fare torto a nessuno, ma furono davvero tanti. L'unica cosa che mi rattristò fu che, verso la fine della serata, il palloncino mi sfuggì dalle mani e finì divorato dal cielo, o almeno fu quello che pensai allora. Piansi un po', ma non per capriccio: piansi per malinconia, perché mi affezionavo terribilmente alle cose. In special modo alle cose che erano state presenti mentre ero felice e che, immaginavo, fossero state felici a loro volta. Avevo dato il mio palloncino alla mamma affinché me lo tenesse e, per tutta la durata di quei giri infiniti accanto a papà, l'avevo tenuta d'occhio. Quando, a un tratto, la folla si era frapposta sottraendola alla mia vista, il palloncino era rimasto lì, sospeso come un segnale, un rassicurante cuore rosso che pareva guardarmi e dirmi "io e la tua mamma siamo qui". Dopo che volò via piansi perché ebbi paura per lui, non per me che ne restavo priva. Io avrei potuto averne un altro - anche se non ne volli un altro - ma lui che fine avrebbe fatto? Nella mia mente di bambina lo immaginai sperduto in mezzo al buio. Mamma e papà fecero di tutto per consolarmi, mi dissero che lo aveva preso un angelo, ma pensarono sicuramente che fossi troppo sensibile, e che questo mi sarebbe stato deleterio nella vita. Non sbagliavano, perché tutt'oggi il mio cuore si spezza facilmente.

Dopo la morte della mamma, nonostante io abbia smesso di credere ai palloncini spaventati e al cielo abitato dagli angeli, ammetto di essermi chiesta, nei momenti di maggiore fragilità, se lei avesse ritrovato il piccolo pallone rosso, e se guardando in alto avrei potuto rivederli, come quel lontano giorno al luna park. So che non è così, non sono stupida o credulona, ma a volte lo osservo ancora, il cielo, come se mi aspettassi di scorgerli entrambi.

«Fanny, possiamo andare», mi esorta Henry, e il ricordo si frantuma.

«Andare dove?»

«Mettiamola così, ho notato che sei nervosa, per non dire isterica, e quando sei isterica diventi meno carina, per cui vieni con me, sfogati un po', e poi torna a deliziarmi col tuo sorriso impertinente. Le morte viventi mi fanno venire l'ansia.»

«Un motivo in più per perseverare.»

«Non dire sciocchezze. Ho detto a quella signora, che è la proprietaria, che sei molto depressa e che hai bisogno di un po' di divertimento. Ti ha guardata in faccia e non ha dubitato che dicessi la verità. Solo uno zombie di The Walking Dead è messo peggio. Il tiro a segno, il gioco del martello e l'autoscontro sono tutti per te. Dacci dentro e poi smettila.»

***

Dopo un momento di perplessità, lo faccio. Mi sfogo. Sotto lo sguardo compassionevole della proprietaria del luna park, che forse mi immagina gravemente malata stando alla gentilezza che mi riserva, colpisco con forza tutto ciò che c'è da colpire. Sparo con una pistola finta contro bersagli in movimento, scaravento palline contro barattoli, e non dico che arrivo al livello massimo nel gioco del martello, ma mi difendo bene. La rabbia non mi manca.

A un certo punto, mentre ci avviamo verso l'autoscontro, squilla un telefonino. Il mio non può essere, si è rotto quando l'ho lanciato contro il mobile, e quello della mamma lo tengo spento quando non lo uso. Quindi deve essere il cellulare di Henry.

Lo estrae dalla tasca del cappotto, lo guarda e solleva gli occhi al cielo. Risponde di malavoglia.

«Marylin», borbotta, e si allontana un po', così non so cosa si dicano.

Né lo voglio sapere. Solo ad aver sentito il nome di quella lì mi si è acceso un fuoco nell'addome. Sono pazza, ne convengo, la mia gelosia è sensata quanto un fiore tra i carciofi, o un carciofo tra i fiori, ma le mie emozioni sono cavalli liberi e senza morso in bocca.

Decido di avviarmi verso l'autoscontro quando Henry, alle mie spalle, mi chiama a gran voce. Mi volto. Lui accelera il passo e si avvicina.

«Pare che Edmund si sia convinto che ti ho rapita e che intendo portarti in qualche luogo di perdizione. Vuoi rassicurarlo? Lui e mia sorella, ultimamente, fanno a gara a chi è più noioso.»

Sono ancora insieme, dunque.

Edmund e Marylin e un cuore trafitto, il tutto inciso sulla corteccia di un albero?

Il primo impulso sarebbe dirgli che non ci voglio parlare, e che si impicchino entrambi, a quell'albero, ma farei cadere la maschera che ho deciso di indossare, i miei sentimenti filtrerebbero, e tutti capirebbero quello che provo e che penso. Nessuno deve capire niente, invece, quindi ecco la maschera, la posiziono sul mio viso, e recito anche con la voce.

Prendo il cellulare di Henry e parlo con Edmund.

«Fanny, tutto ok?» mi domanda.

«Tutto ok», rispondo.

«Ho provato a chiamarti, ma il tuo cellulare è sempre spento», mi fa notare, con un'evidente ombra di rimprovero.

«Non è spento, è rotto», gli spiego, senza spiegargli fondamentalmente nulla.

«Così ho contattato William e mi ha detto che eri partita con Henry. Perciò ho chiesto a Marylin di chiamarlo», continua lui, e quell'ombra di rimprovero si fa più consistente.

«Partita, non rapita», commento allegramente.

«Dove sei adesso? Cosa state facendo?»

Da quando sono affari tuoi?

«Ci stiamo divertendo molto», rispondo in modo evasivo.

Un istante di pausa.

«In che senso?»

Assumo un tono un po' impaziente.

«Ok, Edmund, hai appurato che non sono morta e non sono neppure vittima di un sequestro di persona. Grazie per l'interessamento, sei sempre così premuroso, ma non sei il mio tutore. Adesso vado. Ah, salutami tanto Marylin», concludo, come ho già fatto la volta scorsa, con la medesima ironia impossibile da trattenere.

Porgo il cellulare a Henry, che mi strizza un occhio e poi spegne il cellulare.

«Quanto rompono le scatole, quei due», sbuffa, e poi finge

di mettersi due dita in gola, in un gesto che esprime esplicito disgusto. «Allora, andiamo? Adesso anche io devo sfogare un po' di nervosismo. Attenta, sull'autoscontro sono uno schiacciasassi!»

«Oh, pure io», concludo.

Soprattutto se immagino di asfaltare tua sorella.

Ci ho provato, giuro che ci ho provato. A far tornare tutto come prima, intendo. A fare finta che quel bacio sia stato solo un futile incidente di percorso.

Lo so, vivo nel mondo moderno, e cosa volete che sia un bacio, adesso? Un granello di sabbia, un'ombra a mezzogiorno, la fiamma di una candela giunta al moccolo, la fata di un libro per bambini che non sopravvive alla realtà. Una piccolezza che non conta, insomma. Un bacio non può compromettere un rapporto, non può obbligarlo a trasformarsi in qualcos'altro, e non può, e soprattutto non deve, diventare un precedente tanto grave da dividere la vita in *prima del bacio* e *dopo il bacio.*

Eppure è proprio quello che succede.

Ed è così che mi sento.

Com'ero prima e come sono adesso.

Ho detto tante cose buone e giuste a Edmund, e altrettante ne ho dette a me stessa, cercando di convincere la mia ragione a fare la dura, a mostrare i pugni e a non farsi sottomettere dalle emozioni.

Ma si è rivelato inutile. Non riesco più a tornare come prima, non riesco a fingere con Edmund che tutto sia a posto, che il nostro legame sia rimasto immutato e che possiamo essere amici senza il rischio che a qualcuno si sminuzzi il cuore.

Quel qualcuno, ovviamente, sono io. Il cuore di Edmund

non mi sembra granché toccato.

Anche perché, tra i miei esami, il suo ultimo test e la tesi di laurea che deve preparare, ci vediamo veramente poco. Inoltre, in auditorium si stanno svolgendo i provini finali della rappresentazione teatrale, e anche questo gli prende molto tempo.

A parte i suoi impegni, però, ho la sensazione che anche lui mi eviti. Non che lo faccia in modo scortese, che non mi saluti se mi incontra o qualcosa di simile, no, è sempre gentile, e nessuno potrebbe mai dire che mi tratti male o che mi abbia bandita dalla sua vita. Eppure io avverto lo stesso una frattura, come se la regola che abbiamo infranto con quel bacio avesse eretto un muro che ci separa.

Il suo rapporto con Marylin, invece, pare vada a gonfie vele. Mentirei se affermassi che sono sempre insieme, ma lo sono molto spesso. Non che Edmund le manifesti uno speciale attaccamento, ma è come se a lei bastasse il fatto che non lo manifesti più a me, quell'attaccamento, non come prima, almeno.

Henry si comporta bene, considerato tutto. Non mi tormenta più col suo corteggiamento insincero, ha smesso di tormentare pure Julia e pare si sia messo addirittura a studiare. Julia, dal canto suo, continua a portare avanti il fidanzamento con James malgrado sia un legame fragile come un ponte fatto di biscotti. E mi odia quasi quanto io odio Marylin.

Il mio odio per quest'ultima aumenta a dismisura un brutto pomeriggio di gennaio. Mi trovo nelle scuderie, dove mi reco molto spesso per vedere Theodora e Frances. Gli inservienti me lo lasciano fare: hanno capito che non sono una delle signorine snob che montano i propri cavalli ogni tanto e poi se ne fregano come se ne fregherebbero di soprammobili, sì, di pregio, ma fondamentalmente inutili. Inoltre si sono resi conto che so come trattare gli animali e non sono una sprovveduta. E, molto probabilmente, devono aver capito che non ho nessun parente rompiscatole e che nessuno protesterà se resto qui.

Mentre sono intenta ad accarezzare e massaggiare Theodora, parlandole gentilmente, la pace che ricavo da questi piccoli momenti finisce.

«Sei diventata una stalliera, adesso?» La voce di Marylin mi parla dall'esterno del ricovero. «Non che mi stupisca, visto che non sai montare. Ci si deve pur arrangiare, giusto? Io, invece, sono bravissima.»

Non sono tanto stupida da non cogliere il malizioso doppio senso. Non sta parlando dei cavalli, ma di altri tipi di *cavalcature*.

«Io so montare benissimo», rispondo, «ma prima preferisco creare una relazione, entrare in sintonia. Tu, visto che non ne sei capace, salti in groppa e basta.»

«Saltare in groppa è il metodo migliore per domare i cavalli», continua lei, insistendo a sorridere falsamente. «Con le carezze e gli occhi languidi non si ottiene niente. Se non di illudersi di averli in pugno e poi finire disarcionate.»

«Questo è quello che credi tu. Sono le persone troppo sicure e arroganti, invece, a finire disarcionate con più facilità, perché il cavallo è un animale intelligente e non si fiderà mai davvero di loro, e alla prima occasione le farà cadere.»

«Non ti preoccupare, nessun cavallo mi disarcionerà mai. Per esempio, adesso vado a montare Marlowe, il purosangue di Edmund. Ci so fare parecchio coi purosangue.»

«Hai il suo permesso?» le domando, e cedo alla debolezza di mostrarmi infastidita. Non per Edmund, in questo momento la mia unica preoccupazione è Marlowe. È molto tranquillo, di solito, ma ultimamente ha mostrato un certo nervosismo, e io credo di sapere perché. La gente sottovaluta i cavalli. Li considera meno sensibili dei cani, meno inclini a provare emozioni come la malinconia o il senso di abbandono. Invece sono capaci di sentimenti profondi.

Sono sicura che Marlowe sta patendo per la disattenzione di Edmund, che da un po' di tempo a questa parte si dedica a tutto e a tutti tranne che a lui, e questo lo porta a essere irrequieto e poco disposto all'obbedienza. Per qualche motivo tollera me, si fa strigliare e accarezzare, ma con gli altri ha dimostrato spesso e volentieri segni di inquietudine.

Marylin, ovviamente, non risponde. Mi squadra con disprezzo e si allontana. La seguo con lo sguardo mentre, nel suo perfetto completo da equitazione che la fascia come un guanto di lusso, raggiunge il box di Marlowe e parla con un inserviente. L'uomo prova a dissuaderla, ma lei insiste e alla fine la spunta.

Non so perché la stronza non usi il suo cavallo andaluso, ma sospetto che questa scelta abbia a che fare con le stesse ragioni che inducono un cane a marcare il territorio. Marlowe, tuttavia, se ne frega delle regole imposte da chi pensa che l'anima non conti e che l'obbedienza sia un dovere. Fin da subito si mostra contrariato, e quando provano a sellarlo scalcia. A un tratto si solleva sulle zampe posteriori e diventa minaccioso.

Marylin fa un passo indietro, inviperita, e la sua rabbia aumenta quando io mi avvicino e, in mia presenza, il cavallo si placa. Gli parlo con calma, e Marlowe mi lascia avvicinare e china il capo sulla mia spalla. Vorrei spiegare a quella stronza che non c'è niente di magico in ciò. Si chiama relazione. Si chiama fiducia. E si ottiene creando un rapporto. Si ottiene con una presenza costante e discreta, senza imporsi, amando e lasciandosi amare. Di rado ho dato a Marlowe qualcosa di buono da mangiare, ogni tanto qualche carota e qualche mela, ma il più delle volte sono entrata nel suo mondo con semplice dolcezza, senza pagare oboli per il suo affetto. Cosa ne può capire Marylin di questo? Lei, con la sua tenuta da caccia alla volpe, sa solo domare e dominare.

Nei suoi occhi la collera è una gittata di fuoco. Non verso Marlowe. Lei odia me. Tuttavia, non può perdere il suo aplomb e fa una risatina, dice qualcosa a proposito della luna piena che forse lo rende un po' irrequieto, poi afferma di avere da studiare, di essere venuta nelle scuderie per caso, e se ne va.

«Marlowe sopporta solo lei, signorina», mi fa sapere l'inserviente. «Non so come mai Miss Crawford si sia fatta venire questa idea. Glielo avevo detto che era meglio montare la sua Regina, ma ha insistito.»

Annuisco senza fare commenti, e so cosa fare adesso. So dove intendo andare.

Lascio anch'io le scuderie e vado a cercare quell'idiota. L'idiota in questione, sorprendentemente, non è Henry, ma Edmund.

Non lo trovo in biblioteca e giro per un po' a vuoto. Poi mi viene in aiuto Taylor, grazie al suo eterno sapere tutto di tutti. Le chiedo se lo ha visto e lei, dopo avermi strizzato un occhio con complicità, mi fa sapere che è andato in quella che viene chiamata la sala cinema. Lo ha udito dirlo alla professoressa Norris.

Non si tratta di un vero e proprio cinematografo, ma è comunque una sala piuttosto grande, con un centinaio di poltroncine verde smeraldo e uno schermo da 325 pollici.

Di solito a quest'ora non c'è alcuna programmazione, quindi non capisco cosa stia facendo Edmund qui. Comunque poco importa, devo parlargli di tutt'altro.

Entro in perfetto silenzio. Le luci sono basse, e sullo schermo scorrono le immagini di un film. Riconosco subito la Jane Eyre del regista italiano Franco Zeffirelli. La mia versione cinematografica preferita, tra le molte che sono state fatte. Manca il sonoro, tuttavia, i personaggi muovono le labbra come pesci rossi in un acquario.

Avanzo nella semioscurità, verso l'unico posto a sedere occupato, a metà sala. Edmund è sprofondato in una poltrona, con le ginocchia appoggiate contro lo schienale dirimpetto. Non si accorge subito di me, se non quando gli sono proprio vicino. Ha un lieve trasalimento e mi fissa come se la mia presenza fosse più incredibile di quella di un marziano alla corte del Re Sole. Allora mi accorgo che indossa degli auricolari, grazie ai quali sta ascoltando il film oltre che vederlo.

«Ehi», mi dice. Dagli auricolari che adesso gli penzolano in mano fuoriescono i suoni, con un effetto strano, come di voci di fantasmi nascosti nella semioscurità.

«Ti devo parlare», gli annuncio, decisa. Di nuovo lui trasalisce. Forse teme che intenda rivangare imbarazzanti parentesi, perciò metto le mani avanti. «Di Marlowe.» E poi, nel timore che pensi gli sia accaduto un infortunio, specifico: «Sta bene».

«Ah, ok», mormora. «Ma dopo», aggiunge. «Fammi prima terminare. Ho deciso di tuffarmi appieno nell'atmosfera di questa storia, sto guardando ogni possibile film tratto dal romanzo. I maestri insegnano sempre. Puoi restare, se vuoi.»

Ci penso su un istante solo, poi annuisco. Allora, Edmund mi indica gli auricolari inseriti in un piccolo vano argenteo sul bracciolo della mia poltrona. Tirandoli fuori si attivano e anche da essi filtrano le voci del film. Li indosso, e mi appoggio allo schienale.

Il solo sfioramento del suo braccio con il mio, però, mi provoca pensieri che somigliano alla trama di un film non abbastanza casto, la cui scena madre include un bacio divorante e sensuale, insieme al ricordo, in una sorta di flashback vietato ai minori, di Edmund che esce nudo dalla doccia.

Non pensare cose sconvenienti.

Sei qui per parlare di Marlowe.

Mi concentro sul film. Per fortuna, neanche a farlo apposta, sono arrivata in tempo per la scena che più amo. Edward e Jane stanno parlando, lei è convinta che lui stia per sposare Blanche Ingram. Si sente triste, la povera Jane, ma presto si renderà conto di quanta passione alberga nel cuore di Rochester, quanto egli la ami, d'un amore così poco convenzionale per quel tempo, così intimo e totalizzante.

«Conosco questo dialogo a memoria», mormoro. Edmund, però, non può avermi udita, visto che indossa di nuovo gli auricolari.

Al termine del film sono commossa. Mi asciugo gli occhi in tutta fretta, prima che Edmund se ne accorga.

«È inutile, ti ho vista, hai pianto», mi dice ironico, appena la luce si riaccende.

«Non c'è niente di male a commuoversi», protesto mentre mi alzo e mi allontano un po'. Esco dalla fila di poltroncine, e gli parlo a distanza. Meglio evitare altri incontri ravvicinati.

«Se è così, perché ti nascondi?» mi domanda lui, che invece resta seduto.

«Non lo so», ammetto, e scrollo le spalle. «Comunque non

sono venuta qui per parlare di questo. Nemmeno per vedere il film, a dire il vero, anche se mi ha fatto piacere.»

«Devi dirmi qualcosa su Marlowe? Che succede?»

«Succede che sei sparito dalla sua vita. Saranno almeno venti giorni, ovvero da prima di Natale, che non vai a trovarlo, stando a quel che mi hanno detto nelle scuderie. Ora, lo capisco pure che avrai le tue cose a cui pensare, ma diamine, trova un po' di tempo anche per quella creatura! Non è una cosa, è un essere senziente che avverte la tua assenza e soffre! Io faccio il possibile per consolarlo, ma non basta! Lui ama te, lui vuole te! Solo perché è un animale pensi che non abbia sentimenti? Li ha, invece, ha un cuore che batte, e un'anima che prova nostalgia!» Edmund mi guarda con gli occhi spalancati e un sorriso assurdamente vittorioso. «Perché cavolo ridi?» gli domando esasperata dalla sua reazione. «Marlowe è così poco importante per te, da farti comportare da imbecille?»

«Non è per questo», mi risponde. «O meglio, sì, mi sono comportato da imbecille, soprattutto negli ultimi tempi, ma di Marlowe mi importa molto.»

«E allora cosa cavolo hai da ridacchiare?»

«Non è per Marlowe, è per te.»

«Ti faccio ridere io?» esclamo, ancora accalorata. «Che c'è, sono un clown, adesso?»

«Non sei affatto un clown. E non ridevo di te, ma grazie a te.»

«Non ho detto niente di divertente.»

«No, hai ragione. Ma il modo in cui lo hai detto è stato sublime. Ti rendi conto di quanta Jane ci sia in te, Fanny? Hai parlato con la stessa passione di quando dice a Rochester "Io sono povera e brutta, ma sono fatta di anima e sangue!" È questa la Jane che voglio. Così intensa e combattiva e insieme dolcissima e generosa. I provini per la protagonista, in questi giorni, sono stati molto più che deludenti. Uno sfacelo. Solo tu puoi salvarmi e salvare lo spettacolo. E se accetterai, ti prometto che andrò a trovare Marlowe ogni giorno.»

«Cos'è, un ricatto? Temo che tu stia frequentando la compagnia sbagliata. Dovresti stare con persone che ti rendono migliore, non con persone che ti fanno diventare gretto, egoista e meschino.»

Ogni riferimento a persone esistenti, e specialmente a stronze grette, egoiste e meschine, non è puramente casuale.

Mi aspetto che mi dia battaglia, e invece mi risponde paziente e un poco amareggiato: «Hai ragione. In effetti mi sento interiormente peggiorato. Vuoi aiutarmi?»

«È solo un modo scaltro per convincermi a fare il provino?»

«No, Fanny, dico sul serio. Mi sento come se, dentro di me, qualcosa stesse marcendo, anche se non so bene di cosa si tratta. A volte mi pare d'essere come una mela lucida con dentro il verme.»

«Che esagerato», brontolo. «Non hai nessun verme, devi solo capire quali sono le cose che contano.»

«Lo so già, ma saperlo non è tutto.»

«Non sarà tutto, ma è un ottimo inizio.»

«Farai il provino? Andrò da Marlowe in ogni caso, te lo prometto.»

«Quando reciterà Marylin avrai l'attrice che cerchi, non hai bisogno di me.»

«Il provino l'ha fatto oggi pomeriggio e le ho detto subito di no. La professoressa Norris è stata d'accordo. Anche lei l'ha trovata completamente fuori parte.»

«Adesso capisco tutto.»

«Tutto cosa?»

«Perché Marylin era isterica.»

Gli racconto dell'episodio avvenuto nelle scuderie.

«Non le ho dato l'autorizzazione a montare Marlowe», dichiara lui, con uno sguardo a dir poco gelido. «Ho detto alle scuderie che solo tu e Julia, se doveste averne voglia, potete cavalcarlo. Marylin non è mai stata inclusa. Dovrò redarguire qualcuno.»

«Redarguisci lei, e non quei poveretti. Se n'è arrivata così convinta e arrogante che è stato impossibile per loro, che sono dei dipendenti, dirle di no. Per fortuna ci ha pensato Marlowe. Comunque, a me frega poco di tutto e di tutti, mi importa solo di quel povero cavallo.»

«Solo di lui?»

«Puoi giurarci», mento.

«Ok, me lo merito. Però... farai quel provino.»

«Non percepisco il punto interrogativo al termine della frase.»

«Non c'è, non ti sto domandando niente.»

«Cos'è, allora, un ordine?»

«Qualcosa del genere.»

Mentre parla, si alza anche lui e si dirige verso di me. Arretro finché posso, ma a un tratto mi ritrovo con la schiena contro una parete. Edmund mi guarda in un modo strano, un po' triste e un po' insolente. Mi raggiunge, siamo a un solo passo di distanza l'uno dall'altra. Mi fissa e mi fa sentire a soqquadro. Allunga una mano, sfiora una ciocca dei miei capelli. Si china verso di me, come se volesse confidarmi un segreto parlandomi all'orecchio, oppure...

In questo preciso momento la porta della sala si spalanca e irrompe la professoressa Norris.

Ha un attimo di stupore, al quale si sostituisce ben presto un'evidente riprovazione.

«Lord Edmund», dichiara, con tono severo. «Non è corretto che lei si intrattenga da solo con una studentessa, per giunta minorenne. Lo sa che la stimo, ma certi comportamenti non posso tollerarli.»

Non so cosa mi prenda, davvero, non lo so. Non ha rimproverato me, potrei andare via e lasciare lui alle prese con il biasimo dell'insegnante. Ma non ce la faccio. Non sopporto di vedere Edmund in difficoltà.

«Sono venuta a parlare con mio *cugino*», dico, enfatizzando volontariamente il termine, quasi a sottolineare il grado di parentela che ci lega e che dovrebbe metterci in salvo da scandalose congetture, «ma speravo ci fosse anche lei, professoressa. Desideravo chiedere a entrambi se potete permettermi di fare il provino per il ruolo di Jane Eyre. Gli stavo mostrando la... la scena che avevo preparato. Edmund, però, mi ha detto subito che, non essendomi iscritta per tempo, se lei non avesse accettato non avrebbe potuto fare nulla. La professoressa Norris è a capo del progetto, ha specificato.»

Temo che la mia certezza d'essere una persona sempre sincera sia un tantino sopravvalutata. Infatti mento con consumata abilità. Quindi, o sono una brava attrice, o so essere anche io una stronza ipocrita.

Spero che l'insegnante mi rimproveri perché non ho rispettato le regole riguardanti l'iscrizione, e mi mandi al diavolo con buona pace di tutti, e nel frattempo la smetta di guardare Edmund come se fosse un bieco e laido seduttore di minorenni.

Invece la professoressa pare rifletterci su, con un'aria d'importanza alla quale resta affiancato un leggero sospetto. Poi l'aria di importanza prevale. Essere stata definita "il capo del progetto" l'ha ringalluzzita.

«Non sarebbe molto regolare», dichiara infine. «Ma considerati i provini fallimentari, e visto che senza una protagonista non si può neppure iniziare con le prove, direi di fare un'eccezione. Possiamo toglierci subito il pensiero. Ci vediamo tra mezz'ora in auditorium. Mi raccomando, che non se ne sappia niente. Se andrà male, terremo tutto per noi. Se andrà bene, mi assumerò io la responsabilità dell'eccezione.»

La sua accondiscendenza mi destabilizza, ma annuisco senza aggiungere altro. Prima di lasciare la sala rivolgo un ultimo sguardo a Edmund. Mi aspettavo che sorridesse vittorioso per aver ottenuto quello che voleva, e invece resto stupita, se non addirittura sconvolta, dalla sua espressione. C'è un velo di tristezza nei suoi occhi blu. Un velo opaco, simile alla superficie di un lago. Un velo che mi fa male al cuore, anche se non riesco a dargli un senso. E che mi fa male ancor di più perché ho tanta voglia di darglielo, quel senso.

Ed è per questo, proprio per questo - perché non devo, assolutamente non devo voler capire altro - che abbasso lo sguardo e scappo via.

***

L'auditorium è talmente grande da farmi sentire in soggezione. Sembra un vero teatro, uno per attori seri - con tanto di grandi poltrone di platea e due piani di palchetti a semicerchio - non per ragazzine improvvisate come me.

Salgo sul palcoscenico, sotto lo sguardo di Edmund e dell'insegnante. Mi sento agitatissima. Non per il dopo, tanto lo so che andrà male e che la mia carriera da presunta attrice terminerà qui. Peccato che, pur con questa confortante prospettiva, io non riesca a non sentirmi nervosissima.

«Che brano ha preparato?» mi domanda la professoressa Norris.

«In verità, io...»

Edmund si alza dalla poltrona in prima fila. Inforca una scaletta e sale sul palco.

«Il dialogo che stavamo provando prima», mente. «Quello che conosci a memoria.»

«Ma io...» Quindi mi ha sentita nonostante gli auricolari?

«Ti do le battute, come abbiamo fatto in sala cinema», insiste.

«Non so se...»

«Fanny, provaci.» Il suo tono è gentile ma fermo.

«O-okay...»

Edmund rimane in piedi accanto a me e inizia con la frase di Rochester.

«Thornfield è un luogo piacevole in primavera, non è vero?» dice, con tono discorsivo.

«Sì, signore», replico, timidamente.

«Voi siete affezionata a questa casa, e certamente vi dispiacerà doverla lasciare. È sempre così, con gli eventi della vita. Non appena ci si è insediati in un luogo piacevole, una voce grida e ordina di alzarsi e partire.»

«Dovrò partire, signore? Dovrò lasciare Thornfield?» Nel dirlo sembro quasi disperata. Penso a quando, molto presto, Edmund sarà laureato e andrà via dal Mansfield e non ci rivedremo mai più. Be', forse il *mai più* è un arco temporale esageratamente esteso, ma di sicuro avremo vite lontane e differenti.

«Sì, Jane, ne sono dolente, ma è necessario.»

«Sarò pronta, quando arriverà il vostro ordine.»

«Arriva adesso, devo darvelo stasera.»

«Allora… state davvero per sposarvi, signore?»

«Esattamente, precisamente. Con la vostra solita perspicacia avete colto nel segno.»

«Presto, signore?»

«Molto presto, mia… cioè, Miss Eyre. Ricordate: voi stessa, con discrezione e umiltà, per prima mi diceste che sarebbe stato conveniente lasciare Thornfield nel caso io avessi sposato la signorina Ingram.»

«Metterò subito un annuncio nei giornali, e intanto…»

«Jane, spero che l'accetterete, ma ho già notizia di un posto per voi in Irlanda.»

«È così lontana l'Irlanda, signore…» *È così lontana qualsiasi parte del mondo in cui tu non ci sei.*

«Da cosa, Jane?»

«Dall'Inghilterra e da Thornfield, e da…»

«Da?»

«Da voi, signore.»

«Siamo stati buoni amici, siete d'accordo?»

«Sì, signore.» *Lo siamo stati, prima, forse. O forse no. In fondo, per me è sempre stata tutta un'altra cosa.*

Edmund fa qualche passo verso di me, e si porta una mano sul cuore, come a sostenerne il battito.

«A volte provo una strana sensazione davanti a voi, soprattutto quando mi siete vicina, come ora. Mi sento come se avessi un laccio, legato qui sopra il mio fianco sinistro, dove c'è il cuore… e voi siete strettamente legata alla stessa maniera. E ora che andrete in Irlanda, con tutta quella distanza tra di noi, ho paura che questo laccio finirà con lo spezzarsi e che io inizierò a sanguinare dentro. Voi invece siete saggia, dimenticherete.»

Il mio tono è più veemente di quanto avessi programmato.

«No, mai! Mai dimenticherò. Vorrei non essere mai nata, non essere mai venuta a Thornfield.» *E al Mansfield. Così non ti avrei conosciuto davvero. Avrei pensato a te solo come al ragazzaccio che si era fumato una canna nel giardino dei nonni. Non avrei mai saputo quanto sei speciale.*

«Ci sono case altrettanto belle. Perché vi dispiace così tanto lasciare Thornfield?»

«Perché qui ho vissuto una vita piena e gioiosa! Come fate a essere così stupido? A essere così spietato? Io potrò essere povera e brutta, ma sono fatta di anima e sangue! Non è la casa, ma è la vita che ho vissuto qui! Non sono stata calpestata, non mi sono sentita esclusa! Sono stata trattata come una vostra eguale!»

«Perché lo siamo, Jane… lo siamo…»

«Sì, Signore, lo siamo e tuttavia non lo siamo, perché voi siete fidanzato. Lasciatemi andare!»

L'esortazione successiva di lui presuppone che mi tenga ferma, altrimenti la battuta non avrebbe senso. Ed è così che fa Edmund. Mi blocca per i polsi, mi attira a sé.

«Non lottare! Non dibatterti come un uccello selvatico in una gabbia!»

Mi divincolo, vorrei veramente che mi lasciasse andare, perché il mio cuore batte così forte che potrei perdere i sensi. Non sono Jane, adesso. Sono Fanny che ha paura e freme.

«Non sono un uccello in gabbia e non c'è rete che possa intrappolarmi!» esclamo, con violenza. «Sono un essere umano libero e indipendente, con una sua volontà.»

«Allora resta, resta e sposami.» Il modo in cui lo dice, il calore nella sua voce bassa e lenta, decisa eppure morbida, mi accende dentro l'ennesimo fuoco che mi brucerà.

«Non dovete prendervi gioco di me», protesto, e continuo a dibattermi come una farfalla in un retino.

«Dico sul serio, Jane. Resta a Thornfield, diventa mia moglie.»

«E la signorina Blanche?» *E Marylin?*

«Io non amo Blanche Ingram né lei ama me. Jane, dolce strana creatura quasi ultraterrena, io ti amo come la mia stessa carne. Ti prego, sposami! Ti prego, chiamami per nome e dimmi... Edward voglio sposarti.»

«Sì, sì, sì, Edmund!»

Edmund? Ho detto Edmund o l'ho solo pensato?

Mio Dio, ti prego, fa' che lo abbia solo pensato!

Non esagero, quando dico che il cuore mi sta quasi perforando il petto. Batte a perdifiato, come se le emozioni lo obbligassero a correre. Mi gira anche la testa, mi gira così tanto da avere la nausea. Mi sento un misero rottame con cento anni addosso, altro che diciassette. Inoltre, il pensiero di aver pronunciato a voce alta il nome di Edmund e non quello di Edward, e con un tono così appassionato per giunta, mi fa desiderare che il palcoscenico si spalanchi e che mi inghiotta.

Ti prego, fa' apparire una voragine sotto i miei piedi, fa' che io finisca in un'altra dimensione.

Credo che, in un certo senso, qualcuno mi ascolti. Perché,

anche se il palco resta integro e non vengo risucchiata da un portale magico, e prima o poi dovrò affrontare le conseguenze della mia idiozia, perlomeno adesso svengo. Svengo davvero, non è un trucco da attrice tutto sommato brava a fingere.

È che le sensazioni sono troppe, che ormai per me dormire è un lusso, che ormai per me mangiare è un optional, che sono fatta di tormenti troppo grandi; perciò, in un baleno, sfuggo alla coscienza e scivolo tra le braccia di Edmund.

***

Mi risveglio e mi guardo intorno: sono nella mia stanza, stesa sul letto. Il tramonto è arrivato, perché fuori della finestra, le cui tende sono del tutto aperte, è buio.

Resto così, a fissare il baldacchino, e le cortine, e le mie mani allungate in alto. Una volta ho letto che, se ci si trova all'interno di un brutto sogno, bisogna allenare la mente a riconoscerlo, e uno dei modi per capirlo è andare in cerca dei dettagli. Nei sogni, ad esempio, è impossibile contare le proprie dita. Se ci si riesce, è la realtà.

Ci riesco. Peccato.

Non che ci sia nulla di brutto in questo risveglio, ma il ricordo di quello che ho detto prima di svenire è da vergogna eterna. Se questo fosse stato un sogno, magari poteva esserlo anche quella parte.

Invece è tutto vero.

Mannaggia a me.

Mentre mi do dell'idiota a tutto spiano, sento bussare alla porta. Dopo un po' entrano Taylor e Amber. Mi dicono subito di aver avuto il permesso per farmi compagnia, e mi chiedono come sto.

«Da qualche giorno mangi pochissimo», mi fa notare Amber. «Già prima non è che fossi un'ingorda, ma da quando sei tornata dalle feste natalizie non fai che spappolare il cibo nel piatto e ne mandi giù un boccone, a dire tanto.»

«Di chi è la colpa?» la incalza Taylor. «Di Edmund o di Henry? Perché è ovvio che si tratta di mal d'amore.»

«Non… non è mal d'amore», cerco di obiettare.

«Lo è, invece. Sospiri, digiuni, di mattina vieni a lezione con gli occhi cerchiati, e invece di prendere appunti disegni cuoricini. Solo non capisco se sei ancora innamorata di Edmund, o se Henry ha preso il suo posto nei tuoi pensieri. Perché con Edmund i rapporti mi sembrano un po' freddini al momento, mentre con Henry vai parecchio d'accordo, e lui ha smesso di fare lo scemo con tutte le altre ragazze. Che, se potessero, ti strangolerebbero a turno, ma di questo poco importa, giusto?»

«Non sono innamorata di nessuno», continuo a insistere.

«E allora perché non mangi?»

Scrollo debolmente le spalle.

«Non lo so, sarà la tensione per gli esami. E poi, credo di non sopportare più questo collegio. Mi sento soffocare, e la sensazione di oppressione è aumentata dopo che sono stata nel North Yorkshire dove ho invece assaporato la libertà. Appena compio diciotto anni me ne vado.»

«Davvero?» mi domanda Amber un pochino dispiaciuta. «Se lo farai ci mancherai un sacco. Non nego che ogni tanto l'idea sfiori anche me, ma i miei genitori ci resterebbero troppo male, mi taglierebbero i viveri, e temo di essere cresciuta nella bambagia, perché non saprei proprio cosa fare per mantenermi. Per cui tengo duro.»

«Quando è il tuo compleanno?» mi domanda Taylor.

«A maggio.»

«Ok, farai comunque in tempo a partecipare alla recita.»

«La recita?» domando.

«Lo svenimento ti ha provocato pure un'amnesia?» si preoccupa Amber.

«La recita, sì», continua Taylor. «Hai fatto il provino per Jane Eyre, no? Anche se non lo sapeva nessuno. Ma non importa, tanto eravamo tutte delle schiappe. Dovevi vedere Marylin, quanto era pomposa e ridicola! Se avesse dovuto interpretare una regina sarebbe andata pure bene, e si capiva che ha studiato dizione, ha una pronuncia perfetta. Ma Jane Eyre non è perfetta, indossa degli abiti dimessi, e di sicuro non è alta quasi un metro e ottanta, non ha una quarta di reggiseno e il culo a mandolino.»

«Ma io mica l'ho avuta la parte», insisto.

«Oh, sì, che l'hai avuta!» Taylor ridacchia. «La professoressa ci ha informati proprio poco fa. E dubito che qualcuno avrà da ridire, perché, te lo ripeto, facevamo tutte schifo.»

Il mio sguardo è molto più che perplesso: è decisamente sbigottito.

«Ho... ho avuto la parte?» farfuglio.

«Sì! Sarai tu Jane!» conferma Taylor, con tono gioioso, quasi volesse rassicurarmi, come se potessi essere triste in caso contrario. «Adesso completeranno i provini per Edward Rochester, ma non dubito che sceglieranno Henry. L'ho sentito provare la parte, una volta, ed è fenomenale, non come quella bambola gonfiabile di sua sorella. Sarete una coppia perfetta!»

«Ma... ma... ma io non voglio recitare!»

«E allora perché hai fatto il provino?» mi domanda Taylor

con la fronte aggrottata.

«Dai, è solo un po' di paura del palcoscenico, ma ti passerà», mi incoraggia Amber.

L'arrivo di una dottoressa mi costringe a rimandare la profonda riflessione che sarà necessaria per tirarmi fuori dal pasticcio che io stessa ho creato. Taylor e Amber lasciano la stanza, e la dottoressa mi misura la pressione, mi fa una visita accurata, e mi informa che sono visibilmente sottopeso. Devo nutrirmi, o rischio di diventare anoressica.

«So che ha perso sua madre da poco», mi dice, «ma deve sforzarsi. La vita va avanti.»

Vorrei schiaffeggiarla e, più di ogni altra cosa, vorrei schiaffeggiare me stessa, perché la mia inappetenza attuale non deriva da una ragione tanto degna, ma, come ha compreso Taylor, da una stupida pena romantica.

Questa consapevolezza scatena una rivalsa.

Col cavolo che muoio per un motivo del genere. Se sono sopravvissuta al male della mamma e alla sua scomparsa, tutto il resto sarà una strada in discesa. Perciò prometto al medico che mi rimetterò in carreggiata. E quando mi viene portata la cena in camera, poiché per stasera posso riposarmi, mi sforzo di mangiare. Lo stomaco è sempre chiuso, non basta un "apriti sesamo" per spalancarlo, ma è la mia mente a dover fare il primo passo.

Non posso permettere a nessuno di ridurmi in questo stato. Dunque mangio, anche se i bocconi sembrano di carta pressata, e non a causa delle pessime capacità culinarie dei cuochi del Mansfield, ma per colpa dello stomaco fin troppo simile alla grotta di Alì Babà prima della parola d'ordine.

Dopodiché decido di fare una doccia. Julia sarà a cena in

mensa, così non corro il rischio di incontrarla neanche per caso.

Quando esco dal bagno, devo di nuovo contarmi le dita delle mani.

Quante sono?

Dieci?

Buon Dio, sono dieci.

Allora non è un sogno.

Ma deve esserlo, perché sono sicura di aver chiuso bene la finestra. Quindi Edmund non può trovarsi nella mia stanza, seduto sul bordo del mio letto. Non può essere qui, anche perché sono praticamente mezza nuda.

A dire il vero, più che l'assenza di vestiti, a turbarmi è la consapevolezza di non avere un fisico da Venere di Botticelli. Dunque non è il mio senso del pudore a essere offeso, ma il timore che lo sia il suo senso estetico. Insomma, in parole povere, che mi trovi brutta. Il che è decisamente sciocco e non all'altezza della mia intelligenza. Sarebbe meglio che non mi vergognassi affatto ma, se devo proprio sentirmi sprofondare, che almeno non avvenisse per le ragioni sbagliate.

Così, decido di fingere che nulla, in questa situazione, desti il mio sconcerto. Sono una giovane donna moderna e sicura, mi accetto come sono, mi piaccio come sono, e non ho niente da nascondere.

Anche perché, nelle condizioni in cui mi trovo, non potrei nascondere qualcosa nemmeno se lo volessi.

«Come sei entrato?» gli domando, e quasi mi aspetto che non risponda nessuno, perché tanto è di sicuro un sogno anche se riesco a contarmi le dita.

«Dalla porta», mi risponde, come se fosse la cosa più ovvia del mondo.

Sgrano gli occhi.

«Dalla porta?»

«Sì, visto che alla finestra mancano solo le catene.»

«Ma... ma... avrebbero potuto vederti!»

«Sono tutti in sala mensa, adesso. Evidentemente, dopo che la dottoressa è andata via non hai chiuso a chiave. Ci ho provato, ho trovato aperto e sono entrato.»

«Perché?»

«Volevo sapere come stavi. E volevo saperlo da te.»

«Sto bene.»

«No, non stai bene per niente. Chi sta bene non impallidisce all'improvviso e non sviene. Inoltre pesi quanto una piuma. Quando ti ho presa in braccio mi è parso di trasportare un mucchietto d'ossa.»

Mi ha preso in braccio?

«Mi dispiace di averti deluso», replico, ironica, anche se mi sento tristissima.

Edmund si alza in piedi, si passa una mano nervosa tra i capelli, e mi fissa con rabbia.

«Non sono deluso, sono preoccupato!» esclama. «E sai perché sono preoccupato? Perché ci tengo a te, stupida mocciosa cocciuta, e perché... ho la sensazione che il tuo stato sia tutta colpa mia.»

«E per fortuna che ci tieni a me, altrimenti non oso pensare come mi chiameresti. Inoltre, perché... perché mai dovrebbe essere colpa tua?»

Santo Cielo, come hai fatto a scoprirlo?

Quando mi sono tradita?

È perché ho detto Edmund invece di Edward?

O perché, anche se fingo di non guardarti, ti cerco dappertutto come farebbe un girasole?

Lui scrolla le spalle e continua a osservarmi inquieto.

«È inutile nascondersi dietro un dito. Tu sei ancora sconvolta per quello che è successo tra noi. Pensi che sia un vero idiota e non lo capisca?»

«Se io sono una stupida mocciosa cocciuta, tu puoi essere tranquillamente un vero idiota.»

«Può anche darsi che lo sia, e ammetto che negli ultimi tempi non ho dato prova di un intelletto sopraffino, ma non in questa circostanza. È più che evidente che ce l'hai con me.»

«Lo confermo, sei un vero idiota.»

«Ammettilo, ho rovinato la nostra splendida amicizia. E tu, da allora, non sei più la stessa.»

«Tu credi di essere lo stesso, forse? Si vede lontano un miglio che mi tieni alla larga!»

Edmund tace per qualche attimo e poi mormora: «Non ti tengo alla larga, però... sì, mi sto comportando in modo strano. Ho un tale casino in testa, e non riesco a perdonarmi. Aver sbagliato con te mi fa imbestialire. Proprio con te, no.»

«Smettila di processarti, ma ancor di più smettila di considerarmi una marionetta che non ha voce in capitolo! Lo vuoi capire, sì o no, che ero consenziente, che baciarti è stato uno sballo, che avevo le farfalle nello stomaco, e che lo rifarei anche adesso? Se ti sembro un po' sconvolta, è perché mi tratti come se fossi un errore insopportabile o, peggio ancora, una statuina di cristallo che se la sfiori si rompe! Non mi rompo, dannazione!»

Se Julia non fosse a cena, e si trovasse in bagno, mi avrebbe udita. Ho parlato con l'impeto di una persona molto sicura di sé, oppure di una squilibrata pronta per il manicomio.

Insomma, gli sarò sembrata molto risoluta o molto pazza.

Edmund rimane di nuovo in silenzio, e stavolta più a lungo. I suoi capelli sono letteralmente tormentati da una mano che ci passa attraverso più e più volte. A un tratto, con nessuna attinenza con quello che ho appena detto, anzi urlato, mormora: «Vai a vestirti. Sei stata poco bene. E scusami per aver invaso ancora una volta il tuo spazio. Non lo farò mai più».

Coerenza vorrebbe che continuassi a mostrarmi sicura di me, e che mi atteggiassi ancora a donna forte. Però la voce che mi viene fuori è da statuina di cristallo sul punto di rompersi.

«Non verrai più a trovarmi?» domando, afflitta da un'improvvisa tristezza.

«No, Fanny, non è il caso. Fidati di me.»

«Mi fido di te, ed è per questo che ti invito a farlo ancora!» esclamo, e mi vergogno per l'ennesima volta, perché sembra quasi che lo stia implorando.

«E fai male», è la sua sibillina risposta. «Per parafrasare Jane Eyre, anch'io sono fatto di anima e sangue. Soprattutto sangue.» Quindi si avvicina alla finestra e la apre. «Rimettiti in sesto, rileggi il copione che ti ho dato mesi fa, e tieniti pronta. Fra una settimana cominciamo con le prove.» Si ferma e si volta. «La professoressa Norris aveva molti dubbi, riguardo all'idea di assegnarti la parte, è bene che te lo dica. Ha avvertito una strana tensione fra noi, ed è piuttosto rigorosa quando ci sono di mezzo studentesse minorenni, a meno che non ci sia il consenso esplicito dei genitori. L'ho rassicurata al riguardo facendole presente che, innanzitutto, ti considero una sorella, che non sono così poco rispettabile da dedicare le mie attenzioni a una ragazzina, e che il tuo errore nel dire Edmund invece di Edward non aveva niente di malizioso, anzi, è stato del tutto naturale. I nomi sono simili ed eri molto emozionata. Ma ho la sensazione che ti terrà d'occhio comunque, perché si è convinta che tu abbia una cotta per me. Onde evitare problemi, dunque, cerchiamo di non suscitare domande con comportamenti inappropriati.»

«Non sono una ragazzina. Lo sarei se avessi tredici anni, ma ne compirò diciotto fra pochi mesi. E poi, a voler proprio spaccare il capello in quattro, sei stato tu ad aver avuto un comportamento inappropriato in sala cinema», provo a protestare, un po' piccata. «Io non ho fatto nulla.» *E non ho una cotta per te. Io ti amo, brutto idiota.*

«Lo so, e proprio per evitare che mi vengano in mente altre idee sballate, cerchiamo di limitare al massimo i nostri rapporti al di fuori del palcoscenico.»

«Ma… ma…» balbetto. «Qu-quali altre idee sba-sballate?»

Lo sguardo di Edmund si assottiglia, la sua mascella si serra, i suoi pugni diventano sassi per qualche secondo. Dopo, dichiara a voce bassissima: «Stavo per baciarti di nuovo. Stavo per sbagliare di nuovo. E questo non deve più succedere».

Arrossisco tanto violentemente da sentire un calore fulmineo sul viso. Per un momento mi pare d'essere fatta di magma.

«Da-davvero?» tartaglio ancora.

«Sì. A questo punto è più che evidente che sono attratto da te e che non c'è niente di vero nella cazzata che ho rifilato alla Norris, a proposito del fatto di considerarti come una sorella. Ma è vero che non sono così poco rispettabile da dedicare attenzioni di un certo tipo a una ragazzina, soprattutto se la ragazzina in questione sei tu. Perciò questa cosa deve finire qui.»

«Ma… perché?» oso chiedere ancora, con una fatica enorme, quasi non riuscissi a respirare. «È per Marylin? State insieme?»

La sua fronte si affolla di rughe d'espressione.

«Passare del tempo insieme non significa stare insieme. Tra me e lei non c'è niente di importante. Nessuna relazione, solo puro svago. Lo sappiamo entrambi e ci sta bene così.» Sono quasi tentata di chiedergli se è proprio sicuro che Marylin la pensi come lui, perché a me pare invece che lei abbia idee del tutto diverse, ma taccio. «Con te una soluzione di questo tipo sarebbe quasi un delitto, sei così giovane e innocente, sarebbe come se mi approfittassi della fiducia di un angelo. E non cerco altri tipi di rapporto in questo momento della mia vita. Non posso e non voglio impegnarmi.»

In un'altra circostanza replicherei, ma mi sento a corto di parole. E definitivamente senza fiato. E imbambolata. Un attimo prima di saltare sull'albero, Edmund aggiunge serio: «Mangia, Fanny, ti prego. Non farti del male per colpa di nessuno. Mangia, ridi, vivi. E manda al diavolo gli stronzi che non ti meritano, me compreso».

Si cala giù prima che io possa anche solo tentare un altro approccio. Allora, mi pare di vedere un pezzo del mio cuore che si stacca da me, e poi rotola lungo il tronco, e poi atterra sull'erba ancora assediata dalla neve, e infine sparisce insieme a Edmund, nel buio, come il fantasma di un cucciolo che nemmeno da morto riesce a separarsi da chi ama.

***

I provini terminano, e dopo qualche giorno tutte le parti vengono assegnate. Come previsto da Taylor, Henry viene scelto per interpretare Rochester. Marylin sarà Blanche Ingram. A Julia viene proposto il ruolo di una delle sorelle di St.

John Rivers, ma rifiuta.

Va da sé che mi odiano entrambe. Marylin perché ho ottenuto la parte che voleva lei, anche se vorrei farle notare che lei ha ottenuto il ragazzo che volevo io. Julia, invece, ce l'ha con me perché reciterò insieme a Henry.

A parte loro due, tutti gli altri sono ben contenti dei ruoli che gli sono stati assegnati.

Il primo giorno delle prove arrivo in auditorium in preda alla più viva agitazione. Non ho più incontrato Edmund da quella sera, quando mi ha detto chiaramente che gli piaccio, che avrebbe voluto baciarmi di nuovo, ma che, nonostante queste premesse, anzi, proprio per colpa di queste premesse, intende tenermi a distanza. Che io sia euforica e disperata allo stesso tempo ne è la diretta conseguenza. Mi rende felice sapere che è attratto da me, ma le conclusioni a cui è giunto sono state come colpi d'accetta su un fiore appena sbocciato.

Mi piaci, ma ti sto lontano.

Ti sto lontano proprio perché mi piaci.

Perché mica ti amo, è solo attrazione fisica.

Per fortuna anche Amber fa parte del cast, è stata scelta per interpretare la signora Fairfax. E pure James ne fa parte: impersonerà St. John. Perciò arriviamo insieme e, poiché nessuno di noi è abbastanza sicuro di sé, ci facciamo forza a vicenda.

Siamo tutti seduti nelle prime file, ciascuno col proprio copione in mano, chi intento a chiacchierare a voce più o meno alta, chi a guardarsi la punta delle scarpe - come me che ogni tanto cambio panorama fissando il pavimento e poi torno alle scarpe - quando arrivano Edmund e la professoressa Norris. Raggiungono il palco e si fermano lì davanti.

Sollevo lo sguardo, non posso certo continuare a

contemplare il suolo. Edmund mi pare sempre più affascinante e desiderabile. Se ne sta appoggiato alla base del palcoscenico, con una mano in tasca e nell'altra un copione arrotolato, e attende che l'insegnante finisca il suo discorsetto di benvenuto.

Non capisco niente di quel che lei sta dicendo. Le sue parole mi sembrano frammenti di qualcosa di sbriciolato. Cerco di non guardare Edmund, ma i miei occhi finiscono per puntare sempre nella sua direzione.

Quanto mi manca il suo sorriso rivolto a me, solo a me. Be', a dirla tutta, mi manca il suo sorriso in assoluto, poiché ultimamente è sempre imbronciato. La sua maschera da principe azzurro è un po' caduta, e anche le persone meno sveglie si sono accorte che se ne sta sulle sue più di quanto abbia mai fatto prima. Solo che, non capendo a quale evento attribuire una trasformazione del genere, la addebitano al fatto che sta studiando tanto, che sta preparando la tesi, e che adesso è molto preso dalla rappresentazione teatrale. Tantissime responsabilità concentrate in pochissimi mesi che lo hanno reso più pensieroso del solito.

Io so che non è così o, almeno, non può essere solo questa la causa della strana cupezza che lo accompagna. Però, se mi chiedessero qual è, questa causa, non saprei dare una risposta esauriente. Potrei azzardare dicendo che un po' gli manco, ma escludo che il suo malumore possa essere giustificato così banalmente. Deve esserci qualche altro motivo.

A un tratto la professoressa smette di parlare ed Edmund prende la parola al suo posto. Ci parla del romanzo di Charlotte Brontë, di quanto fosse moderno e femminista per i suoi tempi, e poi della commedia e di quel che si aspetta da noi. "Sentimento" è la parola d'ordine. Non importa se non siamo attori provetti, se non abbiamo fatto studi specifici e se il nostro accento inglese non è da BBC. Ciò che conta è l'emozione che proviamo e che, di conseguenza, trasmettiamo.

«Non mi interessa una perfetta dizione o una pomposa perfezione: mi interessa la vostra anima», dice, e non dubito che molti di noi stiano pensando alla perfetta e pomposa Marylin con la sua recitazione impostata e fasulla. Lei, dal canto suo, non pare offesa da questo commento, come se Edmund stesse parlando di qualcun altro. Forse è talmente presuntuosa da considerarsi una bravissima attrice, oppure è un'attrice talmente brava da saper nascondere d'essersi offesa.

A seguire, Edmund ci informa che, per i primi giorni, ci limiteremo a leggere le parti così come siamo, seduti in platea, e che saliremo sul palcoscenico solo dopo essere entrati un po' in confidenza coi nostri ruoli, e dopo che avremo superato anche l'inevitabile imbarazzo delle prime volte. Lui leggerà le parti descrittive.

Mentre tutti riprendono a parlare tra loro, e io sfoglio per l'ennesima volta le pagine del copione che conosco a memoria, e mi tremano le mani al pensiero di dovermi esibire davanti agli altri, Edmund mi si siede vicino e mi parla con calma.

«Respira profondamente e stai tranquilla», mi dice, come se avesse notato la mia agitazione e volesse incoraggiarmi. «Jane è appena arrivata a Thornfield Hall. È molto spaesata; tutto, intorno a lei, è nuovo, grandioso, bellissimo ma pieno di incognite. Sta iniziando una nuova fase della sua vita, e non sa cosa aspettarsi. In un certo senso è come te quando sei arrivata al Mansfield. Sono sicuro che sarai in grado di entrare nel personaggio.»

Mi osserva per un momento, e mi sento come se potesse

vedere il mio cuore che batte fortissimo attraverso la pelle diventata di vetro. Poi si alza, con aria molto professionale, distaccata quasi, come se la sua voce dolce di poco fa fosse stata una mia fantasia.

Per un po' torno a guardarmi le scarpe, finché qualcun altro non mi si siede accanto. Stavolta si tratta di Henry.

«Te l'ho detto quanto sono contento che sia tu Jane?» mi domanda.

«Almeno un migliaio di volte.»

«E quanto sono contento che siamo diventati amici?»

«Anche quello.»

«E quanto è contento mio padre?»

«Tuo padre?»

«Lo sai che gli sei piaciuta, da quando ti ha sentita che mi trattavi a pesci in faccia.»

«Non c'è che dire, un atteggiamento molto paterno», provo a scherzare.

Per nulla offeso o contrariato, Henry si mette a ridere.

«Mio padre è favorevole alla linea dura, se il destinatario sono io. Con Marylin è più morbido, lei è la sua preferita. Io sono la pecora nera, e se la pecora nera trova un pastore severo che la rimette in riga, pure a bastonate, a lui va benissimo.»

«Non ho capito, io dovrei essere quel pastore? Perché non ti rimette in riga lui, se ci tiene tanto?»

«Credi che non ci abbia provato? Ma io sono alquanto coriaceo. Ultimamente, però, mi sono rimesso a studiare. Senza contare che il bollettino di guerra settimanale degli insegnanti ha trovato un armistizio.»

«Bollettino di guerra?»

«Oh, sì, ogni settimana il poverino era costretto a udire tutte le mie malefatte, in special modo quelle che hanno a che fare con le ragazze. Pensi che non lo informassero? Sapessi quante ramanzine mi sono dovuto sorbire! Mr. Crawford non è uno di quei padri che gongola quando i fatti confermano la virilità del suo erede. Purché fossi un bravo ragazzo come William, preferirebbe perfino che fossi gay. Ne ho combinate tante, sai?»

«No, non so e non desidero sapere.»

«Vedi? Mi metti sempre a posto, tu. Mio padre apprezzerebbe molto il tuo metodo educativo.»

«Vorrei fosse chiaro che non intendo minimamente educarti, Henry. Io sono fatta così. Dico pane al pane e rispondo per le rime se uno stronzo mi provoca. E tu sei abbastanza stronzo, e lo sai.»

«Mm... in questo periodo mi sento un sant'uomo, invece. E non mi sto neppure annoiando a morte. Tu sei troppo divertente per annoiarmi.»

«Nessuno mi aveva mai definita divertente», commento, perplessa.

«Preferisci che ti dica che sei sexy?»

«Neanche per sogno. Divertente mi basta, se proprio non riesci a tenere la bocca chiusa», borbotto.

«Ok, ok, mi tratterrò. Comunque, i miei apprezzano molto che mi sia rimesso a studiare e abbia smesso di correre dietro alle gonnelle. Che poi, detto tra noi, sono le gonnelle a correre dietro a me, ma non vorrei sembrarti presuntuoso. Cosa stavo dicendo?»

«Che ai tuoi piace questo nuovo Henry santo e martire.»

«Sì! Gli piace un sacco. E se continuo così, a breve avrò la mia Maserati e molto altro.»

«Tipo una carta di credito con plafond illimitato?»

Lui ride ancora.

«Qualcosa del genere. Dammi il tempo di dare qualche esame, e il loro cuoricino di ghiaccio comincerà a sciogliersi. E quando mi vedranno recitare diventerà definitivamente acqua. Mio padre considera la recitazione teatrale un'attività altamente rispettabile. Nel frattempo mi hanno già fatto un regalo: non proprio quel che volevo, ma è comunque un inizio.»

«Cosa, un orologio d'oro? Una motocicletta?»

«Ti sorprenderà, ma si tratta di un cavallo. Marylin ha il suo, io non ne avevo ancora uno. Non mi ritenevano degno di possedere un essere vivente, visto che sembravo così privo di sensibilità. Ma pare che adesso abbiano deciso di concedermi un po' di fiducia. Ti va, dopo le prove, di venire con me alle scuderie a incontrare questo nuovo amico?»

Per la prima volta durante la nostra conversazione lo osservo con sincero entusiasmo.

«Ma certo!» esclamo.

In questo momento, udiamo tossicchiare da breve distanza, con fare sostenuto. Mi volto: la professoressa Norris ci richiama all'ordine.

«Iniziamo le prove, basta chiacchiere», dichiara, severa.

Edmund non dice nulla. È di nuovo in piedi davanti al palcoscenico, le braccia conserte sul torace. Tace, eppure mi fissa. Il suo sguardo è torvo come quello di un falco. Poi prende il copione appoggiato dietro di lui e comincia a leggere il testo. La sua espressione rimane cupa fino alla fine.

***

I genitori di Henry devono averlo rivalutato molto per

regalargli un cavallo tanto magnifico. È un purosangue inglese dal mantello nero, appena giunto alle scuderie. Si chiama Black Blaze, è giovane e molto tranquillo, e manifesta subito la volontà di fare amicizia.

Mi piace aiutare Henry a entrare in confidenza col suo nuovo amico, e mi piace che lui apprezzi il mio approccio. Ovvero il consiglio di non cavalcarlo subito, ma di creare prima una relazione. Così, senza montarlo, ce ne andiamo un po' in giro nel paddock.

«Non sapevo che fossi così esperta di cavalli», mi dice Henry, durante una pausa dei miei molti racconti a tema equino. A volte non mi rendo conto di parlare a ruota libera.

«Oh, scusami», rispondo, «non volevo annoiarti.»

«Te l'ho già detto, mi pare, che non sei noiosa. Hai un modo di raccontare le cose parecchio interessante. Certo, potrebbe dipendere dal fatto che hai delle labbra bellissime e guardo solo quelle, mentre parli, ma...»

Con le mani simboleggio il tipico gesto col quale un allenatore sportivo chiede il *time out*, ovvero un'interruzione del gioco, durante un incontro di pallacanestro.

«Non devi mai, mai, parlarmi come se fossi una delle tua sgallettate, o la nostra amicizia finisce qui», gli dico, irritata. «Lo so che la tentazione di comportarti da scemo può essere più forte di te, ma se lo rifai me ne vado.»

Anche lui adopera un gesto eloquente. Innalza le braccia in segno di resa.

«Ok, ok», mi concede. «Sai com'è, la forza dell'abitudine.»

«A volte mi domando se quando ti comporti da cascamorto tu lo faccia perché ti piace, o perché pensi che sia l'unico modo per suscitare l'interesse di una ragazza. Hai mai provato a parlarci in modo normale, senza malizia, doppi sensi, lusinghe e provocazioni? Senza fare l'idiota, insomma?»

«Fare l'idiota è più facile. E più redditizio.»

«Dipende da quale vantaggio vuoi ottenere. Evidentemente per adesso ti basta quello più *ovvio*. Ma verrà un momento in cui vorrai di più. Allora dovrai anche impegnarti di più.»

«Mm, non ti facevo una grande esperta di relazioni.»

«Di sicuro non delle relazioni come le intendi tu», puntualizzo.

«Quindi è vero, sei vergine!»

«Henry!» sbotto, guardandolo male.

«Uffa, anche questo argomento è tabù?»

«Direi proprio di sì. Ok, io adesso torno al palazzo.»

«Ti sei offesa?»

«Ti avevo avvisato. Non tollero certi discorsi. Occupati di Black Blaze, impara a strigliarlo, e poi fallo sapere a tuo padre, così lo spazio che ti separa da una carta di credito illimitata si accorcerà sempre di più.»

Non gli do tempo e modo per tentare di trattenermi. Mentre mi allontano a passo spedito, uno degli inservienti mi chiama. È molto giovane e mi ha presa in simpatia. A volte parliamo a lungo di cavalli e confrontiamo le nostre esperienze.

«Signorina, devo darle una brutta notizia», mi dice. «Non dovrei, ma so quanto è affezionata a Theodora e Frances. Ebbene, mi duole informarla che non resteranno qui ancora a lungo. L'idea di vendere la puledra era già nell'aria, ma pare che adesso intendano dar via anche la madre. La considerano una bestia un po' troppo nevrile, inidonea all'uso a cui è destinata, oltre che priva di pedigree. Perciò, una volta svezzata Frances, la giumenta sarà ceduta al miglior offerente.»

Il mio umore sprofonda. È un timore che ho sempre avuto, questo. Theodora non è adatta alla monta di chiunque. Va molto a simpatia, ha un carattere forte, esprime il proprio disappunto con facilità e non tollera il box. Lo sopporta in questo periodo, perché sta allattando, ma lei vorrebbe vivere in uno spazio aperto, le pareti anguste la soffocano, e non le basta qualche giro nel paddock ogni tanto. Purtroppo, per la maggior parte delle persone, i cavalli sono animali da utilità: insomma, devono fare qualcosa per guadagnarsi il pane. Devono farsi cavalcare docilmente, devono vincere gare, devono portare pesi e accettare ogni tipo possibile di sfruttamento, sempre al servizio dell'uomo. Ma lei non fa niente, a parte esistere. Non è di razza, non scarrozza pazientemente gli studenti che non hanno un proprio cavallo, in qualche occasione ha addirittura morso chi si occupava di lei.

Con me si è sempre comportata benissimo, perché io non ho alcuna pretesa. Non le chiedo di essere diversa né di guadagnarsi il mio affetto con un comportamento specifico. Io la amo così com'è. Testarda e burbera, ma anche splendidamente affettuosa con chi non le impone le regole di un mondo non naturale che non è il suo. Ero in qualche modo preparata a dover rinunciare a Frances, il cui carattere può essere ancora plasmato e che forse troverà una destinazione non troppo orribile pur non essendo di razza, ma sono sempre stata preoccupata per Theodora. Il mio più grande timore si è avverato, perché lo so, lo sento, che chiunque la acquisterà non le farà fare una bella fine.

Il mal di stomaco mi divampa dentro. Theodora mi ha sentita, affaccia il muso dal box e si sporge verso di me. A quanto mi hanno detto gli inservienti, non è mai stata così docile con nessuno. La accarezzo, e le dico che la amo moltissimo e che farò di tutto per salvarla. Devo trovare il modo, devo assolutamente trovarlo.

Esco dalle scuderie e penso, penso, penso. Chiederò del denaro in prestito. Sono sicura che William mi aiuterà. Domani gli telefonerò e...

«Che succede?» Tremo, nel riconoscere la sagoma di Edmund nel buio quasi notturno. Ha una torcia in mano e mi illumina il viso, abbagliandomi. Lo scanso con fastidio. «Quel cretino di Crawford ti ha fatto qualcosa?» mi domanda di getto.

«Non mi ha fatto proprio niente», protesto.

«E allora perché sei sconvolta?» mi incalza lui, brusco.

«Mi era parso di capire che non volessi più avere rapporti con me, al di fuori della recita. Ebbene, qui non siamo in auditorium, perciò addio.»

Accelero per allontanarmi da lui. Il buio si sta facendo sempre più denso, e il mio cuore sempre più pesante; perciò, per un po' vado a casaccio nel parco, come una mosca che cerca una via d'uscita da una stanza e sbatte mille volte contro lo stesso vetro.

Dopo un po' la luce rotonda di un'altra torcia appare all'improvviso sull'erba. La voce che la accompagna non è più quella di Edmund, ma di nuovo quella di Henry.

«Rallenta», mi esorta, «cavolo, quanto sei veloce.»

Mi fermo. In effetti, senza una fonte di luce, e senza la luna, rischierei di girare in tondo fino all'alba, proprio come quella stupida mosca. Mi chiede cosa è successo, se sono fuggita così veloce solo per la sua battuta, infelice sì, ma perdonabile, o se è successo qualcos'altro.

Mi sembra sinceramente preoccupato, perciò gli racconto di Theodora e di Frances, e di quanto io sia affezionata a loro e tema per la vita della giumenta.

«Oh, è presto fatto», replica lui con assoluta tranquillità. «Te la compro io.»

«Cosa?»

«Mio padre sarà di sicuro molto felice di aiutare la causa della mia redenzione, che passerà anche attraverso il compiere un gesto di generosità di questo tipo.»

«Sei gentile, Henry, ma non posso accettare.»

«Perché mai? Preferisci che la trasformino in bistecche piuttosto che accettare il mio aiuto? Perché lo sai che farà quella fine.»

«Mio Dio, non essere così brutale! E comunque non succederà niente del genere! Troverò il modo per salvarle la vita, ma quel modo non include te.»

«E chi? L'eroico Edmund?»

«Neanche per sogno. Chiederò a William e a sua madre. Hanno un rifugio per cavalli vicino Londra. Theodora potrebbe andare a stare lì all'inizio della prossima estate.»

Henry pare accettare questa soluzione con più filosofia.

«Ok, facciamo così. Chiedi prima aiuto a loro. Ma se non hanno soldi sufficienti ricordati di me.»

Esito soltanto un istante e mi poi rendo conto che non è il momento per gli scrupoli dell'orgoglio.

«D'accordo. Ma se avessi bisogno del tuo aiuto ti restituirò ogni centesimo.»

«Affare fatto.»

Arriviamo al palazzo, e lì ci dividiamo. La prima cosa che faccio è raggiungere la mia stanza per cercare il numero di

William. Poi mi ricordo che è un numero nuovo che ha da pochi mesi, e non l'ho memorizzato, non l'ho trascritto da nessuna parte e che ho il cellulare rotto e non potrei curiosare in rubrica neppure individuando una zona vicina coperta dal segnale.

Edmund di sicuro lo ha, puoi chiedere a lui se...

Non desidero parlare con Edmund. Non desidero chiedergli niente. Sono troppo arrabbiata.

Comunque c'è tempo prima che Theodora sia messa in vendita. Dovrà allattare almeno per altri quattro mesi. Posso scrivere a William, intanto. Sono certa che mi risponderà a stretto giro e che mi darà una mano. Sono certa che riuscirò a salvare Theodora. Glielo devo, e lo devo a me stessa: non potrei sopportare altre separazioni.

Dieci

Il college ha organizzato un breve viaggio di studio. E siccome la professoressa Norris è fissata con le rovine romane, e Lord Rushworth ha una proprietà nel Northumberland che include un sito archeologico di grande pregio, ci rechiamo a Sotherton dove saremo ospiti del duca per una notte. Ho deciso di partecipare, e non soltanto per il piacere del viaggio in sé, ma perché devo assolutamente chiamare William. Gli ho scritto tanto una e-mail quanto una lettera ordinaria, ma non mi ha ancora risposto.

Se il Mansfield fosse una scuola meno spocchiosa, la comitiva di studenti si sposterebbe fino alla contea vicina con un normalissimo autobus. Ma una soluzione di questo tipo sarebbe troppo plebea, così, nei primi giorni di febbraio, un corteo di Bentley Continental nere lascia il college alla volta nel Northumberland. Tra i requisiti richiesti per essere ammessi al viaggio era incluso il non avere esami imminenti da sostenere. Io sono riuscita a dare biologia pochi giorni fa, e avrò storia a marzo, perciò ho potuto partecipare, mentre Amber e Taylor hanno dei test importanti fra una settimana e quindi hanno dovuto rinunciare.

Senza di loro, lo so, non sarà la stessa cosa, soprattutto perché dovrò sorbirmi la compagnia della mia *simpaticissima* cugina.

Durante il viaggio, nell'auto siamo in quattro. Io sono seduta sul sedile posteriore insieme a Julia; è Edmund a guidare, e accanto a lui c'è la professoressa Norris. James è partito un paio di giorni fa per predisporre tutto per il nostro arrivo.

Se sulle prime ho considerato terribile avere la professoressa Norris nella stessa auto, dopo qualche miglio ritengo la sua presenza un vantaggio. Almeno parla delle rovine romane riempiendo quello che, altrimenti, sarebbe stato un pesante silenzio.

In questa atmosfera, per non far cadere l'argomento preferito della professoressa, visto che i due fratelli Bertram sembrano del tutto disinteressati a tenere viva la conversazione, io stessa le pongo diverse domande. L'intero viaggio, dunque, si trasforma in una lunga lezione di storia romana: e chissà che, dopotutto, non mi possa essere utile nel prossimo esame.

A un tratto, mi accorgo che Edmund mi sta fissando. Mentre l'insegnante disserta su Tacito e Claudio Tolomeo, e Julia osserva fuori del finestrino con aria assente, scorgo gli occhi blu di Edmund inquadrati dallo specchietto retrovisore e puntati su di me. I nostri sguardi si incontrano per qualche attimo, e un brivido mi percorre la schiena. Non sorridono, i suoi occhi, sembrano fatti di mare burrascoso, più che di cielo sereno. Anche durante le prove della recita è sempre così professionale da risultare estraneo. Bravo, molto bravo, nel modo di spiegare quel che vorrebbe, e come dovremmo esprimerci e muoverci, ma così dolorosamente distaccato, quando si rivolge a me, da spaventarmi addirittura, quasi avesse lasciato l'anima nascosta in un armadio e si fosse portato dietro una corazza. Dopo qualche secondo, Edmund torna a guardare dinanzi a sé, verso la strada.

Per fortuna la distanza è breve, e in un'ora arriviamo a destinazione.

Io non ho visto Rushworth Castle ma se, come pare che sia, è un palazzo molto più bello di questo, deve essere qualcosa di davvero grandioso, perché Sotherton è a dir poco mozzafiato. Suppongo, però, che lo sia più per la grazia che lo contraddistingue che per la maestosità. Insomma, credo che Sotherton Court stia a Rushworth Castle come una distesa di fiori di campo sta a una serra piena di orchidee. Sotherton ha una bellezza dolce e femminile, l'edificio ha linee morbide, la facciata è rivestita di edera, i prati sono caratterizzati dall'artistico disordine tipico dei giardini inglesi, l'erba non è rasata in modo troppo preciso e artificioso, e anche gli alberi sembrano solo alberi, non titaniche sentinelle. Insomma, è un luogo da fiaba, e capisco cosa intendeva James quando diceva che qui si sente libero, non duca, ma semplicemente se stesso.

Mi domando cosa si provi a godere di tanta bellezza. La ricchezza, quando permette di avere simili possedimenti, può fare la felicità?

Stando all'espressione di James Rushworth, pare di no. Ci accoglie, sì, con gentilezza, ma appena incrocia lo sguardo di Julia e viene trafitto dal gelo che emana da esso, sul suo volto cala un sipario scuro.

Appena noto questa manovra, il cuore mi si stringe per lui. Edmund e Julia si stanno trasformando nella spocchiosa fotocopia del padre. E se Julia era già su quella strada, e ha dovuto soltanto affilare le lame del suo caratteraccio, Edmund invece si è concesso una metamorfosi più drastica.

In questo momento mi accorgo che è in piedi vicino a me, e la mia furia è tale che non riesco, proprio non riesco, a non dirgli: «Tu e tua sorella siete insopportabili. Lei si comporta come una megera con quel povero ragazzo, e tu stai per diventare Lord Bertram due punto zero. Per cui una domanda mi sorge spontanea: sei sempre stato così antipatico, o strada facendo hai deciso che essere gentili è tempo perso?»

Quindi lo sorpasso e raggiungo James, gli stringo la mano con affetto, lo ringrazio per l'accoglienza e gli faccio dei complimenti sinceri sulla bellissima proprietà.

Piano piano arrivano tutti; tra studenti e insegnanti siamo una trentina. Anche Henry e Marylin fanno parte della comitiva, purtroppo. Essendo una gita scolastica, e non un invito personale, James non ha potuto evitare di includere quello che continua a considerare il suo nemico, senza rendersi conto che la vera nemica è Julia.

Comunque la governante di Sotherton ha fatto predisporre un rinfresco in una sala bellissima, con delle grandi finestre tutte a vetri che affacciano su un pergolato oltre il quale, un po' più in basso, si intravede il panorama di un lungo fiume che a un tratto precipita in una meravigliosa cascata simile a quella di un dipinto. Mi domando come possa, Julia, che in teoria diventerà, un giorno, proprietaria di tutto questo splendore, non manifestare alcuna emozione.

Evito di considerarli proprio, i fratelli Bertram, o mi viene voglia di prenderli a schiaffoni, e mi accodo al gruppo che, subito dopo il rinfresco, segue gli insegnanti verso il sito archeologico. Il percorso non è breve, e attraversiamo un parco rigoglioso, che già mostra i primi segni della prossima primavera.

A un tratto costeggiamo il corso d'acqua intravisto dal palazzo, e noto che l'accesso è chiuso da più di un cancello e il fiume è recintato dal lato percorribile a piedi.

«Qualcuno si è fatto male, in passato», ci spiega James. «Qualche visitatore venuto per il sito archeologico si è affacciato incautamente dal belvedere, vi è caduto dentro e si è ritrovato a valle. E se non c'è scappato il morto è stata solo fortuna. L'improvviso dislivello da quel punto non è altissimo, non supera i venti metri, e ha diversi salti più brevi che smorzano lo schiaffo dell'acqua, ma la corrente è molto forte; perciò, abbiamo fatto delimitare il fiume per l'intero tratto che ricade nella mia proprietà, e per accedere è necessario possedere le chiavi.»

Sorpassiamo il punto della cascata, a ritroso, verso monte. Il fiume in questa zona scorre nel suo letto con più quiete, eppure è ancora recintato da un'alta staccionata di metallo trattato in modo da sembrare legno.

Dopo un po' avvistiamo il sito archeologico. Si trova in mezzo al verde, e fin da subito ci mostra la sua bellezza, che supera di molto, per estensione e stato di conservazione, quella delle rovine nel parco del Mansfield. La villa, di cui possiamo ammirare i resti, fu scoperta per caso nel 1800 da uno degli antenati di James. Gli scavi successivi hanno portato alla luce quasi duecento metri quadri di pavimento a mosaico conservato benissimo. Anche le porzioni di pareti ancora in piedi danno una chiara idea di quanto tutto fosse magnifico un tempo. Per un po' ci aggiriamo in mezzo alle rovine, in gruppetti, e gli insegnanti ci spiegano questa e quella cosa, invitandoci a soffermarci su ciascun dettaglio per un tempo che, a quanto pare, a qualcuno sembra infinito.

A un certo punto, infatti, mentre i gruppi proseguono la perlustrazione, Henry mi si avvicina e mi sussurra in un orecchio: «Andiamo via? Mi sto annoiando a morte».

«Andare dove?» gli domando.

«Che ne so, per esempio a vedere la cascata, mi pare più interessante di questo ammasso di rottami.»

«Non sono rottami, sono pregiati resti di un'antica civiltà che…»

Lui ridacchia e mi interrompe.

«Sono rottami», insiste. «Sarebbe come se tra duemila anni qualcuno trovasse i resti del mio bagno venuti giù dopo un terremoto. Fattura antica, materiali di pregio, ma sempre un gabinetto rotto è.»

Lo so che non dovrei, ma non riesco a trattenere una risata. Poi mi guardo intorno, per capire se qualcuno ci ha sentiti, perché non dubito che la professoressa Norris sarebbe capace di proporre la nostra espulsione dopo un simile affronto. L'insegnante, per fortuna, è molto più avanti, e sta parlando in modo tanto concitato da non far caso a noi. Chi invece ci fa caso è Edmund. Si trova a una certa distanza da me, affiancato dall'onnipresente Marylin, e sembra intento ad ammirare insieme a lei una pavimentazione con decori di anfore e animali, ma quando mi volto mi accorgo che mi sta guardando male, come se la mia risata ne avesse attirato l'attenzione e non fosse molto soddisfatto di me per un motivo che ignoro.

La tentazione di fargli una linguaccia è così forte che allontanarmi diventa un imperativo categorico.

«Ok, andiamo a vedere la cascata», rispondo a Henry.

Il mio primo impulso è stato di dirgli di no. L'occhiata torva di Edmund, però, mi ha scatenato la determinazione opposta. Lui mi giudica? E io lo provoco.

Perciò, io e Henry ce ne andiamo in silenzio, arretrando a mano a mano che il gruppo avanza dalla parte opposta.

Edmund non smette di guardarmi, finché non gli volto le spalle e non mi importa più di niente.

***

Raggiungiamo il fiume e osserviamo la sommità della cascata da dietro il parapetto. È così suggestiva da incantare lo sguardo. L'acqua scroscia di salto in salto creando alla base di ciascuno di essi una vasca limpida, e diffonde intorno gocce come perle attraversate dalla luce.

«Chi è caduto nell'acqua deve essere stato un gran babbeo», commenta Henry. «Oppure è un gran codardo chi ha deciso di inserire questa recinzione in stile muraglia cinese. Dai, non sono mica le cascate del Niagara, e c'è un'ampia sponda percorribile a piedi proprio qui sotto, non mi pare tanto facile finire nel fiume. Perfino un cieco si orienterebbe con facilità. Penso che il *caro* James abbia fatto recintare tutto solo per gelosia e per impedire agli altri di godersi meglio il panorama. Forse ha paura che glielo consumiamo?»

«Di sicuro chi è caduto, e ha rischiato di lasciarci la pelle, ha pensato la stessa cosa», gli faccio notare. «Ma se anche fosse solo per preservare ciò che è suo, cosa c'è di strano? E come dargli torto, dopotutto? Ad esempio a te piace molto *consumare i panorami degli altri*, vero?»

Ho parlato con tono serio, a fronte della mia apparente leggerezza di poco fa. Henry se ne accorge e mi guarda stupito.

«E vai di metafora!» esclama.

«Sei stato tu per primo a divertirti con le metafore. Nessun panorama si consuma solo guardandolo, quindi è chiaro che stavi pensando ad *altro*», ribatto. «In ogni caso, se James ha deciso di inserire un elemento architettonico un po' stridente in mezzo a tanta bellezza naturale, è perché qualcuno avrà davvero rischiato di tirare le cuoia. Che tu non fossi presente quando è successo non significa che non sia successo.»

«Vorrei ricordarti che ho smesso da un pezzo di tentare di consumare quel che non mi appartiene», mi chiarisce.

Gli rivolgo un sorrisetto ironico.

«Oh, questo lo dimostrerà il tempo. Per adesso ti sei preso una pausa, ma alla fine resterà unicamente il vero te stesso. Non ti conosco abbastanza da sapere quale delle tue anime sopravvivrà; quella di adesso, quella di prima, o tutto insieme? Non lo so, ripeto. Sono una spettatrice curiosa. Fiduciosa, sì, ma non illusa.»

«Mm, quindi continui a non fidarti di me.»

«Diciamo che non sopravvaluto nessuno. Do delle chances alle persone che mi piacciono, ma non le idealizzo.»

«Quindi un po' ti piaccio?» mi stuzzica.

«Altrimenti non sarei qui, in barba al rischio di beccarmi un voto basso in Storia.»

Henry piega la testa da un lato e mi osserva con curiosità.

«Sei un po' nervosetta, o sbaglio?»

«Sì, in effetti sì, ti chiedo scusa», mormoro. Non posso negare di essere nervosa. E detesto esserlo, soprattutto perché è colpa di Edmund, del suo comportamento, delle sue occhiatacce. Dare a qualcuno il diritto di farti innervosire è come permettergli di condizionarti la vita, ma non riesco a distaccarmi da questa costante sensazione di inquietudine e incompletezza.

«Allora, per calmarti, ti propongo una botta di follia», mi dice Henry con tono da cospiratore. «Che ne dici di scavalcare il cancello e andare a gustarci il panorama della cascata dal belvedere? Non dovrebbe essere difficile, e prometto che faremo tutto con molta attenzione.»

Mi addento le labbra mentre osservo il cancello a pochi metri di distanza.

«Mi stai proponendo di fare qualcosa che, nella migliore delle ipotesi, ci farà ottenere una ramanzina, e nella peggiore ci farà finire annegati?»

«Be', sì, qualcosa del genere», ammette lui divertito. «Se non le facciamo adesso, queste cavolate, quando le facciamo? A cinquant'anni? E poi, attraverso la recinzione non si vede bene la cascata, perché la sponda copre parzialmente la visuale. Su, dai, ti sto solo proponendo un cauto salto nel vuoto, niente di più.»

Tiro un lungo respiro e poi scuoto la testa.

«Non so nuotare, Henry, ma non è per questo che ti dico di no.»

«E per cosa, allora?»

«Non credo di riuscire a darti una risposta sensata. Sensata per te, almeno. Di sicuro mi considererai una noiosa bacchettona, ma preferisco rispettare le regole e non rischiare di farmi del male facendo una scelta di cui mi pentirò. Lo so che da lì la cascata sarà più visibile, e vederla procurerà un piacere maggiore, ma non me la sento.»

Henry fa una risatina non priva di stizza. Per un momento mi pare che il vecchio Henry spintoni per recuperare terreno, come Hulk nascosto in agguato dietro l'effimera calma di Bruce Banner.

«Sembra quasi che ti abbia chiesto di venire a letto con me», commenta, ridendo. «Non devo giudicarti bacchettona ma preferisci rispettare le regole o potresti pentirtene, lo sai che il piacere sarebbe maggiore andando dall'altra parte, ma proprio non te la senti.»

«Non ho pensato a niente del genere!» protesto.

«Lo so, lo so, però, dai, la tua risposta si presta così bene all'equivoco da essere divertente! Ok, ne prendo atto, non vuoi venire a letto con me.»

«Non voglio arrampicarmi sul cancello!» esclamo ancora, un po' spazientita.

«Quindi verresti a letto con me?»

«Non intendo parlare di questo!»

«Sei tu che hai fatto un discorso equivoco, la mia proposta era del tutto innocente.»

«Direi, piuttosto, che è la tua malizia a farti intravedere un significato equivoco in un commento normalissimo.»

«Come vuoi tu», mi concede, e poi continua a ridere. «Va bene, vorrà dire che non insisterò. Non sarebbe da gentiluomo. Ma, se non ti dispiace, io ci vado lo stesso. Che vuoi farci, quando una ragazza dice di no, un pover'uomo deve pur fare da sé.»

«Smettila con questa fiera dei doppi sensi!»

Ridendo senza soste, Henry dimostra una notevole abilità da arrampicatore e, in men che non si dica, si trova dall'altra parte. Quindi mi rivolge una sorta di inchino esagerato. Mentre si allontana lungo la sponda gli dico di non avvicinarsi troppo all'acqua, e poi lo perdo di vista.

Mi volto per tornare al sito archeologico e per poco non mi scontro con qualcuno.

Con Julia, per la precisione.

Ha sempre quest'aria assente che mi fa un po' paura, come

se fosse stordita o affetta da episodi di narcolessia.

«Dov'è Henry?» mi domanda con voce un po' strascicata.

«Non ti senti bene?» le chiedo.

«Sto benissimo!» replica, con più veemenza, spalancando i grandi occhi blu. Le sue pupille sono pericolosamente dilatate. «Ti ho chiesto dov'è Henry! Ho visto che vi siete allontanati insieme. Dovete stare sempre appiccicati? Voi ve la spassate e io mi devo sorbire un'interminabile lezione su dei pezzi di muro? Voglio sapere dov'è andato! Con lui ci si diverte, non come con quella palla al piede di James!»

La sua voce si alza di tono a ogni frase, diventando quasi isterica sul finire.

«Vieni con me, andiamo a dire a Edmund che non ti senti bene», la esorto, e faccio per prenderla a braccetto.

Lei si divincola, mi spinge indietro.

«È andato al di là del cancello, vero? Sarebbe da lui. Bene, adesso ci vado anch'io.»

«Potrebbe essere pericoloso, soprattutto se sei in questo stato.»

«Si può sapere che vuoi? Vuoi controllarmi e comandarmi anche tu? Io vado, e non potrai certo fermarmi! Sono stanca di essere una damina obbediente!»

Su queste parole, nonostante i miei tentativi di farla ragionare, e benché indossi la gonna e le scarpe della divisa che la impacciano non poco, Julia comincia ad arrampicarsi sulla cancellata e, sia pur con estrema difficoltà e non pochi rischi di farsi seriamente male, riesce a scavalcarla.

Nonostante tutta l'antipatia di questo mondo, sono preoccupata per lei, perché la vedo camminare lungo la sponda nel modo ondeggiante e suicida di una falena attratta da una fiamma.

Mi muovo lungo la recinzione, cercando di richiamarla o di rintracciare Henry affinché si prenda cura di lei, ma c'è un punto in cui la sponda digrada verso il basso, e non si riesce più a vedere chi segue il percorso del fiume.

Accidenti, devo fare qualcosa, non posso abbandonarla a se stessa.

«Fanny.»

La voce di Edmund. Se fossi in vena di commenti ironici direi che piano piano il sito archeologico si sta svuotando, e che presto la professoressa Norris si volterà e si renderà conto di essere rimasta da sola. Ma non sono in vena.

E devo assolutamente accantonare qualsiasi tipo di astio io provi per Edmund, perché in questo momento urge fare qualcosa per evitare che Julia finisca nella cascata.

Senza dargli tempo e modo di parlare, gli spiego cos'è appena successo.

«Dannazione», replica lui, e lancia un'occhiata fugace al di là del cancello, verso le sponde che, all'improvviso, mi sembrano scivolose come pietre rivestite di muschio. «Devo subito andare a recuperarla, non è in sé.»

Per la terza volta in pochi minuti il cancello eretto per impedire ai matti di finire travolti dalla cascata viene scavalcato da un matto. Edmund appare preoccupato, i suoi movimenti sono frenetici, la sua pazienza inconsistente.

Appena arriva dall'altro lato, io so cosa fare. Lo so benissimo. Lo so come so qual è il colore dei miei occhi e dei miei capelli e la forma del mio naso. Tutte le idee categoriche espresse prima sul non fare sciocchezze di cui potermi pentire, sul non saper nuotare e sul rispettare le regole, si sgretolano come piccole sculture di neve strette nel pugno. Devo andare anch'io. No, *voglio* andare anch'io.

E poiché non ho bisogno del permesso di Edmund, mi arrampico a mia volta. Il cancello cigola e vibra e, se potesse parlare, maledirebbe questa giornata piena di incoscienti che si approfittano di lui.

Edmund mi guarda come se non approvasse la mia decisione. Ma non obietta nulla, perché le proteste ci farebbero solo perdere tempo, e il tempo può essere prezioso in una situazione come questa.

Mi dice soltanto: «Sta' attenta, si scivola», e poi mi precede senza fare alcuna attenzione, con la frenesia di chi pensa solo alla meta del suo viaggio, e non al modo in cui ci arriva.

***

Lo so, dopo una premessa come questa ci si aspetterebbe che qualcuno di noi sia caduto in acqua, che un rocambolesco tentativo di salvataggio tra i flutti ci abbia trascinati a valle, e che abbiamo anche riportato delle ferite urtando contro spuntoni di roccia che affiorano dovunque come dure pinne di squali. Oppure che ci sia finita solo io, in acqua, che Edmund si sia tuffato per salvarmi sapendo che non so nuotare e che, una volta giunti a valle, mi abbia dovuto praticare la respirazione bocca a bocca e, perché no, abbia ritenuto necessario spogliarmi e riscaldarmi col suo caldo corpo anch'esso nudo per evitarmi di morire congelata.

Invece non succede niente del genere. Non nego che la riva rocciosa sia alquanto sdrucciolevole, e che il pericolo paventato da chi ha fatto piantare la recinzione sia tutto fuorché immaginario, ma nessuno di noi cade nella cascata. Che, in effetti, è molto più bella vista da qui, anche se non c'è tempo per dedicarsi all'ammirazione del paesaggio.

A distanza di mezzo miglio dal cancello avvistiamo Julia e Henry. Stanno conversando, anche se a me pare più un litigio che una chiacchierata. A un tratto, mentre gesticola, Julia rischia veramente di scivolare, ma lui la trattiene. Lei gli atterra tra le braccia e, subito dopo, come se quel gesto le avesse acceso dentro un'emozione fulminea allo stesso modo di un interruttore della luce, scoppia a piangere.

Non è un pianto normale, ma il principio di un vero e proprio attacco isterico. Edmund si avvicina, le pone un braccio attorno alle spalle.

«Non le ho fatto niente», reagisce Henry.

«Torna subito con gli altri, prima che qualcuno noti la tua assenza e la ricolleghi a quella di Julia», gli intima Edmund.

«Sai quanto me ne importa se la ricollegano», commenta Henry infastidito. «Se tua sorella è pazza vedi di farla curare.»

Edmund gli si avvicina di più e lo afferra dal bavero della giacca.

«Hai giocato con lei in un modo ignobile, l'hai ingannata con parole che sapevi false all'unico scopo di appagare il tuo disgustoso orgoglio, e adesso vuoi farle ridere dietro da tutti? Già circolano un mucchio di pettegolezzi: vuoi renderli ufficiali?»

Henry ride sardonico.

«Dall'alto di quale diabolico pulpito viene la tua predica? Non fai che prenderti gioco di mia sorella! Non te la sei spupazzata senza alcun impegno? Perché Julia dovrebbe valere più di Marylin?»

«Marylin è un'adulta che sa quello che vuole, Julia no!»

«Due pesi e due misure, a quanto pare. Julia è una santa da proteggere e Marylin una puttana da usare. Che a Marylin basti quello che le dai è una favoletta che ti racconti per sentirti migliore di me. Lei vorrebbe che ti impegnassi, invece, ma si adatta per non perderti. Se io faccio schifo, fai schifo anche tu. Con la differenza che io ho smesso, mentre tu perseveri a comportarti come un porco.»

Ok, se non faccio qualcosa tra un po' qui scoppia un putiferio. Julia continua a piagnucolare, mentre Edmund solleva un braccio e fa per scagliare un pugno contro Henry.

Si ferma a un soffio dal rischio di rompere un naso. Il *mio* naso. La *mia* faccia. In pochi passi veloci, intuendo l'epilogo di questa lite inutile per tutti, mi sono posizionata tra quel pugno ed Henry.

Edmund mi osserva raggelato.

«Fanny! Cosa diamine fai?» esclama. «Avrei potuto farti male! Questo idiota vale tanto, per te, da rischiare una frattura della mandibola?»

«Confidavo che ti saresti fermato in tempo», rispondo, severa. «Perché ogni lite tra maschi deve finire con la minaccia di una scazzottata? La vostra intelligenza va a farsi benedire così facilmente?» Mi avvicino a Julia che piagnucola, la prendo a braccetto senza che reagisca, e poi mi rivolgo di nuovo ai due ragazzi. «Andando da questa parte, verso il palazzo, in direzione opposta al sito archeologico, mi pare di ricordare un altro cancello. Ci sarà di sicuro qualcuno, e gli chiederò di aprirci. Voi continuate a massacrarvi, se volete. Magari riuscirete a venire a capo del grande enigma e scoprirete chi di voi due è più porco.»

Quindi, ignorandoli entrambi, mi avvio lungo la sponda in compagnia di Julia. Non so cos'abbia, ma sta davvero male. Non riesco più a odiarla. È come se, all'improvviso, tutti i miei motivi di dispetto e di rancore si fossero dissolti assieme alle sue lacrime.

Lei si lascia condurre con docilità. A volte trema, come se avesse freddo. E poi dice qualcosa che sommerge definitivamente qualsiasi avanzo di collera possa essermi rimasto dentro. Qualcosa che fa vincere la compassione. Dice: «Voglio mia madre. Puoi dirle di venire?»

La stringo forte, mentre ci muoviamo caute sulla riva, accanto al fiume che scorre sempre più tranquillo a mano a mano che ci spostiamo dal punto del salto. Non le dico nulla, ma avverto un'imprevista complicità, perché, al di là delle ragioni per le quali è ridotta in questo stato, è per me la cosa più semplice del mondo capire quanto è doloroso volere tua madre accanto e non trovarla.

Perché ci sono momenti in cui non avresti bisogno di altro: non di un amore o di un amico, ma unicamente di lei. La mamma. L'unica persona al mondo che quando ti chiede come stai è *veramente* interessata alla risposta.

E sapere che nessuno, mai, si preoccuperà più per te allo stesso modo e che per nessuno, mai, sarai più il primo pensiero del mattino e l'ultimo prima di dormire, è come non avere un braccio.

***

Proseguiamo verso l'altro cancello, e a un tratto avverto dei passi dietro di noi, e subito dopo vedo Edmund che si avvicina.

«Grazie, Fanny», mi dice a bassa voce. «Lascia che si appoggi a me, adesso.»

Taccio per un po', mentre si occupa di sua sorella. Poi dico a mia volta in un sussurro: «Vuoi che vada via? Non intendo essere di troppo».

«No. Desidero che tu venga con noi.»

«Ok, se posso essere di aiuto...» Faccio un'altra piccola pausa. «Henry è tornato indietro?»

«Sì», dichiara lui.

«Spero fosse tutto intero.»

«Per il momento.»

Non abbiamo modo e tempo di dire altro perché arriviamo all'estremità opposta della recinzione e, come previsto, avvistiamo immediatamente del personale di servizio. Si tratta, a quanto pare, di domestici troppo ben addestrati per domandarci cosa diamine ci facciamo al di qua della barriera, per cui si limitano a osservarci con misurato stupore e poi ci aprono.

Subito veniamo accompagnati nella stanza destinata a Lady Julia Bertram. La aiutiamo a stendersi a letto, le togliamo le scarpe e la copriamo. Infine, lasciamo la stanza in penombra e ci spostiamo nell'anticamera adiacente.

Non attendo prima di domandare a Edmund, con un tono che non esprime pettegola curiosità ma sincera apprensione: «Cos'ha Julia? Puoi dirmelo? Non credo che possa stare così solo per Henry».

Lui si avvicina alla finestra e dà una scorsa fuori. Ha un'aria molto più che stanca: logorata. Non che questo intacchi il suo fascino o imbruttisca i suoi lineamenti, però ne insidia la freschezza e lo fa apparire più adulto. A dispetto della rabbia che ho provato nei suoi confronti negli ultimi tempi, e nonostante il fastidio che mi suscita ancora il pensiero del suo legame, di qualunque natura esso sia, con Marylin, vengo assalita da un'ondata di incontrollabile tenerezza. Credo che l'amore sia anche questo: un'emozione ostinata che rimane anche se non vuoi.

Lo amo malgrado quella rabbia e quel fastidio. Niente è sotto controllo in me. Non mi sono liberata nemmeno di una goccia di sentimento.

Edmund si volta e mi guarda come se, dentro di lui, ci fosse qualcosa di profondamente sconfitto.

«Soffre di depressione da anni, come nostra madre», mi spiega, a voce bassa. «I medici hanno parlato di familiarità. Non come se fosse una vera e propria malattia genetica ma, in soggetti predisposti che vivano nel medesimo ambiente e sperimentino le stesse fonti di stress, è possibile un riproporsi di reazioni simili. Nostra madre era emotivamente fragile, una donna adulta con l'incapacità di elaborare il dolore di una bambina. Lei non si nascondeva dietro una maschera, appariva così com'era, delicata, insicura, di umore tanto mutevole che non sapevi mai come prenderla. Julia, invece, sa fingere meglio e adopera la prepotenza come se fosse uno scudo. Era così anche prima che la mamma morisse. Avrebbe avuto bisogno di aiuto fin da allora, ma nessuno glielo diede. Nostra madre era troppo malata lei stessa, troppo incapace di vedere al di là del suo buio, Lord Bertram considera la depressione una falsa malattia inventata dai capricciosi e dai codardi, e come una capricciosa codarda l'ha sempre trattata. Quando gli facevo notare che anche Julia era strana, lui negava che fosse vero. E io... io ero troppo piccolo per capirci qualcosa di più preciso e soprattutto per poter fare qualcosa di più concreto. Dopo la morte di nostra madre, Julia ha avuto un crollo, e allora neanche lui ha potuto negare che avesse bisogno di un supporto psicologico. Per un po' entrambi siamo stati in psicoterapia, ma a Julia sarebbe servito più tempo, più lavoro, più analisi. In ogni caso sembrava essersi ripresa, e poi… il Mansfield, il fidanzamento al quale è stata praticamente costretta, e Henry le hanno dato il colpo di grazia. Da qualche settimana, dopo la litigata che lei e mio padre hanno avuto a Rushworth Castle, ha ricominciato a prendere alcuni dei farmaci che assumeva anni fa. E infatti, la vedi, è sempre più stordita.»

Per l'intera durata di questo discorso, le parole di Edmund mi fanno l'effetto di punte di lama. Non suoni, ma qualcosa che taglia. Ogni sillaba una ferita. E più lui parla, più odio Lord Bertram.

So che dovrei tenere per me le impressioni che mi ribollono dentro, ma non ci riesco.

«Tuo padre è… è la persona più orribile che… Come può essere così insensibile? Come può costringere una figlia a fidanzarsi, e ignorare le sue richieste di aiuto?»

Edmund scrolla le spalle, e continua a parlare con il medesimo tono un po' fiacco che alimenta la mia tenerezza.

«Asserisce di farlo innanzitutto per il bene di Julia. Cosa potrebbe volere di più dalla vita che diventare duchessa, avere tantissimo denaro, e poter fare quel che le piace? Senza contare i vantaggi in termini di reputazione che ne ricaverebbe anche lui. Un conte con una figlia duchessa, due antiche famiglie che si uniscono e moltiplicano patrimoni e potere… Inoltre Julia continua a sembrargli soltanto una ragazzina immatura, che non sa fare le scelte giuste e che va guidata con mano ferma perché i genitori sanno sempre cosa è meglio per i figli.

Ovviamente questa è una stronzata mostruosa che parte da un preconcetto arcaico, e spesso violento, tipico di una società patriarcale. Ma lui non vuole sentire ragioni. È convinto di essere nel giusto. Tentare di discutere civilmente è impossibile.»

In questo momento qualcuno bussa alla porta.

Si tratta di James. Ha scoperto che Julia è stata male e desidera sapere cosa è successo. Entra nella stanza dopo aver chiesto tre volte il permesso, come se non fosse casa sua. Edmund gli racconta che la sorella ha avuto un leggero capogiro e che io e lui l'abbiamo riportata al palazzo. Per fortuna l'argomento "pazzi che scavalcano la recinzione" non viene affrontato.

James appare molto preoccupato, come se fosse davvero innamorato di Julia. Questa cosa mi fa sentire triste, e mi pare di vederlo di già, il suo cuore incrinato, che presto sarà aperto in due come una mela. Perché non conta quel che Julia prova per Henry, ma quel che *non* prova per James. Questo basta a troncare un fidanzamento insensato, e sono sicura che la fine sia ormai dietro l'angolo.

«Cosa posso fare per aiutarla?» domanda febbrilmente.

«Credo che gradirà qualcosa da mangiare», dico. «Vero, Edmund? Qualcosa di leggero, per stasera.»

«Sì», conferma Edmund, e capisco subito che sta mentendo come me. Lo sa pure lui che Julia dormirà e basta, ma se illudere James di potersi rendere utile in qualche modo gli permette di affrontare meglio la situazione, allora siamo entrambi disposti a ordinargli pure un pranzo di sette portate.

«Cosa devo dire agli insegnanti?» domanda ancora quest'ultimo.

«Glielo dirò io stesso», dichiara Edmund. «Fanny, puoi restare tu con Julia, mentre io vado a informare la professoressa?» Mi rivolge un'occhiata complice, e mi pare che indichi James senza darlo a vedere. Allora capisco che desidera che io lo trattenga nel salottino, e che gli parli, finché lui non torna.

Non che sia necessario imbastire una bugia per farlo restare. James non ha alcuna voglia di andarsene. Si avvicina alla porta dell'altra stanza, che è rimasta socchiusa, e sbircia dentro, osservando Julia che dorme.

«Mio Dio, com'è pallida», mormora, affranto. «Ma io... me ne sono accorto che... insomma è da un po' che non sta troppo bene.»

«Starà presto meglio, non preoccuparti», lo incoraggio.

Siamo rimasti da soli, e lui cade a sedere su una poltrona, cade davvero, come se fosse stato trascinato non soltanto dal peso fisico, ma dal peso dei suoi pensieri. Non riesco a dire nulla dinanzi a una così evidente infelicità, e non certo perché mi sia indifferente. Non riesco a parlare perché so che non esiste un modo indolore per aiutare lei senza distruggere lui. Rompere il fidanzamento sarà un primo passo, per Julia, verso l'affermazione di sé, ma per James sarà una sconfitta.

«Oh, lo so che è tutta colpa mia», mormora, e mentre parla si torce le mani come un ragazzino insicuro, e non certo come un duca, uno dei più ricchi e importanti dopo quelli della famiglia reale.

«Perché dovrebbe essere colpa tua? Ti assicuro che non è così.»

«Non sta bene con me», insiste James. «Non sorride più. All'inizio lo faceva sempre, sembrava interessata ai miei discorsi, ma adesso... adesso si annoia e, a volte, penso pure che mi odi.»

Non posso certo parlare al posto di Julia. Non ne ho né il diritto né il dovere. Perciò mi limito a dire, il più genericamente possibile: «Quando starà meglio ne parlerete tra voi».

James si alza e si avvia verso la porta. Ha un'aria desolata, sembra un cane randagio preso a calci da una banda di vandali. Poco prima di andarsene si volta. «Se tu ed Edmund non volete cenare con gli altri, se volete stare con Julia, posso farvi portare qualcosa qui. Tanto, era previsto che tu dovessi condividere la camera con lei. Dopo, però, temo che Edmund dovrà tornare nella sua stanza, o chi li sente quei trogloditi degli insegnanti.»

«Non preoccuparti, i trogloditi non avranno di che lamentarsi.»

James va via ed Edmund ritorna. Appena entra nella stanza, noto che è un pochino alterato.

«Che succede?» gli domando immediatamente.

«Ho dovuto discutere con la professoressa Norris. Voleva chiamare mio padre per fargli sapere dello stato di salute di Julia. Le ho detto che gli telefonerò io stesso se dovesse aggravarsi, ma che confido sia un malessere passeggero. Per tentare di convincerla ho dovuto smettere di essere gentile e impormi. Capisco che è minorenne e che io non sono il suo tutore, ma in questo momento Julia ha bisogno di pace, non di processi, accuse, litigi e nuovi farmaci a intontirla. Non escludo che facciano comunque la spia, però non oggi. Appena compirà diciotto anni andremo insieme da un altro medico, per un approccio terapeutico che punti più sull'analisi che su quelle bombe di medicine.» Si ferma, emette un sospiro roco, e poi mi guarda. «Ma tu... vai pure, Fanny, non sei costretta a restare con noi.»

«Non mi sento costretta», ribatto. «Sono preoccupata per

entrambi. Vorrei aiutarvi, anche se non so come.»

Edmund si avvicina, si avvicina, si avvicina.

Ci ritroviamo in mezzo all'anticamera, in una zona in penombra, poiché l'unica luce accesa è quella di una lampada di porcellana posta su un tavolino, a una certa distanza. Edmund allunga un braccio verso di me e mi accarezza i capelli. Lentamente, fino alle punte, trattenendone una ciocca tra i polpastrelli per poi adagiarla sulla mia spalla.

«Hai già fatto tanto per noi, credimi. Se ho preso certe decisioni è anche grazie a te. Non voglio che tu debba avere altre preoccupazioni, Fanny. A Julia ci penso io.»

«E a te, chi ci pensa?»

«Penso io a me stesso da sempre, ho una certa esperienza in proposito. Con una madre depressa e un padre stronzo, si impara presto a non dipendere dall'accudimento di nessuno.»

«Mi... mi dispiace tanto, Edmund.»

«Lo so, ma i miei problemi non devono essere un tuo problema.»

«Capisco.»

«Capisci cosa?»

«È un modo gentile per dirmi di togliermi di torno. Chiederò a James di farmi avere un'altra stanza, così potrai restare tu con Julia. Magari andrò a stare nella tua, sempre che non ci sia Marylin ad aspettarmi. Sai com'è, le sue *distrazioni* non mi interessano.»

«Non voglio che tu ti tolga di torno. Se hai capito questo, non hai capito niente. E no, nella mia stanza non c'è Marylin ad aspettarmi. Il nostro rapporto non è di *quel genere*. Nessuno invade gli spazi altrui senza permesso.»

Scuoto la testa con indulgenza.

«Perdonami se affronto questo argomento adesso, Edmund, ma non so se avremo un'altra occasione per parlarne, per cui sopporta la mia franchezza. Io… credo che Henry abbia ragione.»

«A proposito di quale delle innumerevoli stronzate che dice?» sbotta, infastidito.

«Ok, lo so che non riesci a perdonarlo per come si è posto con Julia, e io stessa gli ho detto mille volte che si è comportato malissimo. Ma riguardo a Marylin… non ha torto. Ora, non pretendo di sapere cosa provi per lei, e se ne sei innamorato ma ci stai solo andando piano ti prego di dimenticare tutto quello che sto per dirti e, anzi, ti invito a bloccarmi prima che lo dica.» Ammutolisco, quasi volessi dargli il tempo per riconoscere di amarla e impedirmi di andare avanti. *Non farlo non farlo non farlo.* Mentre attendo, nel mio cuore rintocca una sorta di convulso countdown. Ma lui rimane zitto, a osservarmi con una strana rabbia silenziosa, che non si esprime con null'altro a parte uno scintillio collerico negli occhi. Con le parole, invece, non esprime niente. Mi fissa e tace. «D'accordo, sei arrabbiato perché mi impiccio degli affari tuoi», gli concedo, non riuscendo a spiegare altrimenti quella lunga occhiata risentita. «Ma visto che siamo in clima di sincerità, sappi che secondo me Marylin non vuole quello che vuoi tu, ammesso che tu voglia quel che dici di volere. Ovvero un rapporto senza impegno, destinato solo a distrarti. A mio parere, lei… ecco… lei se lo fa bastare sperando che, se ti lascia il guinzaglio lungo, tu possa affezionarti e trasformare quel "per adesso" in un "per sempre". Hai mai dato un'occhiata al suo profilo Instagram?»

«Detesto i social», mormora Edmund con un'ombra di allarme nella voce.

«Mi presti un attimo il tuo cellulare? Voglio solo mostrarti una cosa.» Me lo porge e io entro su Instagram con le mie credenziali. Quindi cerco il profilo di Marylin e glielo mostro.

Edmund scorre le immagini postate negli ultimi mesi e si rende conto per la prima volta che c'è sempre lui in ogni foto. Foto nelle quali rimane sullo sfondo, come se fosse stato ripreso in modo accidentale, ma è in ogni caso presente dappertutto, con tanto di brani di poesie e canzoni romantiche nelle didascalie, e cuoricini e commenti compiaciuti da parte degli amici di Marylin. Amici di tutto il mondo, alcune risposte sono scritte in giapponese.

«Dannazione», mormora Edmund, osservando ciascuna di quelle immagini con aria perplessa. Poi pare soffermarsi su una in particolare, e non dubito che si tratti del selfie di Marylin in cui sono a letto insieme, e di lui si intravede qualche dettaglio minimo ma inequivocabile. Lo capisco perché, d'istinto, guarda l'orologio che ha al polso anche adesso, lo stesso della foto. Mentre noto il suo stupore, ho la conferma del fatto che non ne sapeva niente. Questa scoperta rende ancor più torturante, per me, il ricordo della foto di loro due con le teste appoggiate sullo stesso cuscino. Perché, se non si è reso conto che lei stava scattando una foto in quel momento, vuol dire che era addormentato. Quindi non hanno solo fatto sesso. In quel "dopo", nel rimanere a dormire e nel condividere l'intimità fisica anche una volta consumato lo slancio passionale, ci vedo un legame più vero di quello che descrive Edmund.

Mi fa malissimo. Non è escluso che Marylin gli piaccia più di quanto voglia ammettere. La loro familiarità è profonda, si conoscono da tanto, e non è così assurdo immaginare quel "per adesso" che diventa "per sempre".

Vorrei piangere.

Posso piangere?

Posso farmi piccola e sparire?

Di sicuro, intanto, è bene che io lasci questa stanza.

«Ti ho detto quello che pensavo», sussurro. «La vita è la tua, ovviamente, non giudico nessuno. Era solo per farti capire che Henry ha la sua parte di ragione.»

«Lo difendi un po' tanto quel ragazzo», dice Edmund, e di nuovo mi fissa come se qualcosa in me lo infastidisse.

«Difendo la verità. Chiunque la pronunci. Ed Henry non è più bugiardo di chiunque altro. Ha fatto e farà degli errori, come tutti. Non è più mostro di qualsiasi altro essere umano, in fin dei conti.»

«Ti è molto caro, a quanto pare», ribadisce, con un velo di aggressività nella voce.

«Comincio a trovarlo simpatico.»

«E anche qualcosa di più?»

«Chi può sapere cosa accadrà? Conosciamo solo il presente, giusto? Nel presente sto scoprendo molte qualità in lui. Dopotutto, anche tu riconosci delle qualità a Marylin, no? Io non riesco a vederne neanche una, ma tu sì. Altrimenti, credo, non ci andresti a letto insieme.»

«Diamine, Fanny, non voglio parlare di questo con te!»

«Perché? Temi che mi scandalizzi? Sei ancora convinto che io sia una mocciosa? Sei fuori strada. So benissimo come funziona tutto quanto. E adesso, credo proprio che chiederò a James di farmi avere un'altra stanza. Ma prima... mi faresti un favore? Mi presti il tuo cellulare? Devo contattare William per dirgli una cosa importante, il mio è rotto, a quello di mia madre dovrei cambiare la batteria che non funziona più, non saprei dove comprarli e comunque non ho contanti con me. La zia mi passa una piccola cifra mensile, ma ho fatto comprare delle cose per Theodora e Frances e...»

«Hai speso tutto il tuo denaro per due cavalli che neanche ti appartengono?»

«Sì», rispondo, con decisione. «A me non serve niente. Tranne il cellulare, adesso, ma tanto al Mansfield è inutile. Mentre loro due... di loro due non importa a nessuno, ed è appunto di questo che vorrei parlare a William.»

Edmund aggrotta la fronte.

«Che intenzioni hai?»

«Voglio chiedergli il denaro per comprare Theodora. Vorrei prendere pure Frances, ma non credo che sarà possibile. Mi occorre anche un posto in cui tenerla e...»

«Te lo do io il denaro.»

«Ti ringrazio, ma preferisco rivolgermi a William e a sua madre. Con loro ho un rapporto diverso, so che posso restituirglieli nel tempo e...»

Edmund mi interrompe di nuovo.

«Io non li voglio restituiti.»

«Un motivo in più per rifiutarli. Già ho un debito con tuo padre e dovrò inventarmi chissà cosa per ridargli la cifra mostruosa che ha speso per farmi frequentare il Mansfield quest'anno. Non subito, è ovvio, adesso non saprei dove trovarla, ma appena avrò un lavoro gliela rimborserò un po' alla volta, dovessi impiegarci tutta la vita. Va da sé che non desidero avere debiti anche con te.»

«Come puoi equipararmi a mio padre? Non siamo la stessa persona! Ti ho detto che non avresti alcun debito con me, non dovrai restituirmi neanche un centesimo!» esclama lui, a voce più alta di quanto sia opportuno, considerato che nella stanza accanto dorme Julia.

«E io ti ho detto di no», ribadisco decisa. «Non ti equiparo a tuo padre dal punto di vista dell'affetto che provo, perché lui lo detesto e a te, invece, voglio bene, ma non desidero neanche un centesimo marcato Bertram. Non si può mai sapere come andranno le cose, come saranno i nostri rapporti un domani, se sarò ancora inclusa nella cerchia dei tuoi affetti, e se la penserai allo stesso modo riguardo al dare denaro a fondo perduto. Chi mi garantisce che non me lo rinfaccerai?»

«Te lo garantisco io, maledizione! Tu non uscirai mai dalla cerchia dei miei affetti! Non è proprio possibile! Diamine, Fanny, come puoi aver pensato a una cosa del genere? Io ci tengo a te più di quanto riesca, o possa, esprimere in questo momento della mia vita. Tante cose cambieranno, ma non questa!» Lo stesso impeto col quale ha parlato, incurante del rischio di svegliare Julia, ne accompagna i movimenti successivi. Si avvicina senza tentennamenti e mi attira a sé, un braccio attorno alle mie spalle, la mia testa che gli si appoggia sul petto. È superfluo, credo, descrivere lo struggimento del mio cuore. Potrei adoperare metafore romantiche, potrei paragonare i miei pensieri a quelli dei poeti, potrei giurare che, in fondo ai miei occhi, lampeggino i colori di Kandinskij. E invece ho una lavagna nera nella testa. Del tutto inconsapevole di avermi trasformata in un guscio vuoto, Edmund si china e mi parla al di sopra di un orecchio, stavolta a bassa voce: «Non capisci proprio niente, ragazzina sciocca. Non smetterai mai di essere la mia Fanny, la mia ineguagliabile mocciosetta mordace. La mia prima amica, la mia seconda sorella e...»

«Edmund...» La voce sonnolenta di Julia, per quanto flebile, irrompe in questo spazio, e sembra un tuono confrontata col sussurro intimo di Edmund.

Ci stacchiamo dall'abbraccio, mentre Julia avanza con un'aria da sonnambula. Ci guarda entrambi, ma non credo si sia accorta di nulla.

«Vorrei fare una doccia», mormora. «Ma mi gira la testa.»

Edmund mi rivolge un'occhiata che contiene una tacita domanda. Annuisco subito.

«Ti aiuto io, se vuoi», dico a Julia.

Lei mi guarda di nuovo, pare esitare un istante, e poi scrolla le spalle.

«Se non ho altra scelta», mi concede.

Mi sposto nella stanza con Julia, e da lì nel bagno. La aiuto a tirar fuori dalla sua elegante valigetta di Vuitton tutto quello che le occorre. Tra prodotti per struccarsi, shampoo e balsamo in lussuose confezioni, set di spazzole, e creme di ogni tipo, ben presto il tavolino da toeletta si trasforma in un espositore di cosmetici di alta gamma. Ma va bene così. È un buon segno che abbia deciso di prendersi cura di se stessa. E se pure mi guardasse di nuovo con asprezza non mi importerebbe, non dopo averla vista piangere in quel modo disperato.

E non dopo averle visto i polsi.

Questo, Edmund non me lo ha detto: mentre Julia si sveste, noto gli inconfondibili segni delle cicatrici che indicano un tentativo di farla finita tagliandosi le vene. Deve essere successo qualche anno fa, e rabbrividisco al pensiero che fosse così giovane e già a tal punto sopraffatta dalla vita. Non le dico niente, e ringrazio che sia troppo confusa per accorgersi della mia espressione, o noterebbe lo sgomento nei miei occhi.

La aiuto a svestirsi, e in certi momenti è talmente stordita che lascia fare tutto a me. Quando resta in biancheria intima esco dal bagno. Prima di andarmene lascio scorrere l'acqua e controllo che la temperatura sia giusta e poi, istintivamente, che non ci siano lamette o nient'altro di pericoloso nella stanza. Aspetto in camera da letto che abbia terminato, e poi la aiuto a rivestirsi. Non l'avevo mai vista completamente senza trucco, sembra molto più giovane della sua età. E più fragile.

«Mi pettini?» mi domanda.

Lo faccio. Le spazzolo i capelli umidi mentre lei si spalma sul viso una crema che profuma di miele e arancia, ma lo fa macchinalmente e senza neppure guardarsi allo specchio. Guarda, invece, il ripiano ingombro di prodotti, li guarda e non li vede. Quando accendo il phon e le dirigo il getto tra i capelli, si appoggia con le braccia sul ripiano e con la fronte sulle braccia.

«Julia, tutto ok?» le chiedo.

«Sì», mi risponde. Non si muove, resta in questa posizione. «Non spegnere il phon, ha un suono riposante.»

Così, le asciugo i capelli disordinatamente, col getto che le solleva ora una ciocca ora l'altra. Quando sono asciutti mormora: «Ho sonno», e torna a letto. Si rintana sotto le coperte, fino alla testa, e non la vedo quasi più.

Allora, metto un po' in ordine nel bagno, e poi torno in anticamera.

Edmund è ancora qui, seduto su una poltrona, coi gomiti puntellati sulle cosce e la testa tra le mani. Mi sente entrare e mi guarda. I suoi occhi spettacolari sono oscuri, la sua fronte è solcata da pieghe di amarezza. È giovane ed è vecchio, è coraggioso ma stanchissimo.

«Tutto bene», gli dico, prima che me lo domandi lui.

«Adesso dorme.»

«Grazie, Fanny.»

«Raggiungo gli altri, e mi faccio vedere dagli insegnanti, oppure chiamano la buon costume e un esorcista. Cenerò con loro, a voi arriveranno dei vassoi. Lo so che nessuno di noi ha fame, ma io mi sforzerò. Manda giù qualcosa pure tu, vuoi?»

Lui annuisce, ma rimane lì, sulla poltrona. L'unica variazione rispetto a poco fa è che non sta più chino in avanti ma si è appoggiato con la schiena.

«Se ti chiedono come sta Julia, per favore, di' che ha avuto solo un calo di pressione, ma che adesso sta alla grande.»

«Sì, non preoccuparti. E mi mostrerò allegra e sorridente. Così gli insegnanti penseranno che il pericolo sia scampato e nessuno chiamerà Lord Bertram. Sono una brava attrice, ci cascheranno tutti.»

«Lo so, sei bravissima, te l'ho sempre detto», dice.

«Io… io vado, Edmund. Se per qualsiasi motivo aveste bisogno di me, sai dove trovarmi.»

«Vorrei che fosse vero», mormora lui, restando fermo sulla poltrona come un mesto pensatore che pronuncia parole sibilline.

«In che senso? *È* vero», dico, con enfasi.

«Vorrei che fosse vero poter sapere sempre dove ti trovi», aggiunge lui, ancora più cupo e più nascosto dalla penombra dell'angolo in cui si trova. «Ma non sarà sempre così. Verrà un giorno in cui non saprò più niente, e soprattutto non avrò alcun diritto di saperlo, o di arrabbiarmi perché non lo so, o, peggio, di arrabbiarmi perché lo so.»

«Non ti capisco, credimi. Forse sei più stanco di quanto pensi, e di quanto penso anch'io.»

«Sì, lo sono, molto stanco, Fanny. Negli ultimi mesi sono successe tante cose. Il crollo di Julia mi ha riportato indietro, ad anni terribili, durante i quali temevo per la sua stessa vita. E il mio crollo è stata la goccia che ha fatto traboccare il vaso.»

«Il tuo crollo?»

«Qualcosa... *qualcuno*, ha fatto tintinnare la campana di vetro sotto la quale mi nascondevo, e l'ha rotta. Non è stato un crollo inopportuno, però. Era ora che accadesse. Adesso sono più me stesso di quanto sia mai stato in quasi vent'anni di vita. Ho preso delle decisioni importanti, decisioni che comporteranno cambiamenti radicali, e di questo sono soddisfatto, ma tutto ciò comporta un prezzo da pagare.»

«Il prezzo non è mai troppo alto, Edmund, per i cambiamenti che ci fanno essere più fedeli a noi stessi», dico, con convinzione. «Inoltre i cambiamenti rendono la vita più avventurosa.»

«E piena di incognite.»

«E di sorprese», insisto.

«E di rinunce», persevera lui.

«Su, Edmund, oggi vedi tutto nero perché Julia non sta bene, e sei preoccupato per lei, ma si sistemerà ogni cosa. Lei ha te, e tu hai lei. Non siete soli.»

«E tu?»

«Io sono qui», sussurro, con una vocetta che pare tirata fuori da un cassetto e da una scatola in quel cassetto e da uno scrigno nella scatola e da un sacchetto nello scrigno, per quanto è soffocata. «Non preoccuparti, tutto il resto l'ho dimenticato. Facciamo finta che non sia successo nulla, se in parte è quel pensiero a disturbarti. Dimentichiamo definitivamente errori, tentazioni e stupidità. Sono pronta a essere la tua seconda sorella, se vuoi.»

Non è vero. Non voglio essere sua sorella e non voglio essere sua amica. Io voglio un amore con tutte le lettere maiuscole ma, se le altre strade non funzionano, se sono sbarrate da ostacoli invincibili, se lo fanno sentire a disagio, sbagliato, colpevole o ingiusto, mi farò bastare questa strada.

Non attendo che risponda, anche perché non mi aspetto che lo faccia. Ritengo che sia stato detto tutto ciò che poteva e doveva essere detto fra di noi, in una situazione come questa. Non so a quali grandi cambiamenti si riferisca, e quale sia l'alto prezzo che ha pagato per evolversi, e forse, in questo momento, non desidero neanche saperlo. Ho bisogno di andare via con tutti i miei dubbi irrisolti, perché i dubbi lasciano aperti piccoli spiragli mentre le certezze sprangano le porte.

Esco dalla stanza e quasi mi scontro con un cameriere che reca un vassoio pieno di cloches argentate su un carrello portavivande. Raggiungo il corridoio con uno spirito inquieto, come se qualcosa potesse crollarmi addosso mentre cammino: le pareti del castello, i magnifici lampadari, i dipinti preziosi, o magari le onde del Mar Rosso.

Poi mi avvicino alla sala da pranzo – lo capisco dalle voci tutte insieme –

alla base di una scalinata a forma di onda, oltre una porta a due battenti. Allora cerco di mantenere la promessa fatta a Edmund, sorrido, ed entro nella stanza.

***

Mangio anche se non ho fame, sorrido anche se mi viene da

piangere, mento sullo stato di salute di Julia, mi fingo interessata a tutti i dotti discorsi della professoressa Norris, e in definitiva mi esercito nell'arte della falsità per un bene superiore. Non desidero che Edmund e Julia vengano disturbati e che, soprattutto, qualcuno si senta in dovere di chiamare Lord Bertram. La sua presenza sarebbe più nociva che benefica.

Dopo una cena allo stesso tempo elegante e informale, ricca di pietanze ma non di ostentazioni, mi rendo conto che ho bisogno di uscire. Ancora un po' di questa recita e comincio a dare i numeri.

Così mi alzo e, approfittando del fatto che gli insegnanti stanno facendo onore alle fornite cantine di Sotherton e, complici il pasto abbondante e il buon vino, hanno allentato un po' i loro modi da guardie carcerarie, abbandono la sala da pranzo.

Indosso velocemente un cappotto e sto per uscire anche dal palazzo, quando una voce mi ferma nell'atrio.

«Vengo con te, posso?» mi domanda Henry, che mi ha seguita.

Lo osservo con incertezza solo per un attimo. Poi annuisco.

Usciamo, e il primo freddo equivale allo stesso tempo a una scudisciata in pieno petto e a una boccata d'aria dopo essere stata in apnea. Fa male e fa bene.

Lampioni in stile vittoriano seguono il percorso di un sentiero lastricato, all'evidente scopo di accompagnare chiunque desideri, anche di notte, fare una passeggiata in sicurezza nel parco.

Con questo freddo ci siamo solo noi.

Per qualche minuto camminiamo in silenzio, a debita distanza dal fiume. Dopo un po', del tutto inaspettatamente, Henry mi domanda notizie di Julia.

«Come sta? Non l'ho vista bene, prima. Ho avuto l'impressione che fosse un po'... strana. Vorrei fosse chiaro che, prima d'ora, non ho avuto il minimo sentore di qualcosa di simile, altrimenti non avrei fatto lo scemo con lei.»

Non sono autorizzata a raccontargli la verità, e neppure una verità camuffata, perciò gli fornisco una risposta molto vaga: «Sta bene, adesso, ha avuto solo un po' di stanchezza. Capita a tutti».

«Dimostrerei di essere un idiota se ti facessi credere di essermi bevuto questa piccola bugia. Non me la sono bevuta *per niente*. Ma se non puoi dirmi altro lo capisco. Spero solo che, di qualsiasi cosa si tratti, possa venirne fuori.»

«Tu evita di romperle le scatole, già questo sarebbe un buon punto di partenza», gli ricordo.

«È stata lei a seguirmi», protesta Henry con un tono leggermente insolentito.

«Lo so, ma hai troppe colpe per nasconderti dietro questa giustificazione. In guerra e in amore chi vince dovrebbe mostrare compassione per l'avversario sconfitto, se ha un po' d'onore. Hai vinto tu, in questo caso, come succede quando uno gioca e l'altro no. Chi ci mette il cuore perde sempre, e chi non ce lo mette dovrebbe almeno mostrarsi indulgente.»

«Non ho mai negato di avere delle responsabilità, e lo sai che mi dispiace. Responsabilità, però, non colpe. Per me giocava pure lei, la schermaglia era ad armi pari, non sono certo il primo ragazzo col quale ha avuto a che fare, né ho mai pensato di piacerle più di quanto lei piacesse a me. Cosa cavolo ne so? Per me era puro divertimento! E poi, nemmeno siamo stati a letto insieme, al massimo ci siamo scambiati qualche bacio e...»

Lo interrompo con un gesto perentorio.

«Non voglio sapere più niente. Non entrare nei dettagli di quello che avete o non avete fatto. E comunque, per te qualche bacio non è niente? Anche un solo bacio può essere tutto, invece!»

Mi allontano, accelerando il passo. Non sopporto l'idea che un bacio non sia niente. Anche se è quello che ho detto io stessa a Edmund, per sembrare una ragazza moderna e spregiudicata e non una povera sfigata innamorata, non sopporto che la gente dia baci senza volerlo veramente e profondamente. Io non finisco per caso con le labbra contro le labbra di qualcuno! Io, se bacio, è perché *voglio* farlo, perché la bocca che bacio appartiene a qualcuno che mi piace sul serio. Io non bacio per errore e per abbaglio.

Per i ragazzi, invece, a quanto pare, non è così. Loro ti baciano e poi si pentono, e se ti va bene si sentono in colpa e ti chiedono scusa, e se ti va male se ne fregano. Non so cosa sia peggio. Se avere a che fare con un Edmund che poi si fa mille paranoie, o con un Henry che non si sente minimamente in colpa perché tanto voleva solo divertirsi e tu dovevi metterlo in conto. In entrambi i casi, a nessuno importa di te *davvero*. In entrambi i casi, anche se cambiano i modi per affrontare la questione, l'epilogo è che si resta da sole. Prese in giro con più garbo, o con più spavalderia, ma sempre prese in giro.

Vorrei poter essere anche io così. Una che si lascia trasportare, che scherza e si diverte, perché tanto, in definitiva, chi se ne importa. Mica è sesso, è solo un bacio, cosa vuoi che sia.

Per quanto, i ragazzi si defilano anche quando si tratta di sesso. La scusa la trovano sempre per non impegnarsi. Perché noi dobbiamo essere diverse? Anzi, perché *io* devo essere diversa? Detesto essere così, dare tanta importanza perfino a uno sguardo.

Vorrei essere una stronza.

O, se non una stronza, almeno più leggera e volubile. Vivrei più serenamente, senza batticuori, senza nostalgie, senza aspettative. Senza sentimenti coriacei come alberi fossili.

Mi fermo d'impulso sul sentiero, in preda a una rabbia acuta.

Non rifletto, perché se riflettessi non farei quello che faccio. Agisco impulsivamente. Mi volto, tre passi rapidi verso Henry che mi segue, lo afferro dal cappotto e lo bacio sulla bocca.

Dura pochi secondi, non sono pazza al punto da trasformare una follia in passione. Anche perché non provo niente. È un bacio veloce, stampato più con dispetto che con desiderio. Poi mi stacco da lui. Lo guardo con l'ironia che suppongo destini alle ragazze che bacia per scherzo.

«Un divertimento come questo?» gli dico provocatoria.

Lo sguardo di Henry, a essere sincera, è tutto fuorché scherzoso. Se non mi sembrasse impossibile, considerato quanta poca importanza hanno per lui i baci dati a casaccio, direi che è sconvolto. Mi osserva con gli occhi sgranati, e se dovessi dire chi, fra di noi, ha l'espressione di una fanciulla inesperta presa alla sprovvista da un mascalzone, punterei senz'altro su di lui. Il mascalzone sarei io, quindi?

Rido, anche se non ho alcuna voglia di ridere.

«Su, Henry, mi auguro non darai importanza a un bacio così banale. Abbiamo giocato, non ti si può considerare di primo pelo per certe cose, quindi la schermaglia è ad armi pari, giusto? E adesso, credo che andrò a riposare. Ti auguro la buona notte.»

Lo oltrepasso e mi dirigo verso il palazzo.

Mi sa che la terapia della frivolezza non fa per me. Non posso baciare chi non mi piace. I baci sono inutili senza un trasporto interiore, non fanno volare in alto, non accendono fuochi, non servono a niente.

Mi sento tristissima, mentre percorro il sentiero all'inverso.

Dopo un quarto di miglio, all'incirca, lungo il vialetto, tra un lampione e l'ombra, avvisto Edmund. È immobile, indossa un lungo cappotto, e mi osserva. Per un po' non fa altro, a parte fissarmi in silenzio a mano a mano che mi avvicino.

«Che succede?» gli domando allarmata. «Julia sta bene?»

«Sta riposando.»

«E tu come stai? Tutto ok?»

«Se così si può dire.»

«Hai cenato?» chiedo ancora.

Non risponde. Tira fuori una sigaretta da una tasca e la accende. Dà qualche boccata in totale silenzio. Poi, di punto in bianco, dichiara con tono serio, per non dire ostile: «Mi sono ricordato che dovevi fare una telefonata a William. Ti ho vista dalla finestra poco fa, così sono sceso per portarti il cellulare. Ma eri *impegnata*. Suppongo che la telefonata non sia più così urgente, ma nel caso lo diventasse sono sicuro che potrai contare su Henry».

Quindi, senza aggiungere altro, mi volta le spalle e va via.

Undici

Il mio sport preferito diventa evitare Edmund ed Henry. Il viaggio di ritorno da Sotherton lo faccio con James, che è da solo, a parte l'autista. Non che ci parliamo molto, siamo entrambi ostaggio dei nostri pensieri e abbastanza in confidenza da non preoccuparci di non rispettare le regole della buona educazione tacendo. All'arrivo raggiungo direttamente la mia stanza, fuggitiva come una bambina che sa di aver commesso una marachella e non vuole essere punita.

Lo so di essere stupida. Chi dovrebbe punirmi? Quale marachella ho commesso?

Ok, a voler proprio spaccare il capello in quattro, non dovevo baciare Henry. Quella è stata una marachella bella grossa. Ma non ho ucciso nessuno, giusto? Ho solo dato un bacio veloce, a labbra chiuse, a un ragazzo abituato a darne, di baci, e di sicuro ben più profondi del mio bacetto da imbranata.

Mentre lo penso mi rendo conto di stare diventando superficiale come lui.

Poi mi dico che no, non è così, perché la mia era un'evidente provocazione, e Henry non può non averlo capito. Stavo giocando al suo stesso gioco fatuo. Lo ha capito per forza che era uno scherzo.

Certo, in questo caso mi sarei aspettata una risata da parte sua, e invece non ha riso. Era parecchio sconvolto. Perché aveva quell'espressione disorientata? E perché io, dal canto mio, gli sfuggo, invece di trattare la questione come merita, e cioè come una burla senza conseguenze?

Ma, soprattutto, perché sfuggo anche a Edmund? Non che lui si dia tutta questa pena per inseguirmi; però, insomma, se posso evitare di incontrarlo a tu per tu è meglio.

La verità è che non lo capisco più. Si comporta in modo davvero strano. Dopo ciò che è successo a Julia, a Sotherton, credevo ci fossimo riavvicinati, e invece è come se avessimo fatto mille passi indietro. Mi sono interrogata a lungo sulle cause di questo distacco intriso di malanimo: si è pentito di avermi fatto quelle confidenze sulla sorella, ho detto qualcosa che lo ha offeso, o, semplicemente, è giunto alla conclusione che non sono poi così indispensabile nella sua vita? Oppure sono io che, nonostante tutte le mie promesse di amicizia, non riesco proprio a fingere che mi basti il ruolo di seconda sorella, e mi tengo alla larga per non fargli capire che vorrei molto di più? Non lo so, ma so che non intendo mendicare le sue attenzioni come una povera sfigata col cuore con più crepe di un vetro preso a martellate. Anche se il mio cuore è esattamente così. Ne consegue che evitarlo sia diventata una questione di sopravvivenza. Quindi basta chiedermi perché fa questo e quello, perché mi guarda e perché non mi guarda, perché... perché... perché... Basta "perché" o divento matta. Perciò, visto che l'ambiente è quello che è, visto che il Mansfield College, per quanto esteso, è pur sempre un luogo circoscritto, e le occasioni di incontro superano di gran lunga la possibilità di perdersi di vista, io mi defilo codardamente.

Per un po' mi va bene. Le prove della recita vengono sospese perché la professoressa Norris si è beccata l'influenza;

pertanto, è tutta una rigida sequenza di lezioni, pranzo, studio e poi in camera, sempre accompagnata da Amber e Taylor, quasi a usarle come scudo.

Scudo contro chi?

Poi un pomeriggio ricevo una mail di William, e nel grigiore delle mie giornate subentra un po' di tiepida luce. Si scusa per non avermi risposto subito, ma lui e Sean sono stati in viaggio a Parigi e la posta elettronica non l'hanno minimamente considerata. Anzi, per la maggior parte del tempo hanno proprio tenuto i cellulari spenti. Comunque mi presterà il denaro. Theodora sarà mia, e sua madre si è detta disposta a ospitarla nel santuario per cavalli.

Subito dopo le lezioni, salto il pasto e raggiungo le scuderie. Nel periodo degli esami è concessa qualche piccola violazione delle solite regole, ad esempio pranzare a orario. Dunque, prendo un panino al volo e fuggo da Theodora.

E lì la tiepida luce si smorza e si spegne.

Ciò che la affievolisce è lo *spettacolo* nel quale mi imbatto davanti alle scuderie. Edmund e Marylin sono insieme: Marylin monta Marlowe ed Edmund Regina. Evidentemente Marlowe è più tranquillo, e altrettanto evidentemente Edmund ha cambiato idea riguardo alle persone alle quali concedere un giro sul suo purosangue.

Era vero, allora. Marylin saltando in groppa riesce a ottenere ciò che vuole. Basta montare per domare. Io, che cerco di instaurare dei legami, non ho niente. Tranne Edmund che mi bacia per sbaglio, poi se ne pente e poi mi odia.

Son soddisfazioni.

Cerco di ignorarli, tanto non mi hanno neppure vista, ed entro nelle scuderie. E qui, la luce già appannata si estingue definitivamente.

Vengo subito messa a parte di una notizia che mi turba nel profondo. Qualcuno ha acquistato Theodora e Frances. Loro sono ancora qui, ma presto andranno a raggiungere il nuovo proprietario.

Mentre eravamo a Sotherton, al college si è svolta quella che viene definita "Giornata porte aperte". Questo lo sapevo già, me lo hanno riferito Amber e Taylor che sono rimaste qui e si sono imbattute in gruppi di sconosciuti che se ne andavano in giro guidati da qualcuno dell'amministrazione. In pratica, chi è interessato alla possibilità di iscrivere i propri figli può visitare il Mansfield per farsi un'idea più precisa delle sue caratteristiche. Non che chiunque possa accedere a questa giornata falsamente democratica: per essere ammessi anche solo a percorrerne il *sacro* suolo occorre possedere alcuni requisiti molto precisi. Ricchezza, importanza, e una lettera di presentazione da parte di qualcuno altrettanto ricco e importante che abbia frequentato il college. Insomma, quei gruppi che gironzolavano non erano poveri sfigati in gita. E non è detto che tutti quelli che faranno richiesta saranno ammessi. Ma anche questo lo sapevo già.

Quel che non sapevo è che potevano essere visitate anche le scuderie. A quanto pare, un non meglio specificato possidente dell'est di Londra, stando all'accento cockney, appena ha visto i due cavalli, sul cui box mancava l'indicazione del proprietario che invece c'è negli altri, ha chiesto se poteva acquistarli. È stata Frances ad attirarne per prima l'attenzione. Gli inservienti gli hanno sentito dire che voleva regalare giusto un puledro a un nipotino, e quello gli pareva perfetto perché era identico a un disegno fatto dal bambino. Quando gli è stato detto che non era ancora svezzato e che era necessario aspettare qualche mese, ha deciso di prendere anche la giumenta. Hanno provato a fargli presente che Theodora è inadatta a chi non sia molto esperto di cavalli, ma lui ha obiettato che gli piacevano le sfide, che di sicuro l'avrebbe domata, e in caso contrario l'avrebbe destinata a un altro uso.

E poiché di loro due non interessa a nessuno, le hanno vendute letteralmente al primo offerente.

La disperazione piomba su di me e mi invade. Sono arrivata troppo tardi. Le mie due piccole finiranno nelle mani di un tizio sconosciuto che regala un essere vivente a un nipotino con assoluta superficialità, sol perché somiglia a un suo disegno, e che, se Theodora non corrisponderà alle aspettative, le darà "un altro uso".

Mi viene da vomitare e da piangere, tutto insieme. Chiedo agli inservienti se c'è modo di scoprire chi è questo tizio, ma mi rispondono che non lo sanno, che la compravendita è stata stipulata direttamente dall'amministrazione.

Il pianto prevale sulla nausea mentre raggiungo il box di Theodora e Frances. Mi accolgono con la solita gioia, e io le abbraccio come se dovessi dir loro addio proprio oggi, proprio adesso. Rimango per un po', poi le porto nel paddock e da lì in un ampio prato adiacente, affinché si concedano un po' di movimento, libere di fare quello che gli pare. Non smetto di piangere per tutto il tempo.

Quando me ne vado, un'ora dopo, ho gli occhi pesti per le lacrime. Sono talmente annebbiata che non mi accorgo di Edmund e Marylin che tornano dalla loro passeggiata. O almeno, non me ne accorgo finché Marlowe, dimostrando un'indipendenza che non soggiace ai comandi delle stronze, non si cura di lei che lo trattiene e cerca di dirigerlo altrove, e mi raggiunge. Appoggia il muso contro di me, si lascia accarezzare. Gli dico che gli voglio bene, ignorando chiunque altro a parte lui. Quindi vado via, ancora con questo velo dentro gli occhi.

Non dovrei sentirmi così disperata, come se mia madre fosse morta un'altra volta. Non è giusto, dopo quello che ho passato, lasciare che una disperazione simile mi faccia naufragare. Invece sto malissimo, per me questa separazione è un altro lutto.

Arrivo al college col fiatone, e mi accorgo di avere corso. Sono sudata e mi fa male un fianco. Mi piego un pochino in avanti, come la vecchia signora che a volte temo d'essere interiormente, nonostante l'apparenza da ragazza. Mentre ansimo mi domando che senso abbia correre per fuggire da qualcosa, se non si può fuggire da se stessi. Se non si può spalancare il proprio corpo e rimuovere tutte le emozioni negative che lo affliggono e i ricordi simili a mostruosi licheni da film horror.

Sto così, sola e quasi raggomitolata, per un po', finché il cuore non rallenta e il respiro non si normalizza. A non riuscire a normalizzarsi, però, e a rimanere piantata nel mio petto, è la spada chiamata tristezza che ormai conosco troppo bene.

Tuttavia, non voglio che altre persone assistano a questa mia devastazione. Nessuno capirebbe. Se pure qualcuno provasse un poco di empatia, non rinuncerebbe a farmi una lezioncina moralistica sul giusto valore da dare alle cose, nello scoprire che sono disperata per due cavalli.

Sono due animali, mica due persone.

Che piangi a fare?

Ti rendi conto di quanto sei ridicola, tu che hai vissuto lutti ben più tragici?

Ma è proprio per questo che piango. È proprio perché la morte è entrata nella mia vita che sono immensamente triste per Frances e Theodora. Senza il mio passato sarei una persona diversa, sarei più solare, più superficiale, più ragazza. Non necessariamente frivola o crudele, ma meno sensibile. Mi sento come un vaso che è caduto e si è rotto più volte e, anche se è stato incollato, è rimasto debole nei punti di frattura.

«Fanny, che succede?»

Mi volto di scatto e fisso Edmund stralunata.

Non era insieme a Marylin? Sono rimasta ferma per pochi minuti a riprendere fiato, e allora come fa a essere già qui? Solo se avesse corso pure lui, allora...

Lo guardo meglio. Non ha corso di persona, ma ha fatto correre Marlowe. Dietro, sul prato, il cavallo bruca beatamente qualche ciuffo d'erba che ha cominciato a germogliare. Edmund deve aver lasciato Regina e Marylin alle scuderie, ha montato Marlowe e... mi ha seguita? Indossa il completo da equitazione e ha un'aria un po' agitata. I capelli sono più che mai spettinati e lui è più che mai uno schianto.

Cerco di stare più diritta e di darmi un contegno, pur essendo consapevole di avere gli occhi arrossati.

«Non succede niente», gli rispondo, con tutta la freddezza di cui riesco a fare incetta.

«Come può non essere successo niente?» insiste lui, sempre più alterato. «Sei fuggita dalle scuderie in lacrime!»

«Le mie lacrime non ti riguardano. Ti prego, Edmund, smettila di trattarmi come una scema da consolare sempre. D'accordo, ci siamo capiti, ti faccio pena. Ormai mi vedi solo come una ragazzina tenera e solitaria, senza nessuno al mondo, da proteggere. Ebbene, puoi tranquillizzarti. Me la cavo da sola, non è necessario che tu accorra ogni volta per *salvarmi*. Non ho bisogno di essere salvata. Vai pure per la tua strada, ce l'ho sempre fatta da sola e continuerò a farcela. Puoi dedicarti alla tua vita, ai tuoi cambiamenti segreti e straordinari, a tua sorella, a Marylin, e a chi cavolo vuoi. Non sono l'idiota che credi.»

Nello sguardo di Edmund c'è un crogiolo di emozioni inestricabili, la cui leader, l'emozione che mi arriva per prima senza bisogno di fantasiose interpretazioni, è una rabbia tagliente. Lo capisco non soltanto dal tono di voce, ma anche dal modo in cui si avvicina e si china su di me, e mi stringe un polso.

«Oh, no, ti sbagli», decreta. «Lo sei eccome, un'idiota.»

«Ti ringrazio per il tuo garbo, sei un vero gentiluomo», dichiaro, ironica, anche se ogni mia sillaba trema.

«Sono garbatissimo, credimi. Mi stai facendo incazzare così tanto che sto dimostrando di esserlo davvero, un gentiluomo. Nessuno mi ha mai fatto arrabbiare come te.»

«Addirittura! Oh, che primato, posso includerlo nel mio curriculum?» gli domando, ma la voce mi trema ancor di più. Vorrei apparire spavalda, una dura statua di metallo, peccato che mi senta più simile a una delicata pastorella di Limoges.

Mi addento le labbra e faccio per entrare nel palazzo, ma la sua mano mi stringe ancora il polso. Non mi lascia andare, mi guarda e mi trattiene, e non è facile, non è affatto facile per me, non cedere al bisogno di un abbraccio e di una consolazione che non posso e non devo più pretendere. Non posso e non devo dipendere così tanto da lui, o non avrò più un cuore da smarrire in mezzo all'erba.

«Dannazione, vuoi dirmi cosa ti succede? In che modo

posso aiutarti?» persevera, con un tono un po' meno battagliero ma sempre impetuoso.

«Non ho bisogno del tuo aiuto», ribadisco, tiro via la mano con uno strattone e corro verso il college.

Non so bene dove vado. Imbocco corridoi a caso, il palazzo diventa un labirinto sconosciuto, anche se ormai lo conosco molto bene. È che ho i sensi ottenebrati, e mi muovo come un Pac-man che cerca di sfuggire ai fantasmi che lo inseguono per rubargli la vita.

A un tratto mi accorgo di essere arrivata davanti all'auditorium. Non c'è nessuno quando non si svolgono le prove, così entro e mi siedo su una delle poltroncine. Vorrei che Edmund smettesse proprio di pensarmi. Se trattarmi come una sorella lo autorizza a considerarmi una poverina che ha sempre bisogno di un sostegno, come Julia, allora vada per l'indifferenza. Io vorrei essere amata, non compatita. Se devo suscitare la sua misericordia tanto vale che mi ignori.

I pensieri mi trascinano in direzioni insopportabili, quando qualcuno mi appoggia una mano su una spalla. Istintivamente penso a Edmund ed esclamo a voce alta: «Ti ho detto di lasciarmi in pace!»

«No, in realtà non mi hai detto niente di così esplicito, anche se ammetto che il tuo comportamento andava in quella direzione», dice Henry.

«Oh, sei tu», mormoro, un pochino imbarazzata.

Lui mi si siede accanto, solleva le gambe e le appoggia sulla sedia davanti in un modo sfrontato.

«Mi eviti da giorni», continua. «Anche se non brillo per perspicacia, me ne sono accorto benissimo. E ti ho dato spago. Ma adesso è venuto il momento di parlarne.»

«Parlare di cosa?»

«Non so… del fatto che mi hai baciato?»

Rido nervosamente.

«Ma dai, Henry, ti prego! Era solo uno scherzo! Non mi dire che ci stai ancora pensando!»

«Mm, in effetti sì.»

«Non ti piace che qualcuno ti ripaghi con la tua stessa moneta? Quante volte baci le ragazze e poi le mandi a quel paese?»

«Mi hai mandato a quel paese?»

«Non ce n'era bisogno, perché il bacio che ti ho dato era solo uno scherzo, una roba da ragazzini. Evitiamo di parlarne ancora, per favore?»

Mi aspetto un commento, e lo temo anche, ma Henry mi risponde col silenzio.

Per un po' restiamo entrambi zitti, finché, dopo una manciata di minuti, mi concede di cambiare discorso e mi chiede: «Con chi ce l'avevi, prima?»

«Con nessuno.»

«Sembravi piuttosto contrariata.»

«Può darsi, ma sarebbero comunque fatti miei.»

«Sei innamorata di Edmund?»

La domanda, improvvisa, diretta, irruente, mi fa sobbalzare in modo tanto visibile da far vibrare anche la poltrona.

«Cosa diamine…» provo a protestare, ma le parole mi si incagliano in gola.

«Marylin è convinta di sì», continua Henry. «È strasicura che tu abbia una cotta per lui e che stia facendo di tutto per boicottarla, perché sei gelosa.»

«Non offenderti, ma tua sorella è pazza. Ha preso un

granchio bello grosso!»

«Riguardo a cosa? Non hai una cotta per Edmund o non stai cercando di boicottarla?»

«Entrambe le cose!»

«Buon per lei, perché temo che, se ti mettessi in testa di boicottarla, sarebbe fregata.»

«Ok, sei pazzo anche tu. Ammesso che questa ridicola premessa fosse vera, e non lo è, chi mai potrebbe competere con tua sorella?»

«Quasi nessuna, direi.»

«Bene, allora finiamola.»

«Ho detto *quasi*.» Henry si stiracchia sulla poltrona, come se stesse per alzarsi. «Tu potresti. C'è qualcosa in te, ragazzina. Non sei bella come mia sorella ma, cacchio, piaci. Non fare quella faccia incredula, sei un tipo interessante, Fanny Patel.»

«Lo sai che detesto i complimenti, quindi smettila.»

«Anche questo ti rende molto interessante. Tutte le altre ragazze vanno in brodo di giuggiole quando faccio loro un complimento, tu invece metti su un broncio che pare quasi ti abbia insultata. Fammi capire, ti danno fastidio perché li faccio io, o in generale?»

«Cinquanta e cinquanta? Mi infastidiscono in generale, perché mi pongono al centro dell'attenzione e mi fanno diventare l'argomento della conversazione. E mi disturbano quando a pronunciarli sei tu, perché è il tuo marchio di fabbrica, lusingare per ottenere, dare e avere. Ti ho visto in azione quando vuoi piacere, Henry, e so per certo che sai essere un gran bugiardo.»

«Oh, ma quelli erano i vecchi tempi. Ormai sono del tutto rispettabile. Ho dato due esami, ho smesso di comportarmi come un tredicenne, e mi sono stufato delle bugie. Sto cominciando ad assaporare il sublime piacere della saggezza e della verità.»

«E non dimenticare il sublime piacere della carta di credito di tuo padre», aggiungo, con un sorrisetto un po' caustico.

«Soprattutto di quella», ammette lui, e poi ride. Quindi si alza in piedi e si sgranchisce di nuovo spalle e braccia. Infine mi rivolge un inchino e assume un tono di voce un po' più roco, lo stesso che adopera sul palco quando interpreta il ruolo del burbero e affascinante Edward Rochester. «Cara miss Jane, la data della rappresentazione teatrale si avvicina, e non siamo ancora pronti. Proporrei, nel tempo libero, di provare le nostre scene tra di noi. Anche perché io sono una zucca vuota dalla memoria evanescente, come avrete notato visto che guardo continuamente il copione. La professoressa Norris non si sa quando guarirà, e ha proibito a Edmund di continuare le prove in sua assenza; perciò, che ne dite se ci aiutiamo da soli portandoci avanti col lavoro?»

Esito solo per un momento. In realtà l'idea non mi dispiace per nulla. Sono molto indietro, non tanto con la memorizzazione delle battute, quanto con l'accettazione del fatto di dover stare sul palco sotto gli occhi di tutti. So di essermi cacciata in questo casino da sola, e di essere più distratta di quanto richiederebbe una responsabilità del genere. Senza contare che quando proviamo ed Edmund è presente vado spesso nel pallone. Non riesco a essere professionale, accidenti. Sembro una ragazzina scema che ha fatto un passo più lungo della gamba e ne paga lo scotto in disagio e panico. Be', *sono* una ragazzina scema, mica una vera attrice. E non reciterò più dopo questa esperienza.

Tuttavia non voglio sfigurare. Non voglio che Edmund si penta di aver riposto la sua fiducia nelle mie capacità. Non voglio che Marylin trionfi dinanzi al mio fallimento. Non voglio che chi non crede in me mi consideri un piccolo e patetico flop. Immagino già lo sguardo raggelante di Lord Bertram, e la zia Mary che si scusa per me, per essere stata una delusione, un'ingrata zavorra e un pessimo investimento.

Quindi devo fare del mio meglio, devo impegnarmi il più possibile e devo far mangiare i gomiti a chi mi disprezza e mi sottovaluta. E se questo significa fare qualche prova in più insieme a Henry, anche fuori dal palcoscenico e dagli incontri ufficiali, ben venga. Perciò accetto.

«Molto bene», commenta lui. «Vedrai che insieme faremo faville.»

«Purché siano le faville giuste. Comportati bene.»

Lui scoppia a ridere mentre si avvicina alla porta.

«Sei buffa, lo sai? Buffa e anche un po' smemorata. Fino a prova contraria, sei stata tu a saltarmi addosso e a baciarmi, qualche giorno fa. Quindi, se mi permetti, dovrei essere io a dire a te di comportarti bene!»

***

«Julia secondo me non sta bene, non sta affatto bene», mi sussurra Taylor a un orecchio, durante il pranzo.

Istintivamente guardo mia *cugina,* seduta a qualche tavolo di distanza. Non è più circondata da tutte le ragazze che, un tempo, cercavano di essere sue amiche per adulazione. Ultimamente, anzi, è piuttosto sola. Forse perché si comporta in modo strano, perché è più taciturna del solito, e meno perfetta. La sua bellezza, che ha suscitato attrazione e invidia, è come appannata. Non che sia brutta, ma a chi prova un sentimento di rivalità basta poco – un'ombra nello sguardo, una ciocca di capelli meno lucente, le labbra truccate in modo leggermente impreciso – per esultare. Credo che, in un certo senso, qualcuno goda nel percepire questa sua pur minima sconfitta. Non che me ne sorprenda, Julia non ha mai fatto niente per suscitare un affetto sincero. Ha guardato sempre gli altri dall'alto in basso, e quelli non vedevano l'ora di contraccambiare. Adesso che non sta bene, che dedica meno tempo alla cura di sé e che, soprattutto, non sta più con un duca, e anche Henry Crawford ha smesso di tenerla in considerazione, è più facile ripagarla con la stessa moneta.

Senza contare che Edmund non è qui a sostenerla. È partito, e non ho la più pallida idea di dove sia andato. Il giorno successivo al suo ultimo esame, superato con successo, ha lasciato il college. Per un breve periodo, suppongo: non abbandonerebbe mai la sorella. Sono molto più legati di quanto avessi creduto all'inizio, e lui è estremamente protettivo con lei. Forse, chissà, rivede in Julia la madre, affetta dallo stesso male, ferita dalla stessa vita, soffocata dallo stesso uomo – per l'una marito e per l'altra padre – e cerca di salvarla come non ha potuto fare a dodici anni.

Stando alle informazioni di Taylor, che ne sa sempre una più del diavolo, ultimamente Edmund ha ricevuto dei plichi cartacei da Londra; perciò, lei ipotizza che si sia recato lì. A far cosa e per quanto tempo, nessuno lo sa. Men che meno io.

Ormai è chiaro a tutti, anche a Taylor e al suo spumeggiante ottimismo, che Edmund non mi considera più come un tempo. Che sia diventato freddo e scostante è un fatto troppo evidente per poter essere considerato opinabile. L'unica consolazione è che Marylin non è andata con lui. Quindi, di qualsiasi cosa si tratti, almeno non è un viaggio di piacere insieme alla stronza.

Continuo a guardare Julia, e mi si stringe il cuore. Così, prendo una decisione impulsiva. Mi alzo col mio vassoio e la raggiungo al suo tavolo. Percepisco numerosi occhi addosso, ma non mi importa.

Se mi fossi aspettata di scorgere gratitudine nel suo sguardo, ne sarei rimasta delusa. Ma non me l'aspettavo e, al contrario, ero sicura che mi avrebbe indirizzato un'occhiata sprezzante. È esattamente quello che fa - si volta appena, mi trafigge coi suoi occhi blu ghiaccio, e si scosta un pochino, come se il contatto con l'aria che sposto la infastidisse - ma a questo punto la conosco abbastanza bene da saper guardare, e da saper vedere, oltre l'ostentazione.

Ormai lo so, so tutto, Julia. Lo so che hai paura. Ti ho sentita piangere una notte, dal bagno. Riesco a scorgere smarrimento e disordine dietro le tue pose altezzose. So che hai troncato il fidanzamento con James e che non è stato facile compiere un simile passo. So che lui ti vuole ancora molto bene, ma è consapevole di non poter amare per due. So che ti senti sola, anche se fingi di stare benissimo così. Quando ero nell'altra scuola, e sembravo del tutto indifferente al piacere degli altri di stare in gruppo mentre io non avevo nessuno a parte i libri e un mare segreto di desideri, sarei stata felicissima se qualcuno si fosse seduto vicino a me in questo modo. Perciò lo faccio, anche se sembri non gradire.

Le parlo, dico qualcosa a proposito del pranzo, e del tempo, e di numerose altre sciocchezze. Mi accorgo che non ha mangiato molto, in questo siamo più simili di quanto lei possa immaginare.

«Puoi andartene», mi dice a un tratto, a bassa voce, ma con tono deciso. «Perché sei venuta? Per farmi pesare il cambiamento delle nostre situazioni? Adesso tu sei la prima attrice, hai delle amiche, Henry ti viene dietro, mentre io sono sola? Per questo ti sei seduta qui?»

Del tutto inaspettatamente per la mia esile pazienza di un tempo, le sorrido.

«No, è per farti assaggiare la torta, è buonissima», rispondo, e le allungo un piattino dal mio vassoio, con una fetta di plumcake alle pere e cioccolato.

Julia guarda me e il dolce con uguale stupore.

«Tu non sei normale», mormora.

«Oh, lo so benissimo, e me ne vanto», osservo, con aria convinta. «Mangia la torta e poi me ne vado, promesso. Se non lo fai resto qui e chiamo pure Taylor e Amber.»

«Non oseresti mai!» esclama lei, come se l'avessi minacciata di invocare l'arrivo di Sauron e delle sue armate.

«Lo faccio sì, invece. Non mi scollo da qui, ti seguo ovunque, e anche Taylor inizierà a parlarti e non la finirà più. Vorrà pure acconciarti i capelli e truccarti. Queste le ha fatte a me, oggi.» Le mostro due treccine, sottili come matite, alla cui base sono stati inseriti dei cristalli bianchi e opalescenti, che nascondo sotto altre ciocche per la durata delle lezioni. Non sia mai qualche insegnante le considerasse peccaminose, visto che in questo college il senso del decoro è pari a quello di un convento di clausura.

Julia mi osserva per qualche secondo con uno sbigottimento che sa di disperato bisogno di mandarmi a quel paese, ma poi... poi si trasforma in rassegnazione. Forse ha capito che sono cocciuta, forse non le sono piaciute le mie treccine, forse il pensiero dell'incessante parlantina di Taylor è superiore alla sua pazienza, o forse, chissà, è l'esatto contrario. Magari non vede l'ora che qualcuno come Taylor le parli, per distrarla dai pensieri tristi e dai ricordi terribili, e dal timore che la vita sia solo pensieri tristi e ricordi terribili, magari vuole delle treccine come le mie, e non le dispiace farmi contenta mangiando. E, dietro il suo apparente fastidio, spera che io tenga duro e non la abbandoni, e che torni, domani, con qualche altra scusa, e domani ancora, finché potrà finalmente bruciare la maschera che le strozza la gola e le appanna lo sguardo. Quindi afferra con fare brusco il piattino e prende a mangiare il plum-cake.

È in questo momento, mentre manda giù dolci bocconi, e nelle pause fa commenti ironici sulle mie treccine da bambinetta, che avvertiamo dei passi vicini, e una delle collaboratrici amministrative del rettore si accosta al tavolo e si china su di lei.

Sono abbastanza vicina da sentire distintamente cosa le dice.

«Lady Julia, Lord Bertram vorrebbe parlarle. Si trova nel salottino di ricevimento degli ospiti. Vuole seguirmi?»

Julia si irrigidisce, spalanca gli occhi, e ci mette un secondo di troppo a recuperare la sua compostezza. Da questo comprendo che deve trattarsi di una visita inaspettata. La mano con la quale reggeva la forchettina trema, e la posata cade e rintocca sul piatto.

«Sì», risponde Julia, e ho l'impressione che punti istintivamente lo sguardo verso il posto di solito occupato da Edmund, pur sapendo benissimo che lui non c'è.

Allora, pure io faccio qualcosa di istintivo, anche se, con ogni probabilità, mi manderà al diavolo.

Le domando: «Vuoi che venga con te?»

Mi aspetto una rispostaccia o, se non altro, un *no* categorico.

Invece annuisce in modo impercettibile, e poi lascia che le prenda la mano. Usciamo dal refettorio come due amiche un po' guerriere. Una delle due è una guerriera per finta, atterrita dall'idea di incontrare suo padre, e l'altra è una guerriera spartana e romana e barbara, tutto insieme, nella testa della quale si è incastrato un pensiero: "Non ho paura di te, mio caro conte, e non ti permetterò di costringerla a fare qualsiasi cosa tu voglia costringerla a fare".

***

Appena Lord Bertram nota la mia presenza insieme a Julia assume un'espressione contrariata. Tuttavia davanti agli estranei non dice nulla e si limita a un freddo saluto. Il rettore, giunto a rendergli i suoi omaggi, lo trattiene per qualche minuto in conversazione.

Lo guardo, il conte, e non mi importa del fatto che non sia educato fissare così le persone. Lo guardo e vado in cerca di un segno qualsiasi di umanità nel suo tono e nei suoi modi, ma non ne trovo. Sarei esagerata se lo definissi cattivo, o se lo paragonassi a un vero *villain* da romanzo, ma posso affermare senza timore di essere smentita che è un arrogante, presuntuoso, e dittatoriale stronzo.

Appena il rettore va via, Lord Bertram ci fa l'onore di biasimarci con due occhi molto più che severi: inflessibili.

«Volevo conferire solo con te, Julia», dice alla figlia. Mio Dio, se mio padre mi avesse mai parlato così avrei fatto incubi di notte, con la sua voce come colonna sonora.

«Eravamo insieme», dico con tranquillità, «perciò ho pensato: perché non andare a salutare Lord Bertram?»

Il conte mi percorre con lo sguardo dalla testa ai piedi, serio come una di quelle sculture funerarie che decorano le tombe reali.

«Ho saputo che Edmund è assente», dice, come se quell'ingrato di suo figlio si fosse macchiato di chissà quale colpa. È partito senza avvisarlo: che scandalo e che disonore. «Dov'è andato?» domanda a Julia.

Lei lo sa dov'è, lo capisco dal tormento che le leggo negli occhi. Lo sa, e sa anche per quale motivo è andato ovunque sia andato. Ma le è stato raccomandato di non dirlo a nessuno: capisco anche questo. Lord Bertram deve essere arrivato alle mie stesse conclusioni, e ho la sensazione che già pregusti la soddisfazione di farle dire tutto, come probabilmente avviene di solito fra loro.

Tuttavia, ha sottovalutato Julia. Sono orgogliosa di lei e del modo in cui tiene testa al padre. Nega di sapere dove si trovi Edmund, e si avvicina di più a me, come se la mia presenza le desse la forza di pronunciare questa bugia coraggiosa.

«Mi stai deludendo sempre di più, Julia», le dice suo padre, appena si rende conto di avere davanti uno scrigno sigillato. «Sai benissimo cosa sta combinando tuo fratello. Un tempo ti saresti confidata con me, saresti stata più corretta e leale. Senza contare che ho saputo della rottura del tuo fidanzamento con Lord Rushworth. Che progetti hai? Buttarti via con qualche nullità senza arte né parte? E pensare che sei sempre stata così promettente, così obbediente, e adesso ti sei trasformata in un'isterica.»

Al termine del suo monologo presuntuoso guarda me, come

se volesse addebitarmi anche la responsabilità di questo cambiamento. Insomma, secondo lui sono arrivata io e ho rovinato i suoi figli. Lo so che lo pensa. Prima credeva che mi fossi limitata a irretire Edmund, adesso mi attribuisce pure la colpa di aver plagiato Julia.

Poi torna a rivolgersi a lei.

«Ho parlato col rettore Masterman, gli ho detto che ti porterò via con me. Le tue condizioni sono a dir poco indecenti. Guardati, sei dimagrita, sei pallida e pure spettinata. E a quanto pare non hai dato neppure un esame. Ti devi riprendere. Verrai con me, ti porterò dalla dottoressa Sailor e...»

«No, la dottoressa Sailor no!» esclama Julia, e si stringe al mio braccio con più forza.

Non so chi sia questa persona, ma ho la sensazione che si tratti del medico che la imbottisce di farmaci.

«Julia non può venire con lei, Lord Bertram, non adesso», dichiaro, d'impulso.

Gli occhi blu del conte sembrano fatti di vetro mentre mi fissa.

«Perché mai?» mi domanda con un tono provocatore, quasi volesse sfidarmi a inventare una scusa plausibile, molto plausibile, che giustifichi la mia intromissione.

«Perché...» Perché, dannazione? Perché sei un padre senza neanche un grammo di cuore? Perché tua figlia è terrorizzata da te? Perché ti meriteresti un intervento dei servizi sociali? Non posso dirgli niente di tutto ciò, naturalmente, o aggraverei le cose. Devo essere furba, accidenti. «Perché mi sta aiutando a imparare la parte nella rappresentazione teatrale che si terrà fra un mese.»

Sulle sue labbra appare un sorrisetto sardonico.

«E perché questo dovrebbe interessarmi? Julia, sei inclusa in questa rappresentazione teatrale? Interpreti un ruolo qualsiasi?» Lei scuote la testa. «Molto bene, allora non hai alcun obbligo di trattenerti. Vai a preparare un bagaglio leggero, partiremo fra un'ora.» Il tono con cui le ha parlato è talmente imperioso che lei, ancora non abbastanza esercitata nell'arte della guerra contro un vero nemico, dimostra in pieno la sua fragilità e non riesce proprio a combattere. È stata forte quando si è trattato di difendere Edmund, ma non è capace di difendere se stessa. A Capodanno ha provato a ribellarsi, ma dopo quella litigata ha ricominciato a prendere gli antidepressivi che, a quanto pare, hanno spento quel po' di fuoco che ardeva sotto le braci del suo spirito. Nei suoi occhi, adesso, c'è una stanchezza profonda, e per un attimo, un attimo breve ma atroce, mi pare di scorgere un senso di sconfitta simile a quello di mia madre, verso la fine della sua malattia.

Non posso arrendermi così, se lei non vuole lottare devo farlo io. Ma devo inventarmi qualcosa. Devo riuscire a prendere Lord Bertram dal suo verso, anche mentendo in modo spudorato.

Così, lascio che Julia vada via dal salotto per fare la valigia. Non mi serve qui: il suo sguardo e il suo atteggiamento non sarebbero bugiardi quanto i miei. Lord Bertram capirebbe che sto dicendo un mucchio di frottole.

Appena restiamo da soli prendo la parola prima che lo faccia lui.

«Che peccato portare via Julia proprio adesso che stavo facendo in modo che lei e Lord Rushworth si riavvicinassero. Be', vorrà dire che sarà Lucy Gregory a diventare duchessa».

Lord Bertram aggrotta la fronte, e mi fissa con astio

raddoppiato.

«Sei una manipolatrice, ragazzina, e maledico il giorno in cui mi sono fatto convincere ad accoglierti nella nostra famiglia.»

«Accogliermi? Quando mai sono stata accolta?» commento, cercando di trattenere la rabbia che vorrebbe sprizzare come un geyser. «Subita è il termine giusto. Comunque non intendo manipolare nessuno. Sono solo convinta che Julia e James siano fatti l'uno per l'altra. Credevo facesse piacere anche a lei, ma a quanto pare mi sbagliavo. Adesso dovrò dirgli che Julia sta per partire e che non farà più parte del nostro gruppo.»

«Quale gruppo?»

«Ero riuscita a fare in modo che Julia aiutasse con la parte non soltanto me, ma anche Lord Rushworth, e speravo che frequentandolo in questa veste più leggera, e vedendolo recitare, poiché è piuttosto bravo, in lei potesse accendersi una qualche scintilla e ritornasse sui suoi passi prima che Lucy Gregory le facesse, per così dire, le scarpe.» L'unica cosa vera, tra quelle appena pronunciate, riguarda Lucy Gregory che si sta dando parecchio da fare per soppiantare Julia nel cuore di James. Non sono sicura che riuscirà ad arrivarci, al cuore, ma si sa, un'anima spezzata e non abbastanza forte può cedere alla tentazione di accontentarsi.

«Gregory?» domanda Lord Bertram improvvisamente e stranamente interessato. «È imparentata con Ken Gregory, il leader dei laburisti alla Camera dei Comuni?» domanda, soprappensiero. Non commetto l'errore di credere che lo stia chiedendo a me. Si sta ponendo una domanda astratta e non dubito che, uscito di qui, si informerà sulla genealogia di Lucy Gregory chiedendo direttamente al rettore. A occhio e croce, però, questo Ken Gregory non gli è molto simpatico, per cui ne approfitto e butto lì un commento vago: «Potrebbe darsi. Di sicuro, chiunque sia suo padre, fosse anche il leader di un partito progressista, non disdegnerà di avere una figlia duchessa. Perché, si sa, a parole i padri sono molto democratici, ma se le loro figlie trovano un marito ricco è sempre meglio, no? E sono sicura che Julia si consolerà, e incontrerà presto un bravo ragazzo da qualche altra parte. Chi dice che debba essere un duca? Può anche appartenere alla classe operaia. L'importante è l'amore, giusto?»

Lo sguardo di Lord Bertram sembra quello del braccio destro del demonio. Non escludo che nella sua mente stia passando l'immagine di Julia che fa la fine di mia madre, e il solo pensiero gli scatena impulsi, se non omicidi, di sicuro molto aggressivi. Se potesse direbbe più di quel che dice, e farebbe assai più che osservarmi come se fossi feccia purulenta.

«L'amore è la stupidaggine più sopravvalutata del ventunesimo secolo», decreta. «E ti invito a non infarcire la mente di mia figlia con simili sciocchezze. La tua amicizia non è una buona cosa per lei, ha una mente fragile e suggestionabile.»

«Sì, lo temo anch'io, infatti ho la netta sensazione che si faccia condizionare facilmente dagli stronzi», dichiaro, con un sorrisone teso a smentire il sospetto che lo stronzo in questione sia proprio lui. Dopotutto gli sto sorridendo, no?

Lui mi scocca un'occhiataccia e per un attimo sembra sul punto di mandarmi al diavolo. O, in definitiva, di assassinarmi. Dopo, però, torna sui suoi passi.

«Questa storia del gruppo di studio, è vera? Lord Rushworth sta tentando di riallacciare i rapporti con Julia? È ancora interessato a lei, nonostante tutto?»

«Lo è, eccome se lo è», dichiaro, e so di non mentire, questa volta.

«Non apprezzo che le ragazze di buona famiglia recitino, è una velleità da donne di basso rango», afferma, sempre più borioso. «Dunque non mi stupisce che tu lo faccia. Ciononostante devo considerare l'interesse di mia figlia e valuterò se tollerare che collabori a questa pagliacciata», conclude lui sbrigativo.

Quindi, con fare flemmatico, indossa i guanti che si era sfilati entrando e fa per dirigersi verso la porta della stanza. Un attimo prima di uscire si volta.

«Non ti permettere oltraggiose manovre di seduzione, ragazzina», mi intima, torvo. «Mio figlio è fuori dalla tua portata. Non ha per te il benché minimo interesse, e tu non possiedi alcuna apprezzabile attrattiva.»

La sua aggressività accende la mia aggressività. Io non sono stronza per natura, sono affettuosa e accomodante, tranne quando vengo provocata. Ho provato a stare calma, ma la Furia che è sopita in me si scatena.

«Se è così, come mai spreca il suo prezioso tempo a ricordarmelo, e con questo tono intimidatorio? Le vibra una palpebra, perfino. Se io fossi così priva di speranze e di attrattive, perché mai un conte dovrebbe abbassarsi a ricordarmelo?»

«Speranze? Come osi solo pronunciare questa parola? Che speranze potresti mai avere?»

«Non lo so, me lo spieghi lei, visto che si affanna così tanto a intimidirmi. Sarei più propensa a credere di non avere alcuna *apprezzabile attrattiva* se un conte non si prendesse la briga di darmi tutta questa confidenza, ricordandomi che sono una nullità. Pare quasi che voglia convincerne prima di tutto se stesso. Inoltre... non capisco il perché di questa avversione. La mia famiglia di origine dal lato materno è la stessa di sua moglie, se lo ricorda? Ma forse è mio padre, il problema? Era straniero, era povero, aveva la pelle scura? Sta tutto lì, il dramma?»

«Cosa significano questi sproloqui? Devo quindi supporre che tra te e mio figlio...»

«Non ho mai detto niente del genere», riconosco. «Stavo esaminando la cosa da un punto di vista teorico, per capire come mai mi odia così tanto.»

«Dunque tu ed Edmund non...»

«Santo Cielo, Lord Bertram, le hanno mai detto che è monotono? Si tranquillizzi ed eviti di farsi venire un ictus. Non c'è niente tra di noi. Tuttavia, continuo a non capire cosa ci sarebbe in me che non va.»

«La tua condotta. Mia moglie non è né arrogante né volgare. Tu, invece, sei una piccola ragazzina intrigante che ha preso fin troppo da suo padre.»

Respira, Fanny, respira, respira, respira.

È solo uno stronzo la cui opinione non conta nulla.

Uno stronzo che non deve infierire ancora su Julia, e coartarla, e manovrarla. Perché se lei soffre, Edmund soffre. E io non voglio che Edmund soffra mai. Ovunque ci porteranno le nostre vite, anche molto lontano l'uno dall'altra, voglio che lui sia felice.

Perciò mi controllo e gli concedo l'ultima parola.

Lord Bertram lascia il salotto e dopo qualche momento anch'io esco da qui. Mi si ferma un po' il cuore mentre lo avvisto a breve distanza intento a parlare con James. Divento paonazza per il dispiacere d'essere stata stanata così in fretta. Adesso non ci sarà più modo di impedire che Julia vada via.

Una malinconia inaspettata mi avvolge, un senso di perdita

sproporzionato, perché anche se mi dispiace per lei non posso considerarmi la sua custode. In fondo ci ho provato, ho perso, ma la mia vita va avanti lo stesso. Nulla per me cambierà.

Malgrado ciò mi sento triste, ripensando alla tristezza di Julia.

È anche questo, crescere? Sentire così profondamente il dolore degli altri? Smetterla di occuparsi soltanto della propria bolla incrinata? Dispiacermi per qualcuno che, fino a poco tempo fa, avrei volentieri preso a ceffoni?

Comunque vada, non voglio più avere a che fare con Lord Bertram. Mi infilo nel corridoio che conduce alla biblioteca e mi allontano da qui.

Ancora non c'è quasi nessuno, mi siedo a un tavolo e mi domando come ci si possa sentire ad avere un padre così. Non deve essere stato facile per Edmund e Julia. Essere completamente orfani è una tragedia che ti marchia la pelle e ti condiziona la vita, in special modo quando accade in giovane età, ma non esserlo e avere un genitore così incapace di genuino affetto, così calcolatore e dispotico, è una tragedia non meno grave. Mentre rifletto, e mi sento quasi in colpa, come se Edmund mi avesse affidato sua sorella e io non fossi riuscita a proteggerla, James mi si siede accanto.

«Lord Bertram era convinto che Julia stesse aiutando me e te a imparare le nostre parti», mi dice, senza girarci intorno.

Gli rispondo col tono sconfitto di una pessima bugiarda che è stata scoperta.

«Sì, ti chiedo scusa, gli ho raccontato questa frottola per...»

«Gli ho detto che era vero», aggiunge subito James. «Non sarò un grande genio, ma ho intuito che fosse la cosa giusta da fare. Julia era uscita dalla stanza con un'espressione sconvolta, anche tu mi sei sembrata turbata, e lui… ha sempre quei modi un po'… prepotenti. Perciò, l'ho assecondato. Io… so che Julia non vuole più stare con me, ma finché potrò proteggerla lo farò. Anche da suo padre. E se fargli credere che c'è la speranza che torniamo insieme potrà renderla più libera, glielo farò credere, finché sarà possibile. Perciò dillo tu, a Julia, che anche se non siamo più fidanzati possiamo essere amici.»

Si alza, e non mi è mai parso più nobile. Non per il suo titolo, che per quanto mi riguarda non conta nulla, ma per la gentilezza della sua anima.

«Grazie, James. Julia sarebbe molto felice con te», mi lascio sfuggire.

«Oh, ne sono certo», dichiara lui. «Purtroppo, però, non sono abbastanza stronzo».

***

Oggi il tempo sembra tirato fuori da un quadro che ritrae la primavera perfetta. Passeggio tra le rovine romane col cuore in tumulto. Edmund non è ancora tornato, fra non molto Theodora e Frances andranno via, e io mi sento abbandonata. A maggio compirò diciotto anni, credo d'essere una giovane donna combattiva, che usa le proprie fragilità come trampolino da cui spiccare il volo e non come trappola mortale, eppure in questi giorni non sembro fatta di carne e ossa, ma di cartapesta, che se la bagni diventa un grumo inutile.

Non so quando Edmund ritornerà, e anche se tornasse non cambierebbe nulla.

E non so che fine faranno Theodora e Frances.

A dire il vero non so neppure che fine farò io, anche se di

una cosa sono certa, e cioè che lascerò il Mansfield. Non posso accumulare altri debiti nei confronti di Lord Bertram. Se frequentassi qui college e università, dovrei restituirgli più di duecentocinquantamila sterline.

Cosa farò, dopo?

Ed Edmund, lo rivedrò ancora? Ci capiterà di incontrarci? Penserà un po' a me? Non dico sempre, ma ogni tanto? Si fidanzerà con Marylin o troverà un'altra ragazza di cui si innamorerà perdutamente? Si sposerà e avrà dei figli? Realizzerà tutti i suoi sogni?

E penserà un po' a me? Non dico sempre, ma ogni tanto?

Mi incammino, e la tristezza mi segue come un'ombra.

Quando esco dal boschetto ho il sole negli occhi. Me li schermo con la mano, e avanzo di qualche passo. C'è qualcuno a una ventina di metri di distanza. Una persona a cavallo.

Oh-mio-Dio.

È Edmund che monta Marlowe.

Mi fermo, ma solo con le gambe. Il mio cuore corre.

Mi guardo intorno, come se aspettassi di scorgere anche Marylin, ma non c'è nessun'altro. Solo lui, che mi ha vista, mi ha indubbiamente vista. Dopotutto sono l'unica persona in mezzo a un ampio prato senza alberi, non potrei passare inosservata, nascondermi o cambiare strada.

Rimango ferma, è Edmund che si muove. Scende da cavallo e lascia andare Marlowe dove vuole, in mezzo a questo paradiso d'erba libera. Un passo, due passi, dieci passi, e si avvicina. Non indossa l'uniforme del Mansfield, ma dei blu jeans, degli stivaletti e un giubbotto di pelle blu cobalto, come se fosse appena arrivato e non avesse avuto il tempo di cambiarsi. La speranza mi sgomita dentro provocandomi con pensieri astrusi.

Le dico di andare a quel paese e la insulto come se fosse una pettegola maligna. Col cavolo che credo a lei, col cavolo che mi convinco che sia venuto subito a cercarmi. È molto più probabile che stia per ripartire, che sia andato a trovare Marlowe e mi abbia incontrata per puro caso.

«Ciao», gli dico, quando ce l'ho praticamente davanti. Vorrei dirgli molte più cose, ma sarebbero troppe e troppo emozionate.

Stai zitta, Fanny, dici lo stretto indispensabile e impedisci alla tua voce di sembrare il sospiro di un bambino.

«Fanny», mormora Edmund. Lo so che è impossibile, che non può aver sospirato pure lui, eppure, per un attimo, mi è parso che dalle sue labbra sia filtrato un gemito leggero non troppo dissimile dal mio. Deve essere stato un refolo di vento, o la mia testa tutta cuore. O il mio corpo tutto brividi. O il mio cuore tutto guerra. «Ho appena parlato con Julia, mi ha raccontato quello che è successo con nostro padre. Grazie.»

Scrollo le spalle.

«Grazie per cosa?» domando, come se non capissi.

«Forse non ti rendi conto di quanto sia non soltanto eccezionale ma proprio miracoloso essere riuscita a fargli cambiare idea. Il tutto con la più assoluta calma. Come diamine hai fatto?»

«Oh, be', non è necessario avere un QI di 159 o fare guerre aperte. A volte basta un pizzico di psicologia, e saper prendere le persone dal loro verso, dandogli ciò che vogliono. Ah, e occorre anche saper mentire bene.»

Gli racconto della mia conversazione con Lord Bertram, soffermandomi solo sulla parte che riguarda Julia. Ometto ogni spiacevole digressione.

«Grazie», ripete lui. «E ringrazierò anche James. Se non ci foste stati voi, tu con le tue idee bislacche ma efficaci e lui col suo intuito e la sua generosa collaborazione, mio padre avrebbe portato via Julia e l'avrebbe rinchiusa in quella dannata clinica.»

«Che genere di clinica?» domando allarmata.

«Un posto lussuoso come il Mansfield, destinato ai pazzi coi soldi, che pretendono comodità e discrezione. Solo che Julia non è pazza. Ma, per lui, qualsiasi deviazione dalla cosiddetta normalità è una forma di follia. Prima di partire avrei voluto chiederti di occuparti un po' di lei, di starle vicino, ma sulle prime ho pensato che non fosse una tua responsabilità. E poi, ecco... non ci siamo lasciati in modo molto amichevole, e non sarebbe stato corretto chiederti una cosa del genere. Malgrado ciò, però, ero sicuro che lo avresti fatto lo stesso. Che, anche senza un invito preciso da parte mia, saresti stata il suo angelo custode. E avevo ragione. Julia mi ha detto che pranza con te e le tue amiche, adesso, e che la costringi a mangiare. Ti ha definita una rottura di scatole, ma aveva lo sguardo più sereno.»

«Oh, non la costringo, diciamo che facciamo dei piccoli patti. Se lei mangia io impedisco a Taylor di parlarle per più di dieci minuti consecutivi, o di andarle dietro per farle strane acconciature, o di insistere a voler vedere tutti i suoi cosmetici, i suoi vestiti eleganti e le sue scarpe.»

Edmund mi fissa senza dire niente. Dà le spalle al sole, che gli crea attorno come un alone infuocato. O forse sono io che, ormai, cedo volentieri alle allucinazioni. Non bastano i sogni di cui è continuamente protagonista, non bastano le lacrime e la nostalgia: adesso me lo figuro pure con l'aureola. Sto impazzendo in via definitiva.

Devo fare qualcosa di sensato. Devo dire qualcosa di alternativo. Oppure lo abbraccio e gli confesso che mi è mancato da morire, anche se si comporta in modo strano e non lo capisco e non so nemmeno più se mi vuol bene.

«Riparti?» gli domando, con tono che sembra indifferente, buttato come si butta un "come stai?" rivolto a qualcuno di cui non ti interessa nulla.

Lui aggrotta la fronte.

«No», risponde. «Sono appena arrivato. Vorresti che ripartissi? La mia presenza ti disturba?»

«N-no», balbetto un po'. «È che... siccome hai ancora gli abiti da viaggio, ho pensato che non ti fossi cambiato perché dovevi andare via di nuovo.»

«Sono venuto a cercarti immediatamente dopo aver parlato con Julia», dice Edmund. Le mie labbra restano socchiuse in una *O* sbigottita e i miei occhi sono sgranati come quelli di una bambola antica. «Volevo ringraziarti e... chiederti scusa.»

«Chiedermi scusa?»

«Non mi sono comportato molto bene, non credi? Con te, intendo. Sono stato scortese e scostante. Insomma un incomprensibile stronzo. Chiederti scusa mi è necessario per sentirmi più in pace con me stesso. Non del tutto in pace, perché credo che non sarò mai più del tutto in pace, ma... reagire male con te, quando la colpa è solo mia, della mia dannata immaginazione e della mia follia... Insomma, non è giusto. Oh, lo so, le mie parole sembrano non avere senso. Te l'ho detto, sono pazzo. E confuso, soprattutto confuso. Puoi perdonarmi per le mie maniere spesso incivili? Per le mie risposte aspre? E perché sembro aver dimenticato la galanteria in un altro secolo?»

Confesso di non riuscire a seguire i suoi ragionamenti. Cosa intende, precisamente?

«Io... certo che ti... ti perdono», dichiaro, e ne sono più che convinta. «Cioè, l'ho capito che hai tanti pensieri, tante cose che ignoro, cose che ti creano preoccupazioni, e poi hai Julia a cui pensare, e tuo padre contro cui combattere, e il tuo futuro da cominciare a costruire...»

«È tutto esatto, ma non è per questi motivi che mi sono comportato in quel modo brusco.»

«No?»

«No, Fanny.»

«Ho... ho sbagliato qualcosa io?»

«In un certo senso, sì.»

«Non capisco...»

Per alcuni minuti nessuno parla. Le sue mani inquiete continuano a tormentarsi i capelli portandoli indietro dal volto e a sfregarsi le gote velate da una barba giovane e leggera eppure terribilmente virile, in una sorta di nervosa coreografia, come se tutto fosse meglio piuttosto che parlare. Poi, però, parla.

«Sono geloso di Henry Crawford», ammette, senza guardarmi, fissando Marlowe che bruca più avanti. «Sono dannatamente geloso. È inutile chiamare le cose con un altro nome.» Un violento calore mi si propaga sul viso. Se credevo di essere mai arrossita prima, è perché non avevo ancora sperimentato questa sensazione. Ho la febbre senza avere la febbre. Vorrei dire qualcosa, ma non ci riesco. Rimango muta e paralizzata e in debito d'ossigeno. «Sono attratto da te, lo sai, ma è più di quanto tu possa immaginare. Non che in questo ci sia niente di strano, sei molto bella e piena di fascino, e io ho vent'anni, e non sono cieco e non sono fatto di ghiaccio. Ho cercato di starti un po' lontano perché… be'… perché i pensieri che ho cominciato ad avere nei tuoi confronti, a un certo punto, hanno smesso di essere innocenti, e sono diventati tutt'altro che fraterni. Ma anche questo lo sai. Ciò che non sai è che vorrei spaccare la faccia di Henry Crawford ogni giorno che Dio manda sulla terra, da quando ha cominciato a interessarsi a te. Credo proprio che tu gli piaccia veramente, e questo mi rende ancora più furioso, perché non ho motivi per metterti in guardia da lui. Non sta scherzando, non sta giocando, e dall'alto di quale pulpito, e con quale presunzione, potrei chiederti di volere me? Di aspettare me? Mi trovo in una situazione per cui… non potrei darti niente di serio e di definitivo. Non per egoismo o cialtronaggine, ma perché la mia vita è un tale caos, e tante, troppe cose stanno per succedere. Però, volevo dirtelo, ecco. Dirti che le ragioni dei miei strani scatti, delle mie rispostacce e della mia apparente freddezza sono dovute al fatto che il mostro verde e amaro della gelosia mi rende irrazionale. Quindi, non è qualcosa che hai fatto tu ma, allo stesso tempo, lo è. È qualcosa che hai fatto a me senza volerlo. Mi hai fatto entrare nel tuo mondo, e quel mondo mi tenta irresistibilmente.»

Lo so, dovrei parlare, dovrei parlare, dovrei parlare. Ma non ci riesco. Perché non ci riesco, accidenti? Ho un groppo in gola e un capogiro violentissimo. È così che si reagisce quando il ragazzo che ami confessa di provare qualcosa per te? Non è stata una dichiarazione d'amore in senso stretto, è stata più che altro una dichiarazione di desiderio, ma questo per me è comunque un fatto straordinario. Gli piaccio a tal punto? È tutto vero o sto sognando?

Parla, Fanny, parla, digli che la sua attrazione è ricambiata e che di Henry non ti importa niente. Altrimenti penserà che tu sia sconvolta dalle sue parole, ma in senso negativo. Penserà che tu sia infastidita invece che colma d'una passione travolgente, che ti toglie il respiro e ti annebbia la vista e ti rende molle e languida e smarrita. Parla, parla, parla!

Sto per farlo, quando avverto un coro di voci.

Come se il demonio volesse impedire a questa conversazione di andare avanti, e ponesse ostacoli a qualsiasi chiarimento, vedo Amber, Taylor, ma anche James ed Henry che mi chiamano. In effetti dovevamo incontrarci per provare, ma me n'ero dimenticata.

Edmund si irrigidisce. Il suo viso si fa scuro. Tutte le cose che mi ha appena detto volano in cielo come il palloncino rosso di quel pomeriggio al luna park.

I miei amici si avvicinano, ed Edmund recupera la sua compostezza. Si rivolge a tutti tranne che a Henry.

«Ho appena ringraziato Fanny», dice. «Per aver donato a Julia complicità e affetto. Adesso ringrazio anche voi. James, stai dimostrando di essere un signore, e che un nobiluomo e un gentiluomo possono coincidere perfettamente.» Quindi parla a Taylor e Amber. «So che mia sorella non è una persona facile, ma voi siete riuscite ad andare oltre le apparenze, e la state aiutando a superare un momento complicato.» Non spiega quale sia questo momento, non concede loro altri dettagli, ma il suo ringraziamento è sincero. Taylor e Amber arrossiscono e dicono delle cose carine su Julia, sul fatto che è più simpatica di quel che credevano.

L'unico che Edmund non ringrazia è Henry. Forse perché se noi quattro siamo un balsamo per i malesseri di Julia, lui è stato una delle fonti di quei malesseri. Ringraziarlo sarebbe una follia.

E poi perché - mio Dio, mio Dio, mio Dio – è geloso.

Edmund è geloso delle attenzioni che Henry mi riserva.

Ha detto proprio questo, giusto?

Non è un parto della mia fantasia, o un'errata interpretazione delle sue parole?

Perfino l'intuito raffinato di Taylor non potrà mai immaginare il contenuto del discorso che stavamo facendo prima d'essere interrotti. Perché io sembro tutto fuorché travolta da un romantico ardore. Sembro un po' scocciata, a essere sinceri.

In realtà sono tanto turbata da apparire spenta. Intorpidita. Mezza morta. Una cosa, più che una persona.

Quando Edmund si allontana, raggiungendo Marlowe per poi andare proprio via, non lo seguo nemmeno con lo sguardo. Non capisco più niente. Sono drogata. Oppure sono addormentata e non me ne rendo conto.

***

Non abbiamo modo di parlare ancora, io ed Edmund, per il resto della giornata. Impossibile rimanere di nuovo da soli. Ricominciano le prove, poi ci sono le lezioni, e lo studio, e troppe cose che ci separano. Marylin, soprattutto, che gli sta incollata come una gazza che ha finalmente beccato un oggetto luccicante.

Lui non mi guarda neppure per sbaglio. Nessuno potrebbe sospettare che, solo poche ore fa, mi abbia detto le cose che mi ha detto.

Ma le ha dette sul serio?

Quando mi ritrovo nella mia stanza, dopo cena, non riesco a dormire. Inutile anche solo provarci. Devo fare quello che voglio fare. Così, indosso un abbigliamento più comodo della divisa e adopero la mia solita via di fuga.

Stanotte il cielo è un po' coperto e io, stupidamente, per la fretta e con la frenesia di uscire, non ho portato con me la torcia. Eppure mi muovo nel buio con facilità. È straordinario come dei luoghi dapprima estranei possano diventare familiari.

Fa freddo ancora, nonostante la primavera imminente, ma mi sento accaldata. Sarà che sto per fare qualcosa di molto ardito – l'equivalente di una passeggiata su un filo sospeso tra due grattacieli – e nelle vene mi scorre lava fluida.

La mia meta è sconveniente e azzardata, ma non ho la benché minima intenzione di tornare indietro. Sto andando nella stanza di Edmund. Appena sono vicina alla sua finestra, mi appoggio contro il muro del palazzo per respirare e tentare di placare l'agitazione che mi scuote. Dire che ho il cuore in gola non rende bene l'idea di quanto stia dando di matto. Mio Dio, se non mi calmo sfioro la soglia dell'infarto.

Poi mi accosto alla finestra. Le tende sono aperte, ma l'imposta no. Non c'è nessuno nella stanza ed è impossibile entrarvi perché è tutto sigillato. Aspetto qualche minuto, ipotizzando che Edmund possa essere in bagno, ma da sotto la porta non filtra alcuna luce, e lui non appare.

Non è qui, mi pare ovvio.

E non l'ho incontrato lungo il tragitto dalla mia camera.

Quindi, se mai fossi stata sfiorata dalla speranza che mi stesse cercando mentre io stavo cercando lui, posso pure abbassare le ali.

Dove diamine è andato?

All'improvviso mi ricordo della piscina. Magari è lì. In ogni caso, tentar non nuoce.

Stando attenta a non farmi beccare dal guardiano notturno, raggiungo l'ala del palazzo in cui si trovano le strutture sportive. Mi avvicino a una delle finestre a forma di oblò, le mani a coppa attorno al viso, e guardo dentro. Mi pare di vivere un déjà-vu, solo che la volta scorsa in piscina non c'era nessuno. Adesso, invece, *qualcuno* c'è.

Anche se le luci non sono del tutto accese, e il locale è quasi in penombra, nessun dubbio mi sfiora riguardo all'identità delle due persone presenti.

Si tratta di Edmund e Marylin.

Sono seduti sul bordo della vasca, ai blocchi di partenza, nella medesima corsia, tanto vicini da toccarsi. Spalla contro spalla, coscia contro coscia. E siccome sono entrambi in costume da bagno, aggiungo pelle contro pelle. Ma non basta: lui le sta tenendo la mano e le parla in un modo… in un modo… confidenziale e affettuoso, talmente presago di prossimi baci e molto di più, da farmi venire voglia di entrare e scaraventare contro di loro qualcosa.

Mi stacco dall'oblò, non voglio vedere più niente.

Non voglio sapere niente.

Voglio andarmene da qui.

Se avessi del denaro lascerei il college, raggiungerei la stazione più vicina e tornerei a Londra, e al diavolo tutti.

Mentre cammino, piango. Traboccanti lacrime simili alle cascatelle di Sotherton mi rigano la pelle e la bocca. Pensieri rabbiosi mi attraversano come proiettili che perforano violentemente un bersaglio di plastica.

Sono una perfetta idiota, ed Edmund è più stronzo di quanto potessi mai immaginare. Aveva ragione Henry, non è migliore di lui, sa solo fingere in modo più abile. Non devo più credere a nessuna delle sue parole. Lo devo odiare e basta, e devo guarire da questa malattia, perché l'amore malriposto è un morbo dell'anima.

Mi ha detto quello che mi ha detto, ha scatenato in me stupide speranze, e poi, a nemmeno sei ore da quelle parole che sembravano appassionate ma erano solo teatrali e bugiarde, si è incontrato con Marylin in piscina. E la teneva pure per mano. Di sicuro a breve passeranno alla *fase successiva*. Il loro sport preferito.

Appena mi accorgo di essermi avvicinata alle scuderie invece che alla mia stanza, non torno indietro. Mi succede sempre così: quando sono infelice ho bisogno dell'innocenza degli animali. Solo loro riescono a consolarmi.

Mi infilo nel box di Theodora e Frances. Ho gli occhi liquidi, tanto sto piangendo. Mi rifugio in un angolo del ricovero, proprio in un angolo, rincantucciata e raggomitolata, quasi a volermi nascondere da tutti e da tutto, e dal dolore che mi trafigge sopra ogni altra cosa.

I dolci musi dei miei amici quadrupedi mi sfiorano per un attimo, mi riconoscono, e tornano a dormire sereni. Frances, in particolare, mi si sdraia accanto, come un cane.

Continuo a piangere in silenzio per non so quanto. Minuti, ore, tutta la vita? Non lo so, so solo che mi addormento, stanca come ho sempre immaginato fosse stanco Atlante, il titano mitologico che regge il mondo sulle spalle.

A un tratto mi sveglio. Qualcuno mi sta scuotendo delicatamente da una spalla. Apro gli occhi, me li stropiccio con una mano e, invece dell'inserviente nel quale credevo di imbattermi, scorgo Edmund. Vicino a me, stupito e preoccupato, che dice qualcosa a proposito del freddo notturno, della scomodità di questo giaciglio e della necessità che io vada a dormire altrove.

«Santo Iddio, Fanny, non puoi restare qui, ti beccherai un malanno.»

Mi metto seduta, mi ricordo subito che lo odio, e gli rivolgo un'occhiata ostile.

«Dormo dove mi pare. Sei pregato di andartene», dichiaro.

Non che non abbia ragione. Freddo ho freddo e scomoda mi sento scomoda, ma non gli darò la soddisfazione di vincere su nessun punto, per quanto insignificante.

«Torniamo al palazzo, dai», mi esorta. «Sei fredda come un ghiacciolo.»

«Potrei anche essere fredda come una morta, ma non smetterei di chiederti di levarti di torno.»

Mi guarda accigliato, come se non capisse le ragioni del mio malumore e delle mie risposte sgarbate. Non sa che ho scoperto il suo tête-à-tête con la stronza. Pensa di potermi ingannare ancora con la sua falsa gentilezza.

«Che succede, piccola?» mi domanda, insopportabilmente affettuoso. Quando ha detto di non essere portato per la recitazione, mentiva. È un grandissimo attore, invece. Sa fingere come nessuno.

Poiché temo che una nostra discussione, o anche una semplice conversazione, possa disturbare Theodora e Frances, mi alzo e mi avvio verso l'uscita. Edmund afferra una delle mie mani, ma scivolo via, mi libero e accelero il passo.

Torno a tuffarmi nel buio notturno. Rabbrividisco per il freddo e mi sento anche un po' indolenzita per aver dormito in una posizione tesa e contorta. Tuttavia non intendo fermarmi.

Non intendo fermarmi mai più. Domani scriverò alla zia Mary, le dirò che voglio andar via, e sono sicura che, allo stato attuale delle cose, né lei né suo marito faranno obiezioni. La zia potrà quietare la sua coscienza giurando di aver fatto di tutto per adempiere alla promessa di occuparsi di me, senza riuscirci, visto che sono stata io a rinunciare.

«Fanny, fermati.»

La voce di Edmund mi arriva alle spalle, insieme al suo corpo. Mi stringe un braccio in un modo più ferreo di quanto abbia fatto nelle scuderie, prima.

«Lasciami andare», gli ordino, ma la voce esce fuori frammentata, perché ho ricominciato a piangere.

«Che succede, Fanny?» insiste lui. Sembra sconvolto. Lo confermo, è un bravissimo attore. Merita tutti i premi internazionali esistenti.

Siamo fermi, adesso. Impossibile correre o camminare, visto che mi sta trattenendo con tanto vigore. Non lo guardo, non voglio, non posso. Fisso il buio come se vedessi qualcosa oltre esso e ne fossi attratta e distratta.

«È per quello che ti ho detto oggi pomeriggio?» mi domanda Edmund, cercando invano di farmi voltare. Una delle sue mani è sotto il mio mento, tenta di sollevarmi il viso, ma io continuo a guardare ovunque tranne che verso di lui. «Ho sbagliato, non dovevo farlo», mormora dunque, con un tono strano, amareggiato.

«Hai sbagliato, sì», ribatto, sempre più ostile. «Adesso lasciami andare.»

«Non dovevo», continua, senza però lasciami andare. «Credevo che… dannazione, ero convinto che anche per te potesse… non so… che tu provassi… Invece ho preso un enorme granchio, giusto? Se ne avessi avuto il sentore, mi sarei risparmiato quella patetica confessione.»

Non riesco più a guardare altrove. Lo fisso, anche se non lo vedo a causa del buio. Desidero tuttavia che la mia voce gli arrivi diritta in faccia, coraggiosa e non timida.

«Patetica non è la parola giusta. Da uno con un QI alto come il tuo mi aspettavo un maggiore rispetto per il significato delle parole. Direi che bugiarda, ipocrita e stronza siano termini più adatti.»

È la sua voce, adesso, a suonare alterata.

«Bugiardo? Ipocrita? Stronzo? Per Dio, Fanny, non sono mai stato così sincero in tutta la mia vita! Cosa ho fatto per meritarmi questi insulti?»

«Non lo so, per esempio scoparti Marylin a bordo piscina?»

«Cosa...»

«Ti ho visto, prima!» sbotto. «Ma sono affari tuoi, no? Adesso mi lasci andare?»

Non mi lascia andare. Anzi, mi avvolge e mi cattura ancora di più.

«Stupida, stupida ragazzina», mormora in un orecchio. La sua voce non è più intrisa di quella strana amarezza. Sembra divertita. «È per questo che sei arrabbiata? Sei gelosa anche tu, allora?»

«Non sono gelosa! Me ne frego di te! Per me puoi farti tutto il college e...»

Mi dibatto, mentre lui mi tiene stretta.

«Non è successo niente con Marylin», sussurra ancora. «Avevo appena fatto un paio di vasche e lei è arrivata. Senza che la invitassi, ci tengo a specificarlo. Non dico che non abbia cercato di ottenere proprio quello che hai immaginato, ma le ho detto che non potevo. No, non è corretto: le ho detto che *non volevo*.»

Rimango ferma tra le sue braccia. Mi sento stordita, e non so se credergli o se dar retta alla mia paura.

«E perché… perché la tenevi per mano?» chiedo, tremando.

«Mi apprezzeresti di più se avessi dato il benservito a una ragazza che, con ogni probabilità, è innamorata di me, senza provare a essere almeno un poco gentile? Le ho chiesto scusa per il mio pessimo comportamento. Non che avessi mai sospettato, prima che Henry mi mettesse una pulce nell'orecchio, che il suo attaccamento potesse essere più importante del mio. Giuro di non averlo capito. Credevo stessimo giocando ad armi pari. E invece aveva ragione lui. Ho ritenuto che concederle un po' di considerazione fosse il minimo, in quel momento.»

«Ho… ho ca-capito», balbetto, col cuore che pare sul punto di farmi esplodere anima e corpo.

«Adesso andiamo? Fa freddo. Vieni, mettiti questo.»

Ok, sto sognando. Sto sognando di essere la protagonista di un film nel quale un bel ragazzo si sfila il cappotto e lo posa sulle mie spalle. Un ragazzo del quale sono innamorata nel modo più folle. Mi guardo istintivamente le mani, per contare le dita, ma è buio e non le vedo. Mi pizzico un braccio di nascosto, allora, e mi faccio male. Non è un sogno, dunque?

Ci incamminiamo, senza che io riesca più a dire niente. Esaurita la furia e la foga, mi sento energica quanto uno straccio bagnato. Non so cosa fare, so soltanto che sono terribilmente imbarazzata e meravigliosamente felice. Quando arriviamo all'albero sotto la finestra della mia stanza, Edmund manifesta la ferma intenzione di salire insieme a me.

«Ci sono già passato, prima, dopo aver lasciato la piscina», mi sussurra. «Ti ho aspettata per un bel po', senza capire dove fossi andata a cacciarti. Ho pensato di tutto, incluse cose che mi hanno fatto stare malissimo. Poi ho concesso un'ultima chance alla speranza, e ti ho cercata alle scuderie. Se non fossi stata lì, avevo in mente di andare in camera di Henry e portarti via con la forza.»

«Non so neppure dove sia la camera di Henry», dico, con un po' di fastidio. «E poi, io non vado di notte nelle stanze dei ragazzi.»

«Ah, no?» mi provoca, con voce maliziosa.

«Be', tranne... tranne nella tua», gli concedo. «E comunque, se fossi andata nella stanza di Henry, sarebbe stato perché lo volevo, e in quel caso non ti avrei permesso di portarmi via.»

«Ammetto di aver avuto pensieri da cavernicolo», borbotta lui. «Ero furioso. Più o meno come te dopo avermi visto in piscina. Scommetto che anche tu hai avuto pensieri non molto raffinati.»

«Non molto, no», riconosco.

«Adesso saliamo?»

«Vieni anche tu?»

«Solo se vuoi.»

«Ce-certo che vo-voglio.»

Mi arrampico, ma non con la salda sicurezza di sempre. Non riesco a capire come sia possibile essere raggiante e terrorizzata allo stesso tempo.

Quando entro in camera, mi pare che tutto mi ruoti intorno.

«De-devo andare in... in bagno», dico a Edmund, che ha appena scavalcato il davanzale della finestra.

In bagno mi cerco allo specchio. Ho i capelli a soqquadro,

filacce di paglia ovunque, e mi domando come sia possibile che Edmund abbia preferito me a Marylin. È incredibile e folle. Mi guardo le mani, e conto dieci nitide dita. Non sto sognando, è la prova definitiva.

Mi rinfresco, mi cambio indossando una comoda tuta, e mi spazzolo a lungo i capelli, la testa piena di domande su cosa voglio fare e cosa non voglio fare. Le prime battono le seconde. Be', a essere spudoratamente franca, non mi viene in mente nessuna cosa che *non* vorrei fare. Nonostante ciò, anzi, proprio a causa di ciò, ho paura.

Quando mi decido a uscire, mi aspetto e temo che Edmund sia andato via. Invece è ancora qui, seduto sul bordo del letto. Si volta e mi sorride.

«Ho sospettato avessi intenzione di restare chiusa in bagno fino a domattina», dice scherzoso. Poi dà un colpetto sul materasso, accanto a sé. «Vieni qui, mocciosetta. Devo dirti una cosa.»

Mi avvicino e mi siedo. Atteggiarmi a ragazza disinvolta, senza gambe di burro e cuore al galoppo, non è mica facile. Guardo il tappeto, coi capelli sciolti e ciondolanti sul viso, che mi fanno da opportuno sipario.

Una delle mani di Edmund scosta alcune ciocche e le porta dietro il mio orecchio sinistro. Un gesto semplice e innocente che mi fa venire la pelle d'oca.

«Stai tranquilla, Fanny», mi sussurra. «Ordina al cuore di darsi una calmata e ai tuoi pensieri di non tormentarti. Non mi aspetto niente, a parte restare un po' qui con te. Pensi di poterlo sopportare?»

«Penso di sì», mormoro. È una risposta cretina, perché la parola "sopportazione" non fa proprio parte del nutrito insieme di vocaboli che abbino alla sua presenza e alla sua esistenza. Le parole giuste sono "amore", "desiderio" e "fiducia", ma non sono riuscita a dire niente di meglio.

«Penso di potermi accontentare, per il momento», continua lui. «Non ti costringerò mai a fare niente. Lo so che lo sai, ma ci tengo a precisarlo, e accetterò anche che tu mi dica di andarmene se...»

Lascio fare a quelle tre parole. *Amore. Desiderio. Fiducia.* Lascio che siano loro a suggerirmi il passo successivo.

In un attimo mi giro, mi protendo verso Edmund e poso le mie labbra sulle sue. Rapida, impulsiva, sfrontata, col cardiopalmo come colonna sonora.

Lui, altrettanto rapido, impulsivo e sfrontato, risponde al mio bacio. La sua bocca mi cerca e mi vuole, con una brama che mi sorprende, poiché ho sempre creduto di non essere in grado di suscitare tanta passione in un ragazzo, in special modo *questo ragazzo*. Invece Edmund sembra davvero trasportato in un altro mondo mentre mi bacia. Lo stesso mio mondo, spero. Un mondo fatto di astrazioni romantiche, di pensieri idilliaci, di perfezione divina, ma anche di corpi, di sangue che scorre, e di necessità non troppo diverse dal bisogno di respirare, di bere, di mangiare, se stai soffocando e se hai sete e se hai fame. Esigenze che è indispensabile soddisfare per restare in vita.

Non so come, poiché non capisco più niente, ci ritroviamo stesi sul letto. Continuiamo a baciarci con una specie di splendida disperazione. La lingua di Edmund è un fiore carnoso dal quale non riesco a staccarmi.

Quando le sue mani smettono di accarezzarmi i capelli, e scivolano sul collo e sulle spalle e sul seno, ho un attimo di panico. Non perché non voglia -

voglio tutto, fino all'ultima cosa immaginabile - ma la paura di non piacergli fisicamente, e che il mio corpo, paragonato con quello di Marylin o di altre bellezze pari alla sua, possa deluderlo, mi fa irrigidire.

Lui se ne accorge e si ferma. Di sicuro equivoca il senso del mio ritrarmi, penserà che sia timore del gesto in sé.

«Scusami», mi dice, sottovoce, con un tono così roco e sensuale da far fremere anche la punta dei miei capelli. Steso su un fianco, in una posa confidenziale, Edmund mi sorride, e poi si china e mi bacia di nuovo sulle labbra, stavolta con tenerezza. «Il problema, se può essere definito un problema, è che mi piaci proprio un casino, mocciosa. Adesso ti confesso una cosa, ma non spaventarti, ok?»

«Niente di quel che mi dici potrebbe mai spaventarmi», lo correggo. «Tranne che non ti importa più di me.»

«Non corriamo questo rischio», dice, con voce ridente. «Ti assicuro che mi importa moltissimo di te. Volevo solo svelarti... la vera ragione per la quale, la notte di Capodanno, sono andato via dopo averti baciata. Non è avvenuto per la telefonata. Quella è stata, come dire, una fortunata coincidenza. Il problema, invece, era decisamente *un altro*. Promettimi di non pensare male di me.»

«Non lo farò», giuro.

Si avvicina di più e mi parla in un orecchio, come se nella stanza ci fossero altre persone e non volesse farsi udire da loro.

«Ero terribilmente eccitato e non volevo te ne accorgessi, o che fosse qualcun altro a notarlo. Sarebbe stato molto imbarazzante. Non che adesso lo sia di meno, ma ci sei solo tu e hai promesso che non mi giudicherai male. Purtroppo, a quanto pare, succede. Mi basta baciarti e il mio corpo fa quello che vuole. Be', in effetti non serve neanche un bacio, mi basta guardarti, considerato che la notte dopo il tuo sballo dovuto all'erba ho fatto una fatica bestiale a tenere a bada l'istinto, e le nostre labbra si sono appena sfiorate. Però stai tranquilla, *lui* è un bastardo ribelle, ma a comandare sono sempre la mia testa e il mio cuore.» Arrossisco, ma non abbasso lo sguardo, anche se vorrei tanto farlo. Tanto, tanto, tantissimo. «Ho cercato a lungo di starti lontano perché non volevo cedere a questa... follia. Perciò a volte ero scostante e apparentemente freddo. In realtà mi sentivo attratto da te in un modo quasi fatale. Tenerti alla larga era fondamentale, oppure... oppure... sarei caduto ai tuoi piedi. E non potevo e non volevo cadere. Insomma, me ne sto in santa pace, a tentare di dare una direzione alla mia vita, una vita incasinata, ok, ma almeno libera da complicazioni sentimentali, e poi se ne arriva questa assurda ragazzina e scaraventa tutto all'aria. Però non potevo fare a meno di essere geloso di Henry. Avrei voluto strangolarlo, giuro. Dapprima perché lo credevo deciso a trattarti come aveva trattato Julia, e poi, a maggior ragione, perché ho capito che aveva intenzioni più serie. Sei sicura che non ti piaccia?»

«Se mi piacesse non sarei qui con te», gli rispondo, piccata. «Ma forse sei tu a giudicarmi male e a pensare che io sia una sgualdrinella?»

«Non dire stupidaggini, Fanny. Non penserei questo di te neppure se ti vedessi baciare Henry di nuovo.»

«Mi hai visto baciare Henry?» gli domando, un pochino agitata.

«Purtroppo sì.»

«Era solo uno... uno scherzo. Non si è trattato nemmeno di

un bacio vero.»

«Non sei attratta da lui?»

«Potrei... se non esistessi tu.»

Edmund sorride e mi accarezza i capelli sparsi sul cuscino. Poi, di punto in bianco, mormora: «La notte alla quale si riferisce la foto che Marylin ha postato sul suo profilo Instagram non sono stato a letto con lei. Mi sentivo sconvolto, ho bevuto, ero sbronzo, e ho dormito nel suo appartamento di Londra. O meglio, sono crollato su un letto nel suo appartamento di Londra. Ma non è successo niente di niente. Continuavo soltanto a rivedere i tuoi occhi e la tua bocca e a ripensare alla tua delusione, temevo di averti offesa, e ti volevo, ed ero furioso con me stesso perché ti volevo, ma non c'è più stata nessun'altra, neppure per divertimento. Non che ti debba delle spiegazioni, eppure... te le do lo stesso. Da quando ho capito che mi piacevi sul serio, non mi è stato più possibile accontentarmi di surrogati. Però mi sono comportato ugualmente male con Marylin, perché invece di tenerla lontana a volte l'ho usata esibendo un rapporto che non avevamo al solo scopo di suscitare la tua gelosia. Mostrarmi preso da lei, uscire a cavallo, erano tutti atteggiamenti da idiota puerile ed egoista. Finirò all'inferno per questo, però adesso mi godo il paradiso.»

Si china, mi bacia di nuovo. Ci stringiamo come se non avessimo fatto altro da sempre. Non so per quanto tempo va avanti questo incantesimo, e non sono neanche completamente sicura che sia tutto vero. Dovrei contarmi le dita, ma sono troppo impegnate ad accarezzare la schiena di Edmund, e il suo torace, insinuandosi sotto il maglione. Lui è più prudente, più rispettoso, ma a volte anche le sue mani osano cercare. Però si ritrae come se si fosse bruciato sulle fiamme alte di un rogo.

«Puoi fare quello che vuoi», gli sussurro a un tratto.

«Non stanotte», mormora. «Voglio che tu sia sicura al cento per cento. Adesso sei come ubriaca, e domani potresti pentirti. Me lo devi dire da sobria, di sì. Da lucida, sveglia, in piedi, non in un letto, e senza la mia lingua nella tua bocca. I *sì* detti in momenti come questi hanno lo stesso valore di quelli di una ragazza drogata. E siccome mi sento anch'io un po' drogato, e rischio di fare una grandiosa stronzata, adesso ti lascio.»

«Oh, no, ti prego...» lo imploro.

«Fidati, è meglio così. Se non ci fermiamo rischiamo di arrivare fino in fondo in un modo confuso, affamato, e imprudente. E non va bene per la prima volta di una ragazza.»

«Chi ti dice che sarebbe la mia prima volta?» lo provoco.

Edmund ha un sussulto, la sua espressione si fa improvvisamente accigliata.

«Non lo sarebbe?»

Rido.

«Sì, scemo. Speravo solo che, dicendoti una bugia, tu restassi ancora.»

Lui emette un sospiro che mi eccita come una carezza profonda.

«Vorrei, ma non devo. Adesso mi strappo da te e torno nella mia stanza. E tu dormi, e ti riposi, che da domani ricominciamo con le prove della recita. Inoltre avrai gli esami, e ti voglio sul pezzo.»

«Dipende da quale pezzo intendi», dico, maliziosa.

Mi bacia sulle labbra e ride allo stesso tempo.

«Ho la netta impressione che ti rivelerai molto più spudorata di quanto credessi», osserva subito dopo, negli occhi uno scintillio tutt'altro che infastidito da questa previsione.

«Mi sa che hai ragione», ammetto.

«Non pensare che mi dispiaccia, però... per adesso non lo deve sapere nessuno, Fanny. Se la notizia arrivasse a mio padre sarebbe la fine. Non hai ancora diciotto anni, sei sotto la tutela di Mary, e Mary è cera nelle sue mani. Ti chiuderebbe in un altro collegio, e anche se fosse solo per due mesi, sarebbero due mesi da incubo. Senza contare che, per ritorsione, potrebbe prendersela anche con mia sorella. Quindi, finché non avrete entrambe l'età per poter decidere da sole, per favore, acqua in bocca. Nessuno deve sospettare niente.»

«Ok», bisbiglio. «Per me va bene.»

Mentre si sistema, indossando il soprabito e le scarpe che si era tolti, Edmund sussurra: «Non ti direi mai di smettere di essere amica di Henry, lo sai, e di nessun altro ragazzo. Non sono quel tipo di persona. Magari la gelosia mi devasta, ma non potrei non dico importi ma neppure proporti niente di simile. Solo... stai attenta ai baci dati per scherzo. Non credo che potrei sopportarli.»

«Se è vero che sei geloso, perché non lo sei stato di William? Hai capito che era gay? Oppure... forse ancora non eri interessato a me quando...»

«Sono sempre stato interessato a te, mocciosetta. *Sempre.* Credo di essermi interessato a te fin da quando, due anni fa, ti vidi nel giardino dei tuoi nonni. Ancora non lo sapevo, s'intende. Non ho capito niente fino a quel maledetto e benedetto bacio, ma già in me serpeggiava un disagio, un desiderio, un tormento. Comunque, non avevo intuito le preferenze sessuali di William. Semplicemente, avevo capito che tra voi non c'era nulla. Mi è bastato parlarci e vedere come vi comportavate l'uno con l'altra, per dedurne che a legarvi era solo un'amicizia fraterna. Non potevo escludere che in passato qualcosa ci fosse stato, anche se non avevate l'aria di due persone con dei trascorsi, e vi comportavate esattamente come me e Julia.»

«Per questo mi hai dato le chiavi del cottage?»

«Mi pare ovvio. Non avevo ancora le idee chiare, ma col cavolo che ti avrei permesso di appartarti con Will se avessi sospettato che ti piaceva e che tu piacevi a lui. La sera in cui ti ha rivelato di essere gay, e tu eri tanto sconvolta, ho pensato di essermi sbagliato, e che fossi, se non innamorata, di sicuro interessata a lui. Senza quel *fuori programma*, sarebbe potuto succedere qualcosa, e sarebbe successo per colpa mia. Avrei voluto prendermi a pugni per la mia idiozia.»

«Non ero sconvolta per la rivelazione di William, ma perché ero convinta che tu mi odiassi. O, peggio, credevo di esserti del tutto indifferente.»

«Credimi, Fanny, indifferente non mi sei stata *mai*. E adesso, vai a dormire.»

Mi sorride, e poi si avvicina alla finestra. Salto giù dal letto. Lo raggiungo, lo abbraccio. Vorrei dirgli che lo amo, ma preferisco tacere. Nessuna esplicita parola d'amore è stata pronunciata tra noi, neanche nei momenti di maggiore abbandono. Ho paura di sbagliare, di dire qualcosa di prematuro. Ho paura che accada come nei film, quando la ragazza pronuncia frettolosamente un "Ti amo", e lui resta muto e sconvolto, perché, pur provando di sicuro delle emozioni, non le aveva ancora inquadrate in un sentimento preciso, e la dichiarazione di lei lo fa sentire ingabbiato. Non voglio rovinare queste bellissime ore, perciò mi limito ad abbracciarlo, e lo penso, *ti amo*, lo penso, lo penso, lo penso. Lo penso, ma non lo dico.

Poi Edmund va via, e io torno a letto. Mi conto di nuovo le dita. Sono sempre dieci. Perciò, anche se sto vivendo un sogno portentoso, si tratta della portentosa realtà.

Le dita sono ancora dieci, e il sogno a occhi aperti continua. Solo in privato, come promesso. In pubblico ci comportiamo come sempre, dimostrando quanto siamo bravi a fingere.

Di giorno tutto si svolge in modo ordinario. Partecipo alle prove della recita senza sospirare come una scema e senza fissare per tutto il tempo l'aiuto regista, e riesco perfino a dare un esame. Con un ottimo voto, per giunta. Sembro una studentessa diligente che non si concede distrazioni e appare un po', solo un po', più allegra del solito.

Di sera, *ogni sera*, però, le distrazioni sono moltissime, e i sospiri pure. Appena tutti vanno a dormire, Edmund si arrampica sull'albero e mi raggiunge, e la mia felicità tocca il cielo e l'intera Via Lattea.

Nulla avviene oltre a una danza di baci profondi, e carezze un pochino più ardite ogni volta, senza mai spingerci oltre. E non per mia volontà. Io vorrei *farlo*, lo vorrei tanto, sono sicura e mi sento prontissima, ma Edmund temporeggia. Non il suo corpo: lo sento che mi desidera, e su certe cose un ragazzo non può certo fingere. È la sua testa, piuttosto, a esitare, a insistere che è troppo presto e che ci devo pensare ancora un po' su. Questa cosa mi indispone non poco. Sembra quasi che sia lui quello che deve pensarci.

Una sera prendo il coraggio a piene mani, e affronto

l'argomento in modo diretto. Prima di farlo, in me combattono angeli e demoni, paura e baldanza, timidezza e coraggio. Alla fine prevale la necessità di capire, e lascio che le parole dicano quello che vogliono.

«Ti sei stufato di me, Edmund?» gli chiedo.

Lui sussulta talmente da far vibrare il letto e, siccome mi trovo tra le sue braccia, tremo anch'io.

«Cosa diamine stai dicendo?» replica, esterrefatto. «Da dove viene fuori questa conclusione?»

«Non è una conclusione, è una domanda.»

«È la domanda sbagliata.»

«Alla quale continui a non rispondere.»

«Non mi sono stufato di te, Fanny. Non mi sono stufato affatto. Non credo neppure che sia possibile stufarsi di te. Sei una persona troppo interessante, sei bellissima, e baci da Dio.»

«E allora perché non vuoi fare l'amore con me?»

Ho come l'impressione che trattenga il respiro per un po', prima di parlare.

«Non ho mai detto questo, lo sai. Ho solo detto che voglio che tu sia sicura.»

«E io ti ho detto che sono sicurissima. Non ho tredici anni, Edmund, non trattarmi come una bambinetta che non sa quello che vuole. Compio diciotto anni tra un mese, e voglio te. Ma supplicarti non fa parte della mia idea di relazione. Se non ti piaccio fino a quel punto, basta dirlo.»

«Non mi piaci? Ti sembra di non piacermi? Devo farmi forza per non saltarti addosso!»

«E allora cosa… cosa ti frena? Io voglio… voglio stare con te. Stiamo bene insieme, ci rispettiamo. Mi sembra il passo più naturale del mondo, no? Non ti sto chiedendo di sposarmi,

Edmund, e di amarmi e onorarmi finché morte non ci separi! Se hai paura che voglia una cosa del genere, puoi stare tranquillo!»

Cioè, è esattamente quello che vorrei, ma non sono così pazza da dirtelo. Lo so che è il tipo di argomentazione che fa scappare i ragazzi a gambe levate.

«E cosa vuoi? Una botta e via?» La sua voce suona aspra e quasi sdegnata.

«No, certo che no, ma... insomma... Non trattarmi di nuovo come se fossi fatta di cristallo, una bambolina fragile e innocente, incapace di prendere le sue decisioni.»

«Lo sei, fragile e innocente, Fanny, e io non voglio farti del male.»

«Perché dovresti farmene? Intendi abusare di me? Maltrattarmi? Insultarmi? Deridermi? Oppure hai un'altra ragazza? Sei sposato? Hai una moglie pazza nascosta in soffitta, come Rochester di Jane Eyre?»

«Non ti manca la fantasia, come sempre. Comunque, la risposta è sette volte no.»

«Se temi che io possa fare la fine di mia madre, che è rimasta incinta a diciotto anni, ti ricordo che esistono molti modi per evitare una complicazione del genere.»

«Vuoi farmi una lezione sui metodi anticoncezionali?»

«No, certo che no, mi auguro che tu sia un esperto in materia.»

«Ne stai facendo un affare di stato, lo sai?»

«Lo è, un affare di stato, Edmund. Un ragazzo che dice di stare bene con una ragazza, che afferma di essere attratto da lei, che non ha strane convinzioni religiose e che di solito si accoppia con relativa facilità, e all'improvviso si trasforma in un parroco del 1800, dà da pensare, non credi?»

«Ti assicuro che sono tutto fuorché un parroco del 1800. E con te non mi voglio *accoppiare*, con te voglio fare l'amore, per questo pretendo che tu sia sicurissima. E adesso basta, stai parlando troppo: usala in modo diverso, quella fantastica bocca.»

Ok, mi arrendo. Quando mi bacia perdo il senso della realtà e la connessione con le cose razionali. E la serata va avanti così, fatta di tentazioni tenute a bada, che non diventano mai *qualcos'altro*.

Tuttavia, i miei dubbi rimangono, e la paura non mi dà tregua. E si accentua quando mi rendo conto che il suo strano atteggiamento non riguarda soltanto l'intimità. Da qualche giorno, in effetti, si comporta in modo strano anche in pubblico. È chiuso in se stesso e poco socievole. A volte è addirittura sgarbato se qualcuno sbaglia o dimentica una battuta. Non sorride più, ha la stessa espressione di chi stia vivendo un lutto. So che ha ricevuto altra posta da chissà dove, e ho provato a chiedergli se si tratta di cattive notizie. Ha negato risolutamente, mi ha sorriso, mi ha dato un bacio di nascosto, in auditorium, prima che arrivassero gli altri, e non ha più voluto affrontare la questione.

Tuttavia il mio sesto senso si è fatto acuto, tagliente, opprimente. C'è qualcosa che non va, anche se non capisco di cosa si tratta. Edmund mi sta mentendo, è inquieto e irrequieto e sempre più distratto.

In ogni caso, stanotte resto da sola. Mi ha detto che, poiché domani si svolgerà la rappresentazione teatrale, è meglio se ci riposiamo e basta. Sono già agitata per la recita, e a questa agitazione si aggiunge l'ansia per l'ignoto timore che mi serpeggia dentro. Un sospetto privo di forma e sostanza, fatto solo di indefinito presentimento e, mi auguro, indefinibile presunzione.

Se fossi più sicura di me, sarei più sicura di lui, ma è come se io stessa non mi considerassi abbastanza.

Va da sé che dormo pochissimo. Arrivo all'alba senza aver praticamente chiuso occhio, con un magone in gola che pare un sasso.

Quando, l'indomani, Taylor e Amber mi vedono arrivare in auditorium, per poco non si mettono le mani nei capelli. Per quanto Jane Eyre non potesse essere definita una bellezza, di sicuro non aveva le mie occhiaie e la mia aria da morto vivente. Urge un make-up finto leggero, che mi faccia sembrare non truccata mentre ho su sette strati di roba.

Il teatro ha dei camerini annessi. A uno stand di legno e metallo sono appesi i tre abiti che dovrò indossare. Tutti molto sobri, quasi monastici. A un tratto, mentre attendo l'arrivo delle mie amiche con il materiale necessario per un trucco salva zombie, Henry bussa alla porta e si affaccia. Lo invito a entrare.

«Giuro che sarò rapido, e ti augurerò di romperti una gamba.»

«Ehm... preferirei di no.»

«Eh, lo so, ma pare che in teatro sia un augurio che porta fortuna.»

«Ok, allora rompitela pure tu.»

«Come va, miss Jane?»

Lui è già abbigliato da Edward, indossa dei calzoni scuri e degli stivali di foggia antica, una marsina, uno jabot, e un mantello con le fibbie di metallo. Rochester, nell'opera della Brontë, era molto bruno, di corporatura massiccia, scuro di carnagione e con volitivi occhi neri. Henry invece è snello, elegante, coi capelli castani e gli occhi verdi. In breve, non si somigliano affatto, non fisicamente almeno. Tuttavia, quando recita, Henry sa diventare imperioso, ironico e passionale come il personaggio che interpreta. E, a quanto mi hanno detto in molti, anche io come Jane risulto credibile, sebbene neppure lei avesse la carnagione ambrata di chi ha avuto un genitore indiano.

Per fortuna la rappresentazione teatrale ha indotto gli altri a credere che il mio nervosismo fosse dovuto esclusivamente a essa. Per cui la mia aria da persona che ha dormito pochissimo, le mani tremanti e l'impressione d'essere continuamente sul punto di piangere non hanno suscitato troppe domande.

Henry, però, ancora una volta, si dimostra più intuitivo della media delle persone.

«Tutto ok, Fanny?» mi chiede. «Hai un'aria un po' troppo stravolta, non può derivare solo dalla recita. Non sei così sciocca e, anche se sei sensibile, non lo sei per ragioni tanto superficiali. Mi aspettavo che fossi agitata, questo sì, ma non proprio a terra.»

«È un modo per dirmi che sono brutta?» provo a scherzare ancora.

«Lo sai che non sei brutta. Se ti dico che ti considero una delle ragazze più belle che abbia mai conosciuto, poi mi rimproveri, perciò fai finta che non te lo abbia detto. Ma non cambiare discorso. Perché sei così a pezzi? Per alcuni giorni mi sei sembrata felicissima, ti brillavano gli occhi, e adesso hai la stessa espressione di Jane quando scopre che Rochester le ha mentito. Con chi ce l'hai? Devo uccidere qualcuno?»

«Se avessi bisogno di uccidere qualcuno lo farei io stessa, ma ti ringrazio per la gentile offerta.»

«In caso prendimi in considerazione per disfarti del

cadavere.»

Henry si è seduto di fronte a me, su una sedia gemella. Si china, mi prende le mani.

«Sai che ci tengo a te», insiste, «e se hai un problema…»

La porta del camerino si apre di botto. La voce di Edmund mi fa trasalire.

«Devo parlare con Fanny», dice con tono altero, rivolto a Henry. «Sei pregato di uscire.»

Henry si alza e per qualche momento i due si osservano con reciproca ostilità. Poi Henry lascia il camerino, ma non l'avversione che lo pervade, che gli rimane marchiata negli occhi.

Quando io ed Edmund restiamo da soli, torno a fissare la mia immagine riflessa. Come nella tradizione teatrale e nella fantasia comune, lo specchio è un ampio rettangolo bordato di lampadine tonde come grosse perle, tutte accese, che mi fanno apparire pallida, se non addirittura giallastra. Mi alzo, mi avvicino agli abiti di scena e li sfioro, fingendomi interessata alla stoffa e alla foggia, anche se non me ne importa niente.

«Perché ti teneva le mani?» mi domanda Edmund, impaziente.

«Non lo so, magari perché è preoccupato per me e voleva capire cosa mi turba», replico. «Ti sembrerà una cosa strana, ma ci sono persone che cercano di conoscere i problemi degli altri, e di dar loro una mano, invece di glissare e mentire.»

«Stai parlando di me? Io sarei il bugiardo mentre Henry è l'eroe comprensivo?»

«Non l'ho mai definito un eroe.»

«Ma consideri me un bugiardo.»

Mi giro verso di lui ed emetto un sospiro.

«Mi stai nascondendo qualcosa, Edmund, e lo sai benissimo

anche tu. Quindi sì, tecnicamente sei un bugiardo. Se non vuoi più stare con me basta dirlo, non abbiamo mica firmato un patto col sangue. Restare delusi da qualcuno che credevamo ci piacesse fa parte del gioco delle relazioni.»

«A essere rimasta delusa sei più tu di me, stando alle tue parole drastiche.»

Lo fisso con occhi rabbiosi nei quali, ahimè, sento rincorrersi le lacrime.

«Io non sono delusa, brutto idiota, io ti amo, e ho paura!»

Ecco, lo sapevo. Ho appena pronunciato la formula magica dall'effetto distruttivo che mai avrei dovuto lasciarmi sfuggire dalla bocca. L'incantesimo al contrario, la stregoneria funesta, la maledizione definitiva.

Dire "ti amo" a un ragazzo che non prova niente di lontanamente simile segna la fine dei giochi.

Edmund, infatti, mi osserva sconvolto, come se avessi insultato sua madre.

«Non dire... non dire stronzate, Fanny», mormora, e la voce fa fatica a uscirgli dalle labbra.

«Quale sarebbe la stronzata? Che ti amo? È la verità, invece. Perché credi che stia con te e che voglia fare l'amore con te? Per togliermi il pensiero? Per divertimento? Per essere più alla moda? Comunque, ho capito tutto. Finiamola qui. Adesso esci, stanno per arrivare Taylor e Amber e mi devo preparare.»

Mentre gli volto le spalle e sto per tornare a sedermi, Edmund mi blocca afferrandomi per un polso. Mi ritrovo davanti a lui, molto vicina, sovrastata dalla sua altezza e dal suo sguardo penetrante.

«Che vuol dire "finiamola qui?» mi domanda.

Ordino alle lacrime di tornare indietro, nel loro

nascondiglio. Glielo ordino e un po' le supplico. Non voglio apparire più penosa e distrutta di quanto già mi sento e appaio.

«Non lo so. Non me ne posso occupare, adesso. Devo prepararmi. Ci penserò dopo.»

Del tutto inaspettatamente, Edmund mi abbraccia. Mi tiene stretta a sé, senza pensare al rischio che qualcuno entri in camerino e ci veda. Non dice nulla, si limita a trattenermi, e lo fa con una silenziosa possessività nella quale percepisco, anche, un sottofondo di sgomento. Di frustrazione. Di cose non dette che, se me le dicesse, mi schianterebbero. Lo so, ormai non ho più dubbi. Si è stancato di me ma, allo stesso tempo, poiché mi vuole bene, ne è dispiaciuto. Ha sopravvalutato i suoi sentimenti e le mie attrattive. Ha sopravvalutato me o, forse, se stesso.

Per questo pone mille problemi quando gli chiedo di fare il passo fisico successivo: per scrupolo di coscienza. Non se la sente di approfittarsi di me, visto che intende mollarmi. A suo modo, è un gentiluomo.

Mi dibatto tra le braccia che continuano a stringermi e gli ordino di lasciarmi libera. In questo momento lo odio. Non perché gli sono venuta a noia così presto, ma perché non ha le palle per dirmelo in faccia e si nasconde dietro fumosi pretesti.

«Basta, Edmund, va' via. Non abbiamo più niente da dirci. Io perché ho finito di parlare e tu perché non intendi neanche iniziare. Chiudiamola qui, approfittane per uscirne fuori senza clamore.»

«Sì, Edmund, approfittane.»

Una voce esterna ci fa sussultare entrambi. Nel camerino è appena entrata Julia, e il suo sguardo severo, che pare aver fatto mille passi indietro rispetto alle nostre piccole conquiste in termini di amicizia delle ultime settimane, attraversa me ed Edmund con uguale contrarietà. No, in effetti, ho la sensazione che sia arrabbiata più con lui, che con me.

Edmund fissa sua sorella con rabbia.

«Non ti impicciare», le dice. Credo sia la prima volta che lo sento rivolgersi a lei con tale asprezza.

«E invece mi impiccio», gli risponde Julia, continuando a guardarlo male. «Fai come ti ha detto Fanny e non infierire ancora. Hai sbagliato tutto, Edmund. Non credevo potessi essere così stupido e così poco lungimirante. Non dovevi proprio iniziarla, questa storia. E dire che ti ho chiesto che intenzioni avevi, e ti ho detto di stare attento e di non combinare cazzate, ma a quanto pare abbiamo nel DNA l'incapacità di fare le scelte giuste. Comunque, la professoressa Norris ti sta cercando, ti consiglio di andare prima che arrivi qui e becchi qualche scenetta inopportuna, e il prossimo a sapere tutto sia nostro padre.»

Edmund si rivolge di nuovo a me.

«Dopo ne parliamo, Fanny. Adesso pensa solo alla recita, e stai tranquilla.»

In questo momento la professoressa Norris entra in camerino e chiede a Edmund di seguirla per risolvere non so che problema di tipo logistico. Prima di uscire, lui mi guarda ancora e, se non fossi resa cieca dal mio dolore, potrei anche convincermi di aver visto un dolore uguale, se non addirittura più intenso, nei suoi occhi.

Ma mi sono di sicuro sbagliata. Perché dovrebbe soffrire così tanto se non gli importa niente di me? È solo rammaricato perché mi ha inflitto una pena che non aveva messo in conto. Non è colpa sua, dopotutto, se credeva di provare delle emozioni che si sono rivelate durevoli quanto bolle di acqua e sapone.

***

Mi impegno a recitare, nonostante tutto. La sala è gremita, ma non guardo niente e nessuno. È come se davanti ai miei occhi ci fosse un deserto disabitato.

Jane Eyre arriva a Thornfield, dunque, e incontra la signora Fairfax. Una ragazza del college, piuttosto bassina e molto magra, che dimostra meno dei suoi diciassette anni, è stata scelta per interpretare Adele, la piccola francese, forse figlia illegittima di Edward. Il senso di spaesamento che provo è adatto a questa prima parte della storia.

Poi Henry fa la sua apparizione. Il cavallo dal quale cade il personaggio è di legno e scivola sul fondo della scena: una sagoma scura, semovente, estremamente realistica, realizzata da chissà quale bravo artigiano. Il primo incontro fra Jane e Rochester è tumultuoso, ma per fortuna lei, pur nella fermezza delle sue opinioni, ha un atteggiamento sempre pacato e mai sopra le righe. Le mie risposte prive di particolare vivacità, perciò, non vengono notate. Poi, lentamente, conoscendolo, Jane comincia a innamorarsi del padrone di casa, e si sente sempre più fuori posto. Si vede piccola, brutta, povera e goffa, del tutto incapace di attrarre un uomo così virile, un giramondo che tante cose ha visto e tante regole ha infranto, un peccatore inquieto che mai e poi mai potrà interessarsi a lei, alla sua innocenza, alla sua apparente semplicità.

Eppure il miracolo accade. Edward è sempre più attratto da Jane, dal suo essere così diversa dalle adulatrici che ha conosciuto finora. Così diversa dalle frivole dame incapaci di un vero affetto, sedotte solo dal suo denaro e dai regali che il denaro gli permette di elargire. Così leale, coraggiosa, pura, così matura nonostante la giovane età, perché il dolore ha accelerato il suo tempo, e la solitudine l'ha costretta a bastarsi da sola.

E poi lui le chiede di sposarla, e le porte della felicità, che parevano chiuse a tripla mandata, si spalancano davanti a un'incredula Jane. Nulla possono la bellezza di Blanche Ingram e le sue lusinghe, perché il cuore di Edward appartiene a lei.

Ma la felicità delle donne che amano più di se stesse è resistente quanto un papavero. È come la luce del giorno in Alaska, durante l'inverno. È un'emozione che appassisce in fretta e svanisce, inghiottita dalla notte polare.

Jane scopre presto che le rose che credeva fiorite, con le quali s'era illusa di poter creare un bouquet, sono in realtà cardi spinosi. Edward, infatti, nasconde un segreto terribile. Edward non può sposarla. Il giorno delle nozze i pilastri che sorreggono il mondo si sgretolano, e l'intera volta celeste frana sulle tenere spalle d'una ragazza che sperava di diventare sposa e al massimo deve accontentarsi del ruolo di amante. Ma non si accontenta.

Piango davvero, in questa scena, quando Jane, pur con tutto l'amore del mondo, va via da Thornfield Hall. Piango perché mi sento esattamente come lei.

A qualcuno potrebbe sembrare un'esagerazione. La fine di un amore non può avere effetti così devastanti.

In fondo, l'amore, cos'è? Un'emozione inspiegabile, che inizia senza saperlo e finisce senza volerlo. Non è cibo, non è acqua, non è sangue, non è ossigeno. E quando finisce respiri lo stesso, cammini lo stesso, sei vivo lo stesso. Non hai perso un braccio, una gamba, la vista. Sei la medesima persona di prima.

E non lo sei. Anche se gli altri non capiscono cosa ti manca, tu non sei affatto la stessa persona.

Ed è per questo che io lo comprendo, il dolore di Jane. Oggi più che mai. Perciò piango e, poiché la scena prevede sconforto e sgomento, vengo acclamata come un'attrice capace di disperarsi a comando in modo realistico.

Il primo atto termina con Jane che lascia il castello. Io lascio il palco e mi rifugio nel camerino. Se mi aspettavo che Edmund mi raggiungesse, subisco una cocente delusione.

Chi arriva invece, inaspettatamente, è Julia. A un tratto entra nella stanzetta e chiede a Taylor e Amber che sono con me di lasciarci da sole. Loro obbediscono, un po' colpite dalla sua strana solennità.

Mi sento debole e stanca, ma le parlo con fermezza.

«Se vuoi rifilarmi una predica su come mi sono permessa di ambire a tuo fratello e sul fatto che lui se ne frega di me e che dovevo aspettarmi che sarebbe finita così, ti invito a stare zitta. Non tollererò neppure qualcosa di vagamente simile a un "te lo avevo detto". Ed evitami, per favore, anche una sola considerazione ironica sul fatto che sono l'ultima persona che vorresti vedere accanto a lui, perché sono una sfigata, Marylin è meglio, eccetera eccetera. Credevo fossimo diventate, se non amiche, almeno non troppo nemiche, ma evidentemente mi sbagliavo.»

Julia ha le braccia incrociate sul petto, e mi fissa come se fossi la persona più stupida sulla faccia della terra.

«Allora, punto primo: non vorrei Marylin come ragazza di mio fratello per tutto l'oro del mondo», dichiara. «Quando ti ho detto di sperare che si rimettessero insieme perché lui l'aveva amata moltissimo, mentivo solo per farti dispetto. Se n'è sempre fregato di lei. E poi, a parte il fatto che è una stronza egocentrica più stronza egocentrica di me, per cui sarebbe una bella lotta fra noi, è e resta la sorella di Henry. E meno lo vedo, quello lì, meglio è. Punto secondo: non ti considero una *non troppo nemica* e basta. Tieniti forte, perché quando l'ho ammesso con me stessa mi sono dovuta tenere forte pure io. Ok, sei pronta? Mi trovo bene con te, Fanny, e se devo immaginare mio fratello con una ragazza non riesco a pensare a nessuna che mi piaccia più di te. Sei così maledettamente altruista, e mi hai sempre aiutata, anche quando non facevo niente per meritarmelo. Anche quando sono stata cattiva. Cosa può volere di meglio una stronza egocentrica come me? Punto terzo... non è vero che Edmund se ne frega di te. Magari fosse vero, così avrebbe un'aria un po' meno bastonata. Quando ho capito cosa gli passava per la testa gli ho consigliato di fare un passo indietro, e invece lo sciocco che è diventato e che, aggiungo, non è mai stato, ha fatto a modo suo. Sapeva che si stava cacciando in un vero casino, ma non ha resistito. Gli piaci pure troppo, direi, e rischi di mandare tutto al diavolo.»

«Non... non capisco... Mandare al diavolo *cosa*?»

«A giugno, dopo che avrò compiuto diciotto anni ed Edmund si sarà laureato, io e lui partiremo. Andremo a vivere negli Stati Uniti, e staremo lì almeno tre anni. È stato ammesso alla NYFA, la New York Film Academy, dove seguirà dei corsi di sceneggiatura e regia. Io, invece, farò domanda alla Parsons, la scuola di moda e design. Nostro padre, naturalmente, non ne sa nulla, e non dovrà saperne nulla finché non saremo partiti. Qualche giorno fa Edmund è stato a Londra, in giro presso agenzie immobiliari internazionali per cercare un appartamento a New York, e chiedere il passaporto al consolato. Qui è un covo di spioni, sarebbero capaci di controllare le telefonate. Insomma, è tutto praticamente pronto per la nostra partenza, per la nostra liberazione. Il mio passaporto lo chiederò appena sarò maggiorenne. Abbiamo bisogno di andare via, di cambiare aria, di ricominciare a vivere lontano dall'Inghilterra. Ne abbiamo proprio bisogno. Lo capisci?»

L'ho ascoltata praticamente in apnea, come se anche il più esile fiato potesse farmi perdere una parte della rivelazione.

«Io… sì… lo ca-capisco», balbetto alla fine, e tutto nella mia testa comincia a trovare una collocazione. Non che questo mi salvi, ma almeno mi spiega.

Vorrei avere il tempo per far scivolare dentro di me le sue parole, per farle mie, per sopportarle o farmene uccidere.

Ma l'intervallo è finito e occorre tornare in scena. Non posso restare immobile a pensare, pensare e ancora pensare.

Perciò faccio quel che ci si aspetta da me. Interpreto ancora il ruolo della triste e sconfitta Jane, un ruolo che riesce benissimo alla triste e sconfitta Fanny. L'incontro con St. John e le sue sorelle, lo sforzo di Jane per fingere d'essere sopravvissuta alla disperazione, e forse anche alla follia. Finché quella follia, che altro non è se non nostalgia che dilaga in lei e le fa udire voci e richiami, la riporta da lui, da lui senza il quale non vive. Non sa, Jane, quel che è avvenuto, non sa che Edward, adesso, è libero di sposarla, ma torna lo stesso, disposta a vivere nel peccato, se fosse necessario, pur di stare accanto all'uomo che ama e che non è riuscita a dimenticare. Durante la scena finale piango, di nuovo fin troppo sincera. Piango, mentre Henry, che interpreta un Edward divenuto cieco, mi sfiora il viso per riconoscere i miei lineamenti coi polpastrelli.

E a un tratto, proprio sul finale, Henry/Edward mi stringe a sé e mi bacia sulla bocca. Saremmo dovuti rimanere, sì, vicini, le sue braccia attorno alle mie spalle, la mia fronte appoggiata contro il suo petto, ma il copione, e la moralità intransigente del Mansfield, non prevedevano contatti più ravvicinati. E invece lui mi bacia, e io mi sento talmente infelice e talmente sbigottita, talmente sommersa da tutte le cose che mi sono franate addosso, da non reagire con la prontezza che avrei dimostrato se fossi stata meno ferita e fragile.

Dopo qualche secondo, naturalmente, lo allontano, proprio mentre il sipario si chiude e dal pubblico proviene un applauso abbinato a una salva di fischi eccitati, di cui sono sicuramente promotori gli studenti. Non ce li vedo i loro seriosi genitori che si cimentano in versi da stadio.

Il momento degli inchini è confuso, caotico, mi sento stralunata e abbagliata dalle luci improvvisamente accese in sala, e la gente che prima non vedevo, che era nascosta come se fosse immersa nella nebbia, riappare tutta insieme, e mi spaventa.

Quando inchini e ringraziamenti cessano, mi rifugio dietro le quinte.

Non faccio in tempo a chiedere a Henry come gli è saltato in mente di baciarmi, che un turbine, sotto forma di Edmund incazzato, gli si fionda addosso e gli sferra un pugno in faccia. Un pugno vero, non uno schiaffetto. Un colpo che gli fa crocchiare il naso e sprizzare il sangue. Henry barcolla ma rimane in piedi. Si tampona con la manica del suo abito di scena e osserva Edmund con uno sguardo tutt'altro che sconfitto, quasi provocatorio.

La cosa rischia di degenerare. La professoressa Norris, che è rimasta più a lungo sul palcoscenico ad abbeverarsi di lusinghe, tra un po' sarà qui insieme al rettore, appena quest'ultimo avrà smesso di raccontare le sue remote esperienze teatrali a un pubblico annoiato o contrariato ma costretto ad ascoltarlo.

Anche gli altri attori arriveranno tra un istante, ed Edmund, che avrebbe dovuto essere sul palco pure lui, sembra più che mai deciso a riprendere lo scontro con Henry. Lo devo trattenere per un braccio per evitare che gli assesti un altro pugno. Lo trascino, addirittura, verso il camerino.

«Datti una calmata», gli dico, quando siamo dentro, con un tono che, se fossi al suo posto, invece di calmarmi mi irriterebbe ancora di più. Il fatto è che non riesco a essere dolce e conciliante. L'amor di pace, la diplomazia, il cercare di capire le cose adoperando modi da eroina antica, di quelle che sopportavano tutto e non si arrabbiavano mai, non fanno proprio parte delle mie emozioni e delle mie intenzioni. Oggi, in questo momento e in questo luogo, mi sento furibonda.

Edmund si muove per la stanza con la frenesia di un animale selvatico appena catturato da un bracconiere.

«Quel coglione, quello stronzo, quel bastardo...»

«Stai parlando di Henry o di te stesso?» gli domando, e non un'ombra di compassione rende meno dure le mie parole.

Lui si ferma e mi fissa accigliato.

«Siamo a questo punto?» dice, ma la sua non è del tutto una domanda. Sembra quasi un'amara constatazione.

«Se intendi il punto in cui un ipocrita bugiardo è costretto ad ammettere di essere un ipocrita bugiardo, sì.»

«Non sono e non sarò mai un ipocrita bugiardo», dichiara.

«Lo sei, invece. So tutto, Julia mi ha raccontato del vostro prossimo viaggio, anche se forse farei meglio a chiamarlo trasferimento, negli Stati Uniti. Una cosa così importante per la tua vita, e non hai sentito non dico il dovere ma neppure il piacere di raccontarmela. Evidentemente non conto niente. Se avessi un significato qualsiasi, anche solo come amica, ti saresti confidato. O forse hai temuto che andassi a spifferare tutto a tuo padre? No, non credo sia questa la ragione. Il vero motivo è che per te sono, sì, *qualcosa*, ma qualcosa di non fondamentale. Mi vuoi un po' di bene, ma non abbastanza. Ecco, credo che si possa riassumere così: *io non sono abbastanza*. Adesso ho capito perché non hai voluto fare l'amore con me. Sapevi di dover partire e ti è parso brutto, da gentiluomo quale sei, sverginare la povera sfigata sapendo di doverla mollare quasi subito per andare a vivere la tua nuova avventurosa esistenza dall'altro lato del mondo.»

«Fanny!» esclama Edmund, sconcertato dalle mie parole dirette. «Non è così, dannazione!»

«E com'è?»

Il mio sguardo è aspro come la mia voce. Per quanto mi sia scervellata per cercare delle motivazioni che giustificassero il suo silenzio e il suo trattarmi come l'ultima ruota del carro, non sono riuscita a immaginare nulla che lo discolpi.

«Non te ne ho parlato perché ero maledettamente confuso! Sulle prime non sapevo come sarebbe andato a finire tutto, potevano anche non prendermi. Anzi, ero convinto che non mi avrebbero preso, gli aspiranti erano moltissimi, e ho fatto ogni passo da solo, senza aiuto, senza spinte. Il mio grande sogno poteva trasformarsi in niente.»

«E questo che vuol dire? Tu agli amici racconti soltanto i

grandi sogni che si avverano di sicuro? Se va bene ok, altrimenti silenzio stampa? A un amico si racconta quello che si prova e si pensa, mentre lo si prova e lo si pensa, un sogno alla volta, perché si sente il bisogno di renderlo parte della propria vita! Tu, invece, mi hai tenuta fuori, perché a quanto pare come amica non valgo niente. Ma neanche tu, lasciatelo dire. Tu come amico sei un vero schifo.»

«Lo so, credi che non lo sappia? Ho sbagliato a mantenere il segreto, ma non ero neppure certo di volerla fare sul serio, questa scelta. Cioè, ho inviato del materiale video e fatto dei colloqui tramite Skype, ma, a mano a mano che la cosa diventava sempre più concreta, non soltanto una trafila burocratica e una sfilza di incontri virtuali, ne sono stato spaventato. Seriamente spaventato.»

«E hai continuato a non raccontarmi niente.»

«Cosa avrei dovuto dirti? Sai, Fanny, con ogni probabilità fra qualche mese mi trasferisco a New York per tre anni?»

«Sì, è esattamente quello che avresti dovuto fare!»

«Non l'ho fatto perché... perché non sapevo come dirtelo. Temevo che potessi restarci male, che potessi soffrire e potessi pensare quello che stai pensando adesso, e cioè che non mi importa di te. E non sai quante volte mi sono detto no, non ci vado, non posso, non voglio, non ce la faccio. Ho in testa un bombardamento, Fanny. Una vera e propria guerra di emozioni, tentazioni, pentimento, e spesso anche panico. Negli ultimi mesi ho cercato il più possibile di starti lontano, di respingere ogni tipo di sentimento che mi portava da te. Ho fatto di tutto, credimi. Mi sono detto "probabilmente dovrai partire, brutto idiota, non devi creare legami, devi tenerla a distanza, anche se lei ti piace moltissimo". Purtroppo non ce l'ho fatta.

Mio Dio, non ce l'ho fatta. E ho incasinato tutto.»

«Eri talmente insicuro riguardo alla partenza, talmente pieno di no, non ci vado, non posso, che ti sei fatto rilasciare il passaporto proprio una settimana fa. Ti prego, non insultare la mia intelligenza. Mi hai tenuta all'oscuro mentre organizzavi i tuoi preparativi, e quando sei tornato, anche se sapevi di essere prossimo alla partenza, non solo hai continuato a tacere e nascondere, ma mi hai pure illusa di provare qualcosa per me!»

Ho dentro tanta rabbia da far saltare in aria l'auditorium, e una tristezza così intensa che, se si trasformasse in lacrime, potrebbe far affondare il teatro come una tempesta oceanica ingoia un transatlantico. In entrambi i casi, però, che sia collera o dolore, non desidero parlare con Edmund. Non adesso. Adesso lo odio anche se lo amo.

Le circostanze mi aiutano a interrompere questo dialogo per me penoso. Infatti, mentre Edmund sta per avvicinarsi, la porta si spalanca ed entrano Taylor e Amber, e i passi di lui sono costretti ad arrestarsi. Le mie amiche parlano a raffica, insieme, e poco dopo anche altre persone entrano nel camerino, studenti e studentesse che mi abbracciano e mi fanno i complimenti, e in men che non si dica il caos più totale fagocita la mia disperazione, costringendomi a recitare ancora.

In mezzo alla confusione, però, scorgo Edmund. Se pure non volessi notarlo, non potrei non farlo. È sempre stato il più alto di tutti. Si è avvicinato alla porta, ma prima di uscire si gira verso me. Mi guarda, abbassa lentamente le palpebre, mi sorride in modo stanco, e poi va via.

***

Impossibile sottrarmi alla festa organizzata per il dopo teatro. Ho pensato di inventare un malanno, ma poi mi sono detta che stare in mezzo agli altri mi aiuterà a rimandare il momento in cui mi troverò da sola con me stessa.

Ci avviamo verso lo studentato. Taylor e Amber non la smettono di parlare del bacio che mi ha dato Henry. Ridono ricordando i fischi e gli applausi degli altri studenti e l'espressione scandalizzata della professoressa Norris.

«Secondo me gli piaci proprio un sacco», dice Taylor. «Oh, lo so che sei contraria ai baci rubati, ma un bacio così chi non vorrebbe riceverlo una volta nella vita?»

«Non lo so, una ragazza qualsiasi a cui non interessa essere baciata dal tipo che le ruba il bacio?» rispondo, caustica. Forse troppo caustica. Sono talmente piena di brutti sentimenti che rischio di mandare al diavolo anche le mie amiche. Devo assolutamente calmarmi.

«Henry, però, era dispiaciuto dopo», si affretta ad aggiungere Amber. «Si sentiva talmente in colpa che, mentre ti seguiva per chiederti scusa, ha urtato contro la ringhiera di protezione di una di quelle scalette a chiocciola che servono agli attrezzisti per raggiungere l'impianto di illuminazione, e si è rotto il naso.»

«Si è rotto il naso? Chi te lo ha detto?»

«Lui stesso, prima di andare in infermeria. Spero non fosse niente di grave.»

«Non è niente di grave», conferma Taylor. «L'ho udito dire da alcuni suoi amici poco fa. Un brutto trauma, ma nessuna frattura.»

Quindi Henry non ha rivelato di essere stato picchiato da Edmund, e Taylor, nonostante tutta la sua perspicacia, non lo ha scoperto. Suppongo che la frenesia del post recita abbia affievolito il suo solito diabolico sesto senso. Meglio così.

Ci separiamo per andare in camera a riposarci un po', rinfrescarci e cambiarci, e raggiungere gli altri in una delle sale destinate ai ricevimenti.

Non si tratta di un trattenimento pomposo come la cena d'inverno, ma di una sorta di buffet insieme ai parenti stretti che sono venuti per assistere alla rappresentazione.

Purtroppo non posso fare a meno di notare Lord Bertram, perché è alto quanto suo figlio, se non di più, e nemmeno lui passa inosservato. C'è anche la zia, che mi si avvicina con un sorriso forzato. Il suo *caro* marito resta indietro, insieme alla figlia. Mi accorgo che Julia è molto turbata e quasi in lacrime. Sta facendo uno sforzo immenso per non piangere. Poi, mentre il padre sta per dirle qualcosa di indubbiamente spiacevole, stando alla sua espressione infelice, James le si avvicina.

James, l'inaspettato eroe di questa storia. Il duca col cuore di un angelo. Se fosse stato il personaggio di un romanzo, così poco bello com'è, così ingenuo e malleabile, avrebbe fatto la fine dello sciocco che sposa l'ultima donna al mondo adatta a lui. Uno sciocco egoista, preso solo da se stesso e dall'illusione della propria importanza, la cui moglie alla fine scappa con un altro.

Ma James è un personaggio di *questo* romanzo, e l'egoismo non sa neppure cosa sia. Deve aver notato come me che Julia è a disagio, e si avvicina per proteggerla. Sa benissimo che lei non lo ama e non vuole più stare con lui, ma le offre lo stesso il suo sostegno. Non so cosa dica a Lord Bertram, ma a un tratto prende Julia sottobraccio e la porta via.

Io, invece, non ho nessuno che mi liberi dalle grinfie della zia Mary.

«Una buona interpretazione, mia cara», mi concede lei, con un'allegria stiracchiata. «Hai fatto questa esperienza, ti è riuscita abbastanza bene, ma *noi tutti* ci auguriamo che rimanga una cosa isolata. Non so come sia possibile che il rettore Masterman, che di solito è un uomo pieno di assennatezza, abbia potuto autorizzare una rappresentazione teatrale tanto frivola. Senza contare che il teatro non si addice alle ragazze di buona famiglia. Se una giovane donna vuole dedicarsi a un hobby, ce ne sono di più adeguati.»

«Voi tutti chi? Tu e il tuo *affettuoso* marito?» la provoco. «E quali sarebbero gli hobby adatti alle fanciulle di buona famiglia? Il ricamo al tombolo? Gli acquerelli, ma solo nature molto morte, perché quelle troppo vive potrebbero risultare scandalose? E poi… mi pare strano che tu dica così. La mamma mi raccontava che da ragazzine amavate recitare, e tu più di lei. Come mai hai cambiato idea?»

Lei avvampa in un modo che non mi aspettavo, come se si sentisse improvvisamente in colpa per qualcosa.

«Erano… erano solo stupidaggini», dichiara e, per un momento, mi pare che guardi indietro, verso suo marito, come se temesse che ci abbia udite.

La osservo meglio, la zia. Presa come sono dalle mie ansie personali non mi ero ancora soffermata sulla sua faccia. E sulla sua intera persona, a dire il vero. È molto dimagrita rispetto all'ultima volta che l'ho vista, alla cena d'inverno. E siccome non può certo dirsi che fosse grassa, anzi era quasi al limite del sottopeso pure allora, l'impressione che dà adesso è di una figuretta scavata, emaciata quasi. È truccata molto bene ma, oltre il make-up da modella patinata, i suoi zigomi sono troppo sporgenti e i suoi occhi un po' infossati.

Penso subito alla mamma, a quando è iniziato il suo declino, al suo rapido dimagrimento, al suo pallore, al viso tutto occhi e denti, e ho improvvisamente paura.

«Non ti senti bene?» le domando.

Lei pare sollevata dal fatto che sia stato abbandonato l'argomento "zia Mary che da ragazza andava matta per il teatro e ora ripete a macchinetta le stesse cose insulse che dice suo marito", ed emette una risatina.

«Certo che sto bene, perché pensi il contrario?»

«Non so, hai perso molto peso in poco tempo. E poi...» La guardo meglio, dritta negli occhi, e un nuovo allarme mi serpeggia dentro. «Hai le pupille dilatate. Se non hai appena passato una visita oculistica e non ti hanno messo delle gocce di atropina, o ti fai di Lsd e funghi allucinogeni o prendi psicofarmaci.»

La zia ha un visibile sussulto, e mi guarda come se avessi appena offeso la patria, il re e Dio. La sua risposta, poi, non mi tranquillizza per niente.

«Come ti permetti di pensare a queste cose? Non prendo nulla del genere! Al massimo... al massimo qualcosa per dormire.»

«A poco più di trent'anni, con un matrimonio felice alle spalle e nessun problema apparente, niente debiti, niente paura di non arrivare a fine mese, solo viaggi, feste, ricchi premi e cotillons, hai bisogno di *qualcosa* per dormire? Qualcosa di pesante, stando alle tue pupille dilatate. Insomma, non una camomilla, credo. Che succede, zia?» La mia domanda suona incalzante e preoccupata. Lo so, dovrei fregarmene, lei non è mai stata molto gentile con me, ha ignorato le mie suppliche quando, sette mesi fa, l'ho pregata di non rinchiudermi in questo collegio prigione, e mai una lacrima le ha rigato il volto al pensiero di aver perso la sua unica sorella. Ma io non posso fare a meno di ricordare che, se la mamma l'ha scelta come mia tutrice, è perché sapeva che in lei c'è del buono. Perciò non ce la faccio a non preoccuparmi. «Ti prego, confidati. Se fisicamente stai bene, forse… non sei felice?»

La zia diventa paonazza e, per notarlo al di sotto del trucco raffinato ma generoso che ha, deve essere quasi viola. Non so se sia rabbia per la mia sfacciataggine, o se celi qualche altra emozione, e non lo saprò, perché Lord Bertram si avvicina e lei torna com'è di solito in sua presenza. Lo smarrimento sparisce dal suo volto ed è di nuovo una statua sorridente e un'adulatrice impeccabile.

Senza rivolgermi neppure un saluto, e senza un solo commento a proposito della recita, che avrà considerato una nefandezza imperdonabile, Sua Maestà - perché non si sente da meno di un'altezza reale - la conduce lontano. E a me rimane l'ansia.

Cosa sta accadendo alla zia Mary? Il matrimonio con quel falso principe azzurro che nasconde un cuore nero non è felice come si dà la pena di ostentare? Anche lei, per sopportarlo, si è vista costretta ad assumere psicofarmaci come la madre di Edmund e Julia, e Julia stessa?

Mio Dio, oggi mi sento satura di stimoli negativi. Che la recita sia andata bene non significa nulla, se la vita va malissimo. Che Jane Eyre abbia ottenuto la sua felicità mi suscita anche un po' di invidia, visto che io sono priva della mia.

Cerco Edmund con lo sguardo. Anche se sono arrabbiata con lui, mi manca. Non lo vedo da nessuna parte, ed è come se la stanza fosse vuota e silenziosa, angusta e cupa, anche se brulica di gente che conversa, ha dei soffitti altissimi ed è praticamente illuminata a giorno.

Se solo potessi farlo, sarebbe il momento giusto per mandar giù qualche sorso di alcol consolatorio. Oppure posso chiedere alla zia di prestarmi un po' di quel *qualcosa* che usa per dormire. Se è abbastanza forte da aiutarla a dimenticare di aver sposato uno stronzo, magari può offuscare anche la mia povera memoria.

Come previsto, al tavolo dei rinfreschi si rifiutano di servirmi del vino e mi offrono una limonata. Mentre osservo sconsolata il bicchiere pieno di irreprensibile succo dorato, avverto qualcosa di simile a una spinta leggera su una spalla, come se qualcuno intendesse attirare la mia attenzione. Penso a tante persone possibili, a Edmund, a Taylor, ad Amber, perfino alla zia, ma non a Julia. Invece si tratta proprio di lei.

È da sola, ma nel suo sguardo sono presenti tante di quelle emozioni che può dirsi in compagnia. Non lieta compagnia, aggiungo. Vedo la tristezza, e la rabbia, e la paura, e molto altro che fluttua, come polvere iridescente nell'acqua.

«Cosa gli hai detto?» mi domanda brusca. A bassa voce, in verità, ma non per questo quieta. La sua è una terribile furia domata: non per rispetto a me, s'intende. Teme soltanto che qualcun altro la ascolti, e finge di chiedere a un cameriere una coppa contenente un dolce al cucchiaio, e di ignorarmi, mentre mi parla tra i denti. «Cosa hai fatto a Edmund?» insiste.

«Non gli ho fatto proprio niente...» mormoro. «Perché... perché questa domanda?»

«È andato via. La versione ufficiale è che sia andato a completare la tesi nel Northamptonshire, così da stare tranquillo.

Ma io so che non è vero. È andato via per colpa tua. Deve pensare, mi ha detto. Deve pensare, capisci? Deve decidere cosa fare! Sai cosa significa, questo? Che non intende più trasferirsi negli Stati Uniti! Ha molti dubbi, non sa se ce la fa, preferisce restare qui! E sai perché preferisce restare qui? Per te! Gli stai rovinando la vita! Tutti i suoi sogni svaniranno perché tu ti sei messa di mezzo! E siccome io da sola non ce la faccio a partire, sarò costretta a restare, e quando morirò sarà solo colpa tua!»

Non ce l'ha più fatta a bisbigliare e ha alzato la voce. Le persone vicine al tavolo, pur non comprendendo quel che ha detto poiché l'agitazione l'ha portata a biascicare in modo confuso, hanno senz'altro percepito la sua animosità, tant'è che la guardano stupiti.

Io sorrido, per fuorviare i pettegoli.

«Dici che la crema è un po' acida?», mi rivolgo a Julia. «Lasciala lì, andiamo in bagno.»

Ci mimetizziamo in mezzo a un gruppo di studenti, per lasciare la sala senza essere notate. Stavolta sono io a spingerla, altrimenti, fusa e confusa com'è, sarebbe capacissima di blaterare ancora in pubblico.

Quando siamo fuori della sala, la spingo ancora fino in biblioteca, in questo momento deserta. Non facciamo in tempo a compiere qualche passo, che subito sbotta: «Lo hai rovinato! Lo hai trasformato in un idiota! Era così felice, in principio, di iscriversi a quell'accademia negli Stati Uniti! Aveva finalmente trovato la sua strada! E poi arrivi tu e indebolisci tutte le sue certezze, e all'improvviso non è più sicuro di niente, non vuole partire, e preferisce restare qui! Ma non farti illusioni perché, ammesso che rimanga, tra sei mesi si renderà conto della stronzata che ha fatto, capirà di aver mandato all'aria il suo futuro e i suoi sogni… per cosa? Per una cretina che neppure conosce!»

In un momento diverso, e in presenza di una diversa *me*, avrei altre reazioni. In parte sarei sollevata, perché se è vero che Edmund ha espresso questi dubbi vuol dire che per lui conto qualcosa, e che non è più del tutto certo di partire. In parte mi mostrerei molto risoluta con Julia, e le farei un discorsetto di rimprovero per il suo tono e i suoi modi.

In un momento diverso, ripeto, e con una diversa me.

Questa me riesce soltanto a sentirsi svuotata.

È come se le forze fossero sgattaiolate via dal mio corpo, sotto forma di piccoli spettri che attraversano i muri per finire in un altro mondo. Non saprei descrivere diversamente la sensazione d'essere solo un involucro che non contiene più nulla. La buccia di una mela senza la mela, il guscio di una mandorla senza la mandorla. Una scorza scartata, da gettare tra i rifiuti organici.

Rimango in silenzio, dunque, mentre Julia mi riversa addosso il suo dolore. Non ci penso neanche per un attimo a mostrarmi offesa perché credevo che fossimo amiche, o comunque non più nemiche, e invece lei mi aggredisce come se mi odiasse. Anche io la odierei, invertendo i ruoli. Anche io mi sentirei defraudata del mio futuro per colpa sua. E non ci penso neanche per un attimo a essere felice perché Edmund, forse, non partirà. La felicità non fa parte di me, come l'aria respirabile non appartiene a Marte.

Lascio che Julia sfoghi la sua frustrazione usandomi come un punching-ball virtuale. Quando termina è paonazza, lacrimosa e senza fiato. E io continuo a non parlare e a sentirmi una buccia vizza.

Il mio silenzio pare indispettirla di più, forse lo scambia per l'atteggiamento presuntuoso di una persona sicura di sé che non vuole darle confidenza. Non sa che sono rotta dentro.

Dopo avermi insultata snocciolandomi tante di quelle parolacce da insegnarmene perfino qualcuna che non conoscevo, Julia lascia la biblioteca. Il suo ultimo sguardo è una dichiarazione di guerra. Non siamo più amiche, o non troppo nemiche, adesso. Adesso siamo ai lati opposti di una barricata. Perlomeno è quello che sta pensando lei di sicuro.

Rimasta da sola, devo appoggiarmi a qualcosa per non cadere. Tra un po' vomito il cuore sulla scrivania.

Me ne sto china in avanti, i capelli penzoloni, cercando di dare un ritmo più regolare al mio respiro impazzito, quando mi rendo conto che la biblioteca non è davvero deserta. E non lo era neanche prima, mentre c'era Julia.

Dal fondo della sala avanza qualcuno, che è rimasto per tutto il tempo immobile nella penombra.

«Vuoi favorire?» La voce di Henry mi sorprende, poiché ero certa che fosse andato via coi suoi genitori, come Marylin. Mi giro e lo guardo. Ha il naso bendato e un alone violaceo intorno a un occhio. In una mano regge una bottiglia di champagne Dom Perignon. «L'ho fregato dalla sala del ricevimento e sono venuto qui a scolarmelo. Ho la sensazione che potresti averne bisogno pure tu.»

«Sei rimasto lì ad ascoltare per tutto il tempo?» gli domando di getto.

«Grazie per avermi chiesto come sto», è il suo commento ironico.

Potrei rifilargli una ramanzina sul bacio che mi ha dato e sulla pessima figura che mi ha fatto fare davanti a tutti, ma sono stanca pure di questo. Stanca di parole vuote che tentano di affermare un punto di vista personale. I punti di vista personali non equivalgono alla verità, ma solo a come ciascuno di noi la interpreta, la verità. D'altro canto, anche io l'ho baciato a tradimento a Sotherton. E di sicuro Edmund gli ha fatto più male di quanto l'imbarazzo abbia fatto male a me. E comunque, sono troppo stanca per le discussioni.

«Come stai?» mi limito a domandargli, mentre mi siedo a un tavolo. Le uniche luci provengono dalle applique poste in alto, accanto ai ritratti, accese a intervalli, con un effetto soffuso in parte piacevole, in parte spaventoso, se si considera che in corrispondenza di quelle luci i parrucconi dei dipinti sembrano dotati di occhi vivi che ci puntano.

«Un fiore, non mi vedi? Edmund il damerino picchia duro», commenta Henry, e si siede accanto a me, appoggiando la bottiglia sul tavolo. È stappata e non del tutto piena: evidentemente si è appartato per bere in santa pace.

«Non ho voglia di parlare di niente», borbotto. «Neanche di quel che hai udito qui, poco fa. Se puoi evitare di spifferarlo in giro, è meglio. E adesso passami quella bottiglia.»

Me la porge e bevo senza esitazione. Un sorso, due sorsi, tre sorsi, e non so quanti altri sorsi. È molto buono e fresco, e poiché non sono abituata all'alcol mi basta poco per conquistare un po' di quell'ebrezza che fa bene.

«Guai in paradiso?» mi domanda Henry a un tratto.

«Spiega paradiso», dico, con voce un po' strascicata.

«Non lo so, quella *cosa* che sta accadendo tra te ed Edmund? State insieme, a quanto pare. Ma, da quel che ho potuto capire, anche se è ancora in forse, potrebbe decidere di partire per gli Stati Uniti?»

Mi sento stordita, e continuo a parlare come se avessi un cecio in bocca. Impastata e farfugliante.

«Non devi dirlo a nessuno, oppure suo padre gli rompe le scatole.»

«Cosa non dovrei dirgli? Che state insieme o di questo possibile trasferimento negli States?»

«Mm... tutto, direi. A quello stronzo non piace mai niente. Perciò acqua in bocca. Oppure...» Rido, indubbiamente ebbra. «...oppure champagne in bocca, che è molto meglio!»

«Non ho capito se vuoi che parta o che non parta. Se suo padre venisse a saperlo, lo costringerebbe a rimanere, no?»

«Costringere gli altri è una cosa... una cosa orribile», dichiaro, anche se con un tono un po' cantilenante. «Un conto è se resta perché lo decide lui, un conto è perché il padre si mette in mezzo. Ti prego, Henry, ti prego...»

«Ok, ok, champagne in bocca. Dopotutto, sarei un vero idiota a dirlo a qualcuno. Se c'è anche una sola speranza che Edmund parta, facendolo sapere a Lord Bertram mi darei la zappa sui piedi, no?»

Aggrotto la fronte e lo osservo confusa.

«Non ho capito, tu vuoi che parta?»

«Direi proprio di sì», dichiara lui, e mi osserva di sottecchi. Deve essere più bravo di me a reggere l'alcol, perché i suoi occhi hanno un'espressione penetrante, mentre i miei li sento poco svegli e accerchiati da palpebre pesanti.

«Perché mai? Cosa te ne importa?» mormoro. Comincia a bruciarmi lo stomaco, mentre un senso di ottundimento mi parte dalla nuca e mi arriva alla fronte.

«Mi sa che lo champagne ti ha rincretinita», dice Henry.

«Mi sa di sì», confermo. «Ti prego, non dirlo neanche a tua

sorella, oppure farà di tutto per... per riconquistarlo. E se parte... andrà... andrà a New York pure lei.»

«Quanto a questo... Edmund è stato molto chiaro. Qualche giorno fa le ha dato un sonoro due di picche. E sai con quale motivazione? Pare che sia innamorato di un'altra.»

«Di un'altra?» sbotto, dopo aver trangugiato l'ennesimo sorso di vino. «Mio Dio, di chi è innamorato Edmund?»

Henry mi toglie la bottiglia dalle mani.

«Niente, sei proprio andata. Meglio se ti fermi.»

Lo guardo supplichevole.

«Le ha detto chi è?»

Henry mi osserva come se fossi un caso irrecuperabile.

«No, non glielo ha detto», risponde, infine. Mi gira la testa e mi viene pure un po' da piangere. Percepisco il lento colare delle lacrime lungo le guance mentre crollo con la fronte sulla scrivania. Mi sento confusa, annebbiata e tristissima. «È meglio se vai a dormire, Fanny. Magari, dopo un buon sonno riuscirai a venire a capo di questo *tremendo mistero*.»

Annuisco, con la fronte ancora appoggiata sul tavolo. Poi allungo lateralmente un braccio, e lo imploro di darmi una mano per tirarmi su. Lui ride mentre mi solleva come se fossi un manichino di piombo.

«Non sei una buona bevitrice, Fanny Patel, sei fuori di senno come me quando mi scolo più di un'intera bottiglia. Solo che, con te in questo stato, non possiamo uscire dall'ingresso principale. Mi sa che dovremo usare il passaggio segreto che mi hai così *gentilmente* mostrato una volta.»

Lo seguo mentre ci avviamo verso la sezione Teologia. In quel punto non ci sono applique, e il buio è quasi pesto. Henry tira fuori da una tasca un accendino e illumina in qualche modo lo spazio.

Lo so, qualcuno si aspetterà un risvolto imprevisto, visto il luogo e la situazione: tipo lui che prova di nuovo a baciarmi e io che, brilla come sono, non distinguo la realtà dalla fantasia e cedo a un'imprevista passione.

Ma non succede niente del genere. Anche se sono stordita, se provasse a baciarmi gli darei un calcio nelle parti basse, e credo che lui lo sappia molto bene.

Ricordando con precisione tutti i passaggi, Henry provoca lo spostamento della porticina, e in un baleno ci ritroviamo dall'altra parte.

Mi lascio condurre come una bambina ubriaca. E a conti fatti lo sono, una bambina ubriaca. Camminiamo nell'oscurità della sera, diretti verso lo studentato femminile.

«Io mi arrampico sull'albero ed entro dalla finestra», gli dico, anche se non sono del tutto sicura di aver detto proprio questo. Alle mie stesse orecchie è giunto un suono incomprensibile.

Invece, a quanto pare, mi ha capita.

«Chissà perché, ma non ne dubitavo. Solo, per stasera eviterei. Non sei in grado di camminare da sola, figuriamoci di arrampicarti su un albero. Perciò entrerai dalla porta principale. Non credo ci sia qualcuno di guardia, oggi, con la festa che impazza. Se si può dire che impazzi quel mortorio allucinante.»

Quando siamo nei paraggi dell'ala del palazzo destinata alle stanze femminili, Henry mi scuote un po'. In pratica sto dormendo in piedi. Non so bene cosa mi dica. Parla, ma mi arrivano solo gorgoglii. Non che lui stia gorgogliando veramente, è la mia testa in totale tilt da troppo champagne, stanchezza profonda e incalcolabile malinconia.

«Cos'hai detto?» gli domando a un tratto. «Cosa intendi con "mi sa che ti chiamo?"»

Lui resta in silenzio per una manciata di secondi.

«Sì, ho detto proprio questo, mi sa che ti chiamo, come sei attenta e perspicace. Ma stasera lo hai dimostrato più volte. Un cervello fino, hai.»

Faccio spallucce e mi stacco dalla sua presa. Lo so che sono confusa, non c'è bisogno di infierire. Respingo il suo sostegno quando sta per darmelo. Mi avvio verso il portone barcollando. Un attimo prima di entrare, mi volto: «Chiamami, se ti fa piacere», gli dico, anche se non capisco in che senso.

A questo punto, Henry mi dice qualcosa che comprendo ancora meno.

«*Chiamarti* non mi fa piacere per niente, quindi credo che smetterò», e subito dopo si allontana nel parco buio.

Tredici

«Buon compleanno, Fanny! Benvenuta nel mondo dei grandi!» esclama Taylor con entusiasmo. Lei e Amber sono venute a trovarmi di mattina presto, ancora in camicia da notte e vestaglia. Io sono sveglia dall'alba, e ho trascorso il tempo a fissare il soffitto, finché sono stata costretta ad alzarmi per aprire la porta.

Le mie amiche hanno una piccola torta con una candelina accesa.

«L'abbiamo sgraffignata nelle cucine, non è esattamente una torta di compleanno, però è carina», continua Taylor. «Non siamo riuscite a trovare delle candeline coi numeri, ma per esprimere un desiderio ne basta una. Sei pronta?»

Mi metto a sedere sul letto. La torta è davanti a me, su un cuscino. È una graziosa cheesecake ricoperta da uno strato di confettura di lamponi. Esprimo un desiderio e soffio sulla candelina. Non dico che desiderio è, oppure non si realizza.

Le mie amiche applaudono entusiaste e mi danno il loro regalo. Con immensa gratitudine apro il pacchetto verde azzurro di Tiffany. All'interno c'è una catenina d'argento con un bellissimo ciondolo a forma di ferro di cavallo. Mi commuovo. Sono sempre stata un tipo che si intenerisce di fronte alla gentilezza degli altri, ma ultimamente questa tenerezza ha raggiunto l'apice, e mi ritrovo in lacrime per ogni più piccola cosa. Taylor e Amber mi prendono affettuosamente in giro, ma mi abbracciano come se fossero sorelle. In qualsiasi modo andrà a finire la mia esperienza al Mansfield, sono riconoscente a questo college per avermele fatte conoscere.

«Ok, adesso basta commozione, e passiamo alle cose serie», interloquisce Taylor, e a seguire fa un commento malizioso sul desiderio che ho espresso, e mi strizza un occhio.

Lei e Amber hanno notato il mio malumore dei giorni scorsi e non sanno a cosa attribuirlo, se all'assenza di Edmund o al fatto che Henry ha cominciato a corteggiare una collegiale molto carina dimenticandosi che esisto. Me lo hanno chiesto, ma svelarglielo mi costringerebbe a far sapere dei progetti di Edmund e Julia e, anche se sono tuttora arrabbiata con loro, mi sento responsabile rispetto al segreto che custodiscono.

Visto che faccio scena muta, le mie amiche mi provocano, e mi domandano quale dei due voglio che si riavvicini a me: Edmund o Henry?

Rispondo loro che il mio desiderio non li riguarda affatto. E in un certo senso è vero. Ho chiesto alla fatina dei compleanni di farmi avere un poco di serenità, una serenità che vorrei passasse solo attraverso me stessa, e nessun altro.

Certo, non è facile mentire così spudoratamente perfino ai propri pensieri. Lo so benissimo che la mia serenità non può non avere a che fare con Edmund. Da settimane, di lui nessuna notizia. Se provassi a chiedere a Julia di sicuro non mi direbbe la verità, se pure mi dicesse qualcosa. Perciò vivo come in un sogno, un brutto sogno, nel quale mi muovo lenta e appannata e in attesa di un risveglio ancora più brutto.

Quanto a Henry, non posso biasimarlo. Non ricordo esattamente cosa è accaduto la notte in cui mi sono ubriacata. Ormai i ricordi confusi sono diventati la sceneggiatura dei miei post sballo e post sbronza. Non sono fatta per gli eccessi. Fumare, bere, insomma le cose che si fanno normalmente alla mia età quando si vuole allentare il freno delle regole, scalando montagne il giorno successivo, a me tolgono il fiato e mi distruggono. Altro che scalare montagne, sono stata talmente male da vomitare, e sono sicura di essermi esibita in qualche spettacolo poco piacevole anche davanti a lui.

D'altro canto se Henry sperava di ottenere da me qualcosa di più, potrebbe essersi stufato di aspettare un'evoluzione che non ci sarà mai, e quindi ha fatto benissimo a navigare verso altri lidi. Non nego che la sua amicizia mi manchi, ma non posso costringere nessuno a volermi bene per forza, e solamente a modo mio.

«Come ti vestirai per la festa, stasera?» mi domanda Taylor tutta eccitata, mentre distribuisce tre forchettine, e ci mettiamo a mangiare la cheesecake per colazione.

La festa. Me l'ero immaginata diversamente, quando ero felice. Mi vedevo a ballare insieme a Edmund, stretta tra le sue braccia, un valzer come quello della Bella e la Bestia. Con tutto il salone solo per noi. Pensieri idioti, lo so. Romantici in modo nauseabondo. Pensieri da tredicenne con le fette di prosciutto sugli occhi e un'ammirazione sfegatata per le principesse Disney. Pensieri non da me, che non ho mai amato particolarmente le fiabe, da quando papà ha dovuto smettere di raccontarmele. Da allora non ci ho proprio più creduto, alle fiabe. Ma mentirei se negassi di averli concepiti, questi pensieri sciocchi e infantili con me ed Edmund come protagonisti.

La realtà, per fortuna o per disgrazia, mi ha riportata sui giusti binari. Addio favole, addio valzer viennesi. Benvenuta vita vera.

«Ho ordinato un sari indiano su un sito di abiti tradizionali», spiego. «Volete vederlo?»

Come se fosse possibile una risposta negativa. Taylor e Amber sono eccitatissime e mi seguono fino all'armadio. So che è tradizione di questi eventi indossare abiti da debuttante barra sposa barra meringa, ma ho deciso di vestirmi come pare a me. La mamma aveva un sari, regalo di papà, e prima di partire per il college ho chiesto alla madre di William di conservarmelo. Avrei potuto farmelo mandare, ma non sarebbe andato bene: è un sari da sposa molto elegante, di sicuro troppo elegante, e inadatto alla mia età. Non che la mamma si sia sposata con rito indù e indossando un abito del genere. Il rito è stato solo civile, in una sala del comune di Londra, senza alcuna concessione a esosi festeggiamenti. Ho visto delle foto, ed entrambi indossavano dei blue jeans. Ma erano felici. Qualche tempo dopo, però, papà le regalò questo bellissimo capo originale, di seta color pavone, con passamanerie argentate e un bustino blu notte intessuto di fili iridescenti. Mise da parte il denaro, sterlina su sterlina, per farle questo dono, che lei ha custodito sempre come se fosse un tesoro.

Volevo un sari, dunque, in omaggio alle mie origini, ma non così importante e prezioso, perciò ne ho acquistato uno semplice, moderno, non certo all'altezza di quello fatto a mano per la mamma. Consiste in un lungo drappo di tessuto che si avvolge intorno al corpo in un ordine preciso, prima la gonna, che poi sale verso il busto e finisce su una spalla. Me lo ha insegnato la mamma come fare, e me lo ricordo ancora benissimo. È di raso di seta, dello stesso rosso lampone della marmellata sulla cheesecake, mentre il bustino corto, che lascia scoperto l'ombelico, è color oro. Non indosserò un velo, ma porterò i capelli legati in un'unica treccia. Ho acquistato anche un *bindi*, la tradizionale decorazione indiana che si porta sulla fronte e simboleggia il terzo occhio, ma non sarà solo un punto di colore: è un piccolo pendente fatto di strass che si attacca alla pelle con un adesivo. Ai piedi calzerò delle ballerine color oro con lucide perline rosse.

Taylor e Amber sono contentissime di questa mia scelta. Ammirano il vestito, dicono che sarò uno schianto, che è un'idea originalissima, e Taylor promette che si impegnerà a truccarmi nel modo più tradizionale possibile. Oggi pomeriggio farà un'apposita ricerca su internet per scoprire quali sono i colori adatti e le decorazioni giuste. Ha una spilla perfetta da prestarmi per appuntare il sari sulla spalla. È d'oro, a forma di goccia, con un piccolo pendente di rubino. A nulla valgono le mie proteste, dettate dal timore di perdere una cosa tanto preziosa: contro la fermezza di Taylor, quando si mette in testa una cosa, non si vince.

«Però devi sorridere di più, Fanny», mi esorta. «Sei troppo seria e pensierosa. È chiaro che ti frullano un mucchio di cose per la testa, anche se taci come farebbe un prete che ha raccolto una confessione e non può spifferarla in giro. Ho cercato di scoprire che fine ha fatto Edmund, perché è partito all'improvviso, ma l'unica cosa che si sa è che è andato a preparare la tesi da un'altra parte. A me questa cosa puzza un po', però non sono riuscita a trovare altre informazioni. Quanto a Henry… si vede che non gliene importa niente di Margaret Fraser, tanto quanto a James Rushworth non frega un fico secco di Lucy Gregory. Ma che vuoi, quando la ragazza che ti piace ti manda in bianco ti devi arrangiare, perlomeno per non perdere la faccia e non far capire al mondo intero che hai il cuore spezzato.»

«Non credo che... anzi, escludo categoricamente che Henry abbia il cuore spezzato. James sì, ma Henry...»

La mia amica mi assesta una pacca su una spalla che non è proprio una carezza, ma una sorta di buffetto.

«Dai, Fanny, ingenua sì, ma scema no, ti prego! È chiaro che aveva una cotta mostruosa per te, e immagino tu gli abbia fatto capire che non c'è trippa per gatti, perciò è andato dove è più facile procurarsi da mangiare.»

Amber mi sorride comprensiva.

«Non ci si può costringere ad amare qualcuno, lo sappiamo», dice. «Tuttavia Taylor ha ragione, dovresti distrarti, invece non fai che startene in camera, e hai l'espressione della maschera triste che simboleggia il teatro greco. Stasera, però, mi prometti che ti sforzerai di divertirti un pochino? Non sarà il solito ballo di fine anno, cade anche l'anniversario della fondazione del Mansfield, non so quanti secoli fa. Pare che, dopo quella di Bologna in Italia, la nostra università sia la più antica del mondo occidentale. Battiamo anche Oxford e Cambridge! Sono stati invitati un mucchio di ex studenti che si sono distinti nel loro campo e adesso sono professionisti affermati.»

«Insomma, un ritrovo di ricconi pomposi e barbosi», commento scocciata. «E non dubito che ci sarà anche il più pomposo e barboso di tutti.»

«Lord Bertram, intendi? Sarà di sicuro presente, e non è affatto escluso che ci sia anche Edmund», mi comunica Taylor con tono complice.

«Tu credi?» esclamo, improvvisamente eccitata. Dovrei controllarmi, ma non riesco a non far tremare la voce. Con ogni probabilità anche il mio sguardo è diventato radioso come quello di un cucciolo che attende il ritorno del suo adorato padrone.

Taylor dà una gomitata ad Amber.

«Te lo avevo detto che si trattava di Edmund», sussurra all'amica. Poi, rivolgendosi me, sfodera un sorrisone. «Amber credeva fossi triste a causa di Henry, ma io faccio parte del team Edmund. L'ho sempre sostenuto.»

«Quindi non credi veramente che parteciperà?» dichiaro, delusa.

«Oh, no, ci credo eccome, non sarei così crudele da mentire solo per capire cosa provi. È stato invitato di sicuro, insieme a un'infinità di gente importante.»

Che in massima parte sarà simpatica quanto Lord Bertram, cioè l'equivalente di una badilata sui denti, penso.

Però poi penso che, per Edmund, sopporterei tutta la noia del mondo, per cui ben venga ogni tipo di tedio mortale se mi offre la speranza di rivederlo ancora una volta, fosse pure l'ultima della mia vita.

***

Se la mia prima esigenza fosse stata quella di passare inosservata non avrei indossato questo look, quindi devo smetterla di biasimare gli altri perché mi fissano, più di quanto biasimi me stessa per un'idea, sì, bella, ma del tutto incapace di mimetizzarmi. Mi sforzo di ignorare la curiosità della gente nel vedermi entrare nella sala destinata al ricevimento col mio sari colorato e splendente, una lunga treccia laterale adagiata su una spalla e il *bindi* che luccica sulla fronte.

Ci sono moltissime persone, e numerosi camerieri in livrea si aggirano con vassoi d'argento contenenti dolciumi che sembrano piccole opere d'arte, e calici ricolmi di vini pregiati.

Mi guardo intorno cercando qualcuno che conosco, ma individuo soltanto estranei. Provo quasi nostalgia per la cena d'inverno: quella sera, almeno, ero certa che avrei rivisto William. Oggi non sono sicura di nulla, neppure del fatto che Edmund ci sarà.

Suo padre, invece, è presente. Sta conversando con un uomo anziano che impugna un bastone di foggia antica. Accanto a loro scorgo un uomo giovane, coi capelli biondi tutt'altro che impomatati, anzi piacevolmente in disordine, che indossa un elegantissimo smoking, insieme a una ragazza minuta, con una lunga treccia bruna simile alla mia. Non che lei indossi un sari: ha un abito da sera color glicine, la cui gonna ricade in morbide onde, con il corpetto incrociato sul seno. Non porta gioielli, ma tiene in una mano una piccola pochette d'un vivido rosa cangiante. I due formano una coppia, e parecchio innamorata anche: parlano fra loro in modo confidenziale, e a un tratto lui le accarezza la treccia con fare tenero e ammirato.

Resto indietro con l'intenzione di allontanarmi quando, purtroppo, vengo notata. Dapprima è la giovane donna ad accorgersi di me: si volta per guardarsi intorno, mi osserva, ed è la prima persona in tutta la sala che mi sorride.

«Wow, che sari magnifico», mi dice, col tono allegro e sollevato di chi, finalmente, si sia imbattuta in un'opera carina a un vernissage pieno di croste spacciate per quadri di valore.

Subito dopo a voltarsi è l'uomo che presumo essere il marito, visto che porta un anello uguale al suo. È davvero alto e molto bello: se non fosse per il biondo più scuro dei capelli, vedendolo di spalle avrei potuto scambiarlo per Edmund.

Mi sorride come la moglie, e mi commuovo al pensiero che esistano ancora persone che si mostrano istintivamente gentili, pur non conoscendoti, anche se tu sei una ragazzina e loro degli adulti eleganti. Persone raffinate ma non spocchiose, con sorrisi semplici e modi che, per un momento, un solo momento, quello necessario agli sguardi per incontrarsi, ti fanno sentire un pochino a casa. Questa sensazione mi fa pensare a Edmund. A come mi faceva sentire lui, fin dal mio primo giorno al Mansfield. Protetta, incoraggiata, compresa. E a come mi sentirò da ora in avanti, senza di lui.

Temo che le lacrime stiano per giocare al solito gioco: si rincorrono e poi si affollano e poi mi bagnano gli occhi. Posso riuscire a mandarle indietro, se mi impegno, ma sembrerò comunque una bambinetta con le labbra che tremano.

Non piangere, però, diventa sempre più fondamentale, soprattutto perché Lord Bertram si è appena accorto di me. Mi fissa come se, allo stesso vernissage di cui sopra, fossi io l'unico quadro scadente.

«Non si interrompono gli adulti mentre conversano di cose serie», dichiara, mentre l'anziano signore col bastone mi scruta dalla testa ai piedi dopo aver inforcato un austero occhialino.

«Ci stavamo salutando», dice la ragazza, e mi strizza un occhio di nascosto.

«Vi conoscete, Mrs. Tilney?» le domanda Lord Bertram.

«Mm, sì», conferma lei. «Ci siamo incontrate a Londra. Non ricordo in quale circostanza. Puoi aiutarmi, tesoro? Ho partorito da poco e secondo i medici soffro di quello che si chiama "cervello di mamma". Insomma, sono terribilmente smemorata.»

Penso in fretta, e mi viene solo una risposta.

«Al rifugio per animali. Lei era... era interessata a un cavallo.»

«Certo, un cavallo!» esclama la ragazza, per nulla a disagio. «Ricordi, Henry, c'eri pure tu! Abbiamo fatto una bella scampagnata e siamo finiti in questo posto spettacolare.»

Se temevo che il marito cadesse dal pero, mandando in frantumi la pantomima, mi sbagliavo di grosso. Con una faccia di bronzo solo un filo meno esercitata di quella della moglie, dichiara: «Me lo ricordo eccome, era un luogo alquanto pittoresco. Che coincidenza rivederci qui, miss...»

«Fanny. Fanny Patel. Non credo di avervi detto il mio nome, allora.»

Lord Bertram sa di non potermi rimproverare davanti a loro, ma non è affatto contento dei miei riferimenti al rifugio per animali. E della mia esistenza, a dirla tutta.

Io, che prima ero intenzionata a eclissarmi, adesso resto sfacciatamente ferma a sostenere il suo sguardo sprezzante. Un conto è arretrare di mia iniziativa, un conto è permettere a questo stronzo di farmi sentire come se fossi meno importante dei camerieri che servono stuzzichini artistici.

«Dov'è la zia?» gli domando di punto in bianco.

«È stata trattenuta», mi risponde con distacco.

«Trattenuta da chi?»

«È un interrogatorio, forse?» reagisce con tono che comincia a farsi adirato.

«No, è solo che volevo salutarla. Non sta bene?»

«Sta benissimo.»

Allora la giovane donna mi si avvicina, mi prende a braccetto e dice: «Io e Fanny facciamo un giro. Voi adulti continuate pure a conversare di cose serie». Quindi strizza un occhio al marito e mi porta via, lontana dal drago.

Mentre ci allontaniamo, mi sussurra in un orecchio: «Mi hai salvata. Partecipo a questi eventi per fare compagnia a Henry, e spesso mi diverto pure, ma stavolta è una noia mortale. Sono tutti così autoreferenziali, e mio suocero e Lord Bertram, anche se si atteggiano ad amiconi, sembrano due leoni che fanno a gara a chi ruggisce più forte. Succede sempre così quando due personalità molto forti si incontrano. Siete imparentati, tu e il conte?»

Le spiego in che modo lo siamo, e mi sorprendo nel trovarmi a mio agio a raccontare piccole cose di me a quella che, in definitiva, è una perfetta estranea. Scopro che si chiama Catherine, che è sposata col bel ragazzo di nome Henry che adesso insegna al King's College e ha studiato al Mansfield da ragazzo, e che l'uomo col monocolo e il bastone è suo suocero - il generale, lo chiama - e anche lui ha studiato qui.

Mentre parliamo, Catherine prende al volo un bicchiere di champagne da un vassoio.

«Mi ci vorrebbe un whisky per sopportare tutto questo sfoggio d'importanza, ma mi farò bastare un po' di champagne», dice divertita. «Oh, non preoccuparti, il medico ha detto che posso bere anche se sto allattando. Basta non esagerare e purché avvenga ad almeno due ore di distanza dalla poppata. E poiché ho lasciato scorte in freezer per un semestre di carestia e ci penserà mia madre a sfamare il mio tesoruccio fino al mio ritorno domani, posso concedermi qualche sorso.»

Sorrido, mentre penso che io non berrò più in vita mia, così come non fumerò più, visto che le uniche volte in cui l'ho fatto mi sono ridotta a uno straccio.

A un tratto, da un palchetto munito di leggio come in chiesa, giunge la voce del rettore.

«Comincia la fiera delle vanità», mi dice Catherine. «Ogni ospite illustre, a quanto ho capito, ricorderà la propria esperienza passata e parlerà dei propri successi presenti. A occhio e croce, considerate tutte le persone che vedo in giro, ne usciremo vive, *se* ne usciremo vive, all'alba. Per fortuna, come alla notte degli Oscar, hanno fornito a ciascuno un tempo limite. Quindi, se mi permetti, vado a comportarmi da brava moglie e ad assistere il mio Henry. A dirla tutta non voleva fare un discorso, ma il generale ci teneva tanto, e siccome negli ultimi tempi non è stato molto bene cerchiamo di accontentarlo. Più di quanto facciamo di solito, intendo. Non è una cattiva persona, il generale: di sicuro rispetto a Lord Bertram è un sant'uomo. Il conte è, come dire...»

«Uno stronzo?» le suggerisco.

Lei ride.

«Oh, sì, qualcosa genere», dice, e poi mi chiede scusa e si allontana per tornare da suo marito.

Mentre iniziano tutti i discorsi, io mi guardo intorno per l'ennesima volta. Di Edmund neanche l'ombra. C'è davvero tantissima gente, perlopiù mai vista prima, ma sono piuttosto sicura di non sbagliarmi. Mi sento così triste che vorrei tornare subito nella mia stanza.

Ma non permetterò a niente e nessuno di farmi rintanare in un bozzolo come un bruco che ha paura di diventare farfalla. Perciò resisto, mi aggiro fra la gente, e in sottofondo mi giunge l'eco dei dotti monologhi pronunciati da una sfilza di ospiti illustri.

A un tratto scorgo Julia. Non mi ha più rivolto la parola dal giorno in cui mi ha accusata di voler rovinare la vita sua e di suo fratello, e io l'ho contraccambiata nello stesso modo. Per settimane la rabbia ha un po' curato la malinconia, ovattandola quel tanto che bastava a permettermi di non sembrare troppo morta. Oggi, però, la rabbia fa tappezzeria, e aspetta ai margini delle emozioni. Oggi è l'inquietudine a ballare al centro della pista.

Anche Julia è sola, segno che la sua vita sociale, dopotutto, non è migliore della mia. Lord Bertram è troppo preso dalla necessità di atteggiarsi a principe reggente in mezzo a tutti questi pezzi grossi, per occuparsi di sua figlia. Non credo, però, che per Julia sia un gran danno: meglio essere ignorata che perseguitata.

Mi avvicino a lei. È molto elegante ma, allo stesso tempo, è trascurata, perché le manca la fierezza di una volta. Si veste bene, ma non si piace più. Forse, chissà, non si è mai piaciuta veramente, ed era solo brava a fingere. Forse è questa la vera Julia: una ragazzina spaventata che si maschera da diva e morde per difendersi.

«Tutto ok?» le domando, e scopro di non provare alcun rancore. Non so cosa mi prenda: all'improvviso sento il bisogno di proteggerla come se fosse una mia sorella piccola. Anche se è aggressiva e dispettosa e non ha filtri tra i pensieri e le parole.

Julia annuisce senza dire niente. Io non mi arrendo.

«Hai notizie di Edmund? Voglio solo sapere come sta.» Le sue palpebre si assottigliano e serra la mandibola. «Non posso andare a chiedere a tuo padre, e nessuno ne sa niente. Solo tu puoi dirmi qualcosa. Ti prego.»

Esita per qualche attimo, e poi dice con un tono che è una specie di ringhio sordo: «Nemmeno io so niente. È sparito da tre settimane. Era sconvolto, chissà cosa sta combinando. Chissà cosa sta decidendo, ed è tutta colpa tua. Se gli succede qualcosa, se *ci* succede qualcosa, ci avrai sulla coscienza per sempre.» A mano a mano che parla, la sua voce si eleva. Se non ci fosse il casino che c'è, la sentirebbero tutti. Tra un po' scoppia a piangere, questo è sicuro.

«Julia, calmati.» La voce dolce ma decisa di James si intromette in questa tensione. Ha in mano un bicchiere colmo d'un liquido rosato all'interno del quale tintinnano dei cubetti di ghiaccio. Una grossa fragola, una fetta di lime e due foglioline di menta decorano il bordo del tumbler. Lo porge a Julia. «Prendi questo, è un cocktail Paloma, al quale non ho fatto mettere la tequila, quindi è del tutto analcolico. Vuoi che porti qualcosa anche a te, Fanny?»

Scuoto la testa, mentre mi rendo conto di quel che sta accadendo sotto i miei occhi. Sono bastate due parole di James per placarla. Non è come se Julia fosse stata sottomessa, la sua non è la calma di un animale addomesticato. Non è come quando la riprende il padre e la rinchiude in una scatola. È più rilassata, meno in lotta. Prende il bicchiere, sorseggia il cocktail da una lunga cannuccia rosa. Sembra una bambina.

James si appoggia alla stessa parete alla quale è appoggiata lei. Parlano non so di cosa, ma qualsiasi sia l'argomento non mi riguarda, e non intendo rimanere. Mi scopro a pensare che, se solo Julia la smettesse di credersi innamorata di Henry Crawford, potrebbe essere molto felice. Amata e protetta da qualcuno che la rispetterebbe sempre. E duchessa, come ciliegina sulla torta. E farebbe pure contento suo padre, ammesso che questo possa considerarsi un valore aggiunto e non un deterrente.

Purtroppo, però, continuo a non sapere niente di Edmund. Non può essere partito per gli Stati Uniti senza Julia ma, se è ancora in Inghilterra, perché non dà un piccolo segno di vita? Non pretendo niente, ormai. Non mi aspetto niente, ormai. Mi basterebbe sapere di essere stata abbastanza importante da essere degna, adesso, di un minimo di considerazione.

Mi farò andar bene anche un addio, a questo punto, purché abbia il coraggio di pronunciarlo di persona.

***

Il ballo è più scatenato di quanto immaginassi, e di sicuro la festa cessa di essere un mortorio. Dopo almeno un paio d'ore di noiose celebrazioni, con tanto di inno del college sul finire, in un'altra sala un dj assunto per l'occasione mette sul piatto musica moderna e per niente bacchettona. L'allestimento è identico a quello di una discoteca anni '70, con luci stroboscopiche e una pedana illuminata sulla quale ballare. Mi domando se il rettore e gli insegnanti si siano fatti di crack, prima di autorizzare una simile messa in scena, o se abbiano voluto far passare l'idea che anche il Mansfield, quando vuole, sa osare un po'. Certo, non ce li vedo Lord Bertram o il generale Tilney a ballare qui dentro.

Chi vedo, invece, sono Catherine ed Henry. Ballano, allegri come due ragazzini. Credo siano tra i pochi adulti che hanno avuto il coraggio di fiondarsi in discoteca. A un tratto lei si volta e mi nota. Mi sorride e mi fa cenno di avvicinarmi. Scuoto la testa. Per fortuna non è una di quelle persone insistenti che, anche se non vuoi ballare e hai cercato di farglielo capire, ti piombano addosso e ti costringono a salire in pista. Mi saluta di nuovo con la mano, e torna a scatenarsi.

«Carina», mi dice una voce, all'improvviso. Quella di Henry Crawford, che ha lasciato chissà dove la giacca e la cravatta, ed è in maniche di camicia, visibilmente sudato e forse un pelino sbronzo. «La conosci?»

«Non molto, ma abbastanza da poterti dire che quel bel ragazzo è suo marito», rispondo, il più freddamente possibile.

«Mm, mi sembra un tipo che se gli tocchi la moglie si arrabbia, meglio evitare», commenta lui con tono da sbruffone.

«Ammesso che la moglie in questione ti permetta di toccarla», dico. «A quanto pare non hai smesso di desiderare la donna d'altri. Il lupo perde il pelo ma non il vizio.»

«Temo proprio di no», è la sua risposta. Rimane per qualche istante in silenzio, poi si avvicina e mi parla in un orecchio. «Comunque anche tu sei carina.»

«Non abbiamo niente da dirci, Henry, sei pregato di andartene», gli ordino, e faccio per spostarmi. «Hai deciso di non voler essere più mio amico, e rispetto la tua decisione.»

Lui mi blocca, tenendomi per il polso.

«Sei tu che lo hai deciso, invece.» Il suo viso non perde quel sorriso vagamente ebbro, ma la sua voce è arrotata come una lama sottile. «Hai fatto tutto da sola, scegliendo Edmund.» Ride in modo mordace. «Edmund... che se l'è svignata alla prima occasione. Hai puntato sul cavallo vincente, il favorito, quello di pura razza, che però ti ha tirato il bidone e si è fermato ai blocchi di partenza. Avresti potuto scegliere un esemplare meno pregiato, che avrebbe fatto di tutto per portarti al traguardo.»

«A quanto pare ho fatto la scelta giusta, visto che mi parli con questo tono», dichiaro, e tiro via la mano.

«Mi sa che ho bevuto di brutto», ammette lui. «Mi è parso doveroso, dopo la lagna del cerimoniale nell'altra sala. Bere è diventato indispensabile per non far saltare in aria tutti quanti. Comunque, mi hai deluso, bambina, mi hai deluso tanto.»

«Io ho deluso te?» sbotto, e arretro ancora, infastidita.

«Mi ci sono messo così d'impegno a corteggiarti», biascica Henry, «e non ho nemmeno fatto tutto quello che mi aveva chiesto mia sorella, perché mi sei piaciuta veramente, e tu...»

«Cosa... cosa intendi con... *Cosa ti ha chiesto tua sorella?*» La mia voce è salita di molto più di un tono e, se intorno non imperversasse un frastuono da discoteca, echeggerebbe nella sala come lo strillo acuto di un fantasma.

Henry ride e fa mille passi indietro, non fisicamente, ma simbolicamente, tornando a ripercorrere il cammino del ragazzaccio di una volta, quello il cui sorriso non arrivava agli occhi e gli divideva il volto in due metà.

«Marylin ne sa una più del diavolo. Mi ha chiesto di corteggiarti, così, se fossi caduta nella mia trappola, avresti smesso di ronzare intorno al *suo* Edmund. Ha sempre avuto paura di te, sai? Edmund non faceva che parlarle di te, Fanny di qua, Fanny di là, perciò ti ha odiata ancor prima di conoscerti. Toglierti di mezzo era necessario, e siccome sei molto carina, e mi piacciono le sfide, ho accettato. Ma non avevo idea...» Ride di nuovo e la sua risata suona impudente e allo stesso tempo amara, «... non avevo idea che sarei caduto *io* in trappola! Che punizione, per me! La legge del taglione, occhio per occhio, dente per dente. Volevo rompere un cuore, e si è rotto il mio!» Continua a ridere in un modo inquietante, come se tutto ciò che ha bevuto avesse scatenato la sua sincerità, fino alle ossa. Una sincerità cattiva, che fa male a chi la dice e a chi la ascolta.

La mia unica reazione è un disgustato sconcerto. Lui e Marylin mi hanno usata come un giocattolo. L'intento era quello di ingannarmi e togliermi di torno come immaginaria rivale. Che le cose siano andate diversamente non mi rende più comprensiva.

Devo andarmene di corsa. Non posso strappare i capelli a quella stronza, perché dopo essere andata via coi genitori non è più tornata al Mansfield, e non considero Henry meritevole della mia attenzione. E nemmeno di un pugno in faccia. Non perché lo rispetto, ma perché non ho più voglia neppure di odiarlo.

Perciò vado via.

Raggiungo in fretta lo studentato femminile. Sono arrabbiata e delusa. Entro in camera, e appena varco la soglia emetto un grido soffocato. Frustrato. Vorrei poter andare in un luogo solitario, o trovarmi in una stanza insonorizzata, per urlare con tutta la forza concessa ai miei polmoni.

E poi...

E poi intravedo una sagoma umana nella penombra.

E poi mi rendo conto che si tratta di Edmund.

E poi corro verso di lui, e mi tuffo tra le sue braccia come se non esistessero colpe e sofferenze, dubbi e debolezze, ma solo il bisogno di tornare a respirare dopo aver vissuto per quasi un mese con un fil di fiato e la sensazione di essere sempre sul punto di morire.

***

Lascio che Edmund mi abbracci, abbandonata senza vigore e senza orgoglio. Vorrei chiedergli perché non è tornato prima, e poi ancora perché, perché, perché, ma rimango in silenzio.

«Mocciosetta, sei bellissima», mi sussurra. «Vestita così, sei uno splendore.»

Mi pare di essere fatta di una sostanza scivolosa, che rischia di sgusciargli tra le braccia. Non sono io, è una saponetta a forma di ragazzina. Oppure è solo la sensazione di volare e di svenire e di palpitare forte, e di essere una persona e un cuore e un aquilone, tutto insieme.

Subito dopo aver stretto la treccia in un pugno, tirandola leggermente all'indietro, la bocca di Edmund cerca la mia. La cerca e la trova. Gli offro tutto ciò che è possibile offrire con le labbra e con la lingua: un bacio ardente, tenero come una carezza e ferino come un morso.

«Credevo che non ti avrei più rivisto», gli dico a un tratto, mentre riprendiamo fiato.

«Dovevo pensare. Dovevo decidere», è la sua risposta.

Non gli chiedo cosa ha deciso. Forse si aspettava che dicessi qualcosa, e la mia reticenza un po' lo stupisce. Arretra di un passo, mi osserva con curiosità. Quindi mi prende per mano e ci sediamo sul letto. Porta dietro il mio orecchio una ciocca di capelli sfuggita al rigore della treccia.

«Ti sei divertita alla festa?», mi domanda.

«Non molto», rispondo, scrollando le spalle. «Qualcuno sa che sei tornato?»

«Nessuno. Sono appena arrivato e sono venuto direttamente qui. Te l'ho già detto quanto sei bella col sari?»

«Mi sembra di sì», mormoro. Ho le guance caldissime, e ringrazio il cielo che la stanza sia in penombra, o vedrebbe il mio fuoco.

«Sei ancora arrabbiata perché non ti ho detto niente degli

Stati Uniti? In verità ti avevo accennato a un mio progetto, ricordi? Qualcosa che avevo in ballo, che avrebbe sconvolto mio padre e costretto me a pagare un prezzo altissimo. Il prezzo altissimo era, ed è, stare lontano da te. Lo sapevo anche prima, l'ho sempre saputo.»

Mi volto, allungo una mano, gli sfioro la bocca, come se non volessi udire altre parole. Poi sostituisco le labbra alle dita. Non desidero pensare a niente se non a questo, qualcosa di ancora più piccolo del presente, ancora più limitato dell'oggi. Adesso, ora, il preciso momento che stiamo vivendo.

Un altro bacio, la sua stretta attorno alle mie spalle, per avvicinarmi a sé. Mi sento come se fossi fatta di pelle e poesia.

Stare qui con Edmund, nel buio che non è del tutto buio, nel silenzio che non è del tutto silenzio, è la mia idea personale di paradiso terrestre. Dal piano inferiore giunge un'eco di musica ritmata, ma gli spazi del palazzo e le distanze, e lo spessore delle pareti, sono tali che il suono ci avvolge come un leggero sottofondo, senza stridere.

Sono scombussolata, e non soltanto interiormente. Il mio abito, dapprima drappeggiato con sapienza, è ormai del tutto sciolto: un lungo tessuto sparso sotto di me, sopra di me, intorno a me, fino a terra. In pratica indosso solo il bustino e una leggera sottogonna.

«Credevi che non ti volessi?», mi domanda Edmund in un sussurro, dopo un altro bacio splendido che ha trasformato la mia bocca in creta. «Sono sempre stato attratto da te, Fanny, e non solo dalla tua mente. Sei una ragazza bellissima e seducente, e più sei inconsapevole di questa cosa, più mi fai impazzire. Purtroppo, però, ero bloccato perché mi sentivo in colpa. Non ero stato del tutto sincero, ero confuso e angosciato. Ma da adesso avrai solo la verità, e più nessuna confusione. Non credo nelle relazioni a distanza, sono estenuanti, portano solo sofferenza, insicurezza, gelosia, litigi, e finiscono sempre male. Perciò ho deciso, mocciosetta. Non partirò. Ho organizzato le cose affinché vada via soltanto Julia. Ho degli amici a New York, si occuperanno di lei, non sarà da sola. Così io potrò restare qui e...»

Il mio cuore perde un salto e il mio corpo il suo languore. All'improvviso mi irrigidisco, e nello stomaco si insedia un dolore che non è proprio un dolore, è come un vuoto, un buco nero, quello che rimane dopo l'esplosione di una stella. Quello che rimarrà dopo che non avrò più Edmund.

«E l'accademia? Come farai a frequentarla?» domando, e mi trema un po' la voce.

«Semplice, non la frequenterò. Non era una questione di vita o di morte. Posso rinunciare, fare qualcos'altro. Oppure potrei trovare una scuola simile in Inghilterra.»

Mi metto a sedere e mi passo una mano tra i capelli. La treccia è tutta spettinata. La sciolgo con le dita, lentamente, mentre penso a quel che devo dire. E il vuoto che ho dentro si ingrandisce.

«No», dichiaro, a bassa voce. E poi di nuovo, più udibile: «No».

Avverto un movimento accanto a me. Edmund mi raggiunge, mi posa una mano sulla spalla.

«Cos'hai detto?» mi domanda.

«Ho detto *no*. Rinunciare a tutto è una follia. Per cosa, poi?»

«Per te, per noi.» La sua voce suona seria e un po' stranita.

«E tu rinunceresti a realizzare il tuo sogno, per... per un'illusione che potrebbe finire tra sei mesi? Siamo troppo giovani per le promesse. Quanti, alla nostra età, hanno provato sentimenti che credevano veri e profondi, e quanti si sono resi conto di aver preso un abbaglio? A diciotto anni dobbiamo fare giuramenti soltanto a noi stessi. Il giuramento di non tradire i nostri sogni e le nostre aspirazioni, ad esempio.»

Dimmi che mi ami, Edmund, ti prego.

Giuralo.

Dimmi che non finirà, che non può finire, e che sei sicurissimo di questo.

Giuralo.

Lui, però, non soltanto non giura, ma tace proprio. Dopo qualche momento di silenzio, la sua voce mi arriva alle orecchie, e non si posa: mi attraversa. Se mi aspettavo parole appassionate e dichiarazioni immerse nell'eternità, sono destinata a una delusione tagliente. È teso e infastidito.

«Non so quanti siano quelli che hanno preso un abbaglio. Molti, suppongo. Ma io avevo in mente una persona che, come dici tu, *alla nostra età*, l'età degli inganni stando alle tue conclusioni, non si è ingannata affatto.»

«Chi?» domando. Mi sento un po' annebbiata, e vorrei piangere, e non posso piangere. Devo dire quello che ho programmato di dire. E devo dirlo in modo convincente.

«Tua madre. Aveva diciotto anni quando ha rinunciato a tutto pur di stare con tuo padre. Ti ha dato l'impressione di essersene mai pentita?»

Lo osservo sbigottita. Non mi aspettavo questo esempio. Adesso, a parte un buco nero nello stomaco, ho il cuore che brucia. Può bruciare un cuore? Non lo so, ma la mia sensazione è proprio questa.

«No, però...» mormoro. «Però... loro si amavano *davvero*.

Fu un colpo di fulmine. Seppero fin da subito di appartenersi. Noi non siamo così. Quando ti ho detto di amarti ne sei stato a dir poco terrorizzato. Ricordi? E mi hai pure chiesto di non dire stronzate. Non era forse un modo per farmi capire che non provavi la stessa cosa e non potevi sostenere il peso del mio amore? Perché, per chi non ama, essere amati è un peso. Comunque, tranquillizzati, ho parlato a mia volta troppo in fretta. Ci ho pensato su, in questi giorni di lontananza, e... non so più cosa sia quello che provo, così come non puoi saperlo tu. Diciamo che ci siamo buttati a capofitto in qualcosa che sembrava amore ma non lo era. Sai quali sarebbero gli effetti di una scelta sbagliata? Che tu manderesti al diavolo il tuo futuro, e io mi dovrei sentir dire che ti ho rovinato la vita. No, grazie, non ci tengo. Non ne vale la pena.»

Non gli dico che mia madre, in verità, non ha dovuto rinunciare a niente. Che non ha dovuto scegliere tra due sogni. Per lei esisteva solo mio padre. Detestava la vita che faceva prima. Detestava quel teatrino ipocrita. I miei nonni erano soffocanti e pretenziosi. L'amore l'ha liberata.

Non gli dico che per lui è tutto diverso. Che lui ha un desiderio, un progetto, lui pensa alla costruzione di un futuro. Se rimane in Inghilterra non potrà essere pienamente se stesso, perché suo padre farà di tutto per mettergli i bastoni fra le ruote. Edmund e Julia hanno bisogno di emanciparsi, andando il più lontano possibile dall'ombra oscura di Lord Bertram. Saranno felici negli Stati Uniti? Non lo so, ma so che devono provarci. Perché, se non lo facessero, a lui resterebbe il rimpianto e a me il rimorso.

Edmund si alza dal letto e si mette a girare per la stanza. A tratti si ferma, mi osserva e mi trafigge con due occhi pieni di emozioni raccolte in un crogiolo, pronte a essere fuse dal fuoco di qualcosa che, se non è rabbia, le somiglia molto.

«Fammi interpretare le tue parole, Fanny», mi dice con un tono che ha perso definitivamente ogni tenerezza. «Ti ho appena detto che desidero restare qui per te, per noi, e la tua risposta è "no". Durante la mia assenza ti sei resa conto di aver sopravvalutato i tuoi sentimenti. E temi, o meglio ne sei certa, che si tratti di un errore, e che tra sei mesi non ne potremo più l'uno dell'altra.» Non riesco a commentare, ho un groppo in gola, perciò mi limito ad annuire. Il suo tono successivo è un concentrato di sarcasmo. «Se così fosse, dopo potrei comunque partire, non credi? Non saresti un ostacolo così definitivo. Avrei buttato al vento solo sei mesi. Mica ti ho proposto di venire con me a New York.»

Lo so che sono stata io a dire le cose più cattive, e che offendermi o mortificarmi non è neanche l'ultimo dei miei diritti, ma il suo commento mi fa un male inesprimibile.

«Vedi? Siamo già d'accordo», dico, fermamente intenzionata a non fargli capire che ho il cuore ridotto a un puntaspilli. «Anche tu non escludi affatto che tutto possa finire, e allora che senso avrebbe tirarla per le lunghe? In fondo, per decidere di restare ci hai dovuto pensare su un bel po', e questo è la prova di una lotta interiore che la dice tutta sulla tua reale volontà. È come quando una donna riceve una proposta di matrimonio, e la sua risposta istintiva non è un *sì* urlato a squarciagola, ma un *devo rifletterci*. Se deve rifletterci, è un no, o comunque è un sì non abbastanza convinto, e dovrà ringraziare chiunque la induca a ripensarci come... come sto facendo io con te.»

Edmund sta di fronte a me, adesso, in piedi, con le braccia intrecciate sul torace.

«Quindi ti devo ringraziare per avermi fatto capire che non ti amo, visto che invece di urlarti subito "resto" a squarciagola, ci ho pensato un po' su», dice lui. «E meno male che mi sono preso del tempo, visto che anche tu lo hai usato per pensare. Devi ringraziarmi a tua volta, a quanto pare, o ti sarebbe rimasta in testa la stupida idea di amarmi. D'altro canto alla nostra età capita, giusto? Si dice "ti amo" a qualcuno senza ragionarci troppo per colpa degli ormoni. E per la stessa ragione si decide di andarci a letto. Dopotutto, sono stato con le ragazze tante volte senza nessun vero trasporto, per pura attrazione fisica, e quindi come potrei non capirti? Detto ciò, hai ragione, non avrebbe senso rinunciare ai miei sogni. Non avrebbe senso neppure rinviarli di sei mesi. Sarebbe una bella fregatura farsi raggirare da un po' di feromoni.»

«Io ti voglio molto bene, Edmund, ma...»

«Ma hai capito di non amarmi», conclude lui. «Non ribadirlo più, mi è chiaro. E deve essere vero che neanche io provo chissà cosa, altrimenti non ci avrei impiegato quasi un mese per decidere. Quanto sei saggia. Complimenti.» Non riconosco la sua voce. Se la udissi da bendata stenterei a credere che gli appartenga. Non ho mai udito suoni così gelidi provenire dalla sua bella bocca.

«Qu...quindi non sei arrabbiato con me?»

Edmund mi fissa, serio, e poi fa una risatina.

«Arrabbiato? E perché mai? Sei stata illuminante e utilissima. Mi hai appena impedito di fare una stronzata colossale, perfino più grave del tuo frettoloso dirmi ti amo. Perché è più facile cancellare una frase sbagliata di una scelta sbagliata. Hai detto bene, i tuoi genitori si amavano davvero, e di sicuro tua madre non ci ha messo tanto per pensare a quello che voleva.

Che stupido paragone ho fatto. Non siamo minimamente alla loro altezza.» Rimane in silenzio per un po', lo sguardo torvo. «Toglimi una curiosità: cos'è stato tutto questo, per te?» Indica la stanza con un gesto circolare, quasi volesse mostrare noi, poco fa, noi che ci baciavamo con passione e che forse avremmo fatto l'amore. «Prima credevi di amarmi, ma se adesso hai capito che non è così, perché ti sei buttata tra le mie braccia in quel modo?»

Gli sorrido maliziosa, e nel farlo mi sento una puttana.

«Tu sei un bellissimo ragazzo, sei attraente, ci sai fare un sacco e, come ho detto poco fa, ti voglio bene. Mi sei stato vicino, in questi mesi, ho imparato a rispettarti, e quindi... cosa c'è di strano in un po' di abbandono? Sono fatta di carne anche io, Edmund.»

«Sì, me ne sono accorto», dice lui, e il suo tono è sempre più glaciale. «Quindi direi che ci siamo detti tutto.»

Spingo la mia sfacciataggine fino all'estremo. Mi odio mentre parlo in questo modo.

«Se vuoi puoi rimanere, non dobbiamo per forza programmare un futuro insieme, per fare l'amore.»

Lui mi fulmina con lo sguardo.

«Ti ringrazio, ma credo che rinuncerò alla tua offerta. In fin dei conti, se devo solo *divertirmi*, preferisco farlo con ragazze più esperte. Pensavo che tra noi ci fosse qualcosa di più, ma si è trattato di un abbaglio. Adesso credo proprio che me ne andrò. Poteresti farmi il favore di non dire a nessuno di questo mio arrivo?»

Il groppo nella mia gola è diventato un pianeta intero. Non riesco più a parlare. Cerco di sorridere, sperando di non sembrare un clown pazzo.

Edmund si avvicina alla finestra. Un attimo prima di calarsi giù dall'albero si volta, come se si fosse ricordato di qualcosa.

«È il tuo compleanno, se non sbaglio. Ho un regalo per te.» Si palpa le tasche, ne tira fuori quella che sembra una busta da lettera e me la porge. «Credevo ti avrebbe fatto piacere, ma a questo punto non ne sono più tanto sicuro. Una volta hai detto di non voler accettare neanche un centesimo marcato Bertram. Mi auguro che almeno accetterai questo. Non sono soldi, non c'è un assegno, lì dentro, non fare quella faccia. Ho molti difetti, ma non sono così volgare.»

Prendo la busta. La apro cercando di mantenere salde le mani, senza scosse, senza brividi.

Non è un assegno, no. E non è niente di volgare.

Si tratta di due certificati di proprietà.

A nome mio.

I certificati di proprietà di Theodora e Frances.

Sollevo lo sguardo su Edmund. Sono sorpresa, grata, commossa, e disperata.

«Ho rintracciato il tizio che le aveva comprate», mi spiega Edmund, freddamente. «Le ho ricomprate da lui.» Non riesco a parlare, giuro. È come se avessi la lingua incollata al palato. Se parlo rischio di dire qualcosa che non devo dire. La verità, ad esempio. O magari mi metto a piangere e corro ad abbracciarlo. Edmund mi fissa, sempre più serio, e scambia il mio silenzio per qualcosa che non è, e ci vede dietro qualcosa che non c'è. «Se il pensiero di avere un debito con me ti turba, perché temi che io possa rinfacciartelo essendo uscita dalla cerchia dei miei affetti, ti farò contattare da un legale per concordare la restituzione di quel che ho speso. Oppure potresti semplicemente accettare il regalo.»

«Sono... sono uscita dalla cerchia dei tuoi affetti?» È l'unica cosa che riesco a dire. Pezzi del mio cuore cadono a terra, invisibili a chiunque tranne che a me.

«Non sono sicuro più di niente in questo momento, Fanny. Ero venuto con un umore e un'intenzione, e tu hai smontato tutto, mi hai aperto gli occhi su cose che non vedevo, e anche se non posso fare a meno di ringraziarti, allo stesso tempo non riesco proprio a fare a meno di odiarti.»

Non aggiunge altro, si cala dalla finestra con un balzo agile, e sparisce come in uno spettacolo di magia.

Io resto qui, col foglio tra le dita, e un dolore, dentro, un dolore per il quale non riesco a trovare le parole, anzi, per il quale forse non esistono parole. Perché sono stata io a provocarlo, non mi è piombato addosso come un demone caduto, non è il torto fatto da un destino oscuro. Ho deciso io, anche se una decisione forzata non può definirsi una vera e propria scelta. Ho dovuto farlo. Edmund merita di essere libero, anche da me.

E se nel frattempo muoio, non importa.

***

È semplice fare quello che faccio. Dopo aver pianto tutte le lacrime del mondo, giungo all'unica conclusione possibile. Mi cambio, indosso i miei jeans, le mie scarpe e il mio giubbotto, e inforco il mio zaino. Quando fuori è ancora buio, esco di nascosto dal palazzo e raggiungo le scuderie. Parlo con gli inservienti, gli mostro i certificati di proprietà e li informo del fatto che, nei prossimi giorni, Theodora e Frances dovranno essere trasferite a Londra, nel rifugio gestito dalla mamma di William. L'amministrazione del college riceverà tutte le indicazioni necessarie e io stessa predisporrò il viaggio delle mie amate creature.

Lo dico a entrambe, e prometto loro che presto saremo di nuovo insieme. Saranno al sicuro per il resto della vita, libere di essere quello che vogliono essere e di fare quello che vogliono fare. Nessuno le obbligherà alla monta, nessuno le addestrerà forzosamente, nessuno le costringerà tutto il giorno in un box, con poche e brevi soste in un paddock e qualche passeggiata al servizio di una manica di stronzi. Intorno al rifugio c'è un ampio terreno recintato, quasi cento acri, all'interno del quale i cavalli possono brucare, rotolarsi nell'erba e socializzare tra loro. C'è anche un piccolo fiume e non è infrequente vedere interi branchi che si abbeverano, o fanno il bagno, felici di essere felici.

Adesso, però, devo andare. Le saluto e raggiungo l'esterno. Per un attimo il mio cuore si ferma, quando scorgo qualcuno che mi viene incontro e mi chiama. Per un attimo penso a Edmund che torna sui suoi passi, che capisce di amarmi nonostante tutte le parole dette da entrambi, ma l'attimo dura meno di un attimo. Non è Edmund, si tratta di Henry.

Ha i capelli bagnati, come se fosse stato sotto la pioggia, anche se il cielo è terso e stellato.

«Fanny, ti ho trovata, mio Dio, ti ho trovata per fortuna», mi dice. Mi fermo davanti a lui. Il suo tono è talmente avvilito da non poter essere fasullo. Nessuno saprebbe fingere una così totale disperazione. «Volevo... volevo chiederti scusa. Ho fatto una doccia fredda, ho bevuto non so quanti caffè e... mi sono reso pienamente conto di tutte le cose che ti ho detto e di come le ho dette. Così ho lasciato quella dannata festa per cercarti. Ma dove stai andando? E... maledizione, stai piangendo? Per colpa mia?»

Non è colpa sua, e non è neppure colpa di Edmund. È solo mia, la colpa, ma questo non attenua il dolore. Al contrario, lo ingrandisce, lo dilata, lo fa sconfinare oltre i limiti della mia capacità di fingere. Le lacrime diventano fiumi in piena. Non ragiono molto, ho dovuto fare una tale fatica, prima, per rendere credibile la mia interpretazione da stronza-che-scopre-di-non-essere-innamorata, che adesso non sono più capace di mettere un freno alla necessità di essere totalmente me stessa. Una ragazzina spezzata, che ha sparpagliato il suo cuore dappertutto.

Perciò, lascio che Henry mi abbracci. Mi sembra sinceramente preoccupato per me, e pentito. A meno che anche lui si stia dando da fare per rendere credibile un'interpretazione da stronzo-dispiaciuto-che-vuole-chiedere-scusa, ho la sensazione che intenda aiutarmi sul serio. Magari non è così, ma è ciò di cui ho bisogno *adesso*. Sono conciata talmente male che poco fa ho rischiato di mettermi a piangere davanti a uno stalliere e di implorarlo di dirmi che sarebbe andato tutto bene, che avrei smesso di soffrire e che la vita avrebbe cessato di usarmi come punching-ball. Non mi importa, in fin dei conti, se Henry sia sincero o meno. Penso che lo sia, ma gli chiederei di consolarmi anche se sospettassi un'altra recita. Ho paura della solitudine, e del buio, e mi va bene qualsiasi manifestazione d'affetto.

Piango, dunque, mentre lui mi stringe, e mi chiede scusa, scusa, e ancora scusa.

«Fanny, dove hai intenzione di andare?» mi chiede dopo un po'.

«Lontano da qui», è la mia risposta sincera. «Non mi

importa se fai la spia con qualcuno, tanto ho compiuto diciotto anni e sono finalmente libera di decidere per me.»

«Non farei mai la spia, a maggior ragione oggi che mi sono già comportato da schifo. Anzi, se non ti dà fastidio, vengo con te. Ti accompagno.»

«Mi accompagni?» gli faccio eco, perplessa, dopo aver tirato su col naso.

«Dove pensi di andare da sola? Non hai la patente, il primo villaggio è a sei miglia di distanza, e fare l'autostop di notte non è mai una scelta saggia. Ho un'idea migliore, se ti fidi ancora di me.»

«Non lo so, Henry. Forse... forse sì, anche se non so bene perché.» Taccio, mi soffio il naso come una bambina gocciolosa. Sono talmente debole che potrei schiantarmi a terra fra tre passi. Ho decisamente bisogno che qualcuno mi aiuti. «Che intenzioni hai?» gli domando infine.

«Prendere in prestito una delle auto del college. Aspettami vicino al cancello. Tra qualche minuto arrivo, promesso. Sono bravo a sgraffignare le cose.»

«Lo so», sussurro.

Percorro il lungo viale che, ormai parecchi mesi fa, ha accolto il mio primo ingresso al Mansfield College. Allora, pur essendo giorno, mi fece paura. Gli alberi, alti come giganti mitologici, mi parvero sinistri. Per qualche ragione, invece, adesso che è notte, non mi incutono più alcun timore. Sono solo alberi che stormiscono nel vento. Cammino tra essi, li guardo e li saluto, stagliati contro il cielo, fronde fruscianti tra le stelle.

Henry ci mette più del previsto, a dire il vero, tant'è che a un certo punto mi convinco che abbia cambiato idea. Mi avvicino al cancello, e cerco di capire come scavalcarlo. Le estremità delle sbarre di ferro, che cingono la bellissima rosa intagliata all'apice, sono troppo aguzze per poterle oltrepassare senza il serio rischio di restare impigliati se va bene, e sgozzati se la fortuna si gira dall'altro lato. Poiché sono un po' a corto di fortuna, ultimamente, eviterei l'azzardo. È meglio tornare indietro, raggiungere il muretto di recinzione, e il punto preciso dotato di sporgenze e rampicanti che, diversi mesi fa, io ed Edmund abbiamo usato per uscire di notte.

Il ricordo fa palpitare il magone che mi soffoca. Ecco, adesso ricomincio a piangere. Edmund è dentro di me, come se il suo nome fosse un organo del mio corpo, uno di quelli senza i quali non si vive. Non potrò mai dimenticarlo. Ce la metterò tutta per trasformare il dolore in malinconia e la malinconia in remota tenerezza, ma non sono affatto certa di farcela. Ho la nausea, mi tremano le gambe e vorrei poter cadere in ginocchio, raggomitolarmi al di là di una siepe, e andare in letargo finché la tristezza non sarà passata.

I miei pensieri devastati e devastanti sono scossi da un lieve colpo di clacson. Mi volto: Henry è stato di parola. Ha sgraffignato una berlina Audi.

Si ferma, mi rivolge un cenno. Salgo sulla vettura.

«Ma è l'auto di James!» esclamo.

«Se avessi preso una delle Bentley del college ci avrebbero cercati col GPS, e sono pronto a giurare che quegli stronzi ci avrebbero messo la polizia alle calcagna. James non ci denuncerà, invece. Ho lasciato un bigliettino nella sua stanza, col quale l'ho avvisato che gli restituiremo l'auto molto presto. Se pure avesse dei motivi di rancore verso di me, non li ha verso di te. Non farà niente sapendo che sei coinvolta tu, ti rispetta molto.»

In un altro momento mi preoccuperei per James e penserei a come contattarlo per chiedergli scusa. Ma non oggi, non adesso. Sono estenuata, desidero soltanto andare via, fosse pure a cavallo di una scopa.

«Come faremo ad aprire il cancello?» domando. «Mi oppongo in modo categorico all'idea di sfondarlo in velocità.»

Henry fa una risatina.

«Ho sgraffignato anche un'altra cosa, da una delle Bentley. Stava lì, fuori della rimessa, in bella vista, e l'auto non era neppure chiusa a chiave. Forse era pronta per riaccompagnare a casa qualche ospite che non pernotta qui, e magari l'autista era andato a fare un goccio prima del viaggio. Fatto sta che ho visto il telecomando del cancello e l'ho preso. Non credo che contatteranno Scotland Yard solo per questo dannato aggeggio.»

Mentre parla preme un pulsante su quello che sembra un portachiavi nero e argento. L'enorme cancellata si apre, lenta ma decisa.

«Tuo padre non sarà molto felice di questa tua bravata», mormoro.

«Neppure Lord Bertram.»

«Me ne infischio di Lord Bertram», decreto, acida.

«Non posso dire la stessa cosa di mio padre, in fondo è un buon diavolo, e mi dispiace per l'ennesima delusione che gli darò. D'altro canto non poteva pretendere che diventassi un santo tutto insieme. Be', un santo non lo diventerò mai, neanche a rate. Ma va bene così, andiamo avanti nel nostro piano. Piuttosto, ti fidi di me come conducente?»

«Sei in grado di guidare? Poche ore fa mi sei sembrato piuttosto sbronzo, in effetti.»

«In parte lo ero, e in parte lo facevo. Ero brillo, ma non quanto sembrava. La mia era più che altro frustrazione. Ero... ero arrabbiato con te perché... perché non sono riuscito a farmi piacere nessun'altra, e perché tu, invece, stai ancora a spasimare per quello stronzo di Edmund. Ok, ok, sto zitto, è meglio. Saresti capacissima di scendere dall'auto e andare a piedi. Dove devo accompagnarti? Ti assicuro che sono lucido, adesso, e che sarò prudente. Se dovesse fermarci un'autopattuglia non ti garantisco di uscire indenne da un esame più approfondito, ma non andrò a sbattere da nessuna parte, promesso.»

«Puoi portarmi fino al North Yorkshire? William e Sean sono a casa di Frank. Contavano di venire a trovarmi nei prossimi giorni, per festeggiare il mio compleanno, ma sarò io ad andare da loro. Conosci la strada.»

«La conosco, sì.»

Il cancello si richiude mentre ci allontaniamo.

Mi volto indietro, un attimo. Lo osservo per l'ultima volta. Sono sicura che non tornerò mai più da queste parti. Non vedo l'ora di allontanarmi, eppure so che lascerò un po' di me, qui, per sempre. Quando si vive in un luogo nel quale sono avvenute cose importanti non ci si stacca mai davvero.

Parti di Fanny rimarranno aggrappate alle foglie degli alberi, ai gradini delle scale, alle quinte del teatro, alle filacce di paglia e all'aria stessa. Parti di Fanny germoglieranno come semi di piante invisibili. E parti del Mansfield mi resteranno dentro, minuscoli abitanti di un mondo misterioso fatto di memorie che niente potrà cancellare, vivessi pure dieci vite in dieci corpi differenti. Non l'avrei mai detto, ma io e il Mansfield ci apparterremo in eterno, perché io sono stata qui, qui ho vissuto, qui ho amato.

Prima di andarmene l'ho inciso anche alla base del mio caro albero, in un angolo nascosto, con la punta di una chiave.

Fanny è stata qui.

Io c'ero.

E adesso vado via.

Quattordici

From: fannypatel2005@gmail.com
To: willpriceforever@outlook.com
Oggetto: viaggio in India!

Carissimo William,

il viaggio è andato bene, e sono stata accolta con un affetto che non immaginavo. L'India è un paese pieno di vita e un po' caotico, soprattutto in una grande città come Delhi, ma ho bisogno proprio di questo adesso, lo sai. Di vita e di caos.

Inoltre sai quanto sia importante, per me, avere ancora dei parenti. La zia Mahima somiglia tanto a mio padre. La guardo e rivedo i suoi occhi e il suo sorriso. È una donna di carattere ma piena di premure, e suo marito Yamir è molto buono e gentile. Insieme gestiscono una sala da tè che serve anche tipici dessert della pasticceria indiana. Una volta lo zio aveva un chiosco itinerante, ma poi ha messo da parte qualche soldo e ha realizzato il sogno di affittare un piccolo locale. Non amo il tè inglese, ma il chai indiano non mi dispiace. Papà me lo aveva fatto assaggiare una volta, quando ero piccola, e il ricordo di quel sapore denso e dolce mi è rimasto impresso, e si è risvegliato quando lo zio Yamir me lo ha servito in una bellissima tazza di porcellana dalla forma bombata, con un fiore di kurinji dipinto al centro. Lo stesso fiore del mio tatuaggio. Mi è parso un buon segno, non credi? Poi ho scoperto di andare pazza per i nankhatai, dei frollini profumati al cardamomo e noce moscata. Spero di ritrovarli a Londra, quando tornerò: male che vada li preparerò da sola, lo zio Yamir mi ha promesso di insegnarmi la ricetta.

Gli zii hanno una figlia, Sana, che ha la mia stessa età. Sulle prime credevo che avesse un carattere un po' freddo, un po' scostante, e che mi osservasse con malcelato disprezzo, come se io fossi una specie di infiltrata con la puzza sotto il naso, venuta qui per farla sentire inferiore. Il mio aspetto non completamente indiano, la mia pelle un po' più chiara, il mio inglese non imperfetto, e la sua convinzione che io avessi un'aria da gran dama non mi hanno spalancato immediatamente le porte della sua simpatia. Credeva che la giudicassi. Io, ci pensi? Allora ho cominciato a raccontarle qualcosa della mia vita. Le ho detto la verità. Che a scuola non avevo amici, che mi sono sentita spesso molto sola. Che venivo giudicata strana, e che ho sempre preferito gli animali alle persone. Così, ho scoperto della sua predilezione per i gatti. Lei esce in strada di nascosto dai genitori, che non approverebbero questa sua passione, perché i gatti, in India, sono considerati simbolo di sfortuna, e se trova dei randagi li sfama, spendendo in cibo per loro ogni soldino che guadagna con il suo lavoro di babysitter, al quale si dedica nel tempo che le lascia libera la scuola. Un giorno sono andata insieme a lei, abbiamo trovato un micetto di pochissimi mesi, tutto solo in una viuzza piena di immondizia. Lo abbiamo portato a casa e ho detto alla zia che penserò io alle sue necessità, che lei non dovrà spendere neanche una rupia, e che quando tornerò in Inghilterra lo porterò con me. A dire il vero spero che nel frattempo gli zii si rendano conto che nessun animale porta sfortuna, figurarsi una creaturina indifesa, e che si affezionino al gattino e glielo lascino tenere. Cosa che ritengo molto probabile, perché vedo segni di tenero cedimento nei confronti di Roshan. Lo abbiamo chiamato così, il micetto, pare sia il nome di un famoso attore indiano che piace molto alla zia Mahima. Comunque, da allora, il cuore di Sana si è spalancato. Adesso mi parla di sé, e ho scoperto che mi somiglia più di quanto immaginassi.

Lo so, non volevi che partissi, ma sono contenta di averlo fatto. Dovevo allontanarmi da lì a ogni costo. Tu avresti voluto che cercassi Edmund e chiarissi tutto con lui. Che gli rivelassi di aver mentito. Ma non avrebbe avuto senso, e per molte ragioni. Sei sempre stato convinto che fosse innamorato di me, ma se lo avessi visto, quella notte, cambieresti idea. Se pure ha provato qualcosa, quel qualcosa si è sciolto come il ghiaccio sotto un getto d'acqua fredda. L'acqua fredda sono state le mie menzogne, ma non è che lui ribollisse di passione. A conferma di ciò, vorrei farti notare che non mi ha cercata neppure una volta, in questi mesi. È partito per gli Stati Uniti senza nessun tentennamento e si è già dimenticato della mia esistenza, se mai sono stata sul serio in cima ai suoi pensieri.

C'è stato un tempo in cui, probabilmente, credeva di provare un sentimento, ma l'illusione è durata pochissimo. Ghiaccio e acqua, appunto. Sono certa che non mi abbia rimpianta neppure per un attimo, anzi, non è escluso che abbia tirato un sospiro di sollievo per il pericolo scampato.

Come sai, ha un profilo Instagram adesso – ci volevano gli Stati Uniti per convincerlo – e dalle immagini che posta non mi pare affatto in lutto. Se la cava molto bene a New York, frequenta i corsi, nei week-end se la spassa ed è sempre in compagnia di qualcuno, soprattutto belle ragazze che non mancheranno di saltargli addosso. Pare che l'accento inglese sia considerato molto sexy dalle americane, soprattutto se anche chi lo adopera è sexy. Edmund non patirà di sicuro la solitudine.

Henry, invece, non molla. Mi manda continuamente messaggini, e qualche volta mi telefona. Ha programmato un viaggio a Goa, e tra un mese ci rivedremo. Non frequenta più il Mansfield, si è iscritto all'Università di Londra, la stessa che frequenterò io al mio ritorno, a ottobre.

A questo punto, se fossimo al telefono, faresti come fai di solito, ed è forse per questa ragione che ultimamente preferisco mandarti delle e-mail. Perché almeno non puoi ribattere in tempo reale, visto che ti stai trasformando in una specie di grillo parlante affettuoso ma molesto. Mi diresti di non fare scelte avventate, mi ricorderesti che non sono innamorata di Henry, e che prima di compiere un passo qualsiasi dovrei pensarci mille volte. E mi ricorderesti che, quando si è avvicinato a me, all'inizio, lo ha fatto su commissione di sua sorella.

Ecco come ti rispondo: è vero, inizialmente ha seguito le direttive di quella stronza, ma in fin dei conti non è che sia tutta questa novità. Lo sapevo già che non aveva chissà quali nobili intenzioni. Che fosse una canaglia era cosa risaputa, i nostri primi incontri sono stati all'insegna del conflitto e del sarcasmo. Però adesso credo che provi qualcosa di vero per me. E poi, che ne sai, magari mi sto innamorando anch'io, no? Magari mi piace più di quanto mi piacesse prima. E magari ho bisogno di sentirmi cercata, desiderata, corteggiata, e non è affatto escluso che a fine agosto, a Goa, dove ho prenotato anch'io una stanza in un piccolo resort, avvenga quel che non è ancora avvenuto. Sarebbe la mia prima volta. Ok, non mi scoppia il cuore e non sento la mia testa tra le nuvole e le stelle, ma mica tutti possiamo essere fortunati come te, che hai trovato Sean, il tuo grande amore. Di sicuro, comunque, non mi sto buttando via col primo venuto. Henry lo conosco, mi sento legata a lui, e non vedo l'ora di riabbracciarlo. Potrebbe essere l'occasione buona per cominciare a dimenticarmi di chi mi ha dimenticata, e forse non mi ha mai pensata veramente.

Perché sì, su questo hai ragione: non sono proprio riuscita a togliermelo dalla testa. Penso a Edmund più di quanto sia giusto per me stessa. Più di quanto sia sano. A volte piango ancora. E sono disperatamente gelosa quando posta foto in cui non è mai solo, non è mai triste, non è mai neppure vagamente pensieroso, ed è sempre insieme a qualche bellissima ragazza dall'aria interessante. Non potrei mai essere come quelle lì, io. Artiste misteriose e stravaganti.

Ma è anche per questo che devo darmi una mossa, no? Cosa dovrei fare? Consacrarmi sull'altare dell'eterna verginità? Incatenarmi al suo ricordo? Al diavolo il Grande Amore. Anche gli amori piccoli meritano rispetto. E magari rendono più felici, perché ci si risparmia gran parte del tormento.

Adesso ti saluto, ma prima ti prego di mandarmi altre foto di Theodora e Frances. Di questo, ecco, sarò sempre grata a Edmund. Ma stai pur certo che, appena potrò, gli restituirò il denaro che ha speso, fino all'ultimo centesimo. Ho imparato la lezione: quando esci dalla cerchia degli affetti di qualcuno è umiliante sentirsi in debito.

Tua Fanny.

***

Messaggio vocale da Fanny a Will su WhatsApp.

Se qui è mezzanotte, lì saranno le quattro a mezza della mattina, quindi molto probabilmente starai dormendo. Ok, mi ascolterai domani, ma devo comunicare comunque con qualcuno. Sono un po' agitata. Poco fa è successa una cosa molto strana. Sai che Henry è in India e che io mi trovo a Goa per qualche giorno. Sai che ci stiamo divertendo un sacco, hai visto le foto che abbiamo postato su Instagram. Ebbene, ho appena ricevuto una telefonata. Era un numero che non conoscevo, e di solito ignoro le chiamate da contatti che non ho in rubrica, ma siccome sono lontana da casa, e non si sa mai, ho risposto. Non ci crederai, ma era Julia. Julia Bertram. Non la sento dall'ultima notte al Mansfield, e non mi aspettavo che si facesse viva in questo modo. Di notte. Mentre lei è a New York e io in India, a non so quante miglia di distanza. Aveva un tono spaventoso, Will. Non dico che piangesse, ma quasi. Mi ha chiesto dov'ero e cosa stavo facendo, così, senza preamboli, e non ti nego che pareva un poco pazza. E io che credevo che il viaggio negli Stati Uniti l'avrebbe aiutata a stare meglio. E invece no, a quanto pare è addirittura peggiorata. Se l'avessi sentita, mi ha fatto una specie di terzo grado a cui ovviamente non ho risposto, e poi ha cominciato a blaterare, a dirmi che sono una persona crudele, che me ne frego di chi muore per amore, e che potrei almeno fare le mie schifezze in privato invece di sbandierarle in pubblico. Allora ho capito che doveva aver visto le foto mie e di Henry. Evidentemente è ancora innamorata di lui. Era folle di gelosia, e a un tratto, tra i singhiozzi, ha detto che intendeva venire in India, e che stava per prenotare il biglietto. Poi, all'improvviso ho udito un po' di trambusto, come se fosse caduta, o come se le fosse caduto il cellulare, e infine ha staccato la comunicazione. Ho provato a richiamarla, ma da quel momento ho trovato il cellulare sempre spento. Cosa devo fare? Chiamare Edmund per fargli sapere che Julia dà di matto? E se tentasse di fare qualche pazzia? Diamine, cosa faccio adesso?

***

«Pronto.»

«Edmund? So-sono Fanny. Fanny Patel. Non so se ti ricordi di...»

«Mi stai chiedendo se mi ricordo di te? Non ho ancora l'Alzheimer.»

«Non si sa mai, la memoria può fare cilecca per molte ragioni.»

«La mia memoria funziona benissimo.»

«Ripeto, non si sa mai. Si può essere presi da un vortice di eventi e dimenticare le cose non fondamentali.»

«Mi hai tolto le parole di bocca. A cosa devo l'onore, Fanny Patel?»

«Ti chiedo scusa per l'orario, ma...»

«Qui sono le 15,30 del pomeriggio, direi che puoi evitare le scuse.»

«Già, è vero, mi dimentico sempre del fuso orario, qui è l'una di notte. Sono in India.»

«Lo so.»

«Lo sai?»

«Era un segreto di Stato, forse?»

«Certo che no. Comunque, volevo parlarti di Julia. Poco fa mi ha chiamata. Era... era strana... mi ha detto delle cose che...»

«Cosa diamine ti ha detto?»

«Non ho capito bene, ma... Credo... credo abbia visto delle foto di Henry. Lui è qui, a Goa, in vacanza, e ci siamo incontrati.»

«Ma guarda le coincidenze, con tutti i posti del mondo in cui andare in vacanza, ha scelto proprio quello.»

«Non è affatto una coincidenza, è venuto apposta per vedere me.»

«Che amico affettuoso. Si è sobbarcato un viaggio così lungo solo per te. Suppongo che dovrai ricompensarlo. Sono sicuro che troverai il modo. Nel frattempo, potresti arrivare al sodo? Devo vedere una persona e sono in ritardo.»

«Volevo solo dirti che Julia... lei... mi è parsa molto su di giri. A un certo punto mi ha detto che ha intenzione di venire qui, di prendere un aereo, e poi piangeva, e infine le è caduto il telefono, o forse è caduta lei... Perciò ho temuto che... che stesse male.»

«Julia sta bene, qui è rinata. Non darti pensiero per lei, Fanny, e goditi i tuoi vortici di eventi.»

«Ma era... era disperata! E ha parlato di morire per amore!»

«Nessuno muore per amore, Fanny. Magari si soffre dannatamente, e si dorme poco, e si pensa sempre alla stessa maledetta persona, e la tentazione di prendere un aereo a volte si fa incoercibile, della serie "o vado o crepo". In certi brutti giorni si pensa a un mucchio di stronzate sdolcinate, in altri la gelosia trasforma la pazienza

in una bomba, ma non si muore. Si va avanti, punto. E soprattutto non si parte. Col cacchio che ci si sobbarca un viaggio di venti ore, con scalo in Qatar, alla modica cifra di seimila dollari, per qualcuno che se ne frega. Perciò, tranquilla, Julia non andrà da nessuna parte, non disturberà il tuo divertimento, e se pensi che possa togliersi la vita per quel cretino cancella il pensiero.»

«Oh... be'... meglio così, allora.»

«Hai da dirmi altro?»

«Io... ehm... no...»

«Allora ti lascio. È arrivata la persona che aspettavo. Addio, Fanny.»

***

«Le ha detto "amore", Will. Ho sentito la voce di una ragazza, e lui le ha detto amore poco prima di staccare con me.»

«Ok, ok, respira. Cacchio, Fanny, mi hai fatto prendere un colpo. Non mi hai mai telefonato all'alba.»

«Ti chiedo scusa per l'orario, ma... quando ho sentito che chiamava quella lì amore... non ho capito più niente, e neanche adesso capisco più niente. Mi tremano le mani.»

«Allora, ascoltami. Lo so che darai di matto quando ti dirò quello che sto per dirti, i miei pensieri al riguardo li conosci e ne abbiamo parlato mille volte, ma lo rifaccio. Perché cavolo te ne stai lì con Henry Crawford, a fare la finta innamorata, se non riesci a pensare ad altri che a Edmund? Vi siete lasciati come due perfetti idioti, non vi siete neppure chiariti, poi tu sei partita per l'India come un topo che scappa dalla nave che affonda e lui se l'è svignata negli Stati Uniti. Dovevate parlare a cuore aperto, prima di darvi alla fuga! In un terreno neutrale e, possibilmente, come due adulti ragionevoli. Avreste trovato un modo per venirvi incontro. Non viviamo mica nel

1800, adesso esistono cose chiamate aerei, telefonini, Skype. Te l'ho già detto che avete agito da perfetti idioti?»

«Parecchie volte, ma fa sempre piacere risentirlo. Se pure fosse vero, però, ormai sarebbe tardi per rimediare. Ma non è vero, Will. Non è mai stato innamorato di me. Altrimenti avrebbe… non so… avrebbe fatto qualcosa!»

«Anche tu non hai fatto niente, a parte rinunciare a lui. Ok, hai deciso così per non tarpargli le ali, eccetera eccetera, sei stata generosa, ma anche molto teatrale e sciocca, lasciatelo dire. Perché la gente sopravvaluta così tanto i misteri e snobba la semplice e antica arte del dirsi la verità in faccia?»

«Cosa dovevo dirgli? Ti amo, non partire? Sarei stata una bella stronza!»

«Forse sì, e forse no. Forse avreste trovato un compromesso. Magari adesso saresti a Goa con lui, invece che con uno di cui non ti importa un fico secco.»

«O magari non ci sarei affatto a Goa, sarei a Londra a rodermi il fegato mentre Edmund chiama "amore" una che non sono io! Non mi ha mai chiamata amore! Non mi ha mai detto neppure ti amo! E quando gliel'ho detto io l'ha definita una stronzata! Se non ci fossimo lasciati, sarebbe finita male comunque. Te lo immagini lui a New York? Prima o poi, più prima che poi, tutte ci provano! Santo Cielo, lo hai visto? E hai visto le tipe delle foto su Instagram? Le avrebbe incontrate lo stesso, sono in gran parte sue colleghe dell'accademia. Quindi hanno anche un mucchio di interessi in comune. E io che avrei dovuto fare? Stare qui a rodermi il fegato e immaginarlo a letto con tutte, a turno?»

«Be', te lo rodi lo stesso, no?»

«Sì, ma… ma… ma insomma, non è la stessa cosa! I rapporti a distanza sono un delirio, lo ha detto pure Edmund. Creano sempre incomprensioni e litigi, e la vita diventa un inferno a furia di non

capirsi, di equivocare, oppure di capire fin troppo bene. Nel giro di qualche mese mi avrebbe rifilato il discorsetto che si fa in questi casi, "abbiamo fatto il passo più lungo della gamba, così non possiamo continuare, meriti qualcuno migliore di me", e via dicendo. Almeno il discorsetto me lo sono risparmiato.»

«Hai mai pensato di andare tu a New York?»

«A fare cosa? E con quali soldi? Avrei dovuto farmi mantenere da Edmund? Mai nella vita. Se c'è una cosa che mia madre mi ha sempre ripetuto è di essere economicamente indipendente, di non essere mai in debito con nessuno, in special modo nessun uomo, fosse anche il migliore del mondo. E poi… lui non me lo ha chiesto, Anzi, ci ha tenuto a farmi presente che non intendeva farlo. Mica mi voleva tra i piedi.»

«Gli insegnamenti di tua madre li segui a compartimenti stagni, Fanny. Non nego che sia giusto non dipendere da nessuno, per quanto… avresti potuto ottenere una borsa di studio per un college, cercarti un lavoretto lì, insomma di modi per non essere in debito con Edmund ce ne sarebbero stati. In fondo a Londra farai lo stesso, no? Lavorerai e studierai. Ma tralasciando questo aspetto e tornando alle sagge parole di Frances, lei non ti diceva sempre qualcosa a proposito del fatto di non fare sesso, ma di fare l'amore? Rammento delle belle parole, che ho sempre considerato fonte di grande ispirazione, a proposito del donarsi a qualcuno che si ama intensamente per rendere tutto bellissimo e sacro. Tu lo ami intensamente, Henry?»

«Che ne so! Magari comincio ad amarlo, magari quella per Edmund è solo un'ossessione, magari è Henry il ragazzo giusto per me. Gli voglio bene, e questo può bastare. Sono sicura che mia madre intendeva suggerirmi di non andare col primo venuto, ma Henry non lo è, e non mi è neppure indifferente. E poi, esiste una cosa che si chiama legittima difesa, cavolo!»

«Legittima difesa? Intendi uccidere qualcuno?»

«Sì. A modo mio, sì. Ho deciso che devo assolutamente eliminare questo chiodo fisso. Edmund. La devo smettere. Devo superare la cosa a ogni costo, o rischio di impazzire. Perciò, forse, se mi avvicino a Henry, se vado a letto con lui, dopo sarò libera.»

«O più prigioniera, con l'aggiunta di un cocente pentimento che, se ti conosco, ti farà stare ancora peggio.»

«Devo correre il rischio. Devo fare qualcosa, capisci? Qualcosa di importante, di drastico, qualcosa che mi scuota.»

«Potresti pentirtene sul serio.»

«In tal caso farò i conti con la mia coscienza. Ma ho deciso. Per sopravvivere ci si deve evolvere. Lo fanno gli animali, le piante, lo fa la terra. Chi non cambia e non si adatta si estingue. E io voglio restare viva, voglio essere felice, e non pensare più a Edmund Bertram per il resto della vita!»

***

From: fannypatel2005@gmail.com
To: willpriceforever@outlook.com
Oggetto: novità!

Carissimo William,

non so come ringraziarti per l'invito. Mi sarebbe tanto piaciuto trascorrere le feste natalizie con te e la tua famiglia, di nuovo nel North Yorkshire, ma non posso. Non che io ci tenga a stare coi miei nonni a Londra, anzi, farò di tutto per evitarli, specialmente in questo periodo. Ma voglio stare vicina alla zia Mary. Non sta bene. Lei e suo marito sono, per così dire, ai ferri corti. Ufficialmente stanno ancora insieme, però vivono in case separate. Ha avuto più coraggio di quanto pensassi, la zia. Il coraggio di capire di essere infelice. Non è facile fare una scoperta così terribile, che ti mette dinanzi a una specie di fallimento personale, soprattutto quando hai due genitori che invece di pensare al tuo benessere pensano allo scandalo. Un'altra figlia indegna. La prima è fuggita di casa con un poveraccio. La seconda aveva fatto un eccellente matrimonio, ma poi ha cominciato a dare di matto. Per loro essere depressi significa essere pazzi. E lasciare il proprio marito sol perché è una specie di aguzzino psicopatico è una cosa gravissima. Se almeno avesse provato ad assassinarla, forse l'avrebbero giustificata. Ma in fondo cos'ha fatto di male? Che vuoi che sia? È solo un accentratore, un manipolatore che controlla la sua vita e le ordina perfino cosa mangiare, come vestirsi e chi incontrare. E che, da quando non può più fare lo stronzo coi suoi figli, ha intensificato la sua stronzaggine nei confronti della moglie. Ma la riempie di gioielli, e si sa, una donna ha il dovere di piegarsi dinanzi alla seduzione dei diamanti.

Per fortuna nella zia Mary ci deve essere un po' dello stesso spirito di mia madre perché, anche se è stremata, magrissima, e dimostra dieci anni in più dei suoi trentatré, non si è piegata. Sono separati di fatto, dunque. Lord Bertram per il momento sta tollerando questa decisione, ma non dubito che mediti qualcosa per fargliela pagare. Di buono c'è che non hanno figli, la zia mi ha rivelato di aver preso sempre la pillola di nascosto.

Perciò saremo solo io e lei, nella casa dove vivevo prima con mia madre. Riuscirò a farla stare meglio, me lo sento. Sono la persona giusta, perché conosco sia la sofferenza del corpo che la sofferenza dell'anima, e non mi sogno minimamente di sminuire quest'ultima o di sottovalutarla. E se Lord Bertram farà qualche mossa strana, troverà pane per i suoi denti.

Edmund e Julia non sono più tornati in Inghilterra ed escludo che lo faranno per il periodo di Natale. Non è una famiglia molto natalizia, la loro. Dalle immagini che ho visto su Instagram, comunque, a New York si trovano benissimo. Oh, non temere, sto mantenendo la promessa: non guardo più i loro profili nel modo compulsivo di una volta, quando in pratica non facevo altro tutto il giorno, e andavo continuamente in cerca di motivi per consolidare la mia infelicità. Basta tristezza e soprattutto basta cazzate. Ne ho fatte a sufficienza nei mesi scorsi. Non intendo più dimagrire tanto, sorridere così poco, e prendere le decisioni sbagliate. Avevi ragione, non su tutto, ma su quella cosa sì. Adesso penso solo allo studio, al lavoro nella caffetteria, e al rifugio.

Ah, dimenticavo l'altra bella notizia. Ti avevo detto che Sana voleva venire a frequentare il college in Inghilterra. Ebbene, i suoi hanno finalmente acconsentito. Alla fine della prossima primavera, perciò, la mia dolce cuginetta verrà a Londra. Ha ottenuto un visto di studio, che le permetterà di rimanere per tutto il tempo necessario al corso di laurea che ha scelto. Se ti dico che farà anche lei veterinaria la considererai una coincidenza o un segno del destino? Non vedo l'ora che arrivi, non potrei essere più felice.

Ti rendi conto, Will? Adesso ho una famiglia. Non parlo solo di affetti profondi, poiché tu, tua madre, Sean e Frank siete e sarete sempre una famiglia, per me. Vi amo come se in noi scorresse lo stesso sangue. Anzi, di più, perché i miei nonni mica li amo. Li tollero, ecco. Ed è proprio per questo che non posso fare a meno di provare una dolce euforia al pensiero di avere accanto qualcuno che condivide parte del mio DNA. Sembra una sciocchezza, e forse lo è, ma mi emoziona. La sorella di mia madre e la figlia della sorella di mio padre. La vita mi ha fatto, finalmente, un bellissimo regalo.

Tua Fanny.

***

«Pronto, Fanny? Ti aspettavamo al rifugio. Tu non sei mai in ritardo. È successo qualcosa?»

«Be', sì. Fammi riprendere fiato, Will, e ti racconto.»

«Mi stai facendo preoccupare, vuoi che venga lì?»

«No, no, è tutto ok, solo... Insomma, mi devo calmare dopo una piccola battaglia.»

«Non mi tenere sulle spine, cos'è accaduto?»

«Lord Bertram è stato qui.»

«A casa tua?»

«Sì, è arrivato all'improvviso. Nemmeno la zia ne sapeva nulla. Ha preteso di entrare, e io volevo mandarlo via, ma la zia mi ha detto che acconsentiva a parlargli. Non ha senso che ti ripeta tutto nei particolari, ti dico solo che è stato... è stato un incontro molto sgradevole. Dapprima li ho lasciati da soli, ma poi l'ho sentito che alzava la voce, che le ordinava di tornare subito a casa e le diceva un sacco di cose orribili. Così me ne sono infischiata della privacy e sono entrata. Quando l'ho invitato ad andarsene, ha pensato bene di trasferire su di me la sua ira. Sembrava un matto, Will. Se l'è presa con me, mi ha accusata di aver rovinato la sua famiglia, con toni non proprio da gentiluomo, credimi. È un tiranno abituato a non essere contraddetto, e il fatto che Edmund e Julia siano partiti e che adesso anche sua moglie lo abbia mollato, ha scatenato il plebeo villano che è sempre stato in lui. Altro che conte! Me ne ha dette di tutti i colori, e la cosa più gentile è stata definirmi puttanella meticcia. Allora ho preso il cellulare e ho fatto per chiamare il 999. Lo ha capito e si è calmato, anche se il suo sguardo era quello di un drago. A questo punto, non potendo più minacciarmi in un modo che gli avrebbe fatto ottenere una denuncia, ha deciso di passare, per così dire, alle vie legali, e mi ha fatto sapere che, presto, mi arriverà un'intimazione da parte di uno dei suoi avvocati, per la restituzione istantanea del denaro che ha versato per me al Mansfield College. Visto che a quanto pare non intendo più studiare lì e ho addirittura lasciato la scuola senza avvertire nessuno, non merito alcun tipo di riguardo, e perciò vuole che gli

restituisca subito cinquantamila sterline. E ha aggiunto che, se non sono in grado di pagare, farà pignorare la mia casa, che di sicuro non vale tanto, ma lui è buono e si accontenterà.»

«Che terribile stronzo! Viene in casa tua, ti insulta, e pretende la restituzione di una somma che non hai mai voluto! Mica hai chiesto tu di finire in quella gabbia di matti! Ti ci hanno iscritta a forza! Tu volevi fare esattamente quel che fai adesso, cavartela da sola! E questo stronzo fa la voce grossa? Ma io gli spacco la faccia, gli spacco!»

«Se qualcuno deve spaccargli la faccia, voglio e devo essere assolutamente io. La zia è scioccata, se la vedessi, anche perché, nel momento dell'ira più acuta, lo stronzo mi ha afferrato un polso e lo ha stretto, e per poco non me lo ha slogato.»

«Lo devi denunciare, Fanny. Quello non connette più, è capace di tutto!»

«Lo farò, se dovesse succedere di nuovo. Ma per il momento sarebbe fiato sprecato, e lo sai. Direbbe che la moglie ha abbandonato il tetto coniugale senza né un accordo e né un motivo, che lui è solo venuto a chiederle di tornare a casa e che io l'ho aggredito verbalmente. Direbbe che ha sempre tenuto la moglie in palmo di mano, e porterebbe a riprova di ciò tutti i magnifici regali che le ha sempre fatto e la vita apparentemente perfetta che le ha fatto condurre. Quanto a me, quale zio acquisito avrebbe potuto essere più generoso di lui? Mi ha perfino iscritta alla scuola migliore d'Inghilterra! E crederebbero a lui, dammi retta.»

«Se vuole spacciarsi per mecenate altruista non può chiederti di restituirgli quella somma mostruosa, o passerà per quello che è, cioè uno stronzo.»

«Magari non ci ha riflettuto bene. In ogni caso, adesso non voglio pensarci. Vado a preparare una camomilla alla zia, sta ancora tremando come una foglia. Non fa che ripetere che non doveva sposarsi, che a lei piaceva un altro, che i suoi genitori hanno insistito e insistito

e adesso non fanno che ripeterle che deve tornare dal marito, che si sta comportando in modo vergognoso, e cosa dirà la gente... Credo abbia appena realizzato di essere praticamente orfana. Ma le farò capire che non è sola, che adesso ha me. Le ho perdonato tutto, ho compreso che era solo fragile e succube, e non tutti hanno la stessa velocità di reazione dinanzi al pericolo.»

«Avere te è tantissimo, Fanny, ma stavo pensando... non sarebbe forse il caso di far sapere a Edmund che suo padre sta dando i numeri?»

«No, Will. Lui e Julia sono andati via anche per stare lontani da problemi del genere. Se la stanno passando bene a New York, e non desidero che per causa mia ripiombino nell'oscurità che hanno lasciato. Certo, se lo stronzo dovesse esagerare sarò la prima a denunciarlo, ma anche in quel caso lo farò senza coinvolgere Edmund.»

«Tu lo ami ancora.»

«Cosa?»

«Ho detto... tu lo ami ancora.»

«Non voglio parlare di questo, Will. Adesso... adesso vado dalla zia. Ma te ne prego, acqua in bocca, Edmund non deve sapere niente.»

«Come vuoi tu, Fanny. Però non puoi sfuggire alla verità: è passato un anno, tante cose sono successe, ma tu lo ami ancora.»

***

«Pronto?»

«Fanny.»

«E-dmund?»

«Mi hai riconosciuto subito, pensavo di doverti ricordare chi ero.»

«Non ho ancora l'Alzheimer, mi ricordo benissimo di te.»

«Cos'è successo con mio padre?»

«Ma che...»

«Voglio sapere tutto. Non tralasciare neanche una virgola.»

«È stato William a raccontartelo? Gli avevo detto di non farti sapere nulla!»

«È stata Mary.»

«La zia Mary?»

«Sì, ogni tanto la chiamo per sapere come sta. So della separazione da mio padre e che adesso vivete insieme. E ho saputo che qualche settimana fa c'è stata una discussione molto spiacevole, e quello stronzo ha allungato le mani su di te. Voglio-sapere-tutto.»

«Non---non è successo niente di grave. Mi ha solo stretto un polso per due secondi.»

«Anche un secondo è troppo. Senza contare che ti ha offesa.»

«Ma non…»

«Mary mi ha detto che ti ha insultata.»

«C'è andato giù pesante, ma mi so difendere da sola, Edmund.»

«Non basta. Da quelli come lui non ci si deve solo difendere, bisogna attaccare. Purtroppo gli scudi non sono sufficienti, ci vogliono i lanciagranate. È un narcisista patologico, che non tollera di essere messo in discussione e attacca con violenza chiunque provi a farlo. Non gli importa niente dei sentimenti e dei desideri altrui, pretende rispetto, ammirazione, devozione. Ha scelto due mogli simili, entrambe deboli e sottomesse, per poterle manipolare a suo piacimento. Julia sta facendo ancora psicoterapia, e la dottoressa che la segue ha ravvisato in lei la tipica vittima del narcisista. Com'era mia madre. Com'è Mary. Persone di bell'aspetto, da esibire come trofei, ma inferiori economicamente e soprattutto, secondo lui, intellettualmente. È un disturbo psichiatrico, Fanny, che necessiterebbe di una lunga terapia, ma figurati se un narcisista ammetterà mai di avere un problema. Tutto gli è dovuto, lui è perfetto, è il resto del mondo a dover cambiare. Ci ho anche provato a consigliargli un percorso di questo tipo, e mi ha aggredito verbalmente. Una sola cosa teme: lo scandalo.

Lo sputtanamento sociale. Quella è l'unica vera arma con la quale lo si può tenere a freno. La minaccia del disonore e dell'umiliazione. Tienilo a mente. In ogni caso, farò in modo che non ti disturbi più.»

«Co… cosa intendi fare?»

«Niente di illegale, se è quello che temi. Per quanto, quando Mary mi ha detto che ti ha insultata e ferita, mi sono passate per la mente molte iniziative estremamente illegali.»

«Non devi preoccuparti per me e per la zia, noi ce la caviamo. Pensa a te, alla tua vita.»

«Dannazione, Fanny.»

«Cosa…»

«…»

«Edmund, sei ancora lì?»

«Sì, sono ancora qui.»

«Credevo fosse caduta la linea. Stavi zitto.»

«A volte è meglio stare zitti. Oppure si dicono le cose sbagliate.»

«Dimmi quello che ti va di dirmi, non mi offenderò.»

«Perché pensi voglia dirti qualcosa di offensivo? Non sono Lord Bertram. Sono solo Edmund.»

«Non sarai mai solo Edmund, lo sai. Stai facendo tante cose belle, lì. Ho visto… ho visto il cortometraggio che hai scritto e girato. Hai vinto anche un premio. Sei stato bravissimo.»

«E io ho visto quanto sei indipendente. Lavori, studi, fai volontariato al rifugio, e adesso ti occupi anche di tua zia. E… com'è finita con Henry?»

«È finita.»

«Perché?»

«Io non ti chiedo cosa fai lì, Edmund. Non ti chiedo quante ragazze hai, e per quanto tempo, e se finisce perché finisce.»

«E fai male. Chiedimelo.»

«Non ne ho voglia, i fatti privati restano fatti privati. Non desidero

sapere niente.»

«Io sì, invece. Cos'è successo? Ho visto Marylin, è stata a New York per un periodo, ma nemmeno a lei Henry ha detto niente di quello che è successo tra voi. Si è comportato male? Ti ha fatto qualcosa che non volevi?»

«Non è quel genere di ragazzo.»

«E che genere è?»

«Non ne voglio parlare.»

«Perché?»

«Ti prego, basta. Grazie per... per esserti preoccupato per me e per la zia.»

«"Ma non espanderti, e non farti gli affari miei", ho capito. Mi dispiace.»

«Non devi dispiacerti, va bene così.»

«Va bene?»

«Sì, Edmund, va benissimo. Abbiamo le nostre vite, adesso, siamo dove vogliamo essere. Tu lì e io qui. Tu sei felice, e anch'io me la cavo.»

«...»

«Sei ancora lì?»

«Più o meno.»

«Che vuol dire più o meno?»

«Tante cose, troppe cose. Ma, ancora una volta, il silenzio è la soluzione migliore. Fanny... di' a Mary che, se vuole cambiare aria e stare lontana da Londra e dal rischio di un altro confronto col suo caro marito, che in questo periodo sarà preso dagli impegni politici e di sicuro non si muoverà dalla city, può andare nella casa che ho a Barnwell, nel Northamptonshire. È una piccola proprietà, l'ho ereditata da mia madre, ed è perfetta per chi vuole ritemprare lo spirito. Gli amministratori sono persone di estrema fiducia, e non permetteranno a nessuno che non mi sia gradito di entrare in casa.»

«Glielo dirò. Potrebbe farle piacere.»

«E tu non preoccuparti per mio padre. Non si permetterà più di darti fastidio.»

«Non voglio che tu abbia pensieri e problemi diversi dall'occuparti di te stesso. Tu e Julia siete partiti per stare meglio, non per avere di nuovo a che fare con queste cose.»

«Mi stai dicendo che dovrei fregarmene?»

«No, non questo, ma…»

«Non succederà mai, vorrei fosse chiaro. Anche se vivessi in Nuova Zelanda, farò tutto quello che posso per aiutarti. Sempre.»

«Pe-perché?»

«Perché io…»

«Perché tu?»

«Perché era bello quando eravamo amici.

«Oh… ehm… sì.»

«Ma non potremo esserlo mai più.»

«No?»

«No, Fanny. Riferisci a Mary il mio messaggio. E… abbi cura di te.»

***

From: fannypatel2005@gmail.com
To: willpriceforever@outlook.com
OGGETTO: ☹

Carissimo William,

sono arrivata nel Northamptonshire dalla zia Mary. In un altro momento ti descriverei la bellezza del luogo, ma ho cose più urgenti da dirti. Cose molto urgenti.

Edmund è stato qui, Will. Nei giorni scorsi. Me lo ha riferito la zia Mary. È venuto a controllare che fosse tutto a posto, così le ha detto. Ha aggiunto di aver risolto ogni cosa con suo padre, che non disturberà più né lei né me. Non so come abbia fatto, con quali parole, con quali motivazioni. Ma soprattutto: perché non si è fatto vivo anche con me? È venuto in Inghilterra dagli Stati Uniti e non è passato neppure per un saluto. Pare sia già ripartito, capisci? È ripartito e non mi ha minimamente pensata. Cioè, mi ha pensata, ma non come avrei voluto io. Non è venuto a trovarmi. Era in Inghilterra, è rimasto qualche giorno, ed è andato subito via. Dopo la nostra ultima telefonata avevo avuto la sensazione che… non so… che mi volesse ancora bene, che volesse dirmi delle cose che non diceva, che non mi avesse dimenticata, e invece… invece è stato l'ennesimo stupido equivoco della mia stupida immaginazione.

Sono sconvolta, Will. Non credevo che avrei reagito così. Mi tremano le mani e mi batte il cuore fortissimo, mentre ti scrivo. Avrei potuto rivederlo, ma mi ha ignorata. Si è solo preoccupato delle questioni pratiche, e tanto basta, per lui. Mi sa che hai ragione, sono ancora disperatamente innamorata. Mi manca il fiato. Io lo amo e lui no. Non mi ha mai amata. Ma, se anche lo avesse fatto, non mi ama più, oppure non avrebbe resistito al bisogno di venire a trovarmi dopo oltre un anno che non ci vediamo. Mi ha completamente dimenticata. Gli dispiace solo per me, perché teme che suo padre mi perseguiti, ma il suo interessamento non va oltre questo. Risolto quel problema, non gli interessa avere a che fare con me in nessun altro modo. È così, purtroppo.

Mio Dio, devo calmarmi, o mi metto a piangere davanti alla zia. Intendevo trattenermi qualche giorno, ma adesso non voglio più restare, qui, a casa di Edmund. Sono arrabbiata con lui e sono ferita, e sono infelicissima. All'improvviso sono ricascata nel baratro, e se basta così poco significa che non ne ero mai uscita, non ero mai risalita, era tutta una faticosa simulazione messa su per sopravvivere.

La zia resterà, ma io domattina riparto. Sana è arrivata, non voglio lasciarla da sola, è ancora spaesata. E poi ho promesso a Henry che sarei uscita a cena con lui. Ah, avevo dimenticato di dirti che ci siamo incontrati. È successo un pomeriggio, qualche giorno fa, e non per caso. È venuto alla caffetteria dove lavoro, proprio all'orario in cui staccavo, e abbiamo preso un caffè con la promessa di rivederci, in amicizia. Non mi dispiace affatto incontrarlo per fare due chiacchiere davanti a una pizza, anche se quando gliel'ho promesso ancora non sapevo che sarei stata tanto sconvolta a distanza di così poco tempo.

Devo cancellare Edmund dalla mia vita, Will, o non riuscirò ad andare avanti. Devo arrivare a una condizione mentale in cui non sentirò più le farfalle nello stomaco solo a sentir menzionare il suo nome. Devo guarire, in un modo o nell'altro, o rischio di amare solo lui per il resto della vita.

Quindici

La pioggia cade sull'erba e sugli alberi. Il cielo è oscuro, i colori smorzati, l'aria fredda: il clima perfetto per una giornata triste, ma non è una giornata triste. Ci sarà un matrimonio, non un funerale.

Non il mio, a immediato scanso di equivoci.

È Lady Julia Bertram a sposarsi.

Una sposa molto giovane e molto bella. Ha appena compiuto ventun anni, si è da poco diplomata alla Parsons, intende intraprendere una carriera da stilista, e intanto si sposa. Per amore. Una bellissima giornata, direi, nonostante il tempo tutt'altro che clemente.

Non la vedo da tre anni esatti. Non la sento da tre anni esatti, eccezion fatta per quella telefonata delirante. Eppure mi ha invitata al suo matrimonio. E ha invitato anche Amber e Taylor.

Sono appena arrivata, guidando la mia piccola Mini Cooper grigio argento che ho comprato di seconda mano. Sul sedile posteriore c'è una valigia col mio bagaglio essenziale. Ho viaggiato da sola da Londra: un breve percorso, tutto sommato, circa centoventi miglia, meno di tre ore senza premere troppo il piede sull'acceleratore. Malgrado ciò mi sono sembrate tremila miglia a velocità folle.

Sono agitata, a dispetto di tutto il mio orgoglio e dei miei cambiamenti. Non vorrei sentirmi così, non sono più una ragazzina, sono una donna, ormai. Sto per laurearmi in scienza veterinaria, e nel frattempo faccio apprendistato come assistente nell'ambulatorio del rifugio gestito dalla madre di Will, accanto a un veterinario abilitato. È un lavoro che mi piace, è una vita che mi piace. Ho fatto tutto da sola, con grandi sacrifici e tanti piccoli momenti di sconforto, superati con un coraggio che avrebbe reso fiera mia madre e che contrasta ridicolmente con la paura che sto dimostrando adesso.

Percorro il lunghissimo viale, dopo aver mostrato il mio documento di identità a due custodi in alta uniforme e oltrepassato un cancello sontuoso come quello del Mansfield, ma meno tetro. Parcheggio dove mi viene indicato da un uomo in livrea, in un'area appartata destinata alle auto. E che auto. La mia piccola Mini usata sembra un puntino in mezzo a un parco di enormi berline Rolls Royce, Bentley, Audi e Mercedes dotate di autista. E io sembrerò un puntino in mezzo agli altri invitati, che in gran parte saranno imparentati coi Windsor.

Mi guardo intorno. È proprio vero, è un castello magnifico. Da ora in avanti, quando rileggerò Orgoglio e Pregiudizio di Jane Austen, immaginerò Pemberley esattamente così.

L'ennesimo domestico in livrea mi si avvicina.

«Miss Patel?» mi domanda, anche se la sua suona più che altro come un'affermazione. «Vuole seguirmi? La scorto fino al palazzo e poi una cameriera la accompagnerà nel suo appartamento.» Un grande ombrello impugnato con solerzia mi protegge dalla pioggia che è addirittura aumentata. Con l'altra mano tiene il mio bagaglio, che avrei potuto e voluto portare da sola, ma questa specie di valletto che pare sbucato dal film *Quel che resta del giorno* non me lo permette.

Ci avviamo verso il castello. Ho il cuore in gola, come se

fossi io a dovermi sposare. Cerco di camminare con una falcata sicura, da donna che ha imparato a muoversi sui tacchi, perché è vero che ho imparato, ma oggi barcollo perfino con un paio di tronchetti bassi e comodi.

A un tratto avvisto altra gente. Il batticuore aumenta.

Stupida stupida stupida, smettila di sentirti così.

Sono passati più di tre anni da quando lo hai visto per l'ultima volta, e due da quando non senti neppure la sua voce.

Senza contare che, molto probabilmente, è fidanzato. O, se non è fidanzato, ha comunque una ragazza alla quale tiene moltissimo. Ormai su Instagram pubblica foto solo con questa sua collega, una brunetta piuttosto graziosa, con la quale c'è un feeling che trapela anche dalle immagini. Hanno fatto un lungo viaggio insieme pochi mesi fa. Non si va nello Yucatan, a fare un road trip tutto in auto, fermandosi in pittoreschi alberghetti, se non si è molto affiatati. Li hai immaginati mentre facevano l'amore e ridevano e fumavano, felici di essere insieme. Li hai immaginati, purtroppo, e avresti voluto che esistesse un modo per sradicare i pensieri dalla testa premendo un pulsante. Per perdere la memoria di un'unica cosa, di un'unica persona, considerato che lui neppure si ricorda che esisti.

L'Alzheimer non gli è venuto, ma ti ha dimenticata lo stesso.

E tu, che invece non ci sei riuscita, nonostante i tuoi incontri, i tuoi impegni e i tuoi viaggi, sei stupida e condannata.

Sei la ridicola protagonista di un romanzo dell'800 che, dopo tre anni, pensa ancora al suo primo amore.

Lo so, so tutto, e avrei tanto voluto non venire a questo evento. Quando ho ricevuto l'invito sono stata tentata di rifiutare subito. William, però, ha insistito affinché partecipassi. Mi ha detto "vai, incontralo, e poi via il dente via il dolore". Non ha tutti i torti. Magari è il ricordo a fregarmi. Magari, in cuor mio, lo idealizzo ancora. Magari se lo incontro e vedo com'è cambiato smette di piacermi. Non mi riferisco al suo aspetto. Quello, se possibile, è addirittura migliorato. Del damerino di un tempo, anche se era un damerino che perlopiù indossava una maschera, non è rimasto praticamente nulla. Ora è un giovane uomo dai modi più americani che inglesi. Si veste sempre casual, è disinvolto e perfino un po' selvaggio. Non è più Lord Edmund. È solo Edmund Bertram, un brillante ragazzo di ventitré anni che vuole diventare regista e ha già vinto un mucchio di premi per cortometraggi da lui sceneggiati e diretti al *New York film festival*, al *Seattle International film festival* e al *Los Angeles Short Fest*.

Magari, se mi decido a rivederlo e a parlarci, spezzo l'incantesimo che mi tiene inchiodata sentimentalmente e mi impedisce di prendere sul serio qualsiasi altro ragazzo col quale mi è capitato di uscire e qualsiasi altra storia che ho sempre troncato sul nascere.

Per il momento di Edmund e della sua bella ragazza bruna, che di sicuro sarà stata invitata, nessuna traccia.

Incontro qualcun altro, invece. A un tratto scorgo Taylor e Amber, anche loro, con ogni probabilità, appena arrivate. Sono così felice che siano presenti, da correre loro incontro come se fossi una bimbetta che vede altre bambine all'asilo.

Sotto gli occhi di numerosi ospiti non molto soddisfatti del nostro chiamarci in modo non proprio discreto, ci abbracciamo con sincero affetto. Ci siamo sentite, in questi anni, ci siamo scritte, anche se non quanto avremmo voluto, a causa delle regole estenuanti ancora in vigore al Mansfield. Una volta, qualche mese fa, Taylor mi ha invitata a trascorrere le feste natalizie con lei nel Maryland. Avrei potuto accettare, e cogliere l'occasione per visitare Assateague e realizzare uno dei miei piccoli sogni. Ma ho temuto che non avrei resistito alla tentazione di allungare il passo e deviare fino a New York per vedere Edmund. E avrei sofferto molto più di quanto mi faccia soffrire ciò che deduco dalle foto e dai video che pubblica su Instagram. Non ho bisogno di sofferenze aggiuntive, perciò ho rifiutato.

Io e le mie amiche sembriamo davvero tre ragazzine. La loro presenza mi conforta. Non sono sola. Non che io abbia paura della solitudine o che non sappia affrontare qualsiasi cosa con grinta, e anche con un po' di sana recitazione, ma questa è una situazione particolare, e non mi dispiace avere qualcuno a cui aggrapparmi. E dietro cui nascondermi, se necessario.

Loro sono sempre uguali, stessi modi, stesso aspetto. Mi dicono che io sono cambiata, e Taylor esclama: «Buon Dio, Fanny, sei a dir poco uno schianto! Eri carina, ma adesso sei da far voltare la testa dei ragazzi per strada! Sei più alta e ti sono cresciute pure un po' le tette! O hai imparato a usare il push-up?» Tutto ciò mentre ci avviamo verso le scale precedute da una contegnosa cameriera, e intorno a noi pullulano non pochi personaggi dall'aria altrettanto severa.

«Puoi rimandare i commenti su tette e reggiseni a quando saremo in privato?» la rimprovera Amber.

«Ma dai, guardala!» insiste Taylor imperterrita, ancora a voce sostenuta. «Ha un davanzale di tutto rispetto! E ti sei fatta pure un discreto fondoschiena! Tondo e sodo come un banjo! Squat o altro?»

Sono talmente imbarazzata da questi commenti che attirano l'attenzione della gente su di me, e la inducono di sicuro a fissarmi, che nel tentativo di camminare rasente al muro non vedo bene dove vado e mi scontro con qualcuno. Ok, adesso cado.

No, non cado.

Qualcuno mi sostiene.

Ringrazio, e subito dopo mi si incolla la lingua al palato.

Davanti a me, sui primi gradini della grande scalinata che porta al piano superiore, davanti a me, che mi ha impedito di ruzzolare, c'è Edmund.

Dire che sono imbarazzata, adesso, sarebbe come definire moderato un tornado di classe F4. Il mio cuore sfiora la velocità della luce. Lo stomaco si contrae. Una dannata vampa di calore mi sale dalla schiena fino alla radice dei capelli. Cosa darei per essere caduta, aver sbattuto con la testa, aver perso i sensi per un po' fino a risvegliarmi con un'amnesia.

Invece no, rimango in piedi, e mi ritrovo tra le braccia di Edmund.

«Tutto ok?» mi domanda lui subito dopo.

La sua voce è ancora più calda di quanto ricordassi. I suoi capelli più lunghi e splendenti. I suoi occhi più blu. Il suo profumo più buono. Indossa un paio di jeans e una polo. È bello come il maledettissimo sole e, anche se so che è impossibile e pensarlo è grottesco, mi pare che brilli allo stesso modo.

«Sì, sì, tutto ok», replico, cercando di mostrarmi sicura di me.

Col cacchio che sono sicura. Ho di nuovo diciassette anni, sono di nuovo un'imbranata che entra in sala mensa e scivola sotto gli occhi di tutti.

Dove diamine sono finite Taylor e Amber? Perché non dicono qualcosa e non creano abbastanza confusione da permettermi di defilarmi senza sembrare che io fugga? Perché non mi chiamano? Perché sono rimasta sola tra le braccia di Edmund?

Mi distacco, afferrando la ringhiera di legno intagliato.

«Ti ringrazio», mormoro, seria. «Ci si rivede.»

Lui annuisce, con un sorriso incerto. Non è felice della mia presenza. Anzi, sembra proprio infastidito. Di sicuro non sono stati né lui e né Julia a volermi invitare. Magari hanno cercato di fare qualcosa per evitarlo, ma lo sposo non ne ha voluto sapere. Deve avermi voluta alle sue nozze nonostante l'opposizione della futura moglie. A conti fatti, per il bene di tutti, avrei preferito che si fosse lasciato convincere.

Mi sposto a sinistra per salire la scala, ma lui compie lo stesso movimento in discesa, e rischiamo di scontrarci di nuovo.

«Prima tu», gli dico, sempre serissima.

«No, prima tu», insiste lui, e si scansa.

Salgo su un gradino. Sto per farne un altro, quando la voce di Edmund mi giunge a un orecchio. Bassa, roca, ironica: «E comunque Taylor ha ragione», mi sussurra, e poi scende la scala, veloce, e sparisce dalla mia vista.

***

Impedire a Taylor di elucubrare è impossibile. Finché non ci ritiriamo nelle stanze che ci sono state assegnate, è tutta un "Gli piaci ancora, ti ha guardata come se volesse mangiarti, se ne frega di quella lì delle foto su Instagram".

Poi rimango da sola, e mi par di morire.

Devo essere forte.

Devo mostrarmi matura e serena.

Non devo permettergli di prendersi gioco di me.

Devo gestire bene questa situazione, affrontare la giornata, e domattina partirò e non lo rivedrò mai più. Non ce ne sarà motivo né occasione.

La zia Mary ha divorziato dal marito e adesso sta con l'uomo che le piaceva prima di lui, un professore tutt'altro che ricco ma molto dolce e piacevole. Convivono, con grande disappunto dei suoi genitori.

Lord Bertram sta con la giovanissima figlia di un oligarca russo. La sposerà a breve, pare. Chissà, magari si toglierà il vizio di maltrattare le proprie mogli, considerato che il futuro suocero ha un'aria che incuterebbe paura anche a Hitler.

Comunque, essendo venuto meno il legame tra noi, rappresentato dalla zia Mary, non vedo perché dovremmo incontrarci ancora. Devo solo superare questa giornata.

Coraggio, ce la puoi fare.

Mi preparo e mi cambio d'abito. La cerimonia religiosa avverrà alle 18, in una cappella privata che si trova nel parco della proprietà, e a seguire è prevista una cena elegante.

Mentre mi guardo allo specchio, qualcuno bussa alla porta. Appena Taylor e Amber entrano nella stanza, portandosi appresso una lussuosa valigetta con ogni tipo di nuovo cosmetico prodotto dai migliori marchi di make-up, mi pare di essere tornata indietro nel tempo. All'improvviso abbiamo di nuovo diciassette anni e ci stiamo preparando per un prom studentesco. Questa cosa mi emoziona tantissimo, perché i ricordi fanno risuonare sempre le corde più sensibili del mio cuore, e perché mi rendo conto di quanti pochi progressi io abbia fatto da un certo punto di vista.

Ho appena compiuto ventun anni.

Sto partecipando a un matrimonio del quale parlano anche

i più noti tabloid inglesi e perfino qualche rivista internazionale.

Ho accumulato diverse esperienze.

Non posso dirmi una sciocca e una sprovveduta, anzi, per tante cose sono, e sono sempre stata, molto più matura della mia età.

Eppure, tuttora, quando la *variabile Edmund* entra in gioco divento piccola, insicura, tremante, e molto molto cretina.

Detesto questa me stessa, la detesto con tutto il cuore e, insieme, mi fa tenerezza, e vorrei consolarla, e rassicurarla, e spronarla, come se la Fanny più adulta e pragmatica fosse la madre della ragazzina che ama e che trema. Vorrei dirle che il cielo non cade e la terra non cambia la sua rotazione, sol perché lei non riesce a smettere di volere un ragazzo, e lui solo. Vorrei ricordarle che in tanti, nel mondo, soffrono a causa di sentimenti indimenticabili. E che si sopravvive e si va avanti, e l'alba arriva lo stesso, i tramonti sono comunque bellissimi, i cavalli galoppano ugualmente con poderose falcate, e la vita è in ogni caso un gioiello prezioso.

Vorrei dirgliele, queste verità, ma non ce la faccio perché sono troppo agitata. Lo giuro, ho tutti i sintomi di un innamoramento violento, di quelli che non dormi e non mangi e non capisci più niente. Rivedere Edmund, sia pure solo per pochi secondi, mi ha ridotta a un'ameba. Pensavo di essere più forte e invece no, invece sono una povera rammollita. Se potessi me la darei a gambe.

C'è una finestra dalla quale scappare?

Posso arrampicarmi su un albero come facevo al college?

Posso chiudermi in camera e rifiutarmi di uscire finché non saranno andati via tutti?

«Cosa ti ha sussurrato prima Edmund in un orecchio?» mi domanda Taylor mentre mi acconcia i capelli. «Qualcosa di sconcio? Perché sei diventata tutta rossa!»

«Ni-niente!» ribatto, e arrossisco di nuovo.

«Ok, ok, non insisto. Comunque avete notato che è ancora più figo? Cioè, basta guardarlo e la biancheria intima diventa solubile.»

«Pure il tuo cervello», la rimbecca Amber, che si è accorta del mio disagio ed è chiaramente dispiaciuta per me.

Per un po' parla deliberatamente d'altro, dei suoi progetti lavorativi, di alcune amicizie del college, di altri fidanzamenti e di addii, e a un tratto il discorso cade su Marylin.

«Non mi pare affatto strano che i due Crawford non siano tra gli invitati, sarebbe stato assurdo il contrario», commenta ancora Amber. «Ma ammetto che sarei curiosa di sapere che fine hanno fatto. Marylin, soprattutto, mi aspettavo di vederla partecipare a qualche altro concorso di bellezza, di beccarla nelle notizie di gossip, fidanzata con un pezzo grosso o coinvolta in qualche scandalo pruriginoso, e invece è sparita anche dai social.»

«Chissà che fine ha fatto», ribadisce Taylor. «Magari si è lasciata andare, adesso pesa duecento chili e le tette le arrivano alle ginocchia.»

«Niente del genere», replico. «È più bella di prima, solo che non ha tempo per postare foto su Instagram.»

«Ha avuto sette gemelli? Se è così, le tette le arriveranno alle caviglie molto presto, altro che ginocchia.»

Rido.

«Studia medicina e intanto fa tirocinio al Saint Thomas Hospital, e le sue tette stanno al solito posto. L'ho incontrata per caso qualche tempo fa, quando ho accompagnato lì mia nonna per quello che sembrava un attacco di cuore, ma per fortuna era solo mal di stomaco.»

«Ok, aspetta. Punto primo: sei in buoni rapporti coi tuoi nonni, adesso? E punto secondo: Marylin la stronza ha deciso di diventare umana?»

«Diciamo che un bel giorno io e i miei nonni abbiamo avuto un proficuo scambio di opinioni, e da allora sono loro a essere diventati umani», spiego.

Non racconto che lo scambio di opinioni è stata una vera e propria litigata dovuta all'ennesimo tentativo di costringere la zia Mary a tornare con quello stronzo del suo ex marito. Allora non ce l'ho fatta a tenermi tutto per me e a restare imparziale, e ho detto ciò che pensavo della loro ingerenza, del loro egoismo, della loro inettitudine come genitori, e del fatto che partorire un figlio non significa niente se poi lo si dà in pasto ai pescecani. Mi sono sfogata anche a proposito della crudeltà riservata a mia madre e a suo marito, un uomo che l'ha sempre trattata come una regina, invece di quello stronzo d'un conte che pare avere come unico scopo il trasformarsi nel più grande fan di Barbablù.

Credevo che mi avrebbero cancellata definitivamente, cosa non difficile visto che già stavo in pole position tra le persone alle quali non destinare non dico affetto, ma neanche rispetto. E invece, passato qualche tempo per far decantare gli umori, hanno cominciato a farsi vivi per chiedermi come sto, come vanno gli studi e quali sono i miei progetti. Ma, soprattutto, non hanno più insistito con la zia. Poi, a un certo punto, la nonna ha cominciato a stare male e, di nuovo, del tutto sorprendentemente, avermi nella sua vita è diventato non dico indispensabile ma di sicuro non spiacevole. Un giorno, alcune settimane fa, l'ho accompagnata in ospedale, appunto.

«Quanto a Marylin Crawford, abbiamo parlato un po'», continuo. «Si è fidanzata con un medico, lavora a tempo pieno, e di voglia di postare foto inutili sui social gliene è rimasta poca.»

E, penso, le è rimasta poca voglia anche di fare la stronza. Non so se il continuo confrontarsi con la malattia abbia modificato le sue priorità, se sia stato il fidanzamento con un uomo che le piace veramente, o il fatto di aver trovato un posto nel mondo, uno scopo e una missione, o, più semplicemente, il fatto di essere cresciuta. Qualunque ne sia il motivo, non si è comportata male e, all'opposto, è stata gentilissima. A un tratto ha dichiarato qualcosa che mi ha fatto trasalire: «Chi l'avrebbe mai detto che fra te ed Edmund sarebbe finita così? Ero convintissima che vi sareste messi insieme! Non lo avevo mai visto tanto preso da una ragazza, e ne ero terribilmente gelosa. Ti avrei cavato gli occhi, al tempo. E avrei fatto la stessa cosa anche dopo, per come hai trattato mio fratello. Poi mi sono detta che forse quel dolore, e quell'essere stati scartati, ha giovato a entrambi. Senza sofferenza pensiamo che ci sia dovuto tutto, ci sentiamo in cima al mondo e in diritto di infierire su chi, secondo noi, non merita il nostro stesso podio. Poi la vita ci dimostra che siamo ugualmente fragili e che il destino può essere il bullo peggiore di tutti. Perciò da bulli che eravamo, siamo diventati anche noi comuni esseri umani, e possibili vittime. Senza contare che, senza di te, Henry adesso non sarebbe il ragazzo più felice della terra.»

Taylor, intanto, finisce di sistemare i miei capelli. Ha armeggiato con il ferro per un'ora, col risultato che la mia lunga chioma, di solito liscia, adesso è piacevolmente ondulata. Non so quanto durerà prima che la forza di gravità abbia la meglio, ma per il momento è tutto molto elegante e gradevole. L'abito che indosso è semplice e non di gran marca. È blu oltremare, ha una lunga gonna di chiffon leggermente plissettato, e un corpetto privo di decori dello stesso materiale. L'apparenza quasi monastica, col davanti castigato e le maniche lunghe, è contraddetta da una leggera scollatura sulla schiena, che mette in mostra lo stelo di kurinji tatuato lungo la colonna vertebrale. In chiesa indosserò un bolero, trasparente sul davanti ma con il retro-opaco, che poi toglierò per la cena. Ugualmente, in chiesa porterò un cappellino. Era richiesto nell'invito. Tutte ne avremo uno. Il mio è piccolo e leggero, di cambrì traforato, con una tesa corta e un nastro di tulle dello stesso colore del vestito avvolto tutt'intorno.

«Ti rendi conto di essere terribilmente sexy, vero?» mi domanda Taylor, divertita. «Farai girare la testa a più di un invitato, dammi retta.»

«E magari tra gli invitati ci sarà anche *quello giusto*», aggiunge Amber, e mi strizza un occhio con fare complice. «Così, questa serata potrà dirsi perfetta.»

«È già perfetta grazie a voi, ragazze», dico, e provo per loro un sentimento dolce e grato.

Quindi ci incamminiamo verso l'uscita. Sono quasi le 18, fra poco Julia diventerà la nuova duchessa di Rushworth, e io sarò costretta a conoscere la famigerata ragazza di Edmund.

***

La cappella privata di pertinenza di Rushworth Castle, nella quale si svolge la cerimonia religiosa, non è grande quanto l'abbazia di Westminster, ma ci manca poco. È una tipica chiesa in stile gotico con la struttura in pietra, grandi archi, spettacolari vetrate, guglie appuntite, ed elaborate volte a ventaglio.

Per l'intera cerimonia mi sforzo di non guardare verso Edmund, che sta seduto proprio di fronte a me, nell'area destinata ai parenti della sposa. Il mio tentativo, purtroppo, è destinato all'insuccesso. Ogni tanto, sia pur con la coda dell'occhio, non posso fare a meno di sbirciarlo. Il frac gli sta d'incanto, e la giacca aperta, sicuramente tagliata su misura, rende slanciata la sua figura muscolosa. Sembra un personaggio romanzesco, in completo scuro, con la camicia bianca e un gilet azzurro pallido che non è proprio il classico panciotto da frac, ma gli dona moltissimo.

Poco distante da lui c'è suo padre, e in questo caso non faccio alcuna fatica a fingere che non esista. L'unica cosa che noto è che esibisce lo sguardo cupo di un gargoyle e che lui e il figlio si sono rivolti a stento la parola e, addirittura, fingono praticamente di non conoscersi. Lord Bertram ha accompagnato Julia all'altare, ma credo che in questa scelta ci sia più l'intento di non alimentare pettegolezzi che il piacere dell'unione familiare. Ho la sensazione, infatti, che le cose non perdonate e i conflitti siano ancora vivi tra loro, ma abilmente nascosti in pubblico.

Invece, la ragazza che ho visto spesso e volentieri in compagnia di Edmund nelle foto su Instagram non è nei paraggi, probabilmente è seduta da un'altra parte.

Meglio non pensarci e guardare Julia e James, felici come anime gemelle. Ci hanno messo un po' a capirlo, ma alla fine

James l'ha conquistata davvero. Insieme all'invito ho ricevuto una lettera di lui. Mi ha ringraziata, convinto che sia stata io a dare una svolta decisiva al loro legame, quando ho mentito a Lord Bertram a proposito del gruppo di studio pur di far restare Julia al Mansfield. Ciò ha consentito a James di diventare, in un certo senso, il suo protettore e salvatore. Da allora, dapprima per finta, e poi via via con sempre maggiore spontaneità, Julia si è legata a lui. È stato un viaggio sentimentale lungo e lento, fatto di passi piccoli ma decisi: quando lei era negli Stati Uniti si sono spesso scritti e sentiti per telefono, finché James, dimostrandosi tutt'altro che sciocco, si è laureato in economia ed è andato a svolgere un master alla Albany Law School, negli Stati Uniti. Questo ha permesso loro di incontrarsi e di frequentarsi. Il resto è storia.

Julia è elegantissima. Il suo abito di seta bianca ha uno strascico abbastanza lungo da fare a gara con quello di una principessa di sangue reale. Non saranno le nozze di Kate e William, ma di sicuro tra gli ospiti ci sono molti personaggi importanti e blasonati.

Io non so bene cosa ci faccio qui, col mio vestitino comprato da Harrods. Mi sento fuori luogo e rimpiango di non essere rimasta a casa. Non ho perso l'infantile abitudine di osservarmi le scarpe quando sono a disagio, perciò, anche per impedire allo sguardo di sfuggire al controllo e di puntare insistentemente il bellissimo ragazzo che ho di fronte, continuo a lasciarmi incantare dalle mie ballerine blu con la fibbietta argentata.

Al termine della cerimonia religiosa, quando gli sposi lasciano la cappella seguiti dal corteo di invitati, io rimango un po' indietro. E allora la vedo: la ragazza di Edmund. L'ha portata con sé. Gli si avvicina, lo prende a braccetto. Tra loro c'è una confidenza sincera. Lui la chiama amore: non glielo sento dire, ma lo colgo inequivocabilmente dal movimento delle sue labbra. *Love.*

La decisione di andarmene diventa imperativa. All'improvviso mi rendo conto che non posso farcela a stare qui, a vederlo in intimità con un'altra, che non è neppure bellissima. È la classica ragazza della porta accanto, il che gli fa onore perché significa che non va in cerca dell'apparenza, ma purtroppo mi impedisce di trincerarmi dietro l'illusione che stia con lei perché abbagliato dal suo aspetto, e devo rassegnarmi a una sola verità: la ama.

Non sono pronta a sopportare che ami una che non sono io. A questo punto, visto che dopo tre anni mi ritrovo al maledetto punto di partenza, mi domando se sarò mai pronta. Non mi piaccio così, vorrei fosse chiaro, non sono affatto fiera della mia immaturità, mi vergogno del mio cuore che, dopo mille giorni di lontananza e quasi settecento di assoluto silenzio, persevera a comportarsi da perfetto idiota.

Devo inventarmi una scusa per battermela. Non credo che a Julia importi se rimango, e James è talmente preso dalla sua felicità che non farà caso alla mia assenza. Sarò solo un posto vuoto a una tavola elegante.

Come la scema che sono, faccio finta che mi squilli il cellulare. Fingo di rispondere a una chiamata. Assumo l'espressione di chi ha ricevuto una notizia importante. Poi cerco Taylor e Amber tra gli ospiti che sciamano verso il padiglione che ospiterà la cena. Dirò loro che purtroppo devo andarmene. In fretta, molto in fretta, prima di mettermi a piangere come l'irrecuperabile sciocca che sono. Non vedo le mie amiche, tuttavia. Mi imbatto, invece, nello sguardo della ragazza di Edmund. Mi fissa con attenzione e a un tratto, addirittura, mi sorride.

Perché diamine mi sorride?

Subito dopo si allunga verso Edmund e gli dice qualcosa sottovoce. Gli sta parlando di me, ne sono sicura.

Nella mia testa si concretizza il discorso immaginario che le sta facendo.

Quella è la ragazza con la quale stavi prima?

Me l'aspettavo più interessante.

Sembra una pupattola scema.

Per fortuna che è durata poco, e neppure ci sei stato a letto, e adesso hai cambiato gusti e ti piacciono le ragazze grintose, con un leggero tocco dark nel trucco e negli abiti, che sfidano il mondo con lo sguardo e non passano il loro tempo a fissarsi le scarpe.

Edmund ascolta quello che lei gli sta dicendo, e poi scuote la testa. Sembra leggermente incavolato. Forse ha un po' di compassione per me e gli dispiace che lei mi stia ridicolizzando in modo così privo di sfumature? Per tutto il tempo, mentre lei parla, lui non mi guarda neanche per caso.

Perché prima, sulle scale, mi ha dato a intendere di considerarmi carina? Perché quel tono ironico e sensuale? Forse gli Stati Uniti lo hanno trasformato in un mascalzone che quando la sua ragazza non c'è fa il galletto con le altre, e quando lei è presente si atteggia a sant'uomo?

Qualunque sia la verità, io me ne devo andare. Manderò un messaggio ad Amber e a Taylor col cellulare.

Guardo il cielo, mi sa che tra un po' ricomincerà a piovere. A testa bassa torno indietro, nello stesso momento in cui tutti si avviano in direzione opposta alla mia.

Lo so, dovrei entrare nel castello e salire in camera a prendere il mio piccolo bagaglio, ma non voglio correre il rischio di incontrare qualcuno. Devo andarmene assolutamente da qui, tornare a Londra, e poi partire. Sì, potrei fare un viaggio, un lungo viaggio senza meta, da sola, per cercarmi, per trovarmi, per guarire una volta per tutte.

Arrivo all'area adibita a parcheggio proprio quando si mette a piovere. I miei capelli ondulati torneranno ben presto simili a spaghetti cinesi mentre il cappello si trasformerà in una spugna. Frugo nella borsetta, una cosina di raso scintillante del tutto superflua per quanto è piccola, nella quale, però, sono riuscita a infilare alla meglio il cellulare e le chiavi. Faccio per aprire lo sportello dell'auto, ma le chiavi mi cadono a terra. Impreco coi pensieri, mentre la pioggia aumenta velocemente di intensità, e io me ne sto china sull'erba, con l'orlo dell'abito che si inzuppa, a cercarle. Dove cavolo sono andate a cacciarsi?

Poi, all'improvviso, avverto un movimento vicino a me, come se qualcuno fosse appena giunto per aiutarmi. Sarà di sicuro il domestico in livrea adibito al parco macchine: mi volto per ringraziarlo e divento una statua.

Ok, ok, contiamo le dita.

Dove sono le dita?

No, peggio, dove sono le mani?

Anzi, peggio ancora, dove sono io?

Mi sento confusa, col cuore che batte talmente forte da impedirmi di sentire la *sua* voce per qualche secondo. Ho solo un fragoroso *tumtumtum* nelle orecchie.

«Hai perso queste?» mi domanda Edmund. Ha le mie chiavi in mano, le ha appena raccolte e me le porge. Elegante com'è, nel suo completo sartoriale che non sarà costato meno di cinquemila sterline, si è chinato a terra anche lui. L'erba e la pioggia non lo risparmiano, pure i suoi orli cominciano a inzupparsi, e le ciocche dei suoi capelli sembrano cascatelle di oro fuso.

Mi rialzo, incerta sulle gambe, mentre la pioggia non dimostra clemenza e aumenta, e picchia, e trasforma. Tra un po' somiglierò a un fantoccio fatto di stracci. Si alza anche lui, e io prendo le chiavi, e non parlo, perché se parlo non so cosa dico, e voglio soltanto scappare. Non semplicemente andarmene, ma proprio fuggire, come i codardi e i colpevoli. Non sono né l'una né l'altra cosa, ma *devo* allontanarmi da qui.

«Perché te ne vai?» Una delle sue mani mi prende un braccio e lo stringe. Ha la fronte aggrottata e un'aria così seria da sembrare lui, adesso, il gargoyle incazzato.

«Mi... mi è arrivata una telefonata urgente e...»

«Non è vero», è il suo secco commento.

«Che... che ne sai di...»

«In chiesa avevi di sicuro il cellulare spento, e quando sei uscita non lo hai acceso. Non può esserti arrivata nessuna chiamata.»

«Ma che cavolo ne sai? Mi hai osservata per tutto il tempo?» domando, irritata.

«Sì», risponde Edmund, privo di qualsiasi esitazione. «Per tutto il tempo.»

Per un attimo barcollo, come se indossassi tacchi altissimi e non due ballerinette ancorate alla terra.

«Non... non è vero e non è possibile. E adesso lasciami andare.»

«Fammi vedere il cellulare. Se è acceso e c'è una chiamata ricevuta da poco, lascerò andare il tuo braccio.»

«Ma come ti permetti?» replico. «Sono forse in galera? Me ne vado quando mi pare!»

«Non hai ricevuto nessuna chiamata», insiste Edmund. «Tu vuoi andare via perché non sopporti la mia vista. Pensavi di riuscirci, quando hai accettato di partecipare al matrimonio, ma adesso ti sei resa conto che non ce la fai.»

Lo osservo con rabbia per un intero minuto. Lui mi contraccambia in modo non meno furioso. Sembra un tempo irrisorio, a dirlo: in fondo cos'è un minuto? Ma non lo è affatto, irrisorio, se trascorre a guardare male qualcuno che ti guarda male a sua volta sotto una pioggia non meno antipatica. Un tuono irrompe, come un colpo di cannone in un bosco. E noi, sotto questa improvvisa tempesta, continuiamo a fissarci, quasi avessimo accumulato rancore per mille e più giorni all'unico scopo di riversarcelo addosso in questo preciso momento.

E poi, all'improvviso, senza che il suo sguardo si ammorbidisca e dalle sue intenzioni trapeli alcun segno di resa o alcuna voglia di pace, Edmund si avvicina e mi bacia. Così, dal nulla, mentre mi odia. Mi stringe tra le sue braccia e la sua bocca divora la mia.

E io non reagisco. O meglio, reagisco, ma non nel modo consigliato da un qualunque buonsenso. Obbedisco ai bisogni delle mie labbra e della mia lingua, e dopo mille e più giorni mi disseto di nuovo, e respiro di nuovo, e mi nutro di nuovo, perché baciare chiunque altro non è *mai* stato così e non sarà *più* così. Non smetterò di amarlo, lo sapevo anche prima, ma adesso non si tratta più di un dubbio che attraversa i pensieri: adesso è un ago che tatua la carne.

Un secondo tuono spezza l'incanto, o il maleficio. Tremo, mi distacco da lui, mi ricordo che ha una ragazza, una che chiama "amore". Cosa sono io, allora? Un capriccio? Vuole togliersi solo uno sfizio?

Mi distacco da lui, appunto, apro l'auto con imprevista rapidità, ed entro nell'abitacolo. Lo odio, lo odio, lo odio. Mi tolgo il cappello con rabbia e lo scaravento sul sedile posteriore. Adesso me ne vado e non intendo vederlo mai più e...

Lo sportello del passeggero si spalanca, ed Edmund, con il frac fradicio e i capelli che gocciolano, entra e si siede accanto a me. Le sue gambe lunghe, il suo fisico muscoloso, il suo abito importante, riempiono lo spazio e fanno sembrare l'auto piccola quanto un giocattolo.

«Dove andiamo?» domanda.

«Da nessuna pa-parte! Tu scendi! Va-vado solo io!» farfuglio, sconvolta dalla sua faccia tosta.

«Non posso certo partecipare ai festeggiamenti conciato così. Sono sicuro che Julia mi perdonerà quando saprà.»

«Non... non c'è niente da sapere! E non mi interessa come sei conciato! Devi scendere!»

«Sì, forse devo», ammette lui, pensieroso. «Ma non voglio.»

«Edmund, non farmi arrabbiare. Scendi dall'auto. Non... non voglio più avere a che fare con te.»

«La tua bocca non mi pareva dello stesso avviso.»

«La mia bocca è una stronza!» replico, sempre più inviperita. «Ma io no. Io so ancora ragionare. Torna dalla tua ragazza e lasciami in pace.»

«Quale ragazza?» mi domanda lui con una faccia tosta ancora più sfacciata.

Mi pare impossibile che sia diventato una tale canaglia. Lo guardo sempre più male, mentre nega l'evidenza allo scopo di... Cosa? Cosa intende ottenere? Perché mi tortura?

«La tua ragazza! La brunetta con gli occhi bistrati! Quella che chiami amore!»

Edmund scrolla le spalle.

«Chiunque la chiama amore», commenta, distratto. Si sporge un attimo in avanti, osserva la pioggia che cade. Poi si appoggia con la schiena contro il sedile e si passa una mano tra i capelli grondanti.

«Che... che vuol dire?» domando.

«Che si chiama così. Love. È proprio il suo nome. Love Matters. È una mia collega. Stiamo scrivendo insieme la sceneggiatura di un lungometraggio, gran parte del quale sarà ambientato in Inghilterra, con scene di un matrimonio elegante come questo. È venuta per immergersi nell'atmosfera giusta e, per così dire, nel colore locale. È una cara ragazza, con la quale vado molto d'accordo e alla quale ho confidato qualcosa della mia vita. Abbiamo fatto anche un viaggio insieme. Ah, è lesbica.»

Lo fisso con gli occhi sbarrati.

«Non... non è la tua ragazza?»

«Non ho una ragazza», continua lui. «Non voglio una ragazza.»

«Questo... questo non cambia molto le cose. Cioè, mi fa sentire meno in colpa, ma... devi scendere lo stesso dall'auto.»

«E allora credo che abbiamo un serio problema, perché non ne ho la minima intenzione.»

«E che intenzione hai?»

«Metti in moto, andiamo via di qui, e poi te lo spiego. O non ti fidi di me? Dannazione, Fanny, pensi che voglia farti del male?»

«N-no... non penso questo. Ma...»

«Voglio solo parlare. Ho bisogno di dirti delle cose, e di chiederti delle cose, e dopo... potrai mandarmi al diavolo per sempre.»

In questo momento non sono più una persona. Sono un manichino messo in posa per rappresentare... chi? Una gagliarda giovane autista in procinto di partire per un viaggio? No, direi proprio di no. Sembro una ragazzina disfatta, coi capelli ridotti a spinaci, il trucco che cola, e in testa una guerra di volontà. Prudenza e passione si stanno sfidando a braccio di ferro.

Non guardo Edmund, guardo fuori, guardo la pioggia, guardo e combatto.

E poi qualcuno vince, e vince in modo schiacciante.

Continuando a guardare tutto tranne che lui, metto in moto e parto per non so dove.

***

Non so dove sto andando, lo giuro. Sotto la pioggia battente usciamo dal parcheggio e, lentamente, ci lasciamo Rushworth Castle alle spalle. Mi guardo le dita che serrano il volante, sono dieci, sono sempre dieci. Quindi è tutto vero, c'è Edmund seduto vicino a me, e mi ha baciata, e lo amo, e sono felice, e sono terrorizzata.

Chissà cosa penserà chi non ci vedrà più al ricevimento? Capiranno che siamo insieme?

Il silenzio, intanto, pesa quanto i tuoni che spezzano il cielo. Devo dire qualcosa prima che il cuore mi esca dal petto ed Edmund lo senta.

«Dove andiamo?» domando. «Non conosco affatto i dintorni.»

«Potremmo fermarci in un pub, bere qualcosa e parlare, ma ho la sensazione che nessuno di noi abbia del contante con sé. Ti assicuro che nelle tasche di questo dannatissimo frac non ho neanche una sterlina.»

«Ho lasciato il denaro in camera, nella valigia», replico. «Non credevo che potesse servirmi. Quindi siamo nullatenenti?»

«Nullatenenti e privi di documenti di identità, a meno che tu non nasconda i tuoi da qualche parte, addosso.» Il modo in cui mi guarda e mi percorre con gli occhi, mentre pronuncia la parola "addosso", mi fa rabbrividire. «Forse dovresti accendere il climatizzatore e riscaldare un po' l'abitacolo», continua subito dopo.

«Tu hai freddo?»

«Non molto. Sono stato più inzuppato di così, in certe albe di gennaio, dopo aver pagaiato sul lago, al Mansfield. E a New York sono uscito a correre a Central Park anche con le bufere di neve. Se non mi sono ammalato allora, non succederà oggi. Ma forse hai freddo tu.»

«No, direi di no. Siamo a fine maggio, dopotutto. Ho spalato sterco e radunato mandrie di cavalli sotto temporali terribili in pieno inverno. Se non mi sono ammalata allora, non succederà oggi.»

«Mm, non lo dicevo per questo.»

«E per cosa?»

Lui ride, una risata di quelle bellissime, di quando ero felice, di quando illuminava la mia vita con la sua gentilezza e la sua intelligente ironia.

Quello che afferma dopo, però, mi paralizza a dir poco.

«Non porti il reggiseno, vero? O se lo porti è molto sottile.»

«Co-cosa? Come ti... come ti permetti?»

Poi capisco.

Mi osservo, e mi rendo conto che il corpetto del mio abito, da bagnato, mi aderisce al corpo in un modo indecente. In pratica, è come se fossi nuda. Grido, mollo la presa sul volante con una mano e mi copro in un modo rapido e goffo.

Edmund, nel frattempo, accende il riscaldamento e dirige il getto verso di me.

«Asciugati, o andiamo a sbattere da qualche parte», dice, con un tono per nulla spaventato da questa possibilità.

Mentre io distacco il tessuto appiccicato alla pelle, Edmund tiene il voltante con la mano sinistra. Guarda la strada, a tratti mi sbircia, e continua a ridere.

«Diamine, Fanny», dice a un tratto. «Solo tu mi fai divertire così.»

«Che grande soddisfazione, ho sempre sognato di essere considerata un clown.»

«Non sei un clown, sei aria fresca.»

«A New York hai respirato poco?» domando, ironica.

«Pochissimo. E solo aria chiusa.»

«Cos'è questo? Il momento delle confessioni patetiche, in cui mi racconterai che hai fatto una vita più grama di quella della piccola fiammiferaia, di Remì e di Charlie Brown messi insieme?»

«Ho condotto una vita comoda e piena di soddisfazioni. Ma posso assicurati che, malgrado ciò, ho respirato malissimo.»

«Soffri di asma?» chiedo, ancora provocatoria.

Lui ride di nuovo.

«No, ma io e Charlie Brown ci somigliamo un po'.»

«Due gocce d'acqua, proprio», ribatto, ostile.

«Lui era innamorato perso di una ragazzina dai capelli rossi che non lo contraccambiava.»

«C'è qualche ragazza dai capelli rossi che ti ha respinto?» La mia voce è sempre più infastidita e nemica.

«No, non ha i capelli rossi.»

«Sai che ti dico? Non mi importa conoscere la pigmentazione dei capelli di questa stronza. Dimmi solo dove andiamo. Non abbiamo denaro, non abbiamo documenti, non abbiamo vestiti di ricambio. Cosa suggerisci?»

«Avrei una proposta, ma non so se incontrerà il tuo favore.»

«Tu falla. Male che vada ti do un cazzotto.»

«A sessanta miglia da qui c'è Barnwell.»

Trasalisco. Barnwell è la sua casa nel Northamptonshire, quella nella quale la zia Mary ha vissuto per un paio di mesi, più o meno due anni fa.

«Oh, be', sì», ammetto.

«Conosci la strada, credo.»

«Non da nord. Solo da Londra.»

«Ti va di andarci? In un'ora dovremmo farcela. Il serbatoio è pieno, e lì potremo parlare con calma.»

«Non... non lo so, Edmund.»

«Non ti fidi di me?»

Non mi fido di me.

«Non ho bisogno di fidarmi o non fidarmi. Sono capacissima di badare a me stessa. Ho tenuto a bada tipi molto più grossi di te.»

«Lo spero proprio», mormora lui. «Se ti va di andare a Barnwell devi prendere la prossima uscita.»

Rimango in silenzio, mentre i tergicristalli allontanano la pioggia, adesso meno violenta, dal vetro. Poi, di nuovo oppressa dal silenzio, gli domando: «Perché la tua amica, Love, mi guardava in quel modo, prima? Le hai raccontato di noi? Stava ridendo di me?»

«Oh, no, stava ridendo di me.»

«Come mai? A New York sei stato con bellezze talmente abbaglianti da indurla a domandarsi come potesse esserti piaciuta una sfigata tanto insignificante?»

«A dire il vero si è chiesta come io possa essere stato con delle sfigate tanto insignificanti dopo che mi era piaciuta una bellezza talmente abbagliante.»

«Ti prendi gioco di me, anche se non ho capito perché. Vuoi che io abbassi la guardia. Stai attento, Edmund, perché non sono in vena di giochetti stupidi.»

«Non lo ha detto proprio in questi termini, ma il senso era identico. E mi ha suggerito di venire a parlarti, anche perché, se non mi fossi deciso a farlo, ci avrebbe provato lei.»

«Evidentemente la tua amica ha buon gusto. Non come te», borbotto, pensando a tutte le tipe con le quali è stato a New York. Vorrei chiedergli se sono state molte, e se ne ha amata qualcuna, ma rimango in silenzio. Non credo di volerlo sapere, a conti fatti.

«E tu? Anche tu sei stata con degli sfigati insignificanti?» mi chiede.

«Col cavolo. Solo bellissimi e intelligentissimi ragazzi.»

«Ed Henry? Stai di nuovo con Henry, adesso?»

«Se stessi con Henry, o con un ragazzo qualsiasi, non avrei baciato te, neppure per gioco.»

«Mi era parso che...» mormora lui. «Ho visto alcuni suoi post. Non ci sono rivelazioni precise ma... ho letto un chiaro riferimento a un viaggio in India e a una ragazza che intendeva sposare. C'era anche un commento a proposito del fatto che l'aveva fatta conoscere ai suoi genitori, e una frase in lingua hindi. *Main tumse pyar karta hoon.* Ho scoperto che vuol dire "ti amo". Ho provato a chiamare Marylin per capirci qualcosa, ma non sono riuscito a rintracciarla, e ho creduto che...»

«Che Henry si sia fidanzato e abbia finalmente deciso di mettere la testa a posto? In effetti è così. Poche settimane fa ha fatto conoscere la sua ragazza ai genitori. I Crawford non sono due stronzi spocchiosi, pur essendo ricchissimi, e l'hanno accolta con ogni onore. Adesso Henry sta andando a conoscere i genitori di lei a Nuova Delhi. Solo che non sono io. Si tratta di mia cugina Sana.»

«Cosa?»

«Si amano alla follia. Lei è molto timida e riservata e non sopporta i social, né che lui metta sue foto. Fino a quando non conoscerà i miei zii, stanno tenendo la notizia riservata. Pensa che anche Marylin va matta per Sana. La nuova Marylin, intendo. Insomma, tutto è bene quel che finisce bene.»

«E tu come l'hai presa?»

«Ne sono stata felicissima.»

«Ma non... non eri innamorata di Henry?»

Assottiglio lo sguardo mentre fisso la strada e stringo il volante con più forza.

«No», mi limito a rispondere, anche se vorrei mandarlo al diavolo. «L'uscita è quella, vero?» domando.

«Sì», risponde lui, e poi rimane immerso in uno strano silenzio fino all'arrivo.

***

A Barnwell ci accoglie la governante, una signora di mezza età che tratta Edmund come un figlio, più che come un padrone di casa. È stata gentilissima con la zia Mary, quando ha vissuto qui. Ed è molto gentile con noi, adesso. In men che non si dica, mi fa avere un paio di blu jeans e una camicia. Mi ritrovo in un'elegante stanza da bagno, ad asciugarmi i capelli col phon, a guardarmi allo specchio, e a ripensare a *quel* bacio.

Il solo pensiero mi riempie dei battiti d'ali di qualsiasi creatura esistente che sappia volare. La pioggia, il silenzio, e le nostre labbra che parevano le perfette metà di una cosa spezzata e poi ricomposta.

Perlomeno questa è stata la mia sensazione. Cosa abbia provato Edmund non lo so. Niente di buono, se si considera il suo malumore. Da quando gli ho detto che Henry si è fidanzato con Sana e che non sono io la ragazza indiana alla quale alludeva nei suoi post misteriosi, si comporta come se mi odiasse. Mi domando ancora una volta se l'America lo abbia trasformato a tal punto e sia sua intenzione divertirsi con me senza il rischio di doversi assumere delle responsabilità. Se fossi fidanzata questo rischio sarebbe scongiurato. Siccome sono libera, il gioco può ritorcersi contro il giocatore. Un po' come quando certi uomini vanno dietro solo alle donne sposate, perché sanno che loro non potranno avanzare pretese.

Se pensa che avverrà questo, si sbaglia.

Intanto raggiungo il piano inferiore. Conosco abbastanza bene la casa, e la trovo bellissima, anche se non è enorme come Rushworth Castle. Anzi, proprio per questo. Perché, pur essendo una dimora signorile, ha allo stesso tempo una dimensione familiare e rassicurante.

Cerco Edmund nelle sale al piano terra, ma non lo trovo. Poi Mrs. Connors mi fa sapere che è ancora nella sua stanza. Così risalgo, e rimango ferma davanti alla porta, incerta sul da farsi. Dopo una decina di minuti d'indecisione, busso.

«Sono Fanny, posso entrare?»

«Vieni pure», mi risponde la sua voce.

Apro, lentamente. Edmund è in piedi, tra un letto a baldacchino di legno semplice, senza decori e cortine, e un caminetto spento. Si è cambiato, adesso indossa dei pantaloni chinos e una t-shirt, ma è scalzo. I suoi capelli sono ancora un po' umidi e lui è pensoso fino al cipiglio. Se ne sta in piedi davanti al focolare protetto da una grata di ghisa, e fissa un fuoco che non c'è.

Appena mi sente arrivare si gira. Lo sguardo che mi rivolge non esprime alcuna allegria. Avermi qui non è poi tutta questa meraviglia, a quanto pare.

«Essere sopportata non è neppure l'ultimo dei miei desideri», dichiaro. «Chiamerò un taxi e mi farò riaccompagnare a Londra.»

Edmund mi fissa, ancora con quell'espressione rabbiosa. Vorrei che la collera lo rendesse bruttissimo, almeno potrei pensare a quanto diventa inguardabile con la fronte aggrottata e le ombre negli occhi. E invece no, accidenti a lui.

Faccio per lasciare la stanza senza altre parole, perché voglio trovarmi ovunque tranne che qui. Aspetterò all'ingresso, all'arrivo in città mi farò dare del denaro da William. Poi farò in modo che mi rimandino il mio bagaglio da Rushworth e…

Sono quasi arrivata alla porta quando sento Edmund vicino. Ha colmato lo spazio in pochissimi passi veloci. Mi stringe un braccio. Mi attira a sé. Una delle sue mani si posa sulla mia nuca. Tenta di baciarmi di nuovo.

Stavolta, però, mi sottraggo. Non voglio più essere il suo giocattolo. Lui mi tiene stretta, cerca la mia bocca, mentre io scosto le labbra, e il viso, e il corpo, e mi divincolo come un passero finito in una trappola per uccelli. Per qualche minuto è come se fossimo i protagonisti di un vecchio film muto, uno di quelli in bianco e nero, con le immagini che si muovono a scatti, e gli attori che esprimono le emozioni con gesti enfatici, fatti apposta per supplire all'assenza delle parole. In sottofondo si avvertono solo i nostri respiri, e i piccoli passi di chi arretra e di chi avanza, di me che mi allontano e di lui che mi cattura.

E poi, all'improvviso, il film muto diventa sonoro, e la sua voce roca e calda sussurra: «Ti amo», e io non capisco, e lui ripete «Ti amo», e a me manca l'aria, e lui continua «Ti amo», e io scoppio a piangere.

La mia guerra si ferma e mi fermo anche io. Lo guardo smarrita.

«Ti amo da sei anni, Fanny», continua. Mi stringe tra le braccia, e mi parla in un orecchio, e negli intervalli tra le parole adagia piccoli baci sulla mia pelle, sul lobo, sul collo, sulla tempia. «Ti amo fin da quando ti ho incontrata la prima volta, solo che allora non lo sapevo. Ma era già amore, mi avevi già invaso i pensieri, e da quel giorno non sono più riuscito a immaginare una vita della quale tu non facessi parte. Non ho mai smesso di amarti, in nessuno dei minuti che hanno composto le ore e i giorni e i mesi di questi anni.» Ancora mi bacia, senza tralasciare nulla, come se la tempia sinistra potesse essere invidiosa della tempia destra, e la fossetta sul labbro inferiore implorasse di essere trattata con la stessa tenerezza della fronte, delle palpebre, dell'incavo palpitante fra le clavicole. Le parole, pronunciate tra i baci, con seducente lentezza, mi riempiono di piccoli brividi che fanno benissimo al cuore. «Mentre ero a New York, ti ho amata anche più di prima. Sempre, sempre, sempre, senza una pausa, senza un dubbio. E ti amo adesso, e mi maledico, perché ho sprecato il tempo in convinzioni sbagliate. Ho vissuto un film stupido, un romanzo senza senso, una sceneggiatura buona per diventare carta straccia, nella quale il protagonista non capisce un cazzo di quello che gli accade intorno. Non che non avessi ricevuto segnali fuorvianti: quando mi hai mandato via, tre anni fa, e quando sono rientrato in Inghilterra, un anno dopo, sono sempre tornato da te. In entrambe le occasioni, però, eri con Henry.»

«Co-cosa? Non capisco...», sussurro, con poco fiato in gola.

«La notte del ballo di fine anno al Mansfield, quando mi hai dato a intendere che consideravi il nostro legame una cazzata momentanea, dopo essermene andato, io... io sono tornato indietro. Ero arrabbiato, ma volevo spiegarti... volevo dirti che non ci avevo messo quasi un mese a decidere. Avevo deciso immediatamente, e avevo impiegato quel tempo in un altro modo. Restare in Inghilterra era l'opzione principale, ma avevo valutato anche un'altra possibilità: chiederti di venire con me negli Stati Uniti. Lo so, ti ho detto l'esatto contrario, ma non era la verità. Era il mio orgoglio annientato a parlare. In quel mese ho venduto lo yacht ormeggiato a St. Katharine Docks, ho rintracciato l'acquirente di Theodore e Frances e sono andato a trovarlo con un'offerta consistente impossibile da rifiutare. Ma soprattutto mi sono informato sui college e sulle facoltà di veterinaria di New York e del Connecticut, su Yale, e la Columbia e la Cornell, sulle case nelle quali avremmo potuto vivere insieme, sui lavori che avresti potuto fare, perché sapevo che non avresti mai accettato di farti mantenere da me. Volevo dirtelo, anche se l'orgoglio continuava a tormentarmi. E volevo chiarirti anche un'altra cosa: quando mi hai detto di amarmi e ho definito una stronzata la tua dichiarazione impulsiva, non era la verità. Io... ero solo spaventato. In verità le tue parole mi avevano procurato una vera e propria scarica di adrenalina... e ho reagito in quel modo per resistere alla tentazione di dirti che anche io ti amavo. Che senza di te mi sentivo come se il mondo fosse privo di ossigeno. Quella sera, dopo il ballo, quando ti ho raggiunta, ti ho vista con Henry. Vi stavate abbracciando, e in te c'era un abbandono che diceva chiaramente che volevi lui, e non me. Perciò ho pensato che a conti fatti lo era davvero, una stronzata, e sono andato via.»

Una sorpresa sgomenta mi si dipinge sulla faccia, anche se non la vedo. Non la vedo, ma la sento. I miei muscoli si tendono, gli occhi si spalancano, l'intero mio corpo sussulta.

«Ma non... ma non era così! Non era affatto così! Non hai capito niente!»

«Può darsi, ma per spiegarti il senso delle mie azioni devo raccontarti come mi sono sentito allora. Ero furioso, e mi sentivo umiliato. Così sono partito, e ti ho odiata. Anche se ti amavo fino alla disperazione, anzi, *proprio* perché ti amavo fino alla disperazione, ti ho odiata. Vedere le tue foto insieme a lui, in vacanza, era come camminare per il mondo con un corpo pieno di ferite aperte. Dio, Fanny, sono stato malissimo, talmente male che... una volta Julia ti ha chiamato e ti ha detto delle cose confuse che tu hai recepito nel modo sbagliato. Non era lei che pativa le pene dell'inferno, non era lei che stava morendo per amore, non era lei che doveva resistere alla tentazione di prendere un aereo per raggiungere l'India, ero io… Ero io, e lei era terribilmente preoccupata per me, perché non mi aveva mai visto in quello stato.»

«Io non… Mio Dio, Edmund… non ho sospettato che…»

«Aspetta, piccola, fammi concludere il patetico racconto delle mie disavventure. Non chiamarti, non tornare, è stato difficile, talmente difficile che, col senno di poi, mi domando come io ci sia riuscito. Forse perché mi sono buttato a capofitto nello studio, nel lavoro, ho girato gli Stati Uniti in lungo e in largo ogni volta che mi era possibile: insomma, ho fatto di tutto per tenermi impegnato. Un anno dopo, però, quando sono venuto in Inghilterra per mettere a posto le cose con mio padre e fare in modo che la smettesse di tormentare te e Mary, ti ho cercata. Volevo informarti del fatto che avevo estinto il tuo debito. Ho versato a mio padre cinquantamila sterline sull'unghia, e lo stronzo non ha battuto ciglio. Aveva capito, ormai, che dirottare le mie emozioni e le mie decisioni sarebbe stato impossibile, per cui si è accontentato del contante.»

«Ma non… non avresti dovuto! Lo avrei fatto io un poco alla volta!» protesto.

«Ti avrebbe torturata ancora e ancora, con questa scusa, solo per vendicarsi delle tue presunte colpe. L'unico modo per allontanarlo da te e da Mary era pagarlo. E fargli sapere, sottovoce ma con fermezza, che se si fosse azzardato a darvi ancora fastidio in un modo qualsiasi, si sarebbero ben presto diffuse delle voci poco decorose sul suo conto. Nessuna bugia, beninteso. Chi è stronzo lo è a trecentosessanta gradi. Difficilmente i farabutti commettono un unico errore. Ero a conoscenza di piccoli scandalosi segreti che lo riguardavano e che avevo sempre taciuto per evitare problemi e patemi a Julia. Ma me ne sarei servito, e tutti avrebbero saputo delle porcherie fatte da quel finto moralizzatore di Lord Bertram. Niente reati, o lo avrei denunciato. Solo peccati che, comunque, gli si sarebbero ritorti contro. L'opinione pubblica lo avrebbe massacrato e addio carriera politica, addio amici potenti, addio gloria.»

«Ma... ma... tutto quel denaro... tutto insieme...»

«Ho adoperato parte del ricavato dalla vendita dello yacht e ho venduto anche la Ferrari. No, non voglio sentire una parola sul fatto che intendi restituirmi anche solo un penny. Chiudi quella bella bocca, Fanny. O te la chiudo io a modo mio.» Mi sorride, mi accarezza le labbra con un dito, e poi le morde con delicatezza. Per un po' stiamo zitti, perduti in un morbido mondo fatto di baci. Dopo, sia pur con quella che sembra un'estrema fatica, Edmund si stacca un pochino da me, e continua a parlare: «Ma non volevo parlarti soltanto di questo. Credevo che con Henry fosse finita, e sentivo il bisogno di rivelarti ciò che provavo, dirti che non potevamo essere soltanto amici perché non lo eravamo mai stati, perché ti avevo sempre amata e desiderata, e continuavo ad amarti e desiderarti nonostante il tempo trascorso e il silenzio. Non sono mai stato favorevole ai rapporti a distanza, perché non ho mai provato sentimenti capaci di resistere al tempo. Non ho mai voluto una ragazza così tanto da essere certo di poterla aspettare per tutta la vita, ovunque lei fosse, ovunque io fossi. Purtroppo, però, la mia speranza si è infranta di nuovo. Anche quella volta eri con Henry, allegra, sorridente, libera. Era venuto a prenderti alla caffetteria dove lavoravi. Non poteva trattarsi di coincidenze, stavate ancora insieme, lui faceva parte della tua vita più di quanto sospettassi e di quanto potessi sopportare senza ucciderlo. Perciò sono andato via e non mi sono più fatto sentire. Quando, un mese fa, ho letto i post di Henry, credevo fossi tu la ragazza indiana che aveva fatto conoscere ai suoi genitori. E oggi… oggi ti ho rivista, e mi è parso di risvegliarmi dopo un lungo letargo. Ho compreso una volta per tutte che ti avrei amata per sempre, perché gli anni e i chilometri diventano secondi e centimetri se paragonati a quello che provo. Perciò ti ho seguita e ti ho baciata, e adesso ho il dubbio di non aver mai capito nulla, di aver sempre brancolato nel buio convinto che fosse pieno giorno, e che forse, dico forse, anche tu sei ancora innamorata di me. E lo eri anche tre anni fa, quando mi hai detto di essere certa che dopo sei mesi sarebbe finita. Hai mentito, vero? Lo hai fatto per me, per farmi andare via, perché pensavi a te stessa come a una zavorra? Una zavorra, *tu*? Tu che mi hai liberato dalle maschere e dalle catene? Per questo, prima, ti sembravo arrabbiato: lo ero, al pensiero di tutte le verità non capite, del tempo perso e delle occasioni mancate.»

Potrei e dovrei rendere onore a un discorso tanto appassionato, dicendo qualcosa, facendo qualcosa, ma per un po' riesco solo a tacere e piangere. Me ne sto immobile tra le sue braccia a frignare come la cretina che ero sicura di non essere e che invece, a quanto pare, sono. A un tratto, però, tra i singhiozzi, gli sussurro che lo amo anch'io, tanto, tanto, tanto, troppo. Come prima, più di prima.

Da sempre e per sempre.

Edmund mi stringe forte, e poi mi bacia ancora una volta. E ancora una volta le nostre lingue si cercano in modo folle e smanioso, come se io senza la sua bocca e lui senza la mia fossimo corpi senza senso.

Poi mi pare di cadere, ma non cado, non proprio, almeno.

Finiamo sul letto a baldacchino dietro le nostre spalle. Le carezze si fanno sempre meno tenere, sempre più sfacciate.

«Se ti dicessi che nel cassetto di quel comodino c'è una scatola nuova di preservativi, e che l'ho comprata quando sono venuto due anni fa sperando mi servissero con te, mi considereresti un pervertito?» mi domanda Edmund quando non c'è più dubbio riguardo a quello che vogliamo entrambi.

«Non... non ho capito...» esito, incredula.

«Ti volevo follemente, e avevo tutta l'intenzione di dirti quello che provavo. Poi, purtroppo, le cose sono andate in un altro modo. I preservativi sono ancora lì, inutilizzati e in perfetto stato. Allora, mi consideri un pervertito?»

«No, non pervertito, solo un po' troppo sicuro di te», rispondo, ma sorrido.

Lui, lento e inesorabile, sgancia uno per uno i bottoni della mia camicia.

«Tutt'altro che sicuro, credimi», sussurra. «Ma la speranza è sempre l'ultima a morire.»

«Io credo che la speranza non muoia mai. E direi che è venuta ora di usarli, quei preservativi. Solo... prima voglio chiederti una cosa.»

«Tutto quello che vuoi», sussurra ancora, le sue labbra sul mio seno, le punte dei suoi capelli che mi solleticano, il suo respiro che mi trasforma in fuoco.

«Hai... hai avuto tante ragazze?» gli domando, e il cuore in gola diventa magone.

Edmund si ferma, mi guarda negli occhi.

«Se intendi relazioni, no. Nessuna storia, nessun rapporto, nessun legame. Niente di minimamente importante. E non mi riferisco soltanto al periodo che ho passato a New York.» Mi tiene il volto tra le mani, mi osserva con un'intensità che basterebbe, da sola, a far scintillare pietre focaie senza che neppure si sfiorino e far sbocciare rose purpuree in mezzo alla neve. «Non ho mai fatto l'amore, Fanny. Mai. L'unica con cui avrei voluto farlo era la mia ragazzina dai capelli neri.» Si ferma, il suo sguardo si fa più penetrante e indagatore. «E tu?»

«Neanche io ho mai fatto l'amore», mormoro.

«Solo... solo storie senza impegno?» La sua voce, per un momento, diventa dura.

Mi addento le labbra.

«No, in senso letterale», replico, arrossendo.

La fronte di Edmund si aggrotta.

«Non ho capito.»

«Non sono *mai* stata con nessuno», ammetto sottovoce.

«Ma io credevo che... ero sicuro che... quell'estate a Goa, tu ed Henry... Nelle foto sembravate così affiatati che...»

«Ci ho provato. Avevo intenzione di arrivare fino in fondo. Ne ero sicurissima, anche se William mi aveva ripetuto di pensarci bene, di non fare stupidaggini, visto che non lo amavo. Ma io mi sono incaponita, e sono andata nella sua stanza, e poi... poi... poi non ho fatto niente. Per questo Henry mi ha lasciata. Non per il sesso in sé, se fosse stato solo per quello avrebbe aspettato. Ma non era stupido e ha capito che il problema era molto più radicato. Non avrei mai smesso di essere innamorata di *un altro*.»

«Un altro?» mi provoca.

«Tu, brutto idiota», replico, imbronciata.

Nello sguardo di Edmund luccica un sorriso malizioso.

«Volevo sentirtelo dire. Quindi non lo hai mai fatto?»

«Mm, no. Dopo Henry non ho più avuto un ragazzo. E

quella volta che ci hai visti insieme, a Londra, si trattava di un incontro in amicizia e basta. Era il mio compleanno ed era venuto a farmi gli auguri.»

Una delle sue mani si posa sul bottone dei miei jeans. Lo sgancia, e poi fa scivolare lentamente la cerniera.

«Mi hai aspettato?» domanda ancora, e la sua voce è lievemente affannata, come se fosse preda di un'emozione violenta.

«Non sono sicura di aver aspettato te. Ero certa che non te ne importasse niente. Diciamo che ho aspettato di innamorarmi una seconda volta. Però credo possa andare bene anche la prima. Lo so, ho ventun anni, vivo in una metropoli, non mi posso considerare una bigotta, e sono ancora vergine. Sono ridicola, anacronistica, e patetica e...»

«Mia. Hai dimenticato mia.»

Edmund si china su di me e mi bacia ancora, mentre le sue dita vanno oltre, insinuandosi nel setoso calore racchiuso tra le mie gambe, e mai da nessuno non soltanto violato, ma neppure sfiorato.

«Sono pazzo di te, mocciosetta», mi dice.

«Dimostramelo, e sappi che se ti fermi per un motivo qualsiasi, fosse anche il più nobile del mondo, chiamo veramente un taxi e torno a Londra. E lo faccio col primo che capita.»

Lui mi morde il labbro inferiore e mi tira lievemente una ciocca.

«Non dirlo neanche per scherzo», brontola.

Mi sfila i jeans con delicatezza e impeto allo stesso tempo. Piano, piano, piano, i pantaloni si separano dalla mia pelle e resta solo la pelle. E poi anche la sua polo vola via, e davanti ai miei occhi appare il suo torace solido e levigato, simile a quello di una scultura marmorea. Mi sento appannata da un desiderio allo stesso tempo selvaggio e romantico. Gli scosto i lunghi capelli dorati, accarezzo il tatuaggio che ha sul petto, e poi quello sulla scapola. Gli domando il perché delle piume solo da una parte.

«Mi sono sempre sentito come… dimezzato. Da quando sei entrata nella mia vita ho capito perché: per volare ho bisogno di te.»

«Se vuoi… se un'ala sola non basta, me ne farò tatuare un'altra uguale sulla scapola sinistra, così, se stiamo vicini, possiamo volare insieme.»

«Davvero lo faresti?»

«Tu non hai idea delle cose che sarei disposta a fare per te. E adesso, presuntuoso d'un visconte, visto che abbiamo già perso un sacco di tempo e di occasioni, basta tergiversare e diamoci da fare.»

Edmund ride, fissando il mio corpo nudo e pronto. Mi sento come se fossi più piena, più morbida, più sensibile. Ogni parte di me vuole una cosa soltanto.

«Affare fatto», mi risponde. E anche i suoi pantaloni finiscono sul pavimento, rivelando quanto anche lui sia pronto a entrare nel mio mondo, nella mia vita, e dentro di me.

Vorrei poter raccontare altro, o forse no. Forse non voglio.

Perché quello che accade dopo, nel grande letto davanti al camino spento, non riguarda nessuno a parte noi due. Tutt'al più lascerò la porta aperta alla notte che ci accompagna, alle lenzuola che si aggrovigliano, ai baci voraci, al dolore e al piacere e poi solo al piacere, ai sogni che non muoiono all'alba e alla speranza che non morirà mai.

Agli altri basti sapere che questa *non* è la fine. Oh, no. La parola fine contiene un sapore amaro, ma il sapore che sento, adesso, è dolcissimo.

Perciò, senza alcun dubbio, questo è solo l'inizio.

Carissima mamma,

sapessi quante cose mi sono successe nell'ultimo anno. Cercherò di raccontartele in ordine cronologico, anche perché sono tutte importati e non saprei da quale iniziare.

Prima di tutto mi sono laureata, adesso sono dottoressa in veterinaria. Mi aspetta qualche altro anno di apprendistato e poi potrò avere un ambulatorio mio. Di sicuro continuerò a svolgere volontariato al rifugio, insieme a William, che si è laureato a sua volta. Lui e Sean stanno ancora insieme, e sono più uniti che mai.

Theodora e Frances stanno bene, anche se quella capocciona della mia Theo continua a farsi montare soltanto da me. Non che ciò avvenga spesso, sai che preferisco guardare i cavalli negli occhi e non da una posizione di supremazia. Ah, loro non stanno più al rifugio. Adesso, insieme a Marlowe, vivono a Barnwell, e possono scorrazzare liberi nel parco che circonda la proprietà. Sembrano una famiglia. Una famiglia po' ribelle, forse, che spesso preferisce dormire all'aperto ignorando i comodi ricoveri delle scuderie, ma comunque tanto felice.

Poi, mi sono fatta fare un altro tatuaggio. Un'ala campeggia sulla mia scapola sinistra. È uguale a quella di Edmund, così, quando siamo insieme, possiamo volare.

Edmund si è diplomato alla NYFA, e la sceneggiatura che ha scritto con Love è stata acquistata dalla Universal, che ha deciso di investire una somma cospicua per la realizzazione di un lungometraggio, del quale lui sarà anche regista. E visto che pare che lo

Hertfordshire sia considerato, dagli americani, la nuova Hollywood, trascorrerà molto più tempo in Inghilterra. Non che io non sia disposta a trascorrere il mio negli Stati Uniti, ma non mi dispiace un po' di stabilità, considerato che durante l'anno appena passato siamo andati avanti e indietro tra due continenti pur di vederci il più spesso possibile. È una grande soddisfazione, per un giovane che deve ancora compiere venticinque anni, aver già raggiunto un tale traguardo, non trovi? D'altro canto è sempre stato un genio. Ti assicuro, però, che sta coi piedi per terra: è molto concreto, non si lascia confondere da sogni di gloria, ed è solo interessato a lavorare sodo.

Vuoi sapere se ci amiamo come prima? La mia riposta è no. Ci amiamo più di prima. Vivere senza di lui è impossibile. Sarei disposta a viaggiare fino all'Australia ogni week-end per incontrarlo, e mangiare pane e acqua tutto il resto del tempo per potermelo permettere, ma ammetto di essere contenta che adesso lavori a un'ora di auto da Londra e a un'ora e mezza da Barnwell. Anche se ci piace comunque viaggiare un sacco.

Oggi, ad esempio, siamo in un alberghetto di Snow Hill, nel Maryland: è un piccolo edificio in stile coloniale che ti piacerebbe moltissimo. Siamo stati ad Assateague Island, mamma. Abbiamo visto i cavalli selvatici. Ho pianto pensando che anche tu saresti voluta venire con noi. E poi ho pianto pensando che di sicuro c'eri.

E poi, be', ammetto di avere barato. Non ho seguito l'ordine cronologico in modo obbediente. Perché, prima di questo viaggio, ne abbiamo fatto un altro. La prima tappa di un viaggio, per la precisione.

Ci siamo sposati. Niente cerimonie di lusso. Siamo stati al comune di Londra come te e papà. Io indossavo il tuo sari. Edmund un completo elegante, sotto il quale portava le sneakers. Con noi c'erano William e la sua famiglia, Julia e James, Amber, Taylor e la zia Mary. I nonni no. Non sanno ancora se considerare il mio matrimonio un vantaggio o uno scivolone. Dopo quello che è accaduto tra la zia e

Lord Bertram, ma soprattutto dopo che quest'ultimo ha sposato la figlia di un russo in odore di mafia, i cui modi volgari non sono minimamente compensati dalla ricchezza, l'idea di un nuovo legame coi Bertram non li ha fatti proprio andare in brodo di giuggiole. Ovviamente me ne infischio della loro opinione, perché Edmund è Edmund, però non mi dispiace che abbiano cominciato a capire che il denaro non è tutto. Anzi, non è niente. Magari il prossimo passo sarà riuscire ad apprezzare un onesto giardiniere per ciò che è?

Quindi il viaggio nel Maryland può considerarsi una luna di miele.

Sono tanto felice, ho solo un piccolo dubbio. A te posso dirlo: se certe cose non si raccontano a colei che ti ha dato la vita, a chi si raccontano? In questo momento mi trovo nel bagno della stanza d'albergo. Ho appena scoperto una cosa. Non credo possano esserci dubbi. Mi sa che sono incinta.

Non era programmato, però è successo. Il fatto è che non so come dirlo a Edmund. Mi ama moltissimo, e ha detto di volere una famiglia, in futuro, ma questo non è ancora il futuro. Come la prenderà? Temo che sia troppo presto, e che la notizia lo sconvolgerà un poco. Siamo giovanissimi, ci siamo appena sposati, avevamo molti altri progetti, volevamo una vita un po' avventurosa. Perciò me ne sto qui dentro da una buona mezz'ora, per scriverti e raccontarti e aspettare un segno, un consiglio.

Cosa faccio, mamma?

Invio il lungo messaggio. Mi capita ancora di scrivere alla mamma, con la differenza che prima lo facevo quando mi sentivo sola e abbandonata. Da quando c'è Edmund nella mia vita, invece, le scrivo solo per raccontarle della mia felicità.

Oggi, però, sono un poco turbata. Credevo che il ritardo fosse dovuto alle tante emozioni delle ultime settimane – la laurea, il matrimonio, il viaggio – ma a quanto pare non è così. Il test rapido è laconico ma deciso. Incinta. Senza lasciare spazio a possibili dubbi.

Ok, esco e glielo dico. Non ho paura che reagisca male, mi ama, vuole stare con me, è il più affettuoso e appassionato degli uomini. Ma è pronto per avere un figlio? Non sono pronta io, come potrebbe esserlo lui?

A un tratto sento il trillo che annuncia l'arrivo di un messaggio. Osservo il display. Sgrano gli occhi sbigottita.

Mamma.

Un messaggio dal suo telefono. Un messaggio dal suo numero. Non ho qui con me il suo cellulare, me lo porto dietro ovunque io vada, ma in questo momento l'ho lasciato nell'altra stanza, da qualche parte. Mi tremano le mani mentre leggo.

Piccola mia,

ho la sensazione che tu non abbia ancora compreso cosa prova per te quel ragazzo. Credo proprio che dovrà impegnarsi di più per farti capire che darebbe la vita per te, e che una vita che proviene da te non potrà che sembrargli un dono, in qualsiasi momento arrivi. Siete giovanissimi, appena sposati, avevate altri progetti e volevate un'esistenza avventurosa. E allora? Cosa c'è di più avventuroso di questo? È un colpo di scena sconvolgente, lo ammetto, ma non per le ragioni che credi. Ci sono molti generi di avventure, nella vita, e le vivrete tutte cominciando da questa. Perciò, mia bambina, esci da quel bagno, vai da tuo marito e raccontagli tutto.

E fidati di lui, mocciosetta.

Mi batte il cuore fortissimo mentre apro la porta. Dietro di essa, in mezzo alla stanza, c'è Edmund. Ha il cellulare della mamma in una mano. Gli luccicano gli occhi, come se custodissero una felicità scalpitante. Poi mi sorride, spalanca le braccia, e io corro fra quelle braccia con un sospiro.

FINE

Printed by Amazon Italia Logistica S.r.l.
Torrazza Piemonte (TO), Italy

51322123R00344